W0060972

In Edinburgh stirbt ein alter Mann im Pflegeheim, ohne Testament und ohne Angehörige. Da wittert der absturzgefährdete Erbenjäger Solomon Farthing seine Chance, sich aus einer Pechsträhne und von seinen Spielschulden zu befreien.

Mary Paulson-Ellis hat es faustdick hinter den Ohren. Es steckt viel schottische Seele in der Story um den schwulen Selfmademan Solomon. Mit federleichtem Sarkasmus kommt sie daher, wobei die Fehltritte des titelgebenden Erbenermittlers durchaus liebevoll die Wirrungen des Menschseins reflektieren. Aber dann zieht die Schriftstellerin andere Saiten auf, stellt uns eine kleine Truppe Versprengter des britischen Empire vor, und daraus entspinnt sich ein prickelnder Reigen männlicher Sozio- und Psychogramme des 20. Jahrhunderts. Am Ende kennen wir nicht nur ihre Schwächen und den Inhalt ihrer Taschen, sondern auch die Lösung so manchen Rätsels, das Solomon Farthing auf seiner Jagd nach dem Stammbaum eines Toten zutage gefördert hat. Denn der Verstorbene war nicht ganz das, was er zunächst schien – aber wer ist das schon?

Eine epische Reise durch Verdrängtes und Verschwiegenes, voller Schnipsel wunderbaren Wissens, ein Fest für Lesende, die gern Welten im Kopf zurückbehalten. *Else Laudan*

Mary Paulson-Ellis

Das Erbe von Solomon Farthing

Deutsch von Kathrin Bielfeldt

Ariadne 1269
Argument Verlag

Für Jack,
in Liebe

Und für meinen Vater,
den besten aller Männer

Solomon Grundy
Geboren am Montag
Getauft am Dienstag
Getraut am Mittwoch
Erkrankte am Donnerstag
Ward schlimmer am Freitag
Starb am Samstag
Begraben am Sonntag
Das war das Ende von Solomon Grundy

Kinderlied

Der Erste Weltkrieg, wenn man's mal runterkocht,
was war das? Nichts als eine Familienfehde.

Harry Patch

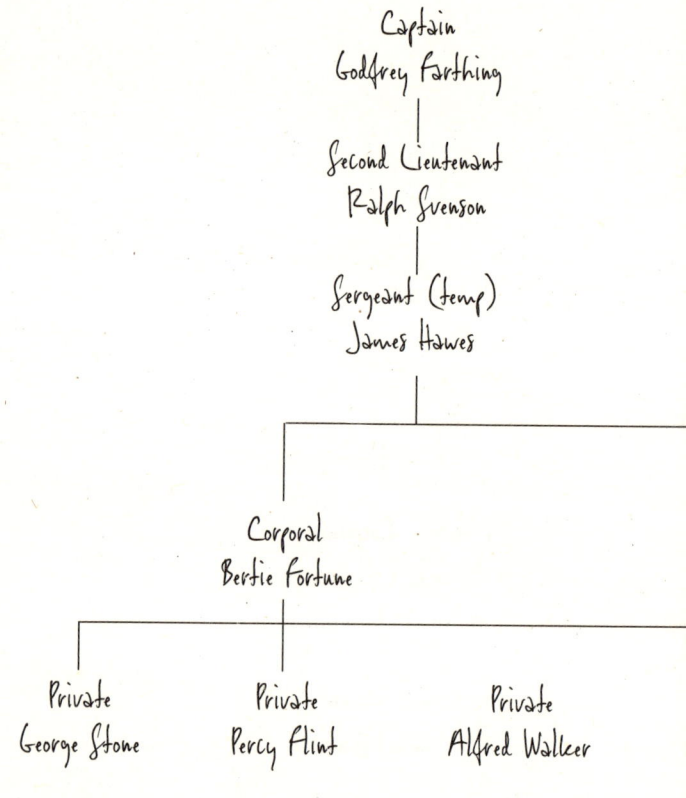

Captain
Godfrey Farthing

Second Lieutenant
Ralph Svenson

Sergeant (temp)
James Hawes

Corporal
Bertie Fortune

Private
George Stone

Private
Percy Flint

Private
Alfred Walker

Lance Corporal
Archibald Methven

Private Edward
(Jackdaw) Jackson

Private
Arthur Promise

DER ANFANG

Am Ende war es einer, dabei hätten es zwei sein sollen, tot, hingestreckt zwischen den Walnussschalen, die Haut schon blau. Überm Herzen des Toten blühte eine prachtvolle Rose, da auf seinem zweitbesten Hemd, leuchtend inmitten des Verfalls. Die Verbliebenen schauten weg, dachten an den einen, der hier sein sollte, es aber nicht war, von Lungen wie Eisflügeln am Grund eines Flusses gehalten, wohin ihm nun keiner von ihnen mehr folgen musste. Über ihnen hockten Vögel stumm im Geäst. Der Himmel am Horizont war grau. Es war Morgen. Bald würde es dämmern.

Am Ende losten sie aus, wer zuerst wählen durfte:

ein Wünschelknochen;

ein Sixpencestück;

eine Spule rosa Garn.

Bevor die Übrigen dann auch zum Stöbern kamen. In den Brusttaschen. Den Gesäßtaschen. Den verborgenen Innentaschen an den Nieren und in der Leiste. Der Tote lag widerstandslos da, während die Männer ihre Hände eintauchten. Alles war klebrig. Sie wischten die Handflächen an feuchter hellbrauner Wolle ab und befingerten den Rest des Schatzes:

zwei Würfel;

das grüne Band;

ein Segeltuchheftchen mit Näh- und Stecknadeln.

Sie alle rochen es. Kordit. Und die Kugel, die nun in dem Toten steckte.

Am Ende begruben sie ihn, bevor sie weggingen. Nicht tief, nur eine flache Mulde, geformt wie der Umriss eines Hasen, unter gefallenen Walnussschalen. Ihre Herzen hämmerten – *eins-zwei, eins-zwei* –, während sie an dem Loch herum-

11

kratzten. Sie hinterließen kein Kennzeichen, nur der Matsch an ihren Stiefeln erzählte die Geschichte. Und der Schatz, der als Letztes aus des toten Mannes Taschen auftauchte:

Pfandschein Nr. 125. Dieses kleine blaue Rechteck.

Schließlich zogen die Verbliebenen weiter, im Gänsemarsch über die Felder, geräuschlos bis auf das leise Klötern der Waffen beim Gehen. Keiner von ihnen blickte dahin zurück, woher sie gekommen waren. Keiner von ihnen schaute nach vorn, wohin sie gingen. Nur einer von ihnen blieb noch, um zu beten.

Ein dünner rosa Streifen befleckte den Himmel, als er die Augen schloss und an Felder voller Butterblumen und zwei Sorten Klee dachte. An Luft, so rein wie der Fluss am Fuß des Hügels. Dann das Geflüster der Männer, als sie in ihren Taschen fischten – ein Würfel, ein Penny, ein dicker Stummel von Bleistift. Die Karte in seiner Brieftasche, *Mir geht es recht gut* als Einziges noch nicht durchgestrichen.

Und er fragte sich, was auf der Karte stehen würde, wenn es vorbei war. An wen sie geschickt werden würde. Und schlug die Augen auf, als Licht seine Haut berührte. Die Morgenröte kroch tief am Horizont heran. Es war November. Das Ende würde bald da sein.

ERSTER TEIL

Die Schuld

Solomon Farthing

geb. 1950 gest.

2016

Eins

Sie nannten ihn Old Mortality. Nach dem Buch. Aber hier zu stranden hatte er denn doch nicht erwartet. Mit dem Gesicht nach unten auf einer Matratze, die nach Urin stank. Nichts zwischen ihm und dem Fußboden als eine Pritsche aus kaltem Beton. Es war Mai, über der stolzen Stadt Edinburgh zog die Morgendämmerung herauf. Doch Solomon Farthing konnte keine Gardinen aufziehen und sie bewundern, denn er war schon in der Gosse gelandet – kein Geld, keine Freunde, keine Wertschätzung –, was von ihm übrig war, sabberte den Steinboden einer Arrestzelle voll, und es gab nicht mal eine Flasche Fino zum Wegspülen der Würdelosigkeit seines Lebens.

»Hopp hopp, hoch mit euch, ihr Nichtsnutze! Aufstehen und feinmachen.«

Draußen vernahm er das Rumoren eines erwachenden Polizeireviers, das seinen Tagesbetrieb aufnahm. Drinnen spürte er das Stottern seines Herzens. Solomon drückte auf das weiche Fett um seine Brustwarze. Er war kein gesunder Mann, das wusste er nur zu gut, ein Wrack aus Gedächtnislücken und Fehltritten, mit gereizter dünner Haut innen wie außen.

Sein jüngstes Dilemma war auch nicht gerade förderlich, wobei er nur aufgrund eigenen Handelns jetzt ohne Schnürsenkel in einer Arrestzelle lag. Was hätte sein Großvater davon gehalten, ein Mann, für den Ehrbarkeit mit dem Auf- oder Zuknöpfen eines Kragens stand und fiel. Und doch war sein Nachkomme nun hier, sechsundsechzig Jahre alt, Tendenz steigend, mit heraushängendem Hemd, die Hosensäume schlammverdreckt. Und die Knie auch.

Dann plötzlich das Schlurfen schwerer Stiefel, zwei Polizisten kamen den Gang entlang und polterten im Vorbeigehen gegen jede Metalltür.

»Zeit zum Aufstehen, Gentlemen.«

Solomon setzte sich auf, leckte eine Handfläche an und fuhr sich damit übers Haar. Er hoffte, dass Detective Inspector Roberts, ehemals Rechercheeinheit, Lakai von DCI Franklin, ihm zur Strafe die Leviten lesen kam. Eine Verwarnung. Eine kleine Geldstrafe. Ein Klaps auf die Finger. Oder mit etwas Glück die unverzügliche Entlassung aus der Tür des Polizeireviers Gayfield in eine elegante Edinburgher Grünanlage. Dieser alte Tummelplatz von Prostituierten und Strichern, erster Wohnsitz jener Immigranten der ersten Generation, die ins Athen des Nordens kamen, um ihre Träume aufzupolieren. Nun natürlich gentrifiziert. Fünfhunderttausend und mehr für vier Zimmer. In Edinburgh mit seiner undurchsichtigen Vergangenheit fand sich immer ein Weg, bei dem irgendwer profitierte.

Solomon zog seine knittrigen rosaroten Socken über den Knöcheln straff und versuchte die Falten eines durchgesumpften Wochenendes zu glätten. Wann genau war er falsch abgebogen?, fragte er sich. Ein echter Edinburgh-Mann mit zumindest dem Anschein eines Berufs sowie der Gabe, die Gezeitenströme des Lebens zu seinem Vorteil zu nutzen, jetzt jedoch aufgeschmissen, fast wie ein im Unwetter ausgesetztes Waisenkind. Sein Hilfeersuchen an die einzige verbleibende Verwandte in der Stadt – eine Tante, die eigentlich nicht seine Tante war – hatte nichts bewirkt als Funkstille. Kein Anruf bei einem Rechtsanwalt. Kein Antrag auf vorzeitige Haftentlassung. Noch nicht mal frische Kleidung. Solomon schnupperte verstohlen erst an der einen, dann an der anderen Achselhöhle und wartete auf Erlösung in Gestalt eines Polizisten, dem er vielleicht einst, vor langer Zeit, einen Gefallen getan hatte. Es war noch gar nicht so viele Jahre her, da hatte er alle Polizisten der Stadt gekannt – auch beim Vornamen:

Eine Hand wäscht die andere.

Die Fähigkeit, jemanden zu umgarnen, eine von Solomon Farthings wertvolleren Eigenschaften, wobei selbst er wusste, dass sie inzwischen am seidenen Faden hing.

Doch als die Luke geöffnet wurde, kannte Solomon die ausdruckslosen Augen nicht, die ihn durch das Loch in der Tür anstarrten. Weiblich. Jung. Kritisch. Alles, was er nicht war. Die Polizistin betrachtete ihn etwas länger, als angenehm war, dann verschwand sie, bevor Solomon um irgendetwas ersuchen konnte. Einen Schiss. Eine Rasur. Ein *Guten Morgen*. Von Frühstück gar nicht zu reden. Nicht mehr als die ganz normalen Freuden des Lebens.

In der Zelle nebenan erhob sich ein Stöhnen, dasselbe urige Wehklagen, das ihn den Großteil des Wochenendes wach gehalten hatte.

»Oh Mann, oh Mann, oh Mann. Du Arsch.«

Dann eine Pause. Solomon wartete (die Illusion einer Hoffnung). Dann die Wiederholung.

»Oh Mann, oh Mann, oh Mann …«

Du Arsch.

Was gab es da noch hinzuzufügen?

Der Fehltritt hatte ganz normal angefangen. Ein Versuch, Geld zu machen. Hastig, um ja der Erste zu sein. Nur darauf kam es an, wenn man Erbenermittler war, Jäger all dessen, was zurückblieb, wenn jemand ohne Testament verstarb.

Immobilien waren der Schlüssel, besonders in einer Stadt wie Edinburgh. Vierzimmerwohnung zu verkaufen; fünfhunderttausend Pfund zum Aufteilen unter den Hinterbliebenen. Die Provision war der Ertrag. Zehn Prozent. Zwanzig Prozent. Manchmal sogar dreißig, wenn es gut lief. Das Wichtigste – der Knackpunkt – war, die Immobilien aufzutun, die eine halbe Million und mehr wert waren. Und als Erster an ihnen dran zu sein.

Das Haus stand leer, zumindest war Solomon das gesagt worden. Eine stattliche Immobilie in einer ruhigen Wohngegend, der Eigentümer längst verstorben. Großzügige Einfahrt. Nach hinten raus unverschlossene Terrassentüren. Es war ein Tipp von Freddy Dodds, für gewöhnlich der verlässlichste von Solomons Edinburgh-Leuten, jemand, der ihm Gelegenheiten steckte und dafür als Erster eventuelle Kostbarkeiten abgriff, die niemand vermissen würde. Solomons Plan war simpel, die typische Masche des Erbenermittlers. Eine schnelle Erkundungstour durch die verlassene Immobilie, um den Wert zu schätzen, dann am nächsten Tag, bevor das Crown Office sich einschaltete, Anspruch auf die Erbmasse anmelden samt dem Angebot, Angehörige, die er auftat, beim Veräußern und Entrümpeln zu unterstützen. Fünfhunderttausend und mehr für vier Zimmer. Eine leerstehende Immobilie ohne ersichtlichen Eigentümer – das machte regelmäßig neun von zehn Fällen für einen Erbenermittler aus. Es hätte ein leichter Ein-Abend-Job sein sollen.

Das erste Problem war die Straßenbeleuchtung, die genau in die Lücke schien, durch die Solomon verschwinden musste, um von hinten ans Haus zu gelangen. Er stand auf der gegenüberliegenden Straßenseite, atmete den kopflastigen Nachtduft von Flieder ein und versuchte auszusehen wie ein Mann, der die Natur wertschätzt, statt wie jemand, der dir kalt lächelnd deinen Nachlass raubt. Gehen. Oder bleiben. Das war hier die Frage. Solomons Instinkt riet ihm Ersteres. Doch obwohl er ein Laissez-faire-Typ war – *was du heute kannst besorgen, wartet auch noch gern bis morgen –*, wusste Solomon, dass er diesmal keine Zeit zu verlieren hatte.

Sein zweites Problem waren die Terrassentüren, die nicht aufgingen, als er sich zum Handeln durchrang: nicht länger gänzlich unverschlossen, wie Dodds ihm zugesichert hatte.

Das dritte war das Fehlen eines mehr als lukengroßen offenen Fensters zum Hindurchzwängen, als die Bewegungsmelder ihr grelles Leuchten aktivierten. Der ganze Garten urplötzlich zerschnitten in Schatten und blendende Helle. Es war Solomons Selbsterhaltungstrieb, der ihn anschob. Kopf voran, versteht sich.

Auf der Hälfte blieb er stecken. »Scheiße!«

Riss sich den Ärmel seines zweitbesten Hemdes auf. Schlitterte wehrlos auf den Boden einer kalten Toilette. Knallte mit dem Kopf gegen die Kloschüssel und fragte sich, was um alles in der Welt aus seinem Leben geworden war. Ein Mann, dessen Kinderstube fest vorschrieb, jeden Sonntag gewissenhaft die Schuhe zu polieren, Seite an Seite mit seinem Großvater in der Spülküche. Gottlob war der alte Herr längst tot, lag seit über vierzig Jahren im Grab.

Solomon kam sich vor wie selbst schon im Grab, als er sich hochhievte und in den trüben Spiegel starrte, der über dem winzigen Waschbecken hing. Er sah alt aus. Er sah verlottert aus. Er sah besoffen aus. Und alles traf zu. Seine linke Hand hörte nicht auf zu zittern, als er sie unter ein dünnes Rinnsal aus dem Hahn hielt und sich das kalte Wasser ins Gesicht spritzte. Es gab kein Handtuch zum Abtrocknen, also nahm er stattdessen den Zipfel seines zweitbesten Hemdes. Dann stand er an der Tür und horchte, als wäre er insgeheim wieder ein Kind, bevor er in den dunklen Flur hinaustrat.

Das Haus erwartete ihn – die Verheißung einer Schatztruhe, bereit zur Preisgabe ihrer Geheimnisse an den, der zuerst suchen kam. Vielleicht Kästen mit Silberbesteck. Familienporträts in verschnörkelten Goldrahmen. Eine Perlenkette. An derlei Dingen war Dodds interessiert. Von Solomons eigenem Anliegen ganz zu schweigen: vier Zimmer, bezugsfertig, der Traum aller Immobilienmakler. Er pirschte weiter, überprüfte jede Tür, an der er vorbeikam, ein lautloses Öffnen und Schließen der Zimmer, die einem Toten gehörten, wobei hier und da sein Spiegelbild dräute, wo überm

19

Elektrokamin ein Spiegel hing. Jeder Zoll des Hauses war mit Teppich ausgelegt – Zimmer, Flure, Abstellräume und Kammern –, und Solomons ausgelatschte Lederschuhe sanken in den Flor ein, als kosteten sie von einem Luxus, der ihnen einst versprochen, aber nie gewährt worden war. Er merkte schon jetzt, dass das Haus jungfräuliches Gebiet war, noch hatten keine anderen Erbenermittler hergefunden und seinen Claim besudelt.

Er linste in einen Wäscheschrank, fuhr mit der Hand über alle Türrahmen und zog in der Küche jede Schublade heraus, in der Hoffnung auf Ersatzschlüssel. Doch es kam Solomon Farthing nicht in den Sinn, dass der einstige Bewohner noch anwesend sein könnte, im Salon aufgebahrt zwischen zwei Brokatstühlen.

»Himmel!« Solomon sprang schier das Herz aus der Brust, als er die Salontür aufschob und den Holzsarg mit den glänzenden Messinggriffen sah. Und dann gleich noch mal, als jemand ihm antwortete.

»Wer ist da?« Weiblich. Laut. Warnend. Eine Frau, die dort wachte und aufstand, als Solomon die Tür hastig wieder schloss.

Totenwache. Nannte man das nicht so? Solomon verweilte nicht für eine förmliche Vorstellung, er ergriff die Flucht. Sein Herz schlug wild *eins-zwei*, als die Frau ihm hinterherrief.

»Solomon Farthing?«

Er erreichte die Terrassentüren, jetzt offen, als wären sie es immer gewesen.

Auf der Terrasse fiel er hin. Dann nochmals auf dem Gras. Schaffte es bis zum Friedhof und dann, als Ablenkungsmanöver, auf der anderen Seite wieder hinaus, ehe die blitzenden blauen Lichter kamen, um ihn einzukassieren.

Erst als sie ihn in den Streifenwagen steckten, wobei die zerrissene Manschette ziellos um sein Handgelenk flatterte, wurde Solomon bewusst, dass er ihn verloren hatte. Den silbernen Glücksbringer, den er immer in der Tasche trug – womit alles, was von seiner Kindheit geblieben war, nun zwischen den Dielen eines Toten lag. Ein Regiments-Mützenabzeichen, ein Löwe mit erhobener Pranke. Und das Motto des London Scottish-Regiments:

Strike Sure. Trefft genau.

Zwei

Der Sheriff-Court, das Amtsgericht, lag im Herzen der Stadt. Fünf Gehminuten von der Burg mit ihren Soldaten und Kanonen. Vier von der Greyfriars Kirk mit ihrem Ehrenmal für die Gefallenen. Zwei vom Friedhof, wo Edinburghs Edelste einst Schlösser und Riegel einsetzten, um ihre Toten vor Leichendiebstahl zu schützen. An all diesen Stätten wimmelte es heutzutage von Touristen. Edinburgh hatte seit jeher eine Schwäche für Verblichene – hielt sie gern lebendig, wenn es ging.

Solomon wurde hinten im Streifenwagen zu seinem schmuddeligen Bestimmungsort gekarrt, aufs Neue fixiert von derselben unergründlichen Polizistin, die ihn früh am Morgen durch den Metallschlitz beäugt hatte.

PC Noble. So hatte der Diensthabende im Gayfield-Revier sie angesprochen. Was konnte der Stadt Besseres passieren?

Für Solomon Farthing sah PC Noble wie fünfzehn aus. Allerdings sah er für sie wohl schon halb tot aus. Während sie durch den morgendlichen Verkehr glitten, versuchte er Konversation zu machen. Warum nicht die Jugend umwerben, wo die Alten ihn schon im Stich gelassen hatten.

»Leben Sie in Edinburgh?«, fragte er.

PC Noble warf einen kurzen Blick in den Rückspiegel und sah wieder weg. »Kann sein.«

Kann sein. Was war das denn für eine Antwort?

Trotz der noch recht frühen Stunde herrschte im Zellenbereich unterhalb der Gerichtssäle schon reger Betrieb, und eine lange Reihe der Edelsten der Stadt warteten auf ihr Urteil. Nicht die Rechtsanwälte, Steuerberater, Banker oder Finanzberater, die einen bei einem Bierchen um alle Ersparnisse brachten. Sondern ein anderer Typ Edinburgh-Männer, die sich genau wie Solomon heute früh nicht rasiert oder seit Tagen nicht die Unterwäsche gewechselt hatten. Solomon hielt sich in der Zelle so weit wie möglich abseits, der Dunst der Großen Ungewaschenheit sättigte die Luft. In die Wand neben ihm waren unter einer dünnen Schicht Farbe tausende wütender Schimpfwörter graviert, geritzt und gekerbt. F-Wörter und A-Wörter und Wörter, die das Verlangen nach Gewalt in jeder möglichen Form ausdrückten. Solomon redete sich ein, er selbst wüsste im Fall des Falles seine Umstände deutlich wortgewandter auf den Punkt zu bringen. Eine Elegie darüber, was schiefgelaufen war und was noch gutgehen könnte, geschrieben auf Gefängnispapier, während rings um ihn die Habenichtse flatterten und fluchten. Unterm Strich mochte auch eine Kerkerhaft ihr Gutes haben. Denn was war Freiheit anderes als eine Geisteshaltung? Und sein Geist stand in letzter Zeit schwer unter Druck, heimgesucht von Sorgen, was er alles schuldete, wem und warum. Gefängnis könnte zu seinem Besten sein, ein Ort zum Innehalten.

Allerdings …

»Genießt du dein Wochenende?«

Einer von Solomons Mitgefangenen rutschte über die Bank zu ihm hin, ließ sich in unangenehmer Nähe nieder, Knie an Knie gepresst. Der Mann war jung genug, um Solomons Enkel zu sein, seine Haut grau genug, um sich in seinem kurzen Leben jede erdenkliche Droge reingepfiffen zu haben. Solomon blinzelte, als der junge Mann ihn angrinste und einen kompletten Satz nagelneuer, regelrecht blendender Zähne entblößte. Was war mit den Originalen passiert, dachte Solomon. Und wie hatte so ein Mann diesen Ersatz bezahlt? Die Antwort ließ nicht lange auf sich warten.

»Dodds lässt grüßen«, sagte der junge Mann und beugte sich noch näher, einen Hauch Verwesung im Atem. »Schlägt vor, dass du zum Tee vorbeikommst.«

Solomon spürte sofort *eins-zwei* die Startpistole in seiner Brust, roch wieder den Flieder und seinen kopflastigen nächtlichen Duft. Also doch kein wohlmeinender Tipp von Profi zu Profi. Sondern eine Botschaft. Eine Warnung. Vielleicht sogar eine Drohung. Freddy Dodds war ein Edinburgh-Mann mit vielen und vielfältigen Facetten, eine verlässliche Quelle, aber kein Typ, mit dem man sich anlegen wollte.

Solomon schloss die Augen und steckte eine zitternde Hand in die Jackentasche, um sich an seinem silbernen Glücksbringer festzuhalten, dann fiel ihm ein, dass sich sein Glück in den Fängen eines Toten befand. Er drehte sich von Dodds' Abgesandtem weg zur Wand mit ihren F- und A-Wörtern und betete, dass man sich bald seines Falles annehmen würde. Doch wie derzeit alles in Solomon Farthings Leben sollte es nicht sein.

Drei Stunden und siebenunddreißig Minuten später, nach Körperverletzung, Drogen, Diebstahl, Raubüberfall und allgemeinem Fehlverhalten, wurde sein Name aufgerufen.

»Solomon Farthing!«

Und zu guter Letzt betrat er die Anklagebank im Sheriff-Court. Da dies Edinburgh war, verstand sich von selbst, dass die Sheriffin Solomon Farthing kannte, und auch Solomon Farthing kannte die Sheriffin.

»Farthing«, sagte sie. »Wie nett, Sie wiederzusehen.« Und meinte in Wahrheit das Gegenteil.

Das letzte Mal hatte Solomon sie beim Gartenfest der Wohnanlage getroffen, in der sie beide lebten. Ein langer lauer Nachmittag zum kostenlosen Zechen zwischen Rhododendren und mit klebrigen Fingerabdrücken verzierten Tombolapreisen. Über die Jahre hatten sich Gartenfeste als ergiebiger Jagdgrund für einen Erbenermittler bewährt – all die alleinstehenden Edinburgher mit ihren Millionen-Pfund-Häusern, bildeten sich ein, sie würden ewig leben, und vergaßen ein Testament zu machen. Solomon hatte sich betrunken und die Bluse der Sheriffin mit Grillsoße bekleckert, als er sie anzubaggern versuchte. Und erkannte jetzt, dass er dafür gleich die Quittung erhalten würde.

Zur Last gelegt: Trunkenheit. Verstoß gegen die guten Sitten. Ruhestörung. Alles bloß wegen eines Handgemenges auf dem Gayfield-Revier, nachdem man ihn auf der Straße festgenommen hatte. Gebrüll. Solomons Forderung, man solle eine gewisse DCI Franklin aus dem Bett holen. Rangeln und Raufen, als zwei Officer ihn packen wollten. Dann der Tritt, jemand quiekte, das unbesonnene Dreschen einer Faust (seiner), die auf Körperteile traf (nicht seine). Ganz abgesehen von Hausfriedensbruch in räuberischer Absicht.

Als der Beamte die möglichen Konsequenzen vorlas, begann Solomon zu schwitzen. Fünf Jahre in Ihrer Majestät Kittchen. Zehntausend Pfund Geldstrafe. Oder noch schlimmer, Sozialstunden – kleine Hundekacktüten aus den Rinnsteinen der Stadt fischen, wobei man eine dieser schicken leuchtenden Warnwesten trug. Was hätte sein Großvater dazu gesagt, dachte Solomon, ein Mann, für den das Tragen einer Uniform Ehrensache war und nicht ein Stigma durch und durch schlechten Benehmens. Er sah kurz an seinem aktuellen Aufzug hinab, konnte den Mief, der unter dem zerknautschten Tweed aufstieg, förmlich spüren. Wie tief war er gesunken, wenn er in dieser Stadt nicht mal mehr jemanden hatte, der ihm ein sauberes Hemd lieh.

Die Sheriffin räusperte sich und Solomon hob den Blick zur Richterbank. Fragte sich, ob er sich schuldig bekennen und auf ihr Erbarmen bauen sollte (oder zumindest auf den Umstand, dass sie eine Nachbarin war), sah dann aber, wie der Gerichtsdiener ihr einen Zettel reichte. Die Sheriffin runzelte die Stirn, während sie das kleine Quadrat auffaltete und überflog. Als sie aufblickte, galt ihre Aufmerksamkeit nicht länger Solomon Farthing, sondern jemandem hinten im Gerichtssaal. Solomon wandte sich um, sah jedoch nur noch pfirsichfarben gefütterte Mantelschöße zu der sich eben schließenden Schwingtür hinauswehen. Als er sich wieder umdrehte, rückte die Sheriffin ihre Brille zurecht, um das Urteil zu verlesen. Solomon schloss die Augen, war wieder ein kleiner Junge, der neben seinem Großvater betete, um Freiheit oder etwas in der Art. Dann sagte sie es laut.

»Klage abgewiesen.«

Draußen hatte die Stadt ihre Fahnen für den Sommer gehisst, sie flatterten wie Solomons Manschette. Er sah nach links. Dann nach rechts. Dann über die Schulter und wieder nach vorn, fragte sich, ob es Dodds sein würde (oder ein anderer Gläubiger), der seine Schulden als Erster eintrieb. Obwohl er sein Leben lang anderen Geld abgeknöpft hatte, stellte Solomon nun fest, dass er an allen Ecken und Enden der Stadt in der Kreide stand, unbegrenztes Wachstum für seine Schulden, von wegen nachhaltig.

Die fette offene Rechnung im Schnapsladen und dazu die im Feinkostgeschäft;

ein Deckel in seiner Stammkneipe in der Jamaica Street (inzwischen recht lang, anders als der Geduldsfaden seines Vermieters, der immer kürzer wurde);

der frühere Klient, der ihn vor dem Bagatellgericht auf drei Mille – aus einer Erbschaft – verklagte, die Solomon längst ausgegeben hatte;

der Mini, seiner Tante entwendet, die eigentlich nicht seine Tante war, eine Edinburgh-Lady, genau wie die Sheriffin, die stets wusste, wer was für Leichen im Keller hatte.

Dann noch die Schulden von seiner Leidenschaft für einarmige Banditen, immer die drei kreiselnden Siebener des Jackpots vor Augen. Die Spannung, wenn eine Karte nach der anderen umgedreht wurde, das Kribbeln, mit dem er die Würfel über den grünen Spieltisch schleuderte und Geld, das er nicht besaß, in Freddy Dodds' Kassen schaufelte. An die fünftausend oder so, wenn Solomon einen Überschlag wagte. Woher sollte er denn wissen, dass in dieser Stadt jede Gelegenheit zum Glücksspiel auf die eine oder andere Art Freddy Dodds gehörte? Das war Solomon entgangen, bis es zu spät war.

Als er aus dem schwarzen Tor des Sheriff-Court trat und über die George IV Bridge auf die Statue des Terriers Greyfriars Bobby zuhastete, spürte Solomon Farthing, wie seine Hände an seiner schmuddeligen Cordhose wieder zu zittern anfingen. Er hatte sich lange an Edinburgh gütlich getan, doch jetzt schien Edinburgh im Begriff, sich an ihm schadlos zu halten.

Das Denkmal des berühmten treuen Hundes war von Touristen umlagert, die Fotos schossen – hauptsächlich von sich selbst. Die Tradition war noch neu, an der kleinen Hundenase zu reiben, in der Hoffnung, dass es Glück brachte – das war in den letzten fünf Jahren aufgekommen, und der Stadtrat versuchte es schon zu verbieten. Doch in Ermangelung seines silbernen Talismans nahm Solomon jedes bisschen Glück, das er kriegen konnte.

»Haben Sie etwas Kleingeld, Sir.«

Am Fuß der Statue saß ein Mann auf dem Pflaster. Ein Bettler. Einer von Edinburghs Stammschnorrern. Und neben ihm noch ein kleiner Hund, diesmal lebendig. Solomon zog sein Taschenfutter nach außen.

»Tut mir leid, Mr. Scott. Ich fürchte, da ist nichts zu machen.«

»Solomon Farthing«, sagte der Bettler. »Hab Sie lange nicht gesehen.«

»Harte Zeiten, Mr. Scott. Harte Zeiten.«

Der Bettler rutschte ein Stück zur Seite und bedeutete Solomon, sich zu ihm auf den Pappkarton zu setzen. Warum nicht, dachte Solomon. Reicher, Armer, Bettler, Dieb – na, wen hat das Leben lieb? Drei davon hatte er eh schon ausprobiert. Da konnte er es auch noch mit dem vierten versuchen. Er hockte sich neben den Bettler und spürte die Berührung einer kalten Hundenase am Handgelenk. Der Hund trug ein gepunktetes Halstuch, als wäre er ein Gentleman und alle anderen Schurken.

»Was macht die Kunst, Mr. Scott?«, fragte Solomon. »Laufen die Geschäfte?«

»Geht so«, erwiderte der Bettler. »Das Referendum macht mir Sorgen. Was danach passieren könnte.«

Bleiben oder gehen. Es gab in diesem Sommer kein anderes Thema. Dieselbe Frage, die Solomon umtrieb. In Edinburgh bleiben und sich seinem Schicksal stellen. Oder tun, was er immer getan hatte. Abhauen. Der Hund drehte eine Runde und schnüffelte an einem Geländer in der Nähe. Ein Passant warf eine Münze auf den Pappkarton vor Solomons Füßen. Ein Pfund. Blieben nur noch viertausendneunhundertneunundneunzig. Natürlich plus Zinsen, was immer Dodds da auch nahm. Die Pfundmünze glitzerte im Sonnenlicht, als enthielte sie echtes Gold und kein falsches. Doch Solomon widerstand.

»Nach Ihnen, Mr. Scott, nach Ihnen«, sagte er.

Betteln war in Edinburgh ein Beruf. Es gab eine etablierte Hierarchie, und Solomon Farthing stand wieder mal ganz unten. Wie jeder gute Edinburgh-Mann zierte sich der Bettler nicht, nahm die Münze und steckte sie in eine seiner vielen Taschen.

»Glaube kaum, dass Betteln Ihnen aus der Patsche hilft.«

Zwei schwarze Stiefel. Größe achtunddreißig. Frauenstimme. Jung. Kritisch. Die unergründliche PC Noble war wieder da, um Solomon mit ihrem undurchdringlichen Blick zu piesacken. Dem inzwischen angetrockneten Matsch an Manschetten und Knien zum Trotz bemühte er sich um eine würdevolle Haltung. »Kann ich Ihnen behilflich sein, Officer?«

»Sie haben das hier vergessen«, antwortete PC Noble. Sie hielt ihm einen kleinen Plastikbeutel hin, durchsichtig, damit jeder auf den ersten Blick sah, was Solomon Farthing noch wert war:

eine Schachtel Tic Tac Orange, fast leer;

ein Nokia mit leerem Akku;

eine Walnussschalenhälfte, schon stark abgewetzt.

Er streckte die Hand aus, um die Tüte entgegenzunehmen, doch PC Noble ließ sie stattdessen vor seine Füße fallen. »Machen Sie sich nicht die Mühe aufzustehen.«

Sie war wirklich ein Prachtstück.

Solomon kippte den Inhalt aufs Pflaster – all sein weltlicher Besitz kullerte Greyfriars Bobby vor die Füße. Es ergab irgendwie Sinn. Der Hund mit dem Halstuch kehrte zurück, um an jedem Teil zu schnüffeln, und leckte kurz beiläufig an der Walnussschale. Solomon ließ das tote Nokia in seine Jackentasche gleiten, ebenso die Tic Tacs, merkte dann, dass PC Noble ihm noch etwas hinhielt.

»Sie haben was vergessen.« Klein. Weiß. Eine Visitenkarte. Wie ein anständiger Edinburgh-Mann sie bei sich trug. Oder eine Edinburgh-Lady, versteht sich. Auf der einen Seite stand sauber schwarz gedruckt:

DCI Franklin

Auf der Rückseite, mit Kuli gekritzelt:

Sie sind mir was schuldig.

Da spürte Solomon Farthing es, dieses Zittern in der Hand. Eine Abrechnung stand an, und zwar eher, als er gedacht hatte.

Drei

Um sieben Uhr zweiunddreißig am Morgen erwachte Solomon aus einem Traum von dunklem Wasser und musste um acht Uhr parat stehen. Als er sich mit einem Ächzen umdrehte, bohrte sich ein Schmerz hinter sein Auge, bei dem er sich fragte, ob dies der Augenblick war, da sein Universum explodierte. Aneurysma im Hirn. *Plopp.* Alles vorbei. Niemand würde nach ihm sehen außer dieser grässlichen Frau, dieser Penny vom *Amt für Verlorengegangene*, die vorbeikam, um in dem zu stochern, was von seinem Leben blieb, wie ein Aasfresser sich durch Knochen pickt.

Wie angewiesen hatte er tags zuvor bei DCI Franklin angerufen, hatte zum Hörer gegriffen wie ein Bub voller Bammel, Ärger zu kriegen, nur um etwas ganz anderes geboten zu bekommen.

»Ich habe einen Fall, der Sie vielleicht interessieren könnte«, hatte DCI Franklin gesagt. »Frisch. War noch nicht mal beim UH.« *Ultimus Haeres*, der letzte Erbe – seine üblichen Jagdgründe. »Steht quasi Ihr Name drauf. Kein Erfolg, keine Kohle.« Das Prinzip *kein Erfolg, keine Kohle* hatte früher Solomons Herz zum Hüpfen gebracht. Jetzt fürchtete er, es könnte ihm endgültig den Garaus machen.

»Welche Art von Fall?«, hatte er gefragt.

Die DCI ließ sich nicht in die Karten blicken. »Das erfahren Sie, wenn Sie zusagen.«

»Also mehr ein Gefallen.«

Darüber hatte sie gelacht, dieses kurze Bellen eines Fuchses in der Nacht. »Wir wissen doch beide, dass es andersrum ist. Ich hol Sie um acht ab.«

Solomon zog sich in der verbliebenen Zeit an, so gut es ging, und tränkte sich mit Patschuli-Körperspray, einem Schnäppchen von Scotmid, um zu kaschieren, dass er es nicht unter die Dusche geschafft hatte. Die Standuhr im Flur begann genau in dem Moment die Stunde zu schlagen, als er versuchte, in ihrem Glas sein Spiegelbild etwas zu glätten.

Ding

Ding

Ding

Acht Uhr früh, Tendenz steigend, eine kleine Sonne ging auf. Kurz den Daumen angeleckt und über einen Matschfleck auf dem Schuh gewischt, dann durchs Haar. Er würde die DCI mit seiner Pünktlichkeit verblüffen. Doch als Solomon die Haustür aufmachte, stand sie schon draußen und wartete nur darauf, ihn zu verblüffen.

Er hatte natürlich nachgeforscht, was DCI Franklin und all ihre Ahnen betraf. Der Fuchs fängt den Fuchs, war das nicht das Prinzip? Rückversicherung nannte es Solomon: die Kompetenz, Familiengeheimnisse auszubuddeln, ein Plus seines Berufs. Früher hatte er das bei allen getan, von denen er vielleicht eines Tages einen Gefallen brauchte.

Eine Hand wäscht die andere.

Natürlich erwiesen sich auch die Angehörigen von DCI Franklin wie so viele normale Leute als ganz gewöhnliche Scharlatane und Heuchler. Hier ein paar Namen geändert, dort bei Geburtsdaten fünfe gerade sein lassen, eine Patina aus Legitimität. Nichts, was nicht jeder brauchbare Erbenermittler bei jedem neuen Fall unter die Lupe nehmen würde. Noch bis unlängst wollte man alles verschleiern, was anrüchig oder regelwidrig war, und eine makellose Generation nach der anderen vorweisen. Doch selbst in Edinburgh – unter der Oberfläche so dreckig, wie es darüber gern blitzeblank wirkte – begann sich das zu ändern, wie Solomon wusste. Heutzutage suhlten sich all die Amateure in jedem Schmutz, den sie finden konnten. Ehebruch. Bigamie. Wahnsinn der ansteckenden Art. Trugen ihre genealogischen Befunde wie Trophäen vor sich her, als brächte das Farbe in ansonsten farblose Leben. Eigentlich hatte diese Schamlosigkeit Solo-

31

mons Job ruiniert. Das und natürlich das Internet. Da gingen alle Büchsen der Pandora gleichzeitig auf, und weit und breit kein Spezialist wie er, der einschreiten könnte.

Allerdings …

Was die DCI betraf, da gab es etwas. Ein Baby, ein Junge, vor Jahren von einer Krankenschwester davongetragen, bevor seine Mutter auch nur dazu kam, seine winzigen Zehen anzufassen.

Einen Gefallen hatte die DCI es genannt, als sie ihn bat, nachzuforschen. So, wie sie nun Solomon im Gegenzug einen Gefallen erwies. Eine letzte Chance, das Glücksrad in eine etwas vorteilhaftere Richtung zu drehen, wie er es für sie getan hatte. Ein bisschen Buddeln hier. Ein paar Fragen dort. Dann beiseitetreten und zusehen, wie der lang verlorene Sohn der DCI wieder auftaucht, als hätte er die ganze Zeit darauf gewartet, von ihr gefunden zu werden. Über den Flurfunk der Stadt hatte Solomon gehört, dass die DCI inzwischen mit dem Kind in Kontakt stand, ein junger Mann, der sich mit oder ohne Zutun seiner beiden Mütter prächtig entwickelt hatte. Das machte ihn froh. Solomon nahm sich gern Zeit für DCI Franklin. Er fragte sich oft, wie es wohl war, ein Kind zu verlieren, nur weil man einmal einen Fehler gemacht hatte, als man selbst noch ein Kind war.

Als er jetzt zur Beifahrertür von DCI Franklins Wagen strebte, sagte sie kein Wort zur Begrüßung, bedeutete ihm nur mit einem stummen Nicken, er solle hinten einsteigen. Beim Anfahren rutschte Solomon tief ins Lederpolster und fragte sich, was wohl die Nachbarn dachten, wenn sie sahen, wie er von einer abgeholt wurde, an deren Wagen man bereits die drei Buchstaben vor ihrem Namen erkannte. In dieser eleganten Edinburgher Wohnanlage voller eleganter Edinburgh-Männer. Steuerberater und Finanziers. Rechtsanwälte und Advokaten. Ganz zu schweigen von einer Sheriffin irgendwo auf der anderen Seite. Wobei die natürlich eine Edinburgh-Lady war, also ein ganz anderer Schlag. Wie kam es nur, fragte sich Solomon, während der Wagen der DCI dahinglitt, dass er sich ständig inmitten von Gesetzeshütern fand?

Sie fuhren mit würdevollem Tempo ihrem Ziel entgegen, ohne Eile trotz des frühen Termins. Auf dem ganzen Weg konnte Solomon es riechen – frische Erde und tausende klebriger Blütenknospen. Im Gegensatz zu ihm stand die Stadt im vollen Saft.

»Bisschen früh für eine Fallkonferenz, oder?«, sagte er, als sie an einer Gruppe von Kindern auf dem Schulweg vorbeikamen.

»In Ihrer Lage können Sie kaum wählerisch sein, oder?«, erwiderte die DCI. Es war weniger Frage als Feststellung. Was wusste DCI Franklin über seine derzeitigen Lebensumstände? Andererseits war das hier Edinburgh. Was wusste die DCI nicht über jedermanns Tun und Lassen in ihrem Revier? »Im Übrigen schulden Sie mir noch was für das Tamtam im Gayfield.« F-Wörter und A-Wörter und Wörter, die DCI Franklin schon millionenfach gehört haben musste. »Mittlerweile müsste Ihnen doch klar sein, dass man meinen Namen nicht missbraucht.«

Solomon stieg Hitze ins Gesicht. Verlegenheit oder die Nachwirkungen einer Flasche Fino, am Vorabend bis zum letzten Tropfen geleert, das war nicht ganz klar. Er schrumpfte noch weiter in das Leder, als der Wagen links abbog und eine nur zu bekannte Straße entlangrollte. Opulente Einfahrt. Große Terrassentüren auf der Rückseite. Der süßliche Schwall von blühendem Flieder. Was immer Solomon erwartet hatte, es war jedenfalls nicht die Rückkehr zum Haus eines Toten, in das er vor wenig mehr als achtundvierzig Stunden eingebrochen war.

Aber dann erwies sich als Tatort doch nicht das Ziel seines kürzlichen Raubzugs, sondern ein Pflegeheim auf der Hügelkuppe in Edinburghs Südosten. Ein Heim speziell für Soldaten – letzte Ruhestätte für die alte Garde, wo sie einer nach dem anderen abgemustert wurden, so wie ihre Offiziere sie einst angemustert hatten. Die Abrechnung, so hatte Solomons Großvater das genannt, ein finaler Appell derer, die am Ende der Schlacht noch am Leben waren.

Den Eingang des Pflegeheims schmückte ein Jubiläumsbanner. *1916–2016: 100 Jahre im Dienst der Truppen.*

»War erst ein Krankenhaus für die mit fehlenden Gliedmaßen«, sagte DCI Franklin und parkte auf einem reservierten Stellplatz.

Auch eine Art Abrechnung, dachte Solomon, als er sich aus dem Rücksitz schälte. Das Zählen von Körperteilen, wenn eine Granate eingeschlagen war:

ein Bein;

zwei Beine;

zwei Arme;

fünf Finger.

Was von einem Mann übrig war, worauf er aufbauen konnte.

Drinnen war das Heim voller Leute, die weitgehend noch alle Gliedmaßen hatten, aber durch die Flure wanderten, als wüssten sie, wo es langgeht, obwohl Solomon wusste, dass sie es nicht taten (genau wie er). Ein kleiner Schauder durchfuhr ihn. Trotz seines Berufs mit allem Drum und Dran mochte Solomon alte Leute nicht. Dieser grässliche Mief und Muff des Greisenalters.

Die DCI schwenkte ihre Dienstmarke und marschierte einen langen Korridor hinunter. Solomon folgte ihr, bis ihm ein ältlicher Mann in Pantoffeln und Trainingsanzug, auf den eine Art Wappen gestickt war, in den Weg trat. Der Alte zwinkerte Solomon zu, als der an ihm vorbeiwollte.

»Hallo, Seemann. Gehen wir unter Deck?«

Seine Augen waren verblüffend blau. Solomon blinzelte, als die Betreuerin des Mannes, eine junge Frau mit Haar wie Melasse, lachte und ihren Patienten an der Schulter fasste.

»Kommen Sie, Mr. R. Sie wissen doch, dass er gar nicht Ihr Typ ist.«

Wer weiß, dachte Solomon, als der alte Knabe weggeführt wurde. Er hatte sich in Gesellschaft von Soldaten immer wohlgefühlt. Sie hatten einen guten Humor, dunkel und abgründig. Und sie pichelten auch gern.

Während er hinter DCI Franklin her weiter den Flur entlangging, merkte Solomon, wie seine alten Instinkte einsetzten. Augen links. Augen rechts. Ausschau halten, wer ein vorrangiges Ziel abgab. Hinweise auf versteckten Wohlstand, auf abgängige Familienmitglieder, die aufgespürt werden wollten. Oder noch besser der Geruch der Einsamkeit, diese Nuance, die hieß, dass alle Verwandtschaft, die er finden mochte, weit weg und ohne Bindung war, die Sorte, die gleich unterschrieb, wenn das Angebot stimmte. So ungesund sie auch aussahen, im Altenheim war Geld zu holen, wusste Solomon. All die millionenschweren Immobilien, aus Altersschwäche verlassen, die nur darauf warteten, dass jemand ernten kam. Vielleicht konnte Solomon mal bei einem Lunch aus Omelette mit Erbsen mit Mr. R. plauschen, einen passenden Kandidaten ausbaldowern für seinen nächsten Streifzug in die Vergangenheit. Als er DCI Franklin einholte, die an der Tür eines Zimmers stand, sah er an ihrer Miene, dass sie genau wusste, was er gedacht hatte, und missbilligte, wohin das führen könnte.

»Nach Ihnen.« Sie öffnete die Tür, ohne auch nur anzuklopfen. Es erinnerte Solomon an seinen Einzug in diese Zelle in Gayfield – ein Ort, von dem es womöglich kein Entrinnen gab.

Der Name des Toten war Thomas Methven. Jedenfalls laut DCI Franklin. Solomon fragte sich, wie lange dieser Name angesichts der nichtssagenden Umgebung noch präsent bleiben würde. Bett. Schrank. Stuhl. Nicht mal ein Sesselschoner. Kein Hinweis darauf, dass hier ein Leben stattgefunden hatte, ganz zu schweigen von einem Tod.

»Wie alt?«, fragte er.

»Fünfundneunzig, sechsundneunzig«, sagte die DCI. »Ganz genau weiß es keiner. Seine Frau starb vor rund zwanzig Jahren. Keine Kinder, soweit wir wissen.«

»Geschwister?«

»Einzelkind.«

Solomon entschlüpfte ein kleines Lächeln bei der Vorstellung, dass rings um den Dahingeschiedenen ein großer Leerraum im Familienstammbaum klaffen mochte. »Was ist mit anderen Angehörigen?«, sagte er. »Sind sie schon benachrichtigt?«

»Es gibt keine«, sagte die DCI. »Zumindest sind keine bekannt. Da kommen Sie ins Spiel.«

Und das Geld natürlich. Fünfzigtausend in gebrauchten Scheinen. Darauf lief es hinaus. Der Schatz, den Thomas Methven hinterlassen hatte.

»Eingenäht in seinen Beerdigungsanzug«, sagte die DCI.

»Was?« Solomon waren in seiner Karriere als Erbenermittler schon viele Seltsamkeiten untergekommen. Aber das hatte er noch nie gehört. Geld für die Beerdigung, am Leib getragen wie eine zweite Haut.

»Die Bestatterin hat es gefunden, als sie ihn ankleiden wollte«, sagte DCI Franklin. »Hat das Heim angerufen. Und die uns. Es sollen an die fünfzigtausend sein, grob geschätzt.«

Trotz der frühen Stunde bescherten die Möglichkeiten dieses Falls Solomon ein angenehmes Kribbeln. Fünfzigtausend. In bar. Davon zwanzig Prozent wären ein sehr hübscher Anfang für die Lösung seiner Probleme, besten Dank.

»Er hat wohl keine Anweisungen hinterlassen, was damit passieren soll?«, fragte er. Denn wo ein letzter Wille war, war auch ein Weg, aber nicht für den Erbenermittler. Ein Testament war das Letzte, worüber Solomon stolpern wollte.

»Wir haben nichts gefunden«, sagte die DCI. »Keine Ahnung, wo das Geld herkam oder hinsoll. Im Heim hielt man ihn für mittellos. Margaret Penny vom Amt für Verlorengegangene sollte sich schon um die Einäscherung kümmern, als ich eingegriffen habe.«

Fünfzigtausend in Rauch aufgelöst, dachte Solomon, von der DCI gerade noch gerettet. »Warum ermitteln Sie nicht selbst?«, fragte er.

Die DCI lehnte sich gegen den Türrahmen. Sie wirkte plötzlich müde. »Alles ist rechtens. Ein natürlicher Tod, vom Hausarzt bescheinigt. Gibt keinen Grund, weiter zu ermitteln als bis zum Totenschein.«

Solomon begriff sofort, was sie meinte. Kürzungen. Kürzungen. Und noch mehr Kürzungen. Darauf lief es hinaus. Alles wurde runtergehobelt bis aufs Mark, von Knochen gar keine Rede mehr. Er kannte die Gerüchte über die Auflösung der auf unverdächtige Todesfälle spezialisierten Edinburgher Rechercheeinheit, nun in alle Winde zerstreut, Norden, Süden, Osten und Westen. Sämtliche Experten landeten jetzt am schicken neuen Crime Campus auf der anderen Seite des Landes. Glasgow hatte schon immer jedweden Reichtum protzig zur Schau gestellt. Wohingegen Edinburgh ihn (ganz wie der verstorbene Thomas Methven) lieber unterm Deckel hielt. »Und einfach an UH überstellen?«, sagte er. »Sollen die sich drum kümmern.« Dort würde das Crown Office flüchtig nach möglichen Erben fischen, dann den Fall öffentlich ausschreiben und zusehen, wie die Geier seiner Sorte darauf herabstießen.

»Das tun wir, wenn Sie keinen lebenden Angehörigen finden«, sagte DCI Franklin. »Ich dachte, Sie möchten vielleicht einen Vorsprung.«

Solomon lächelte. *Eine Hand wäscht die andere.*

»Wo ist das Geld jetzt?«, fragte er und zog betont lässig jede einzelne von Thomas Methvens leeren Schubladen auf.

»Im Safe des Pflegeheims«, sagte die DCI.

»Wollen Sie es nicht sicherstellen?«

»Das tun wir, wenn Sie keinen finden, der Anspruch erhebt«, sagte sie. »Bis dahin ist es eine Fundsache und nichts weiter.«

Wer's findet, darf's behalten, dachte Solomon.

»Wie lange habe ich?«, fragte er.

»Vier Tage.«

»Vier Tage!«

»Länger kann ich den Papierkrieg nicht aufhalten.«

Und Solomon wusste genau, was mit Papierkrieg gemeint war. Margaret Penny vom Amt für Verlorengegangene würde einschreiten und wissen wollen, warum eines alten Mannes letzter Wunsch nicht respektiert wurde. Fünfzigtausend mit Thomas Methvens Beerdigungsanzug in Rauch aufgelöst, weil sie eine Korinthenkackerin war. Er befingerte den Saum der Nylongardinen vor dem Fenster und betrachtete den letzten Ausblick des Verstorbenen auf die Welt. Würde es ihm zum Vorteil gereichen, wenn er sich zierte?

Doch als Solomon sich umdrehte, steckte die DCI eine Hand in ihre Tasche, als fischte sie nach einem Glücksbringer, gefunden zwischen den Dielenbrettern eines Toten. »Es gibt da noch etwas, das für Sie spricht.«

Solomon erbleichte, versuchte zu witzeln. »Familiensilber?«

DCI Franklin lächelte, als hätte sie immer gewusst, dass es richtig war, ihn einzubeziehen. Sie zog die Hand aus der Tasche, hielt ihm den Schatz hin. Kein silbernes Abzeichen, kein Löwe mit erhobener Pranke. Sondern ein Pfandschein, Nr. 125. Dieses kleine Stückchen Blau.

1918

Eins

Es war November, der Anfang eines ereignislosen Monats, nichts als kalte Morgen und Eisringe auf dem Rasiereimer, eine Luft, die sie alle mit einer Decke aus Tau beschwerte, sobald sie sich hinauswagten. Der Regen fiel schon wieder, als wolle er die Welt in einen Fluss verwandeln, Wasser strömte unbekümmert durch den Teich hinter dem Bauernhaus – auf der einen Seite hinein, zur anderen hinaus –, und jedes kleine Rinnsal schloss sich mit dem nächsten zusammen, bis es zu etwas wurde, durch das man hindurchwaten musste, wann immer man zur Latrine wollte.

Captain Godfrey Farthing starrte aus dem Bauernhausfenster auf die Pfützen, die sich im Hof bildeten. Es war wie der Fluss, den sie eigentlich überqueren sollten, dachte er, wenn nur der Befehl käme. Ein Wasserlauf, keine zwei Kilometer entfernt, flach und mittelmäßig, gesäumt mit Weiden, die noch nicht von Maschinengewehrfeuer zersiebt waren. Godfrey hatte einen Erkundungsgang gemacht, um ihren Übersetzpunkt in Augenschein zu nehmen. Hatte alles für enttäuschend gewöhnlich befunden. Schösslinge und stummelige Schilfrohrflächen, am anderen Ufer eine Wiese ohne besondere Merkmale bis auf die Wahrscheinlichkeit, dass der Feind sie dort alle niedermähen würde.

Als er sich dann rückwärts durch die Senken und Täler der dazwischenliegenden Sumpflandschaft schlängelte, bis seine Uniform klatschnass und dreckig war, fragte er sich ratlos, ob das wirklich die Mühe wert war. Auf dem Rückweg zum Bauernhaus, wo Quartier bezogen hatte, was von seiner Einheit noch übrig war, sah Godfrey nur vor sich, wie unmöglich es war, ein so flaches unscheinbares Stück Land zu überqueren, ohne seine Männer vollends dem Feind auszusetzen. Sie würden vermutlich unterwegs in irgendeinem Wassergraben ertrinken, im Hagel feindlicher Kugeln dahinstolpernd, bevor sie überhaupt zum Zuge kamen. Ein blödsinniger Tod, unnötig, wie wenn ein Kleinkind in den Zierteich des Nachbarn fiel. Aber war nicht dieser ganze Krieg inzwischen so? Jeden Tag etwas Blödsinniges tun, weil, tja, weil sie eben sonst keine Anweisungen hatten.

Das Ganze erinnerte ihn an Private William Beach.

Wir sehn uns dann.

Verabschiedete sich, als würde er zum Tee nach Hause gehen statt in die große Leere des Todes. Erst viel später fragte sich Godfrey, ob Beachs Worte prophetischer gewesen waren, als ihm bewusst war.

Wir sehn uns dann.

Hätte er nur hingehört. Zu spät.

»Sie wissen, dass das Ende in Sicht ist.« Second Lieutenant Ralph Svenson kippelte mit seinem Stuhl, als wäre er wieder in der Schule und ereiferte sich unter Zehntklässlern (zu denen er unlängst noch gehört hatte). »Ist nur noch eine Sache von Tagen, vielleicht eine Woche.«

Godfrey weigerte sich von der Postkarte aufzusehen, die er an seine Mutter schreiben sollte. »Das haben wir schon öfter gehört.«

Es war typisch für ihre Unvereinbarkeit, dass Second Lieutenant Ralph Svenson gedankenlos auf dem Stuhl kippelte, während Captain Godfrey Farthing diesen Anblick nicht ertragen konnte.

Sie warteten schon seit zehn Tagen, und noch immer hatten sie keinerlei Befehle erhalten, und seien sie noch so läppisch. Weder Exerziervorschriften noch den Auftrag, die Vorräte zu zählen. Keine Aufforderung, Gräben auszuheben, wo keine Gräben nötig waren. Es war, als hätte man sie vergessen, als hätte man sie losgeschickt, ein Lager aufzuschlagen, und dann abgeschrieben, sodass die Truppe nichts zu tun hatte als auszuharren, während woanders der Krieg weiterging. Godfrey wusste, er sollte einen Kurier schicken und nachfragen, warum der Rest seiner Kompanie noch nicht zu ihnen gestoßen war. Doch während jeder Morgen grauer heraufzog als der vorige, schob er das unwillkürlich vor sich her, wieder und wieder, sodass ein Tag still in den nächsten quoll.

»Nein, im Ernst.« Ralph kippelte nach vorn und lehnte sich über den Tisch zu Godfrey, wie um seine Worte noch zu betonen. »Ich glaube, diesmal könnte es stimmen.« Trommelte mit den Fingern auf die Ecke von Godfreys Postkarte.

Godfrey starrte auf die geschrubbten Fingernägel des Jungen. *Liebe Mutter, es heißt, das Ende sei in Sicht …* Schob die Karte ein Stückchen weg von Ralph Svensons Hand.

Second Lieutenant Svenson war eigentlich noch ein Knabe, erst neunzehn, aber schon Offizier und noch keine sechs Monate im Krieg. Es war zu spät für richtige Gefechte, als er zu ihnen stieß mit einem Grinsen so breit wie der Ärmelkanal und dem Geruch des Zitronenöls, das er sich so gern ins Haar strich. Er war der neue Unteroffizier, eine unwillkommene Erinnerung daran, dass Godfrey den Namen seines Vorgängers schon vergessen hatte. So ging es eben zu, wenn einem alle Männer abhandenkamen. Man wurde einer Truppe Fremder zugeteilt; musste von vorn anfangen. Godfrey wusste, er hätte den Jungen unter seine Fittiche nehmen, eine Art Vaterfigur sein sollen. Doch er stellte fest, dass er das nicht konnte. Ralph hatte so eine Art, sich Anweisungen zu widersetzen. Und dazu etwas, das Godfrey nicht mehr nachempfinden konnte – den ermüdenden Eifer der Jugend.

Ralph zog schmollend seine Hand zurück, kippelte erneut und spielte an etwas in seiner Tasche herum, während er mit seinen seltsam durchsichtigen Augen aus dem Fenster starrte. Godfrey wusste, dass sein Second Lieutenant sich langweilte. Ein junger Mann, gestählt von ein paar Wochen Drill, dann abgestellt, um tatenlos im Dreck zu versauern.

»Es ist ungerecht«, hatte der Junge sich erst am Vortag beschwert, weil er es leid war, die Männer sinnlos exerzieren zu lassen. »Die haben uns sitzenlassen, auf dass wir hier verrotten.« Ralph hatte noch keine Gefechte erlebt. Kein Ducken in einer schlammigen Pfütze in der Erwartung, von Schrapnell aufgeschlitzt zu werden. Kein Sturm auf den Feind mit aufgepflanzten Bajonetten. Deshalb schwelgte er so in den Gerüchten vom Ende. Denn Second Lieutenant Ralph Svenson hoffte, sie würden sich noch nicht bewahrheiten.

Der Bauernhof, den sie requiriert hatten, war recht komfortabel – das reinste Versailles im Vergleich zu allem Vorangegangenen. Den Ratten. Den Erdlöchern. Dem Gasgestank am Boden. Den Unterständen, wo Fingerknochen aus den Wänden ragten. Im Gegensatz dazu bot ihre neue Unterkunft Steinmauern, ein Dach voller intakter Ziegel, Fenster, die noch Läden und Scheiben hatten. Dazu Ställe, groß genug für ein Pferd und eine Kuh, hätte es noch lebendes Vieh gegeben. Eine Scheune, wo die Männer sich einquartieren konnten. Einen Kornspeicher, in dem Private Flint von Wand zu Wand die Wäsche aufhängte. Und dann war da noch der abgenutzte Stummel eines Stiefelkratzers bei der Eingangstür, als wäre es hier das Wichtigste überhaupt, sich um Reinlichkeit wenigstens zu bemühen.

Während sie warteten, hatte Godfrey sich mit Ralph oben in der guten Stube eingerichtet. Ein Kamin mit einem Kaminsims aus Holz. Eine schmale Sitzbank an der Wand. Ein Tisch mit dem ringförmigen Wasserfleck einer Vase. Und dann noch ein kleines Kruzifix links neben der Tür. Godfrey berührte das Kruzifix gern jeden Abend, bevor er zu Bett ging. Zur Erinnerung an alles, was nun hinter ihm lag. Und was vielleicht noch kam.

Es gab sogar einen Rosenbusch im Garten – die Verheißung von Frühling, so dachte Godfrey bei ihrer Ankunft, falls irgendwer von ihnen lange genug durchhielt, um die Blüten zu sehen. Große liederliche Dinger in Rosa und Orange vielleicht, die duftende Blütenblätter in den Sommerwind streuten.

Beach hätte es einen Palast genannt.

Also das ist ja mal doll. Erstmals ausgesprochen, während sie zusammengekauert den dritten Tag eines Bombardements über sich ergehen ließen, das sich später als nutzlos für alle Beteiligten erwies.

Als sie sich an jenem ersten Tag im Gänsemarsch auf dem matschigen Weg dem Bauernhof näherten, hatte auch Godfrey ihn als Palast angesehen. Und doch ging er davon aus, beim Aufschieben der Tür großes Unheil vorzufinden. Einen Mann quer überm Ofen mit einer Kugel im Gesicht. Eine Frau auf dem Küchentisch mit durchschnittener Kehle und hochgeschobenem Kleid. So begegneten sie dieser Tage allem Neuen – als schmeckten sie den Tod, noch ehe er eintraf, und dann packte sie der Drang, zu dem zu flüchten, was sie alle am besten kannten. Dem Matsch. Den Waffen. Den unerbittlichen Bahnfahrten ins Unglück. Dem Wissen, dass das Ende kam, ob es ihnen passte oder nicht.

Doch dann tauchte das Huhn auf, kam um die Ecke des Kornspeichers spaziert, gefolgt von noch einem und noch einem, eine ganze Schar, die um Captain Godfrey Farthings Füße herum scharrte und pickte. Das Huhn richtete seine schwarzen Augen auf Godfrey, als wollte es eine Frage stellen, und er musste an Beachs Augen denken an dem Morgen, als er starb. Dann registrierte er das träge Flattern einer Schürze auf der Wäscheleine; eine Reihe Winterkohlköpfe, in Sackleinen gewickelt, um sie vor dem Frost zu schützen. Wer kümmerte sich schon um Kohlköpfe, dachte er, wenn man selbst übel zugerichtet war? Die Männer teilten offenbar seine Meinung, denn Godfrey hörte sie hinter sich schneller ausschreiten, zu zweit nebeneinander den Weg entlang, und ihr Atem bildete Wolken in der kalten Luft eines weiteren Jahres, das dem Ende zuging.

In der guten Stube stand Second Lieutenant Ralph Svenson unvermittelt auf und nahm einen rohen Holzbecher vom Kaminsims. Er stellte ihn vor Godfrey auf den Tisch, wühlte in seiner Uniform und förderte ein Paar Würfel zutage. »Zwei Sechsen, und es ist in einer Woche vorbei.«

Ralph nannte die Würfel seine Glücksbringer und ging ohne sie nirgendwohin. Godfrey verkniff es sich, seinen Second darauf hinzuweisen, dass er sein Vertrauen in den Zufall setzte. Das war wie den Kopf über die Kante eines Schützengrabens heben, um die Windrichtung zu prüfen.

Er ignorierte Ralphs Aufforderung und dachte darüber nach, was er auf die leere Fläche seiner Postkarte schreiben sollte.

Liebe Mutter …

»Zwei Fünfen, zehn Tage.«

Wir kommen hier alle ganz gut zurecht …

»Zwei Dreien, ein Monat.«

Das Wetter ist nass …

»Kommen Sie, Farthing«, knurrte Ralph. »Wollen Sie denn nicht mal eine kleine Wette wagen?«

Godfrey klammerte sich an seinen Bleistiftstummel. »Sie wissen doch, ich bin kein Spieler.«

»Wir sind hier alle Spieler.«

Godfrey blinzelte. Ralph Svenson lag in vieler Hinsicht falsch, aber in dem Punkt hatte er recht. »Also schön. Dann eben zwei Fünfen.«

Ralph grinste, schüttelte den Holzbecher, als würde er eine Art Cocktail mixen, und ließ die Würfel auf den Tisch kullern.

Eine Sechs, eine Drei. Kein Gewinn. Nicht mal nah dran.

Ralph fing sofort wieder an, ratterte dabei verschiedene Kombinationen herunter, von denen er sicher war, dass sie das korrekte Ergebnis gewährleisteten. Zwei Dreien. Fünf und Eins. Zwei Sechsen, gefolgt von Zwei und Vier. Er würfelte darauf, wann der Krieg vorbei sein könnte – in einer Woche, vierzehn Tagen, einem Monat. Das zumindest sagte er zu Godfrey. Doch Godfrey wusste, dass es andersherum war. Ralph würfelte in der Hoffnung auf ein letztes Gefecht; auf einen Grund, seine Pistole zu ziehen, bevor die Gegenseite alles hisste, was sie an weißem Tuch noch auftreiben konnte.

Er war fast zu bewundern, fand Godfrey, Ralphs Glaube an seine Befähigung, das ersehnte Ergebnis herbeizuwürfeln, selbst wenn es um die Verlängerung des Krieges ging, nur um ja noch seine Waffe abfeuern zu können. Der Junge ging die Sache so an, wie er vielleicht einen Cocktail bestellen würde.

Einen Gin Fizz, aber die Kirsche bitte separat.

Einfach aus dem Handgelenk. Ein bisschen wie Godfreys Fähigkeit, Beach heraufzubeschwören.

Wir sehn uns dann. Diese stumpfen grauen Augen.

Godfrey schaute wieder auf die unbeschriebene Karte unter seiner Hand, während Ralphs Würfel erneut tanzten. Er hatte nie einen Cocktail probiert, bis er nach Frankreich kam. Und dann nur den einen, in einer Bar ein paar Kilometer hinter der Front im ersten Jahr. Eine berauschende Mischung aus Brandy und Champagner, die auch in ihm etwas zum Tanzen brachte. Er hatte nie einen weiteren gewollt, falls der dann nicht an den ersten herankam. Aber in letzter Zeit fragte er sich manchmal, ob diese Einstellung nicht das Leben behinderte. Genuss war ja keine Sünde, oder? Und Vorfreude? Vielleicht kam das Ende ja wirklich bald. Aber danach würde es immer wieder etwas anderes geben.

Draußen im Hof herrschte plötzlich Tumult, Männerstimmen brüllten, andere lachten, dazu hektisches Gackern und Flattern. Ralph ließ von Würfeln und Becher ab.

»Es ist Zeit«, sagte er.

Für das Ende, dachte Godfrey, wenn auch nur des Federviehs. Sein Second Lieutenant stand auf und schob seinen Stuhl unter den Tisch.

»Machen Sie mit?«

Godfrey sah auf das leere Stück Pappe vor sich, wo er bisher nur das Datum hingeschrieben hatte, *5. November*. Dann auf seinen Second Lieutenant. Ralphs Augen waren fahl und sehr klar, so wie Godfrey sich Gletscher vorstellte, falls er je Gelegenheit erhielt, einen aus der Nähe zu sehen.

Liebe Mutter und Vater,
wir kommen hier alle ganz gut zurecht. Das Wetter ist nass, doch wir haben reichlich zu essen und die Bedingungen sind günstig. Gestern bin ich ins Dorf gegangen und habe einen Cocktail getrunken.

Schlimmer als das, was bisher passiert war, konnte es nicht werden, oder?, dachte Godfrey, ein plötzliches sprudelndes Perlen auf der Zunge.

»Ich glaube, ich mache einen Spaziergang«, sagte er und legte den Stift hin. »Den Kopf frei bekommen.«

»Wenn Sie meinen.« Ralph war schon an der Tür, eine eifrige Hand strich durchs Haar, die andere zupfte am Uniformrock, und verschwand mit einem Ruf an die Männer draußen in dem steinernen Gang. »Ich komme!«

Der Tumult im Hof wurde lauter, jemand brüllte zurück. »Schnapp dir das Viech!«

Ralph rief erregte Anweisungen. »Hierher! Los, hierher!« Nichts weiter als ein Anführer unter Jungs.

Godfrey steckte die Postkarte in seine oberste Tasche, den Bleistift daneben, und knöpfte sie zu. Er erhob sich vom Tisch mit dem Wasserfleck, zog seinen Feldmantel von der Lehne seines Stuhls. Er würde den Männer ihren Spaß lassen und zur Hintertür hinausgehen, um sie bei ihrem Zeitvertreib nicht zu stören. Sie spielten so gern mit Leben und Tod, selbst wenn es bloß ein Huhn war, ließen die Würfel entscheiden, welches als Nächstes drankam. Aber wenn das Ende wirklich bevorstand, war sich Godfrey Farthing gar nicht sicher, ob er schon etwas damit zu tun haben wollte.

46

Zwei

Das eigentliche Spiel war am zweiten Abend nach ihrer Ankunft losgegangen, das Licht fiel aus dem Himmel, und sieben Männer streckten sich auf den Zeltböden aus, die auf
dem Steinboden der Scheune ausgebreitet waren:

Temporary Sergeant Hawes;

Private Flint;

Private Walker;

Corporal Bertie Fortune;

Private Jackson, genannt Jackdaw;

Private Promise;

sowie Lance Corporal Archie Methven, der Buchhalter.
Der Mann, der sie alle in der Spur hielt.

Sieben Uhr und draußen schon dunkel, ihr Koch, George
Stone, wusch nach dem Abendessen in der Bauernküche das
Geschirr ab, und es war Percy Flint, der die Karten herausholte. Geöltes Haar. Die Manschetten gesäubert. Der Scheitel ein weißer Pfeil auf seinem Skalp.

»Wir sind zu sechst«, sagte Flint. »Ich. Walker. Fortune.
Promise. Jackdaw. Hawes. Der Buchhalter macht die Bank.«

Glücksspiel war in der Armee verboten, aber alle spielten.
Noch so eine Methode, durch den Tag zu kommen, bis der
nächste Morgen graute.

»Ich nicht.« James Hawes, der Temporary Sergeant, dessen
Rang bei Kriegsende nichtig werden würde, kräftige Arme,
der Nacken von Sommersprossen übersät, saß ein Stück von
den anderen entfernt und las ein Buch mit verblichenem
rotem Einband. Als er vor über zwei Jahren eintraf, hatte
James Hawes jedes Spiel mitgemacht. Jetzt spielte er fast nie
mit, blätterte stattdessen ständig die Seiten um.

»Dann zu fünft«, sagte Flint. »Walker, Fortune, Jackdaw,
Promise. Ich gebe.« Percy Flint legte gern die Rahmenbedin-

gungen dar. Beim Einfädeln von Transaktionen trat er in den Vordergrund.

Die Spielwilligen scharten sich um einen kleinen Bereich, den Flints Ärmel frei von Sand und Stroh gefegt hatte.

»Mach uns mal Licht, Fortune«, verfügte Flint und fächerte die Karten in einer Hand auf, dann in der anderen.

Corporal Bertie Fortune hatte tags zuvor auf Futtersuche in einem Nebengebäude eine Petroleumlampe aufgetan. Mit seinem schnellen Grinsen und lässigen Zwinkern war Fortune der Tausendsassa der Gruppe, konnte jedem alles besorgen, sofern ein Mann bereit war zu zahlen. Jetzt bastelte er am Docht herum, kauerte dicht darüber, zupfte an den Enden seines gepflegten Schnurrbarts und wartete, ob das Streichholz seinen Dienst tat. Die Flamme zuckte, richtete sich dann plötzlich hoch auf, und Fortune lehnte sich mit zufriedenem Nicken zurück. Die Lampe war schadhaft und qualmte stinkend. Doch die Scheune hatte eine hohe Decke, der hölzerne Dachstuhl war weit über ihnen. Draußen regnete es wieder. Drinnen war es warm, überall hing der süße Geruch von gemähtem Heu.

Percy Flint mischte, eine Hand pflügte über die andere, bevor er die Kanten glatt ausrichtete und auszuteilen begann. Er warf den Männern ihre Karten hin, eine nach der anderen, ließ sie aufs Geratewohl landen. Die Spieler schaufelten ihr Blatt vom Boden, jeder warf einen kurzen Blick darauf, bevor sie in ihren Taschen nach einem ersten Einsatz stöberten.

Ein Streichholz.

Ein Knopf.

Eine Spule rosa Garn.

Typisch Percy Flint, den einen Gegenstand zu besitzen, der sie alle an die französischen Mädchen erinnerte, die in den Bars hinter der Front *vin blanc* ausschenkten.

»Wogegen hast du das getauscht, Flint?«, fragte Private Alfred Walker.

»Frag nicht«, gab Flint zurück und feixte.

Die Männer lachten. Flint war älter als der Rest. Einer von den vermählten Rekruten, der es so lange wie möglich hinausgezögert hatte, bevor ihn das Schamgefühl zum Musterungsoffizier trieb. »Musste die Frau ganz allein zu Hause lassen«, hatte er anfangs jedem vorgejammert, der ihm zuhörte.

Doch Flint wusste, und sie wussten, dass er hätte eher kommen sollen. Eine Gegenleistung für ein Päckchen billige Kippen, ein schnelle Nummer im Hinterzimmer eines Estaminet. Das war Percy Flints Hauptwährung. Der Krieg und seine schmutzigen Trostpflaster erwiesen sich als der ideale Tummelplatz für einen Mann wie ihn.

»Spielt aus, wenn ihr so weit seid.« Archibald Methven, der Buchhalter, rückte vom inneren Kreis ab, Notizbuch in der Hand, behielt den Spielstand im Auge. Ein Ass. Eine Pik Zehn. Eine Fünf. Drei ergeben Fünfzehn. Also zurück zum Ass. Methven war ein ruhiger Mann, verlässlich, alt genug, um Verantwortung für das Rüstzeug zu übernehmen oder alles, was sonst so gezählt werden musste. Wie viel Munition noch da war. Wer einen Knüppel hatte. Welcher Mann es geschafft hatte, sich ein Messer zu besorgen. Sie alle wussten, Archie Methven hatte selbst ein schönes Stück, eines Nachts einem Jerry abgenommen, als Fortune und Beach denen in ihrem Schützengraben einen Besuch abgestattet hatten. Beach kam mit einem Schleifenband in der Farbe irischen Sommers zurück, die er an sein Marschgepäck band wie einen Wimpel an eine Lanze. Während Bertie Fortune sein erbeutetes Messer bei Archie Methven eingetauscht hatte, gegen was, wusste keiner. Seit damals suchten die Männer Methven zu überreden, das Messer zu tauschen. Doch der Buchhalter gab seine guten Stücke nicht so leicht her. Bewahrte sie in seinem Gassack auf, nur für alle Fälle.

Die Männer spielten eine Weile schweigend, nur die blakende Flamme der Lampe und das Plitschplatsch der Regentropfen auf dem Scheunendach untermalten das Aufeinandertreffen der Karten.

Es war Bertie Fortune, der davon anfing, der Glückspilz der Gruppe. »Hat wer von euch das Gerücht gehört?«

Gemeint war das Tuscheln und Munkeln, das schon seit Wochen an der ganzen Front auf und ab lief. Dass das Ende bevorstand, eher gleich als bald.

»Das glaub ich erst, wenn der Captain es schwarz auf weiß hat.« Flint, stets der Pessimist, spuckte in die Schatten hinter dem Kreis. »Bis dahin ist es nicht vorbei. Warum sonst sollten sie uns hierherschicken, wenn nicht für einen weiteren Einsatz?«

»Na, um die Hühner aufzuessen, bevor es andere machen«, parierte Alfred Walker grinsend.

Private Alfred Walker war der Witzbold der Truppe, kaum einundzwanzig und immer auf das große Glück aus, Soldat von Beruf, doch der Neigung nach ein Klaubruder. Auch gewohnheitsmäßig. Wenn Alfred Walker sein Gewehr polierte, dann pfiff er dabei, und er trug das Haar ein Stück länger als vorgeschrieben. Er steckte gern jeden Morgen den Kopf unter die Pumpe und schüttelte silberne Tropfen quer über den Hof, dabei lachte er auf eine Art, dass alle sofort einstimmen wollten.

»Ein Huhn pro Woche«, sagte Archie Methven jetzt, leckte an seinem Stift und trug etwas in sein Notizbuch ein. »Befehl des Captains.«

»Wer sagt das?«, fragte Walker.

»Stone. Er ist für die Rationen zuständig.«

George Stone hatte die Küche übernommen, als sei ihm das in die Wiege gelegt worden, zupfte an jenem ersten Morgen die Schürze von der Wäscheleine und band sie sich um wie eine Art Rock. Stone war vom alten Schlag, einer von denen, die bereits vor Beginn dieses Kriegs beim Militär gewesen waren und schon alles erlebt hatten.

»Himmel«, sagte Alfred Walker jetzt und warf sein Blatt hin. »Dann dauert's ja ewig, bis wir mit ihnen durch sind.«

»Ich denke, genau darum geht es«, sagte Archie Methven.

»Wir müssen ein Gesuch um bessere Rationen aufsetzen.« Bertie Fortune deutete auf die beiden Jungs, die auf der anderen Seite des Kreises hockten, die Privates Jackson und Promise, deren Knie sich beinahe berührten, einer dunkel, einer blond. »Du da, Jackdaw«, er zeigte auf den dunkleren Jungen. »Du könntest gut mehr Futter vertragen.«

Jackdaw grinste, warf die schwarze Tolle aus der Stirn und blähte die Brust. »Nennst du mich etwa dünn?«

»Wie eine Dachlatte.«

»Eine Bohnenstange.«

»Ein ausgelutschter Hühnerknochen.«

Jackdaw lachte über das Gehänsel, dass die schwarzen Augen funkelten. »Dann mach ich's.«

»Der braucht keine Sonderrationen. Er kriegt genug auf dem Heuboden.«

Flint sagte es leise, aber alle hörten ihn. Arthur Promise, der blonde der beiden Jungs, wurde rot und sah weg. Kurz entstand ein galliges Schweigen. Jackdaw durchbrach es mit einer Frotzelei seinerseits.

»Du bist doch bloß frustriert, Flint. Weil du's nicht kriegst wie gewohnt.«

Da lachten alle, selbst Hawes in seiner Ecke. Flint konnte einfach nicht anders. Hatte letztes Jahr vor lauter Dreißig-Tage-Abstechern ins Lazarett wegen Geschlechtskrankheiten so gut wie jedes Gefecht verpasst.

»Na, na«, sagte Bertie Fortune, der immer zu vermitteln suchte. »Bleibt stubenrein, lasst gut sein.«

Er warf einen Blick auf die Jungs im Kreis gegenüber und beobachtete, wie Arthur Promise Jackdaw kurz eine Hand auf den Arm legte, bevor er sie wieder wegnahm. Jackdaw und Promise waren A4-Rekruten – die letzte Runde, die man eingezogen hatte. »A«, das hieß wehrfähig und nicht mehr berechtigt, zu warten, bis sie neunzehn waren, ehe sie einen Schützengraben an der Front von innen sahen. Die A4-Jungs hatte man herübergeschickt, weil der Rest verkrüppelt oder

51

tot war; zwei Wochen Ausbildung und ab in die große Frühjahrsoffensive, erst achtzehn und schon knietief im Schlachtfeld, und seitdem unzertrennlich. Bertie Fortune fand es erstaunlich, dass sie noch am Leben waren.

Percy Flint guckte finster, sammelte die Karten ein, mischte und begann erneut auszuteilen. Die Männer spielten eine Weile schweigend, nichts zu hören außer zufriedenem oder ungehaltenem Gemurmel, während der Einsatz stieg und fiel. Es war Alfred Walker, der das Gespräch wieder in Gang brachte, er legte eine Karo Acht ab, gewann den Stich und kassierte mit einem schnellen Grinsen die kleinen Einsätze, als die anderen ihr Blatt hinschmissen.

»Ich geh nach Amerika«, sagte er, als sie darauf warteten, dass Archie Methven mit Zusammenrechnen fertig war. »Wenn es vorbei ist.«

»Wozu willst du da hin?«, fragte Bertie Fortune. »Gibt doch reichlich Geld in England, wenn man weiß, wo man gucken muss.«

»Für dich mag das stimmen, Fortune. Du kannst das Geld riechen, noch bevor es gedruckt wird. Was hast du überhaupt vor bei der Rückkehr?«

»Lumpensammler«, sagte Fortune, als wäre es die Krönung allen Handwerks. »Ich werde reich.«

»Vergiss uns nicht, wenn du es geschafft hast«, lachte Walker. »Alles würdige Bedürftige hier.«

»Was ist mit dir, Promise?«, fragte Bertie Fortune und blickte den blonden A4-Jungen gegenüber an. »Was willst du machen?«

Sie alle wussten, dass Jackdaw und Promise vor der Armee noch gar keine Arbeit gehabt hatten. Achtzehn und kaum geformt, kannten kein anderes Leben als marschieren, schießen und Befehle ausführen.

»Ich weiß nicht«, sagte Promise, das Gesicht rosig von der Wärme der Petroleumlampe. »Vielleicht was mit Jungs. Vielleicht als Lehrer?«

Flint schnaubte. »Da passt du dann ja gut hin.«

»Na, was du machst, wenn du heimkommst, wissen wir alle, Flint«, knurrte Hawes aus seiner Ecke. »Kannst uns die schmuddeligen Einzelheiten ersparen.«

Aber diesmal biss Flint nicht an, klopfte nur die Karten auf den Boden, um den Stapel auszurichten, und sagte: »Ich geh wieder Arbeiten, das tu ich. Mache weiter wie vorher.«

»Was hast du denn vorher gemacht?«, fragte Bertie Fortune.

»Lieferfahrer.«

Alfred Walker pfiff. »Was, eine in jedem Hafen?«

Flint schnippte ein wenig schmutziges Stroh in Richtung des Klaubruders. »Hättste wohl gern«, sagte er. »Immerhin hab ich was Sicheres. Während du deine Träume ans Gelobte Land verschwendest, wo du wahrscheinlich nie hinkommst.«

»Träume müssen sein.« Alfred Walker grinste und schnippte einen Penny in die Luft, den er gewonnen hatte, dann ließ er ihn in die Tasche gleiten. »Sonst hat alles keinen Sinn.«

»Der Punkt ist, dass nichts anders wird, wenn es vorbei ist«, sagte Percy Flint. »Es wird einfach genau wie immer sein, wisst ihr. Ein paar Männer scheffeln das ganze Geld, und der Rest von uns hungert.«

»Aber es muss sich doch was ändern, oder?« Promise' Stimme klang so hell wie die eines Schuljungen. »Nach allem, was passiert ist.«

»Sei kein Idiot.« Flint blickte finster. »Manche Männer sind dazu geboren, Befehle zu geben, und andere, sie zu befolgen. So ist das eben.«

»Was ist denn mit dir, Hawes?«, sagte Bertie Fortune und spähte über die Schulter zu dem Temporary Sergeant, der im Schatten saß. »Zurück zum Fleisch?«

Hawes hatte vor dem Krieg im Schlachthaus gearbeitet, seine Arme trugen noch die dicken Muskeln eines Mannes, der davon lebte, Vieh zu zersägen. Doch sie alle wussten, dass er den Anblick von Blut nicht mehr aushielt.

»Trockenen Fußes durch den nächsten Tag kommen.« Hawes blätterte eine Seite seines Buchs um. »Hat keinen Zweck, von was zu träumen, was vielleicht nie kommt.«

Und genau da trat Second Lieutenant Ralph Svenson in den Lichtkreis. »Ich will bei der Armee bleiben«, sagte er. »Brigadier werden.«

Die Männer erstarrten wie Karnickel, die in der Nacht einem Wilddieb in die Hände fallen, nur das Glitzern ihrer Augen war zu sehen. Offiziere gesellten sich in der abendlichen Freizeit normalerweise nicht zum Fußvolk. Es war Bertie Fortune, der zuerst etwas sagte.

»Können wir Ihnen irgendwie behilflich sein, Sir?« Fortune wusste schon immer, wie man mit Höhergestellten sprach. Second Lieutenant Svenson mochte erst neunzehn sein, doch er trug sein Offiziersabzeichen.

Ralph winkte ab. »Nicht nötig, aufzustehen.« Obwohl keiner Anstalten dazu gemacht hatte. Der junge Offizier errötete leicht. »Ich dachte, ich könnte mitspielen«, sagte er. »Wenn ihr nichts dagegen habt.«

Captain Farthing hatte ihn davor gewarnt, als Ralph mit dem Schiff aus England eintraf, die Würfel in der Hand. Am besten lassen Sie die Männer unter sich spielen, hatte er gesagt. Aber Ralph sah nicht ein, warum die Männer den ganzen Spaß für sich haben sollten, während er allein auf der Stube hockte. Das war nicht das, was er sich unter Leben vorstellte.

»Jetzt hätte ich gern ein Blatt«, sagte er und trat näher. »Und morgen könnten wir dann um ein Huhn spielen. Mir gefällt das rote.«

So ein fettes Ding. Ein Festmahl auf hornigen Beinen. Stolzierte mit aufgeplustertem Gefieder auf dem Hof herum, als gehörte ihr alles. Einen Augenblick lang herrschte Stille. Die Männer wussten, schon bald würden sie von Hühnchen träumen, wollten nicht jedes Mal eine Woche warten, wo sie doch jeden Moment den Marschbefehl bekommen konnten. Alle blickten zu Archie Methven, dem Buchhalter, der die Bank machte. Um Streichhölzer und Knöpfe spielen war das eine. Um eine saftige Brust spielen, das war etwas ganz anderes.

Methven sah über den kleinen Kreis hinweg Ralph an und schaute dann auf Bertie Fortune. Sie alle wussten, Offiziere waren riskantes Terrain. Aber Offiziere besaßen auch oft die kostbarsten Schätze. Einen Moment lang hörte man nur das Plitschplatsch des Regens auf dem Dach. Dann hustete Bertie Fortune, lehnte sich zurück und nickte leicht.

Sofort ließ Ralph sich zwischen den Männern nieder, wartete gar nicht erst auf eine Einladung. Alfred Walker rutschte zur Seite, machte ihm Platz. Percy Flint verzog das Gesicht, drehte den Körper weg. Jackdaw und Promise auf der anderen Seite des Kreises schienen noch näher zusammenzurücken. Bertie Fortune fasste sich wieder an den Schnurrbart, als wäre er unsicher, ob er das Richtige getan hatte. Hinter ihm schrieb Archie Methven einen neuen Namen in sein kleines Buch, dann blickte er hoch, Stift in der Hand, und wartete darauf, dass das Spiel erneut begann. Diesmal war es Ralph, der das Schweigen brach.

»Was willst du machen?«, sagte er zu Methven. »Wenn alles vorbei ist.«

Der Buchhalter hielt inne, der Stift schwebte über der leeren Notizbuchseite. Dann sagte er es.

»Ich will meinen Sohn aufwachsen sehen.«

Drei

Godfrey näherte sich den Bäumen, als die Männer vermutlich gerade dabei waren, dem Huhn die Kehle durchzuschneiden. Ein Mann zum Festhalten, ein Mann, der das Messer führte, James Hawes würde sich wegdrehen, wenn das Blut herausspritzte.

Im Laufe der letzten zehn Tage war es zur Routine geworden, erst die Wetten, welcher Vogel es diesmal werden sollte. Das Schwarze. Das Rote. Das mit dem schiefen Kamm. Und danach dann das Einfangen. Soweit Godfrey sagen konnte, waren nur noch fünf oder sechs übrig. Es war leichtsinnig von ihm gewesen, sie all das Fleisch so bald essen zu lassen. Doch Second Lieutenant Svenson hatte ihr Ersuchen unterstützt. Und wer konnte es den Männern verdenken, solange sie nicht wussten, ob die Schlemmerei unbegrenzt weiterging oder schon morgen ein Ende fand, falls der Rest der Kompanie den matschigen Weg entlang auf sie zumarschiert kam und sämtliche Hühner auf einmal geschlachtet wurden, ein fünfzehnminütiges Spektakel aus Blut und Tod.

Die Bäume waren hoch, einen Fußmarsch entfernt, versteckt hinter einer Falte in der Landschaft, am dritten Tag entdeckt, als Godfrey Farthing sich durch das wässrige Sumpfland vom Fluss zurückschlängelte. Sie waren in einem Kreis gepflanzt, und auf der Lichtung im Inneren war es so ruhig und still wie in einer Kirche. Schon als Godfrey zum ersten Mal einen Fuß in den versteckten Kreis setzte, wusste er, dies würde seine Zuflucht werden.

Er versuchte nicht, sich unauffällig zu nähern, sondern ging schnellen Schrittes über die Furchen und Senken der leeren Felder zu dem abgeschiedenen Hain. Er war schon mehrere Male dort gewesen und hatte noch nie jemanden kommen oder gehen sehen. Keine Männer, die hier draußen die Hecken abschritten. Keine Frauen, die Brombeeren oder Wurzeln sammelten.

»Die sind mit den Deutschen weg«, hatte Ralph gleich am ersten Abend gesagt, oben in dem Mansardenzimmer, das sie für sich requiriert hatten. »Der Bauer und seine Frau.«

»Woher wissen Sie das?«, hatte Godfrey gefragt.

»Ich habe einen Mann auf der Straße getroffen. Aus dem Dorf.«

Gut fünfzehn Kilometer über die Felder zurück, ein Weiler inmitten dessen, was bis vor ein paar Wochen noch Feindesland war. Ralph wandte den Kopf ab und sah Godfrey nicht an, als er es sagte.

»Wir könnten dort etwas Spaß haben, bis wir zum Rest der Kompanie stoßen.«

»Wir stoßen nicht zur Kompanie«, erwiderte Godfrey.

»Warum nicht?«

Da wandte Godfrey sich seinerseits ab. »Wir sollen hier warten, bis sie zu uns stoßen.«

Als er jetzt den Baumkreis erreichte, war Godfrey heilfroh, dass der Rest nie eingetroffen war und sein Refugium ruiniert hatte, diese Oase in all dem Dreck. Er stellte sich vor, wie die Lichtung unter den Bäumen aussehen würde, wenn endlich der Frühling kam. Mädchen aus dem Dorf im gebrochenen Sonnenlicht. Knaben, kraft ihrer Jugend vor dem Gemetzel bewahrt. Dann, später, wenn die Sonne unterging, kämen die anderen Frauen und stünden in den Schatten mit den letzten Männern, die noch übrig waren. Alten Männern. Und untauglichen Männern. Vielleicht sogar mit dem Feind, wenn der Preis nur stimmte. Lagen gemeinsam in dem versteckten Kreis und machten etwas aus all dem, was sie verloren hatten.

Ein Jammer, dass sie alle fort waren, verschwunden von ihrem Land, wie auch der Feind verschwunden war. Der Krieg schien jetzt, wo er fast vorbei war, auf eine merkwürdige Form von Abwesenheit reduziert, dachte Godfrey.

Etwas Vergängliches, das er gedanklich nicht ohne Weiteres fassen konnte, als wäre alles nur eine Art Traum. Aber Godfrey Farthing war weiterhin auf der Hut. Der Krieg, wusste er, hatte so etwas an sich, wie Gas am Boden eines Schützengrabens. Gerade wenn man dachte, es sei überstanden, stieg es wieder hoch und biss zu.

Im Hof legte Ralph die Regeln für das neueste Hühner-Spiel fest. Keine Schiebewetten. Keine Mehrfachwetten. Nur eine Ansage pro Mann. Die ganze Gruppe hatte sich versammelt, alle brannten darauf, bei dem Spaß mitzumachen. Second Lieutenant Ralph Svenson hatte sich über die letzten zehn Tage als wertvoller Quell von Schätzen erwiesen. Shillinge statt Pennys. Schnürsenkel statt Schnur. Einmal sogar ein Oxo-Suppenwürfel, gewonnen von Flint, der ihn mit niemandem teilte.

Nur James Hawes, der Temporary Sergeant, weigerte sich. »Nicht mein Spiel, Sir.«

Schon die zweite Woche Verweigerung. Ralph war nicht erbaut. Er stand vor Hawes im Matsch, das Haar glatt nach hinten, die Daumen in den Gürtelschlaufen, und funkelte den Temporary Sergeant an. »Vielleicht muss es aber sein, Hawes. Wenn der Befehl eintrifft.«

»Ich hoffe, dass es nicht so weit kommt, Sir.«

»Wir müssen alle unsere Pflicht erfüllen.«

Hawes erwiderte nichts, die großen Hände in die Taschen gestopft, die Sommersprossen leuchtend vor dem Grau. Der Temporary Sergeant hatte schon viele Schlachten hinter sich. Pflicht allein war nicht Grund genug, sich in weitere zu verwickeln.

Ralph richtete seine seltsamen Augen kurz zur Seite, dann wieder auf Hawes. »Du hast doch keine Angst, oder, Hawes?«, drängte er.

Hawes runzelte die Stirn, murmelte etwas in sich hinein.

Ralph trat näher. »Was hast du gesagt?«

Hawes starrte hartnäckig zu Boden. »Nichts – Sir.«

»Doch, hast du.«

»Nichts Wichtiges.«

Der Jüngere errötete, ganz plötzlich stieg die Farbe in seine Wangen. »Mir ist es wichtig.«

Der frühere Schlachthaus-Mann schwieg kurz, hob dann den Blick und starrte den Second an. »Ich sagte, ich bin hier nicht der Feigling.«

Ralphs Gesicht glühte in der feuchten Luft. Sie alle wussten, dass er noch nie in der Schlacht gekämpft hatte, egal, welchen Rang sein Ärmel auswies.

Es war Bertie Fortune, der zwischen sie trat und einen umgedrehten Helm ausstreckte, der als Schale diente. »Werfen Sie Ihre Einsätze hinein, meine Herren, sonst wird es zu dunkel zum Spielen.«

Ein Knopf.

Ein Centime.

Ein Kerzenstummel.

Stellte die Frage, auf die sie alle die Antwort wissen wollten. »Was setzen Sie heute, Sir? Wie wär's mit diesen Woodbines, an die offenbar keiner von uns rankommt?« Filterlose Zigaretten, heiß begehrt.

Ralph runzelte die Stirn, als Hawes die Intervention des Glückspilzes nutzte, um sich abzuwenden. »Die heben wir besser für ein großes Spiel auf, ja, Fortune?«

»Und wann könnte das stattfinden, Sir?« Alle Männer sahen einem großen Spiel erwartungsvoll entgegen. Da würden die wahren Schätze auf den Tisch kommen.

Ralphs Augen leuchteten fahl im grauen Licht, das Zentrum irgendwie abwesend. »Wenn wir den Befehl kriegen«, sagte er.

»Was, wenn wir den Befehl nie kriegen, Sir?«

»Dann kriegt ihr alle nie die Chance zu gewinnen.«

Darüber lächelte Fortune und hielt wieder seine provisorische Schale hin. Ralph kramte in seiner Tasche nach einem

Penny, um ihn hineinzuwerfen, zögerte dann und holte etwas anderes heraus. Ein Mützenabzeichen, das einem Mitglied des London Scottish-Regiments gehörte, in der Mitte ein winziger Löwe mit erhobener Pranke. Und das Motto: *Strike Sure.*

Die Männer drängten herbei, um das glänzende kleine Ding auf Second Lieutenant Ralph Svensons Handfläche zu sehen. Ein Mützenabzeichen war eine echte Kostbarkeit, ließ sich gegen alles Mögliche eintauschen.

Walker pfiff. »So ein Prachtstück.«

Jackdaw hibbelte auf der Stelle. »Darauf würd ich gern setzen.« Wie seine Namensvetterin, die Dohle, sammelte Jackdaw mit Vorliebe alles, was glänzte. Doch die älteren Männer runzelten jetzt die Stirn, Bertie Fortune und Archie Methven, ließen den winzigen Schatz nicht aus den Augen, als würden sie ihn wiedererkennen, könnten aber nicht begreifen, wie er hierherkam.

»Wo ist das her?«, fragte Promise.

Nach allem, was sie wussten, gehörte Second Lieutenant Svenson nicht zum London Scottish-Regiment. Methven warf Fortune einen Blick zu, die beiden sahen sich kurz an, bevor Bertie sich dem jungen Offizier zuwandte. »Ja, Sir. Woher haben Sie das?«

Ralph antwortete nicht, er zwinkerte dem Glückspilz der Gruppe zweimal zu. »Gefällt dir, was, Fortune? Könnte man einen Haufen Zeug mit kaufen.«

Jetzt ging Percy Flint dazwischen. »Wen schert's, wo es herkommt. Machen wir mit dem Spiel weiter.«

Ralph lächelte jetzt breit, suchte mit seinen seltsamen Augen Bertie Fortunes Blick wie eine Herausforderung, erneut nachzuhaken. »Ich setze das, wenn Hawes mitspielt«, sagte er.

Fortune blickte kurz zu der Stelle, wo Hawes am Rand der Gruppe stand, halb im Kreis, halb außerhalb, die Hände nach wie vor tief in den Taschen vergraben.

»Angst, dass er das Messer schwingen muss?«, sagte Ralph.

»Nein, aber –«

»Ich erkenne einen Feigling, wenn ich ihn sehe, Fortune.« Ralph ließ das silberne Mützenabzeichen von einem Finger zum nächsten wandern. »Auch wenn ich mein Gewehr noch nicht abgefeuert habe.«

»Dann zeigen Sie mal her.« James Hawes sagte es so leise, dass erst keiner der Männer sicher war, ihn gehört zu haben. Sie machten Platz, als der Temporary Sergeant sich nach vorn schob, um zu sehen, was auf der Handfläche des Second Lieutenants lag.

Fortune legte Hawes eine Hand auf den Ärmel, als wollte er ihn zurückhalten. »Nicht nötig, James …«

Doch Hawes schüttelte ihn ab, unwirsch, grob. Sie alle sahen, wie der Nacken des Temporary Sergeant sich tief dunkelrot verfärbte, als er auf das kleine Mützenabzeichen starrte. Es herrschte völlige Stille, nichts zu hören als das *Kritsch* und *Gaack* der verbleibenden Hühner, wie um sie daran zu erinnern, worum sie spielten. Dann zog Hawes die Faust aus der Tasche und streckte sie Ralph entgegen. »Dann spiele ich jetzt«, sagte er. »Hiermit.«

Öffnete die Finger und enthüllte in seiner Hand eine angelaufene Münze. Ein Sixpence. Etwas Billiges gegen etwas Wertvolles – kein gutes Geschäft. Die Männer starrten auf den dreckigen Sixpence in Hawes' Hand. Dann sahen sie den Second Lieutenant an, was würde er jetzt tun? Ralph zögerte und schlang seine Finger um das Abzeichen, als hätte er es gar nicht ernsthaft anbieten wollen.

Wieder sprach Hawes, verhalten. »Ich sagte, ich spiele.«

»Ich hab's gehört.« Ralph fuhr sich mit der Hand durchs Haar, merkte plötzlich, dass er planlos war. Er zauderte, dann warf er das Mützenabzeichen in den Helm, als wäre nichts dabei, und es schlug mit einem leisen *Pling* auf. Die Männer atmeten tief durch und begannen sich zu zerstreuen. Hawes krempelte sich die Ärmel an den dicken Armen auf. Ein

Mützenabzeichen gegen einen Sixpence. Das war kein guter Gegenwert. Doch Second Lieutenant Ralph Svenson hatte noch nie einer Wette widerstehen können.

Oben auf der Anhöhe blickte Godfrey Farthing über tausende von Walnussschalen, die überall unter dem Kreis aus Bäumen verstreut lagen. Die Schalen waren schwarz und verrottet wie die Knochen tausender Männer. Beim ersten Mal war Godfrey in den Kreis getreten, ohne sie zu bemerken, bis er das Knirschen unter seinen Stiefeln gespürt hatte.

Er bückte sich, hob eine halbe Nussschale vom Boden auf und stellte fest, dass sie seine Finger verfärbte wie Tinte.

Liebe Mutter und Vater …

Steckte sie in die Tasche zu der, die noch ganz war.

Am ersten Tag ihrer Ankunft war das Bauernhaus verlassen gewesen. Kein Bauer mit einer tödlichen Wunde in der Brust. Keine Frau in einer klebrigen Pfütze ihres eigenen warmen Blutes. Stattdessen ein sauber gefegter Steinboden, ein geschrubbter Tisch, alle Messer in der Schublade. In der Ecke der Küche hatte Godfrey einen Korb voller Walnüsse gefunden, seine Hand eingetaucht und sie hindurchperlen lassen, dann eine in die Tasche geschoben und sich gefragt, wie es kam, dass sie noch da waren.

Der Regen tröpfelte durch das kahle Geäst über Godfreys Kopf. Er hob das Gesicht, um die kühlen Tropfen auf seinen Wangen zu spüren, öffnete weit den Mund, um ein paar aufzufangen. Ein Spiel, das er als kleiner Junge gespielt hatte, mitzählend, wie viele er erhaschen konnte, ein frostiger Stich nach dem anderen auf der Zunge, der Geschmack von Lebendigsein. Er ließ den Kopf wieder sinken, sah auf seine Armbanduhr, Haare bedeckt mit einem Gespinst aus winzigen silbernen Perlen. Vier Uhr dreiundzwanzig am Nachmittag, und der Himmel dunkelte bereits. Das Uhrenarmband war feucht und fühlte sich immer noch ungewohnt an, ein Geschenk seines Vaters, als er das letzte Mal zu Hause war.

»Vergiss nicht, sie aufzuziehen«, hatte der alte Mann gesagt, als Godfrey sie zum ersten Mal anlegte. »Möge sie dir immer den richtigen Zeitpunkt zeigen.«

Keiner von beiden hatte erwähnt, welche Zeit Godfrey vielleicht würde messen müssen – die Minuten bis zum Stoß in die Trillerpfeife, wenn er alle seine Jungs in den Tod robben ließ. Wie bei den meisten Vätern und Söhnen sprachen sie nie aus, was wirklich wichtig war. Aber jetzt sah Godfrey, wie der goldene Ziffernkreis im vergehenden Licht schimmerte, dachte an die Sorgfalt, mit der sein Vater ihm als Kind gezeigt hatte, wie man die alte Standuhr aufzog, und erkannte, dass sein Vater vielleicht doch etwas Wichtiges laut ausgesprochen hatte.

Jenseits des stillen Hains gab es plötzlich eine Bewegung, etwas huschte durch Godfreys Blickfeld wie ein Huhn, das in die Scheune schlüpft. Sofort erstarrte er, sein Körper in Bereitschaft, ging jede Möglichkeit durch, alles war voller Schatten, der Nachmittagsnebel senkte sich. Doch es war nichts weiter, ein Kaninchen auf der Suche nach seinem Abendessen, so wie die Männer im Hof dem ihren nachjagten. Godfrey lächelte und stützte sich mit der Hand am nächsten Baumstamm ab. Er würde Ralph nicht erzählen, dass er so dicht beim Bauernhof ein Lebewesen gesehen hatte. Second Lieutenant Svenson würde nur seinen Revolver nehmen und auf der Jagd nach Wildbret die ganze Landschaft durchlöchern. Seit Monaten wartete er auf eine Gelegenheit, damit auf etwas anderes als Zielscheiben zu feuern. Wollte vom Blut des Feindes besudelt heimkehren, nicht bloß vom allgegenwärtigen Schlamm.

Godfrey rührte mit der Stiefelspitze in dem verrottenden Matsch am Boden, dachte an all die in den Lehm gesiebten Soldaten. Die Hühner dürften schon vergessen haben, dass sie eins weniger waren als noch vor einer Stunde; dürften längst wieder am Scharren und Scharwenzeln sein, mit Gezänk um jedes kleine Korn. Sie waren ideale Kreaturen für den Krieg. Kleine Gehirne. Nur mit dem befasst, was sie direkt vor sich hatten, statt mit Vergangenem. Vermutlich dachten sie auch nicht über ihre Zukunft nach – gegrillt, gekocht, als Suppe oder gebraten. George Stone hatte in den letzten paar Wochen jede Variante ausprobiert und dann die Knochen zum Auskochen in den Topf geworfen, um Fond zu machen. Das Leben ging weiter, ganz gleich, was der Mensch damit anstellte. Darin lag auch etwas Tröstliches.

Godfrey warf einen letzten Blick über die kreisrunde Lichtung und fragte sich, ob es besser wäre, das Leben eines Huhns zu leben, als ein Mensch im Krieg zu sein. Da sah er sie wieder, diese Bewegung im Unterholz, und merkte, dass es kein Kaninchen war, sondern ein Knabe, der stumm am gegenüberliegenden Rand der Bäume stand. Der Knabe trug Uniform, wirkte aber viel zu jung zum Kämpfen. Godfrey hob eine Hand zum Gruß, doch der Junge reagierte nicht. Dann blinzelte Godfrey, und als er wieder hinsah, war der Knabe verschwunden.

Unten auf dem Bauernhof hatten sie eine Stunde gespielt, ein Hof voller Männer, aus der Puste vom Einfangen, Matsch und Hühnerscheiße an Hosen und Stiefeln. George Stone war schon nach drinnen gegangen, um mit den Vorbereitungen fürs Abendessen anzufangen. Jackdaw saß auf seinem Arsch im Schlamm, Alfred Walker lachte und bot ihm die Hand, um ihn hochzuziehen. James Hawes stand an der Seite, die Hände auf die Knie gestützt, und rang keuchend darum, Luft in die Lungen zu kriegen. Percy Flint rieb an einem Dreckschmierer auf dem Hemd, das er erst tags zuvor gewaschen hatte. »Verdammt noch mal.«

Arthur Promise stand an der Pumpe und hielt ein gelbes Huhn im Arm. Er war diesmal der Gewinner.

Am Eingang zur Scheune, vor dem Regen geschützt, notierte Arthur Methven etwas in seinem kleinen Buch, während Bertie Fortune die Gewinne durchging. Ein paar Pennys. Drei selbstgedrehte Kippen. Eine Walnuss von Stone. Der Sixpence von Hawes. Sowie das kleine silberne Mützenabzeichen mit dem Löwen mit erhobener Pranke.

Strike Sure.

Second Lieutenant Ralph Svenson kam, stellte sich ans Scheunentor, die Stirn dreckverschmiert, die Wangen hochrot, und starrte auf die ausgestellten Kostbarkeiten, die jetzt nebeneinander auf dem Rand des umgedrehten Helms lagen.

»Tut mir leid, Sir«, sagte Fortune. »Nächstes Mal mehr Glück.«

Ralph fuhr auf, schob sich das Haar aus der Stirn. Dann, bevor Bertie Fortune protestieren konnte, schaufelte er sich sämtliche kleinen Einsätze in die Hände. »Ich ehre heute den Sieger, ja?« Schlenderte hinüber zur Pumpe, wo der strahlende Promise mit dem gelben Huhn unterm Arm stand. Ralph hielt ihm die Gewinne hin.

Der A4-Junge zögerte, griff dann zu, um seine Belohnung zu kassieren. Das Huhn wehrte sich und flatterte wild, als Promise jedes Stück einzeln aus Ralphs Hand nahm und sich eins nach dem anderen in die Hosentasche stopfte. Bis das silberne Mützenabzeichen dran war. Second Lieutenant Ralph Svenson schloss die Finger um diesen besonderen Schatz und schob den Anstecker stattdessen in seine eigene Tasche.

Promise stutzte, plötzlich unsicher. Jackdaw kam dazu, stellte sich neben seinen Freund. »Hey. Das hat er redlich und ehrlich gewonnen, oder.«

Ralph lächelte und lümmelte sich lässig vor den zwei anderen Jungspunden. »Ich hab's mir anders überlegt.«

»Das können Sie nicht machen!« Jackdaw war wütend, aber Promise blieb stumm, das gelbe Huhn gackerte und pickte an seinem Ärmel.

Bertie Fortune kam herüber. »Gibt es ein Problem?«

»Er will seinen Einsatz nicht rausrücken«, sagte Jackdaw und zeigte auf den Second Lieutenant.

Fortune warf dem dunkleren A4-Jungen rasch einen warnenden Blick zu. Dann wandte er sich an Ralph. »Sind Sie sich da sicher, Sir? Sie haben es doch angeboten.«

Ralph starrte den Glückspilz der Gruppe an, ein Hauch von Zitrus hing in der Luft. »Ganz sicher, Fortune. Danke.«

»Wir müssen unsere Schulden bezahlen, Sir.«

»Natürlich.« Ralph neigte den Kopf. »Wie wär's stattdessen hiermit?« Er beugte sich zu Promise hinüber, stopfte dem A4-Jungen einen Silbershilling in die Brusttasche seines Uniformrocks und knöpfte sie zu. Promise lief tiefrosa an.

Jackdaw protestierte. »Moment mal …«

Bertie Fortune nahm die Hände aus den Taschen. »Sir …«

Doch Ralph ignorierte sie allesamt, riss das Huhn aus Promise' Armen, trat zurück und hielt das Geschöpf am Hals in die Höhe. »Also dann, Männer«, rief er. »Wer will dem Vieh diesmal die Kehle durchschneiden?«

»Ich mach's.« Alfred Walker, immer erpicht auf Spielchen mit dem Messer, flitzte hinüber und holte es sich von George Stone, der an der Tür des Bauernhauses stand und abwartete, wie das Spiel ausging.

»Was ist mit dem Mützenabzeichen?« Jackdaws Stimme klang quengelig, wie ein Kind.

»Nun macht schon, Leute, egal wer«, sagte Flint. »Ist scheißkalt hier draußen.«

Ralph ignorierte sie beide. »Ich finde, Hawes sollte es diesmal machen. Er hat uns noch nicht die Ehre erwiesen.«

Die Männer drehten sich dorthin, wo Hawes im Scheuneneingang stand, nicht länger aus der Puste, und sein rotes Buch an sich drückte. Alle sahen, wie seine Finger *tappeditapp* auf den Buchdeckel trommelten.

Bertie Fortune trat einen Schritt auf Ralph zu. »Ich glaube, wir sollten erst die Wettschuld klären, Sir«, sagte er leise.

Doch Ralph winkte ab. »Das ist erledigt, Fortune. Ich habe Promise stattdessen mit was anderem bezahlt. Jetzt ist Hawes dran.«

»Wartet ...« Jackdaw drängte nach vorn, doch Archie Methven trat vor ihn.

»Ich mach's, Sir.« Der Buchhalter der Gruppe erbot sich, für Hawes einzuspringen.

»Nein.« Ralph verwarf Methven ebenso wie den Rest. »Hawes macht das. Schließlich ist er der Fachmann. Stimmt's nicht, Hawes?«

Niemand sagte etwas, als die beiden Männer über den Hof hinweg Blicke kreuzten. Der junge Offizier grinste und quetschte den Hühnerhals. Das Huhn flatterte und kämpfte, die schuppigen Füße strampelten durch die Luft.

»Lass das arme Ding nicht länger warten, Hawes«, rief Ralph. »Du willst doch nicht, dass es leidet.«

Die Männer starrten Hawes an. Angst vor Blut zu haben war eine Sache. Sich dem direkten Befehl eines Offiziers zu widersetzen war ein Kapitalverbrechen. Einen Moment herrschte Stille, dann plötzlich schoss etwas über den Hof, riss das Messer aus Alfred Walkers Hand, Silber blitzte. Ein schneller Schnitt, und der Kopf des Huhns war vom Rumpf getrennt, Blut schoss in die Höhe und spritzte auf den Second Lieutenant. Sein Hemd. Sein Gesicht. Sein Haar. Nass, klebrig und warm.

Flint fluchte unwillkürlich. »Verdammt!« Jackdaw kreischte. Alfred Walker lachte ungläubig auf. James Hawes drehte sich um und kotzte in einen Haufen dreckiges Stroh.

Das Messer schlug klappernd neben der Pumpe zu Boden, als Promise es fallen ließ und wegtrat. Dann sahen sie alle schweigend zu, wie das Huhn bei seinem letzten und wildesten Tanz über den Matsch rannte, bevor es ebenfalls hinschlug.

Es regnete stärker, als Godfrey den Heimweg antrat, das Plitschplatsch tausender Tropfen zierte seine Uniform mit tausenden dunkler Flecken. Wenn er zurückkam, wollte er die halbe Walnussschale aus seiner Tasche holen und auf den überschwemmten Teich setzen und zusehen, wohin sie trieb. Dann würde er die dreckigen Stiefel ausziehen, sich wieder an den Tisch in der Stube setzen und erneut beginnen.

Liebe Mutter und Vater ...

Hinaus in den Regen schauen, dorthin, wo im nächsten Sommer Rosen blühen würden, wenn der Krieg sie ließ, den süßen Duft in der Nase, eine Schale von ihnen auf dem Tisch, die Köpfe zum Wasserfleck geneigt.

Er war schon fast zurück beim Hof, als der Knabe wieder auftauchte und diesmal über den matschigen Weg auf ihn zustapfte. Der Knabe war blond, das Haar hob sich hell vom Grau ab. Er trug Marschgepäck, fast so groß wie er selbst, und ein Gewehr quer über der Brust, obwohl er höchstens sechzehn war, so wie er aussah, vielleicht noch nicht mal. Zu seinen Füßen lief ein kleiner Hund, eine Art Terrier mit rauem Fell und Schlamm an den Pfoten. Godfrey wurde plötzlich heiß unter seinem Uniformrock. Welcher Soldat bringt einen Hund mit in den Krieg?, dachte er.

Er schloss die Augen, hörte den Regen von der Traufe plätschern, das Ticken seiner Armbanduhr plötzlich laut. Doch als er sie wieder aufschlug, war der Knabe immer noch da, stand jetzt vor ihm, die Augen grau wie die von Beach an jenem letzten Morgen. Der Knabe salutierte und hielt ihm einen Umschlag hin.

»Sir.«

Godfrey starrte auf das kleine Rechteck aus Papier. Er wusste sofort, was es war. Das Ende war endlich da.

1995

Methven

Es war das Jahr, als sie die Männer von den Jungs trennten. Als sie sie vor den Bussen aufstellten, grinsend mit den Gewehrschäften stupsten, während die Frauen sich ringsum drängten. Thomas Methven hatte nicht damit gerechnet, in seinem Leben noch mal so etwas zu sehen. Und doch geschah es, nur zwei Tage Fahrt quer über den Kontinent entfernt, in einem Land irgendwo am Rande Europas, das jetzt von Männern mit Waffen wimmelte. Er könnte einer von ihnen sein, dachte Methven, während er auf seinem kleinen Küchenfernseher zusah, wie sich das Drama entfaltete. Ein Rentner aus einem Vorort von Srebrenica wurde im Kleinbus eines Nachbarn in den Tod gefahren, beim Einsteigen half ihm ein Niederländer mit blauer Mütze und einem Gewehr, dessen Lauf immer nach unten gerichtet war.

Er drückte auf die Stummtaste seiner Fernbedienung und schaute weg, in die Richtung der Reste seines Frühstücks. Orangenmarmelade. Margarine. Eine einsame Teetasse und ein Viertelliter Milch. Das Übliche. Dann noch ein Schuhkarton, das letzte Stück, das noch darauf wartete, ausgepackt zu werden. Die Schachtel war ein simples Ding mit einem Deckel, der vor Jahren zugeklebt worden war, als befände sich nichts Gefährliches darin. Das Band hatte seine Klebkraft verloren und hinterließ einen silbrigen Rückstand an Methvens Hand, als er die Reste abpulte. Wie diese Kleidermotten, gegen die seine Frau Krieg geführt hatte, wenn sie zu den Pullovern vordrangen, und die bei einem leichten Reiben zwischen Finger und Daumen zu Staub zerfielen.

Zwei Wochen, nachdem sie Thomas Methvens Frau im Krematorium von Mortonhall eingeäschert hatten, begann er mit der Garage. Von dort weiter in die Gästezimmer. Zu den Bücherregalen und den Schränken in der Küche. Danach das Wohnzimmer. Dann war er auf den Dachboden mit all den Müllsäcken und Pappkartons gestiegen und hatte das alles durch die Luke in den Flur darunter geworfen. Zwei Wochen lang verteilte er ihre Habe auf Edinburghs Wohlfahrtsläden wie Butter auf einen Toast, Hilfe für die Armen, kein Platz mehr für Kram, der ihn daran erinnerte, was vergangen war und nicht ersetzt werden konnte. Alles, was von Methvens Leben übrig war, würde ab jetzt vor ihm liegen – so hatte er es beschlossen. Nichts, worauf man mit Bedauern zurückblickte.

Er grub alles aus, weil die Zeit verrann, ein Rinnsal aus Sekunden und Minuten, das durch die Sanduhr lief, als würden sie nie enden. Er war inzwischen alt, deutlich über siebzig, mit viel Glück blieben ihm noch weitere zwanzig Jahre. Doch er brauchte nur an das Gesicht seiner Frau im weißen Satinfutter ihres Sarges zurückzudenken, um zu wissen, dass er womöglich viel weniger Zeit hatte.

Thomas Methven schob seinen Stuhl zurück, stellte die Marmelade in den Kühlschrank, gefolgt von Margarine und Milch. Dann wischte er mit dem Ärmel die Krümel vom Tisch, um eine saubere Fläche zu haben. Der Schuhkarton hatte einst ein Paar neue türkisfarbene Ledersandalen beherbergt, das Etikett klebte noch außen dran. Er erinnerte sich, wie seine Frau die Schuhe zur Hochzeit ihres Cousins getragen und sich vor dem Spiegel im Flur gedreht hatte. Damals duftete sie nach Gartenwicken und trug korallenroten Lippenstift. Die Schachtel gehörte zu den Dingen, die er eigentlich vor ihrem Tod hatte durchsehen wollen, in der Annahme, er hätte noch Zeit. Stellte jetzt fest, dass es vielleicht schon zu spät war.

Er hob den Deckel und spähte hinein, bevor er den Inhalt eins nach dem anderen herausholte und am Rand seines Küchentischs aufreihte, als plante er eine Art Bestandsaufnahme. Als Erstes kam eine Einkaufsliste, geschrieben auf die Rückseite einer Glückwunschkarte, To my darling. Milch. Pickles. Tee. Dann ein korallenroter Lippenstift, abgenutzt bis auf einen kleinen Stummel, wie auch seine Frau sich abgenutzt hatte. Dann kam ein Zeitungsausschnitt aus der *Edinburgh Evening News* – ein Bild von ihm zwischen seinen Rosen.

Erster Preis.

Dann eine Nachricht, die er wiedererkannte – *Tut mir leid* hatte er damals draufgeschrieben. Und hineingefaltet drei getrocknete Rosenknospen, braun und zerbrechlich. Außerdem ein Foto von ihnen beiden gemeinsam, junge Leute, die in die Kamera grinsen, als hätten sie alle Zeit der Welt.

Thomas Methven hielt sich das Foto dicht vors Gesicht und linste in das Grau eines lang vergangenen Lebens. Seine Frau trug ein Kleid, das von der Taille abwärts ausgestellt war. Er trug sein Haar mit Brillantine aus der Stirn gekämmt. Sie standen auf der Promenade von Hastings und hielten Händchen. Es war ihre Hochzeitsreise. So weit fort, wie sie es sich nur vorstellen konnten, bevor sie nach Edinburgh zurückkamen und nie wieder wegfuhren. Er erinnerte sich noch an die Auseinandersetzung, ob sie noch weiter reisen sollten – über den Kanal nach Frankreich vielleicht, sich den Gobelin mit dem König ansehen, der vor langer Zeit bei einer anderen Schlacht einen Pfeil ins Auge bekam. Es war seine Frau gewesen, die das gern wollte, sich von den weißen Klippen aus in eine andere Welt wagen. Doch er war zuvor schon einmal fort gewesen und heimgekommen, sah keinen Anlass für weitere Erkundungen. Was war schon die Welt, pflegte er zu sagen, was sich nicht in den Blüten der Rosen finden ließ, die er ein Leben lang rechts und links des Weges zu ihrer Haustür gezogen hatte.

Jetzt, als er das Foto auf den Tisch neben alles andere legte, überlegte er, ob sie nicht tatsächlich hätten noch weiter reisen sollen. Dann wäre da so viel mehr gewesen. Ein ganzes Leben voller Erfahrungen, ausgebreitet in Schwarzweiß und Technicolor, sie beide, wie sie Rechteck um Rechteck immer älter wurden. Er sah wieder in den Schuhkarton, hoffte auf einen weiteren Beleg, dass seine Frau einmal hier gewesen war. Ein Taschentuch vielleicht. Ihre Armbanduhr. Doch unter den Überbleibseln eines gut gelebten Lebens stieß er auf etwas anderes. Die Relikte eines Kriegs.

Thomas Methvens Hand zitterte leicht, als er den Rest des Schachtelinhalts ans Licht hob, um ihn zwischen den Krümeln abzulegen.

Ein Bleistiftstummel.

Eine Gedenkplakette wie ein großer Bronze-Penny: Britannia, ihren Kranz in der ausgestreckten Hand.

Sowie ein Pfandschein, Nr. 125. Dieses kleine blaue Rechteck. Er wusste sofort, was diese Dinge waren. Die Hinterlassenschaften seines Vaters. Alles, was von einem Mann übrig war, worauf sein Sohn aufbauen konnte.

Am Boden des Schuhkartons lag ein Notizbuch so groß wie die Handfläche eines Mannes. Das Büchlein war steif und knittrig vor Alter, als wäre es einst feucht geworden und hätte sich nie davon erholt. Er hob es vorsichtig heraus, bemerkte wieder den leichten Tremor in seiner rechten Hand, mittlerweile deutlich schlimmer. Er fuhr mit einem zittrigen Finger über den Buchdeckel, schlug es dann auf und las den Namen auf der Innenseite:

Methven.

Als könnte er es selbst geschrieben haben.

Das Notizbuch war innen ganz verblichen, mit blauen horizontalen Linien und roten vertikalen ziemlich weit am Rand, wo die Summe hingehörte. Methven blätterte die erste Seite um, schwitzige Finger auf brüchigem Papier. Er erkannte sofort, was er vor sich hatte. Ein Gewinn- und Verlustkonto.

Etliche Namen waren aufgelistet, immer mit Bleistift, nie mit Tinte. *P. Flint. A. Walker.* Jemand namens *Jackdaw.* Ein *Arthur Promise* und ein *George Stone.* Sowie ein Soldat namens *Bertie Fortune* – in der Tat ein Glückspilz.

Vertikale Spalten zeigten an, was jeder Mann eingesetzt hatte und was wieder ausgehändigt worden war, alles in Vaters ordentlicher Handschrift:

ein Wünschelknochen;

ein Sixpencestück;

eine Rolle rosa Garn.

Typisch Soldaten, etwas dabeizuhaben, womit sie ihr Zeug flicken konnten. Er verfolgte die Reise jedes Objekts von einem Mann zum nächsten, wie seine eigene Reise über die Ozeane des Nordens, als junger Mann, dahin und zurück und wieder dorthin, jedes Mal ein etwas anderer Weg.

Er blätterte noch ein paar der steifen Seiten um, kam zu einer Reihe Einträge von aufeinanderfolgenden Tagen, die ihren Höhepunkt damit erreichten, dass dem Mann namens Arthur Promise ein Mützenabzeichen geschuldet wurde. Für ein Huhn. Das gelbe. Unbeglichen. Danach schien es noch ein weiteres Spiel gegeben zu haben, mit allen Zu- und Abgängen, bevor die Eintragungen im Notizbuch endeten, mit einer doppelten Linie unter dem letzten Eintrag, wie um eine Aussöhnung zu betonen für das, was zuvor unstimmig war. Begleiche stets deine Schulden, hatte seine Mutter immer gesagt, ganz gleich, was passiert. Damit hatte sie es sehr genau genommen.

Und Thomas Methven erkannte sofort, dass jede einzelne dieser Schulden beglichen worden war, mit einer dicken Bleistiftlinie durchgestrichen, aber von einer anderen Hand. Er fragte sich, was für ein Spiel es gewesen war, das die Männer gespielt hatten, das damit endete, dass alles wieder dort war, wo es begonnen hatte, blätterte weiter, um zu sehen, was als Nächstes kam – eine neue Runde vielleicht –, doch fand nur noch leere Seiten.

Thomas Methven wusste, dass sein Vater früher Soldat gewesen war. Ein hochgewachsener Mann mit ernstem Blick, der in seiner Uniform dastand, eine Hand auf dem Tisch, neben ihm der kleine Sohn – ein Foto, das seine Mutter bis zum Tag ihres Todes auf dem Kaminsims stehen hatte. Sein Vater war ein Mann gewesen, der am liebsten den Boden bestellte, ganz wie sein Sohn, das hatte sie gesagt. Buddelte immerzu in seinem Garten, bis er in ein fremdes Land geschickt wurde, um dort den Boden zu bestellen und zu sehen, was da vielleicht wachsen würde. Methven hatte all die Geschichten zu hören bekommen. Wie sein Vater in den Krieg gezogen war, obwohl er nicht musste. Wie er strikt Buch geführt hatte über seine Bezüge, damit es vielleicht etwas Erspartes gab, wenn er zurückkam. Wie er auf die kleinen Dinge achtete, sogar als er weit fort war, auf dass die größeren sich fügten. Nun war nichts mehr von ihm übrig als ein *Dead Man's Penny*. Methven fuhr mit dem Finger über die Inschrift auf der Bronzeplakette.

For Freedom and Honour. Für Freiheit und Ehre.

Erinnerte sich, wie seine Mutter leise schimpfte, als sie das Ding in eine Küchenschublade stopfte. *Alles Mörder.* So hatte sie sie genannt. Eine lebenslange Pazifistin, seine Mutter, trug immer den weißen Mohn, nie den roten.

Doch als der Krieg dann wiederkam, unvermeidlich wiederkam, da hatte auch Thomas Methven mit beiden Händen nach ihm gegriffen. Schrieb sich als Seemann ein, fuhr nie heim. Stand stattdessen an Deck eines schlingernden Schiffs auf dem großen nördlichen Ozean, Eis an der Fangschnur, Hühner im Laderaum, schob Wache. Er wusste noch, wie gewaltig der Himmel gewesen war, und manchmal so dunkel wie ein Stück Samt auf seinen Augen. Zu anderen Zeiten glitzernd vom Leuchten der Milchstraße. Er konnte es immer noch hören, das ständige Brausen in den Ohren, war wieder ein junger Mann, der durch die Brecher in die Finsternis spähte, während der Hagel seine Wangen peitschte.

Des Nachts vermisste er nun seine Mütze mit den pelzigen Ohrklappen und seine nach Petroleum duftende Öljacke, die ihm fast bis zu den Stiefeln reichte. Damals war ihm warm gewesen, dachte er, nicht kalt bis auf die Knochen so wie jetzt. Dann hatte er wieder vor Augen, wie der Junge durch die Wellenkämme trudelte, der leuchtende Fleck seines Südwesters, der einmal aufblitzte und dann verschwand, der menschenleere aufgewühlte Ozean, als das Schiff weiterdampfte.

Thomas Methven schaute wieder auf die Liste der kostbaren kleinen Wetteinsätze längst verstorbener Männer. Dann auf den Pfandschein am Rand seines Küchentischs und fragte sich, was genau man damit womöglich einlösen konnte. Er hatte noch das gedämpfte Klatschen und Scharren der Karten im Ohr, wenn seine Mitmatrosen unterm Vorderdeck um Pennys spielten, die freudigen Ausrufe, wenn einer triumphal gewann, das Fluchen aller anderen, die verloren hatten. Wie sie Tabakprisen gegen ein Scheibchen Seife tauschten oder einen zusätzlichen Keks. Diese Postkarten, die aus Russland kamen, die es mal für zwei Pennys gab. Genau wie sein Vater verstand Thomas Methven, dass zuzeiten die einfachsten Dinge am meisten Wert besaßen.

Er legte das Notizbuch beiseite, neben den Bleistift, die Plakette und den kleinen Pfandschein, und spähte wieder in den Schuhkarton. Auf dem Boden war er ordentlich mit Zeitungspapier ausgekleidet, an der gezackten Kante war das Datum aufgedruckt. Juni 1971. Die Ära aller Veränderungen. Umstellung aufs Dezimalsystem. Der Wandel von altem Geld in neues. Methven und seine Frau waren damals ganz allein auf der Welt gewesen. Keine Kinder. Keine Brüder und Schwestern. Seine Mutter noch nicht lange beerdigt. Er war endlich sein eigener Herr; war mit nichts nach Edinburgh gekommen und hatte sich selbst hochgearbeitet. Sein Leben damit verbracht, für eine Versicherung Zahlen zu addieren, in der Gewissheit, dass es seinen Vater stolz gemacht hätte.

Der Tremor in Methvens Hand wurde schlimmer, als er in

Erwägung zog, die Ecke der Zeitung anzuheben, um nachzusehen, was darunter lag, ob sich eventuell auch der Brief in der Kiste versteckte. 1971, er saß im Kino und dieser Umschlag brannte ihm ein Loch in die Innentasche seiner Jacke. Er erinnerte sich, wie die Gestalten auf der Leinwand hoch über ihm aufragten und Staub im Strahl des Projektors umherwirbelte, wie der Brief ihm aufs Herz drückte und er im Dunkeln die Hand seiner Frau hielt, als wären sie frisch vermählt, und sich fragte, ob er beichten sollte.

Der Brief war zwei Tage zuvor eingetroffen, auf seine Fußmatte in Edinburgh geglitten, als wäre er bloß eine gewöhnliche Rechnung, nichts hatte auf den explosiven Inhalt hingedeutet. Er hatte ihn gelesen und in die Tasche gesteckt. Dann, später, hatte er ihn noch weiter weggepackt. Konnte sich heute nicht mehr erinnern, wohin, vielleicht in kleine Stücke zerrissen und auf den Kompost gestreut – wo er vorhatte, den Dead Man's Penny zu vergraben, sowie er nach dem Frühstück aufgeräumt hatte. Blutgeld. Darauf lief das Angebot in dem Brief hinaus. Das Erbe eines Mannes an seinen einzigen Sohn. Doch Thomas Methven war seit jeher ein Mann, der Rosen zog und nur an die Zukunft dachte, nicht jemand, der an der Vergangenheit festhielt.

Er blickte aus dem Küchenfenster auf seine Rosen, die gerade begannen, sich zu entfalten. Der Stolz der Straße, so hatte seine Frau sie genannt, grandiose Blüten in Orange und Rosa. Seit sie gestorben war, hatte er angefangen, mit den Rosen zu reden, ihnen dies und jenes zu erzählen, über den Krieg, der in den Nachrichten kam. Manchmal, nachdem er Blattläuse von den Stielen gesammelt und dort, wo es nötig war, Dünger gegeben hatte, ging er hinein und weinte. Saß in seinem Sessel vor dem Kamin im Wohnzimmer, das Gesicht feucht von den Erinnerungen an alles, was er nicht mehr zurückkriegen konnte. Er fragte sich oft, ob er die Rosen ausgraben sollte, sie aus der Erde zerren und all ihre langen Wurzeln mit einem

Stich seines Spatens durchtrennen. Es fühlte sich jetzt falsch an, dass sie wieder und wieder blühen sollten, während seine Frau und alles, das vor ihr vergangen war, nur noch verrotten konnten.

Er wandte sich wieder dem Fernseher zu, wo ein Mann in Khaki-Kluft lachte, während ein anderer, der nichts als einen dreckigen Trainingsanzug trug, einem Jungen den Lauf einer Waffe in den Mund steckte. Der Junge mochte zwölf sein, vielleicht auch fünfzehn. Thomas Methven wusste auf Anhieb, im ersten Fall würde der Junge überleben, im zweiten Fall nicht. Er sah wieder einen Jungen vor sich, den er einst gekannt hatte, der zweimal auftauchte in den Wellenkämmen und der Gischt des nördlichen Ozeans, bevor er verschwand. Dann den Mund seiner Frau, korallenrot auf dem Satin. Und seinen Vater, einen Mann, der schon so lange tot war, dass Methven sich nicht mehr erinnerte, wie er ausgesehen hatte. Er fühlte die Tränen aufsteigen.

Er vermisste seinen Vater. Er hatte ihn als Junge vermisst, und nun vermisste er ihn wieder. Jeden Tag. Mit einem Schmerz mitten in der Brust, der nie kleiner zu werden schien, nur größer und größer, bis er zu einem Berg geworden war, den er nie erklimmen konnte. Thomas Methven wusste, dass er stark sein musste, ein Mann, der sich um alles kümmern konnte, einschließlich seiner Rosen. Und doch saß er jeden Tag in dem Sessel in seinem leeren Wohnzimmer und weinte wie ein Kind; spürte die Nähe seines Vaters wie eine zweite Haut, jetzt, wo er selbst alt war.

Was hatte die Vergangenheit nur an sich, dass sie einen nie in Ruhe ließ?

ZWEITER TEIL

Die Pfandleihe

Solomon Farthing
geb. 1950 gest.

Thomas Alexander Methven
geb. 1920/21 gest. 2016

2016

Eins

Der Stammbaum begann mit einem einzelnen Namen.

Thomas Alexander Methven.

Dann die Daten.

Geb. 1920/21 gest. 2016

Ein ganzes Leben auf weniger zusammengestaucht, als das Alphabet Buchstaben hatte. Wie kam es, dachte Solomon, dass der Tod einen so mühelos reduzierte?

Sein erster Vorstoß bei der Verfolgungsjagd nach Thomas Methven (verstorben) hatte ihn ins New Register House geführt – jene heilige Halle am östlichen Ende der Princes Street, wo alle offiziellen Verzeichnisse aufbewahrt wurden. Solomon wusste, heutzutage setzten die meisten Erbenermittler auf digitalen Zugriff, alle erdenklichen Daten mit ein paar Klicks verfügbar, wenn es um die Suche nach Verstorbenen ging. Volkszählungsdaten. Passagierlisten. Die Datenbank der Heilsarmee. Auch die der Mormonen – die größte von allen. Solomon hingegen zog immer schon Handarbeit vor. Zeile für Zeile aufgeschrieben mit Füllfederhalter und schwarzer Tinte, nach jedem Besuch in der Registratur des Standesamts.

Das Pflegeheim hatte ihm gegeben, was er brauchte, um anzufangen. Ein Name. Ein ungefähres Geburtsdatum. Sowie eine Kopie des Totenscheins. Letzteren hatte ein Hausarzt abgezeichnet, doch das musste nichts bedeuten. *Asche für Asche.* So nannte man das früher. Einen Assistenzarzt zum Unterschreiben hinschicken, hundertfünfzig Mäuse, keine Fragen. Mittlerweile in Schottland verboten, aber nicht im Süden. Vielleicht ein weiteres Indiz ihrer gespaltenen Nation. Wie dem auch sei, Papierkram log, das wusste Solomon genau.

Oder zumindest erzählte er nie die ganze ungeschminkte Wahrheit.

Er kam zum New Register House mit einem entwendeten Hund an einer Schnur, den hatte er erst am Morgen auf seiner Türschwelle vorgefunden, als er von dem Ausflug ins Pflegeheim zurückkehrte – in einem Streifenwagen, angefordert von DCI Franklin, aber gefahren natürlich von PC Noble. PC Noble hatte Solomon direkt vor seiner Haustür abgesetzt, sein Wink, sie könne ihn gern ein Stück entfernt rauslassen, war auf taube Ohren gestoßen. Bei seiner Ankunft saß auf der Stufe ein kleiner Hund mit blauem Halstuch.

PC Noble warf Solomon im Rückspiegel einen Blick zu. »Ist das Ihr Hund?«, fragte sie.

Angriff auf einen Polizisten. Hausfriedensbruch in räuberischer Absicht. Kidnapping (oder war es Dognapping?). Welche Ironie, wenn alle Anklagepunkte, die man Solomon Farthing zur Last legen könnte, in der Entführung eines Geschöpfs mündeten, das er gar nicht haben wollte. »Gehört wohl einem Nachbarn«, sagte er.

»Wie heißt er?«

»Wer, der Nachbar?«

PC Nobles Blick genügte, um Solomons intimste Organe schrumpeln zu lassen. Niemand in Edinburgh sprach mit Nachbarn. »Der Hund.«

»Woher soll ich das wissen?«

»Vielleicht sollten Sie ihm einen Namen geben. Damit er sich zu Hause fühlt.«

Solomon antwortete nicht, hievte sich aus dem Fond des Streifenwagens und versuchte den Hund zu ignorieren, der ein Stück näher kam und auf ihn wartete.

PC Noble fuhr das Fenster herunter. »Die DCI sagt, Sie sollen anrufen, wenn Sie was finden. Und nächstes Mal könnten Sie vorher duschen. Sie stinken wie ein Teenager.« Beim Wegfahren lachte sie.

Und doch …

Als Solomon dort vor seiner Tür stand, zu seinen Füßen ein Hund, der ihm nicht gehörte, roch er keinen Flieder und auch nicht seinen eigenen Schweiß. Sondern einen Mann, der aus der Vergangenheit auf ihn zuschwamm, in der Faust fünfzigtausend in gebrauchten Scheinen für den, der ihn an Land zog.

Im New Register House ließ Solomon den Hund bei dem Wachmann, der am Eingang saß, ein alter Bekannter vom jahrelangen Wühlen und Stöbern in den Archiven. Er gedachte den Hund seinem Eigentümer am Fuß von Greyfriars Bobby zurückzubringen, sowie er mit seiner ersten Recherche durch war. Er hatte ihm eine Schnur ans Halstuch gebunden, um sich für den Weg in die Stadt ein wenig Autorität zu verschaffen, und gemerkt, dass der Hund stattdessen ihn führte.

Der Wachmann schuldete Solomon einen Gefallen. Der Erbenermittler hatte seine Tante vor genau so einem Scharlatan gerettet, wie er selbst einer gewesen war, hatte präzise den Moment erwischt, als der Kerl gemütlich auf ihrem Sofa hockte, Kekse knabberte und sich anschickte, sie um vierzig Prozent zu schröpfen. Die Tante war von dem durch Solomon Gesparten in die Karibik gereist. Er hatte nur zehn Prozent genommen und gewusst, dass das Recht auf seiner Seite war. Ein Tagwerk der guten Art.

Drinnen begab sich Solomon in den Rechercheraum, kein freundlicher Ort trotz seiner Lage in einem Gebäude mit einer bildschönen Kupferkuppel unweit vom Herzen der Stadt. Dreißig Computer in einem L-förmigen Saal, flackernde Neonröhren, alle Plätze besetzt bis auf zwei, die für dringende Polizeiarbeit reserviert waren. Das einzige Geräusch kam von Fingerspitzen auf Tastaturen. Solomon Farthings Vorstellung von Hölle.

Er ignorierte die Blicke über den Rand der anderen Monitore, als er den zugewiesenen Platz einnahm. Hier verhielten sich alle, als würden sie niemanden im Raum kennen. Doch

sie waren sich alle geläufig, Profis und ernsthafte Hobby-
forscher mit krummen Rücken und misstrauischen Blicken.
Gelegentlich tauchten einzelne Eindringlinge auf, übereifrige
Amateure, die laut riefen:

Da sind sie ja!

Und von einer Volkszählungsakte aufblickten, um die Ent-
deckung zu teilen, dass ihre Urgroßeltern tatsächlich mal gelebt hatten. Doch normalerweise waren es die üblichen Verdächtigen, die einander registrierten und dann ausblendeten.

Solomon wusste, dass sie jetzt alle an der aktuellen
Q & LTR-Liste saßen. Vom Queen's and Lord Treasurer's
Remembrancer, dem Amt, das sich im Namen der Krone um
sämtliche herrenlosen Güter kümmerte. Vermögenswerte
aufgelöster Firmen. Hinterlassenschaften vermisster Personen. Fundsachen oder verlassener Besitz. Vom Schatzregal
gar nicht zu reden.

Quod nullius est fit domini regis. Was niemandem gehört,
fällt an den König.

Tja, aber nicht, wenn es nach Solomon Farthing ging oder
nach seinen Kolleginnen und Kollegen, wie man an der Anzahl sah, die jetzt vor den Bildschirmen hockte. Sie alle waren
auf genau den herrenlosen Besitz aus, in dem die höchste
noch unbeanspruchte Geldsumme steckte. Doch an Aus-
tausch hatten sie kein Interesse. Dass niemand zu teilen bereit war, sagte einiges über die Natur seiner Branche.

Solomons erster Versuch, seinen toten Klienten besser kennenzulernen, hatte in aller Frühe stattgefunden – bei den
Mülltonnen hinter dem Pflegeheim, nachdem DCI Franklin
ihn dortgelassen hatte, um auf PC Nobles Eintreffen zu warten. Ein kleines Grüppchen Pflegekräfte beim frühmorgend-
lichen Rauchgenuss erzählte Solomon Farthing bereitwillig,
was sie wussten.

Sie begannen mit einer Vorstellungsrunde. Kassia. Pawel.
Nico. Estelle. Was würden sie tun, wenn der Brexit die Mehr-

heit bekam, dachte Solomon beim Händeschütteln. Oder, viel wichtiger, was würden er und der Rest des Landes tun, wenn sie erst alle weg waren? Sie erinnerten sich alle gut an Thomas Methven, diesen auffallend charmanten und belesenen Veteranen, der dahinging, als Edinburghs Kirschbäume ihre Blüten abzuwerfen begannen.

»Jeder wollte mit ihm am Kartentisch sitzen«, sagte Kassia. »Sie haben sich immer gestritten, wer beim Bridge sein Partner sein darf.«

»Er hat nur aus Höflichkeit mitgemacht«, sagte Estelle. »Er hielt nicht viel vom Zocken.«

»Aber er hat gern zugesehen. Die Quoten notiert.«

»Er war vom alten Schlag«, sagte Nico. »Ein Gentleman. Hat aufgepasst, dass alle Schulden beglichen wurden.«

Die Frauen nickten, während Nico eine Rauchwolke mit Beerenaroma ausstieß, und plötzlich ließen die Erinnerungen an Mr. Methven ihre Augen schimmern. Solomon überlegte kurz, ob er sich eine Soldatenlaufbahn fälschen konnte, damit sich diese Menschen am Ende auch um ihn kümmerten. Aber er war natürlich nie im Krieg gewesen, einer aus der Glückskinder-Generation, die man nie eingezogen hatte. Wobei er sich immer noch aufs Erbe seines Großvaters berufen könnte, Captain Godfrey Farthing, ein Offizier mit der Aufgabe, zum Angriff zu blasen und all diese jungen Männer in den Tod zu schicken. Auf und voran. Von Graben zu Graben. Schau dem anderen in die Augen, wenn du ihm dein blankes Bajonett in den Leib rammst. Das könnte genügen, falls er sich etwas ausdenken musste, dachte Solomon.

»Er war ein Schatz«, sagte Pawel. »Mr. Methven. Er hat gern Geschichten erzählt.«

»Was für Geschichten?«, fragte Solomon.

»Hauptsächlich Kriegsgeschichten. Sind das nicht die besten?« Estelle dürstete es wohl nach Blut.

»Er war bei der Marine, nicht?«, sagte Kassia. »Nordmeergeleitzüge. Er hat doch erzählt, wie sie die Hühner erschossen haben, als es nichts mehr zu essen gab.«

»Hühner bei der Marine?«, fragte Pawel.

Nur in Dosen, dachte Solomon.

»Er mochte Ochsenschwanz«, sagte Nico.

»Ochsenschwanz?«

»Suppe. Das Einzige, was er am Ende noch reinbekam.«

»Er mochte die Marine«, sagte Pawel. »All die Jungs beieinander.«

»Genau wie Mr. R.« Estelle schmunzelte.

Die vier Pflegekräfte lachten. Solomon rief sich den alten Seemann mit den Pantoffeln in Erinnerung, der ihn bei seinem Eintreffen angebaggert hatte, Augen in der Farbe der Ägäis wie ein prächtiger Bursche aus Solomons Jugend. Kassia holte eine Spule Garn aus der Tasche und hielt sie Solomon hin.

»Er hat ihnen immer die Knopflöcher repariert«, sagte sie. »Hat er mir erzählt. Das hier lag in seinem Zimmer, als er starb.«

»Ich wusste nicht, dass Jungs auch nähen können«, sagte Estelle.

»Jungs können alles«, sagte Pawel, nahm Kassia die Garnrolle aus der Hand und sah sie sich an, bevor er sie einsteckte. »Wenn man sie nur lässt.«

Solomon sah enttäuscht zu, wie die Spule Baumwollgarn verschwand. Die hätte er gut brauchen können, so wie er herumlief. Er zog an seinem Jackettärmel, um die zerrissene Manschette zu verbergen. »Hat er viel über seine Vergangenheit geredet?«, fragte er.

»Er hat immer die Kälte erwähnt«, sagte Nico. »Das Eis. Wie ihm das an die Nieren ging.«

»Er besaß eine Felljacke«, sagte Estelle.

»Ich dachte, das war eine Mütze?«, sagte Kassia.

Vielleicht ja beides, einigten sie sich.

Das Grüppchen Pflegekräfte verfiel in Schweigen, sann

darüber nach, was Kriegszeiten einer früheren Generation abverlangt hatten, drehte die Gesichter zur Sonne.

»Wissen Sie, was aus dem Rest von Mr. Methvens Sachen geworden ist?«, fragte Solomon.

Die Betreuenden runzelten die Stirn, zogen an ihren Zigaretten, zuckten die Achseln. Thomas Methven war alt, als er starb, fast hundert. Wenn man so ein Alter erreichte, war fast nichts mehr übrig. Solomon stöberte in seiner Tasche und holte heraus, was vom Familiensilber geblieben war. Pfandschein Nr. 125. Dieses kleine blaue Rechteck.

»Erkennt jemand von Ihnen den hier wieder?«

Die Pflegekräfte beäugten das Stück Papier, schüttelten den Kopf. Außer Pawel.

»Ja«, sagte er. »Also, er hat ihn mir mal gezeigt. Meinte, er ist von seinem Vater.«

»Hat er mal über seinen Vater gesprochen?«, fragte Solomon. »Wo er herkam?«

Pawel zuckte erneut die Achseln, die Lider halb gesenkt über hinreißenden braunen Augen. »Nicht dass ich wüsste.«

»Er hatte keine Kinder, oder?«, sagte Estelle, schob kurz den Unterkiefer vor und stieß einen perfekten Rauchkringel aus.

»Meinte, er hätte sich welche gewünscht«, entgegnete Nico. »*Was ist ein Mann ohne einen Jungen?* Das hat er immer gesagt.«

»Das hat er zu mir nie gesagt«, meinte Kassia.

»Du bist ein Mädel.«

»Was ist ein Mann ohne ein Mädel«, sagte Estelle und warf ihre Zigarette ins Gebüsch.

Kassia drückte ihre auch aus, knipste die Asche ab und steckte den Filter zurück in die Schachtel. »Am Ende hatte er bloß noch den Anzug, den sie ihm für die Beerdigung angezogen haben«, sagte sie.

»Wie sah der aus?«, fragte Solomon.

»Altmodisch«, sagte Nico.

»Prachtvoll«, sagte Estelle.

»Blau«, sagte Kassia.

Ein angemessener Beerdigungsanzug.

Eine Stunde Recherche und Gegencheck, dann kam Solomon aus dem New Register House, und der Hund lag unter dem Schreibtisch des Wachmanns, wartete auf ihn. Neben ihm lag eine leere McDonalds-Schachtel und in der Luft ein starker Hamburger-Geruch.

Als Solomon herantrat, sah der Wachmann auf. »Haben Sie, was Sie brauchen?«

»So ungefähr.« Solomon verzog das Gesicht und klopfte auf die Innentasche seines Jacketts, die ein zerknittertes Stück Papier mit dem Beginn eines Stammbaums der Familie Methven enthielt. »Und hier?«

Beide sahen den Hund an.

»Aye, keine Sorge.« Der Wachmann reichte ihm die Schnur, und Solomon fühlte sich irgendwie leichter, wie ein Kind mit einem Geburtstagsballon. Er schaute nach links und rechts, vergewisserte sich, dass ihm keiner von Freddy Dodds' Männern gefolgt war, dann schritt er die Treppe des New Register House hinab, um in der Anonymität der Princes Street zu verschwinden. Beinahe hatte er es geschafft, da sah er ihn. Colin Dunlop von der Vermisstensuche-Agentur Dunlop, Dunlop & Dunlop, der sich am Eingangstor herumdrückte.

Colin Dunlop war heute das moderne Gesicht der Branche, ein Erbenermittler, der aussah wie jemand, der in den Edinburgh Club gehörte. Anzug, klar. Gestreiftes Hemd, klar. Seidener Schlips, klar. Sogar hochglanzpolierte Schuhe. Obwohl er alle Tricks aus der Erbenermittler-Bibel kannte, hatte sich Colin Dunlop in die Ränge der Edelsten Edinburghs eingereiht. Rechtsanwälte und Gutachter. Immobilienmakler und Steuerberater. Edinburgh-Männer, die bei einem Pint nach dem Rugby den Preis besprachen und sich dann reihum die Hände schüttelten, damit es innerhalb des Clubs blieb.

Aber Solomon wusste, Colin Dunlop hatte zu Beginn seiner Karriere dieselben Klinken geputzt wie er und gelernt, wie man einen Treffer witterte.

Solomon wischte sich die verschwitzten Handflächen seitlich am Jackett ab und versuchte den Tweed zu glätten. Das Letzte, was er jetzt brauchen konnte, war ein Konkurrent, der mitmischte. Vier Tage hatte die DCI ihm gegeben. Ihm blieben wohl eher vierundzwanzig Stunden, wenn Colin Dunlop ihm auf den Fersen war. Doch trotz seiner klammen Hände wusste Solomon, dass er stehen bleiben und reden musste. So gehörte sich das hier, man grüßte sich, ohne einen Streit vom Zaun zu brechen.

Colin Dunlop rauchte eine Zigarette – ein sicheres Zeichen, dass er kein waschechter Edinburgh-Mann war. »Hallo, Solomon«, sagte er, und Rauch kleckerte aus seinem Mund. »Wie schön, Sie zu sehen.«

Typisch für diese Stadt, dachte Solomon. Die Unterhaltung gleich mit einer mutmaßlichen Unwahrheit beginnen. Trotzdem spielte er mit, wie es jeder Edinburgh-Mann tun musste. »Dunlop«, sagte er, »mich freut es auch sehr.« Er griff die Hand, die sein Konkurrent ausstreckte. Woraufhin es ans Eingemachte ging.

»Dann sind Sie an einem Fall dran?« Colin Dunlop saugte an seiner Kippe.

Ja, nein, vielleicht, dachte Solomon und entschied sich für Vernebelungstaktik. »Ein Gefallen … freundschaftshalber. Ein bisschen Familiengeschichte.«

Colin Dunlop schnipste Asche auf den Boden zwischen ihnen, ein Teil landete auf Solomons Schuhspitze. »Hab gehört, die DCI hat Sie einbestellt.«

Himmel! Wie kam es bloß, dass in Edinburgh jedes Geheimnis durchsickerte? Doch in einem ungewöhnlichen Akt der Kameradschaft oder vielleicht nur, weil er gern langsam folterte, nutzte Solomons Konkurrent seinen Vorteil nicht aus.

»Hat Sie wohl gebeten, sich um ihren Hund zu kümmern, was?«

Solomon wusste nicht mal, dass DCI Franklin einen Hund besaß. Aber Tarnung war Tarnung, egal in welchem Gewand. »Öhm, ja. So ähnlich«, sagte er.

Beide schauten hinunter auf den Hund, der ein leises Winseln ausstieß und sich an Solomons linkes Bein schmiegte.

Colin Dunlop zog erneut an seiner Zigarette, bis die Spitze rot glühte. »Ihre Tante möchte Sie übrigens sehen. Meinte, es sei dringend.«

Solomon spürte, wie sich bei dieser Mahnung Schweiß zwischen seinen Schulterblättern sammelte – er hatte sich vor einiger Zeit, ohne zu fragen, den Mini seiner Tante »geborgt« und noch nicht zurückgegeben. »Sind Sie jetzt ihr Laufbursche?«

Colin Dunlop lachte nur. »Ein Gefallen. Freundschaftshalber.«

Natürlich, dachte Solomon. *Eine Hand wäscht die andere.* Er fragte sich kurz, wozu seine Tante, die eigentlich nicht seine Tante war, Colin Dunlop brauchte. Entschied, dass er das lieber nicht herausfand. Er zupfte an der Schnur, hoffte, dass der Hund aufbruchsbereit war, und versuchte weiterzugehen. Aber Colin Dunlop war noch nicht fertig.

»Ich hab da einen Fall am Wickel«, sagte er. »Größer als das Übliche.«

Das typische Erbenermittler-Getue. »Ach ja?«

»Könnte Sie interessieren.«

»Bin momentan ziemlich eingespannt.«

Beide schauten auf die Schnur in Solomons Hand. Dann zuckte Colin Dunlop die Achseln und schmiss die Zigarette vor ihnen auf die Straße. »Wie Sie meinen.« Streckte den Fuß vor, trat die noch qualmende Kippe mit der Spitze seines polierten Halbschuhs aus. »Ich hatte mal einen Hund. Musste ihn loswerden. Hat die Hand gebissen, die ihn füttert.«

Damit verdrückte sich Colin Dunlop ins New Register House, sprang lachend die Treppe hoch, immer zwei und zwei und zwei Stufen, und Solomon Farthing wusste, die Hand, die *ihn* normalerweise fütterte, hatte ihm etwas ähnlich Heikles serviert. Thomas Methven (verstorben), ein Scharlatan der anderen Art. Ein alter Mann über neunzig, im Pflegeheim eines natürlichen Todes gestorben, nichts Verdächtiges. Bloß ein ganz normaler Fall ohne direkte Verwandte.

Allerdings …

So gründlich Solomon auch gesucht hatte, es gab keine Geburtsurkunde, die zu dem auf dem Totenschein vermerkten Geburtsdatum passte. In keinem Register Kinder mit dem richtigen Namen, die zu den Daten passten. Tatsächlich fand sich nirgends ein Hinweis, wie sein neuer Klient überhaupt ins Leben getreten war. Solomon hatte keinen Schimmer warum, aber wie er schon im Pflegeheim gemutmaßt hatte, war Thomas Methven gar nicht Thomas Methven. Er war jemand anders.

Godfrey Farthings Laden hatte sich nicht verändert in den vierzig Jahren, seit Solomon zuletzt da gewesen war. In einem Gässchen am Ende der Royal Mile, kaum einen Zigarettenkippenwurf entfernt vom Leichenschauhaus mit all den Bedürftigen, die in den Kühlzellen darauf warteten, dass jemand Anspruch auf sie erhob. Solomon näherte sich dem Laden geradezu verstohlen, um nicht die Aufmerksamkeit seiner Gläubiger zu wecken. Seine Branche war seit jeher ein Wettlauf und er schon eine ganze Weile nicht mehr als Sieger ins Ziel gegangen. Doch als er durch die enge Gasse pirschte, wusste Solomon um seinen einen Vorteil. Ein Pfandschein aus dem Besitz eines Toten, sicher verstaut in seiner Brusttasche – die einzige Fährte zur Wahrheit.

Die Ladentür seines Großvaters war verrammelt, das Fenster mit einem Eisengitter gesichert, eine dicke Dreckschicht auf jedem Zoll der Scheibe. Das Vorhängeschloss längst verrostet, auf dem Boden ein orangeroter Fleck, wo es vom Regen ausgeblutet war. Solomon hob es prüfend an, ließ es klappernd wieder fallen. Er hatte nicht vor, den Vordereingang zu benutzen.

Er band den Hund ans Gitter und hoffte, er würde bellen, falls verdächtige Gestalten daherkamen. *Temptation Lane,* Gasse der Versuchung. So nannte seine Tante diese uralte Passage, die früher am Kopfende ein Theater und am Fußende ein Bordell gehabt hatte. Das Theater war schon lange weg, das Bordell aber gab es noch, die Fenster verhängt, die Tür stets angelehnt. Inzwischen nannte es sich Sauna – eine klassische Edinburgher Mogelpackung. Einmal am Flitter der Tourismusbranche gekratzt, und man stieß hier ganz schnell auf Dreck.

Solomon sah sich rasch um, vergewisserte sich, dass er allein war, dann schlängelte er sich tiefer in die enge Gasse, wo zu beiden Seiten hohe Gebäude aufragten. Er gelangte in einen winzigen Innenhof, da drüben hatte früher seine Tante, die eigentlich nicht seine Tante war, in einer Mietwohnung gehaust. Als Solomon in die Stadt kam, war sie fünfzehn und musste immerzu auf ihn aufpassen, wenn sie lieber woanders gewesen wäre.

Solomon hielt auf einen unauffälligen Eingang in der gegenüberliegenden Ecke zu, alles voll mit totem Laub und Müll, kaum mehr als ein Jahrzehnt hatte er hier gelebt, und doch war es der einzige Ort, den er je Zuhause genannt hatte. Asseln stoben panisch davon, als er die klapprige Hintertür in Angriff nahm. Ein Tritt, dann noch einer, dann ein Schulterstoß und er war drin. Sofort umfing ihn Feuchtigkeit, diese vertraute Klammheit, die bis tief in die Knochen drang. Willkommen zu Hause, dachte Solomon und starrte ins Dunkel.

Solomon war mit sieben Jahren nach Edinburgh gekommen, Mutter tot, Vater auch. Ein Junge mit nichts als einem geliehenen Koffer und einem silbernen Glücksbringer in der Tasche.

Strike Sure.

Vor seiner Ankunft an der Waverly Station mit ihrem wirbelnden Dampf und ihrer lärmenden Geschäftigkeit war er noch nie in Schottland gewesen. Es regnete, ein steter Niederschlag spritzte übers Kopfsteinpflaster und rauschte durch die offenen Rinnsteine, als er durchs Gewirr der Edinburgher Straßen hinter einem Großvater her eilte, den er eben erst kennengelernt hatte. Die ganze Stadt glänzte wie eine Art dunkler Spiegel, jede Straßenlaterne ein Glorienschein inmitten tiefster Düsternis. Sein Großvater führte Solomon über dunkle Schleichwege und durch enge Passagen, mit großen Schritten vorwärts, vorwärts, immer vorwärts, bis sie in genau dem schmalen Gässchen landeten, das Solomon eben entlanggegangen war.

93

Er erinnerte sich, wie er das silberne Mützenabzeichen in seiner Tasche umklammerte, als er den Kopf zurücklegte, um hoch oben in dem Stückchen dunklen Himmels den Mond zu suchen. Und stattdessen drei goldene Kugeln entdeckte, die an einem Schild hingen. Wie drei Eier aus Gold, die Verheißung eines Schatzes, so dachte er damals. Das Zunftzeichen der Pfandleiher, so wusste er heute, da ging es eher um ganz gewöhnlichen Alltagskram.

Für einen Augenblick war Solomon wieder ein siebenjähriger Junge, nicht ein beinah zehnmal so alter Mann. Dann trat er durch die Hintertür in den Schatten, den Gestank gekochter Eier und den Brandgeruch des Heizstrahlers noch in der Nase.

Drinnen war es, als wären die vergangenen vierzig Jahre gekommen und verstrichen ohne etwas dazwischen. Solomon schritt durch den Flur seines einstigen Zuhauses, und wo er im Vorbeigehen hier und da den kalten Putz berührte, zerbröselte er unter seinen Fingerspitzen. Zu seiner Linken lag ein Raum, in dem früher ein Kaminfeuer brannte und eine Standuhr im Halbdunkel tickte. Von da ging das Kämmerchen ab, wo er geschlafen hatte, durch die Fensterflügel sickerte Licht herein und warf Schatten auf die getünchten Wände. Gegenüber das Schlafzimmer seines Großvaters, nichts als ein Kruzifix an der Wand und ein schmales Bett, keine Bücher bis auf die Bibel und das mit dem roten Leineneinband, das nach Godfrey Farthings Tod verschwunden war.

Solomon hatte keine Ahnung, wo sein Großvater abgeblieben war, nachdem er seinen letzten Atemzug gehustet hatte. Beerdigt oder eingeäschert? Verstreut oder unter einem Stück Wiese verbuddelt? Er konnte sich an die Trauerfeier kaum erinnern, wusste nur noch, wie er die Schuhkiste im Hinterzimmer des Ladens nach einem passenden Paar durchwühlt hatte. Genau wie Solomons Vater war Godfrey Farthing irgendwo verlorengegangen. Nicht mal zwei Generationen, und der Rest der Familie war in alle Winde verstreut, Norden, Süden, Osten und Westen.

Rechts von Solomon führte ein Bogengang in die alte Spülküche, wo sein Großvater und er sich damals am ersten Abend wuschen, wo Solomon mit baumelnden Beinen auf dem Abtropfbrett saß und wartete, bis er an der Reihe war, sein Hemd auszuziehen. Jetzt tastete Solomon nach dem Lichtschalter, knipste ihn an und aus, wollte die Wasserhähne schimmern sehen. Doch als er zur Decke schaute, stellte er fest, dass alle Glühbirnen entfernt worden waren.

Er ging weiter den Flur entlang, tastete sich voran bis zu dem Raum, der immer voller abseitiger Gegenstände gewesen war, zu groß oder zu uninteressant, um im Laden ausgestellt zu werden. Berge von Kleidung. Decken, gefaltet und gestapelt. Körbe voller Schuhe, paarweise zusammengeschnürt. Er erinnerte sich, wie die alte Glühbirne beim Warmwerden gezischt hatte, wie er darauf wartete, dass seine Augen sich umstellten, wenn er zum Suchen nach hinten geschickt wurde. Als er noch klein war, raste Solomons Herz in seiner schmalen Kinderbrust bei der Vorstellung, was sich dort verbergen mochte und vielleicht ans Licht kam. Das kalte Beben eines Pelzmantels. Eine Reihe Ausgehuniformen. Einmal sogar ein ausgestopfter Otter in einem Glaskasten, hoch oben auf dem Regal, der ihn aus seiner gemalten Landschaft heraus beobachtete. All das verschwand in den Truhen seiner Tante, sobald sein Großvater den letzten Atemzug getan hatte. Solomon streckte die Hand aus, um die Tür aufzudrücken, doch hier brauchte er kein Licht. Der Raum dahinter würde leer sein, seiner Vergangenheit beraubt, so wie er sein Leben lang anderen die ihre geraubt hatte.

Der Hauptbereich der Pfandleihe war genau, wie Solomon ihn vor über vierzig Jahren zuletzt gesehen hatte. Da an der Tür hing das Schild, auf dem *Geöffnet* stand, obgleich dem

nicht so war. Der Holztresen, bespannt mit grünem Billard-
tuch. Die Glocke, die ihn früher aufgescheucht hatte.

Ding

Ding

Ding

Die Glasvitrine, in der sein Großvater seine wertvollsten
Objekte ausgestellt hatte, stand noch am Ende der Theke,
doch auch sie war nun leer. Keine Armbanduhren oder silbernen Zigarettenetuis, keine Ringe mit gefassten Edelstei-
nen, die den Laden mit Funkeln erfüllten, wenn Solomon sie
ans Licht hielt. Wie Blutspritzer bei Rubinen. Der Regen-
bogen bei Opalen. Smaragde wie ein Fluss voller Schilf. Einmal hatte es sogar eine Pistole gegeben, mit Perlmuttintarsien
am Griff. Eine Damenwaffe, so hatte sein Großvater sie genannt. Selbst nach all den Jahren spürte Solomon noch den
Abdruck der kühlen Waffe auf seiner Handfläche.

Jetzt war natürlich alles weg, die Währung von Solomons
Kindheit mit dem Aufkommen von Darlehen und Bank-
krediten fortgespült, niemand musste sein Zeug für Bargeld
verpfänden, da man es sich einfach leihen konnte. In der
Stadt hatte es hundert oder mehr Pfandleihen gegeben, als
sein Großvater anfing. Aber nur noch ein oder zwei, als er
sein Ende fand. Solomons Tante, die eigentlich nicht seine
Tante war, hatte den Laden übernommen und im Gegenzug
die Schulden des alten Mannes beglichen, alles Wertvolle, das
noch da war, wurde verkauft oder eingeschmolzen:

ein Hemd ohne Kragen;

ein Pelzmantel aus Eichhörnchenfell;

ein Kornett mit einer Delle am Trichter.

Alles, was von Solomon Farthings Erbe übrig war, wenn
überhaupt.

Solomon selbst war damals auf der Suche nach einem neuen
Leben gewesen und hatte alles seiner Tante überlassen. War
kurz darauf abgehauen, mit einem Jungen genau wie ihm auf
dem Sozius. Andrew, Augen in der Farbe der Ägäis, um-

klammerte Solomons Taille, als sie über das Kopfsteinpflaster der High Street röhrten und rumpelten und davonfuhren an einen Ort, wo das Glühen der Morgensonne durch ihre Lider drang, wenn sie Tee aus gemusterten Gläsern tranken. Sie verbrachten einige glückliche Jahre miteinander, faulenzten und tummelten sich auf den Clubmeilen jeder Stadt, durch die sie kamen, bevor das alles den Bach runterging. Solomon hatte Andrew schließlich sitzenlassen, so wie alle anderen. Kam nach dreißig Jahren heimgekrochen, im mittleren Alter, mit leeren Taschen, um in die Souterrainbude dieser Wohnanlage zu ziehen, unverfroren und voller Winkelzüge. Solomon hütete die Wohnung für einen Mann, der ihn dort hausen ließ, weil er dann so tun konnte, als ob auch er dort lebte.

Hauptwohnsitz aus Steuergründen.

So nannte es der Eigentümer. Buchführung. Der andere Weg, auf dem in dieser Stadt Geld floss.

Im hinteren Bereich, abseits des eigentlichen Ladens, schob Solomon den Perlenvorhang beiseite, der vor dem Eingang zum einstigen Büro seines Großvaters hing – ein Kabuff mit gerade genug Platz für Schreibtisch und Drehstuhl. Und einen Safe. Das Büro war viel kleiner als in Solomons Erinnerung. Er schob sich hinein und fühlte sich plötzlich wie ein Koloss, der jeden Moment etwas von der Wand reißen könnte.

Der Stuhl seines Großvaters schlingerte seitwärts, als Solomon sich setzte, ein bisschen wie der Saufbold, der er jetzt im Alter war. Er fasste in die Brusttasche seines Jacketts, zog heraus, was von seinem neuesten Klienten geblieben war, und legte es auf Großvaters Schreibtischkante:

Pfandschein Nr. 125.

Alles, was von einem Mann übrig war, worauf Solomon Farthing aufbauen konnte.

Nichts wies darauf hin, dass der Schein, der sich in Thomas Methvens Pflegeheimzimmer gefunden hatte, aus Godfrey

Farthings Laden stammte. Aber nachsehen schadete nicht. Jede Erbenjagd wimmelte von falschen Fährten, doch aus Erfahrung wusste Solomon, dass es bei Familienstammbäumen keine Sackgassen gab, sondern immer noch einen weiteren Zweig, den man erkunden konnte.

Er bückte sich zu dem Safe unterm Schreibtisch, stellte die vertrauten Zahlen ein und wartete auf das *Klick Klick Klick*. Er öffnete sich beim ersten Versuch, und Solomon steckte eine Hand hinein und tastete links und rechts. Er erbeutete nichts als eine einzelne Münze. Ein altertümlicher Sixpence. Genug für ein Wassereis oder eine Handvoll Lakritz, als Solomon klein war. Jetzt nichts mehr wert.

Solomon schob den Sixpence auf den Schreibtisch neben Thomas Methvens Pfandschein und steckte die Hand tiefer in die winzige Gruft. Diesmal förderte er einen echten Schatz zutage – ein Kasten mit Klappdeckel und Kunstlederbespannung, inzwischen ganz fleckig. Er stellte den Kasten vor sich auf den Schreibtisch und sein Herz schlug *eins-zwei*, als ihm klar wurde: Trotz der vierzig Jahre, die gekommen und vergangen waren, könnte der Schatz immer noch hier sein. Dann klappte er den Deckel auf und fand den Inhalt unbeschadet.

Der Kasten enthielt einhundert Karteikarten (oder so in etwa), nach Nummer sortiert, jede mit Namen und Adresse eines Kunden. Sowie einer Beschreibung dessen, was die ursprünglichen Besitzer im Tausch gegen Bargeld und einen kleinen Zettel dagelassen hatten:

ein Gabardinemantel;

zwei Ohrringe mit Saatperlen;

ein Paar Lederschuhe mit Schnallen.

Und einiges mehr. Die Karten waren ein Sammelsurium aus Pfandscheinabschnitten und Ausgestrichenem, neuere Informationen an die Ränder gekritzelt, wenn ein farbiger Streifen zum anderen fand, Blau zu Rosa. Godfrey Farthings Kunden waren treu gewesen, bevor sie abwanderten, sie kamen wieder und immer wieder, während ihre Leben voranschritten mit Geburten, Hochzeiten und Todesfällen. Sie verpfändeten alles, was sie entbehren konnten, holten sich Bargeld im Gegenzug für einen Spitzenkragen, manchmal sogar einen schlichten Sonntagsanzug.

Eine Dienstleistung.

So hatte sein Großvater es genannt.

Geldverleih für die Armen.

Das hatte seine Tante gesagt.

Doch schon damals hatte Solomon gewusst, da war noch mehr dran. Großvaters Kasten enthielt alle Geheimnisse seiner Nachbarn. Und ihre Lügen.

Die Karteikarten rochen jetzt modrig und schimmlig, jede einzelne trug den Stempel fettiger Fingerabdrücke vom ständigen Rausnehmen und Zurücktun. Die besten Kunden erkannte Solomon schon immer daran, wie die Ecken mancher Karten über die Jahre pelzig ausfransten, während andere scharf blieben.

Er wusste, zu jedem auf den Karten notierten Vorgang gab es eine entsprechende Zeile im Hauptbuch, eine Liste von allem, was sein Großvater zu zahlen, und allem, was man ihm zu zahlen hatte, die am Ende jedes Abends abgeglichen wurde. *Die Abrechnung* nannte es sein Großvater, wenn er am Wohnzimmertisch saß und die Beträge zusammenzählte. *Die Bücher* sagte seine Tante dazu, als sie den Laden übernahm. Der Inhalt des Hauptbuchs lehrte Solomon den Wert von Gegenständen, lange bevor er es andernfalls begriffen hätte. Wie ein schlichter goldener Ehering in einem Jahr fünf Shilling wert sein konnte und im nächsten bloß einen Farthing, einen Viertelpenny. Wie die besten Kunden die waren, die immer wieder und wieder kamen, selbst wenn sie nur einen Schuh in Zahlung gaben. Das hatte sich bei seinem früheren Broterwerb als nützlich erwiesen, als junger Mann, der in den Hinterhöfen Dutzender Städte an- und verkaufte, was immer ihm in die Hände fiel, lange bevor er es zu seinem

Beruf machte, die Ahnen von Familien zu kapern und gegen Honorar wieder an sie auszuliefern.

Als sein Großvater starb, hatte Solomon nicht verstanden, warum seine Tante ein Interesse daran haben sollte, das Hauptbuch zu übernehmen. Er hatte es auf der Suche nach seinem Erbe selbst durchgesehen und zu seiner Enttäuschung festgestellt, dass es wesentlich mehr Abgänge als Zugänge gab. Erst viel später verstand er. Genau wie Freddy Dodds war sie weniger auf das Geld als auf die Namen aus – alles Leute, die gewillt waren, auf Pump zu leben.

Draußen schepperte plötzlich ohne auch nur ein warnendes Knurren des Hundes Metall gegen Glas. Durch den schaukelnden Perlenvorhang erspähte Solomon ein Gesicht, das sich ans dreckige Fenster drückte. Er legte die Hand auf den Klappdeckel des Kastens, wie um das einzige Erbe zu schützen, das ihm blieb. Womöglich kam Freddy Dodds, um sich zu holen, was ihm zustand; oder Colin Dunlop von Dunlop, Dunlop & Dunlop, um zu stehlen, was ihm nicht zustand.

Das Gesicht draußen verschob und verzerrte sich, als Solomon sich auf seines Großvaters altem Stuhl nach hinten lehnte, um nicht gesehen zu werden. Seine Hand zuckte, als ihm plötzlich durch den Kopf ging, es könnte nicht Freddy Dodds oder Colin Dunlop sein, der ihm hierher gefolgt war, sondern ein dafür angeheuerter Kollege. Ein Mann mit makellos überkrontem Gebiss, ausgerüstet mit Brechstange und Ziegelstein, um gleich zwei Fliegen mit einer Klappe zu schlagen. Freddy Dodds' Imperium setzte seit jeher auf Vollstrecker. Und Erbenjagd war mancherorts eine skrupellose Branche, wer nichts wagt, hat nichts, um die Miete zu zahlen.

Das Blut pochte in Solomons Schläfen, wieder empfand er schmerzhaft den Verlust seines Glücksbringers. Wo war die DCI, wenn er sie brauchte? Oder noch besser die unergründliche PC Noble. Dann endlich vernahm er den Klang der Erlösung. Eiliges Scharren auf dem Pflaster. Hitziges Kläffen. Gefolgt von Fluchen.

»Scheiße!«

Gerangel.

»Verfluchte Töle!«

Noch mehr hitziges Gebell. Dann ein leises Echo von Schritten, die sich die Gasse entlang davonmachten. Solomon wartete ab, sein Herz schickte ein kurzes Trommelfeuer gegen seine Rippen. Dann wandte er sich wieder Großvaters Karteikasten zu.

Seine Suche war jetzt eher plump, ein flüchtiges Durchblättern von der ersten bis zur letzten Karte auf der Jagd nach irgendetwas, das zu Thomas Methvens Pfandschein Nr. 125 passen mochte. Weit hergeholt, aber noch lange nicht aussichtslos. Die erste Karte im Kasten dokumentierte eine Fuchsstola, einmal verpfändet und nie ausgelöst, irgendwann nach dem Ersten Weltkrieg weiterverkauft an einen Mann namens Alfred Walker mit Londoner Adresse. Solomon ging die übrigen Karten durch, eine nach der anderen. Ein Mantel aus Eichhörnchenfell. Ein Otter im Glaskasten. Aber nichts entsprach Thomas Methvens Pfandschein Nr. 125.

Ganz hinten im Kasten erweckten die letzten beiden Karteikarten den Eindruck einer einzigen, zusammenhaftend wie Seiten eines ungeschnittenen Buchs, auch eine Form von Tarnung. Solomon fuhr mit dem Daumennagel zwischen die zwei Karten, trennte sie voneinander. Die neuere war von 1971. Eine Ära des Wandels. Und das Jahr, in dem Solomons Großvater seinen letzten Atemzug tat.

Der Rand der Karte war scharf, nicht ausgefranst. Einmal beschriftet und in den Kasten gesteckt, nie mehr herausgeholt. Solomon hielt sie dicht vor sich, las das Datum:

Juni 1971

Und den Namen:

Hawes, J.

Erkannte das Geschriebene auf Anhieb. Andrew mit seinen

komischen ›i‹ und ›t‹ hatte die letzte Transaktion festgehalten, die noch in Godfrey Farthings Laden stattfand. Ein alter Herumtreiber, der hereinkam, als Solomons Großvater dem Ende nahe war, und einen Anzug daließ. Blau wie ein Starenei, das Futter mitternachtsdunkel. Perfekt für eine Beerdigung, das hatte er gesagt. Doch als sie Godfrey Farthing nach seinem Ableben den Anzug anhielten, war er zu kurz.

Solomon steckte die jüngere Karte zurück in den Kasten und wandte sich der älteren zu. Einen Moment lang war er enttäuscht. An der alten Karte fand sich kein rosa Gegenstück zu dem Schein, den Thomas Methven zurückgelassen hatte. Doch etwas anderes war mit Tesa auf die Karte geklebt. Ein Zeitungsschnipsel, ausgeschnitten aus den Kleinanzeigen irgendeines Provinzblättchens viele Jahre zuvor. Solomon linste auf den Schnipsel und sah, dass etwas an den Rand gekritzelt war:

Methven.

Mit Bleistift, in Godfrey Farthings Handschrift. Dann las er die Kleinanzeige:

GESUCHT: Zuhause für kleinen Jungen, 6 Monate. Totalaufgabe.

Als ginge es um das Ende eines Kriegs.

Drei

Die schottische Nationalbibliothek war ein asketischer Bau.
Zwölf Stockwerke mitten im Stadtzentrum, nur fünf davon
oberirdisch, und nichts an der kargen Steinfassade ließ ahnen,
welche Schätze sie barg. Alte Bücher. Neue Bücher. Bücher
mit handgemalten Seiten und Blattgold auf den Buchrücken.
Ganz abgesehen von jeder erdenklichen Zeitung, Landkarte,
alten Handschrift, jedem Branchenverzeichnis, Film- oder
Fotodokument, das man sich nur vorstellen konnte. Und vie-
les mehr. Doch Solomon Farthing war nicht hier, um in dem
Sammelsurium von Druckerzeugnissen zu stöbern, das die
Bibliothek zu bieten hatte. Er war hier, um in jenen Maga-
zinen zu wühlen, wo die wahren Geheimnisse aufbewahrt
wurden.

Solomon strebte gar nicht erst zum Haupteingang der Bibliothek. Stattdessen tauchte er in die dunkle Straßenschlucht
der Cowgate, sein Ziel eine unscheinbare Metalltür unter dem
großen Gewölbe der George IV Bridge. Einen Vorteil hatten
Edinburghs finstere Gänge, dachte er, als er mit gesenktem
Kopf dahineilte. Sie ließen die Gegenseite im Unklaren. Nicht
nur Freddy Dodds mit seinem Rückzahlungsanspruch, fünftausend und mehr. Oder seine Tante, die eigentlich nicht seine
Tante war, die ihm Erfüllungsgehilfen auf den Hals hetzte, bis
er den Wagen zurückgab. Sondern auch seinen Kontrahenten,
Colin Dunlop, der auf eine Art Erbenermittler-Zweikampf
aus war: Solomon Farthing die Beinarbeit im Fall Thomas
Methven (verstorben) überlassen, dann kurz vor Schluss ein-
scheren und die Lorbeeren abgreifen. Sowie die Provision auf
fünfzigtausend in Cash, versteht sich.

Der Hund zuckelte hinterdrein, dicht bei Solomons Füßen,
als wollte auch er lieber nicht gesehen werden. Zu Greyfriars
Bobby ging man von ihrem Ziel aus nur zwei Minuten die
Candlemaker Road hoch. Solomon bemühte sich um Un-

auffälligkeit, als er an die Metalltür pochte. Freddy Dodds'
Spitzel waren überall in Edinburgh, so oder so, aber in diesem Abschnitt der Cowgate fiel es einem Mann von Solomons Alter und Auftreten nicht allzu schwer, unentdeckt zu
bleiben. Hier wimmelte es seit jeher von Männern, die Crazy
Jack Cider zum Frühstück tranken und mit Hunden an einer
Schnur umherschlichen. Trotzdem war Solomon erleichtert,
als er das vertraute Kreischen von Metall auf Beton hörte, mit
dem die Tür schließlich von innen geöffnet wurde.

»Solomon Farthing«, sagte der Mann auf der anderen Seite,
der eine Mappe voller Papierkram unterm Arm trug. »Willkommen in der Gruft.«

Mr. Michaels war ein Edinburgh-Mann von anderem Schlag
als Kerle wie Dunlop in ihren Anzügen. Er gehörte eher zur
gelehrten Seite der Stadt, mit schütterem Haar und einem
ständig klappernden Fahrradhelm an der Seite. Mr. Michaels
war Mitglied des National Library's Collection Support
Service. Der breiten Öffentlichkeit besser bekannt als Buchfinder. Er legte täglich viele Meilen zurück, schritt die Biblio-
thekskorridore entlang und die Bibliothekstreppen hinab
und spürte Geschriebenes auf. Es hieß, sie fänden sich noch
im Stockdunklen zurecht, die Buchfinder, so vertraut waren
sie mit den Innereien der Nationalbibliothek, sogar mit den
Stücken, die anzufassen nur mit Handschuhen erlaubt war.
    Mr. Michaels hatte sich zu einem von Solomons besten
Kontakten entwickelt, seit sie sich in jener Ecke eines weitläufigen Friedhofs im Norden, wo Männer ihresgleichen
gern einen Abendspaziergang machten, erstmals über den
Weg gelaufen waren.
    »Nach dem Buch?«, hatte Michaels gefragt, und seine
Augen funkelten kurz im Zwielicht, als sie da zwischen den
Gräbern standen und Solomon seinen Spitznamen preisgab.
    Old Mortality.
    Der Mann, der die Grabsteine putzte.

Von da an standen Solomon oftmals die Innereien der Nationalbibliothek zur Verfügung. Wie sich herausstellte, war Mr. Michaels nicht nur ein Buchfinder, sondern auch eine Art Literaturexperte, der zehn Jahre oder mehr in eine nie vollendete Doktorarbeit über Walter Scott gesteckt hatte.

Jetzt schritt er Solomon und dem Hund voraus, weg von den Säufern der Cowgate und durch den Deckungsgraben, der die Grenze zwischen den Gedärmen der National-bibliothek und dem Fundament der George IV Bridge markierte. Über ihnen ragte die Kluft mehrere Stockwerke auf bis in völlige Finsternis. Unter ihnen schritten ihre Füße über die Reste einer schon lange stillgelegten Straße Edinburghs. Während er Mr. Michaels folgte, merkte Solomon, dass sich Zufriedenheit über ihn legte wie Staub, der vom Kaminsims rieselt. Hier unten konnten seine Verfolger ihn unmöglich aufspüren. Im Übrigen wusste jeder, die besten Geheimnisse der Stadt waren im Dunkeln versteckt.

Mr. Michaels' Refugium lag im siebten Stock unter der Erde, ein Kämmerchen in der hintersten Ecke des Magazins. Es gab kein Fenster, das Licht hereinließ, nur eine Million Rohre, die über ihren Köpfen hierhin und dorthin verliefen. In Edinburgh war es jetzt warm draußen, doch wenn sich der Winter erst breitmachte, konnte es so eisig werden wie der Hades. Hier drinnen aber, wusste Solomon, überließen die Kuratoren nichts dem Zufall. Alles war temperaturreguliert.

Während Mr. Michaels und er es sich gemütlich machten, strolchte der Hund davon und stöberte nach eigenen Schätzen, man hörte nur das Tapptapp seiner Krallen aus irgendwelchen versteckten Nischen in zunehmender Entfernung. Mr. Michaels lehnte sich an die großen Metallregale und knabberte verbotenerweise an einem Haferkeks, Solomon hockte sich auf einen leeren Bücherwagen unter einem Schild mit der Aufschrift *Katastrophensammlung*. Das fasste sein Leben doch bestens zusammen. Er nahm eine Tüte Cheese & Onion-Chips aus der Jackentasche und riss sie oben auf.

»Also, was gibt's?«

»Über Ihren Mr. Methven«, Mr. Michaels fegte sich Keks-krümel vom T-Shirt, »konnte ich in der kurzen Zeit nicht viel zusammentragen, fürchte ich. Aber doch ein paar Bröck-chen.«

»Saftige, hoffe ich.« Solomon stopfte sich eine Handvoll Chips in den Mund.

»Das müssen Sie entscheiden. Ich liefere nur die Fakten.«

Tief unten im Schlund der Nationalbibliothek trug Mr. Michaels die Eckdaten seines Berichts vor.

»Thomas Alexander Methven. Geboren 1920 oder viel-leicht auch 1921.«

Gleich zwei mögliche Lügen, dachte Solomon. Kein schlechter Anfang.

»Gestorben im Old Soldiers Nursing Home in Edinburgh. Geburtsort unbekannt.«

Und zwei Wahrheiten. Somit ein ausgeglichenes Leben.

»Kam als junger Mann nach Edinburgh. Fand nach dem Krieg eine Stellung als Buchhalter bei der Edinburgh Assu-rance Company. Blieb dort sein Leben lang.«

Klugheit und Scharfsinn. Dazu ein Händchen für Zahlen. Sparsamkeit, Pflichtgefühl und vernünftiges Haushalten mit Geld. Genau die Fähigkeiten, die sein Großvater gern an ihm gesehen hätte. Genau die, die er nicht besaß.

»Woher wissen Sie, wo er gearbeitet hat?«, fragte er und sprühte ein paar Krümel auf sein Tweedjackett.

»Ich habe seine Militärakte gesichtet«, sagte Mr. Michaels. »Stand in seinen Entlassungspapieren. Dann habe ich im ent-sprechenden Branchenverzeichnis der Stadt nachgeschlagen. Erstaunlich, was man dort alles findet.«

»Ich nehme an, der Wohnsitz seiner Eltern war nicht an-gegeben?«

Mr. Michaels schüttelte den Kopf. »Keine Spur, sie sind gar nicht erwähnt. Aber als er sich verpflichtet hat, hatte er ein

Zimmer in der Canongate, am alten Holyrood Square. Lag da nicht früher der Laden Ihres Großvaters?«

Solomon leckte sich die Handfläche und wischte sie dann an der Hose ab. »So ungefähr«, sagte er.

Manchmal fragte er sich, ob Mr. Michaels mehr über seine Vergangenheit wusste als er selbst. Wie viele seines Standes hatte Solomon nie nach seinen eigenen Ahnen geforscht. Stammbäume waren gefährliches Terrain. Warum sonst machten Erbenermittler um ihren eigenen grundsätzlich einen Bogen?

»Wen hat er denn laut seinen Militärpapieren als nächste Angehörige benannt?«, fragte er.

»Niemanden«, sagte Mr. Michaels. »Vielleicht war er da schon Waise.«

Wie ich, dachte Solomon, schüttete sich die letzten Chips-krümel in den Mund und knüllte die Tüte zusammen. Nichts als ein Junge, der haltlos durch die Welt trieb.

»Allerdings hatte er in späteren Jahren ein Haus, gar nicht weit von Ihnen«, sagte Mr. Michaels.

In einem Viertel, wo die Männer vergoldete Renten hatten und Rotarier oder Probus-Mitglieder waren. Ganz kurz zuckte Solomons linke Hand bei der Aussicht, dass zwischen zwei Happen aus fünfzigtausend auch fünfhunderttausend werden könnten. »Das hat ihm doch sicher nicht gehört, oder?«

Mr. Michaels warf Solomon ein rasches Grinsen zu, als wüsste er genau, was dem Erbenermittler durch den Kopf ging. »Doch. Aber er hat es verkauft, etwa vor zwanzig Jahren. Soweit ich sagen kann, haben die Kosten fürs Pflegeheim sein gesamtes Kapital aufgezehrt.«

»Dann müsste also alles vorhandene Geld aus jüngerer Zeit stammen?«

Mr. Michaels warf Solomon einen Blick zu. Es sah einem Erbenermittler nicht ähnlich, zu hinterfragen, aus welcher Quelle sein nächster Scheck kam. »Sofern er es zum Zeitpunkt des Todes bei sich hatte, gehört es zum Nachlass, oder? Ganz klare Sache.«

»War bloß neugierig.« Solomon leckte sich jede fettige Fingerspitze einzeln ab. Wenn er auf die Jagd nach einem Phantom ging, wollte er aufs Schlimmste vorbereitet sein.

Mr. Michaels trommelte auf den Papieren in seiner Mappe herum. »Ich nehme nicht an, dass Sie ein Foto sehen wollen?«

»Oh, doch.« Mit einem beherzten Ruck hievte sich Solomon vom Bücherwagen herunter. Er war ein Erbenermittler alter Schule und sah sich gern an, mit wem er es zu tun hatte. Der Buchfinder blätterte zur letzten Seite seines Berichts und zeigte ihm ein körniges Foto, ein Mann, der zwischen einer Reihe von Rosen stand.

Erster Preis.

Kopiert aus einer alten *Edinburgh Evening News.*

»Er war ein treuer Anhänger von Grünzeugwettbewerben.« Mr. Michaels zeigte auf die Bildunterschrift – *Erneuter Triumph für Mr. Thomas Methven.* »Hat jedes Jahr teilgenommen.«

Solomon starrte hinunter auf das Gesicht seines verstorbenen Klienten, so offen wie eine zur Sonne gewandte Blume. Ein Mann von damals Mitte sechzig (wie Solomon jetzt), lebte vermutlich ein gutes Leben und hatte Erfolg (anders als Solomon). War jetzt aber tot, dachte Solomon, und bald nur noch Schlacke, wenn diese verflixte Penny vom Amt für Verlorengegangene ihn in die Finger kriegte und ihren Job machte.

Allerdings …

»Er sieht vergnügt aus, nicht?«, bemerkte Mr. Michaels.

Und Solomon musste zugeben, dass Thomas Methven vergnügt aussah.

Mr. Michaels klappte die Mappe zu. Wie zur Antwort zog Solomon etwas aus seiner Jackentasche, als wäre auch er eine Art Zauberkünstler. Er legte es auf der Kante des grauen Stahlregals ab.

»Was ist das?«, fragte der Buchfinder.

»Mr. Methvens Hinterlassenschaft«, sagte Solomon.

Pfandschein Nr. 125. Das Relikt eines langen und vergnügten Lebens.

Mr. Michaels wischte sich beide Hände am T-Shirt ab, als sei ihm bewusst, dass er einen Schatz in die Hand nahm, hob den kleinen blauen Zettel hoch und hielt ihn ans Licht. Da sahen sie es beide – zwei winzige Löcher, jedes mit einem dünnen Rostrand, als wäre der Schein an etwas festgesteckt gewesen, aber längst entfernt. Mr. Michaels drehte den Schein um, dann wieder zurück.

»Recht alt«, sagte er. »Aus der Zeit vor dem Krieg, wenn ich mutmaßen soll.«

»Thomas Methven war im Krieg«, sagte Solomon. »Bei den Nordmeergeleitzügen.«

Eis an den Tauen. Hühner im Laderaum.

Doch Mr. Michaels schüttelte den Kopf. »Ich meinte den Ersten, nicht den Zweiten.«

»Oh.« Solomon bekam plötzlich heiße Füße in seinen rosaroten Socken, als er sich seinen Großvater als jungen Mann vorstellte, mit glänzendem Lederkoppel und Messingknöpfen, wie er auf einer Trillerpfeife zum Angriff blies, damit seine Männer aus dem Schützengraben stiegen. Beide blickten wieder auf das Stück Papier.

»Was man mit dem wohl auslösen könnte?«, sagte Mr. Michaels.

»Jetzt«, sagte Solomon und warf seine leere Chipstüte auf den Bücherwagen, »wird die Sache interessant.«

Er zog noch ein Stück Papier aus seiner Tasche. Diesmal einen Zeitungsausschnitt. *GESUCHT: Zuhause für kleinen Jungen, 6 Monate. Totalaufgabe.* Mr. Michaels nahm den Schnipsel mit behutsamen, aber eifrigen Fingern entgegen.

»Früher war *The Scotsman* übersät mit so etwas«, sagte er. »Inserate. Hunderte. Über die ganze erste Seite.« *Neuware. Junge Heiratskandidaten. Zu verkaufen.*

»Aber doch wohl keine Babys«, sagte Solomon.

»Einmal habe ich von einem Baby gelesen, das im Tausch gegen ein Grammofon weggegeben wurde. Aber das war in Dundee. Da gelten andere Regeln.«

»Dann ist das hier aus dem *Scotsman*?«, fragte Solomon.

Mr. Michaels drehte den Zeitungsschnipsel um, dann wieder zurück. Er brauchte keine dreißig Sekunden, um sich festzulegen. »Nein. Falsche Schrifttype. Und Papierqualität.«

»Was glauben Sie, woher es stammt, wenn es nicht aus dem *Scotsman* ist?«

»In dieser Frage kann ich tatsächlich weiterhelfen.« Mr. Michaels' Augen funkelten kurz, und er zeigte auf eine Postfach-Nummer am Fuß des Inserats. »Das ist in Borders. Mein Spezialgebiet. Wenn ich mutmaßen soll.«

Auf einmal erklang das Tapptapp kleiner Pfoten auf dem Linoleum, kam näher. Solomon und Mr. Michaels sahen den Hund an, als er wieder auftauchte und sich daranmachte, die Beweise ihres Verstoßes gegen das Verzehrverbot vom Boden zu lecken. Nicht nur Tarnhilfe, dachte Solomon, sondern auch noch Tatortreiniger.

Mr. Michaels schob den kleinen blauen Pfandschein und den Zeitungsausschnitt in die Mappe mit Thomas Methvens belegbarer Vergangenheit, soweit vorhanden, und reichte das Ganze Solomon. Dann geleitete er den Erbenermittler durch die Gruft zurück zum Notausgang der National-bibliothek, der Hund trottete hinterher. Vor der Tür blieben beide Männer im Dunkel stehen, um sich zu verabschieden, ringsum nichts als der Muff von Feuchtigkeit und Ziegel-staub, so roch Edinburghs tiefste Vergangenheit.

Der Buchfinder bückte sich, um dem Hund kurz die Ohren zu kraulen. »Übrigens«, sagte er, »Dunlop hat nachge-fragt, ob ich Sie gesehen habe.«

Solomon spürte, wie unter seinem Jackett wieder Hitze aufstieg. »Was haben Sie gesagt?«

»Nichts, wie Sie mich gebeten haben.«

Solomon sah den Hund an, der ganz still stand, um die ihm

seiner Ansicht nach wohl gebührende Bewunderung entgegenzunehmen. Dann schob er eine Hand in sein Jackett, holte eine andere Art von Schatz heraus und bot ihn Mr. Michaels dar, denn er fand, dass auch dem Buchfinder etwas gebührte.

»Das ist für Sie«, sagte Solomon. »Als Dankeschön. Eine ganz passable Ausgabe, glaube ich.«

Ein Buch mit rotem Leineneinband, inzwischen recht fleckig. Mr. Michaels nahm das Buch entgegen wie ein Mann, der den Umgang mit Schriftstücken gewohnt ist, die tausend Pfund pro Seite wert sind, wiegte es zärtlich mit den Fingerspitzen, dann wandte er sich dem Buchrücken zu.

Old Mortality. Goldprägung.

»Wo haben Sie das her?«, fragte er.

»Es gehörte meinem Großvater«, sagte Solomon. »Am Schluss fehlt leider ein Stück. Aber ich dachte mir, das können Sie vermutlich auswendig.«

Mr. Michaels grinste breit. »Sie hatten schon immer viel Wertschätzung für meine Interessen.«

Auch Solomon lächelte. Es hatte etwas sehr Befriedigendes, sein Erbe an jemanden weiterzugeben, der es mehr zu würdigen wusste als man selbst.

Die beiden Männer gaben sich die Hand, dann zog Mr. Michaels erneut an der Metalltür mit ihrem Kreischen von Metall auf Beton und entließ Solomon und den Hund zurück auf Edinburghs dunkle Straßen.

Als Solomon an ihm vorbei in die Schatten der Cowgate schlüpfte, berührte der Buchfinder seinen Ärmel. »Wenn ich Sie wäre, würde ich aufpassen«, sagte er.

»Inwiefern?«, fragte Solomon.

»Das Vermächtnis Ihres Toten.«

»Was ist damit?«

»Geschäftliches ist das eine«, sagte Mr. Michaels und schob die Tür zu, bis sich nur noch ein Spalt zwischen ihnen befand. »Aber Familiengeschichten sind noch mal etwas ganz anderes.«

1918

Eins

Es war ein Himmelfahrtskommando. Das begriff Godfrey im selben Moment, als er den Umschlag aufmachte und die Nachricht las. Befehl vom Kompaniechef, die Männer über den Fluss zu führen und den Feind auf der anderen Seite zu beschäftigen, so gut es ging. Sie sollten die Stellung halten, ganz gleich, was geschah. Verstärkung würde es nicht geben. Eine Ablösung würde nicht stattfinden. Sie waren zum Verlorenen Haufen auserkoren – die Ersten, die vorrückten, und die Letzten, die zurückkehrten. Das war das Ende, aber nicht das, worauf Godfrey gehofft hatte, zunichtegemacht vom Federstrich eines Generals.

Der Junge erwartete seine Anweisungen wie ein guter Soldat, stand stramm unter dem Gewicht seines Marschgepäcks, und der Hund wartete auch. Godfrey zerknüllte die Nachricht, stopfte sie in die Tasche und bemerkte noch einmal das Tropf-tropf des Regens, der von den Dachtraufen fiel. Plötzlich war überall im Hof Wasser, Pfützen und Bäche, die ihm um die Füße rannen. Er wandte sich von dem Jungen ab zurück zum Bauernhof.

»Wegtreten.«

Dachte an die Rosen, die nun nie für sie blühen würden. Das Mindeste, was er tun konnte: diesen Jungen in die Sicherheit seiner eigenen Einheit zurückschicken, auf dass er die Zukunft bekam, die er verdiente. Doch der Junge trat nicht weg und marschierte los in Richtung Sicherheit. Stattdessen folgte er Godfrey zur Tür. »Sir.«

»Was?«

»Ich habe Befehl, mich Ihnen anzuschließen, um die Truppstärke wiederherzustellen.« Der Hund hielt sich bei Fuß.

Godfrey lachte ungläubig auf. Dann also elf Mann zum Abschlachten statt zehn. Als ob das irgendeinen Unterschied machte. Godfrey blickte auf den Matsch an den Stiefeln des neuen Rekruten, roch den beißenden Gestank einer aus nächster Nähe abgeschossenen Waffe. Die Gewissheit, nach der er sich verzehrt hatte, war nun da, und sie schmeckte nicht so süß, wie er gehofft hatte.

Er ließ den Jungen erneut wegtreten, schickte ihn in die Scheune, um sich einen Platz für sein Zeug zu suchen, und wies ihn an, sich in Sachen Wäsche bei Percy Flint zu melden und in Sachen Verpflegung bei George Stone. Der Junge war zehn Meilen oder mehr gelaufen, bis er sie gefunden hatte, sagte er, alle anderen waren längst weit fort, über Stock und Stein. Godfrey und seine Männer aber hatte man in ihrem vergessenen Paradies zurückgelassen, genau wie Ralph be-fürchtet hatte.

Die Männer in der Scheune sortierten schweigend die Wäsche, als der neue Junge auftauchte – Hemden und Hosen nach dem Intermezzo mit dem Huhn gründlich geschrubbt, der Rest ihrer Kleidung von der Leine im Kornspeicher ge-zogen und zu groben Stapeln gefaltet. Es war das erste Mal seit Monaten, dass sie es geschafft hatten, ihr gesamtes Zeug zu waschen: toten Männern abgeknöpfte Greyback-Hem-den, Unterkleidung in merkwürdigen Größen, Socken aus jeder erdenklichen Art Garn oder Wolle. Der Matsch aber hing immer noch in allen Nähten.

»Na, wer ist denn das?«, sagte Percy Flint, immer der Erste, der frisches Blut roch. Er baute sich vor dem Neuankömm-ling auf, die Hände in den Taschen seiner Breeches, die Haare angeklatscht mit Eau de Cologne dank einem Handel mit Bertie Fortune – ein Spritzer auf die Hand gegen ein Scheib-chen gute Seife.

»Alec«, sagte der Junge und ließ sein Bündel auf den Stein-boden fallen. »Alec Sutherland.«

»Wo kommst du her, Alec?«

»Fusiliers, A-Kompanie.« Aus Borders, dem Grenzland, wo England an den Norden stieß.

Der Rest der Männer ließ die Kleidung liegen, wo sie gerade war, und kam zusammen. Alle außer Hawes, der auf seinem Lager kauerte, die Knie an die Brust gezogen, und mit inzwischen ständig zuckenden Händen die Seiten seines Buchs umblätterte.

»A-Kompanie«, sagte Alfred Walker. »Ich dachte, die sind alle futsch. Wurden doch vor ein paar Wochen in die Luft gesprengt.«

»Wurden sie«, sagte Alec, hob sein Gewehr über den Kopf und lehnte es an seinen Tornister. »Ich bin einer von wenigen, die übrig sind.«

»Was machst du dann hier?«, fragte Bertie Fortune.

»Habe Befehle überbracht.«

»Was für Befehle?«

»Woher soll ich das wissen?«

»Du musst doch irgendeine Vorstellung haben«, sagte Flint. »Wo sie dich von so weit hergeschickt haben.«

Alec zuckte bloß die Achseln und sah sich um, wo er Platz für sein Zeug fand.

»Du kannst es neben unseres legen«, sagte Jackdaw. »Da in der Ecke.«

»Aber schlafen tun wir auf dem Heuboden«, sagte Promise. »Da ist noch reichlich Platz, wenn du willst.« Er war von der Taille aufwärts nackt, mit Rippen wie eine Leiter, hatte das vom Intermezzo mit dem gelben Huhn vor einer Stunde noch blutverschmierte Hemd abgestreift.

Flint schnipste Heusamen von seiner Uniformjacke. »Alle Knaben beieinander«, murmelte er.

»Lass gut sein, Flint, hörst du«, sagte Fortune. Er wandte sich wieder an den Neuankömmling. »Bist ein bisschen jung für den Krieg, oder?«

Alec lächelte. »Ich weiß, wie man mit einer Waffe zielt. Falls das deine Frage ist.«

»Wir alle wissen, wie man mit einer Waffe zielt, Söhnchen«, knurrte Hawes aus seiner Ecke. »Es geht darum, auf wen du zielst.«

Alec zuckte wieder die Achseln, hob sein Bündel auf und brachte es in die Ecke der Scheune, wo Jackdaw und Promise ihr Zeug liegen hatten.

Jackdaw streckte die Hand aus, sein Handgelenk ragte aus der Hemdmanschette wie ein Hühnerknochen. »Ich bin Jackdaw«, sagte er. »Das ist Arthur Promise.«

»Alec.« Die drei Jungs grinsten, schüttelten Hände.

»Obacht«, murmelte Alfred Walker von seinem Posten am Tor. »Ärger im Anmarsch.«

Second Lieutenant Svenson kam über den Hof.

In der Stube legte Godfrey den Inhalt seiner Taschen auf den Tisch. Ein Bleistift und eine leere Postkarte. Eine halbe Walnussschale, die er eigentlich auf dem Teich hatte schwimmen lassen wollen. Dazu eine ganze. Und der Marschbefehl, jetzt mit dem Handballen geglättet. Er presste zwei Finger auf eine Stelle über seinem Herzen und spürte, wie der Schmerz einsetzte. Vom Marschbefehl würde er den Männern später erzählen, so dachte er sich das. Vielleicht morgen. Ihnen erst mal das Vergnügen eines neuen Rekruten gönnen, jemand, der sie ablenkte mit Geschichten darüber, wo er herkam und was er angestellt hatte. Godfrey würde sich Zeit nehmen, alles zu durchdenken, bevor es losging.

Er trat zu der Bank an der Stubenwand und klappte die Sitzfläche hoch, unter der eine hölzerne Schließkassette verborgen war. Seine linke Hand zitterte ernstlich, als er die Kassette heraushob und auf den Tisch stellte. Genau wie Hawes, dachte er, so schlimm wie nie, dabei schießt hier gar keiner. Aus der Küche erscholl plötzlich das Scheppern und Klappern von Töpfen und Pfannen, als George Stone mit den Vorbereitungen fürs Abendessen begann. Der alte Kämpe wusste, wie man ein Festmahl auffuhr, das war ein

Trost. Winterkohl, gekocht, bis er zur sämigen Suppe wurde. Eier, warm und gesprenkelt. Ein Vorrat schrumplige Kartoffeln aus dem Keller, in kleinen Puffern zu einer Art *Hash* gebraten. Schon am ersten Abend hatte Stone eine Mahlzeit gezaubert, wie sie seit Monaten keiner von ihnen gesehen hatte. Geröstete Walnüsse. Stampfkartoffeln mit Bratensoße. Hühnchen am Spieß gebraten. Die Männer hatten um den Wünschelknochen gestritten, als das Fleisch fertig war, und die Würfel aus Ralphs Holzbecher waren wieder und wieder über den Tisch gerollt. Bertie Fortune hatte natürlich gewonnen. Fortune hatte immer Glück.

»Muss doch meinem Namen gerecht werden«, hatte er gesagt. Und gegrinst, als er den Schatz einstrich. Die Männer mochten grummeln, aber Godfrey wusste, dass sie es nicht wirklich krummnahmen. Bertie Fortune war durchaus bereit, sein Glück zu teilen, man musste nur fragen.

Der kleine Messingschlüssel, den Godfrey von der Schnur um seinen Hals nahm, rasselte beim Einführen ins dazugehörige Schloss der Kassette und ließ sich im ersten Moment nicht drehen, bis er schließlich das leise *Klick* hörte, mit dem der Mechanismus nachgab. Das Zittern in Godfreys Fingern ging auch nicht weg, als er alles herausnahm. Die Soldbücher der Männer. Den Beutel mit der Tabakration. Seine Zigarettendose, ganz zerschrammt und verbeult, darin ordentlich aufgereiht zehn Capstans. Dann gab es noch die Karte mit dem Fluss, den sie überqueren sollten, blau markiert.

Godfrey nahm sein Dienstbuch heraus, schlug eine neue Seite auf und schrieb das Datum hin, *5. November*, startete dann die stumpfe Spitze seines Bleistifts an und fragte sich, was er als Nächstes schreiben sollte. Dass Befehle gekommen waren? Dass sie marschbereit waren? Noch achtundvierzig Stunden, bis er einen Angriff über den Fluss führen musste, zum letzten Gefecht. Er legte den Bleistift hin, ließ die Seite leer.

Auf dem Boden der Kassette lagen die Briefe, die jeder

Soldat abfassen musste, nur für den Fall. Ein Schreiben von einem Klaubruder an sein Mädchen. Von einem A4-Jungen an seine Mutter. Von einem Glückspilz an seine Ehefrau. Weiter unten waren Godfreys eigene Briefe an seine Eltern.

Wir kommen hier alle ganz gut zurecht ...

Und zuunterst der, den Archie Methven an seinen Sohn geschrieben hatte.

Godfrey dachte an jenen zweiten Abend im Bauernhaus, nachdem der Regen aufgehört hatte und ein dünner Film Silber über den Boden des Hofes sickerte. Wie er in der Kälte draußen vor der Scheune gestanden und sie reden gehört hatte. Arthur Promise, der A4-Junge, der Lehrer werden wollte. Alfred Walker mit seinen Träumen, ins Gelobte Land zu segeln. Bertie Fortune natürlich, der heimfahren und der König der Lumpensammler werden wollte. Und Archibald Methven, der Buchhalter der Truppe, der sich nichts sehnlicher wünschte, als seinen Sohn aufwachsen zu sehen. Unterbrochen von einem Burschen, der sie lieber zum Erschossenwerden auf die Hügelkuppe führen wollte, als alle weiterleben zu sehen, und sei es nur einen Tag. Godfrey Farthing hatte sie bis dahin nie verstanden, diese Gewissheit, dass es ein Leben geben würde, wo doch zuvor immer nur der Tod gewiss war. Doch als er hörte, wie seine Männer flüsternd von der Zukunft sprachen, fühlte er sein Herz tanzen bei dem Gedanken, dass auch er eines Tages alles hinter sich lassen und irgendwo neu anfangen könnte.

Auf einmal erklang von der Eingangstür her ein Scharren und Schurren, als Ralph zurückkam von wo auch immer er gewesen war. Wo er zweifellos die Würfel geschwungen und die Männer zum Narren gehalten hatte. Godfrey horchte, die Hand über der offenen Schließkassette, während sein junger Lieutenant sich an dem Metallkratzer neben der Tür die Stiefel abtrat, dann die Holztreppe hochknarrte bis zur Mansarde, um sich dort auf sein Bett zu legen. Godfrey roch die köchelnden Knochen des jüngsten Hühnereintopfs in der Küche, gelbe Federn trieben über die Fliesen. Ralph würde entzückt sein über den Marschbefehl, dachte er, als er das Dienstbuch zurück in die Holzkiste legte, gefolgt von der Karte, seiner Zigarettendose und dem Beutel mit der Tabakration, und alles wegschloss. Endlich eine Gelegenheit, sein Geschick mit dem Revolver zu demonstrieren. Und zwar nicht bloß an einem Vogel, der sich gar nicht wehren konnte.

Doch Godfrey war schon einmal in einem Verlorenen Haufen gewesen, und da war jeder einzelne Mann der Einheit massakriert worden bis auf drei, die mit unheilbaren Verwundungen davonkamen. Und natürlich ihn, der durch das alles hindurchmarschierte, dann kehrtmachte und zurückmarschierte und ohne einen Kratzer auf der richtigen Seite des Stacheldrahts ankam, als hätte er bloß einen kleinen Spaziergang über die Felder gemacht. Jetzt fühlte sich das an wie aus einem anderen Leben, damals, als Beach noch dabei war und sie lebten wie Ratten in der Kloake. Godfrey hatte nicht erwartet, das zu überleben, und doch saß er nun hier und wartete schon wieder darauf, dass eine Katastrophe ihren Lauf nahm.

In der Scheune stand der Rest von Godfreys Einheit schweigend da, ein Halbkreis aus Männern, zerlumpt und ausgemergelt vom nicht enden wollenden Krieg. Flint und Fortune, Alfred Walker und Jackdaw, der dunklere der beiden A4-Jungs, Archie Methven, der Buchhalter, der sie alle auf Kurs hielt. Hawes, der Temporary Sergeant, blieb in seiner Ecke, blätterte in seinem Buch die Seiten um und sah niemandem in die Augen. Arthur Promise hockte inmitten des Treibens, Spreu und Sägemehl um die Füße. Er schrubbte und schrubbte an Second Lieutenant Svensons zweitbestem Drillichhemd mit Hühnerblut überall am Kragen. Promise' Fingerknöchel waren rot von der Kälte, das helle Haar hing ihm tief in die Stirn, sodass keiner der anderen sein Gesicht sehen konnte.

»Das Beste wäre, es zu vergessen.« Bertie Fortune mit seinem weisen Rat stand in der Mitte der Gruppe und zupfte an einem Ende seines gepflegten Schnurrbarts.

»Warum sollte er?« Jackdaw mit seinem Unken und Munkeln war ein zuckendes Nervenbündel.

»Weil er Offizier ist, du Idiot.« Flint hatte seine Hemdsärmel eng über den Unterarmen hochgerollt.

»Er ist Promise was schuldig«, beharrte Jackdaw, ließ nicht locker. »Der Rest von uns muss auch zahlen, oder? Warum er nicht?«

»Er ist Offizier, verdammt.« Flint baute sich vor Jackdaw auf, eine dünne Vene pulsierte auf seiner Stirn, kurz unter dem Scheitel. »Geht das nicht in deinen Schädel? Die müssen nie zahlen, wenn sie nicht wollen.«

»Lass gut sein, Flint«, sagte Bertie Fortune. »Der Junge kann nichts dafür.«

»Was verdammt sollte dann das mit dem Messer?«, sagte Flint.

Sie alle wandten sich Promise zu, der sich über seinen Eimer bückte. Alfred Walker dachte an Second Lieutenant Svenson mit dem Gesicht voller Blut und musste plötzlich kichern. Der Rest der Männer schwieg.

»Was wollte er denn überhaupt?«, fragte Archie Methven, ein Mann, der immer Chancen und Risiken berechnete.

»Er will sichergehen, dass Promise keinen Aufstand macht.« Jackdaws Augen blitzten schwarz im Halbdunkel. »Warum wäre er sonst hier reingekommen.«

»Um mit seinem Abzeichen zu wedeln natürlich«, sagte Flint. »Um euch alle aufzuregen.«

Das kleine silberne Abzeichen mit dem Löwen in der Mitte: *Strike Sure.*

»Wo hat er das überhaupt her?«, sagte Walker und rieb sich

mit der Hand übers Haar. »Ist ja wohl nicht seine Truppe, oder? Das London Scottish.«

»Muss es im Spiel wem abgeknöpft haben«, sagte Methven und berührte die Tasche, in der sein Notizbuch steckte, mit all den Zugängen und Abgängen. »Er würfelt gern, ist dir das noch nicht aufgefallen?«

»Ihr hättet ihn nie mitspielen lassen dürfen.«

Die Männer drehten sich alle zu Hawes um, der an seinen Gassack gelehnt dasaß, das Buch mit dem roten Leineneinband offen auf dem Schoß.

»Du hast leicht reden, Hawes.« Flint spuckte auf den Steinboden. »Du hast die Sache doch losgetreten mit deinem verfluchten Sixpence. Hättest was Besseres anbieten sollen, dann hätte er das Abzeichen vielleicht rausgerückt.«

Hawes blätterte eine einzelne Seite seines Buches um. »Er hätte das Abzeichen nie rausgerückt«, sagte er leise.

»Wahrscheinlich hat er es irgendwo gestohlen.« Jackdaws Entgegnung klang bitter. Archie Methven sah zu Bertie Fortune hinüber und ihre Blicke trafen sich, bevor sie zu Hawes schauten. Doch der Temporary Sergeant beugte sich schon wieder über sein Buch, ließ sich nicht verwickeln.

»Du verfluchter Feigling«, murmelte Flint und starrte ebenfalls Hawes an. »Hättest von Anfang an mitmachen sollen wie alle anderen auch. Oder hältst du kein Spiel mehr aus?«

»Halt den Mund, Flint.« In Bertie Fortunes Erwiderung lag beißende Kälte. »Du hast keine Ahnung, wovon du redest.«

»Er wollte wissen, wie die Befehle lauten.« Die Stimme kam aus der anderen Ecke der Scheune. Alec, der neue Rekrut, der letzte Hand an sein Quartier legte – Schlafsack, Gassack, Gewehr und Tornister. Die Männer wandten sich alle dem Neuen zu, seinem leuchtend flachsblonden Haar. Einen Moment herrschte Stille, nichts als das Geräusch der Regentropfen oben auf dem Dach.

»Und, was hast du ihm gesagt?«, fragte Flint.

Alec hielt inne, starrte den vermählten Rekruten eine Sekunde an – Percy Flint mit seinem angeklatschten Haar und dem bis zum Kragen zugeknöpften Hemd –, bevor er wegschaute. »Nichts«, sagte er.

»Verdammt noch mal!«, fluchte Flint. »Warum nicht, wenn er dich gefragt hat?«

Da wandte sich Alec wieder seinem Schlafsack zu samt Decke, Behelfskissen und dem zu seinen Füßen zusammengerollten Hund. »Weil er hier nicht die Verantwortung hat.«

Nach dem Abendessen bat Godfrey Alec zu sich auf die Stube, einen Jungen, angespült aus einem ungewissen und unsteten Irgendwo, noch nicht mal sicher, zu welchem Bataillon er gehörte, jetzt, wo alles beinahe gelaufen war.

»Northumberland Fusiliers«, sagte er auf Godfreys Nachfrage. »Anfangs beim Dreiundzwanzigsten, Sir. Jetzt weiß ich's nicht genau.«

Was Godfrey nicht überraschte. Seit dem Sommer, als sie alle so schnell vorgerückt waren, dass mit erstaunlicher Regelmäßigkeit Männer versprengt, verloren und wiedergefunden wurden, wimmelte das ganze Gebiet von umherziehenden Soldaten aus aufgelösten Regimentern, die zum nächsten aufzuholen versuchten. Allein in seiner Truppe gehörten Fortune und Flint ursprünglich zu einer Londoner Abteilung, Hawes und Stone kamen aus Manchester oder irgendeiner anderen Stadt im Norden. Jackdaw und Promise Gott weiß woher. Ralph war aus einer der Grafschaften um London, die zu nichts anderem als Teekränzchen auf dem Rasen taugten.

»Und hast du viele Gefechte miterlebt?«, fragte Godfrey.

»Aye, Sir, ein paar.«

»Schon lange dabei?«

»Neun Monate, Sir.«

Seit dem Frühjahr. Als die Jerrys bis wenige Meilen vor Paris vorgerückt waren, plündernd und brandschatzend.

121

Kein Wunder hatte das nicht lange gehalten. Godfrey hatte den Gesichtsausdruck gefangener Männer der Gegenseite gesehen, als man sie ohne Hemd in einer Parade durch die Straßen marschieren ließ. Auf ihren Rippen hätte man Klavier spielen können. Und auf ihren Gesichtern.

»Wie ist es da im Norden, wo du herkommst?«, fragte er.

Alec grinste, ein kurzes Aufblitzen von Zähnen. »Nur Arbeit, kein Spaß.«

Auch Godfrey lächelte. »Auf den Heufeldern?«

Der neue Rekrut nickte. Ein Junge vom Land also, gewöhnt an Felder und Hecken. Godfrey versuchte sich an seine Zeit als Knabe zu erinnern. Tagelang auf harten Holzbänken hocken und zusehen, wie Staub im Sonnenlicht wirbelt. In der Stube tickt eine Uhr. Der Schritt seiner Mutter auf der Treppe.

»Deine Mutter muss stolz auf dich sein«, sagte er.

Doch Alec antwortete nicht, leichte Röte auf den Wangen, sondern wandte den Blick ab. Godfrey hakte nicht nach, er warf einen Blick auf die Holzbank und dachte an all die Postkarten, die er noch immer an einen Mann und eine Frau schrieb, die schon lange tot gewesen waren, ehe er es erfuhr. Bei der Parade in Hastings von einem Automobil mitgerissen, vor mehr als einem Jahr. Es war ein Unfall gewesen – Tod im Klang der Marschmusik. Wie wenn man beim feindlichen Kugelhagel im Wassergraben ertrank, fernab vom eigentlichen Geschehen. Der Anwalt seines Vaters hatte ihm eine Mitteilung geschrieben. Doch der Brief war verloren gegangen oder fehlgeleitet. Oder Godfrey war verloren gegangen oder fehlgeleitet. Beide hatten sich voneinander wegbewegt, just als sie sich hätten treffen sollen. Als ihn der Brief schließlich erreichte, waren seine Eltern seit zwei Monaten tot. Acht Wochen, in denen er mindestens ein halbes Dutzend Postkarten geschickt hatte. *Liebe Mutter und Vater, wir kommen hier alle ganz gut zurecht …* Godfrey hatte den Brief des Anwalts gelesen und eingesteckt. Hatte nie ein Wort gesagt.

Nicht zum Kompaniechef. Zu keinem der anderen Offiziere. Auch nicht zu Ralph. Hatte keinen Urlaubsantrag gestellt. Was sollte er zu Hause anderes tun als an noch einem Grab herumstehen? Schließlich war das Schlimmste schon geschehen, lange bevor seine Mutter und sein Vater unter den Rädern eines Fuhrwerks landeten, nämlich als Godfrey als junger Mann von dannen marschierte und zwölf Monate später als etwas anderes zurückkam. Ein alter Mann, der einem anderen alten Mann gegenübersaß und seine Uhrkette befingerte, weil er nicht wusste, wie er das alles in Worte packen sollte.

»Sir?«

Godfrey sah seinen neuen Rekruten an. Die Augen des Jungen erinnerten ihn an Beach, noch so ein junger Mann, der seinem Schutz unterstellt war, tot in weniger als sechs Wochen. Er stand von seinem Stuhl auf, ging um den Tisch herum, um sich auf die Kante zu hocken, spürte den Marschbefehl in seiner Brusttasche, knapp über dem Schmerz unter seiner Haut. »Bist du in irgendetwas besonders gut, mein Sohn?«

»Ich kann ein bisschen nähen, Sir, wenn das von Nutzen ist.«

»Könnte sein.« Godfrey dachte an die losen Knöpfe an seinem Überrock, an Flints Spule rosa Garn. »Spielst du gern?«

Alec schüttelte den Kopf. »Eigentlich nicht, Sir.«

Godfrey glitt vom Tisch, stand dicht vor dem neuen Rekruten, vielleicht wie ein Vater vor seinem Sohn. »Und hast du die Befehle gelesen?«

Alecs Blick zuckte zum Gesicht seines neuen Captains, dann zur Seite. »Nein, Sir.«

Doch Godfrey wusste sofort, dass er sie gelesen hatte.

Zwei

6. November, von Osten drohte immer noch Regen, und Godfrey Farthing erwachte von den Geräuschen der Männer im Hof, die schwatzten und scherzten, als wäre nichts Widriges geschehen, während vorne das graue Morgenlicht durchs Stubenfenster sickerte. Er wälzte sich mit einem Stöhnen von der schmalen Bank und starrte auf seine Stiefel, die ordentlich neben der Tür standen. Wann war er in der Nacht aufgestanden, um sie auszuziehen? Er versuchte sich an die Nachricht zu erinnern, die er tags zuvor erhalten hatte – berührte mit einer Hand das Papier in der Tasche seines Uniformrocks –, und was er als Nächstes zu tun beschlossen hatte.

In der Küche hatte George Stone, der alte Kämpe, wieder die Schürze um. Er stand am Herd und bereitete einen Leckerbissen zu – zwei oder drei der wenigen verbliebenen Eier, gebraten in etwas Hühnerfett, noch ein Relikt des am Vortag von Promise geschlachteten Gelben.

»Möchten Sie was davon, Sir?« Es war Bertie Fortune, der das fragte und Godfrey einen ramponierten Blechnapf hinhielt – er hatte heute Frühstücksdienst.

»Wo ist Second Lieutenant Svenson?«, sagte Godfrey.

»Wollte dem Neuen auf den Zahn fühlen. Die anderen sind bei ihm.«

Godfrey nahm den Blechnapf, ging nach draußen und stellte sich in den Türrahmen. Die Männer waren mitten auf dem Hof zu einem engen Kreis versammelt, Rücken zu ihm, Atemwolken über ihnen in der Luft. Alle bis auf James Hawes, der saß allein am Scheuneneingang und schaufelte sich mit einem Löffel Rührei in den Mund, dass sein Blechnapf schepperte und dengelte. Hawes sah krank aus, fand Godfrey, voller Ticks und Zuckungen, würde nicht mehr lange durchhalten, bevor alles in die Brüche ging.

In der Mitte des Kreises saß Alec, der Neue, der ebenfalls Rührei verdrückte. Und neben ihm sein Hund.

»Ich geb ihm sechs Monate.« Percy Flint, der Schürzen-jäger, der die Chancen schätzte und ein Streichholz, an einem Ende schwarz abgebrannt, hinwarf wie einen Wetteinsatz.

»Wir haben keine sechs Monate mehr.« Archie Meth-ven, immer Realist. Wusste, wenn je der Marschbefehl kam, dürfte wohl keiner von ihnen den Frühling erleben.

»Bis dahin ist es sowieso vorbei.« Alfred Walker mit seinen Vorhersagen. Und vielleicht seinen Träumen.

»Das haben sie im ersten Jahr auch von Weihnachten ge-sagt.« Promise' helle Haut glühte rosig in der kalten Mor-genluft.

»Was weißt du denn schon darüber, Promise?« Second Lieutenant Ralph Svenson schob sich nach vorn, Uniform-rock offen, ein eigenes Streichholz im Mund. Die Männer traten allesamt beiseite, wie um den Kreis zu lockern und Ralph durchzulassen. Wobei Godfrey den Eindruck hatte, dass es vielleicht auch darum ging, sich unauffällig zurück-ziehen zu können. Auch Ralphs Wangen glühten. Wie ein Baby, dachte Godfrey, frisch erwacht für den kommenden Tag.

Die Männer zögerten, als warteten sie ab, was Ralph tun würde. Als er nichts weiter sagte, war es Alfred Walker, der das Thema wieder aufgriff – der Witzbold der Truppe, im-mer einen Scherz parat oder ein Spielchen. Walker kramte in seiner Tasche nach einem Penny. »Sechs Tage«, sagte er. »So lange dauert es noch.« Schnippte die Münze mit dem Dau-men hoch, fing sie auf, verkündete: »Kopf.«

Alle lachten. Alfred Walker mit seinen Träumereien. Als bräuchte er nur eine Münze zu werfen, und in weniger als einer Woche wäre alles gelaufen.

Walker wandte sich an Archie Methven, den Buchhalter. »Ich mein's ernst, sechs Tage. Schreib es auf, Methven. In dein Buch.«

Aber der Buchhalter schüttelte nur den Kopf und lächelte. »Das Buch ist für richtige Spiele, Walker. Nicht für deine Flausen.«

»Sechs Minuten«, rief Flint, Kippe zwischen den Fingern, ein Mann, der keine Wette ausließ.

Alle Männer drehten sich um zu Alec, als wäre die Sache geregelt. Kurz dachte Godfrey, sie hätten auf das Leben des Neuen gesetzt, ein Junge frisch im Einsatz, wie es Beach einst gewesen war, und wartete nur noch darauf, dass einer der anderen Männer nach seinem Bajonett griff und es aus reiner Lust am Gewinnen dem Jungen in den Bauch rammte. Bei der Vorstellung verkrampfte sich Godfreys Magen. Dann wandte der Hund den Kopf, stieß ein Jaulen aus und die Männer lachten, und Godfrey begriff erleichtert, dass sie nicht um das Leben des Neuen gewettet hatten, sondern um das seines Hundes.

Alec stöberte in seinem Blechnapf nach einem Klümpchen Ei und hielt es dem Hund hin. Die Männer sahen zu, wie der Hund dem Jungen die Fingerspitzen leckte, dann aufstand, sich streckte und ein wenig schnüffelte, bevor er Nase voran zum Rand des Kreises ging, wo er darauf wartete, durchgelassen zu werden. Sie starrten auf das Tier hinunter, als sie beiseitetraten, und beobachteten schweigend, wie es in Richtung Scheune verschwand. Dann spuckte Ralph das Streichholz aus, das er zwischen den Zähnen gehabt hatte, und griff mit der Hand dorthin, wo sein Webley an der Hüfte hing.

»Wie wär's mit sechs Sekunden«, sagte er. »Wir könnten es jetzt tun. Erspart uns später die Mühe.« Zog die Waffe aus dem Holster und hob die Pistole, als zielte er auf Promise, entsicherte den Hahn.

Schlagartig erstarrten die Männer. Kein Laut, nur das Wasser, das in den Teich lief und wieder heraus, und Godfrey Farthings Blut rauschte so laut in seinen Ohren, dass er dachte, jeder müsse es hören. Er blickte zu Hawes hinüber, ob der einschreiten würde, und sah einen Anflug von Panik in den Augen des Temporary Sergeant. Wie schnell sich alles änderte, dachte Godfrey, sobald eine Waffe auftauchte.

Ralph fixierte den A4-Jungen mit seinen blassen Augen. Promise wurde kreidebleich, die Schatten unter den Wangenknochen riesig.

»Was ist los, Promise? Ich dachte, du magst blutigen Sport.« Dann lachte er und richtete den Revolver stattdessen auf den sich entfernenden Hund.

»Lieutenant Svenson!«

Es sah Godfrey nicht ähnlich zu brüllen. Doch wenn er es tat, hörten alle auf ihn. Die Männer zerstreuten sich sofort, ließen Alec weiter Ei aus einem Blechnapf löffeln, als wäre nichts passiert, während Ralph noch mit gezückter Waffe über ihm stand. Godfrey blickte auf seine Füße in den hellbraunen Socken. Er war nicht geneigt, sie für einen jungen Offizier schmutzig zu machen, der bisher nichts über den Krieg gelernt hatte.

»Lieutenant Svenson. Auf ein Wort.«

Ralph kam herüber zum Eingang des Bauernhauses und steckte dabei mit eifriger Miene seine Pistole zurück ins Holster. Second Lieutenant Svenson trug an diesem Morgen seine Stiefel, als wüsste er, dass sich etwas verändert hatte. »War nur Spaß«, sagte er und fuhr sich mit der Hand durchs Haar, als wollte er es glätten.

»Das ist kein Spiel, wissen Sie.« Godfreys Ton war scharf, eine Warnung an seinen Untergebenen, der nie erfahren hatte, was es hieß, ins feindliche Feuer zu marschieren.

Ralph errötete. »Jawohl, Sir.«

Dann folgte er Godfrey nach drinnen.

In der Stube spürte Godfrey die ganze Zeit, wie sich das Blatt Papier in seiner Tasche in seine Brust brannte wie der Umschlag, den man zum Tode Verurteilten überm Herzen feststeckte, um einen sauberen Schuss zu gewährleisten. Er hatte vorgehabt, die Befehle mit dem ganzen Rest in der Holzkassette wegzuschließen, doch im entscheidenden Moment hatte er es nicht getan.

Ralph hatte sich ohne zu fragen an den Tisch gesetzt und kippelte mit dem Stuhl, die Augen leuchtend vor Aufregung. »Dann ist er also gekommen«, sagte er. »Der Marschbefehl.«

Es war keine Frage. Godfrey blieb in seinen Wollsocken stehen. »Was war das da gerade im Hof?«

»Habe ich Ihnen doch gesagt. Ein bisschen Spaß.«

»Ihre Waffe ohne entsprechende Anweisung zu ziehen ist kein Spaß.«

»Wollte sie nur polieren.«

Godfrey setzte sich, begann seine Stiefel anzuziehen. Als er fertig war, ließ Ralph die Stuhlbeine zu Boden prallen, stand abrupt auf, knallte die Fersen zusammen und salutierte.

»Sir, die Befehle, Sir.«

»Ach, Herrgott noch mal …«

Ralph ließ den Arm sinken. »Aber er hat doch irgendwas gebracht – der Junge, meine ich.«

Als wäre er nicht selbst noch ein Junge. Godfrey überkam eine große innere Müdigkeit. Der Krieg erforderte Bestimmtheit in seelischen Belangen, das zumindest hatte er gelernt nach allem, was geschehen war. Doch er war auch abgestumpft von Jahren der Notwendigkeit, vorwärts, vorwärts, immer vorwärts zu gehen, wohingegen Ralph neu und scharf auf Beute war. »Können Sie sich nicht mal setzen, Ralph.«

»Aber wir werden doch kämpfen, Sir?« Die Wangen des Jungen waren hochrot.

»Warum sind Sie so erpicht darauf, Ihre Waffe einzuweihen, Ralph?«

»Das ist doch unsere Pflicht, nicht wahr.«

»Selbst wenn in ein oder zwei Wochen alles vorbei ist?«

»Das wissen Sie nicht.«

»Sie selbst haben mir gestern erst erklärt, dass es bald so weit ist.«

»Aber es ist noch nicht vorbei«, sagte Ralph. »Oder? Es sei denn, das war die Meldung, die der Junge gebracht hat.«

Doch selbst Godfrey Farthing konnte in diesem Punkt nicht lügen. Er hob die Hand zu seiner Tasche und hakte einen Finger unter die Klappe, als wolle er das Papier herausziehen. Dann dachte er an Beach mit seinen grauen Augen und ließ die Hand sinken. »Das war nichts«, sagte er. »Die Anweisung, eine Bestandsliste unserer Vorräte zu schicken, mehr nicht.«

Ralph schwieg einen Augenblick. »Darf ich mal sehen, Sir? Die Anweisung, meine ich.«

»Die war an mich gerichtet, Ralph.«

»Wir sind doch beide Offiziere, oder?«

Da sah Godfrey auf, der Gestank von Zitronenöl füllte plötzlich seine Nase. »Und warum verplempern Sie dann all Ihre Zeit mit den Männern beim Glücksspiel?«, rief er aus.

»Darum. Ist ein Zeitvertreib.« Ralph steckte die Hände in die Taschen. »Außerdem gefällt es ihnen. Sachen reihum gehen lassen hilft.«

»Und was für Sachen könnten das sein?«

Da trat Ralph von einem Fuß auf den anderen, ein Hauch von Zweifel flackerte in seinen seltsamen Augen. »Ich dachte nur, dass sie etwas zu tun brauchen. Können ja nicht ewig sinnlos marschieren.«

»Aber Ihnen würde das doch gefallen, nicht wahr?«

»Was?« Ralph war verwirrt.

»Mit allen auf die Kuppe des Hügels zu marschieren«, sagte Godfrey mit eisigem Unterton. »Und wieder runter mit dem, was übrig ist.«

Ralph fuhr auf, die Wangen gerötet bei dieser Anschuldigung. »Dafür sind wir eben hier.«

Und was sollte ein Godfrey Farthing dem entgegenhalten.

Als das Frühstück weggeräumt war, gingen Godfrey und sein Glückspilz Fortune im Keller durch, was an Rationen übrig war, um genau zu prüfen, wie lange es noch reichte. Die Vorräte waren knapp, Godfrey schwitzte leicht unter seinem Uniformrock und sah Bertie Fortune zu, wie er alles herausnahm, zählte und beim Zurücktun nochmals nachzählte, ihm wurde bewusst, wie sehr er alles hatte schleifen lassen. Weniger als ein halber Sack Weizenkleie. Drei Dosen M & V – die Standardkonserven mit Fleisch und Gemüse. Zwei braune Papiertüten Schwarztee. Zwei Büchsen Nestlé-Kondensmilch. Etwas Manöverzwieback und eine Dose Obstmus – Pflaume-Apfel. Eine einzelne Büchse Lyle's Goldsirup wartete auf den Moment, wenn sie alle etwas Süßes brauchten. Mehr als ein paar Tage würden sie damit nicht auskommen, dachte Godfrey, der mit heißen Händen die Vorratsliste festhielt, und das nur mit Glück, jetzt, wo auch die Hühner knapp wurden.

Godfrey schaute im Halbdunkel auf die fast leeren Regale und überlegte, ob Fortune anbeißen würde, wenn er ihn fragte. Bertie Fortune war zu Godfreys Augen und Ohren geworden, denn auf Ralph konnte er sich nicht verlassen. Er sah seinem Glückspilz zu, wie er Mehl vom Boden eines Sacks zusammenkratzte. Vier Tassen voll. Danach wischte Fortune sich die Hände vorn am Uniformrock ab und hinterließ zwei weiße Lungen. Wer überleben wollte, dachte Godfrey, sollte den Feind möglichst in- und auswendig kennen.

»Sagen Sie mal«, bemerkte er beiläufig. »Was war gestern los, während ich weg war?«

Fortune rieb sich wieder die Hände ab, diesmal seitlich an der Hose, mied seines Captains Blick. »Was meinen Sie, Sir?«

»Sie wissen, was ich meine, Fortune. Noch ein totes Huhn, und Promise kann Lieutenant Svenson kaum ansehen.«

Fortune trat von einem Fuß auf den anderen und starrte

auf die Dosen. »Fragen Sie den Buchhalter«, sagte er. »Der schreibt mit.«

»Ich frage Sie.«

Fortune stupste eine Dose an. »Promise hat etwas von dem Lieutenant gewonnen, Sir. Im Spiel. Um ein Huhn.«

»Himmel«, sagte Godfrey. »Ich habe ihn gewarnt, er soll nicht zu viel mit den Männern spielen.«

»Es war Hawes' Idee.«

»Hawes …« Bei dem Gedanken, dass sein Temporary Sergeant sich auf Glücksspiel mit seinem Second Lieutenant einließ, runzelte er die Stirn. »Ich dachte, er spielt nicht mehr. Liest nur noch in diesem Buch.«

»*Old Mortality*«, sagte Fortune.

»Was! Wo in aller Welt hat er das her?«

Bertie Fortune vermied es, seinen Captain anzusehen. »Ich glaube, es gehörte Beach. Er mochte Abenteuergeschichten. Seitdem hat Hawes es.«

Godfrey spürte, wie seine Fingerspitzen plötzlich kalt wurden. In den schummerigen Weiten des Kellers dehnte sich das Schweigen zwischen ihnen aus, bis er es erneut versuchte. »Und was ist nun das Problem?«

Bertie Fortune seufzte. »Der Lieutenant wollte den Einsatz nicht rausrücken, Sir. Die Männer mögen keinen, der seine Schulden nicht begleicht.«

Godfrey fluchte unterdrückt. »Verdammt und zugenäht. Was hat Hawes unternommen?« Es war die Aufgabe des Temporary Sergeant, unter den Männern für Ordnung zu sorgen, ob ihm das nun gefiel oder nicht.

Bertie Fortune strich mit einem Finger über seinen Schnurrbart. »Nichts, Sir. Promise war schneller.«

Ein Hieb mit dem Messer und überall klebriges Blut. Godfrey schwieg. Beide Männer wussten, dass Hawes den Anblick von Blut nicht ertragen konnte. Nicht mehr.

Fortune lehnte sich an den Rand des Regals, schob die einzelne Dose Obstmus in die Mitte und dann wieder zurück.

»Sie sollten ein großes Spiel organisieren, Sir. Der Gewinner kriegt alles. Jetzt, wo die Hühner fast weg sind. Lassen Sie Promise versuchen, es sich wiederzuholen.«

»Warum sollte ich das tun, Bertie?«, sagte Godfrey. »Sie wissen, ich mag Glücksspiel nicht.«

»Alle spielen.«

Fortune hatte natürlich recht. Godfrey hatte sein ganzes Leben in der Armee verbracht, mit Soldaten, deren Freizeit aus Schnorren und Tauschgeschäften bestand. Tabakkrümel und Patronenhülsen. Bei *Krone und Anker* alle an die Wand würfeln. Godfrey hatte Faustkämpfe um eine Pflaume ausbrechen sehen, wobei die Frucht zerquetscht und zermatscht wurde, und doch trug der Sieger sie triumphierend davon. Er wusste, Männer, die wenig hatten, kämpften um alles, wenn es sich anbot. Deshalb hatte er gestattet, dass Ralph die Männer auf die Hühner losließ – in der Hoffnung, dass sie sich auf die Vögel fixierten statt auf irgendetwas anderes.

»Wie kommen Sie darauf, dass ein großes Spiel Abhilfe schafft?«, fragte er jetzt.

»Sie sind alle angespannt, Sir«, sagte Bertie Fortune. »Seit der neue Junge gekommen ist. Fragen sich nervös, was wohl als Nächstes passiert. Es würde helfen, sie abzulenken, ihnen etwas zu tun zu geben, während wir warten.«

»Wir sind alle verdammt nervös und fragen uns, was als Nächstes passiert, Fortune. Das ist nichts Neues.«

»Es ist diese Zeit.«

Godfrey verstand. Sie warteten alle darauf, die Glocken im nächsten Dorf zu hören, großes Läuten, das über die nackten Felder schallte, obwohl kein Sonntag war, denn das würde bedeuten, dass das Ende endlich da war.

Bertie Fortune drehte sich um, sah seinen Captain an. »Alle fragen sich, was es mit den Befehlen auf sich hat, Sir. Was drinstand.«

»Sie meinen, *Sie* fragen sich das.« Godfreys Ton war trocken. Sie waren seit mehr als zwei Jahren zusammen, Captain

Farthing und sein Glückspilz, hatten alles gesehen, was es zu sehen gab.

»Aye, Sir«, gab Bertie Fortune zu. »Ich frag mich das. Ob es irgendwann vorbei ist. Oder ob mein Brief zu meiner Frau finden wird.«

Godfrey spürte ein Zittern in den Fingern beim Gedanken an den Stapel Briefe in der Holzkassette, vielleicht alles, was von ihnen übrigblieb, wenn er dem Befehl Folge leistete.

Dann zeigte er energisch auf das Lager in dem Keller mit seinen kühlen Wänden und dem festgestampften Boden, der nach längst vergangenen Rüben roch, eingesammelt von den Feldern. »Das da ist der Befehl, Fortune. Die Vorräte zählen.«

Bertie Fortune wandte den Blick ab, bevor er es aussprach. »Ein letztes Würfelspiel, Sir. Hat noch nie geschadet.«

Drei

Am Nachmittag stand Captain Godfrey Farthing an der Falte in der Landschaft, drehte und drehte die Walnuss in seiner Tasche und spürte all die flachen Runzeln und Furchen. Neben ihm stöberte Alec, der Neue, im Gestrüpp nach Brombeeren, während der Hund neben ihm buddelte. Godfrey stellte sich die kleinen Beeren in der Hand des Jungen vor, fleckig und süß, und fragte sich, ob er dergleichen je wieder essen konnte, ohne Verwesung zu schmecken.

Sie waren auf der Suche nach dem, was die Wildnis zu bieten hatte. Pilze und die letzten Früchte der Saison, Bucheckern, sicher in ihren stachligen Schalen. Und auf der Suche nach Mulden, kleinen Löchern, Hinweisen auf die verzweigten Tunnel eines Baus unter ihren Füßen. Es war Stone, der sie losgeschickt hatte, der alte Kämpe, der sich an der Tür zur Stube aufbaute, als Godfrey und Fortune im Keller fertig waren – die bereinigte Liste in seiner Hand.

»Wir müssen uns um frische Vorräte kümmern«, sagte er. »Jetzt, wo die Hühner fast alle hin sind.«

»Bloß noch zwei übrig, was?« Godfrey hatte es scherzhaft gesagt, in der Annahme, es müssten mindestens noch fünf sein. Doch an Stones Gesichtsausdruck sah er sofort, dass es stimmte, dass Ralphs Spiel die unausweichlichen Folgen nach sich zog, jetzt, wo das Ende nahte. Da hatte Godfrey wieder ein seltsames Gefühl, als wären die Befehle genau zur richtigen Zeit gekommen, das Paradies im Begriff, verloren zu gehen.

»Sie können doch jederzeit Kaninchen jagen«, sagte George Stone, als er die Bestürzung seines Captains sah. »Ein paar Fallen aufstellen.«

All diese warmen Körper, in Fell gehüllt, die dicht an dicht unter der Erde schliefen wie früher Godfreys Männer dicht an dicht in ihren Gräben.

Jetzt sah er zu, wie Alec sich durchs Gestrüpp schlug, um die erste Falle aufzustellen. »Erzähl mir mehr von eurem Hof«, sagte er. »Wo du herkommst.«

»Ist bloß ein Hof, Sir«, sagte Alec, legte die Drahtschlinge aus und trat zurück. »Tiere. Und Felder wie die hier, zwei Sorten Klee im Sommer. Ein Bach am Fuß des Hügels.«

Godfrey lächelte. »Bist du dort aufgewachsen?«

»Als ich klein war.«

»Hast du da gelernt, Kaninchenfallen aufzustellen?«

»Aye, Sir.«

»Ich kannte mal einen Jungen wie dich«, sagte Godfrey. »Er kam aus der Stadt. Aber seine Familie war aus dem Norden.«

»Nordengland, Sir?«

»Schottland, glaube ich.« Die Berge und die Bäche.

»Wie hieß er denn?«

»Beach.« Godfrey zögerte. »William.«

Der Junge sah seinen Captain an. Es war nicht üblich, dass ein Offizier einen Infanteristen beim Vornamen nannte. »Was ist mit ihm passiert, Sir?«

»Er wurde erschossen«, sagte Godfrey und ging langsam weiter. »Ist an den Wunden gestorben.«

Unten im Hof nahmen die Männer ein Bad. In jedem Behälter, der sich auftreiben ließ, Hawes war verantwortlich, Second Lieutenant Svenson hatte Aufsicht. Warum nicht sauber zur Schlachtbank gehen, sollte es dazu kommen, hatte Godfrey gedacht, als er die Anweisung gab. Es fing an zu regnen, als die Männer die Bottiche anschleppten, und Ralph stellte sich im Türrahmen des Bauernhauses unter und sah zu, wie sie sie quer über den Hof zur Pumpe zerrten. Ein tiefer Viehtrog. Ein paar Kübel. Eine Art Fass, gerade groß genug, dass einer der zierlicheren Burschen bis zum Hals eintauchen konnte. Im Hinterzimmer des Bauernhauses hing eine brauchbare Zinkwanne, aber die bot Ralph den Männern nicht an. In der würde er selbst später baden, ein langsames Absenken in warmes Wasser und tausende winziger Luftbläschen, die seine Oberschenkel versilberten.

Jackdaw und Promise wechselten sich an der Pumpe ab, dünne Arme, die sich in der Nässe spannten, Schulterblätter wie Klingen.

Hawes witzelte, als er den A4-Jungs bei der Arbeit zusah und das Wasser schwallweise aus der weiten Öffnung der Pumpe schoss. »Das gibt Muskelschmalz, Jungs.«

Doch selbst er konnte sehen, wie außer Atem sie von der Plackerei waren, Jackdaw und Promise, nicht mehr so gut in Form wie einst, alle beide bloß noch Haut und Knochen. George Stone pendelte mit dem großen Kessel aus der Küche und schüttete bei jedem Behälter heißes Wasser zu, bevor Percy Flint und Archie Methven sie in die Scheune schafften. Ralph schlenderte durch die Lagune aus Matsch herbei, um schweigend zuzusehen, wie die kleine Truppe sich auszog, sein Gesicht düster und mürrisch. Godfrey Farthing hatte seinen Second Lieutenant gezwungen, seine Würfel abzugeben, die Strafe, weil er seine Waffe auf Promise gerichtet hatte. Ohne sie fühlte Ralph sich nackt, ankerlos, wie die Männer da vor ihm.

Während die Männer sich entkleideten und ihr Zeug in ordentlichen Haufen vor jedem Bottich stapelten, spielte Ralph mit dem silbernen Mützenabzeichen in seiner Tasche, drehte das kleine Ding um und um und noch mal um. Wie kam es, dass Captain Farthing ihn so gar nicht mochte, fragte er sich. Der Mann war gar nicht so viel älter als Ralph selbst – so alt, wie sein Bruder wäre, wenn er überlebt hätte. Begraben unter einem sich ständig verschiebenden Schlachtfeld, würde er nie mehr heimkommen, um Tee zu trinken, auf das Klavier einzuhämmern oder Ralph zu einem Tennismatch auf dem Rasen herauszufordern.

Als Ralph sich mit all den anderen frischgebackenen Offizieren in den Waggon quetschte, wo der Geruch frisch gebügelter Uniformen die Luft erfüllte, da hatte er sich Kartenspiele um einen Tisch im Quartier vorgestellt und sich ausgemalt, wie er lachend mit den älteren Männern würfelte, während sie von ihren Erlebnissen erzählten. Doch als er ankam, stellte Ralph fest, dass Captain Godfrey Farthing ein Mann war, der wenig sprach, seine Schätze in dieser Holzkiste wegsperrte und sich nie auf ein Spiel mit seinem Second Lieutenant einließ. Ein Offizier, der mit allen Mitteln den Kopf einzog und auch seine Männer in Deckung hielt. Es war einfach nicht fair, dachte Ralph jetzt und rieb mit dem Daumen über den Löwen mit der kampfbereit erhobenen Pranke, dass nach wochenlangem Warten darauf, dass etwas passierte, der Captain den Neuen mit auf Erkundungsgang nahm, während Second Lieutenant Ralph Svenson dableiben musste, um zuzusehen, wie alte Männer und Jungs ihre Klamotten auszogen.

Der Nebel lag dicht auf den Feldern, als Godfrey und Alec Sutherland Seite an Seite unter dem Baumkreis standen und über die zerbrochenen Walnussschalen hinwegblickten, schwarz und vermodert. Eine gute Stunde Herumlaufen, und ihre Taschen waren schon voller Schätze. Beeren und Hagebutten. Nüsse, da ausgegraben, wo sie herabgefallen waren. Nichts als der Duft von Erde und Lehm. Wie wäre es wohl, dachte Godfrey, hier begraben zu sein, wenn das Ende erst da war?

Der Hund hechelte eine Weile zu ihren Füßen, dann zockelte er über die Walnussschalen davon, schnüffelte hier an einer, leckte dort an einer anderen. Keiner der beiden versuchte ihn aufzuhalten, schweigend sahen sie zu, bis der Hund auf der anderen Seite im Unterholz verschwand.

Alec war es, der davon zu reden begann, was kommen mochte, wenn auch sie die andere Seite erreicht hatten. »Was wollen Sie als Nächstes machen, Sir?«, sagte er. »Wenn es vorbei ist, meine ich.«

»Ich weiß nicht. Heimfahren vermutlich.« Aber wo war sein Heim, grübelte Godfrey, jetzt, da seine Eltern unter der

Erde waren. Er wandte sich an den Jungen. »Was ist mit dir? Zurück zu deiner Mutter? Ich wette, sie lässt dich so schnell nicht mehr weg.«

Alec sah unangenehm berührt aus, eine leichte Röte im Nacken. »Ich hatte nie eine Mutter, Sir.«

»Jeder hat doch eine Mutter, oder?«

Godfrey hatte einen Scherz machen wollen, doch Alec zuckte zusammen, und Godfrey fühlte sich schlecht. Schließlich hatte er ja auch keine Mutter. Nicht mehr.

»Ich wollte dir nicht zu nahetreten«, sagte er.

»Ich hab ein Mädchen, Sir.« Der Junge sagte das, als wolle er das Fehlen einer Mutter ausgleichen. »Sie wohnt gleich neben dem Hof.«

»Wie heißt sie denn?«

»Daisy.« Alec errötete. »Hab aber schon eine ganze Weile nichts mehr von ihr gehört.«

Godfrey dachte an all die Briefe in seiner Schließkassette. Vielleicht hatte der Junge einen zum Dazulegen.

»Ich kann einen Brief an sie verwahren, wenn du möchtest«, sagte er. »Nur für den Fall.«

Alec zögerte, strich mit der Stiefelspitze über eine geschwärzte Walnussschale. »Mal sehn.«

»Oder irgendetwas anderes, was du sicher aufbewahren möchtest.«

Darauf hob der Junge die Hand, es wirkte instinktiv, berührte die Tasche über dem Herzen. Godfrey fragte sich, was für einen Schatz Alec dort hütete, und spürte wieder das Brennen des Marschbefehls in seiner Brusttasche. Er wollte dem Jungen schon die Hand auf die Schulter legen, ließ dann den Arm sinken.

»Und was habt ihr vor, du und dein Mädchen, wenn das hier vorbei ist?«, fragte er.

»Wir wollen heiraten, Sir«, erwiderte Alec. »Ein bisschen was von der Welt sehen.«

»Was denn, etwa Frankreich und Belgien?«

Da grinste Alec. »So in der Art.«

Ein Knabe also, wie Godfrey einst einer war, auf Abenteuer aus, sein Liebchen im Heu zurückgelassen.

»Tja«, sagte Godfrey, »davon hast du wohl mehr als genug gesehen. Zeit, heimzugehen und ein bisschen sesshaft zu werden, meinst du nicht? Eine Familie zu gründen, wenn du bereit bist.«

»Aye.« Alec zappelte und schaute auf seine Stiefel zwischen den verrottenden Walnussschalen. »Ist es das, was Sie tun würden, Sir?«

Ja, dachte Godfrey. Ja. Obwohl er sich das bisher nicht vorgestellt hatte, einen Sohn zu haben. »Vielleicht trinke ich erst noch einen Cocktail«, sagte er. »Um zu feiern.«

Champagner. Mit einem Herzen aus Brandy.

»So was hab ich noch nie probiert«, sagte Alec.

Godfrey lächelte. »Wir könnten zusammen einen trinken. Auf die Zukunft anstoßen.«

»Ich nehm vielleicht lieber ein Bier, Sir.«

Godfrey lachte. »Davon hast du schon viele getrunken, was?«

Alec errötete leicht. »Ein paar.«

Godfrey stellte sich vor, wie sie beide in einem Pub irgendwo im Norden am Tisch saßen, der Hund zu ihren Füßen, Schaum auf der Oberlippe des Jungen nach dem ersten Schluck. Er konnte es fast schmecken, das süße Kribbeln der Bläschen auf seiner Zunge.

Dann fing der Hund an zu bellen.

Trotz des Regens draußen war die Stimmung in der Scheune ausgelassen, die Männer blödelten herum, während sie sich im Wasser abwechselten, planschten und eine magere Ration Seife von einem zum anderen warfen. Von der Seife war nur noch eine schwindende Mondsichel übrig, nachdem sie mehr als zehn Tage auf Befehle gewartet hatten, fast verbraucht. Percy Flint jedoch hatte ein ganzes Stück nur für sich, hatte es erst vorige Woche aus einem Stück Wachspapier ausgepackt, sehr zum Neid aller anderen Männer. Flints Seife roch nach Lavendel und trug den Stempel eines Frauengesichts. Er hatte sie vermutlich bei Bertie Fortune eingetauscht, schätzte Ralph. Gegen etwas ebenso Wertvolles.

Flint fläzte sich in dem Viehtrog, als würde er in einer Heilquelle baden, wusch sich gemächlich um den Schwanz und die Eier. Er balancierte die feine Seife auf dem Rand des Trogs – wollte nicht, dass Sand und Spreu daran kleben blieben. Ralph wusste, er würde sie nicht mit den anderen Männern teilen, außer wenn sie etwas hatten, was sie ihm dafür geben konnten.

»Perfekt für die Damenwelt«, rief Alfred Walker aus seinem Kübel, wo er sich einseifte und herumplanschte.

»Hättste wohl gern«, sagte Flint und hob träge zwei Finger zum obszönen V.

Walker prahlte immerzu von seiner Liebsten, die er heiraten würde, wenn der Krieg vorbei war. Doch alle Männer wussten, dass er vermutlich noch nicht mal ein Mädchen geküsst hatte. Walker schüttelte sein Haar und verteilte Schaumspritzer über den kalten Scheunenboden wie die ersten Schneeflocken, mit denen sie inzwischen täglich rechneten. »So sind wir wenigstens sauber, wenn die Glocken läuten«, sagte er.

»Wer sagt denn, dass die Glocken läuten werden?«, meinte Flint gedehnt.

»Warum sollte der Captain sonst Baden anordnen?« Walker spritzte Wasser in Richtung des vermählten Rekruten. »Das sind die Befehle, die der Neue gebracht hat, glaubst du nicht?«

»Oder es ist der Marschbefehl.«

Das Geplauder der Männer stockte kurz, als Percy Flint seine Prognose vortrug.

»Biete Alec deine Seife an, wenn er zurückkommt, vielleicht kriegen wir's dann raus.« Der Vorschlag kam von Jackdaw.

»Warum fragen wir nicht einfach den Captain?«, meinte Promise.

»Der sagt uns nichts, der doch nicht«, höhnte Flint. »Spielt zu gern mit verdeckten Karten.«

Bertie Fortunes Stimme schnitt allen das Wort ab. »Da ging's nur ums Zählen der Vorräte.«

»Woher weißt du das, Fortune?«

»Weiß es eben, Flint. Weiß es eben.«

»Was ist mit Ihnen, Sir?«, fragte Archie Methven, der neben dem Viehtrog stand, ein Handtuch um den Hals. »Kennen Sie die Befehle?«

»Geht dich nichts an, Methven.« Ralph wandte sich ab. Doch sie alle sahen die Röte an seinem Hals hochsteigen.

Die Männer, die gebadet hatten, begannen sich bereits anzuziehen, die Haut an ihren Fingern runzelig wie die Walnüsse, die ihnen Stone nach jedem Abendessen zum Nachtisch servierte, ihre Füße mit Borsäurepulver eingepudert, sodass sie in ihren schweren Stiefel rutschten und quietschten. Wie verkommen sie waren, dachte Ralph, Gesicht und Hals dreckig, darunter bleich wie der Tod, die Haut durchsiebt von Läusebissen und fleckig vor Narben. Wie die Wunde unter Godfrey Farthings Hemd, auf die Ralph einen Blick erhascht hatte. Ein Stückchen runzelige Haut direkt über dem Herzen, das bei Nässe offenbar schmerzte, so wie der Captain ständig darauf herumdrückte. Es war Ralph aufgefallen, als Godfrey und er auf dem Weg zur Zinkwanne im Hinterzimmer aneinander vorbeigingen und das flackernde Licht einer Kerze hoch auf dem Regal die blasse Haut des Captains beschien. Danach hatte Ralph in der Badewanne gelegen, auf die Rosen der schmierigen Tapete gestarrt und sich gefragt, woher der Captain die Wunde hatte. Es hatte etwas mit Hawes zu tun – das hatte Fortune angedeutet und den Temporary Sergeant den Tapfersten von ihnen allen genannt. Doch Ralph hatte Angst, nachzufragen.

Jetzt schaute er durch die weitläufige Scheune hinüber zu James Hawes, der Handtücher von der Wäscheleine im Kornspeicher austeilte. Hawes hatte seine Kleidung anbehalten, wie es sich für einen Temporary Sergeant geziemte, nicht nötig, sich vor den Männern noch mehr bloßzustellen, als er es tags zuvor schon getan hatte. Aber er stank, dachte Ralph, so übel, dass sogar seine Mutter auf Abstand gehen würde. Tatsächlich rochen alle Männer widerlich, ein Verwesungsgeruch hing an ihnen, ganz gleich, wie sehr sie sich allmorgendlich an der Pumpe wuschen oder in den Regen gerieten. Außer ihm natürlich. Second Lieutenant Ralph Svenson roch immer nur nach Zitronenöl, ein süßer limoniger Duft, der ihm folgte, wo immer er hinging.

Ralph sah zu, wie Hawes Jackdaw ins Fass klettern half, wo der Junge sofort mit dem Kopf untertauchte wie ein Kind beim Strandausflug, bevor er wieder hochkam wie eine Nymphe aus dem Meer. Solche waren nun übriggeblieben, um den Krieg zu gewinnen, dachte Ralph. A4-Rekruten und Schwerenöter. George Stone, der alte Kämpe, der seine Schürze nicht mehr abnahm, und Alfred Walker, der Klaubruder, der sich ständig die Taschen vollstopfte. Bertie Fortune, der Entrepreneur, der jedem alles besorgen konnte, solange man zahlte. Und nicht zu vergessen natürlich James Hawes, der Temporary Sergeant, der kein Blut mehr sehen konnte. Keineswegs der Tapferste von allen, dachte Ralph, nicht mehr.

Auf der anderen Scheunenseite planschte Jackdaw noch ein wenig, bevor er herausstieg, für Promise Platz machte, und Hawes mit einem breiten Strahlen im biederen Gesicht dem dunkleren A4-Jungen ein Handtuch reichte. Jackdaw begann sich kräftig abzurubbeln, während Hawes in Richtung Kornspeicher verschwand, um das nächste Handtuch zu holen. Jackdaw war ein mageres Ding, rappeldürr, doch er hatte nichts dagegen, sich zu zeigen. Walker pfiff ein paar Takte von ›Mademoiselle‹, bis die anderen einstimmten, Jackdaw lachte und warf sich in Pose. Beine wie ein Weibsbild, dachte Ralph. Er würde die A4-Jungs vorangehen lassen, wenn der Marschbefehl kam.

Er schlenderte hinüber zum Fass, wo Promise noch badete,

während alle anderen sich schon wieder anzogen. Flint versuchte sich einen Scheitel zu kämmen und betrachtete sich stirnrunzelnd in einem plattgehauenen Stück Blech.

»Kommst du noch raus, Promise?«, sagte Ralph. »Oder willst du den ganzen Tag da drin faulenzen?« Er nahm das silberne Mützenabzeichen aus der Tasche und drehte es zwischen den Fingern, als wäre es nichts als ein Spielzeug.

Promise' Gesicht bestand plötzlich nur noch aus Kanten und Tälern. Jackdaw konnte nicht an sich halten und eilte mit nackten Füßen und wehendem Handtuch herbei. »Das gehört Ihnen nicht … Sir.«

Ralph drehte die kleine Anstecknadel um, dann noch einmal, diesmal langsamer. »Dir gehört es auch nicht, oder, Jackdaw? Aber dein Kamerad kann es sich holen kommen, wenn er will.«

Jackdaw antwortete nicht. Alle Männer unterbrachen das, was sie gerade taten, und blickten zu Promise hinüber. Der A4-Junge kauerte nackt in seiner Tonne, das Wasser jetzt grau, mit Schamhaaren verschlammt, an der Oberfläche trieben tote Läuse.

»Na los, Promise«, lachte Ralph. »Wir haben das alles schon mal gesehen.«

Promise schüttelte den Kopf und schauderte, als das nur lauwarme Wasser weiter abkühlte.

»Tja, wenn du nicht rauskommen willst«, sagte Ralph, »kannst du ja noch etwas schwimmen.« Er packte mit einer Hand den hellen Schopf des A4-Jungen und drückte ihn runter. Promise tastete blind umher, Wasser schwappte über den Rand des Fasses, bevor er schließlich wieder auftauchte und nach Luft rang. Doch Ralph wartete schon. »Und wieder rein mit dir.« Er presste Promise erneut die Hand auf den Kopf und hielt ihn unten, der Junge kämpfte, prustete und würgte, während Bertie Fortune einen halbnackten Jackdaw festhielt und Ralph lachte.

»Was geht hier vor?« James Hawes kam aus dem Kornspei-

cher in die Scheune, ein frisches Handtuch für Promise gefaltet
überm Arm. Ralph zog die Hand weg, und Promise tauchte
aus dem Fass auf. Würgend und keuchend, das helle Haar vom
dreckigen Wasser dunkel angeklatscht, der dünne Körper zitternd und schlotternd, kauerte er in der dreckigen Brühe.

»Tauchunterricht«, sagte Ralph.

Flint lachte. Promise und Jackdaw blieben still, die anderen Männer ebenfalls. Hawes runzelte die Stirn. Ralph trat
von dem Fass zurück, als der Temporary Sergeant näher kam
und Promise eine Hand hinhielt. Der A4-Junge sah einen
Moment lang ängstlich aus, dann ergriff er Hawes' kräftige
Finger und hielt sich fest, als er über den hohen Rand des
Fasses auf den kalten Scheunenboden stieg.

Hawes legte Promise das Handtuch um die Schultern und
stellte sich vor den Jungen. »Brauchen Sie irgendetwas, Sir?«,
sagte er.

»Nein danke«, sagte Ralph und ließ das kleine silberne
Mützenabzeichen ein Mal wirbeln, bevor er es zurück in die
Tasche schob. »Es sei denn, du willst uns helfen, den Rest
der Hühner zu schlachten, Hawes. Zwei sind noch da, wenn
jemand Lust hat, Promise darf zuerst.«

Die Sommersprossen auf Hawes' Nacken traten im einset-
zenden Dämmerlicht plötzlich dunkel hervor, sein Blick glitt
zu dem A4-Jungen und dann fort. Alle Männer sahen es, diesen Ausdruck in den Augen des Temporary Sergeant, als er
den Kopf senkte und sich in die dunkelste Ecke der Scheune
zurückzog. Angst. Oder etwas in der Art. Das Unvermögen,
die tief in ihm sitzende Panik in den Griff zu bekommen.

Oben auf dem Hügel, der Nachmittagsnebel senkte sich
herab, fanden Godfrey und Alec, was der Hund aufgespürt
hatte, versteckt inmitten der Brombeersträucher jenseits des
Baumkreises. Alec packte den Hund, zog ihn weg, und Godfrey schob das Gestrüpp auseinander, um nachzusehen. Da
zwischen dem toten Gras und hohen Laubhaufen lagen die

Überreste eines Lebewesens im Moder verteilt. Ein Kaninchen, von einer alten Falle an den Boden gepfählt, der Draht ganz rostig und schwarz, eine Sauerei aus Blut und Fell.

Godfrey sah sofort, was geschehen war. Das Kaninchen hatte seinen Lauf durchgenagt. Durch Fell. Durch Fleisch. Durch Sehnen und die Knochen. Nicht mehr viel übrig, nur ein Fuß, der verlassen im Gras lag, eine selbst beigebrachte Wunde. Wie Beach, dachte Godfrey, dem plötzlich Galle im Hals brannte. Wie all die anderen Männer. Er presste sich den Ärmel seines Feldmantels vor den Mund. Doch Alec hockte schon dicht genug davor, um das Ding zu berühren.

»Bringt Glück«, sagte er, und seine Augen funkelten im Spätnachmittagslicht, als wären sie nun bald alle in Sicherheit.

Godfrey sah Alec an, sein Haar leuchtete vor dem Brombeergestrüpp, der kleine Hund hechelte zu seinen Füßen. War es falsch, dachte er, das Liebe zu nennen? Zuzugeben, dass er in all seine Männer ein wenig verliebt war. Beach mit seinen mattgrauen Augen. Hawes, der einstige Fleischer mit seiner Angst vor Blut. Und jetzt dieser neue Knabe, noch nicht mal alt genug, um mit einem Gewehr zu hantieren. Godfrey konnte nicht behaupten, dass es für ihn Sinn ergab nach allem, was er gesehen hatte, nach allem, was geschehen war. Doch eins verstand er: Was auch immer als Nächstes geschah, diese Männer waren inzwischen das Einzige, wofür er lebte.

Er starrte zwischen den Bäumen hindurch zum Horizont, spürte Ralphs Würfel in seiner Tasche, begriff plötzlich, wie sein Second Lieutenant sich fühlen musste, wenn es ihn juckte zu würfeln. Nicht einmal. Nicht zweimal. Sondern wieder und wieder, bis das gewünschte Ergebnis kam. Godfrey hätte es noch vor einem Monat, ja noch vor zwei Wochen niemals gestattet – eine Wette darum, was zuerst kam: das Kriegsgericht, weil er sich einem direkten Befehl widersetzt hatte, oder das Ende des Krieges. Aber was konnte es jetzt schon noch schaden, dachte er. Ein letztes Würfelspiel, wie Fortune vorgeschlagen hatte. Der Gewinner bekommt alles.

1971

Hawes

Hawes hatte zu Gott gefunden. Nicht allmählich. Oder durch Überredung. Oder durch regelmäßige Kirchenbesuche in seiner Gemeinde. Sondern wie im Alten Testament. Eine Erleuchtung. Eine feurige Wandlung. Von einem sterblichen Leben zum nächsten.

Er war noch ein junger Mann gewesen, als es vor über vierzig Jahren passierte, eben noch ging Hawes in Hastings am Strand entlang, im nächsten Moment stand er bis zur Taille in den Wellen. Das aufgewühlte graue Wasser des Ärmelkanals wogte schäumend um ihn herum, weit hinter ihm schwache Warnrufe wie die kurzen Schreie einer Möwe, die durch die Luft segelte. Weit vor ihm das Band des Horizonts. Und dahinter das entsetzliche Grab Frankreich.

Das Wasser war eiskalt gewesen, Wasser in jeder Körperöffnung, das große Heben und Senken der Dünung. Hawes erinnerte sich, wie er japste und um sich schlug, unterging, als würde er nie mehr auftauchen. Dann kam er hoch, schnappte nach Luft, hastig, wie zwei A4-Jungs, die aus einem Fass auftauchten. Bevor er wieder abtauchte. Sich wusch. Und wusch. Und wieder wusch im Bemühen, sauber zu werden. Am Ende mussten sie ihn herausziehen, ihn auf die Kieselsteine legen, die rings um ihn vor und zurück kullerten und rumorten wie eine letzte Aufforderung an einen Toten. Der Himmel über ihm war so grau wie die Augen von Beach in der Nacht, bevor die Granaten einschlugen.

Als er wieder festen Boden unter den Füßen hatte, ging Hawes schnurstracks in die nächste Kirche, setzte sich in eine der Bänke, und das Wasser bildete Pfützen auf den Steinplatten um seine Füße, wie einst der Matsch Pfützen um die

Knochen gebildet hatte, die er als Freiwilliger aus dem Sumpf zog. In der Kirche war es still, wie jener Augenblick vor Sonnenaufgang, wenn alles verharrt. Er nahm ein Gesangbuch von der Leiste vor sich und ein Gebet fiel heraus:

Vater unser, der du bist im Himmel …

Gedruckt auf eine Karte, so groß wie die, die sie immer in den Taschen ihres Uniformrocks bei sich gehabt hatten.

Ich wurde ins Lazarett eingewiesen
Ich bin krank
Ich habe das Paket erhalten

Wie die, die am Ende beim Captain zurückblieb. Hawes erinnerte sich an das konstante Zittern seiner Finger, als er sich bückte und den Gebetszettel vom Boden aufhob, den dicken Kloß in seinem Hals, als hätte er einen Klumpen Lehm verschluckt. Was war es noch, was der Kaplan über Absolution gesagt hatte, als Hawes und die anderen gruben und gruben und wieder gruben, nachdem der Krieg vorbei war, und Männer in ihren Händen zu verwesten Stücken zerfielen?

… vergib uns unsere Schuld, wie wir vergeben unseren Schuldigern …

Da hatte Hawes gewusst, was er tun, wohin er gehen musste. Doch das Leben ließ sich Zeit, hatte Hawes dann festgestellt. Und so tat er das auch. Bis keine Zeit mehr übrig war.

1971, und James Hawes kam schließlich im Athen des Nordens an, es war ein schwereloser Frühlingsmorgen. Er war jetzt alt, genau wie sein Captain, und nicht mehr daheim gewesen seit jener Taufe in Hastings vor all den Jahren. Er hatte vor langer Zeit alles hinter sich gelassen, um auf Trampelpfaden und Landstraßen dahinzuziehen mit seiner Orangenkiste und seinem Plakat, bis er selbst nur noch Knochen und Lumpen war. Wenn er Geld brauchte, machte er halt an einem Marktplatz oder einer Hauptstraße, zog alle möglichen Dinge aus seiner Jacke – Rasierklingen oder Fensterleder, Spulen mit rosa Garn – und rief seinen Kunden zu, was sie alles bei ihm bekommen konnten, wenn sie nur einen Schritt näher traten. Sie standen manchmal bis zu einer Stunde dort und warteten, was als Nächstes kam, eine billige Goldkette oder ein Vortrag über den Sündenfall. Er hatte so eine Art, ihre Aufmerksamkeit zu bannen, als hätte er persönlich jede Erfahrung gemacht, die selbst auszuprobieren sie sich zu sehr fürchteten.

Nachts schlief er im Sommer in trockenen Gräben oder unter großen Bäumen und sah zu, wie die Welt sich über ihm drehte. Im Winter suchte er sich ein Eckchen in einer Scheune, wo er sich in eine Decke rollen und von Hühnern in einem Stall träumen konnte. Wann immer es ging, schlief er unter einer Kirchenbank oder unterm Vordach eines Friedhofstors, wo man früher die Särge unterstellte, bis der Geistliche eintraf. Hawes wusste, er roch wie die, die vor ihm dort geruht hatten. Verrottend. Feucht bis auf die Knochen. Doch da war auch noch der sanfte Duft von Bienenwachs, und diese Note von altem Kiefernholz. Er hielt seine Füße trocken und plante nicht bis morgen. Welchen Zweck hatte es, sich um den nächsten Tag zu sorgen, wenn der nächste Tag vielleicht nie kam.

Bei seiner Ankunft fand Hawes Edinburgh erfüllt von der ihm eigenen Schönheit, die grauen Gebäude warm in der Sonne, Fahnen und Turmspitzen flatternd wie in ständigem Tanz. Hawes war schon mal in Schottland gewesen, da war der zweite Krieg kaum vorbei. Aber es war nachts kalt gewesen und die Menschen manchmal noch kälter, je nachdem, wohin man ging. Oder vielleicht war es dieses alte Leiden gewesen, das ihn seinerzeit daran gehindert hatte, zu tun, weswegen er nun hier war. Angst stieg in ihm auf beim Gedanken an das, was er sagen musste.

Jetzt aber setzte Hawes das Alter zu, ein neues Jahrzehnt war angebrochen, das Jahr strotzte schon jetzt von Streit und Chaos, Zerwürfnis lag in der Luft. Er spürte, dass ihm die

Zeit durch die Finger rann wie Sand im Stundenglas, und was ihm all die Jahre auf der Zunge lag, war zu groß geworden, um es noch länger runterzuschlucken.

Er wand sich durch die Gässchen und Passagen der eleganten Stadt, fragte hier und dort. Was er suchte, war nicht schwer zu finden. Früher gab es Pfandleihen wie Sand am Meer, die drei goldenen Kugeln hingen an jeder Straßenecke. Das war vorbei. Er fand sie in einem schmalen Gässchen, das von der Mile abging, am Ende eines Durchgangs. Er spähte durch das Eisengitter vor dem Schaufenster von Godfrey Farthings Laden und sah einen Moment lang zu, wie zwei junge Männer sich über merkwürdigen Krimskrams amüsierten, einer dunkel, einer blond. Die Jungs erinnerten Hawes an Jackdaw und Promise, so wie ihre Körper sich aufeinander zuneigten, selbst wenn sie sich nicht berührten.

Die Glocke bimmelte, als er hineinging.

Ding

Ding

Ding

Der dunklere Junge sah zuerst hoch, herausgeputzt wie ein Pfau mit Perlen und Leder um Hals und Handgelenke. Hawes schmunzelte, als er den Aufzug des jungen Mannes sah. Dieser Junge war ein Produkt der neuen Generation, das Hemd am Hals aufgeknöpft, alles flatterte weit um Handgelenke und Hüften. Hawes hingegen trug seinen blauen Anzug mit dem dunklen Futter, die Revers glatt und drei Knöpfe geschlossen. Der Anzug war betagt, doch er hatte ihn extra reinigen lassen.

»Wie alt bist du, mein Sohn?«, fragte er, als er auf der anderen Seite des grün bespannten Tresens stand.

»Was?« Der dunklere Junge runzelte die Stirn. »Einundzwanzig.«

Einundzwanzig. Nicht viel jünger, als Hawes einst gewesen war, als er den Großvater dieses Knaben am Grund eines Schützengrabens an sich drückte, Blut in den Augen. Von ihnen beiden war nichts geblieben als Haut und morsche Knochen. Wie einer von diesen neumodischen Halfpennys, die ihm neulich erst jemand gegeben hatte, von '71 und leicht wie eine Taubenfeder, wenn man ihn in die Luft warf.

»Wie heißt du, mein Sohn?«, fragte er.

»Solomon.«

Solomon Farthing. Da lächelte Hawes mit einem Mund voller Lücken und zu Stummeln gewetzten Zähnen. Was für ein Mann wurde wohl aus dem Jungen, fragte er sich, mit so einem Namen? Jemand, der Weisheit erlangte oder Reichtum? Oder keins von beidem. Oder beides. Hawes legte die Fingerspitzen auf die Kante des grün bespannten Tresens, der Schmutz jahrelangen Grabens in der Erde in die Nägel eingraviert. »Ich bin hier, um deinen Großvater zu besuchen«, sagte er.

Sein Captain lag im Hinterzimmer und wartete auf Absolution. Oder vielleicht war James Hawes selbst auf der Suche danach hier.

»Es geht ihm nicht gut«, sagte der Junge, die Augen plötzlich riesengroß und dunkel wie die jetzt veralteten Kupferpennys.

»Deswegen bin ich gekommen«, sagte Hawes. »Um ihn ein letztes Mal zu sehen.«

Durch die Pfandleihe nach hinten in eine Kammer mit Kruzifix an der Wand, wo Godfrey Farthing einatmete und ausatmete, als hätte er eine Kinderrassel im Hals. Der Raum war schummrig, erhellt nur von einer Glühbirne mit geringer Wattzahl. Es roch nach Jod und der vertrauten Ausdünstung eines nur wenige Schritte vom Tod entfernten Menschen.

Hawes holte einen schlichten Stuhl hinter der Tür hervor und stellte ihn ans Bett des Captains. Godfrey Farthings Augen waren geschlossen und tief in sein Gesicht eingesunken, als wäre es nur noch ein Schädel. Ganz wie jene, die Hawes 1919 auf Frankreichs Schlachtfeldern ausgegraben hatte, nachdem alle anderen heimgefahren waren, um ihren Tee am Küchentisch zu trinken statt draußen im Hof. Freiwilligen wie ihm oblag es, den Toten die Gräber zu geben, die sie verdienten. Graben und graben und noch mal graben, bis sie fanden, was immer noch übrig war. Kein Blut diesmal, aber alles andere. Zähne, verstreut in einer öligen Lache. Ein Schlüsselbein, in den Boden gerammt wie ein Spaten. Wie widerstandsfähig der menschliche Körper war, hatte Hawes gedacht, als er diese Jungs Stückchen für Stückchen aus der Erde zog, nach ihren Hundemarken und Notizbüchern grub, nach allem, was feststellen half, wer sie einst gewesen waren. Und wie zerbrechlich zugleich mit seiner Anfälligkeit für Beulen und Brüche, eine Kugel in den Schädel und alles war für immer vorbei. Hawes konnte ihn danach nie mehr abwaschen – den stets gegenwärtigen Gestank der Verwesung. Erst dreiundzwanzig und schon sein ganzes Leben der Vergangenheit verfallen.

Jetzt legte Hawes seine Hand auf Godfrey Farthings Hand, spürte all ihre Grate und Flächen. »Nicht mehr viele von uns übrig, alter Mann.«

Fortune hin.

Jackdaw.

Und all die anderen.

Er drückte seinen Finger auf die Haut des alten Mannes, hinterließ eine Delle. »Weißt du noch, die Hühner.«

Godfrey Farthing schlug plötzlich die Augen auf, zwei schwarze Punkte brannten sich durch Hawes' sieben Schichten Haut. Tief in Hawes schwoll eine große Woge an wie damals die See in Hastings, der Klumpen im Hals plötzlich riesig, als könnte er gerade jetzt, wo es am wichtigsten war, kein Wort herausbringen. Sein Herz zappelte wie ein gefangenes Kaninchen im Sack, als er die Hand des alten Mannes umklammerte. Dann beugte er sich ganz nah heran und flüsterte in seines Captains Ohr.

Vater unser, der du bist im Himmel …

151

Nun wieder ein junger Mann, der sich ins schmutzige Stroh erbricht.

… Unser täglich Brot gib uns heute …

Ein Huhn ohne Kopf, das an ihm vorbei zum Kornspeicher rennt.

Und vergib uns unsere Schuld …

Sechs Kugeln, die in seine Hand fallen.

Wie wir vergeben unseren Schuldigern …

Die Augen eines Jungen, hell leuchtend vor dem Grau.

Hawes saß über eine Stunde bei seinem Captain, flüsterte seine Beichte, listete sie auf und hakte sie Punkt für Punkt ab. Jackdaw. Flint. Walker und Promise. Nicht zu vergessen der neue Rekrut, Alec. Und natürlich Ralph, der Second Lieutenant. Es war wie das Zählen der Knochen junger Männer, als das Ganze vorbei war, Wadenbein um Wadenbein aus dem Matsch exhumiert.

Das Rasseln in Godfrey Farthings Kehle war leiser geworden, als Hawes schließlich zum Ende kam. Er ließ seines Captains Hand los und schob sie unter die Decke, zog einen alten Gebetszettel aus der Tasche, deren Kanten von all der vergangenen Zeit weich geworden waren, und legte sie auf den Nachttisch. Er betrachtete seinen Captain, während die Sekunden zwischen jedem Atemzug länger wurden. Dann holte er etwas anderes aus der Innentasche seines Jacketts, trommelte *tappeditapp* kurz mit den Fingern auf den roten Leineneinband, bevor er es neben die Karte legte. Hawes strich seinem Captain ein letztes Mal die Decke glatt, bekreuzigte sich und wandte sich zur Tür. Der Junge, Solomon, sah vom Türrahmen aus zu, fraglos hämmerte Angst in seinem jungen Herzen, wie sie früher in Hawes gehämmert hatte. Hawes öffnete den Mund und sprach.

»Er wird nun bald hin sein, mein Sohn. Am besten setzt du dich zu ihm.«

Merkte, dass seine Kehle frei war.

Vorn im Laden stand Hawes dem anderen jungen Mann gegenüber, jeder auf einer Seite des Tresens, während Solomon
Farthing hinten Abschied nahm von der einzigen Familie, die
er je gekannt hatte.

»Wie heißt du, mein Sohn?«

»Andrew.«

»Wie der Fischer.«

»Was?«

So gottlos, diese Jungs. Kannten weder ihre Bibel noch
irgendetwas von dem anderen Kram, den ein Mann brauchte,
wenn er mit einer Waffe konfrontiert war. Der Junge trug
einen langen Mantel aus schwerer Wolle mit Messingknöpfen, angenäht mit einem Garn, das einst rosa gewesen war.
Hawes lächelte. Er erkannte, wo dieser Mantel herkam, selbst
wenn dieser junge Mann es nicht wusste.

»Habt ihr irgendwelche kleinen Andenken, die ich mir ansehen kann?«, fragte er. »Kriegskram.«

»Kriegskram?«

»Orden und so.«

Andrew schüttelte den Kopf.

Hawes lächelte wieder. »Versuch's mal unterm Tresen.«

Wonach er suchte, befand sich immer unterm Tresen. Der
Junge bückte sich, sah nach und kam wieder hoch mit einer
Schachtel, auf der eine dicke Staubschicht lag. Er hob den
Deckel, damit Hawes hineinsehen konnte, und der alte Mann
tauchte seine Hände in altvertraute Dinge. Regimentsabzei-
chen und Patronenhülsen. Ein paar alte Postkarten mit in
seidenem Faden aufgestickten Botschaften, einst leuchtend,
nun verblasst. Dann die Orden, die Streifen auf den Bändern längst verblichen, genau wie der Glanz des Messings.
Es waren eine ganze Menge Orden, die über mehrere Kriege
zurückreichten. Hawes grub sich durch, wie er sich früher
durch den Matsch gegraben hatte, bis er ganz am Boden der
Schachtel drei beieinander fand, die er auf den Tresen legte,
damit Andrew sie anschauen konnte.

»*Pip, Squeak* und *Wilfred*«, sagte er und zeigte jeweils darauf. Ein Stern. Ein Kriegsorden. Sowie einer für den Sieg.

»Wie bitte?« Andrew runzelte die Stirn.

»So nannten wir sie damals, mein Sohn«, sagte Hawes. »Nach dem Cartoon im *Daily Mirror*. Ein Hund. Ein Pinguin. Ein Kaninchen. Und ihre wunderbaren Abenteuer.« Dann lachte er.

»Der hier gefällt mir.« Andrew berührte die *Victory Medal*, ihren Engel mit den riesigen Flügeln. Wobei Hawes vermutete, dass sie dem Jungem wegen des Regenbogenbands gefiel, an dem sie hing. Beide jungen Männer waren solche, die es bunt mochten, das erkannte Hawes.

»Der heißt nach dem Kaninchen, mein Sohn«, sagte er. »Der Stern ist der Hund.« Hawes musste plötzlich an einen kleinen Hund denken, auf einer Decke in der Ecke einer Scheune, mit Augen wie winzige Spiegel. Was wohl aus ihm geworden war.

»Suchen Sie etwas Bestimmtes?«, fragte Andrew.

Hawes stöberte nochmals in der Schachtel, eine kleine Metallscheibe glitt über die andere. »Nichts Bestimmtes«, erwiderte er.

Doch er wusste, dass es da sein sollte, ein silbernes Kreuz mit kleinen Kronen an den vier Armen, Nord, Süd, Ost und West. Nur war hier nichts in der Art. Als er wieder hochsah, hielt Andrew sich die *Victory Medal* an die Brust, wollte wohl sehen, wie sie sich an seinem Mantel machte, bevor er sie zurück zu den anderen auf den Tresen legte. Hawes hörte auf zu wühlen und zeigte auf die drei Orden auf dem grünen Tuch. »Wie viel?«, sagte er. »Für diese drei.«

»Die sind umsonst. Sie können sie gern mitnehmen«, sagte Andrew. »Der Laden wird aufgelöst.«

So war das, wenn alte Männer starben, dachte Hawes. Alles andere wurde versprengt. Doch er schüttelte den Kopf. »Man muss bezahlen, mein Sohn. Das ist sonst nicht redlich.«

Andrew zuckte die Achseln und Hawes wühlte in seinen

Hosentaschen, fand einen Sixpence, warf ihn hin. Der Junge lachte. »Kein gesetzliches Zahlungsmittel mehr.«

»Vorläufig schon noch«, sagte Hawes. »Hat eine Gnadenfrist bekommen, nicht gehört? Oder du kannst ihn dir in den Schuh stecken und aufbewahren, bis du heiratest.«

Der Junge wurde rot. »Bin nicht sicher, ob ich heirate.«

Andrews Haar reichte bis zur Schulter. Hawes' Haar reichte ebenfalls bis zur Schulter. Sie hätten verwandt sein können, hätte Hawes je einen Sohn gehabt. Der alte Mann lächelte. Im Gegensatz zu ihm wusste Hawes, dass der Junge zum Glückspilz geboren war, wenn er wollte, denn er war erst zur Welt gekommen, als beide Kriege vorbei waren. Er fuhr sich mit der Hand vorn übers Jackett. Dann ließ er es von den Schultern gleiten und legte es über die grüne Bespannung. »Was setzt du hierfür an?«, sagte er. »Es ist mein Glücksanzug. Aber ich brauche ihn nicht mehr.«

Andrew betastete die Revers des Anzugs, den Mix aus Wolle, verwoben mit Seide, blau wie ein Starenei, der Stoff schon etwas mürbe. »Ich weiß nicht. Ich trage eigentlich keine Anzüge.«

»Aber der alte Mann wird bald einen brauchen.«

Der Junge warf einen Blick in Richtung Hinterzimmer, wo Solomon Farthing bei seinem Großvater saß. Hawes schlug das Jackett auf, um das dunkle Innenfutter zu zeigen.

»Der perfekte Beerdigungsanzug.«

Andrew trat von einem Fuß auf den anderen, als wäre es ihm peinlich, an Tod zu denken. »Aber was ist mit der Hose?«, fragte er.

»Die könnt ihr auch haben.«

»Und was tragen Sie dann?«

Hawes lachte, ein raues Knurren. »Hier wird es doch ein Paar Hosen für mich geben, meinst du nicht?« Er zeigte auf den Mantel des jungen Mannes. »Und für den gebe ich dir ein Pfund.«

Andrew grinste. »Abgemacht.« Er ging zu einer Kiste mit

Klappdeckel, die auf dem Tresen stand, öffnete sie und zog eine Karte heraus, die Kanten scharf und sauber. »Wie lautet der Name?«, fragte er.

»Hawes, James.«

Und der Junge schrieb es auf. *Hawes, J. Ein Anzug, blau, drei Knöpfe.* Im Gegenzug hielt er Hawes einen nummerierten Abschnitt hin, wie in jeder guten Pfandleihe, falls der alte Mann den Anzug irgendwann wieder auszulösen wünschte.

Hawes starrte auf den kleinen rechteckigen Zettel in der Hand des Jungen. Dann schüttelte er den Kopf. »Brauche ich nicht, Sohn. Ich komme nicht wieder.«

Hawes ging, wie er gekommen war, mit drei Glockentönen, die bei seinem Abgang erschallten.

Ding

Ding

Ding

Wie die drei Orden, die jetzt an seine Brust geheftet waren. Ein Stern. Ein Kriegsorden. Sowie einer für den Sieg. Mit sich nahm er einen Mantel, der ihm bis zu den Knöcheln reichte, hellbraune Wolle, die schwer auf seinen Schultern lag wie eine Decke nach dem Sturm. Die hohe Kunst des Tauschhandels, nur darum ging es Hawes. Hereingekommen als das eine, gegangen als etwas Neues. Zurück ließ er einen blauen Anzug, der jetzt an einer Stange hing. Und einen Gebetszettel auf dem Nachttisch eines Toten.

Vater unser, der du bist im Himmel … vergib uns unsere Schuld, wie wir vergeben unseren Schuldigern.

Außerdem ein Buch, die Seiten fast bis zur Auflösung abgegriffen, der rote Leineneinband fleckig vom Meerwasser und einigem mehr. Das Buch war von Walter Scott.

Old Mortality.

Die Schlacht-Seiten hinten rausgerissen.

DRITTER TEIL

Der Einsatz

Godfrey Farthing
geb. 1893 gest. 1971

Thomas Methven
geb. 1920/21 gest. 2016

Solomon Farthing
geb. 1950 gest.

2016

Eins

Solomon Farthing fuhr nach Süden wie zu einem letzten Abenteuer, entfloh den dunklen Straßen Edinburghs auf dem Weg zur Wahrheit über Thomas Methven (verstorben). Er strebte zu einer Ortschaft in Borders, einer dieser Landstriche voller Leute mit gerissenen Vorfahren, die sich nie zu einer anderen Nation bekannt hatten als ihrer Sippe.

Solomon hatte den seiner Tante stibitzten Mini geborgen, der einsam und verlassen vor seinem Lieblingsfriedhof stand – einem weitläufigen Areal, das sich von einem Vorort des grünen Stadtteils Inverleith bis zu den schattigen Spazierwegen am Water of Leith erstreckte. Er quetschte sich hinters Steuer, die Knie fast am Kinn, warf Mr. Michaels' Mappe mit Material neben sich auf den Beifahrersitz und schickte ein kleines Dankesgebet gen Himmel, als der Motor unverzüglich ansprang. Der Boden des Minis war übersät mit Löchern, die Motorhaube mit Schnur festgebunden, aber er lief noch, ähnlich wie er, ein uralter Streitwagen mit Rost statt Flügeln.

Das Fahrzeug keuchte brav bis zum Autobahnkreuz, dann weiter auf die Landstraße. Der Hund thronte auf der Rückbank, als führe er Achterbahn, die kleinen Ohren flatterten im Wind. Er hob die Nase in die Luft und jaulte, als sie über die Landstraßen bretterten, und auch Solomon sang:

»It's a long way to Tipperary ...«

Wie sein Großvater vielleicht einst gesungen hatte, als er seine Männer über die langen flachen Straßen Frankreichs in den Tod führte.

Solomons Ziel war ein Dorf nicht weit von der unsichtbaren Linie, die den Norden vom Süden trennte. Bei seiner Ankunft stieg er aus dem Mini seiner Tante in den süßen Duft von Clematis und Frühlingsrosen, eine unerwartete Wonne. Doch Solomon Farthing war nicht gekommen, um an Blumen zu schnuppern. Er war hier, um den *Borders Observatory* aufzusuchen, – die lokale Gazette.

Das Büro des *Borders Observatory* war eine unscheinbar wirkende Ladenfront an der kleinen Hauptstraße, mit einer Glocke an der Tür, die Solomons Ankunft verkündete, wie die Glocke in Godfrey Farthings Pfandleihe einst die Kunden begrüßt hatte.

Ding

Ding

Ding

Der Glocke folgte eine Stimme, körperlos: »Keine Werbepost, Rundschreiben oder Flyer. Wenn es Nachrichten sind, einfach auf den Tresen legen. Wenn Sie Hausierer sind: Ich hab hier keinerlei Bargeld.«

Der Tresen zog sich über die ganze Länge des Ladens, ein resopalbeschichtetes Bollwerk gegen die tägliche Invasion von Leuten, die ihre Nachbarn anschwärzen oder eine Kuh bewerben wollten. Dahinter hörte Solomon das Hämmern altmodischer Schreibmaschinentasten, die im Zwei-Finger-Tanz angeschlagen wurden. Er lächelte. Hier war ein Reisegefährte, jemand, für den das Wort ›Computer‹ vermutlich gleichbedeutend mit ›Tod‹ war.

Er sah sich nach einer anderen Möglichkeit um, den wilden Tipper aufzuscheuchen, entdeckte eine kleine Messingkuppel auf dem Tresen, starrte sie einen Moment an und dann hinunter auf den Hund. Der Hund starrte teilnahmslos zurück. Die Schreibmaschinentasten klapperten. Solomon wusste, dass er es nicht sollte, aber er konnte nicht widerstehen.

Ting, ting.

Dann die Explosion. »Verdammte Scheiße, was hab ich gesagt!«

Der Journalist, Eigentümer, Herausgeber und einzige Anteilseigner des *Borders Observatory* war über siebzig und sein

Haar stand oben wirr vom Kopf ab. Er tauchte hinter dem Tresen auf, als wäre soeben der Dritte Weltkrieg ausgebrochen.

»Sind Sie taub?«

»Was?«

»Dann sind Sie's also.«

Solomon Farthing entschied sich für ein Ausweichmanöver. »Solomon Farthing«, sagte er, klemmte die Mappe unter den Arm und streckte eine Hand aus. Der Mann blickte sie finster an. Solomon zog sie zurück. Anscheinend gab man hier Fremden nicht die Hand. Er musste bedenken, dass er nicht in Edinburgh war.

»Was wolln Sie?«, sagte der Mann. »Ich hab zu tun.«

Eine typische Borders-Begrüßung, den Fluchtweg sichern, noch ehe die Geschäftsbedingungen geklärt waren. Solomon aber hatte ein Ass im Ärmel. »Ich interessiere mich für Ihr Archiv.«

Die Augen des Mannes leuchteten auf, wenngleich nur kurz. »Das Archiv, sagen Sie?«

»Ich versuche der Geschichte hinter dem hier nachzugehen.« Solomon legte den Zeitungsschnipsel aus der Pfandleihe seines Großvaters auf den Tresen. Nur ein Fetzen, vom Alter so vergilbt, wie es vielleicht noch lebende Nachfahren auch sein würden.

GESUCHT: Zuhause für kleinen Jungen, 6 Monate. Totalaufgabe.

Der Mann starrte stirnrunzelnd auf den Schnipsel wie auf ein Museumsstück. Dann hob er mit einem langsam breiter werdenden Grinsen die Resopalbarriere und streckte den Arm aus. »Ich glaube, Sie kommen besser mal rein, Sir. Nur zu, herzlich willkommen.«

Im Reich der Schatztruhen und Fundsachen, ein Hamstererparadies bis zum Anschlag gefüllt mit Zeitungen, Lagerstätte von Millionen verschiedener Geschichten über Millionen verschiedene Leben.

Der Raum hinter der Ladenfront des *Borders Observatory* musste einst als Wohnraum gedacht gewesen sein, sofern Wohnen an zweiter Stelle stand, dem gedruckten Wort untergeordnet. Überall stapelten sich Zeitungen und Magazine, Bücher, Journale, Flugschriften und Lesestoff aller Art. Dieser Mann musste ein wandelndes Lexikon sein, wenn er sein Leben zwischen all diesem Zeug verbracht hatte, dachte Solomon, als er vorsichtig über die Türschwelle trat.

Es war klar, dass der Raum schon länger als Haupt- (und vermutliche einziges) Büro des *Borders Observatory* diente. Kohlenstaub lag in jeder Ecke. Tierhaar klebte an jeder Oberfläche, auch wenn aktuell von einem Büro-Haustier nichts zu sehen war. Solomon stand mitten im Allerheiligsten, doch jede mögliche Bewegung drohte einen Druckerzeugnisse-Tsunami auszulösen. Er spähte quer durch den überfüllten Raum zu einem überfüllten Kaminsims und stellte fest, dass der Hund sich durch das Chaos geschlängelt hatte und jetzt davor stand. Auf dem Kaminsims thronte eine Vitrine mit drei Grünfinken, die Füße so eingekrallt, dass es auf Rigor Mortis hinwies.

Vater. Sohn. Und Heiliger Geist.

»Ich bin begeisterter Vogelbeobachter«, rief der Mann herüber, als wüsste er, dass Solomon die Fauna in Augenschein nahm. »Das Beste, was es gibt, Vögel, wie sie überall herumflitzen.«

Diese nicht, dachte Solomon und starrte traurig auf die Finken.

»Hab sie in Edinburgh gekauft.« Der Mann tauchte an Solomons Seite auf und hielt ihm einen Becher hin, in dem eine bräunliche Flüssigkeit schwappte. »Kennen Sie die Stadt?«

»Sie ist mir ein wenig vertraut.« Solomon mochte nicht bekennen, im Athen des Nordens ansässig zu sein, ehe er verstand, wie dieser Borders-Mann tickte.

»Ich kenn's.« Der Mann schob sich in die Sicherheit eines

Sessels vor und ließ sich in den Kokon von Kissen plumpsen. »Eine Satanshöhle.«

»Ah.«

»Bloß ein Witz.« Er keuchte auf eine Art, die Solomon verriet, dass das sein Lachen war. »Nein, das ist natürlich Glasgow.«

Walter Pringle war ein Mann, der schon alles gesehen hatte.

»Ich schreibe über alles«, sagte er.

Feiern. Autounfälle. Landwirtschaft.

»Sogar Mord, wenn wir mal das Glück haben.« Pringle grinste. »Zumeist Schießereien. All diese Bauern mit ihren Gewehren.«

Solomon blinzelte und dachte an das runzlige Stück Haut überm Herzen eines alten Mannes, eine Schusswunde, erstmals gesehen am Abend seiner Ankunft in Edinburgh, als er auf dem Abtropfbrett in der Waschküche saß und zusah, wie sich sein neu entdeckter Großvater am Spülbecken wusch. Godfrey Farthings Körper war so bleich gewesen wie eine aus der Erde ausgegrabene Larve, und unter der Narbe, die im Licht der Dreißig-Watt-Birne schillerte, regten sich winzige blaue Geister. Solomon hätte die Narbe gern berührt, genau wie er später gern die Damenwaffe mit den Perlmuttintarsien im Griff angefasst hätte. Doch stattdessen saß er schweigend da, fröstelte in seiner kurzen Hose und wartete, bis er dran war, sein Hemd auszuziehen.

Walter Pringle deutete auf seine Schreibmaschine.

»Bin dabei, seit ich ein kleiner Junge war«, sagte er. »Früher hab ich mit ausgeliefert und die Durchschüsse eingesetzt. Heiße Finger auf kaltem Blei. Aber da war es natürlich noch ein Imperium. Inserate aller Couleur.« Qualitätsbrot von Martins. Varieté im *Pavilion*. Kohlelieferungen und Frühlingswaren. »Jetzt ist es nur noch ein Dorfblättchen.« Pringle pikte mit dem Finger auf den Zeitungsschnipsel, der auf seiner Armlehne lag. »Aber das hier ist sogar noch vor meiner Zeit. 1920. Vielleicht 1919.«

Solomon staunte. »Wie können Sie das so genau sagen?«

Pringle lehnte sich im Sessel zurück und schlürfte einen Schluck Kaffee. »Das ist eine Kunst für sich. Inserate lesen. Wann haben Sie das letzte Mal Flanellhosen bestellt?«

»Flanellhosen?«

Solomons Großvater hatte früher uralte Flanellhosen getragen, am Hintern blankgerieben und an den Knien ausgebeult. Obwohl er von anderer Leute Kleidung umgeben war, hatte er seine eigene nie gern ausgemustert. Pringle deutete auf ein Stück gedruckten Text auf dem Schnipsel. Kein Gesuch, ein Kind loszuwerden, sondern ein Angebot: handgenähte Flanellhosen, gefolgt von einem kurzen schwarz eingerahmten Text.

I. M. Horace Chicken. 20 Jahre alt. Unendlich geliebt.

»Davon gab's früher viele«, sagte er. »Als mein Vater noch klein war. Gedenkanzeigen. Es ist die Kombination aus Flanellhosen und erlag seinen Verletzungen, die sagt alles.«

1919 oder vielleicht 1920. Ein Inserat aus einer Zeit, als Thomas Methven (verstorben) noch ganz am Anfang stand. Und Solomons Großvater Godfrey Farthing noch ein junger Mann war. Ein Soldat, der aus dem Krieg heimkehrte, in hellbrauner Uniform wie alle anderen, und vielleicht eine neue Hose suchte, in der er wieder Anschluss an die Welt fand. Doch Solomon hatte das sichere Gefühl, die Flanellhosen waren nicht der Grund, weshalb dieser spezielle Zeitungsschnipsel all die Jahre aufbewahrt worden war.

»Und ist es denn eine von Ihren?«, fragte er.

»Oh, aye«, erwiderte Pringle. »Es ist eindeutig eine von uns. Das seh ich an der Postfachnummer.«

»Ich nehme an, Sie haben keine Unterlagen mehr darüber, wer das inseriert hat, oder?«

»Vielleicht doch.« Und Walter Pringle lächelte, als hätte Solomon endlich die richtige Frage gestellt. »Aber dafür müssen Sie mit rauskommen.«

Nach hinten raus besaß die Vierte Gewalt von Borders eine Reihe von Baracken, eine baufälliger als die andere. Solomon konnte sich vorstellen, was Walter Pringles Nachbarn von diesen Trümmerhaufen hielten – ein Schandfleck inmitten ihrer Blütenpracht. Andererseits enthielt dieser Schandfleck ihre gesamte Geschichte. Und auch all ihre Geheimnisse.

»Ich hab mal eine Follow-up-Story darüber geschrieben«, erzählte Pringle, während er Solomon und den Hund einen gewundenen Gartenweg entlangführte. »Die Inserate. Fünfzig Jahre später, was ist als Nächstes passiert.«

Trompete zu verkaufen. Französischunterricht. Hutfedern.

»Habe versucht, Leute ausfindig zu machen, die auf Inserate geantwortet haben. Hat natürlich nie etwas gebracht. Verschwunden wie Rotkehlchen im Sommer.«

Pringle neigte sein Gesicht einen Moment in die süße Luft, als sinnierte er darüber, wo die Rotkehlchen wohl im Sommer hinflogen, dann ging er weiter den immer schmaler werdenden Pfad entlang.

»Woher wussten Sie denn, von wem die Antworten kamen?« Solomon stolperte über etwas, das wie ein Maulwurfshügel aussah, und hatte schon wieder Matsch am Hosensaum.

»Wir haben die Redaktion als Postfach angegeben«, sagte Pringle über die Schulter. »War mein Job, all die Briefe zu öffnen. Und die Zuschriften abzuheften. Man weiß ja nie, wann eine saftige Story des Wegs kommt.« Er drehte sich um und grinste Solomon an, ein unvermitteltes Aufblitzen engstehender Zähne. »Ich stöbere gern in den Kontaktanzeigen. Da drin findet sich das ganze Leben.«

Solomon verstand das. Er hatte früher auch gern Kontaktanzeigen gelesen. London in den Siebzigern. *Verheiratete Männer. Millionen-Verdienst. Jungs zu vermieten.* Eine ganze Welt aus Haut und Schweiß und Schmuddelgerüchen, vom einheitlichen Grau Edinburghs so weit entfernt, wie es nur ging. Andrew kam nie dahinter, soweit Solomon wusste. Er hatte sich eine ganze Weile vergnügt, zehn Jahre oder mehr, bevor der Niedergang von Männern wie ihm begann. Schwarzer Schorf, der auf den Schultern erblühte. Plötzliche Ausbrüche von Lungenentzündung. Dann der Sturz ins frühe Grab. Junge Männer wie Andrew verzehrt von den Freuden befreiter Selbstbestimmung. Suff. Und Drogen. Sex. Und Liebe. Einfach das ganz normale Leben. Solomons Generation hatte gelebt, als gäbe es immer ein Morgen, nur um festzustellen, dass manchmal, wenn man es sich am glühendsten wünschte, das Morgen nicht unbedingt kam.

Solomon führte seinen Ärmel zur Nase, als sie sich an einem riesigen, ausladenden Sommerflieder vorbeidrückten, klebriger Duft und tausende von winzigen lila Blüten, die sich an sein Tweedjackett hefteten. Beim Herauskommen auf der anderen Seite stellte er fest, dass sie endlich die hinterste Baracke erreicht hatten. Der Schuppen war eine Bruchbude, die Tür ganz wellig vor Feuchtigkeit, drinnen war es kalt nach der milden Luft draußen. Zitternd folgte der Hund den Männern hinein. Aber Solomon spürte es auf Anhieb, als er über die Schwelle trat – Nostalgie, die ihm bunt in die Knochen fuhr. Die Baracke war bis zum Rand gefüllt mit alten Geschäftsbüchern, Reihe um Reihe, vom unebenen Boden bis zum vorsintflutlichen Pappdach. Ein bisschen wie die großen Wälzer, die unter der Kuppel des New Register House lagerten: Rot für Geburten, Grün für Eheschließungen und natürlich Schwarz für den Tod. Solomon schloss die Augen und atmete Pergament und den Duft uralter Papiersporen. Er wusste, dass er sich dem Kern der Sache näherte, jetzt, wo ein Geschäftsbuch ins Spiel kam.

Walter Pringle übernahm die Schwerstarbeit, balancierte auf einem alten Holzstuhl, der aussah, als gehörte er eher in ein französisches Café als in ein Archiv, und zog ein Buch nach dem anderen aus dem Regal. Die Geschäftsbücher waren schwer, die Seiten von der Feuchtigkeit zusammengeklebt. Mr. Michaels, der Buchfinder, hätte Zustände gekriegt. Doch die Vierte Gewalt von Borders war ganz in ihrem Element und erging sich in den glorreichen Tagen des Zeitungswesens, bevor die Automation Einzug hielt.

Sie fanden die Information im vierten Geschäftsbuch, das sie sich vorknöpften, arbeiteten sich vom Januar aus vor und stießen im Frühling darauf. Dort, auf einer ordentlichen horizontalen Linie in Blau, hatte Walter Pringles Vater die Worte festgehalten, die, wer immer den Auftrag erteilt hatte, abgedruckt haben wollte:

GESUCHT: Zuhause für kleinen Jungen, 6 Monate. Totalaufgabe.

Gefolgt von einem Datum: *Mai 1919.*

Pringle grinste, als er auf Letzteres zeigte. »Sag ich doch.«

Solomon legte zum Abgleich den Zeitungsausschnitt daneben. Ein greifbarer Beweis, dachte er. Nur wofür wusste er nicht genau, bloß dass Thomas Methvens Pfandschein ihn hierhergeführt hatte. »Wissen wir, wer das aufgegeben hat?«, fragte er.

Pringle schüttelte bereits den Kopf, noch während er den Eintrag studierte. »Vater hat normalerweise Namen und Telefonnummer notiert, aber nicht jeder wollte seine hinterlassen. Allerdings gibt es das hier.«

Er zeigte auf eine Zahl am äußeren Rand der Seite, innerhalb einer durch zwei vertikale rote Linien markierten Spalte. *6d.* Jemand hatte bezahlt. Einen Sixpence für die Unannehmlichkeit, einen Sohn aufzugeben. Solomon schob die Hand in die Jackentasche, tastete nach der angelaufenen kleinen Münze, die er aus dem Safe der großväterlichen Pfandleihe geborgen hatte, jetzt wohlverstaut neben Pfandschein Nr. 125. Warum, dachte er, waren es immer Aufzeichnungen über Geld, die dazu führten, dass alles andere überdauerte? Der Hund neben Solomon lehnte sich an sein Bein, ein plötzlicher Fleck Wärme.

Walter Pringle beäugte das Geschäftsbuch genauer, seine Nase berührte fast die Seite. »Hier ist was«, sagte er und zeigte auf eine vor langer Zeit angebrachte hauchzarte Bleistiftnotiz. »Initialen. *G. F.* Sagt Ihnen das irgendwas?«

»Was!«

Solomons Herz tanzte *eins-zwei* einen wilden Jig bei dem Gedanken, was er möglicherweise in Begriff war aufzudecken. War dies etwa der Grund, warum sein Großvater und sein Vater sich einander entfremdet hatten? Letzterer durch Ersteren zur Adoption freigegeben, noch ehe sie eine Chance hatten, sich kennenzulernen? Godfrey Farthing war ein alter Mann gewesen, als Solomon ihm zum ersten Mal begegnete, und hatte von seiner Vergangenheit nie mehr preisgegeben, als dass er früher mal Soldat gewesen war. Ein Held, hatte Solomon immer geschlussfolgert, so wie sie alle. Jemand, der alle Schrecken durchgemacht und überlebt hatte.

Andererseits mochte dieses verlorene Kind zu einem ganz anderen Zweig des Farthing-Stammbaums gehören, den Solomon nie erforscht hatte. Einer Linie parallel zu Solomons eigener, ganz oben durch Blut verbunden, unten durch Geheimnisse entzweit. Solomon sah plötzlich DCI Franklin und den Jungen vor sich, der ihr einst entrissen worden und nun als junger Mann zurückgekehrt war, sodass ihre Vergangenheiten neu konfiguriert werden konnten. Vielleicht hatten er und die DCI mehr gemeinsam, als er gedacht hatte.

Solomon nahm das knittrige Blatt aus seiner Mappe, auf dem er den Stammbaum der Familie Methven anzulegen begonnen hatte, und wollte gerade *1919* an die Stelle schreiben, wo das Geburtsdatum seines Klienten hingehörte, gefolgt von einem Fragezeichen. Dann schaute er wieder auf den Wortlaut des Inserats, rechnete sechs Monate zurück und schrieb stattdessen 1918. Dann bewegte er den Stift zu der Stelle, wo der Name des Vaters des Klienten stehen sollte. Er versuchte sich vorzustellen, was DCI Franklin sagen würde, wenn sich herausstellte, dass die gesamten fünfzigtausend ihm gehörten, weil Thomas Methven und seinen Großvater mehr verband als bloß ein kleines Stückchen Blau.

Es brauchte einen Walter Pringle, um seinem Höhenflug ein jähes Ende zu bereiten – wie es jeder gute Borders-Mann tun würde. »Wie es scheint, wurde das Inserat storniert«, sagte er. »G. F. hat nicht mal sein Geld zurückverlangt.«

Solomon runzelte die Stirn, beugte sich vor und sah selbst, wo das *6d*, die geforderte Summe, um dieses spezielle Inserat aufzugeben, durchgestrichen war. »Warum sollte man das stornieren?«, fragte er.

»Vielleicht doch noch anders überlegt«, erwiderte Pringle. »Kalte Füße gekriegt.«

Und Solomon korrigierte das Bild von seinem eigenen Großvater in Hellbraun, wie er auf einem Dorfanger ein Baby aushändigte, um an seiner Stelle jemand anderen einzusetzen. Er nahm den Zeitungsausschnitt von der Geschäftsbuchseite und hielt ihn kurz hoch, um die ordentliche Handschrift seines Großvaters am Rand zu betrachten.

»Da steht nichts über einen Thomas Methven, oder?«

»Ah, jetzt. Warum haben Sie das nicht eher gesagt.« Pringles Augen funkelten wie die eines Falken, der Beute erblickt. »Wenn Sie den suchen, müssen Sie zur Kirche gehen.«

Zwei

Die Kirche war ein kleines Ding aus uraltem Stein auf einer Anhöhe am Dorfrand, am einen Ende des Dachfirsts eine Glocke und am anderen zur Antwort ein Kreuz. Der Friedhof ringsum war voller uralter Grabsteine, die sich hierhin und dorthin neigten wie die letzten paar Zähne im Mund eines alten Mannes. Das erinnerte Solomon an seinen Namensvetter – *Old Mortality* –, der auf seinem weißen Pony durchs Grenzland ritt und an Gräbern wie diesen herumschabte, bis sie wieder vorzeigbar waren. Als er durch das kleine Tor eintrat, bückte er sich und kratzte mit dem Fingernagel neugierig an einem der Grabsteine. Bei dem Namen, den er freilegte, fing seine linke Hand an zu zittern.

Methven, 1896.

Die Tür der Kirche war vor langer Zeit rot gestrichen worden. Eine Einladung, dachte Solomon, als er darauf zuging. Oder vielleicht auch eine Warnung. Borders-Männer waren seit jeher argwöhnisch. Ganz anders als Edinburgh-Männer, die wussten, was immer auf sie zukam, sie würden schon damit fertigwerden.

Drinnen roch die Kirche nach Holzspänen und Mäusegift. Die Wände waren weiß, die Farbe blätterte in großen feuchten Locken ab. Vorn gab es ein schlichtes Chorgestühl und ein einzelnes Lesepult, rechts und links des Mittelgangs eine Reihe von Bänken. Der Mittelgang selbst war gepflastert mit den Grabplatten längst Verstorbener, als machte es ihnen jetzt, da sie tot waren, nichts aus, dass man auf sie trat. Der Hund tapste über sie hinweg und stellte sich vor den bescheidenen Altar. Solomon aber blieb hinten stehen und studierte die Namen, Methvens über Methvens, eine Generation nach der anderen.

Plötzlich ein Schlurfen von Schritten auf Steinplatten, ein Husten, das von den kalten Wänden widerhallte. Solomon drehte sich um, und an der Tür stand ein alter Mann, dessen Pullover am Bund aufribbelte. Der Mann hustete wieder – dem Klang nach das Ergebnis von mehr als sechzig Jahren genüsslichen Rauchens.

»Wen suchen Sie?«, sagte er zur Begrüßung.

»Methven«, sagte Solomon.

»Aye, das bin ich. Wer fragt?«

Und Solomon verstand, dass er nun an der Quelle war. »Mr. Methven«, sagte er. »Solomon Farthing.« Bot diesmal nicht seine Hand an.

»Aye«, sagte der Mann. »Pringle hat Sie schon angekündigt. Aber es sind Archibald und Mabel, zu denen Sie wollen.«

Irgendwie erstaunte es Solomon nicht, dass ein Borders-Mann wusste, worum es ging, noch ehe es ihm selbst ganz klar war.

»Bleiben Sie hier.« Der Alte zeigte auf eine Kirchenbank. »Ich geh die anderen holen.«

»Die anderen?«

Den Pastor. Die Ältesten. Die Leute, die die Bücher führten. Oder wer sonst in der Gemeinde genau Bescheid wusste, wer geboren worden und wer gestorben war. Und wo jetzt die Leichen vergraben waren.

Die späte Nachmittagssonne warf lange Schatten auf den Boden, als Solomon Farthing sich hinten in einer Kirchenbank niederließ, um auf die Rückkehr des alten Mr. Methven zu warten, warf ein Rautenmuster über die Grabplatten der Männer. Der Hund kam durch den Mittelgang zurück, um sich neben Solomons Füße zu legen, das vertraute Knarren der Holzverbindungen, wenn Solomon sich bewegte, das Raunen von hundert Jungs in seinem Kopf.

Vater unser, der du bist im Himmel ... unser täglich Brot gib uns heute ...

Die Stille erinnerte Solomon an die Kirche in Edinburgh, in die sein Großvater ihn früher mitnahm, als er noch klein war. Jeden Sonntag die Mile hoch und wieder hinunter, in die Düsternis von Old St. Paul's. Old St. Paul's war anglokatholisch – Weihrauch und tropfende Kerzen, Lampen unterm hohen Deckengewölbe. Doch auch sie war dunkel, und überall ragte grauer Stein auf. Und dann die Seitenkapelle, ein Ehrenmal für die Gefallenen, Namen in Stein gemeißelt. Eine Fürbittentafel für die Kranken und die Verstorbenen. Und ein Märtyrerkreuz an der Wand.

Er hatte immer dieses Kreuz berührt – Solomons Großvater –, beim Kommen und beim Gehen. Er mochte das Düstere, der gute Godfrey Farthing, das hatte Solomon in seiner Kindheit gelernt. Wohingegen ihn selbst immer das Exzessive anzog. Eine lacktriefende Maria. In Gold gerahmte Kindlein. Doch jetzt, als er in dieser schlichten kleinen Kirche saß, geschmückt nur von Rauten aus Licht und Schatten, merkte Solomon, dass ihm das inzwischen mehr lag, genau wie es seinem Großvater früher mehr gelegen hatte. Das Karge. Alles entblößt bis zum Kern. Eine Kirche mit wenig drin außer Stille und einem Hauch von Vergangenheit.

Fünf Minuten später kam der Schlüssel zu Thomas Methvens Vergangenheit wieder, aber in Form einer Art Posse: drei Männer, ihre Verwandtschaft unschwer daran erkennbar, wie sie sich überm Ohr kratzten, wenn eine Frage gestellt wurde, auf die sie keine Antwort wussten. Mr. Methven mit dem Raucherhusten übernahm das Vorstellen.

»Ich bin Methven der Ältere«, sagte er. »Und der hier ist noch ein Thomas. Wir nennen ihn Tom.«

Tom war ein Gentleman mittleren Alters in einer wattierten grünen Jacke. »Aber nicht Ihr Thomas«, sagte er. »Hab von Pringle gehört, dass er tot ist.«

Ein jüngerer Mann im Arbeitsoverall mit dreckverschmierter Vorderseite trat vor und streckte die Hand aus. »Archie«, sagte er mit breitem Lächeln, als Solomon die unerwartete Geste erwiderte.

Archie trug Gummistiefel und hinterließ eine Schlammspur. Ein Landei, dachte Solomon. Ganz anders als sein Thomas Methven, der sein ganzes Leben in der Stadt verbracht und sie nie verlassen hatte. Die drei Männer zogen im Gänsemarsch durch die Kirche nach vorn, Solomon hinterher, hockten sich auf die Kante der nächsten Bank und saßen da wie drei Krähen auf einer Oberleitung. Ein paar Minuten verstrichen. Niemand sprach.

»Warten wir noch auf jemanden?«, fragte Solomon schließlich.

»Aye, mein Sohn«, sagte Mr. Methven der Ältere. »Auf das Orakel.« Alle drei Männer glucksten.

Das Orakel kam ein paar Minuten später mit Rauschen und Türknallen, eine riesige Tasche über der Schulter und auch ihr Haar überall über den Schultern. »Tut mir leid, tut mir leid!« Sie hastete den Mittelgang herauf, als käme sie zu spät zu einer Taufe oder Beerdigung. Die drei Männer erhoben sich von der Kante der Kirchenbank und standen da, als hätten sie auf eine Hochzeit gewartet und nun sei die Braut eingetroffen.

»Wie läuft's denn so?«, sagte Tom, als das Orakel sie erreichte.

»Ach –«, die Frau wedelte mit den Händen, »das Übliche. Geburten, Eheschließungen, Todesfälle, Seelenheil.« Und sie lachte. Dann streckte sie Solomon die Hand hin. »Reverend Jennie Methven. Willkommen in meiner Gemeinde.«

Solomon wusste, dass er nicht überrascht sein sollte. Frauen leiteten heutzutage alles. Aber dennoch war er es. »Erfreut, Sie kennenzulernen«, sagte er.

»Ganz meinerseits«, sagte Reverend Jennie und schüttelte Solomons zittrige Finger wie eine, die es gewöhnt ist, die Verantwortung zu haben. »Also, Sie forschen nach einem Thomas Methven, höre ich, der kürzlich in Edinburgh verstorben ist?«

»Ja«, sagte Solomon und fand, dass Walter Pringle recht

gründlich vorging. »Und nach seinen Eltern. Oder anderen Verwandten, was immer ich finden kann.«

»Nun, dann sind Sie an der richtigen Adresse. Hier gibt es jede Menge Methvens.« Das Orakel lachte wieder, die Männer auch. Sie ließ ihre Tasche auf die Steinplatten plumpsen. »Und wann ist Ihr Mann geboren?«

Solomon wühlte in seiner Tasche nach dem Zettel, auf dem er die Wurzeln der Familie Methven notiert hatte.

Thomas Methven, geb. ~~1920/21~~ *1918? gest. 2016.*

Reverend Jennie nickte, als wären solche Abweichungen bei Geburtsdaten ganz normal. Sie ging dort in die Hocke, wo ihre Tasche lag, neben dem Lesepult, holte eine Papierrolle heraus und breitete sie auf dem Boden aus.

Der Stammbaum war riesig. Methvens hier. Methvens dort. Methvens überall. Und die gesamte weitläufige Sippschaft. Solomon starrte auf die Schriftrolle, all ihre horizontalen und vertikalen Verbindungen, all ihre kleinen Kästchen, die eine Myriade von Menschenleben enthielten.

»Heiliger Bimbam«, sagte er. »Haben Sie das gezeichnet?«

Reverend Jennie lächelte. »Ist so was wie ein Hobby.«

Aber Solomon erkannte eine Gesinnungsgenossin, wenn er sie vor sich hatte. »Haben Sie je daran gedacht, das professionell zu machen? Mit so etwas kann man Geld verdienen.«

»Sie meinen als Erbenjägerin.«

Solomon wurde unter seinem zerknitterten Hemd plötzlich heiß. Erbenjäger. Engel der Testamentlosen. Ambulanz-Klette, Leichenfledderer. Man hatte ihn über die Jahre schon alles Mögliche genannt, und meistens direkt ins Gesicht.

Reverend Jennie erwies sich als Chronistin der Methven'schen Familiengeschichte. Jedes der Vergangenheit abgerungene Stückchen Information landete auf ihrer Schriftrolle. Solomon war schon zuvor Amateur-Ahnenforschern begegnet. Sie waren unermüdlich, gaben nie auf. Aber dies war außergewöhnlich. Sechs Generationen Methvens ausgebreitet vor seinen Füßen.

Die drei lebenden Methven-Männer knieten sich hin, und Reverend Jennie bedeutete Solomon, das auch zu tun. Der Hund kam herbei, schnupperte am Rand der Schriftrolle und setzte sich mit einem schnellen Schwanzwedeln neben Solomon. Nachdem sich alle niedergelassen hatten, begann Reverend Jennie mögliche Kandidaten aufzuzeigen:

Thomas George Methven: geboren als Bauer, endete als Ingenieur.

Thomas Sinclair Methven: hatte fünf Kinder, zwei davon hießen auch Thomas.

Thomas Abel Methven: nie verheiratet, starb einbeinig.

Tommy ›Rotschopf‹ Methven: aus irgendeinem Grund Fred genannt.

Sie kannte ihrer aller Geschichten, all die Liebeleien und Werdegänge.

Allerdings …

Ganz gleich wohin ihre Finger entlang der horizontalen oder vertikalen Linien wanderten, sie kehrten immer wieder zu demselben kleinen Kästchen in der Mitte zurück.

Thomas Archibald Methven, geb. 1913.

»Sag ich doch«, meinte Mr. Methven der Ältere mit einem entschiedenen Nicken. »Archibald und Mabel.« Zeigte auf die Namen der Eltern, die darüber standen. *Archibald Methven & Mabel Methven, geborene Kerr.*

Doch insgeheim spürte Solomon bereits, wie sein Herz sank und sank, wusste schon, dass er dem falschen Zweig nachgegangen war. »Der ist es nicht«, sagte er. »Falsches Geburtsdatum. Ich habe schon bei meiner ersten Recherche im Register House einen Thomas Methven mit diesen Daten ausgeschlossen. Zu alt für meinen Klienten.«

»Plus das Problem, dass er seit fast hundert Jahren tot ist«, sagte Archie.

Thomas Archibald Methven, geb. 1913 gest. 1918.

Begraben da draußen unterm Gras.

Alle Männer lehnten sich zurück, der alte Methven kratzte

sich überm Ohr. Reverend Jennie runzelte die Stirn. »Sind Sie sicher, dass Ihre Daten stimmen?«, fragte sie Solomon. »Das, was hier steht, hab ich alles selbst überprüft.«

Ja, nein, vielleicht, dachte Solomon. »Das bezweifle ich nicht«, erwiderte er. Mit Amateur-Ahnenforschenden stritt man nicht. So viel hatte er gelernt.

»Na, dann lassen Sie uns noch mal gegenprüfen, ja?« Reverend Jennie drehte sich um zu einem Loch in der Steinwand und holte ein riesiges Buch heraus, berstend von rau beschnittenen Seiten, Front- und Rückdeckel mit einer Metallschließe zusammengehalten. Das Buch sah aus wie eine Bibel mit all den handgeschriebenen Familiennamen vorn auf dem Deckel. Aber es war etwas viel Interessanteres.

»Das war früher das amtliche Register«, sagte sie und legte es auf den Stammbaum der Methvens. »Geburten, Eheschließungen und Todesfälle bis in die 1850er. Danach bloß noch die Taufen. Mit allem Drum und Dran.«

Sie öffnete die Schließe mithilfe eines winzigen Schlüssels, den sie aus ihrer geräumigen Handtasche kramte, begann die Seiten umzuwenden und strich jede liebevoll glatt, bevor sie weiterblätterte, fast als brächte sie die Vergangenheit zu Bett und all die Menschen darin gleich mit. Solomon merkte, wie beim Zusehen sein ganzer Körper weich wurde, Knie, Schultern, Eingeweide; in der Kirche war nichts zu hören außer dem Umblättern der Seiten und draußen dem Ruf einer Amsel in der Hecke. Dies war es, was er an seinem Beruf am meisten liebte – der Moment, wenn die Toten darauf warteten, dass die Lebenden sie weckten und nach Hause zurückbrachten.

Das Orakel brauchte nicht lange, um auf frohe Kunde zu stoßen, drückte ihre Fingerspitze auf eine Zeile in fließender, gestochener Handschrift und rief lauthals wie die Störenfriede im New Register House: »Hier ist er ja!«

Da im Gemeinderegister fand sich der Beweis, dass vor rund hundert Jahren Wasser über den Kopf eines *Thomas*

Archibald Methven getröpfelt worden war, und zwar auf genau die Art, wie Solomon Farthing gern feinsten Fino in seinen Rachen tröpfeln ließ. Die Methven-Sippschaft lehnte sich vor und reckte die Hälse, um zu sehen, wie einer ihrer Vorfahren wieder ans Licht geholt wurde.

Thomas Archibald Methven, geb. Juni 1913, getauft Juli 1913, gest. 1918. Der Name des Jungen war im Verzeichnis ausgestrichen, gefolgt von den Initialen seiner Mutter Mabel, wie zur Bestätigung der schrecklichen Tatsache, ein letzter Kuss in Tinte.

»Erst fünf«, sagte Archie. »Armes kleines Kerlchen.«

»Woran ist er gestorben?«, fragte Tom. »Steht das da?«

»Hatte die Spanische, was?« Mr. Methven der Ältere nickte bedeutsam, als wüsste er alles über die Spanische. »So wie alle damals.«

»Du hast recht.« Reverend Jennie zeigte auf das Wort *Influenza*, das neben den Daten des Kindes stand. »Hat gründlich Buch geführt, mein Vorgänger. Und manchmal Kommentare drangeschrieben. Hauptsächlich Gerede.«

›*A*‹ für Armenhaus.

›*S*‹ für Suff.

Mr. Methven der Ältere hustete in seinen Ärmel. »Manches stimmte.«

Reverend Jennie blätterte im Buch noch ein paar Seiten weiter, ein Jahr weiter, dann noch eins, schließlich mehrere Seiten gleichzeitig, fuhr mit dem Finger die Taufeinträge entlang, nur zur Sicherheit. Aber dann schloss sie das Buch mit einem schweren *Flopp* und schüttelte den Kopf. »Leider kein Hinweis auf einen weiteren Thomas Methven. Auch nicht 1919 oder 1920.« Sie sperrte das Schloss mit einem leisen Klicken wieder zu und hievte das Buch in sein Versteck, zufrieden, dass ihre Version der Ereignisse sich bestätigt hatte.

Mr. Methven der Ältere räusperte sich die Kehle frei, machte Anstalten, auf den Steinboden zu spucken, überlegte es sich anders und schluckte es runter. »Ihm geht's um Archibalds und Mabels anderen Sohn«, verkündete er. »Zog eines Tages los und kam im Dunkeln mit ihm wieder.«

Tom lachte. »Dieses Altweibermärchen.«

»Du nennst deine Großmutter altes Weib?«

»Sie hat vielleicht was verwechselt.«

»Die Cousins sagen es auch«, bemerkte Archie.

»Aye, aber die sind bloß angeheiratet«, sagte Tom und rieb sich überm Ohr.

»Was hat denn das damit zu tun?«

»Hörensagen. Kommt den Fakten in die Quere.«

Reverend Jennie stimmte zu. »Für die Geschichte habe ich nie Beweise gefunden.«

»Welche Geschichte?«, fragte Solomon.

»Dass Mabel das Kind von jemand anderem übernommen und als ihr eigenes großgezogen hat.«

Solomon erschrak, berührte seine Brusttasche, wo ein kleiner Zeitungsausschnitt neben einem blauen Pfandschein steckte, und fragte sich, ob er preisgeben sollte, was ihn zu diesem Altar geführt hatte. Doch etwas hielt ihn auf. Gute Erbenermittler wie Solomon Farthing verstanden sich darauf, andere schmoren zu lassen, besonders in dem Moment, in dem alles an Licht kommen könnte.

»Wie kommen Sie überhaupt darauf, dass Ihr Thomas Methven von hier ist?«, fragte Reverend Jennie.

Solomon merkte, dass sie argwöhnisch war, ihre Nase zuckte wie die eines kleinen Hundes, der einem Hühnerknochen nachspürt. »Reiner Instinkt«, entgegnete er.

»Nun ja, es gibt da etwas, was mich immer beschäftigt hat.« Reverend Jennie erhob sich von den Steinplatten und zeigte auf die Bibel, die auf dem Pult lag. Ein Riesending, reich verziert und gewichtig, die Seiten dünn wie feines Gewebe, eng bedruckt mit dem Wort Gottes. Solomon und die Methven-Troika scharten sich erneut um das Orakel, das schon wieder blätterte. Diesmal gleich nach ganz hinten, zu einem Vorsatzblatt, das über die Jahre ganz fleckig geworden war.

»Ich habe immer gedacht, das muss eine Art Parallel-Register sein«, sagte sie. »Gewissermaßen ein Schwarzbuch.« Sie tippte mit dem Finger auf eine Liste mit Namen und Daten in verblichener brauner Tinte. »Ein inoffizielles Protokoll. Die Seitensprünge der Gemeinde.«

Bankerte. Und Waisen. Nicht zu vergessen Findelkinder, versteht sich. Alle hielten den Atem an, als Reverend Jennie sorgfältig jeden Namen durchging.

Alice Brown
Mary McLeod
John Purvis

Bis sie fast ganz unten angelangt war.

»Das gibt's doch nicht«, sagte sie und strich sich eine verirrte Strähne hinters Ohr. »Hier ist er.«

Thomas Methven, get. Juni 1919

Die Methven-Männer stießen fast mit den Köpfen zusammen, als sie näher drängten, um den zweiten Eintrag anzustarren.

»Ich glaub's nicht«, sagte Tom. »Dann ist es also wahr.«

Denn neben dem Namen des Kindes stand der Name der Mutter. *Mabel Methven, geborene Kerr*, die wieder ihre Unterschrift hinterließ. Der ältere Methven nickte jetzt zweimal, als hätte er es die ganze Zeit gewusst.

»Hab's doch gesagt. Hier steht's, so klar wie Kuckucksspeichel.«

Ein zweiter Thomas Methven, durch die Nacht geschmuggelt, kam als der eine, ging als jemand anderes. Solomon fühlte seine Nackenhaare prickeln bei dem Gedanken, dass der Pfandschein seines toten Klienten ihn zu just dem Taufbecken geführt hatte, wo er einst seinen Namen erhielt – ein Kind, an unbekanntem Ort geboren, zu einem Methven gemacht durch den einfachen Akt, ihm Wasser auf den Kopf zu gießen.

»Ich muss eine Kopie davon machen«, sagte er und suchte nach seinem Zettel, auf dem er die gute Nachricht festhalten wollte. »Um zu beweisen, dass dies mein Thomas Methven ist, wenn der Moment kommt.« Er konnte es schon fast schmecken. Zwanzig Prozent Kommission von fünfzigtausend, plus Spesen natürlich. Cash in frischen sauberen Scheinen. Aber sie waren gewieft, dieser Methven-Klan. Wussten, wann sie nachfragen mussten.

»Also geht's hier womöglich um Geld?«, sagte Archie, dessen höfliches Lächeln schlecht zu seinem wild entschlossenen Blick passte.

Solomon erglühte, seine Füße in den rosaroten Socken wurden heiß. »Ich weiß nicht«, sagte er. »Hängt davon ab, ob er es ist. Ich muss erst der Linie seiner Eltern nachgehen und prüfen, wie viele einen rechtmäßigen Anspruch haben.«

Sie alle blickten auf Reverend Jennies Familienstammbaum, der ausgebreitet im Mittelgang lag. Hunderte. Vielleicht tausende. Wenn ihrem Schaubild Glauben zu schenken war. Die Brüder hätten schon Glück, wenn sie sich von ihrem Anteil gemeinsam ein Bier leisten könnten.

Doch Mr. Methven der Ältere sah das Ganze noch anders. »Wir kriegen gar nichts«, sagte er und hustete in seinen Ärmel.

»Warum nicht?« Solomon war überrascht. Ungewöhnlich, dass ein potenziell Begünstigter seinen Anspruch aufgab, bevor es überhaupt losging.

»War ja nicht rechtens, oder? An einem Tag begraben sie den Ersten, am nächsten Tag kommen sie mit dem Zweiten zurück.«

»Aye«, sagte Tom, ausnahmsweise mit seinem Vater einer Meinung. »Die Kerrs waren immer eine ausgebuffte Sippe. Hin und her über die Grenze, als wär's ihre, haben gekauft und verkauft, was immer sie in die Finger bekamen, ohne Fragen zu stellen.«

»Richtige Borders-Leute, diese Kerrs«, stimmte Archie zu. Diebe. Und Plünderer. Jede Seite der Grenze ihr persönliches Lehen, wen schert's, wo es anfängt und wo es enden mag.

»Seid ihr denn keine Borders-Leute?«, fragte Solomon.

Die drei Männer schüttelten einhellig und entschieden den Kopf. »Nein, Sohn, wir sind ursprünglich aus Fife«, sagte Mr. Methven der Ältere. »Die Großeltern sind zum Arbeiten hergekommen und nie zurückgegangen.«

»Wann war das?«

Tom runzelte die Stirn und sah seinen Vater an. »Vor dem Krieg?«

»Aye, lange vor dem Krieg«, sagte der ältere Methven.

»In den Zwanzigern?«, fragte Solomon.

»Nein, Sohn. Vor dem Ersten.«

Sie alle wandten sich dem Datum auf dem hinteren Vorsatzblatt der Bibel zu, der sechsmonatigen Lücke zwischen dem Tod des ersten Thomas Methven und dem Auftauchen des zweiten. Solomons Hand bebte an seiner Cordhose, als er wieder an seinen Großvater in Khaki dachte.

»War Archibald Methven im Krieg?«, fragte er.

»Waren sie doch alle, oder nicht?«, sagte Mr. Methven der Ältere. »Dumme Narren. Hätten hierbleiben und sich um die Felder kümmern sollen, wenn sie die Chance hatten.«

»Ich hab hier ein Foto«, sagte Tom, zog etwas aus seiner Tasche und hielt es den anderen hin. »Dachte mir, es könnte nützlich sein.«

Schwarz-weiß. Ein ernster Mann im Stehen, die Hand auf einem Tisch, an seiner Seite ein kleiner Junge.

»Aye, das sind sie«, sagte der ältere Methven. »Archibald und Tom.«

»Sie wissen wohl nicht, was aus ihm geworden ist, oder?«, fragte Solomon und betrachtete eingehend den Mann, der in den Krieg gezogen war, genau wie sein Großvater.

»Er wurde erschossen, oder?«, sagte Tom. »Das hat Großmama immer gesagt.«

»Ein verfluchtes Gemetzel«, sagte der ältere Methven. »Üble Geschichte.«

»Ich dachte, es war ein Unfall«, sagte Archie.

»Nein, Sohn. Absicht.«

All diese Bauern mit ihren Gewehren.

»Jedenfalls war es der Anfang vom Ende«, sagte Tom in kummervollem Ton.

Dann hielten sie inne und blickten auf das kleine kirchen-eigene Ehrenmal mit den ins Holz des Chorgestühls ge-schnitzten Namen hiesiger Gefallener, die Augen des älte-ren Methven plötzlich feucht, selbst Archies glänzten. Dann schauten sie wieder auf Reverend Jennies Schaubild. *Archi-bald Methven & Mabel Methven, geborene Kerr.* Und ihr lang verlorener Sohn. Alle inzwischen dahin.

Es war Archie, der es aussprach. »Vielleicht war das zweite Kind nicht seins.«

»War ja klar, dass du das denkst«, sagte Tom.

Doch Mr. Methven der Ältere wischte sich mit dem Är-mel übers Gesicht und nickte, als wäre das nur naheliegend. »Könnte sein, Sohn. Könnte sein. Es war Krieg, nicht wahr. Da ist alles Mögliche passiert. Mutter hat immer gesagt, der zweite Junge war anders.«

»Inwiefern?«, fragte Solomon.

»Ist auf Trebe gegangen, nicht wahr. Verschwand nach Edinburgh und kam nie wieder.«

»Kein Methven geht auf Trebe«, bekräftigte Tom.

Archie lachte. Aber Solomon fand, das klang plausibel, wenn man bedachte, wie viele unter den Steinplatten begra-ben lagen, auf denen sie standen.

»Wo könnte das Kind dann hergekommen sein?«, fragte er. »Wenn er nicht von hier war.«

Der ältere Methven ruckte mit dem Kopf grob in Richtung Süden. »Vermutlich über die Grenze. So kann man hier am besten etwas verheimlichen. Aber passen Sie auf, wenn Sie da hinwollen. In der Gegend tobt der reinste Krieg.«

»Was ist denn los?«, fragte Solomon.

»Die Einwanderungsfrage. Sie halten im Moment nicht so viel von Ausländern.«

Natürlich, der Brexit. Bleiben. Oder Gehen. Eine gespaltene Nation.

Es blieb der Geistlichen überlassen, den Weg nach vorn zu weisen. »Ich würd's zuerst mit der Schule versuchen«, sagte Reverend Jennie.

»Eine Schule?«

»Aye, Sohn«, sagte Mr. Methven der Ältere und zeigte auf das Land hinter den rautenförmigen Fenstern. »Für Findelkinder. Dreißig Meilen in diese Richtung. Sie können sie gar nicht verfehlen. Da ziehen sie seit über hundertfünfzig Jahren verlorene Jungs groß.«

Drei

Wie empfohlen fuhr Solomon nach Süden, glitt über die Grenze in ein vom Wind saubergefegtes Ausland voller Moore und Strände, folgte dem Sirenengesang eines in fünfzigtausend gekleideten Toten, der ihn ins verschwiegene Vorgebirge seiner Jugend lockte. Übers Lenkrad des uralten Minis seiner Tante gebeugt, verspürte er ein nachdrückliches Ziehen in seiner Brust. Was war er im Begriff zu entdecken? Abenteuer. Oder den Anfang vom Ende. In seiner Brusttasche brannte ein Pfandschein, dicht an dicht mit einem Zeitungsschnipsel, beschriftet von der Hand seines Großvaters.

Der Hund lag flach auf der Rückbank und winselte, als das kleine Auto rüttelte und hüpfte und die kalte Luft ein Lied durch den Boden pfiff:

It's a long way to Tipperary …

Als ob Godfrey Farthing Solomon etwas vorpfiff, während er seinen Enkel immer näher an ein Findelhaus heranführte: ein Heim für Jungs, die irgendwie ihre Eltern verloren hatten, oder Eltern, denen irgendwie ihr Kind abhandengekommen war.

Als sie ankamen, war die Sonne beinahe vom Himmel verschwunden und ein langer nordländischer Abend dehnte sich aus wie die Schatten der Bäume, die einst die Strecke gesäumt hatten. Wie ein Geist tauchte am Ende der endlosen Zufahrt die Schule auf, ein in die Biegung eines Flusstals geschmiegtes Gebäude, verborgen vor allen, die vielleicht hinsehen wollten. Solomon fuhr mit dem Mini direkt auf den Schulhof mit seinem Kies und seinem Unkraut und parkte im Schatten jener so vertrauten Plinthe. Ein Mahnmal für all die Jungs, die auf einem fernen Schlachtfeld ihr Leben verloren hatten, von denen nichts blieb als dieser Speer aus dunklem Granit, der in den Himmel ragte. Was fanden die Leute bloß so faszinierend am Tod mit Stallgeruch?

Allerdings …

Hatte nicht hier auch Solomon Farthing seine Berufung gefunden?

Old Mortality.

Der die Namen der Toten freilegte, bis sie noch einmal ins Leben traten.

Gleich bei seinem Eintreffen wusste Solomon, dass er schon mal hier gewesen war. In jenem Frühling 1957, nachdem sein Vater im großen Band der Themse verloren ging. Einfach versank. *Wie ein Stein.* Das hatten sie ihm gesagt. Verschluckt von den schlammigen Strudeln. Sein Vater hatte versucht, eine junge Frau zu retten. Oder war vielleicht betrunken. Oder womöglich wollte er nicht mehr leben nach dem Verlust von Solomons Mutter an eine Krankheit, die ihre Lunge auffraß, noch ehe ihr Sohn sechs Jahre alt war. Alle drei Erklärungen waren möglich, das verstand Solomon inzwischen aus eigener Erfahrung. Aber noch sechzig Jahre später wünschte er, sein Vater hätte gewartet, hätte sich an der Brüstung stehend eine Zukunft vorgestellt, statt nur an Vergangenes zu denken.

Er war sieben Jahre alt gewesen, sitzengelassen auf der Treppe ihrer Londoner Wohnung, wo er seinen Vater jeden Moment zurück erwartete und doch selbst damals schon spürte, dass sein Vater vielleicht nie mehr kommen würde. Irgendwann hatte er schließlich den Schlüssel benutzt, den er an einem Band unterm Hemd trug, und fand den Kessel kalt auf dem Herd und im Frigidaire keine Margarine mehr. Er lag eine Stunde lang auf dem Boden im Staub herum und aß nach und nach jedes einzelne Stück der in Silberfolie gewickelten Schokolade auf, die sein Vater in einer alten Zigarettendose unterm Bett hortete. Dann klopfte die Frau von nebenan und stand mit ihrer doppelt geknoteten Schürze in der Tür. »Wo ist denn dein Vater?«

»Ich weiß nicht, Miss.«

Darüber hatte sie gelacht. »Nenn mich einfach Mrs. Butter,

und gut is'.« Sie war eine freundliche Frau, diese Mrs. Butter, hatte fünf Kinder aus sich herausgequetscht, alle mit rotblonden Ringellocken, Jungs wie Mädchen. Sie streckte Solomon die Hand entgegen, als böte sie ihm eine Zukunft an. »Du kommst besser mit mir, bis er wieder da ist.«

Und Solomon hatte sich willig in eine andere Art von Leben ziehen lassen. Milchflaschen, offen auf dem Tisch stehen gelassen. Kichernde Kinder in der Küchenecke. Comics und der Geruch nach Kohlenstaub. Aber schon damals hatte er gewusst, dass es nicht ewig währen würde. War bereits als Kind auf sich gestellt, erst sieben Jahre alt, aber er marschierte vorwärts wie ein Soldat, vorwärts, immer vorwärts, ohne je zurückblicken zu dürfen.

Zwei Tage später hatten sie ihn nach Norden verfrachtet, sieben Jahre alt, saß er hinten in einem alten Ford, der holpernd und knirschend aus der Hitze Londons aufbrach, irgendwohin weit jenseits davon. Der Fahrer trug einen Filzhut mit Krempe, die Frau, die neben ihm saß, einen grünen mit passenden Handschuhen.

»Wohin fahren wir?«, fragte Solomon, als die Sonne tiefer und tiefer sank und der Wagen sich weiter und weiter von allem entfernte, was er je gekannt hatte.

»Zu deiner neuen Schule«, antwortete die Frau in Grün, drehte sich gar nicht erst zu ihm um, starrte bloß weiter durch die Windschutzscheibe auf die lange gerade Straße vor ihnen.

Fast sechzig Jahre später wirkte das Findelhaus verlassen, keine Jungs lungerten und rangelten auf dem Hof. Solomon linste durchs Dämmerlicht auf das Gebäude, das genau wie er schon bessere Tage gesehen hatte, die Steinfassade fleckig von großen grauen Wasserstreifen. Er merkte, dass seine Hände und Füße ganz klamm waren, genau genommen jeder Teil von ihm. Er wusste, ohne es sehen zu können, dass jenseits von Schulhof und Schulgebäuden ein längliches Feld lag, das im Sommer mit Butterblumen gesprenkelt war. Und noch dahinter ein Fluss – ein dunkles Ding, das rasch durch die

Nacht strömte. Er schauderte leicht und dachte an die Worte des Buchfinders. *Geschäftliches ist das eine. Familiengeschichten sind noch mal etwas ganz anderes.*

Hinter ihm ertönten plötzlich Schritte auf dem Kies, ein Junge spähte aus dem Schatten des Gebäudes, Haare zerzaust, Knie verdreckt, eine jüngere Version seiner selbst. Solomon trat auf ihn zu, doch der Junge verschwand und schlüpfte durch einen kleinen Torbogen in der Ecke des Hofs. Der Hund machte sich daran, ihm zu folgen. Solomon zögerte, aber folgte dann auch.

Der Korridor, in dem er landete, war holzvertäfelt, Paneel um Paneel an der Wand fixiert, tausend Namen (oder so ungefähr) sahen auf Solomon herab, als er zu ihnen aufschaute. Schulsprecher und Aufsichtsschüler. Kapitäne der Schulmannschaft. Andere, die irgendeinen Pokal gewonnen hatten. Die Namen in Goldfarbe geschrieben, allesamt verblasst. Solomon legte einen Finger auf den, der ihm am nächsten war, hinterließ einen Abdruck im Staub, ging dann den Korridor entlang, folgte einem verlorenen Namen nach dem anderen, bis er zu dem Datum kam, an dem auch er ein Junge an dieser Schule gewesen war. Und dort stand er plötzlich einem Mann seines Alters gegenüber, der über einer Hose einen Filzmorgenrock trug.

»Solomon Farthing«, sagte der Mann und streckte beide Hände aus. »Ich wusste, Sie würden kommen.«

An das Singen erinnerte Solomon sich am deutlichsten. Ein Schulhof voller durcheinanderwirbelnder und -purzelnder Jungs, während von irgendwo tief im Innern des alten Steingebäudes ein Chor seine Stimme erhob.

Der Herr ist mein Hirte,
Mir wird nichts mangeln.
Er weidet mich auf einer grünen Aue
Und führet mich zum frischen Wasser.

Von einem alten Ford abgesetzt in einer Schule für Jungs jeder Größe und Wesensart, von ihren Eltern einer ungewissen Zukunft überlassen, ganz zu schweigen von dem schwarzen Loch ihrer Vergangenheit.

Solomon kam damals von einer Schule in London, wo Mädchen auf dem Schulhof seilhüpften und sangen, während Jungs sich in Ecken drängten und Halfpennys gegen einen Black Jack tauschten oder Sammelkarten aus Zigaretten-päckchen. Hier hingegen gab es Innenhof und Kapelle und den Klang singender Knaben, der von früh bis spät durch das Gebäude sickerte. Am Abend seiner Ankunft hatten sie Solomon im Krankenzimmer ins Bett gesteckt, unter eine blaue Decke und ein steifes Laken mit dem Keksduft von Wäschestärke. Am Morgen war er von einer alten Frau geweckt worden, die sich über sein Kissen beugte.

»Es ist Zeit aufzustehen, Solomon.« Flüsterte seinen Namen, als wäre er ein Geheimnis nur zwischen ihnen beiden. Die Frau hatte ihn eingekleidet, eine geliehene kurze Hose und ein grauer Pullover mit einem V-Ausschnitt in Rosa. Dann hatte sie ihn zum Frühstück geschickt mit hundert anderen Jungs, die alle über ihrem Porridge beteten:

Vater unser, der du bist im Himmel ... unser täglich Brot gib uns heute ...

In jede Schale war am Rand eine Meerjungfrau eingeprägt, ebenfalls rosa.

Er war seit drei Wochen an der Schule, vielleicht auch vier, als er zur Schulleitung beordert wurde, wo er neben dem Schreibtisch des Schulleiters einen Mann antraf, den er nie zuvor gesehen hatte. Das Jackett des Mannes war zugeknöpft, jeder einzelne Knopf, und die Schuhe poliert, als wäre es Sonntag. Der Schulleiter hatte Solomon die Hand auf die Schulter gelegt.

»Das ist dein Großvater«, hatte er gesagt.

»Heutzutage kümmern wir uns um schlimme Jungs. Die Versehrten.«

Eddie Jackson, der Mann, der Solomon mit Namen begrüßt hatte, schenkte Tee aus einer großen runden Kanne in einen Becher mit einer winzigen geprägten Meerjungfrau am Rand. Sind nicht alle Jungs versehrt, dachte Solomon, als er den Dampf betrachtete, der aus der Tülle kringelte. Auf die eine oder andere Art. Oder vielleicht sah nur er das so.

»Sie schicken sie zu uns, wenn sie sonst niemand nimmt«, sagte der Mann und schob Solomon einen Becher Tee hin. »Ein bisschen wie Sie damals, als Sie klein waren. Aber natürlich aus anderen Gründen.«

Solomon nickte, obwohl er nach über sechzig Jahren eigentlich immer noch darauf wartete, dass ihm jemand erklärte, wie genau es bei ihm angefangen hatte und was dann passiert war. Sie saßen am Ende eines langen Tisches in der Schulküche, die Solomon nie hatte betreten dürfen, als er klein war. Ein trostloser Ort, Spinnweben hoch oben in den Ecken, zwei riesige Spülbecken auf der einen Seite und ein Stahltresen, der die komplette andere Seite einnahm. Der leichte Gestank von am Rand verkohlter Pizza mit verbranntem Käse hing in der Luft. Der Hund verschwand in einer Ecke, um sie auszukundschaften, während Eddie Jackson mit einem Arm auf den Stapel schmutziger Teller im Spülstein deutete.

»Wir lassen die Jungs jetzt ihre Mahlzeiten selbst zubereiten. Chaos aus der Ordnung.«

»Gibt es keine Regeln?«, sagte Solomon.

»Ein paar schon. Aber manchmal tut es gut, sich auszuleben, finden Sie nicht?«

Solomon nahm einen heißen Schluck Tee und dachte an die Anweisungen seines Großvaters für ein vernünftiges Leben. Schuhe polieren. Nicht rennen. Immer die Manschetten zuknöpfen. Unwillkürlich zog er am Ärmel seines Tweedjacketts. »Woher wussten Sie, dass ich komme?«, fragte er.

»Methven hat Sie angekündigt.«

Solomon berührte mit einem Finger die halbe Walnuss-schale in seiner Tasche. Irgendwie überraschte es ihn nicht, dass dieser Fall sich wie Edinburgh entwickelte, eine Stadt, in der man häufig sein Ziel erreichte, ohne je wirklich den Weg zu verstehen, der dort hinführte. »Ich suche die Spur eines ehemaligen Jungen«, sagte er.

»Viele ehemalige Jungs besuchen uns.« Eddie Jackson nickte. »Wenn sie ein gewisses Alter erreicht haben, zieht es sie zurück zum Mutterschiff, wenn man so will.«

Solomon fragte sich, wie es kam, dass dieser Mann ihn zu verstehen schien, obwohl er sich selbst kaum verstand. »Meiner ist allerdings ein bisschen älter als die meisten«, sagte er. »Jahrgang 1918, glaube ich. Ein Thomas Methven. Wobei man ihn hier womöglich als jemand anders aufgenommen hat.«

»Ach.« Der Lehrer grinste. »Die meisten unserer Jungs beginnen als das eine und enden als etwas anderes. Das verbuchen wir dann als Erfolg.«

Nach dem Tee führte Eddie Jackson Solomon durch ein Labyrinth von Korridoren ins pochende Herz der Schule – zu dem Raum, wo sämtliche Verzeichnisse aufbewahrt und alle verlorenen Jungs eingetragen und wieder ausgetragen wurden. Der Hund ging ein Stück mit, bevor er sich in eine andere Richtung davonmachte, mit einem kurzen Schwanzwedeln verschwand, ohne sich umzusehen. Irgendwoher, irgendwie vernahm Solomon an- und abschwellenden Gesang.

It's a long way to Tipperary …

Oder vielleicht war das auch nur in seinem Kopf.

Das Arbeitszimmer war dunkel und staubig, voll mit hinter Maschendraht weggesperrten Büchern, seit Jahren nicht angerührt. Auf der einen Seite standen die Register, Reihe um Reihe großer Bände mit blauen Rücken, die Solomon noch vom Morgenappell wiedererkannte. Auf der anderen Seite stand eine mit einem Samttuch bedeckte Glasvitrine.

Zu Solomons Überraschung ging der Lehrer zielstrebig auf Letztere zu statt auf die Ersteren.

»1918«, sagte er. »Die Kriegsgeneration.« Zog den Samt vom Glas.

Die Vitrine war genau wie die Kuriositätenauslage in God-frey Farthings Pfandleihe – voller Krempel, der mal jeman-dem etwas bedeutet hatte. Solomon spähte hinein, und eine Reihe kleiner matter Medaillen starrte zurück. Orden von Feldzügen. Orden für besondere Verdienste. Zwei Exem-plare des Sterns und eine Kriegsmedaille sowie eine für den Sieg. Die letzten drei Varianten kannte er aus einer alten Pappschachtel voller Militär-Memorabilia, die sein Groß-vater früher unterm Tresen der Pfandleihe aufbewahrt hatte. Pip, Squeak und Wilfred, hatte der alte Mann sie nicht so genannt? Inzwischen längst verschwunden.

»Durchaus einige dekorierte Frontkämpfer unter unseren ehemaligen Jungs.« Eddie Jackson lächelte auf die Vitrine hinunter. »Die Armee hatte etwas für sie, gab ihnen ein Ge-fühl von Heimat.«

»Wo haben Sie die her?«, fragte Solomon und dachte an sein kleines silbernes Mützenabzeichen, nun eingebüßt in der Stadt im Norden.

»Spenden. Zur Hundertjahrfeier. Erstaunlich, was Leute alles ausbuddeln, wenn man sie darum bittet.«

1914–2014. Wieder so eine Jubelfeier für Matsch, Blut und Stacheldraht. Noch die nächsten paar Jahre würde der Krieg allgegenwärtig sein, dachte Solomon. Zerstörung über Zer-störung. Tod um Tod.

Jackson schritt weiter an der Vitrine entlang bis zu einer Fotosammlung. Soldaten aller Schattierungen – schlaksig und untersetzt, dunkelhaarig und blond. Alle mit einer Ge-meinsamkeit: keiner von ihnen lächelte. Als hätten sie schon gewusst, was ihnen allen widerfahren würde, noch ehe es geschah. Neben den Fotos lagen ein paar mit Bleistift ge-kritzelte Briefe: auf Depeschenpapier; auf Feldpostkarten;

auf Umschlägen mit einem lila oder roten Zensurstempel. Auch eine Art Segeltuch-Heftchen, aufgeklappt und festgepinnt wie eine große viktorianische Motte. Das Heftchen war ein schmutziges Ding, fleckig, an einem Ende umgeklappt, sodass man auf der Rückseite zwei rostige Nähnadeln und etwas rosa Gesticktes sah.

»Was ist das?«, fragte Solomon.

»Ein Nähzeug«, sagte der Lehrer. »Es wurde *Hausfrau* genannt. Das hat man an alle Männer ausgegeben. Auch eine Art, Krieg zu führen, was? Mit nicht viel mehr als Nadel und Faden.«

Nähzeug, um zu flicken, was geflickt werden konnte, zusammenzuheften, was sich zusammenheften ließ, eine ganze Generation Männer zu Hausfrauen bekehrt, während die Frauen zu Hause die Granaten herstellten, die sie zum Töten benutzten.

Eddie Jackson zeigte auf eine Fotografie, ein junger Mann in Uniform, starr und akkurat, die dicht neben der *Hausfrau* lag. »Das hier gehörte meinem Großonkel. Erkennen Sie ihn?«

Solomon musterte den Soldaten, unfassbar jung mit dichtem schwarzem Schopf. Er schüttelte den Kopf. »Nein.«

»Versuchen Sie es mit dem hier.« Der Lehrer zeigte auf ein anderes Foto, derselbe Mann, nur älter, diesmal in Lehrersoutane. Solomon rauschte prompt das Blut in den Ohren, als er ihn wieder hörte. Den Ruf von jenseits des Feldes, als ein Mann in schwarzem Cape mit flatternden Schößen auf ihn herabstieß, als käme er vom Himmel herunter.

»Die Dohle!«

»Ja.« Eddie Jackson lachte. »Jackdaw, mein Namensvetter. Er hat auch hier unterrichtet.«

Solomon beugte sich vor, beäugte seinen alten Lehrer, an dessen Revers leicht verschwommen etwas Silbernes steckte. »Ich hatte vergessen, dass er im Krieg war«, sagte er. »London Scottish, der Löwe mit erhobener Pranke.«

Doch Eddie Jackson schüttelte den Kopf. »Nein, Bedfordshire, glaube ich. Der Hirsch, der eine Furt überquert, das ist ihr Emblem.«

Wie passend, dachte Solomon, nach allem, was sich zugetragen hatte, als die Dohle schon alt und er noch jung war.

Der Lehrer zog das Tuch wieder über die Vitrine, als wolle er die Vergangenheit der Vergangenheit überlassen, und wandte sich stattdessen den Bänden mit den blauen Buchrücken zu. »Dann schauen wir doch jetzt mal in die Bücher und sehen nach, ob wir Ihren ehemaligen Jungen finden, was? Wie hieß er noch gleich?«

»Thomas Methven«, erwiderte Solomon und drehte wieder einmal die Walnuss in seiner Tasche.

»Mein Großonkel hat mit einem Methven gedient«, sagte Jackson. »Ein Buchhalter. Hatte ein Händchen für Zahlen. Das hat er gesagt.«

Klugheit und Scharfsinn. Vernünftiges Haushalten mit Geld. Klingt ganz nach Thomas Methven, dachte Solomon, nur dass er zu jung dafür war. »Mein Methven wurde 1918 geboren, soweit ich weiß«, sagte er. »Als der Krieg vorbei war. Er dürfte im Folgejahr noch als Baby abgeholt worden sein, von einer Mabel Methven, wenn meine Nachforschungen korrekt sind.«

Eddie Jackson hörte auf zu suchen, wirkte enttäuscht. »Das ist wohl ein Missverständnis«, sagte er. »Wir haben niemals Babys aufgenommen. Die wurden erst zu dem Hof gebracht, ein Stück die Straße runter, und kamen dann mit fünf zu uns.«

»Dem Hof?«

»Der gehörte Mr. und Mrs. Pringle.«

GESUCHT: Zuhause für kleinen Jungen, 6 Monate. Totalaufgabe.

Solomon Farthing beschlich das merkwürdige Gefühl, dass er wieder genau hier landen könnte, wenn er dem Stammbaum von Walter Pringles Familie nachging. »Sie wissen wohl nicht zufällig mehr über die Pringles?«, fragte er. »Oder ihren Hof.«

»Eigentlich nicht«, sagte der Lehrer. »Sie haben ihn jahrelang als Babykrippe geführt. Noel und Dora Pringle. Nun ja, er führte den Hof und sie hatte die Babys. Hat sie versorgt, bis jemand eins adoptieren wollte. Inoffiziell natürlich, wie alles damals.«

Natürlich, dachte Solomon. Wie alles an diesem Fall. Nirgends war Papierkram von der Art entstanden, die Margaret Penny vom Amt für Verlorengegangene zufriedenstellen würde, und doch war es irgendwie der richtige Weg.

»Ist natürlich alles längst weg«, fuhr der Lehrer fort. »Nach dem Krieg abgewickelt.«

»Sind von dem Hof noch irgendwelche Unterlagen übrig?«, fragte Solomon. »Ich suche einen Hinweis auf die leiblichen Eltern des Kindes.«

»Ah, verstehe. Dafür brauchen Sie unseren amtlichen Archivar.«

Und Eddie Jackson zog eine Pfeife aus der Tasche, die Solomon wiedererkannte, und setzte sie an die Lippen.

Hinauf, hinauf und weiter hinauf stiegen sie, und dann noch ein Stück höher, der Erbenermittler und der Schularchivar, von Jackson ins allerhöchste Stockwerk gescheucht. Oben angekommen, kroch Solomon praktisch auf den Knien. Aber er wusste, dass er schon mal dort gewesen war, in dem Turmzimmer mit vier Fenstern, nach Osten, Westen, Norden und Süden. Jetzt war es dunkel draußen, doch Solomon war sicher, dass er bei Tag von hier aus den Fluss sehen könnte, Butterblumen wie Goldmünzen überall am Ufer.

Vor der hölzernen Zimmertür drehte der Archivar sich um und hielt Solomon die Hand hin, als wäre eine Art formelle Berührung vonnöten, ehe sie weitermachen konnten.

»Ich bin Peter«, sagte er.

Solomon zögerte kurz, nahm dann Peters Hand in seine. »Solomon Farthing.«

Peters Hand war klein mit weichen Knochen. Als sie sich

die Hand schüttelten, merkte Solomon, wie er leicht errötete, ein gefälliges Zartrosa.

Genau wie seinerzeit vor Jahren war das Zimmer möbliert mit dem, was niemand mehr brauchte. Hier ein Polstersessel. Dort ein Puff aus verblichenem Leder. Auf dem Boden ein Läufer, an den Rändern gemustert, in der Mitte verschlissen. Auf dem Läufer lag ein Hund mit einem blauen Halstuch, die Nase zwischen die Pfoten gesteckt. Der Archivar grinste, als er den Hund sah, und rannte hin, um ihn zu streicheln. Solomon grinste ebenfalls. Der Archivar war einer von Eddie Jacksons schlimmen Jungs, schätzungsweise elf Jahre alt, verwuscheltes Haar, aufgeschürfte Knie, die Socken knittrig um die Fußknöchel, ähnlich wie die, die Solomon trug. Solomon bückte sich, um seine rosaroten Socken hochzuziehen, sah sich dann in dem Raum mit all seinen Schätzen um und begriff, dass er sich jetzt in Peters Räuberhöhle befand.

Das Turmzimmer war von einem Möbelstück beherrscht, das nach dem alten Schreibtisch des Schulleiters aussah, schwere Eiche mit schwarzen Füßen und grüner Ledereinlage, stark zerschrammt und rissig. Auf der Oberfläche lag eine wohlgeordnete Auswahl Ephemera. Eine Sammlung alter Münzen. Ein Tablett mit verschiedenen Schlüsseln. Eine einzelne Brille aus Golddraht. Jedes Stück war gekennzeichnet und trug ein kleines Etikett.

Solomon zeigte auf die Sammlung. »Ist das alles deins?«

Peter, der neben dem Hund hockte, sah auf. »Es ist mein Museum«, sagte er. »Ich borge mir gern Sachen. Eddie hat gesagt, wenn ich das bleibenlasse, darf ich mich stattdessen um das hier kümmern.«

Eine Reihe Füllfederhalter mit stumpfen Spitzen. Eine alte Blechdose mit Resten eines Vogeleis, winzige blaue Scherben. Solomon tastete nach der Walnuss in seiner Tasche. Dieses Zimmer war eines kleinen Klaubruders Eldorado – lauter hübsche Dinge.

Peter ließ von dem Hund ab und kam zum Schreibtisch, öffnete eine der tiefen Schubladen auf der linken Seite und holte eine Hängemappe heraus, auf deren Schild *Pringle* stand. »Eddie sagt, Sie wollen etwas über die Findelkrippe wissen.«

»Ja bitte«, sagte Solomon, lehnte sich an den Schreibtisch und wartete ab, was der Junge zutage fördern würde.

Das Erste, was aus der Mappe kam, war eine Fotografie, kein Bauernhaus mit Schweinen und matschigem Hof, wie Solomon erwartet hatte, sondern ein Haus mit Giebeldach und Rosen rings um den Eingang. Vorne vor dem Haus stand eine Frau mit einem Baby im Arm und weiteren auf einer Decke zu ihren Füßen. Auf der Kieseinfahrt hinter ihr stand noch eine Frau mit einer weißen Haube; neben ihr drei bauchige tiefe Kinderwagen. Am Rand der Fotografie sah er ein Mädchen, vierzehn, vielleicht fünfzehn, mit Blumen ums Handgelenk. Solomon drehte das Foto um. Die Rückseite war beschriftet:

Mrs. Pringles Heim für verlorene Seelen
Sowie eine Namensliste:
Mrs. Pringle. Elsie. Daisy Pringle.
Und ein Datum:
1918
»Kann ich das behalten?«, fragte er.

»Was ist es wert?«, sagte Peter.

Ein Junge ganz nach Solomons Sinn. Solomon unterdrückte ein Grinsen, kramte in seiner Tasche, fischte den Sixpence heraus und warf ihn auf die Ledereinlage. Peters Hand war so schnell, dass Solomon sie fast nicht sah, schoss vor und schnappte sich das Geldstück.

»Prä-dezimal«, sagte Solomon und hob die Augenbrauen, bevor die Münze auf Nimmerwiedersehen verschwand. »Muss mehr wert sein als ein Foto.«

Peter gab sich Mühe, nicht zu lächeln, forschte erneut in der Hängemappe. Diesmal förderte er einen Haufen kleiner

Zettel zutage, alle leicht knittrig und eselsohrig. Jeder Zettel war leer bis auf eine Nummer, die in ordentlicher Handschrift draufstand.

»Wozu sind die?«, fragte Solomon.

»Aufnahmezettel«, sagte Peter. »Jedes Baby hat bei der Ankunft einen erhalten. Sie entsprechen den Nummern im Buch.«

Und wieder ein Register, diesmal mit marmoriertem Vorsatz, der Name der Findelkrippe vorn auf dem Deckel, drinnen Listen über Listen der Ausgesetzten, die zurückreichten bis in die Zeit lange vor dem Ersten Weltkrieg. Peter schob das Buch über den Schreibtisch, sodass Solomon in den dicken faserigen Seiten blättern konnte. Die Einträge begannen in den 1880ern, vor jedem Kindernamen stand eine Nummer, die zu dem Aufnahmezettel passte, gefolgt von dem Namen der Person, die das Kind adoptiert hatte, wenn es dieses Glück denn gehabt hatte. Es war eine höchst gewissenhaft geführte Aufzeichnung, der Traum jedes Erbenermittlers.

Solomon blätterte im Register bis weit nach hinten und suchte nach den Babys, die 1918 erstmals eingetragen worden waren und das Heim 1919 für ein neues Leben verlassen hatten. Der Name der Schreiberin, die in jener Zeit diese Listen geführt hatte, stand neben jedem Eintrag:

Miss Evelyn Penny, Sekretärin

Trug die Babys ein und trug sie eins nach dem anderen wieder aus. Solomon fragte sich kurz, ob eine Verbindung bestand zwischen dieser Miss Penny und Margaret Penny vom Amt für Verlorengegangene in Edinburgh, einer Frau, die auf ihre Art auch über Verlassene Buch führte, wenngleich die ihren bereits verstorben waren. Doch das war eine ganz andere Geschichte, und wie jeder gute Erbenermittler ließ Solomon sich nicht ablenken. Einen falschen Zweig am falschen Baum verfolgt, und seine Jagd nach Thomas Methven könnte scheitern.

Er überprüfte alle Namen von 1918. Und auch alle von 1919. Doch obwohl er Evelyn Pennys penible Einträge zweimal durchsah, gab es keinen Eintrag für einen einer gewissen Mabel Methven, geborene Kerr, überlassenen Findelknaben. Solomon war enttäuscht: wieder eine Sackgasse, wie es schien. Doch dann sah er ein Funkeln in Peters Augen, als wüsste der kleine Archivar etwas, das Solomon nicht wusste.

»Gibt es noch mehr?«, fragte er, schloss das Buch und schob es zurück über den Schreibtisch.

Diesmal spaltete Peters Grinsen fast sein Gesicht, als er aus den Tiefen einer anderen Schublade einen Schuhkarton holte, den Deckel abhob und den Inhalt auf den alten Direktorenschreibtisch kippte.

Kleine Stücke Schleifenband. Kleine Stücke Spitzenborte. Knöpfe und Münzen mit unbeholfen eingeritzten Buchstaben. Billiger Schmuck und aus Stoff ausgeschnittene Tupfer. Die echten Schätze, die übriggeblieben waren.

»Die hatten die Babys bei sich«, erklärte Peter. »Sind sie nicht hübsch?«

Zeichen, dachte Solomon, und sein Herz machte einen Satz. All die Dinge, die eine Mutter hinterließ, um zu belegen, dass ein Kind ihres war, nur für den Fall, dass sie es je zurückwollte.

Die Zeichen waren kläglicher Kleinkram, jedes einzelne ein Fetzchen unerfüllter Hoffnung, schon lange getrennt von dem relevanten Aufnahmezettel, unmöglich, noch das Kind zu bestimmen, zu dem es einst gehört hatte. Solomon sah sie durch. Ein Sixpence mit einem Loch darin. Ein einzelner Ohrring aus Glas. Eine Blechmedaille mit Herzgravur. Jedes wartete auf die Rückkehr einer Mutter mit dem passenden Gegenstück. Solomon wusste alles über das Prinzip Pfandleihe. Doch er hatte noch nie gesehen, dass es auf ein Kind angewendet wurde. »Hatten alle Babys bei ihrer Ankunft solche Zeichen?«, fragte er.

Peter zuckte die Achseln. »Weiß ich nicht. Aber ich hab

eins. Wollen Sie es sehen?« Er griff in die Hosentasche, zog eine Plastikfigur heraus und zeigte sie Solomon, ein Soldat mit geschultertem Gewehr. »Hat mir mein Vater gegeben«, sagte der Junge.

Solomon besaß nichts mehr, was seinem Vater gehört hatte – nichts als ein Fragment von dem Lied, das er morgens beim Rasieren gesummt hatte. Plötzlich fühlte er sich beraubt.

»Mein Vater ist tot«, sagte Peter. »Was ist mit Ihrem?«

»Meiner auch«, sagte Solomon. »Schon sehr lange.«

»Und haben Sie nun eins?« Peter ließ den Plastiksoldaten zurück in die Tasche gleiten. »Ein Zeichen?«

Solomon geriet kurz durcheinander. Was hatte sein Vater ihm hinterlassen außer diesem Liedfragment in seinem Kopf? »Ach nein, ich …«

Aber natürlich hatte er eins.

Sie brauchten etliche Anläufe, um das passende Gegenstück zu finden, der Mann in schmuddeliger Cordhose und der Junge mit ungekämmtem Haar, die Hände tief in den Überbleibseln längst im Morast versunkener Babys. Hier ein Flicken mit aufgesticktem Herz. Dort ein Knopf von einem Feldmantel. Am Ende war es Peter, der ihn entdeckte, ihn aus dem Haufen schnappte und ans Licht hielt. Ein Aufnahmezettel mit einer Nummer in verblasster Tinte. *103*. Und darüber zwei rostige Löcher, wo vor langer Zeit etwas mit einer Nadel festgesteckt gewesen war. Solomon spürte am aufgedrehten *eins-zwei* seines Herzens, dass er schließlich doch dem richtigen Zweig des Stammbaums nachgegangen war. Er hielt sein Zeichen als Gegenstück hoch. Thomas Methvens Pfandschein Nr. 125 mit zwei winzigen Löchern, die zu den beiden im Aufnahmezettel passten und zusammen perfekte vier ergaben.

Solomons Herz trommelte wild, als Peter sich erneut dem Buch mit dem marmorierten Vorsatz zuwandte und mit seinem weichen kleinen Finger die Listen mit Namen und Nummern hinabfuhr. All diese Kinder, abgegeben als das eine, endeten als etwas anderes, genau wie Eddie Jackson gesagt hatte. Doch als der Junge fündig wurde, war es kein Eintrag für ein 1918 geborenes Kind, sechs Monate später weitergereicht an Mabel Methven, geborene Kerr. Sondern einer für jemanden, der viel älter war.

Kind Nummer 103.

Eingetroffen mit nichts als einem Pfandschein. Und einem Namen:

Sutherland, Alec.

Abgegeben als Findling 1902. Gegangen 1918, um Soldat zu werden.

1918

Eins

Das Spiel sollte in der Scheune stattfinden. Die Männer würden einen Kreis bilden, der Boden zwischen ihnen sauber gefegt. Captain Godfrey Farthing war der Einzige, der sich nicht beteiligte. Godfrey glaubte nicht an Glücksspiel, dies allerdings war eine Wette, die er einzugehen bereit war, wenn das hieß, dass seine Männer in Sicherheit blieben.

7. November, und die Truppe verputzte das Frühstück in bollernder Aufregung, nachdem Godfrey die Neuigkeit verkündet hatte. Er sah von der Tür des Bauernhauses zu, wie sie hastig das Rührei aus dem Feldgeschirr kratzten und die leeren Näpfe scheppernd in den riesigen Spülstein warfen, um dann eilends ihre Aufgaben hinter sich zu bringen. Nur noch gut zwölf Stunden, bis sie zum Angriff aufbrechen müssten, und Godfrey hatte nochmals einen Weg gefunden, seine Männer zu beschäftigen. Noch einmal sollten die Würfel rollen, ehe die Glocken läuteten.

Später am Vormittag, die Wäsche sortiert, die Scheune gefegt, und Percy Flint wartete darauf, dass die Männer zur Ruhe kamen, damit sie anfangen konnten. Die Haare frisch mit Wasser glattgekämmt, die sauberen Manschetten hochgeschlagen, ließ Flint ungeduldig den Satz Karten von einer Hand in die andere gleiten. Alfred Walker saß neben ihm, die Taschen gefüllt mit sämtlichen Kostbarkeiten, die er zuvor hatte abgreifen können. George Stone brachte aus der Küche eine Handvoll Walnüsse mit, um sie ins Gefecht zu werfen. Er wählte einen Holzblock auf der anderen Seite des Kreises als Sitzplatz und streckte die Beine in den schweren Stiefeln aus, die Schürze hatte er für diesen Tag abgelegt.

Neben Stone drängten sich die A4-Jungs Jackdaw und Promise aneinander, steckten konzentriert die Köpfe zusammen und bündelten ihre Ressourcen. Knöpfe und Pennys. Ein Vogelnest aus einer Hecke. Bertie Fortune, der Glückspilz, saß neben dem Neuen, damit er ihm die Regeln erklären konnte. Alle vertrauten Fortune, seiner Fairness, obwohl er auf die eine oder andere Weise immer Oberwasser hatte, ob er gewann oder verlor. Alecs Hund schmiegte sich an die Füße des Jungen, die Schnauze auf den Pfoten, als gehörte er schon immer hierher. Und dann war da noch Second Lieutenant Ralph Svenson, saß zwischen den Männern, als wäre er nichts als ein gemeiner Soldat, kein Offizier, der gern gewann.

Godfrey hatte sogar James Hawes zum Spielen überredet, hatte seinen Temporary Sergeant gleich morgens nach dem Frühstück, als die Männer auseinanderliefen und sich auf den Tag vorbereiteten, zu sich in die Stube beordert. »Ich höre, Sie haben bei einer Hühnerwette einen Sixpence an Promise verloren«, sagte er.

Hawes wurde rot, schmutzige Sommersprossen breiteten sich über seinem Hals aus, doch er stritt es nicht ab. »Aye, Sir.«

»Spielen sieht Ihnen gar nicht ähnlich, Hawes.«

»Was sein muss, muss sein, Sir.«

»Vielleicht würden Sie ihn gern zurückgewinnen.« Godfrey kramte in der Holzkiste, die auf dem Tisch stand, nahm den Lederbeutel mit der Tabakration der Männer heraus und schob ihn Hawes hin. Beide starrten auf den kleinen Beutel.

»Was ist mit der Ration, Sir?«, murmelte Hawes.

Godfrey lehnte sich zurück. »Das ist doch nicht alles, Sie Narr. So dumm bin ich nicht. Nehmen Sie schon, ich biete es kein zweites Mal an.«

Sie wussten beide, dass es kein Angebot war, sondern ein Befehl. Hawes streckte die Hand aus, pflückte den Beutel vom Tisch und hielt ihn in seiner Faust. Wie massiv seine Hände waren, dachte Godfrey. Fleischig. Wie das Fleisch, das er zum Broterwerb zerteilt hatte. Er sah zu, wie sein

Temporary Sergeant davonging, den matschigen Pfützen im Hof auswich, im Kornspeicher verschwand. Es sah Godfrey Farthing gar nicht ähnlich, eine Bestechung anzubieten. Aber was sein muss, muss sein. Das verstanden sie beide.

Jetzt lag Hawes aufgestützt auf einer Plane am Rand des Kreises, Gesicht und Nacken für den Anlass flüchtig gewaschen, die Sommersprossen leuchteten wieder. Gleich hinter ihm saß Archie Methven auf einem Stuhl, den sie aus der Stube geholt hatten, sodass er alle sehen konnte. Godfrey hatte nur eine Bedingung gestellt, ehe sie anfingen – Methven musste die Bank sein. Der Buchhalter spielte nie, genau wie Godfrey, doch anders als bei Godfrey konnte ohne ihn kein Spiel stattfinden. Trotz der Anwesenheit eines Offiziers war es immer der Buchhalter, der das letzte Wort hatte.

Als die Männer sich niederließen, sah Godfrey zu, wie Archie Methven sein Notizbuch aufschlug, in dem alle Namen aufgeführt waren. Godfrey hatte Methven dieses Notizbuch vor rund einem Jahr von seinem Offizierssold gekauft, ein anständiges Kontobuch mit Soll und Haben, waagerechten blauen Linien und senkrechten roten. Er verließ sich seit jeher darauf, dass Archie Methven die Angelegenheiten der Männer regelte – ob sie am Leben waren oder tot.

Sie hatten sich auf Lange Zehn geeinigt, Scotch Whist oder Schottenmist, wie Alfred es nannte. Wer als Erster die Zehn zog, gewann – nicht *eine* Zehn, sondern *die* Zehn, jeweils diktiert vom Trumpf. So viele Runden, wie sie eben brauchten, Methven schrieb die Punkte mit. Zwei Punkte für die Dame. Drei für den König. Vier für das Ass. Zehn für die Zehn. Und der Bube, der sie alle schlagen konnte. Es würde sie den ganzen Tag beschäftigen, bis ein Mann alles einstrich oder sie nichts mehr zum Setzen hatten und die Punkte auszählten. Wenn sie heute nicht zum Abschluss kamen, würden sie morgen weitermachen. Das Spiel konnte weitergehen, solange der Buchhalter das bestimmte. Oder bis im Dorf die Glocken läuteten. Zumindest hoffte das Godfrey.

Er sah zu, wie die Männer in ihre Taschen griffen und ent-schieden, was sie als Erstes setzen und was sie noch zurück-halten wollten. Sie mochten mit den Kleinigkeiten anfangen, doch Godfrey wusste, das Spiel würde damit enden, dass je-der das Kostbarste setzte, was er besaß. Sechs Armecknöpfe, die vom Gas blau verfärbt waren. Ein Pik-Ass aus einem unvollständigen Satz. Eine Nadel. Etwas Garn. Ein Päck-chen *Kitchener's Last*. Einmal hatte es sogar einen Pflaumen-kuchen gegeben, um den die Verbliebenen spielten, nachdem Beach hin war. Die Mutter des Jungen hatte ihn gebacken, in Zeitungspapier gewickelt, damit er feucht blieb.

Also das ist ja mal doll.

Fest in eine Blechdose verpackt. Er kam an, als Beach schon tot war, aber ehe seine Mutter den Brief erhalten hatte. Sie spielten darum und Stone gewann, schnitt schmale Scheib-chen ab und servierte sie ihnen zu ihrer Ration Tee. Niemand fand etwas Falsches daran. Beach war hin, aber sie konnten sich noch an seiner statt am Geschmack von Zucker laben.

Das Spiel begann um elf Uhr vormittags, George Stone fing an. Der alte Kämpe und älteste Soldat setzte eine Walnuss aus dem Korb in der Küche, legte dann seine erste Karte in die Mitte des Spielfelds, sodass alle sie sehen konnten. Godfrey spürte es in dem Augenblick, als die erste Karte lag – diese gespannte Erwartung in der Luft, die entsteht, wenn es heißt: Der Gewinner kriegt alles.

Die Männer spielten zunächst schweigend, nichts als das Klatschen und Scharren der Karten und stiebendes Sägemehl, als sie ihre ersten Einsätze platzierten:

ein Streichholz;

ein Centime;

ein alter Kerzenstummel.

Als wären die jetzt dargebotenen Einsätze für alle Beteilig-ten bloß die Spreu vom Weizen. Draußen fiel schon wieder Regen, durch das breite Scheunentor sickerte Kälte herein.

Von seinem Platz außerhalb des Kreises, halb im Dämmerlicht, sah Godfrey die Konzentration in den Blicken der Männer, als sie taxierten. Wer eine Glückssträhne haben mochte. Wer ein schlechtes Blatt. Wessen Schatz gewonnen werden konnte. Und wessen vielleicht verloren war. Doch schon bald sah er auch das, worauf er gehofft hatte – das Erschlaffen der Männerkörper, als sie sich allmählich entspannten. Hier lockerte sich eine Schulter. Dort streckte sich ein Bein. Ein beiläufiges Kratzen im Nacken oder am Unterarm. Er selbst empfand es auch, die Unsicherheit glitt von ihm ab, als würde ihm nach zwei Wochen im Schützengraben ein Feldmantel von den Schultern gehoben, nicht länger Soldaten, sondern wieder junge Männer beim Spielen.

Nach drei Runden, zwölf Uhr mittags war gekommen und verstrichen, gingen die Bemerkungen los. Die Witze und Seitenhiebe, die heimlichen Sticheleien und das Gelächter. Die Männer teilten kreuz und quer aus, die Sprüche flogen so rasch wie die Karten.

»Verdammtes Hühnerfutter«, sagte Stone, als Jackdaw einen Farthing reinwarf. »Zu nichts mehr nutze.«

»Was denn, so wie das Runzelfutter?«, rief Bertie Fortune. »Schon wieder Walnüsse zum Abendessen.«

Alle stöhnten übertrieben, aber Godfrey wusste, dass sie es nicht ernst meinten. Die Walnüsse waren wie alles andere, worüber er hier im Paradies gestolpert war – Schätze der unerwarteten Art.

Es musste erst Alfred Walker kommen und etwas bieten, das für alle Männer reinstes Gold war – der Wünschelknochen vom Huhn des ersten Abends, reingeschmissen mit einem Grinsen, mal sehen, wo er landete. Den muss er bei Bertie Fortune eingetauscht haben, dachte Godfrey, als er den kleinen Knochen sah, und fragte sich, wogegen. Er sah seinen Glückspilz an, der auf der anderen Seite des Kreises saß und an seinem Schnurrbartende zupfte, und erhielt zur Antwort ein gemächliches Zwinkern.

Die Männer johlten, als sie Walkers Einsatz sahen.

»Magere Zeiten, Kumpel«, sagte George Stone.

»Hisst jetzt schon die weiße Flagge«, lachte Flint.

»Denkt, er ist ein Hund und kann mit einem Knochen gewinnen«, witzelte Jackdaw.

Aber Godfrey wusste, dass Walker ein gutes Geschäft gemacht hatte. Er hatte genug Glücksbringer aus den Taschen toter Männer geborgen, um zu wissen, dass jeder nach Möglichkeit etwas bei sich trug, das ihn vor den Kugeln schützen sollte, hatte selbst so etwas im Stroh seiner Matratze versteckt, in dem Mansardenzimmer, das er sich mit Ralph teilte.

Die Männer spielten noch eine Stunde ohne Pause, während draußen das Licht im Bogen über den Horizont glitt. Wie die kleine Sonne an der Standuhr in der Stube seiner Mutter, die aufging und dann wieder unter. Was würde mit der Uhr passieren, wenn er nicht zurückkam und Anspruch auf sie erhob?, dachte Godfrey. Er warf einen Blick auf seine Armbanduhr, dachte an seinen Vater am Kopfende des Tischs mit seiner Tasse Tee, die Uhr auf einem Beilagenteller, als wäre sie ein Stück Shortbread und nicht das letzte Geschenk, das er von seinen Eltern je erhalten würde. Als er am nächsten Morgen aufgebrochen war, hatte Godfrey sich nicht vorgestellt, je zu diesen reizlosen Feldern zurückzukehren, wo Englands Mitte in den Osten sickerte. Ein Ort, von dem er immer nur wegwollte, und als dann der Krieg kam, hatte er mit seinen beiden weichen Händen zugegriffen. Aber jetzt, wann immer er unter diesem Baumkreis stand und über die leeren Felder Richtung Fluss blickte, wurde ihm bewusst, dass er ohne groß darüber nachzudenken in die Landschaft seiner Jugend zurückgekehrt war.

»Die Einsätze für die letzte Runde vor dem Mittagessen.« Archie Methven mahnte zur Ordnung, als das letzte Spiel des Vormittags begann. Diesmal warf Percy Flint seine Spule rosa Garn in den Topf. Jackdaw einen Knopf von einem Offi-

ziersmantel, funkelnd poliert. Bertie Fortune hatte eine Postkarte mit einer schiefen Kirchturmspitze.

»Wo ist das?«, fragte Hawes.

»Albert«, erwiderte der Glückspilz und hob den Blick
kurz zu Godfrey, bevor er wegsah. »An der Somme. Ein
verdammtes Armageddon war das.«

George Stone ließ eine weitere Walnuss in die Mitte des
Spielfelds kullern, während Walker ein kleines Stückchen
Schokolade anbot, nur an einer Ecke angenagt. »Da waren
die Mäuse dran«, sagte er, als die Männer protestierten.

»Wohl eher Ratten«, murmelte Flint.

Und genau da warf Promise einen silbernen Shilling in den
Kreis, mit einem *Pling* landete die Münze zwischen den anderen Schätzen. Der Gewinn des A4-Jungen aus einer Hühnerwette, bei der der eigentliche Hauptgewinn nie ausgezahlt
worden war.

Godfrey bemerkte die plötzliche Stille, als alle Männer die
Silbermünze anstarrten, bevor sie sich wieder hinter ihre
Karten zurückzogen. Er warf einen Blick auf Promise gegen-
über, doch der blonde A4-Junge beäugte Second Lieutenant
Ralph Svenson, wollte sehen, was der Offizier im Gegenzug
anbot.

Es war Bertie Fortune, der den Vorschlag machte. »Sie
könnten gleichziehen, Sir. Silber für Silber. Die Waagschalen
ausgleichen.«

Ralph hielt einen Moment ganz still, seine seltsamen Augen
starr auf die Spielfläche mit den darauf verstreuten kleinen
Schätzen gerichtet. Selbst Godfrey wurde heiß in seinen
Stiefeln, er fragte sich, ob er jetzt endlich den von Fortune
erwähnten Einsatz zu Gesicht bekam, der für all die Aufregung gesorgt hatte. Doch dann lächelte Ralph leicht, legte
eine Woodbine hin, und das Spiel begann erneut.

Die Karten wurden ausgeteilt, aufeinandergelegt, Punkte
gewonnen und eingebüßt, bis die Runde ihrem Ende zuging
und der Shilling an Alfred Walker verloren war, der lachte

und ihn feierlich in die Luft warf. »Kopf, ich gewinne. Zahl, ich gewinne wieder.«

Alle Männer lachten ebenfalls. Außer Ralph, dessen ausdruckslose Miene über die Kälte in seinem Blick hinwegtäuschte. Godfrey sah wieder auf seine Armbanduhr, schon eins durch, und gab Archie Methven einen Wink, das Spiel zu beenden.

»Das war's«, sagte der Buchhalter, sammelte die Karten ein und steckte sie in seine Brusttasche.

Die Männer gingen auseinander, und in ihren Schritten lag eine neue Leichtigkeit.

Das Mittagessen bestand aus einer Runde Armeezwieback und in dem uralten Kessel gebrautem Tee, dazu für jeden ein halbes hartgekochtes Ei, von Promise gepellt in einem Becken mit so eiskaltem Wasser, dass seine Finger blau wurden. Stone musste einen geheimen Eiervorrat haben, dachte Godfrey, er hortete bis zum Schluss. Die Männer standen da und streckten sich, während sie auf ihre Ration warteten, sammelten sich im Hof, die Hände unter den Achseln, um sie warm zu halten, ihr Atem in Wolken über ihren Köpfen. Der Regen hatte nachgelassen, die beiden verbliebenen Hühner flatterten und scharrten im Staub des Kornspeichers, ihre schwarzen Augen glommen zwischen den an improvisierten Leinen zum Lüften aufgehängten Decken.

Als das Essen ausgeteilt wurde, beobachtete Godfrey, wie Ralph allein in einer Ecke des Hofes saß, Tee in der einen Hand, Zwieback in der anderen, hockte gekrümmt auf dem Baumstumpf, den sie als Hackklotz benutzten. Das Spiel konnte ausgleichende Wirkung haben, stellte Godfrey fest, mal führte ein Mann, dann ein anderer, ein beständiges Auf und Ab wie Ebbe und Flut. Doch Godfrey hatte auch bemerkt, wie sein Second Lieutenant Promise' Shilling ansah, und wusste, er musste aufpassen. Ralph hatte eine berechnende Art, skrupellos und präzise, ein Mann, der nur für sich selbst spielte.

Stone beschloss die Mahlzeit mit einem Tusch, einer Nachspeise, die sie seit Monaten nicht mehr gesehen hatten. Früchtekompott, glitschig in einer riesigen Keramikschüssel, verrührt mit etwas, das nach Sirup aussah, die einsame Büchse Lyle's Goldsirup aus dem Keller, die jetzt zur Geltung kam, als wüsste der alte Kämpe irgendwie, dass das Ende nahte. Die Männer stießen ihre Blechnäpfe vor, dass es schepperte, um als Erste dran zu sein. Dann folgte Promise mit einer der kostbaren Nestlé-Kondensmilchdosen, jeder bekam einen Klecks davon auf seine Nachtischportion.

»Holla!«, sagte Alfred Walker und griff als Erster nach der Milchdose. »Das ist ja besser als Tickler.« Die Standardmarmelade der Armee. Walker nahm sich seinen Anteil Nestlé, dann leckte er den Rand der Dose ab, bevor er sie an Jackdaw weitergab.

Flint guckte empört. »Du Drecksau.«

Aber dann tat Jackdaw dasselbe und reichte sie an Flint weiter, so konnte der vermählte Rekrut nur die Pille schlucken oder auf den Leckerbissen verzichten.

Sowie Godfrey den ersten Löffel aß, wusste er, dass Stone etwas Unzulässiges beigemischt hatte. Brandy, ein leichter Hauch von Frankreichs Bestem, von irgendwoher eingeschmuggelt.

Nach dem Essen überließ Godfrey die Männer wieder ihrem Spiel, watete durch den Bach und spazierte ein Stück in Richtung der Falte in der Landschaft. Es war dämmrig, der Nachmittagsnebel zog auf, zwischen den Hecken sammelten sich Schatten. Godfrey sehnte sich nach einem Gang zum Walnusshain, um unter den stillen Bäumen zu verweilen. Aber er mochte den Bauernhof und die Männer nicht so lange allein lassen, wie er für den Hin- und Rückweg brauchte. Er schaute über die Felder hinweg zum in der Ferne verborgenen Fluss und fragte sich, ob der Feind ihn ebenfalls beobachtete.

Godfrey berührte Ralphs Würfel in seiner Tasche, drehte

sie einmal, dann zweimal. Die Stunde Null sollte im Morgengrauen des nächsten Tages kommen, der Angriff erfolgen, sobald die Sonne über den Horizont kroch. Doch Godfrey Farthing hatte sich schon entschlossen, diesen Augenblick verstreichen zu lassen, sein eigenes Spiel zu spielen, nichts in seinem Dienstbuch einzutragen außer *Regen, Regen, Regen*, einen Tag nach dem anderen, bis die Glocken läuteten.

Auf dem Hügel bewegte sich in der Ferne plötzlich irgendein Geschöpf. Ein Kaninchen, dachte Godfrey, das über eine von Alecs schlichten Drahtschlingen hinwegsetzte. Oder womöglich ein Hase, der aus seiner Kuhle sprang, um in der Dämmerung herumzutollen, während sein Fell in der Kälte weiß wurde. Aber schon wieder war es ein Junge, der am Rand des Hains stand und Godfrey aus der Ferne beobachtete. Diesmal vielleicht Beach.

Wir sehn uns dann. Winkte Godfrey zu, von wo auch immer.

Godfrey hob die Hand wie zum Zurückwinken, zwei Soldaten, die sich übers Schlachtfeld hinweg grüßen. Doch der Junge war schon weg.

In der Scheune merkte Godfrey sofort, dass die Lage sich verändert hatte. Stone war raus, hatte sich in die Küche verzogen, um das Abendessen vorzubereiten. Jackdaw war ebenfalls raus, hatte keinen glänzenden Krimskrams zum Setzen mehr. Bertie Fortune hatte es abgelehnt, weiterzumachen, hob sich bestimmt seine Schätze für später auf, dachte Godfrey. Oder zum Schachern mit dem Sieger, wer immer das sein würde.

»Steig aus, solange du vorn liegst.« Das hatte der Glückspilz gesagt, hatte seine kleine Sammlung von Gewinnen eingestrichen und sich geweigert, erneut zu spielen. Den Männern war es egal. Bertie Fortune war Bertie Fortune, der würde nie alles weggeben.

Die Petroleumlampe brannte jetzt zum ersten Mal, die Gesichter der Männer verschwanden im Schatten und tauchten daraus auf, wenn sie sich vorbeugten. Percy Flint hätte gern weitergespielt, aber keiner wollte ihm etwas vorschießen, und er schien keinen Klimbim mehr zu besitzen, den einzusetzen er gewillt war. Er saß am äußersten Rand des Kreises und schaute grimmig dem Rest des Geschehens zu. Alec war gegen Ende noch mit von der Partie, Hawes jedoch nicht, er warf Godfrey über das Spielfeld hinweg einen Blick zu, hatte keine kleinen Tabakportionen mehr, um sie in den Ring zu werfen. Hawes hatte das Spiel den ganzen Tag am Laufen gehalten mit seinem scheinbar endlosen Vorrat, jede Prise einzeln eingewickelt in Fetzen irgendeines dünnen, beidseitig bedruckten Papiers. Und nun alle weg.

»Wie wär's denn mit dem Buch?«, scherzte Alfred Walker.

Aber Hawes nahm einfach keine Notiz von ihm. Sie wussten alle, dass ihr Temporary Sergeant sein *Old Mortality* nie hergeben würde.

Godfreys Second Lieutenant fläzte sich lässig auf der gegenüberliegenden Seite der Spielfläche, vor sich einen ganzen Haufen Zeug. Ein Tag Spielen, dachte Godfrey, und schon hatte Second Lieutenant Svenson allen ihre Schätze abgenommen und sie zu seinen gemacht.

»Letzter Einsatz vor dem Abendessen«, rief Methven, das Gesicht gerötet wie alle, nun, da das Ende nahte. »Wer spielen will.«

Ralph zögerte kurz, sein Blick huschte hinüber zu Flint, der im Schatten am Rand des Kreises saß, dann beugte er sich vor, stupste Flints Spule rosa Garn in die Mitte des Spielfelds, und alle sahen zu, wie der Faden sich abwickelte, als sie über die Steinplatten kullerte. Promise rutschte hin und her, die Karten fest an die Brust gedrückt, als wüsste er, dass er etwas hatte, was sich zu spielen lohnte, sei aber unentschieden, ob er mitgehen oder aussteigen sollte. Godfreys Herz setzte mit seinem *eins-zwei* einmal aus, denn gleich konnte es geschehen, konnte die letzte Runde des

Tages ausarten in ein Duell zwischen seinem Second Lieutenant und dem blonden A4-Jungen. Schon komisch, wie sich so etwas ergab.

Ralph nickte Promise zu. »Du bist dran. Wenn du dich traust.«

Promise' Gesicht war im Halbdunkel kreidebleich verglichen mit denen der anderen, die fleckig und hochrot aussahen. »Ich hab nichts mehr zum Setzen«, sagte er und vermied es, den Second Lieutenant anzusehen.

Ralph streckte die Füße Richtung Spielfeld, als wäre es ein Feuer, das ihn warm hielt. »Wer nicht setzt, kann nicht spielen.«

»Ich kenne die Regeln.« Promise' Antwort klang scharf, Ralph aber stupste bloß mit der Stiefelspitze gegen die Spule rosa Garn.

»Du hast doch eine *Hausfrau*, oder nicht?«, sagte er. »Die würde es tun.«

»Was wollen Sie denn damit?« Jackdaw war aufgebracht, konnte nicht an sich halten.

»Genau wie eine Krähe«, sagte Flint, ohne den dunkleren A4-Jungen anzusehen. »Ständig am Krächzen.«

Alfred Walker lachte auf, eine nervöse Entladung von Spannung. Godfrey sah, wie Jackdaw sich zu Promise drehte, die dunklen Augen leuchteten im Schein der Petroleumlampe auf, als wolle er seinen Freund warnen, nicht weiterzumachen. Doch Promise starrte den Second Lieutenant an, diesen Jungen, nur wenige Monate älter als er, noch Pickel am Kinn.

Ralph lächelte träge. »Was wird es denn nun, Promise? Spielen oder passen?«

Aber Promise wollte nicht passen. Er hielt sich an seinen Karten fest wie Hawes an seinem Buch mit dem roten Leineneinband. Ralph zuckte die Achseln, tat, als wolle er all seine Schätze vom Boden einsammeln. Da rappelte Promise sich auf, ging zu seinem Tornister, zog die *Hausfrau* aus einer Außentasche, trug sie zum Spielfeld und warf sie hinein.

»Hier, können Sie haben. Ist mir egal.«

Flint grinste. Methvens leise Stimme drang durch die Anspannung. »Spielt eure Karten.«

Und die letzte Runde begann.

Promise spielte zuerst aus, ganz steif vor Erwartung, den Blick gesenkt, zögerte kurz, dann schoss seine Hand vor und warf die Karte ab. Ein Ass. Das Trumpf-Ass. Erleichterung durchströmte Godfreys Körper, als ein murmelnder Seufzer durch die Gruppe der Männer ging. Promise' Karte war schwer zu schlagen. Der A4-Junge mochte doch noch den Sieg davontragen. Nun drehten sich alle zu Ralph und warteten gespannt, was er auf der Hand hatte. Godfreys Second Lieutenant nahm sich Zeit, ließ den Kopf kreisen, sodass sie alle seine Wirbelsäule knacken hörten.

»Guter Schuss, Promise«, sagte er. »Aber knapp daneben ist auch vorbei.«

Sein seltsamer Blick war fest auf den A4-Jungen geheftet, ohne im Halbdunkel abzuirren. Alle sahen, wie Promise zurückzustarren versuchte, dann unter dem Blick seines Lieutenants einknickte. Schlagartig stieg kribbelnd die Spannung, alle Körper aufgepeitscht. Godfrey sah wilde Röte an Promise' Hals hochkriechen, sah Jackdaws Hand zucken.

Dann grinste Ralph und legte seine Karte ab. Eine Zehn. *Die* Zehn. Die Trumpf-Zehn. Ralph war schon wieder der Gewinner.

Die Männer begannen in dringlichem Flüsterton zu reden, zusammengesteckte Köpfe hier, andere dort, während der Buchhalter Archie Methven alles für die Abrechnung zusammenzählte, da das Spiel nun vorbei war. Godfrey sah zu, wie Ralph die Einsätze der Männer an sich nahm:

Hawes' Tabak.

Walkers Wünschelknochen.

Flints Spule rosa Garn.

Und einiges mehr.

Auch Promise' *Hausfrau* voller Näh- und Stecknadeln. Ein schmutziges Ding. Ein gewöhnliches Ding. Nichts, was normalerweise als Schatz gelten würde. Er begriff nicht, warum Ralph aufgebracht hatte, dass Promise das setzen sollte. Er empfand ein leises Grummeln der Besorgnis bei dem Gedanken, dass es bei dem Spiel um etwas anderes gegangen war. Dann beugte sein Second Lieutenant sich vor, schlug das Segeltuchheftchen auf, und Godfrey Farthing verstand.

Da auf dem Spielfeld, erhellt vom Schein der Petroleumlampe, waren zwei mit rosa Garn ineinandergestickte Herzen. Eng verschlungen mit zwei Initialen. Jackdaw und Promise leuchteten zwischen den Nadeln, alles, was sie füreinander waren, vor aller Augen bloßgelegt.

Stille lastete schwer in der Scheune, der Gestank der Petroleumlampe plötzlich nicht mehr zu ertragen, die dunkle Leere unter dem Dach erdrückend. Beziehungen dieser Art zwischen zwei Männern waren strafbare Handlungen. Zwei Jahre Bau für unsittliches Gebaren. Zwangsarbeit. Oder Schlimmeres. Ein Verstoß, den Captain Godfrey Farthing nicht übergehen konnte, wenn ein anderer Mann sich beschwerte. Er fühlte plötzlich das Blut in seinen Ohren pochen beim Gedanken, was da kommen mochte, diesen Schmerz in der Brust. Dann drang eine Stimme aus dem Schatten.

»Ich war noch nicht dran.«

Ralphs Gesicht verdüsterte sich plötzlich im Dunst der Petroleumlampe. »Wer war das?«

Alle Männer drehten sich um, spähten zur gegenüberliegenden Seite des Kreises, von wo Alec, der Neue, der beim letzten Spiel mit eingestiegen und noch nicht ausgestiegen war, zurückstarrte. Genau wie sein Hund. Godfrey sah die Hundeaugen im Halbdunkel blinken wie zwei kleine Spiegel. Schweiß kitzelte unter seinem Uniformrock angesichts der

Möglichkeit, dass es anders ausging, dass sein Second Lieutenant nicht mehr alle Karten in der Hand hielt. Ralph musste das auch spüren, denn er beugte sich weit vor, sein Blick rasiermesserscharf.

»Ich dachte, wir wären schon durch.«

Alle Männer schwenkten herum zu Archie Methven, der auf seinem Holzstuhl thronte. Methven blickte stirnrunzelnd in sein Notizbuch mit seinen Beträgen, seinen blauen Waagerechten und roten Senkrechten, dann nickte er und wandte sich an den Neuen.

»Aber du musst etwas setzen, um zu spielen.«

Alec legte seinen Einsatz hin, als wäre es bloß eine Kleinigkeit. Einen Moment lang starrten die Männer hin, als hätten sie so etwas noch nie gesehen. Dann erhob sich ein Murmeln, ein Geflüster unter denen, die von Godfreys Truppe übrig waren. Dies war ein echter Glücksspieleinsatz. Keine Pennys. Keine Knöpfe. Kein grober Tabak in kleinen Papierfetzen. Sondern eine Chance auf etwas viel Außerordentlicheres. Ein guter Sonntagsanzug. Ein Paar feinste Lederschuhe. Oder sogar noch besser:

Ein Goldring.

Eine Pelzstola.

Ein Diamant womöglich.

Alecs Einsatz war ein Pfandschein, Nr. 125. Dieses kleine blaue Rechteck.

Da spürten sie ihn alle, den Nervenkitzel des Unbekannten. Eine Wette auf das Leben statt auf den Tod, auf die Möglichkeit zu überleben.

Der Junge spielte seine Karte aus, als sei gar nichts dabei, legte sie zwischen all den Ramsch, wo jeder sie sehen konnte. Ein Bube. *Der* Bube. Der Trumpf-Bube. Der Neue hatte die Zehn geschlagen. Das Spiel war aus. Der Gewinner bekam alles.

Zwei

Es begann mit einem Gezänk, so wie immer, Mann gegen Mann, alle anderen drum herum, um zuzusehen, denn Godfreys Truppe drohte sich von innen heraus selbst zu zerlegen, nun, da die erste Runde gespielt war.

8. November, und neun Männer stellten sich in Reih und Glied im Hof auf, warteten auf Second Lieutenant Ralph Svenson und seinen Morgenappell, nicht ahnend, dass dies der Morgen war, für den sie eigentlich den Marschbefehl erhalten hatten, um noch vor dem Frühstück durch einen Wassergraben in den sicheren Tod zu kriechen.

Anfangs war es nur ein leises Pfeifen, Percy Flint ganz am Ende der Truppe, die Manschetten zugeknöpft, die Haare gestriegelt. Es war ein altes Lied aus dem Varieté daheim, die Melodie wand sich die Reihe entlang.

Who were you with last night
Under the pale moonlight …

Bertie Fortune knuffte Flint mit dem Ellenbogen, damit er aufhörte. Aber Flint fügte sich nicht. Bald ging das Pfeifen in Singen über, eine dünne unschöne Stimme, die bei den hohen Tönen eierte:

Who were you with last night
Under the pale moonlight?
It wasn't your sister
It wasn't your ma …
I saw yer, I saw yer …

Flint konnte nicht gut singen, doch sie alle kannten den Text.

Ralph erschien auf den Stufen des Bauernhauses, und je weiter das Lied ging, desto breiter wurde das Grinsen in seinem Gesicht. Er lehnte in seinem offenen Uniformrock am Türrahmen und lauschte Flints unbeholfenem Geträller im Regen:

I saw yer
I saw yer …
Dann fing auch er zu singen an, mit kräftiger Stimme und tonrein:
Like a rosy apple red
Out with Uncle Fred
I saw yer, I saw yer …
Die Worte rieselten die Reihe entlang bis zu Promise, der mit ungekämmten Haaren dastand.

Der A4-Junge wurde rot wie ein Hahnenkamm, als ihm klar wurde, was sie da sangen, er trat ein Stück zur Seite, als suchte er Abstand von dem Gesang, sodass zwischen ihm und dem Rest eine Lücke entstand. Promise schlug sich nicht gern und ging Tätlichkeiten aus dem Weg, außer er bekam den Befehl dazu. Daher war es an Jackdaw, für Promise einzustehen. Er machte eine zotige Handbewegung, griff sich an den Schritt seiner Hose.

»Du kannst was davon haben, wenn du es willst, Flint. Aber du musst verdammt noch mal dafür bezahlen.«

Flint hörte auf zu singen. »Du dreckiger kleiner Bastard. Ich könnt euch alle beide anzeigen.«

Jackdaw aber lachte nur. »Was denn, nicht die richtige Sorte Loch für dich?«

»Das reicht jetzt.« Bertie Fortune packte den A4-Jungen am Arm, versuchte ihn zu warnen. Nicht jeder war gewillt, zwei Jungs zu beschützen, die sich gern im Heu wälzten und was immer da sonst noch so vorging.

Doch Jackdaw schüttelte den Glückspilz ab und machte eine stoßende Geste in Percy Flints Richtung. »Bisschen was von der schicken Seife wird's bringen, Flint. Dann geht's leichter rein.«

Der Speichelklecks, der auf Jackdaws Wange landete, war warm wie das Blut, das aus einem Hühnerhals gespritzt war. Jackdaw nahm sich nicht mal die Zeit, ihn abzuwischen, sondern stürzte sich gleich auf Flint, stach und pickte mit den

Fingernägeln, kratzte nach Flints Auge. Jackdaw mochte erst achtzehn sein, aber er wusste, wie man sich raufte, wie man mit dem Bajonett zustach und noch einmal nachdrehte.

Flint riss die Arme hoch, schützte sein Gesicht. »Gottverdammter Mist, hör auf, Mann!« Trat blindlings nach Jackdaws ausweichendem beweglichem Körper.

Die anderen Männer scherten aus dem Glied aus, stellten sich drum herum.

Keile, Keile, Keile.

Alle bis auf Promise, der vor der Prügelei zurückscheute, sich hinter Alec und seinem kleinen Hund versteckte, während Jackdaw vorsprang und ein letztes Mal mit den Fingernägeln über Flints Gesicht harkte, bevor er wegtänzelte. Die Wunde war oberflächlich, aber eindrucksvoll, wüst im blassen Morgenlicht. Flint war fuchsteufelswild. Er tupfte sich mit zwei Fingern auf die Wange, sah das Blut.

»Du verfluchter Bastard, dafür mach ich dich alle.« Stürzte sich auf Jackdaw, der grinsend im Regen stand. Bertie Fortune packte Flints Arm, versuchte ihn aufzuhalten. Promise duckte sich. Der Hund bellte, einmal, zweimal. Ralph lachte bloß.

»Flint!« Captain Godfrey Farthing trat aus der Tür des Bauernhauses, wo er sich im Hinterzimmer rasiert hatte, und kam auf die Männer zu. »Was zum Teufel tun Sie da?«

Flint riss sich von Bertie Fortune los und stach wild mit dem Finger in Richtung des dunkleren A4-Jungen. »Der da hat angefangen, verflucht.«

Godfrey drehte sich zu Jackdaw um, der hinter der Pumpe stand, die Augen leuchtend angesichts des Schadens, den er angerichtet hatte. »Private Jackson?«

Jackdaw antwortete nicht, stopfte die Hände in die Hosentaschen und senkte den Kopf, um den Matsch auf seinen Stiefeln anzustarren.

Godfrey runzelte die Stirn. »Also wer erklärt mir, was hier los ist?«

Wobei er eigentlich nicht zu fragen brauchte. Es gab ein beklommenes Füßescharren, und jeder von Godfreys Truppe schaute kurz zu Second Lieutenant Svenson hinüber, bevor er wegsah.

Godfrey baute sich vor seinem Second Lieutenant auf. »Lieutenant Svenson?«

Ralph blinzelte einmal, die Augen beinahe durchsichtig im Morgenlicht. Dann zuckte er die Achseln und steckte ebenfalls die Hände in die Taschen. Ein Schweigen entstand, ein Offizier starrte den anderen an.

Godfrey drehte sich um. »Alle Mann zurück ins Glied. Sie dahin –«, zu Flint. »Sie dahin –«, zu Jackdaw. »Beide ans äußerste Ende. Hawes hat das Kommando.«

Die Männer formierten sich langsam zu einer Art Aufstellung, während Godfrey zurück ins Bauernhaus ging und Flint unterdrückt fluchend weiter an seiner Wange herumtupfte. Aber Jackdaw konnte nicht widerstehen, zischte eine Beleidigung, als Flint an ihm vorbeischlich.

»Stinkiger *Siffer*.«

Jetzt war es Bertie Fortune, der auflachte, und Archie Methven grinste. Alle Männer wussten, dass Flint allein in diesem Jahr schon zweimal wegen Syphilis behandelt worden war.

Flint ging auf Jackdaw los, drängte seinen Körper gegen den des jüngeren Mannes. »Halt's Maul oder ich verpass dir was, das du nicht vergisst.«

»Wunschtraum«, stichelte Jackdaw.

»Wie willst du es haben? In den Arsch oder in die Fresse?«, höhnte Flint, dann ruckte er mit dem Kopf Richtung Promise. »Oder soll ich's lieber deinem Schatz besorgen?«

Alfred Walker johlte, Promise verkroch sich noch tiefer hinter Alec, Ralph stand mit vor der Brust verschränkten Armen da und griente, bevor er die Sache in die Hand nahm. »Tut, was der Captain sagt, Jungs. Zurück ins Glied.«

Als wäre er nicht selbst ein Junge.

Jackdaw stand noch einen Moment da, schob sich die

dunkle Tolle aus dem Gesicht. Dann trat er vor, um seinen Platz einzunehmen, rempelte den jungen Offizier an und packte zu, als sie fielen. Diesmal sahen die Männer schweigend zu, wie sie da im Matsch kämpften – Jackdaw, schlüpfrig und wild, griff nach Ralphs Kleidung und Haaren, Ralph wälzte sich und suchte krabbelnd die Oberhand zu gewinnen. Zwei sich balgende Jungs, als wären sie wieder auf dem Schulhof. Bis Godfrey Farthing erneut angerannt kam.

An diesem Morgen fiel der Regen wie auf Noah während der Sintflut. Im Hof brüllte Hawes die Befehle, und Ralph als verantwortlicher Offizier musste die Aufsicht führen.

»So, Männer, Obacht.«

Kehrt euch. Marsch. Halt. Dann wieder von vorn. Männer staksten durch den Schlamm, die Köpfe bloß, Haare und Schultern troffen. Vorbei die Zeit des Hühnerjagens. Schluss mit dem Herumtollen auf dem Heuboden. Vorbei die Zeit des Kartenspielens. Durchs Stubenfenster gewahrte Godfrey, dass Jackdaw und Promise diesmal an entgegengesetzten Enden der Reihe standen und sich nicht ansahen, als sie durch den Matsch marschierten wie der ganze Rest. Die A4-Jungs taten ihm leid. Er mochte sie. Doch er wusste, zusammen waren sie schwach.

In der Stube nahm Godfrey den Marschbefehl aus der Brusttasche seines Uniformrocks und las ihn noch einmal. Er war an diesem Morgen früh aufgewacht, das Herz klopfte ihm bis zum Hals in der Erwartung, dass der Feind vor der Tür stand. Doch als er sich aufraffte und nachsah, fand er alles still. Nebel tief über den Feldern und die ganze Welt überzogen mit einem wundervollen Morgentau, der die Dachziegel, die Pumpe und den kahlen Rosenbusch am Tor zum Glitzern brachte. Das einzige Geräusch kam von dem Bach, der in den Teich lief und wieder hinaus, während eine vereinzelte Amsel in der Hecke sang. Keine Spur vom Feind. Wieder einen Tag überlebt.

Jetzt, da die Männer im Regen exerzierten, holte Godfrey die verbeulte Zigarettendose aus der Holzkassette und nahm behutsam den Deckel ab. Er schob den Befehl unter eine Reihe von zehn filterlosen Capstans und schloss den Deckel wieder, wobei seine Finger zitterten, als wollten sie nie mehr aufhören. Einen direkten Befehl missachten, das war ein Fall fürs Kriegsgericht, wenn er keine gute Rechtfertigung hatte. Godfrey presste zwei Finger auf die Stelle über seinem Herzen und spürte, wie das Schrapnellgespenst in seiner Brust auswich. Die Euphorie, die ihn erfasst hatte, als er aufstand und feststellte, dass das Morgengrauen schon heraufgezogen und vergangen war, hatte sich nach dem Streit im Hof verflüchtigt und war einem kleinen Riss aus Anspannung gewichen, der langsam weiter nach innen vordrang. Er legte die Zigarettendose in die Holzkassette und wollte sie eben abschließen, da vernahm er Husten und Stiefelscharren auf den Steinplatten im Hausflur. Er blickte auf und sah Hawes an der Tür herumlungern.

»Ich bring Ihnen das hier zurück, Sir«, sagte Godfreys Temporary Sergeant. »Glaube nicht, dass ich es noch mal brauche.« Er legte einen kleinen Lederbeutel auf den Tisch – alles, was von der Tabakration der Männer übrig war. Die beiden Männer starrten auf den Beutel, dann zog Godfrey ihn zu sich heran, hob den Deckel der Holzkassette und ließ ihn hineinfallen. Er und sein Temporary Sergeant wussten, dass es kein weiteres Spiel geben würde. Der Messingschlüssel klapperte im Schlüsselloch, als er die Kiste verschloss.

Es gab ein kurzes Schweigen, bis Godfrey mit einem kalten Unterton in der Stimme sagte: »Kann ich Ihnen noch irgendwie behilflich sein, Hawes?«

»Gibt es eine vorgeschriebene Verfahrensweise, Sir?«, sagte Hawes. »Für Jackdaw.«

Die Bestrafung des A4-Jungen. Tätlichkeit gegen einen vorgesetzten Offizier. Im schlimmsten Falle Tod. Godfrey warf durch das Stubenfenster einen Blick auf Ralph, der an der Pumpe bemüht war, sich das Gesicht zu waschen. Er schüttelte den Kopf. »Diesmal nicht.«

»Das wird dem Lieutenant nicht recht sein«, sagte der Temporary Sergeant.

»Der Lieutenant kann mir gestohlen bleiben.«

Hawes' Hals färbte sich rosa, genau wie seine Arme. Godfrey seufzte.

»Denken Sie, wir sind bereit, Hawes?«, fragte er.

»Ein Soldat muss immer bereit sein, Sir.«

»Ja, aber Sie wissen, was ich meine.«

»Ist irgendwer je bereit, Sir.« Es war keine Frage.

Godfrey nickte, legte die Finger auf die Kassette mit dem Befehl, den Fluss zu überqueren, den Feind anzugreifen und die Stellung zu halten, ganz gleich, was geschah. »Würden Sie einen direkten Befehl missachten, Hawes?«, fragte er.

Hawes hustete erneut, um die Brust freizubekommen. »Bin nicht sicher, ob ich der Richtige für diese Frage bin.«

Es war Ralph, der Hawes' Platz einnehmen kam, nachdem der Temporary Sergeant gegangen war, um die Aufgaben für den Tag zu verteilen. Godfreys Second Lieutenant war über und über voll Matsch und Hühnerkacke, eine Platzwunde auf der Stirn von der Schlägerei mit Jackdaw, in den Augen lodernde Wut wie ein Mitternachtsfeuer.

»Das war's also«, er stampfte in seinen dreckigen Stiefeln mitten in die Stube, »keine weiteren Maßnahmen?«

Der kleine Ralph verlangte ein faires Spiel.

»Ich nehme an, wir reden von Jackson«, sagte Godfrey.

»Sie müssen ihn bestrafen.«

»Weswegen?«

»Weil er mich angegriffen hat«, sagte Ralph. »Ist das nicht offensichtlich?«

Eine schmutzigblonde Locke hatte sich von Ralphs üblichem Scheitel gelöst, keine Spur von Zitronenöl. Godfrey war gar nicht aufgefallen, wie kringelig sie waren, die Haare

dieses Jungen, er sah aus wie ein verrückt gewordenes Engel-
chen. Er strich sich mit der Hand über den Nacken und
spürte die stachligen Stoppeln eines alten Mannes, dabei war
er noch nicht mal sechsundzwanzig.

»Er hat sich nur verteidigt, wie ich das sehe. Ich habe den
Gesang gehört.«

Ralph lief rot an. »Das war Gehorsamsverweigerung.«

»Wirklich?«

»Tätlichkeit gegen einen Offizier.«

Godfrey lehnte sich auf seinem Stuhl zurück. »Seit wann
legen Sie solchen Wert aufs Protokoll?«

Die beiden Offiziere starrten sich an. Ralph schaute zuerst
weg. Godfrey trommelte mit den Fingern auf die Tischkante.
Die Platzwunde auf Ralphs Stirn sah tief aus, als würden
ihr ein oder zwei Stiche guttun. Er berührte wie mitfühlend
seine eigene Stirn. »Tut es weh?«

Ralph war missmutig. »Ein bisschen.«

»Alec könnte Ihnen das nähen. Er sagt, er kann gut mit der
Nadel umgehen.«

»Nein!« In Ralphs Ton schwang etwas mit, das Godfrey
noch nie gehört hatte. Kränkung. Als wäre er wieder ein
Kind. Godfrey sah seinen Second Lieutenant stirnrunzelnd
an. Es fiel ihm schwer, sich zu erinnern, wie Ralph bei seiner Ankunft gewesen war. Ein Knabe, der grinste, als sie
sich die Hand gaben, der nach frisch gemähtem Gras und
Kerzenwachs roch mit dieser Zitronen-Kopfnote. Godfrey
konnte nicht umhin, festzustellen, wie kräftig sein Second
Lieutenant im Vergleich zu den anderen jungen Männern
geworden war, Ralphs Körper bestand aus Muskeln, wo die
ihren knochig waren. Noch bis vor wenigen Wochen war
Second Lieutenant Ralph Svenson weich gewesen, Schultern
und Arme gerundet von einer Schicht Fett, die vom guten
Leben zeugte. Jetzt hingegen wirkte er athletisch unter der
Uniform. Bei einem Zweikampf würde Godfrey nicht gegen
ihn wetten.

»Machen Sie sich sauber«, sagte er und wandte sich ab, als wäre die Angelegenheit zwischen ihnen erledigt. »Danach will ich, dass Sie einen Arbeitstrupp zusammenstellen und eine neue Latrine graben.«

»Was ist mit dem Spiel?« Ralph klang immer noch hoffnungsvoll.

Aber Godfreys Antwort enthielt eine Warnung, als stellte er seinen jugendlichen Second Lieutenant auf die Probe. »Vorerst keine Spiele mehr, Ralph. Nicht nach dieser kleinen Eskapade heute früh.«

»Aber …«

»Und sagen Sie Fortune, dass ich ihn brauche.«

»Wofür?«

Godfrey stand unvermittelt und gereizt auf. Was war bloß los mit diesem Jungen, dass er keine Weisungen befolgen konnte? »Tun Sie einfach wie geheißen. Nichts von alledem wäre passiert, wenn Sie das mit den verdammten Hühnern nicht so überzogen hätten.«

Ralph schmollte, immer noch ein Bübchen, und zog sich zur Stubentür zurück. Dann stand er da in seinem schlammigen zerknautschten Uniformrock. »Ich weiß, was Sie vorhaben«, sagte er, und sein seltsamer Blick zuckte von Godfrey zu der Schließkassette und wieder zurück. »Aber das nützt nichts.«

Bertie Fortune stand allein in der Küche und wusch das Feldgeschirr ab, beide Arme tief in dem großen Steingutbecken, als Godfrey ihn suchen kam. Godfrey hatte entschieden, nicht auf Ralphs Ausführung seines Befehls zu warten, es war jetzt wohl kein Verlass mehr darauf, dass sein Second Lieutenant tat, was er ihm auftrug.

Fortune pfiff bei der Arbeit vor sich hin, eine vor der großen Frühjahrsoffensive bei der Begegnung mit den Amerikanern aufgeschnappte Melodie. Brandneue Männer, lässig und großkotzig, kamen an die Front marschiert, just als Godfrey und der Rest so weit zurückgeworfen waren, dass es schien, als würden sie untergehen. Alfred Walker war gleich mächtig von ihnen angetan und löcherte sie die ganze Zeit mit Fragen über Dollars und Süßigkeiten, seitdem redete er ständig vom Gelobten Land. Da war Bertie Fortunes Herangehen deutlich pragmatischer, der nutzte die Gelegenheit, sich zu bereichern. Rasierklingen und Eau de Cologne. Feine Seife in Wachspapier. Englische Schätze für amerikanisches Gold, wieder eingewechselt in französisches.

Jetzt betrachtete Godfrey Bertie Fortune eine Weile, während der mit dem Feldgeschirr klapperte, die Reste der Lauge einen schlierigen Schaum bildeten und sich an den Handgelenken des Mannes ein Fettfilm ablagerte. Er fragte sich, ob er im Begriff war, einen Fehler zu machen. Godfrey schätzte seinen Problemlöser, diesen Mann, der das Leben anpackte und zu seinem Vorteil wendete und alles für jeden tat, sofern es sich für ihn lohnte. Aber er wusste auch, dass Bertie Fortune stets in strikter Reihenfolge lieferte. Wer zuerst zahlte, kam zuerst dran. Außer jemand bezahlte mehr, was dann alles andere übertrumpfte. Godfrey Farthing drehte die Würfel seines jungen Lieutenants in der Tasche und wusste, das Spiel war noch nicht vorbei.

Im Mansardenzimmer über der Küche stand Percy Flint mit einer Schüssel Wasser aus Stones schwarzem Kessel und wartete, während Second Lieutenant Svenson sich wusch. Ralphs Körper schimmerte im dämmrigen Novemberlicht. Flint staunte, wie viel gesünder der Lieutenant im Vergleich zu allen anderen wirkte. Hätte er sich getraut, er hätte Ralph angefasst, nur um zu sehen, ob die Muskeln, die unter der Haut des Jungen spielten, wirklich echt waren. Aber Offizier war Offizier, egal wie jung, und ein einfacher Fußsoldat wie Flint wollte so jemandem bestimmt nicht querkommen.

Ralph spritzte sich warmes Wasser ins Gesicht, fuhr sich mit den Händen durch die Haare und rubbelte sich mit einem alten Fetzen von Handtuch den Kopf. Als er wieder zum Vorschein kam, war er frisch und rosig, die Schäden des vergangenen Abends abgewaschen.

»Bitte sehr, Sir. Ich habe das hier für Sie.« Flint reichte Ralph ein frisches Hemd, das zweitbeste des Lieutenants, Hühnerblut vom Kragen geschrubbt, gewaschen und im Kornspeicher an der Luft getrocknet.

Ralph zog es über den Kopf, steckte es in seine Kniehosen und strich es vorn glatt. »Sie geben was auf Sauberkeit und Ordnung, Flint«, sagte er.

»Ja, Sir.«

Ralph zog ein Päckchen Woodbines aus der Hosentasche und bot es an. »Sie können eine haben, wenn Sie möchten, Flint. Kleiner Dank für Ihre Hilfe.«

»Sir.« Flint ließ sich das nicht zweimal sagen, zog eine Kippe aus dem Päckchen.

Ralph steckte den Rest der Woodbines wieder ein. »Tut mir leid um Ihre Spule Garn, Flint«, sagte er. »Das lief nicht ganz, wie wir dachten.«

»Nein, Sir.«

Percy Flint kümmerte sich um die Kleidung aller Männer. Wusch jeden Morgen die Wäsche. Flämmte allabendlich mit einer Kerze die Läuse von ihren Hemdkragen. Flint wusste genau, wer was wo aufbewahrte, auch das Nähzeug, gab oft auf Kredit von seinem rosa Garn an die aus, die etwas zu flicken hatten.

Ralph warf dem vermählten Rekruten einen Seitenblick zu. »Haben Sie noch von Ihrer feinen Seife, Flint?«

»Nicht mehr viel, Sir.«

»Dafür muss man wohl zahlen, was?«

Flint fingerte am Rand der Schüssel herum, das Wasser darin jetzt dreckig. »Glauben Sie, wir bekommen noch mal Gelegenheit zu spielen, Sir?«

Ralph hob seinen Uniformrock von einem Haken, schlüpfte hinein, aber knöpfte ihn nicht zu. »Ich weiß nicht,

Flint. Nach Ihrem Auftritt heute Morgen ist das nicht sehr wahrscheinlich.«

»Was ist mit dem Schein, Sir? Um den hätte ich zu gern gespielt, Sir.«

Pfandschein Nr. 125, dieses kleine blaue Rechteck.

»Ich auch, Flint. Ich auch«, erwiderte Ralph. »Aber wer weiß, ob der Junge ihn noch mal setzt, selbst wenn wir dürften.«

»Sie könnten doch das Mützenabzeichen reintun, Sir. Das könnte klappen. Alle Männer warten nur darauf.«

Ralph trat von einem Fuß auf den anderen. »Ist ja nicht meins, Flint. Haben Sie doch gehört.«

»Aber wer's findet, darf's behalten.«

Der Second Lieutenant blinzelte, nahm die Hände aus den Hosentaschen, sah Flint mit diesen seltsamen Augen an. »Das stimmt.«

Aus dem Hausflur unten waren Stiefelschritte zu hören, Fortune und sein Captain sprachen murmelnd miteinander. Die Männer in der Mansarde schwiegen einen Moment. Dann beugte Ralph sich vor, spähte in ein kleines Spiegeldreieck, das auf einem Bord stand, nestelte an seinem Haar herum. »Ich hätte gedacht, Sie interessieren sich mehr für Fortunes Eau de Cologne als für Mützenabzeichen, Flint.«

»Das wird Fortune nicht setzen, Sir«, sagte Flint. »Das hebt er sich auf. Er tauscht gern.«

»Sie tauschen doch auch gern, oder?«

»Kommt aufs Gebot an, Sir.«

»Das hier könnte heiß begehrt sein.« Ralph drehte sich vom Spiegel weg und hielt Flint eine kleine Dose hin – Herrenpomade. Flint starrte sie an.

»Und was wird das wert sein, Sir?«

Ralph lächelte, stellte den kleinen Behälter wieder auf das Bord und begann seinen Uniformrock zuzuknöpfen. »Ich denke über Ihre Idee nach, Flint. Noch ein kleines Spiel. Inoffiziell.«

»Sir?«

»Eine Runde, der Gewinner kriegt alles. Glauben Sie, da finden sich Mitspieler? Ich könnte das Mützenabzeichen setzen, um den Topf aufzuwerten, mal sehen, ob wir den Neuen in Versuchung führen können.«

Flint grinste mit an den Wurzeln braunen Zähnen. »Walker wär dabei, Sir. Stone auch. Hawes eindeutig nicht, der könnte es verhindern wollen.«

»Hawes ist ein Feigling, Flint«, sagte Ralph. »Er wird sich raushalten.«

»Nicht sicher, ob Methven dabei sein will, Sir, wenn's der Captain nicht abgesegnet hat. Jackdaw vielleicht schon, wenn er denkt, es gibt eine Chance auf das Abzeichen. Bei dem Jungen hab ich keine Ahnung, ist aber den Versuch wert. Er war ja gestern Abend eifrig dabei, konnte gar nicht schnell genug alles einstreichen.«

Flint und Ralph sahen sich einen Moment an. Ralph strich vorn über seinen Uniformrock, zupfte ihn unten zurecht. »Also in einer Stunde im Kornspeicher. Sagen Sie es weiter.«

»Was ist mit Fortune?«, fragte Flint.

Ralph fuhr sich mit der Hand übers Haar. »Den Glückspilz überlassen Sie mir.«

Eine Stunde später gingen Bertie Fortune und sein befehlshabender Offizier zusammen weg, wateten durch den Matsch um den Teich und stiegen drüben feldaufwärts, als wären sie zwei Freunde beim Nachmittagsspaziergang. Sie wanderten eine Weile, indes Godfrey erklärte, was er wollte, und Fortune nickte, einen kleinen Tornister auf dem Rücken, die Hände in den Taschen, ohne Anstalten, sich etwas zu notieren. Bertie Fortune brauchte sich nie etwas aufzuschreiben. Er war ein Mann, der nicht gern Fährten hinterließ.

Bei der Falte in der Landschaft – Godfrey sah in einiger Entfernung den Walnusshain liegen – blieben sie stehen, standen Seite an Seite und blickten über die kahlen Felder.

Der Regen hatte nachgelassen, war nur noch ein Nieseln, das ihre Uniformen und Gesichter umhüllte. In der Ferne wirbelte und schwirrte ein Schwarm Stare. Godfrey bemerkte erst jetzt, dass sein Glückspilz sein Gewehr nicht dabeihatte, als wüsste er, dass er es nicht mehr benötigen würde.

»Was werden Sie tun, solange ich fort bin, Sir?«, fragte Fortune.

»Wir warten, Bertie. So wie an jedem anderen Tag in diesem verfluchten Krieg.«

Zwölf Stunden hin. Zwölf zurück. Bis sein Glückspilz wieder da war. Morgen bei Einbruch der Dunkelheit, darauf hatten sie sich verständigt, würde Bertie Fortune wieder zur Truppe stoßen, die Antwort in der Hand, die sein Captain brauchte.

Fortune zerrte an einem Ende seines Schnurrbarts. »Lassen Sie sie wieder spielen, Sir? Solange Sie warten.«

»Ich glaube nicht, Fortune«, erwiderte Godfrey. »Das habe ich ausprobiert. Jetzt schwebt mir etwas anderes vor.«

»Das wird dem Lieutenant nicht passen.«

»Dann kommen Sie wohl besser schnell zurück, nicht.«

Bertie Fortune gab keine Antwort, starrte über die Felder. Dann wandte er sich seinem Captain zu. »Aber falls Sie doch noch spielen, Sir, sollten Sie den Lieutenant gewinnen lassen.«

»Und warum das, Fortune?«, sagte Godfrey.

»Damit er nicht etwas anderes versucht.«

Godfrey seufzte, schnallte die neumodische Uhr von seinem Handgelenk los, schob sie Bertie Fortune zwischen die Finger. »Passen Sie gut drauf auf, Fortune«, sagte er. »Das ist alles, was jetzt zählt. Und sehen Sie zu, dass Sie bekommen, was ich haben will. Die Männer sind darauf angewiesen.«

»Sir.«

Fortunes Finger schlossen sich um das kleine runde Glas, er schob die Faust in die Tasche und zog sie leer wieder heraus, als wäre nichts gewesen. Sie gaben sich die Hand, bevor er aufbrach, und Godfrey hielt seine etwas länger als angemessen fest, so als hätten sie ein unausgesprochenes Geheimnis. Dann war sein Glückspilz auf und davon, wanderte querfeldein, Bertie Fortune auf Schatzsuche, das Schicksal aller in seinen Händen.

Drei

Diesmal fand das Spiel im Kornspeicher statt, sechs Männer verborgen hinter der herabhängenden Wäsche auf der Leine, die Tür zugezogen bis auf einen schmalen Spalt, um Licht zu haben.

Flint.

Walker.

Stone.

Alec.

Jackdaw.

Und Promise.

Der Captain war mit seinem Glückspilz durch die Felder streifen gegangen – Second Lieutenant Ralph Svenson hatte endlich die Verantwortung.

Eine Runde. Sudden Death: bis zur Entscheidung. Die Gelegenheit, alles zurückzugewinnen, was die Männer tags zuvor verloren hatten. Oder auch alles, was nie beglichen worden war. Ihre Spielfläche war ein kleines grünes Tuch, das Georg Stone über die Spreu gelegt hatte. Die eine Seite des Tuchs war einfarbig, die andere war mit den Symbolen von *Krone und Anker* gemustert. Aber Ralph Svenson waren für sein Spiel Asse und Könige lieber als Würfel, die Möglichkeit zu rechnen, statt nur auf den Zufall zu setzen. Hohe Einsätze. Gehorsamsverweigerung der anderen Art.

Ralph teilte die Karten selbst aus, warf jedem der Männer eine hin und rief dann zum Setzen auf. Den Reigen eröffnete diesmal der Klaubruder der Truppe. Alfred Walker öffnete die Hand und ließ etwas auf das ungeschlachte Spielfeld gleiten. Ein Stückchen grünes Schleifenband, eine kleine Schlange der Vollkommenheit inmitten all des Drecks. Die Männer machten große Augen.

»Wo kommt das denn her?«, fragte Percy Flint. »Vom Schlüpfer einer Lady?«

»Das würde dir so passen, Flint.« Walker grinste. »Ist von einem Jerry, wurde mir gesagt.«

Beachs Schleifenband in der Farbe irischen Sommers, zuletzt gesehen an seinem Marschgepäck wie ein Wimpel an einer Lanze.

»Du verfluchter Knickerer«, murmelte Flint, kreuzte die Arme. »Warum hast du das gestern nicht gesetzt? Immer behältst du das Beste für dich.«

»Ich setze es doch jetzt, oder?«, sagte Walker. »Wenn ich gewinne, schenk ich's meiner Liebsten, und den ganzen Rest dazu.«

»Verdammt, du hast doch gar keine Liebste.«

»Werd ich aber, wenn das Ganze hier vorbei ist.«

»Was soll sie denn mit einem Stück Bändsel von einem toten Jerry?«, sagte Flint. »Ihren Schlüpfer verzieren?«

Walker überging die letzte Bemerkung. »Sie kann mein Bild daran aufhängen. Oder es sich ins Haar binden.«

»Was, wenn sie eine andere Farbe will?«

»Dann tausch ich es um«, sagte der Klaubruder. »Und kauf ihr eine Fuchsstola.«

»Was?« Flint lachte spöttisch auf. »Etwas Totes, das sie sich um den Hals legen kann.«

»Nun ist gut, Jungs«, murmelte George Stone. »Spielen wir weiter, sonst ist gleich der Captain zurück. Ich bin dran.«

Percy Flint fügte sich, zwei rote Flecken auf den Wangen, und sie warteten darauf, was der alte Kämpe für den Höhepunkt aufbewahrt hatte. George Stone langte in seine Tasche und zog etwas heraus, das die Männer viele Monate nicht mehr gesehen hatten. Eine Apfelsine, die Schale ein wenig runzelig. Alfred Walker pfiff.

»Du Mistkerl. Damit hast du hinterm Berg gehalten.«

Stone lächelte, legte die Apfelsine in die Mitte des Spielfelds und lehnte sich mit verschränkten Armen zurück. Alle wussten, die Apfelsine war ein echter Schatz, etwas, das jeder Soldat würde haben wollen.

Als Nächstes war Percy Flint dran, schob seine Opfergabe rüber – Herrenpomade, und die kleine runde Dose verströmte leichten Zitronenduft. Die Männer rutschten unbehaglich hin und her. Sie wussten alle, wo die Pomade herkam, fragten sich, was wohl im Gegenzug angeboten worden war. Second Lieutenant Ralph Svenson lächelte, dann heftete er seinen Blick auf Promise, der ihm im Kreis gegenübersaß. »Was ist mit dir, Promise?«, sagte er. »Letzte Chance zu gewinnen.«

Promise errötete leicht. »Diesmal spiele ich nicht mit.«

Ralph lächelte sein träges Lächeln. »Ach, wirst du jetzt wie Hawes?«

Promise stieg flammendes Rot von der Kehle hoch bei der Andeutung, er wäre ein Feigling. Jackdaw konnte nicht an sich halten. »Dann zeigen Sie doch mal Ihres, Sir«, sagte er aufsässig. »Deswegen sind wir schließlich hier.«

»Na, na, Jackdaw«, erwiderte Ralph. »Wer wird denn gleich in die Luft gehen. Du zuerst.«

Der dunkle A4-Junge machte ein finsteres Gesicht. Dann wühlte er in seiner Tasche und warf Hawes' Sixpence in die Mitte, wo er einen Moment kreiselte und dann umkippte. Ein billiges Ding, gewonnen bei einer Hühnerwette, und dafür erwartete er Silber.

Ralph Svenson berührte mit einem Finger die Blessur an seiner Stirn und sah kurz den blonden A4-Jungen an. »Kannst deine Kronjuwelen nicht für dich behalten, was, Promise.«

»Sie verfluchter –«

Es war George Stone, der Jackdaw zurückhielt. »Bleib ruhig, Junge. Ganz ruhig.«

Doch der Lieutenant hatte sich schon Alec zugewandt, die seltsamen Augen leuchteten erwartungsvoll. »Jetzt du«, sagte er.

Alec streckte die Hand aus, ließ etwas auf den grünen Stoff fallen, lehnte sich wieder zurück. Die Männer starrten auf den Einsatz. Eine Buchecker, noch in der stacheligen Schale.

Ralph fluchte. »Was zum Teufel ist das?«

»Ein Geschenk der Natur«, sagte Alec.

Jackdaw lachte auf und Flint warf ihm einen säuerlichen Blick zu. »Blödes Kaninchenfutter«, sagte er. »Wo ist der Pfandschein?«

Doch Alec zuckte bloß die Achseln und wartete ab, ob der Second Lieutenant anbiss oder nicht.

Am Grund eines Wassergrabens, vielleicht eine Meile entfernt, lag Captain Godfrey Farthing auf dem Bauch und beobachtete den Fluss ein paar hundert Schritte voraus. Der Tag war immer noch feucht, Tau haftete an jedem Blatt und jedem Halm, seine Uniform durchweicht vom Kragen bis zum Ärmelaufschlag.

Während er die offene Fläche jenseits des Wassers musterte, spürte Godfrey das *eins-zwei* seines Herzens bei dem Gedanken, die Nachmittagssonne könnte sich in den Knöpfen seines Uniformrocks spiegeln und feindliches Feuer auf ihn ziehen. Er lag jetzt seit einer Stunde in dem Graben, vielleicht länger, und es gab nichts zu sehen außer einer Spinne, die in ihrem triefenden Netz umherlief. Doch das hieß nicht, dass der Feind nicht vor ihm war, jenseits von diesem dunklen Wasserstrang, diesem langsamen stetigen Strom.

Als die Sonne Richtung Horizont zu sinken begann, wälzte sich Godfrey auf den Rücken und ließ den Blick himmelwärts wandern. Eine einzelne Krähe flog geradlinig durch sein Blickfeld, auch die grauen Wolken über ihm kamen in Bewegung. Er schloss die Augen und spürte es von unten in seinen Körper sickern. Nicht Kälte, nicht Feuchtigkeit, nicht das Wasser, das aus jeder Pore des Bodens drang. Sondern ein seltsamer Friede, der jede einzelne seiner Adern durchströmte; diese furchtbare Ruhe, die einen Mann befällt, der das Ende nahe weiß, jedoch nicht so, wie er es sich zu Anfang vorgestellt hat.

Es erinnerte Godfrey an damals, als Beach noch am Leben

war, er kauerte an der Seite seines Captains auf dem Boden eines Schützengrabens, Godfrey stand auf dem Brustwehrsims und starrte auf eine neumodische Uhr an seinem Handgelenk, während er die Minuten und Sekunden herunterzählte, die Trillerpfeife kalt an seinen Lippen. Neben ihm rührte sich James Hawes im Schlamm, eine nervöse, zappelnde Präsenz. Godfrey hatte die Hand ausgestreckt und sie seinem Sergeant einen Moment auf den Arm gelegt. »Kommen Sie klar, Hawes?«, hatte er geflüstert, ohne die Uhr aus den Augen zu lassen.

Hawes' Antwort kaum mehr als ein Grunzen. »Sir.«

Doch da hatte Godfrey die Angst gerochen, die der frühere Fleischer ausdünstete, ein Geruch, wie er von einem Kadaver aufstieg, der zu lange aufs Zerteilen gewartet hatte.

Nachdem Beach hin war und Godfrey den Brief vom Anwalt seines Vaters erhalten hatte, der ihm kundtat, dass auch seine Eltern tot waren, stand er wieder einmal auf dem Sims, starrte die dunklen Wolken an, die über ihn hinwegzogen, fand sie wunderschön. Da hatte sich dieselbe Stille, die er auch jetzt spürte, in ihm ausgebreitet. Er hatte übers Niemandsland hinweg in Richtung des verborgenen Feindes geblickt und gewusst, was er tun würde. Er wartete fünf Minuten, vielleicht auch zehn, um zu sehen, ob sich jemand rührte. Doch da war nichts als das leise Getuschel von Männern entlang der Frontlinie, das Ratschen eines unerlaubt an einer Stiefelsohle angerissenen Streichholzes, das leise Klötern eines Gewehrs, als Hawes sich erneut im Schlaf regte.

Godfrey hatte die Hand ausgestreckt und den früheren Fleischer am Ärmel berührt.

»Leb wohl, Hawes. Wir sehn uns dann.«

Stellte einen Fuß auf die Leiter, griff nach oben.

Dann der nasse glitschige Matsch zwischen seinen Fingern, als er über den Rand kroch. Einen Fuß auf die Oberkante des Schützengrabens, den anderen, dann war er draußen. Wie wunderbar es war, frei und aufrecht im offenen Gelände zu stehen, den Körper dem Feind zugewandt, der Webley noch im Holster, nichts zwischen ihm und der Kugel eines Scharfschützen als das Schimmern einer Uhr an seinem Handgelenk.

Also das ist ja mal doll.

Wartete mit ausgebreiteten Armen darauf, dass die Männer in Grau ihn endlich niedermähten. So wie Beach niedergemäht worden war, Rosen auf seinem zweitbesten Hemd erblühten, nichts blieb von dem Jungen als diese entseelten Augen, die in einen leeren Himmel starrten.

Godfrey erinnerte sich noch immer an Hawes' Geruch, als sein Sergeant ihn zu Boden riss. Dieser Gestank, fast animalisch, wie der Matsch, der sie alle von Kopf bis Fuß überzog. Sowie das wild hämmernde Herz des früheren Fleischers, als plötzlich tausend Geschosse den Himmel über ihnen zeichneten. Dann der kalte Schrecken, als ihm klar wurde, dass er getroffen war, Blut sickerte durch Godfreys Unterhemd, durch sein Hemd und seinen Uniformrock direkt in Hawes' Auge. Und doch ließ Hawes nicht locker, hielt seinen Captain fest wie eine Mutter ihr Kind. Godfrey Farthing trug das Schrapnell noch unter der Haut als Erinnerung, wovor sein Temporary Sergeant ihn gerettet hatte. Im schlimmsten Fall stand darauf die Todesstrafe. Selbstverstümmelung.

Im Kornspeicher warf Second Lieutenant Ralph Svenson es ihnen hin. Kein silbernes Mützenabzeichen, kein kleiner Löwe, der die Pranke hob. Sondern etwas Schmuddeliges. Etwas ganz Gewöhnliches. Vollgestopft mit Näh- und Stecknadeln. Promise' *Hausfrau*, tags zuvor gewonnen mit dem Aufdecken eines Buben, doch jetzt in den Händen des Second Lieutenant.

»Verfluchter Dieb!«, schrie Jackdaw und wollte auf Ralph los, der auf der anderen Seite des Spielfelds saß.

»Lass gut sein, Sohn.« George Stone hielt den A4-Jungen am Kragen fest, ganz gleich, wie er zerrte, sich wand und loszukommen versuchte. »Ist den Ärger nicht wert.«

Ralph lachte. »In Sachen lange Finger musst du dich an Walker halten. Besonders wenn es was Feines dafür gibt.«

Ein Schleifenband, grün wie ein irischer Sommer.

Alfred Walker wurde rot, als Promise sich zu ihm umdrehte, nackte Bestürzung im Gesicht. Aber Jackdaw ging es nur um den Second Lieutenant. »Svenson, Sie Schweinehund!«, brüllte er. »Wo bleibt das verfluchte Abzeichen? Flint hat gesagt, Sie setzen es. Warum sind wir wohl sonst hier?«

»Was für ein Abzeichen?« Ralph zuckte die Achseln. »Ich habe es nicht. Filz mich doch, wenn du willst.« Er breitete die Arme aus, als böte er sich Jackdaw als Zielscheibe dar.

Der A4-Junge fluchte wieder. »Dafür bring ich Sie um.«

»Krah, krah, krah«, rief Flint.

Aber Second Lieutenant Ralph Svenson lachte nur über das Spektakel, das er ausgelöst hatte. »Du kannst es versuchen, Jackdaw. Allerdings landest du womöglich vor einem Sechs-Mann-Erschießungskommando. Wir könnten auch Hawes dafür einsetzen. Der soll ja gut mit dem Gewehr sein.« Er wandte den Blick zu dem Spalt im Tor des Kornspeichers, wo James Hawes auf der anderen Seite stand und Wache hielt.

Ralph starrte den Temporary Sergeant eine Weile an, dann drehte er sich wieder um und stieß mit dem Stiefel an Promise' *Hausfrau*.

»Eure Chance, Jungs. Ihr könnt das belastende Indiz zurückgewinnen. Oder soll ich Hawes reinrufen und euch in den Schuppen sperren lassen?«

»Sie verdammter Schweinehund –«

Ralph spähte noch mal zur Tür, wo jetzt nichts mehr zu sehen war außer einem schmalen Spalt, durch den Licht auf die Steine fiel. Dann wandte er sich hohnlächelnd wieder an die A4-Jungs. »Tja, Jackdaw. Willst du nun spielen oder nicht?«

Eine Stunde später lag das Land beiderseits des Flusses still da, als Godfrey Farthing davonkroch, durch die Wassergräben und feuchten Auen robbte, bis er wieder an seinem

Ausgangspunkt war. Er stellte sich auf die Kuppe der Falte in der Landschaft und betrachtete die Stelle, wo sein Glückspilz losgezogen war, Bertie Fortune, der kleiner und kleiner wurde, bis ihn der Nachmittagsnebel verschluckte und sich zu allen Seiten hin nichts als Leere erstreckte. Die Gegend hier war wunderschön, fand Godfrey, kaum etwas wies darauf hin, dass nur ein paar Meilen weiter hinten die Welt unwiederbringlich verwüstet worden war. Nichts übrig als eine Landschaft wie die Oberfläche der Walnuss, die er nun in seiner Tasche drehte, mit ihren Runzeln und Furchen.

Godfrey starrte über die nackten Felder und malte sich aus, wie Bertie Fortune morgen mit dem Schatz in Händen zurückkommen würde. Noch eine Nacht in Sicherheit für seine Männer, bis das Ende kam. Dann drehte er sich um und ging. Zurück zum Bauernhaus mit seinem Kornspeicher und den zwei verbliebenen Hühnern. Zurück zu dem Korb voller Walnüsse in der Küche. Zurück zu dem Bach, der in den Teich hineinfloss und wieder heraus. Er war auf halbem Weg, als der Regen einsetzte.

Dann hörte er den Schuss.

1957

Jackdaw

Der Morgen graute heller als der vorige, Butterblumen sprenkelten das Flussufer, auf den Feldern blühten zwei Sorten Klee. Jackdaw schaute aus den Fenstern seines Turmzimmers, Osten, Westen, Norden und Süden, starrte über das Heufeld, leuchtend im Frühlingssonnenschein, in die Richtung, wo sich in einer Landschaftsfalte ein Fluss verbarg. In der Tasche tasteten seine Finger nach dem Piks eines winzigen silbernen Mützenabzeichens, und die Zeit strich über seine Haut wie Wasser über eine Schindel, alles voller kleiner Rinnsale und Bächlein.

Der letzte Krieg war vorbei, eigentlich bloß ein Geplänkel in der Wüste bei Suez, ein Gezänk um einen Kanal. Und doch hatte er Schmach und Schande über die Männer des Empires gebracht, kein Trost weit und breit außer dem Umstand, dass vielleicht keiner ihrer Söhne je wieder in den Krieg musste. Früher hatte Jackdaw sich vor Waffen geduckt, die mächtig genug waren, um auf hundert Schritt Entfernung etliche Männer zu töten – ein Druck auf den Abzug, schon spritzte es Blei. Doch selbst er wusste, dass Krieg jetzt mit Atomkraft geführt wurde, etwas, das niemand mit einem Maschinengewehr oder Panzer aufhalten konnte.

Auch für Jackdaw sollte das hier ein neuer Anfang sein. Eine Schule für Findlinge und verwaiste oder im Stich gelassene Jungs. Oder die, deren Eltern einfach keine Zeit hatten. Von London hier raufgeschickt, noch keine sechzig, aber schon ein alter Mann, müde und verbraucht bis auf die Knochen. Bei seiner Ankunft war er auf den leeren Innenhof mit dem stummen Speer aus Granit marschiert und hatte all die Namen gesehen. Was war es bloß, hatte er da gedacht, das einen noch im Angesicht der Katastrophe weitermachen ließ? Diese Schule war für ihn als sicherer Hafen gedacht nach einer anderen Art von Schmach. Und doch hatte Jackdaw da schon gewusst, dass seine Zeit längst vorbei war, keine Chance auf Wiederauferstehung mehr.

Er spähte von seinem Turmfenster hinab auf die Jungs im Hof, die er beaufsichtigen sollte, ein brodelnder brüllender Haufen, aber kein Gerangel, das seine Aufmerksamkeit verlangte, solange es nicht auf beiden Seiten zu mehr als Kratzern kam. Er sah zu, wie einer der älteren Jungs sich mit plumpen und einfallslosen Sticheleien über einen Neuankömmling hermachte, der erst am Abend zuvor aufgetaucht war. Der Neue war ein kleines Kerlchen in viel zu großer abgelegter Schulkleidung. Er kauerte auf den Stufen des Denkmals und kratzte an den in Stein gemeißelten Namen. Jackdaw hatte sie über die Jahre kommen sehen, und er hatte sie gehen sehen, Jungs aller Sorte, die Männer zu sein versuchten. Doch sobald er diesen Jungen sah, wusste er, der war anders. Ein ernstes kleines Ding, noch nicht besonders groß, aber innerlich schon alt.

Unten im Hof zupfte der ältere Junge, Bothwell, an dem gebrauchten Pullover des Neuen, dessen rosa V-Ausschnitt ihm praktisch bis zu den Knien hing. »Wo hast du den denn her?«, sagte er.

»Hat ihm seine Mami gestrickt«, rief ein anderer Junge.

»Vielleicht hat er ihn selber gestrickt«, sagte Bothwell.

Alle lachten.

Bothwell fing an, an dem Pullover zu reißen. »Na dann, auf geht's.«

Der Neuankömmling wand sich, als die zwei Jungs ihn packten, ihm den V-Ausschnitt über den Kopf zerrten und sich den geborgten Pulli im Kreis zuwarfen. Auch Bothwell warf ein paarmal, dann ließ er das ramponierte Teil auf den Schotter fallen und trat es weg.

»Was er da wohl drunter hat, was meint ihr?«, sagte er und

riss am Hemd des Neuankömmlings, dass kleine Knöpfe über den Schotter schwirrten, *eins, zwei, drei.*

Sie sahen ihn nicht kommen.

»Das reicht!« Er stieß auf sie herab, die Mantelschöße flatternd wie seine Namensvetterin, warnte sie, sich sofort zu verziehen, was sie auch taten. Einige lachend. Einige krächzend. Jackdaw wusste nicht wie, aber schon kannten sie seinen Spitznamen, aus der Metropole herbeigeschwebt wie auf lautlosen Flügeln. Er konnte noch ein, zwei energische Klapse anbringen, bevor sie verschwanden. Einer der Gründe, warum er *Persona non grata* war an der Schule, von der er kam. Und einiges mehr.

»Mit dir alles in Ordnung?« Jackdaw hob den Pullover vom Boden auf und gab ihn dem Neuankömmling. Der Junge hatte dreckige Knie und war zerzaust. Jackdaw entdeckte etwas flüchtig Vertrautes in dem Kindergesicht, runzelte die Stirn. Dann nahm der Junge den Pulli, zog ihn über und verhedderte sich. Als er schließlich wieder auftauchte, war sein Gesicht verzerrt mit Tränen der Wut. Schweigend standen sie da, ein alter Mann und ein junger, dann fing der Junge wieder mit seinem Knibbeln an, kratzte das Moos von den Namen der Toten auf der alten Plinthe. »*Old Mortality*, hm«, sagte Jackdaw.

»Sir?« Der Junge wusste zumindest, wie man höflich war.

»Aus dem Buch. Walter Scott. Der hatte auch was für Grabsteine übrig.«

Aber der Junge kannte seinen Scott nicht. Zumindest noch nicht.

»Wie heißt du?«, fragte Jackdaw.

»Solomon, Sir.«

»Solomon und weiter?«

»Farthing, Sir, wie die Münze.«

Und Jackdaw wusste sofort, was das bedeutete. Sein Captain war wieder da, um ihn heimzusuchen, wegen einer Schuld, die nie beglichen werden konnte.

An diesem Nachmittag im Lehrerzimmer hörte Jackdaw zu, während die jungen Lehrer hinter ihren Klassenbüchern flüsterten und lachten, als die alte Hausmutter, Miss Janie, mit ihrer Aufstellung loslegte. Sämtliche Jungs, die auf der Krankenstation lagen. Sämtliche Jungs, die entlassen worden waren. Miss Janie war schon seit vor dem ersten Krieg an der Schule. Noch ein Relikt, so wie er auch.

Solomon Farthing gehörte zu ihren neuesten Schützlingen, von einem Tag auf den anderen aus London hergeschickt und auf der Krankenstation zwischengelagert, weil er sonst nirgends bleiben konnte. Der Schulleiter suchte jetzt einen Freiwilligen, der ihn in seine Unterkunft mit aufnahm, aber niemand wollte. Solomon Farthing forderte förmlich heraus, dass man auf ihm herumhackte. Das sahen alle.

Jackdaw hörte die Männer hinter sich wieder mit ihrem Getuschel anfangen.

»Es heißt, sein Vater hat einen Abgang gemacht.«

»Was?«

»Hat sich wohl ersäuft.«

»Er hat verweigert, oder? Den Wehrdienst. Wollte nicht kämpfen.«

»Verfluchter Feigling«, murmelte einer der Lehrer.

»Ich habe gehört, er sollte ins Gefängnis«, sagte ein anderer.

»Dann hat er bekommen, was er verdient hat.«

»Diese scheiß Drückeberger.«

Jackdaw tastete in seiner Tasche nach dem kleinen silbernen Mützenabzeichen, legte seine Finger darum, als wollte er es wärmen. Er hatte sich immer gefragt, ob er den Mumm hätte – sich weigern, zur Waffe zu greifen, wenn er ein zweites Mal eingezogen würde, und stattdessen die harte Arbeit auf sich nehmen. Gottlob war er bei Ausbruch des zweiten Kriegs nicht mehr fit genug gewesen, hatte ihn als Brandschutzwart hinter sich gebracht und musste nichts Gefährlicheres tun. Er war Vegetarier geworden, als er aus dem Ersten zurückkam, war in den ersten paar Wintern beinahe elend verhungert. Nichts zu fressen außer Trockenmilch und runzelig gewordenen Steckrüben. Noch ein Grund, warum die junge Generation sich hinter seinem Rücken über ihn lustig machte. Trotzdem hatte Jackdaw das Blut auf Promise' Hemd nie vergessen können, oder wie dieses Huhn durch den Matsch getanzt war.

Er stach sich die silberne Nadel in den Daumen, einmal, zweimal, dachte an alles, wofür er einst gekämpft hatte, alles, was er verloren hatte.

»Ich nehme ihn.«

Er hatte es nicht sagen wollen. Er hatte vorgehabt, den Kopf einzuziehen, den Jungs beim Singen der Kirchenlieder zu lauschen, während er auf den Ruhestand wartete, und dann nur noch mit hochgelegten Füßen am Feuer zu sitzen und Gedichte zu lesen. Aber so war das Leben, nicht wahr. Noch ein Mal die Würfel rollen lassen konnte nicht schaden. Hatte Fortune das nicht immer gesagt?

Im Lehrerzimmer wurde es still, aller Augen richteten sich auf den alten Mann ganz hinten. Der Schulleiter stockte einen Moment, als wäre er unsicher, ob er das annehmen sollte. Aber sonst fand sich niemand, also verbeugte er sich vor dem Englischlehrer, als wären sie hier bei Hofe und Jackdaw wäre für einen Augenblick der König.

An diesem Abend bekam Jackdaw kaum Luft, als er die eine Bettenreihe hinauf- und die andere hinuntermarschierte, vor ihm ausgestreckte Knaben vom Erkerfenster bis zur Tür am anderen Ende. Früher war das seine liebste Tageszeit gewesen, abends nach dem Licht-aus, wenn er durch seine kleine Schar Schutzbefohlener schlenderte, Jungs mit Haar wie Flachs und Kletten, die Gesichter von ihren Träumen geglättet. Es erinnerte Jackdaw immer an Promise, wie er auf dem Heuboden schlief, die Arme von sich gestreckt, ein Junge ganz aus Winkeln und Schatten, die Wangen rosig von der kalten Luft. Jackdaw wusste noch, wie es war, wenn er neben

Promise lag. Hemdmanschette an Hemdmanschette. Handgelenk an Handgelenk. Hüfte neben Hüfte. Diese Zeit, als er wahrhaftig gelebt hatte – jeden einzelnen Tag in Gefahr.

Jetzt fühlte er sich schier erstickt davon – dieser Gestank kleiner Jungs. Dreckiges Haar auf klumpigen Kissen. Der Mief von ungewaschenen Leibern durchtränkte die Luft wie ein scheußliches Parfum. Er roch es nachts, kurz vor dem Aufwachen, wenn er strampelnd mit seiner Bettdecke kämpfte. Kordit. Und dann der hartnäckige Geruch von ranzig gewordenem Zitronenöl. Jackdaw roch es auch jetzt wieder, als er zum Ende des Schlafsaals ging, die Furcht eines Jungen, die aus den Laken dünstete, als er näher kam. Er hörte auch die Stimmen in der Dunkelheit flüstern. Kleine Zungen, flink wie Fische im Fluss, die dem neuen Jungen über die Lücke zwischen ihren Betten hinweg etwas zuraunten.

»Hey, du. Farthing. Woher kommst du?«

»Ist deine Mutter tot?«

»Was ist dein Vater von Beruf?«

»Ist er auch tot?«

Jackdaw hoffte, Farthing würde schweigen, so wie der Großvater dieses Jungen all die Jahre über. Aber dann erklang Solomon Farthings Stimme, brach sich dünn an den Deckenbalken im Schlafsaal. »Mein Vater war Soldat.«

Mehr als zehn Jahre nach Kriegsende, und doch war das noch immer der Stab, an dem sie alle gemessen wurden. Der andere Junge gab in der Dunkelheit ein Geräusch von sich, halb Lachen, halb Entrüstung. »Ich hab gehört, er war 'n Drückeberger.«

Farthings Stimme klang wehleidig. »Was ist ein Drückeberger?«

»Na, das zeigen wir dir gern.«

Da sah Jackdaw sie – zwei von den kleinen Mistkerlen schlüpften aus ihren Betten, die Pyjamas bleich in der Nacht, schon zogen die Hände Solomon Farthing die Decke weg, um ihn der Kälte preiszugeben. Jackdaw lief los, bereit einzugreifen, dann roch er es schon von weitem. Ein Schwall Urin, heiß im Schritt eines kleinen Jungen. Die anderen rochen es auch.

»Herrje!«

»Er hat sich bepinkelt.«

»Dreckige Schwuchtel.«

Und Jackdaw verspürte wieder den alten Stich – dieses Schimpfwort, normalerweise gegen ihn gerichtet, an das er sich längst gewöhnt hatte. Er hörte Farthing weinen, als die anderen Jungs zu ihren Betten zurücktapsten, die Laken warm und trocken. Einen Moment zögerte er, dann zog auch er sich zurück.

Zwei Wochen später, und die älteren Schüler probten in der Kapelle für den Umzug, eine Art Ritual jeden Sommer, für das einer zu ihrer aller Prinz gewählt werden musste. Der Erkorene musste sich ausziehen und in ein Tuch wickeln, während um ihn herum voll bekleidete Jungs mit Grünzeug wedelten und sangen. Niemand gab jemals zu, dass er gern der Entkleidete sein wollte. Aber jeder Junge sehnte sich danach, gewählt zu werden. So war das eben.

Jackdaw fand Solomon Farthing auf einer der Holzbänke im Hintergrund, wo er an der Unterseite der Kirchenbank vor ihm herumkratzte. Als Jackdaw hinzutrat, hörte er auf und verbarg, was er in der Hand hielt.

»Gefällt es dir?«, sagte Jackdaw und zeigte auf die Jungs vorne.

»Ich mag den Gesang.«

»*An endless picture-show*«, murmelte Jackdaw.

»Sir?«

»Ach nichts.« Solomon Farthing war zu jung für Sassoon, dachte Jackdaw, er würde es nicht verstehen. Er musterte die blauen Flecken auf den Beinen des Jungen, sah, wie er sie aus dem Blickfeld des Lehrers unter die Kirchenbank schob und etwas in seiner Hand hin und her drehte, sodass es im

Kerzenlicht glänzte und funkelte. Eine Dreipennymünze für Naschwerk, die gab man an Jungs aus, die nichts hatten, damit sie sich nicht benachteiligt fühlten. Solomon Farthing hatte sie an seiner kurzen Hose blankpoliert. Jackdaw lächelte. Auch er mochte Dinge, die glänzten.

»Willst du nicht mit den anderen spielen?«, fragte er. »Sie sind jetzt draußen im Hof.«

Farthing senkte den Kopf. »Nein danke.«

»Willst du lieber etwas Besonderes sehen?«

»Ja, Sir.«

Die Jungen sangen: *Der Herr ist mein Hirte …*

Als Jackdaw die Hand auf Solomons Schulter legte, spürte er die Wärme junger Haut unter dem Hemd und nahm die Hand wieder weg. Das Haar des Jungen war hell wie die Sonne auf den Heufeldern, als Jackdaw Solomon wegführte. So wie das des alten Mannes grau war.

Hinauf, hinauf und weiter hinauf stiegen sie, bis ganz nach oben zur Turmspitze, in einen quadratischen Raum mit einer dicken Holztür. Drinnen war es dunstig, das Abendlicht sickerte von Osten, Westen, Norden und Süden herein. Farthing jauchzte auf, rannte zu einem der Fenster und kniete sich auf eine große Eichenkiste, um hinauszusehen. Jackdaw grinste und stellte sich neben ihn.

»Da ist das Feld«, sagte er. »Zwei Sorten Klee, wenn du sorgsam suchst. Und dahinter der Fluss, mit dem Ufer voller Butterblumen.«

»Wir dürfen nicht zum Fluss, Sir.«

»Sagt wer.« Es war keine Frage. Als der Junge ihm einen Blick zuwarf, zuckte Jackdaw die Achseln. »Wir müssen alle leben.«

Er trat an den Schreibtisch mit seinen Schubladen und der grünen Ledereinlage, darunter der Teppich, der in der Mitte allmählich verschlissen war, und der Lehnsessel in der Ecke, der allen Platz einnahm.

»Willst du meine Schätze sehen?«, fragte er.

Solomon Farthing drehte sich von seinem Hochsitz am Fenster zum Raum. »Ja bitte, Sir.«

»Dann komm her.« Jackdaw zeigte auf den Schreibtisch und zog die oberste Schublade heraus, damit der Junge hineinsehen konnte. Gemeinsam schauten sie auf ein paar glänzende Orden an bunten Bändern. Jackdaws Kriegsmedaillen Pip, Squeak und Wilfred. Sowie ein Kreuz aus wolkigem, angelaufenem Silber mit Kronen an den vier Armen, Osten, Westen, Süden und Norden.

Ein Military Cross.

Für Tapferkeit.

Oder so was in der Art. Die Augen des Jungen leuchteten im Schein der tiefstehenden Sommersonne, als er auf die Schätze starrte. Solomon Farthing hatte vermutlich nie einen Kriegshelden kennengelernt, dachte Jackdaw. Einen Mann, der sich durchs Schlimmste gekämpft hatte, was es gab, und mit einem Orden an der Brust heimkam, um das Loch darunter zu verbergen.

»Ist das Ihres, Sir?«, fragte Solomon und zeigte auf das Kreuz an seinem violetten Band mit weißen Streifen.

Jackdaw schüttelte den Kopf. »Das gehörte einem ehemaligen Jungen, glaube ich. Ich hab es unten in einer Schublade gefunden, in der Bibliothek.«

»Was hat er dafür getan, Sir?«

»Was alle Männer im Krieg tun«, sagte Jackdaw. »Sie kämpfen.«

Solomon schwieg einen Moment. »Darf ich es in die Hand nehmen?«

»Warum denn nicht.«

Jackdaw zog das Kreuz aus seiner Schachtel und reichte es dem Jungen, warm in seiner Hand. Solomon Farthing hielt den Orden ein Weilchen fest. Dann fragte er: »Was ist ein Drückeberger, Sir?«

Jackdaw seufzte, nahm das Kreuz, legte es in seine kleine

Schachtel zurück und schloss die Schublade. »Ein Mann, der seine Pflicht nicht tut«, sagte er. Ein Mann, der noch nicht mal zum Stock greifen würde, ganz zu schweigen von einer Schusswaffe.

»Haben Sie im Krieg gekämpft, Sir?«

»Ja«, sagte Jackdaw. »Im ersten.«

»Hat man Ihnen einen Orden gegeben?«

Das Gesicht des alten Mannes veränderte sich. »Nein, nicht so einen hier. Aber mein Freund hatte einen. Möchtest du ihn sehen?«

Am nächsten Tag im Lehrerzimmer hörte er, wie der Schulleiter mit den anderen jungen Männern das Schicksal von Solomon Farthing erörterte, einem Jungen, der fast jede Nacht ins Bett machte, von den anderen Jungen gemieden und ständig in die Waschküche zitiert wurde, um seine Laken auszuwaschen.

»Er scheint Ärger anzuziehen«, sagte der Schulleiter.

»Die Jungs wissen, dass er schwach ist« – einer der jungen Lehrer rührte in seinem Tee – »das nutzen sie aus.«

»Nun, dann müssen wir ihn stärken. Sehen, zu was er fähig ist.«

»Er wird hier nicht gut klarkommen«, sagte der Sportlehrer. »Hat er denn gar keine Verwandten, die ihn aufnehmen könnten?«

»Keine, von denen wir wissen.«

Ein echter Oliver Twist.

Er würde nicht überleben. Das ging Jackdaw durch den Kopf. Alles Weiche an Solomon Farthing würde sich verhärten, oder schlimmer. Bis von dem jetzigen Jungen nichts mehr übrig war – ein Kind, das glänzende Dinge mochte, das gern am Flussufer zwischen den Blumen spielen und anderen Jungs beim Singen zuhören wollte. Wenn er hierblieb, das wusste Jackdaw, würde Solomon Farthing genauso ein Mann werden wie er. Eine Hülse von Mensch, immer eine Ohrfeige parat oder einen beißenden Spruch, jemand, der gelernt hatte, sich vor den Launen des Schicksals unter einer spröden Schale zu verbergen, und sein ganzes Leben damit verbrachte, so zu tun, als wäre er, was er nicht war.

Jackdaw dachte an das Vogelnest, das Promise entdeckt hatte, als das Ende nah war, ein vollkommenes Etwas, verbunden mit Moos und Stroh, seit langem verlassen in der Hecke. Der Neue hatte ihnen gezeigt, wo man suchen musste, hätte es aus den Dornen gehoben und Promise in die Hände gelegt. In den Resten des Nests hatten sich die Reste eines Eis befunden, ein Leben in einem anderen, jetzt auseinandergerissen. Doch Promise hatte die Scherben herausgehoben, als wären sie der bedeutendste Schatz von allen. Ein junger Mann, der hinter den Linien spielte, als wäre er wieder ein kleiner Junge und hätte nichts anderes im Leben vor als das.

Jackdaw tat einen Löffel Zucker in seinen Tee, dann noch einen, und dachte darüber nach, was er für Solomon Farthing tun könnte. Ihm zeigen, wie man zuschlug. Ihm zeigen, wie man kratzte. Wie man die Waffe reinrammte. Oder ihn zu der Familie zurückbringen, die ihm irgendwo abhandengekommen war, auf dass sein Leben neu begann. Er wandte sich vom Teewagen mit den Tassen, Untertassen und Löffeln ab und merkte, dass die anderen Lehrer jetzt über ihn sprachen, mit gedämpften Stimmen, als würde er es so nicht hören.

»Er ist aufmerksam zu dem neuen Jungen. Ich habe sie zusammen in der Kapelle gesehen.«

»Was meinen Sie mit aufmerksam?«

»Ich weiß nicht. Aber er hatte ihn auf seinem Zimmer.«

»Sie wissen ja, dass er einer von denen ist, oder?«

Dreckige Schwuchtel.

»Worum ging es da beim letzten Mal? An der Schule, von der er gekommen ist, meine ich.«

Noch ein Nest, dachte Jackdaw. Aus Schlangen und Intrigen. Flüsterten hinter ihren Klassenbüchern und beobachteten ihn ständig. Jackdaw hasste Tyrannen und brachte sie zu Fall, wenn er konnte.

»Ich weiß jemanden, der ihn vielleicht aufnimmt.« Jackdaws Stimme war lauter als beabsichtigt. Er sah, wie sich alle überrascht dahin umdrehten, wo er allein am Teewagen stand.

»Und wer soll das sein?«, fragte der Schulleiter.

Jackdaw führte den Löffel ein Mal in seiner Tasse im Kreis, hörte das Kratzen von Zucker auf Porzellan.

»Sein Großvater«, sagte er.

Solomon hatte es endlich zum Fluss geschafft, war den Schulstunden entronnen und konnte allein spielen, ohne andere Jungs, die ihm den Spaß verdarben. Er stand auf der kleinen Halbinsel aus Kieseln, blickte auf die starke Strömung des Wassers vor ihm, das vorbeifloss und in der Sonne glitzerte. Überall am Ufer begannen die Butterblumen sich zu öffnen und ihre Blütenblätter zur Sonne zu strecken, Butter unter seinem Kinn. Bald würde es Sommer sein. Wer wusste schon, was der brachte?

»Was machst du da?«

Solomon drehte sich um und schaute blinzelnd zur Uferböschung, wo plötzlich ein Junge aufgetaucht war, älter, dick um die Mitte. Bothwell, gekommen, um seine Spielchen zu spielen.

Bothwell grinste Solomon böse an. »Fummelst du an dir rum?«

Solomon wurde rot, nahm die Hände aus den Taschen. »Nein.«

»Was hast du da?«

»Nichts.«

Bothwell kam die Böschung heruntergerutscht, Kies an den Sandalen. »Los, Drückeberger, zeig her.«

»Nein.«

Griff nach Solomon, drehte Solomon den Arm auf den Rücken, zwang seine Finger auseinander, bis er den Schatz in der Hand hatte. Ein kleines Ding, das im Sonnenlicht blinkte. Ein silbernes Mützenabzeichen mit einem Löwen, der die Pranke hob. »Wo hast du das her?«, sagte Bothwell.

Solomon wurde wieder rot, sein Gesicht heiß. »Es hat meinem Vater gehört.«

»Nein, hat es nicht. Dein Vater war ein Drückeberger.«

»Gib es her.«

»Hat Jackson es dir gegeben?« Solomons Schweigen verriet Bothwell, dass es stimmte. Er lachte. »Er gibt es allen Jungs, die ihm gefallen. Du bist nichts Besonderes.«

»Woher weißt du das?«

»Weiß ich einfach. Er ist abartig. Was glaubst du denn, warum er die andere Schule verlassen hat?« Bothwell stopfte das kleine Mützenabzeichen in seine Tasche und griff stattdessen nach dem Seil, das am Baum hing, ein dickes Tau, das bis zur Wasseroberfläche reichte, bereit zum Schwingen. »Sollen wir schaukeln?«, sagte er.

»Ich will nicht«, sagte Solomon mit verkniffenem Gesicht. Alle Schüler waren gewarnt worden, sich von dem Seil fernzuhalten.

»Sei kein Schisser.«

»Bin ich nicht.« Obwohl er ganz klar einer war.

»Zeig, ob du dich traust.« Bothwell grinste. »Ich geb dir den Anstecker zurück, wenn du es machst.«

Da fühlte Solomon, wie die Hitze in ihm aufstieg. Er trat zum Seil, spürte es riesig zwischen seinen Händen. Sein kleines Herz galoppierte *eins-zwei, eins-zwei,* als er an das Wasser dachte, wie kalt es sein musste, wie tief. Er hörte Bothwell lachen und wollte gerade das Seil loslassen und weggehen, da kam der Stoß, die Hände des anderen Jungen grob an seinem Rücken, der plötzliche Anschwung. Dann baumelten seine Füße über dem Nichts. Wasser tief unter ihm, das im Sonnenschein glitzerte. Windgeräusche in seinen Ohren, als er merkte, wie er abrutschte, seine Stimme ein schriller Schrei. »Ich kann nicht schwimmen!«

Irgendwo hinter ihm lachte Bothwell. Dann nur noch ein Fallen, als er schließlich losließ.

Solomon landete mit einem Plumps auf den Kieseln, es drückte ihm die Luft aus den Lungen, Kies klebte an seinem Oberschenkel. Er lag einen Moment da, atemlos, hörte nichts als das Wasser, das weiter und weiter rauschte. Er spürte das Brennen einer Schürfwunde am Ellbogen und blinzelte, als ein Schatten vor die Sonne fiel. Über ihm grinste Bothwell, hielt ihm eine Hand hin, zog sie weg, als Solomon danach fasste, lachte und schmiss das kleine Mützenabzeichen in Richtung Fluss. Da griff Solomon Farthing an, genau wie die Dohle es ihm beigebracht hatte.

Der ältere Junge schrie auf, als er zu Boden ging, Solomon auf ihm, die Knie klemmten zu wie ein knochiger Schraubstock, die Füße gruben sich in die feuchten wegrutschenden Kiesel, ein kleiner Arm nach dem anderen boxte und boxte und boxte mit Fäusten wie kleinen Knochengraten. Dann stieß er wieder und wieder Bothwells Gesicht weg, der Kopf des älteren Jungen war plötzlich im Wasser, Blasen vor den Lippen. Bothwell drosch mit den Beinen und drehte und wand sich, versuchte freizukommen. Da schlug Solomon erneut zu, als spielte alles keine Rolle mehr. Dass seine Mutter tot war. Dass sein Vater tot war. Dass niemand auf der Welt mehr für ihn da war. Dann rollte er sich weg, lag auf dem Rücken zwischen den Kieseln und sah zu, wie das Sonnenlicht sich kräuselnd in den Bäumen brach.

Bothwell versuchte aufzustehen, die Wange mit Blut beschmiert, als hätte er sich für ein Theaterstück geschminkt. Er stolperte im seichten Wasser, stolperte wieder, schwankte, rutschte auf einem unter der Wasseroberfläche verborgenen Stein aus und ging unter. Er platschte wie ein Fisch am Haken, als die Strömung nach ihm griff, fuchtelte mit einer Hand. Wie das kleine silberne Mützenabzeichen, dachte Solomon, ein Löwe, der die Pranke hebt.

Er sah zu, wie der Junge im dunklen Wasser verschwand, erhaschte einen Blick auf sein bleiches Gesicht zwischen dem Schilfrohr, dann nichts mehr, die Wasseroberfläche plötzlich wieder eben. Kein Laut bis auf einen Vogel, der im Geäst sang, und das Wasser, das floss und floss, und Solomon stand jetzt auf den Kieseln, die Füße in den Boden gegraben.

Dann gellte ein Schrei übers Feld.

»Junge!«

Der schwarze Umhang flatterte, ein alter Mann stieß auf ihn herab wie aus dem Himmel. Riss an Solomons Schultern, als er ihn wegschob und ins Wasser vordrang, nach Bothwell grabschte. Seinen Knöcheln. Seinem Hemd. Irgendetwas, das er zu fassen bekam. Füße. Gürtel. Haare. Ein alter Mann, der tauchte und tauchte und wieder tauchte, bis er hochkam, um Luft zu holen. Solomon sah zu, wie die Dohle mit Bothwell in den Armen aus dem Fluss watete. Dann bückte er sich, um etwas aufzuheben, das im seichten Wasser lag. Ein silbernes Mützenabzeichen, geborgen aus seinem Kieselgrab.

VIERTER TEIL

Die Aufgabe

Godfrey Farthing

geb. 1893 gest. 1971

Solomon Farthing

geb. 1950 gest.

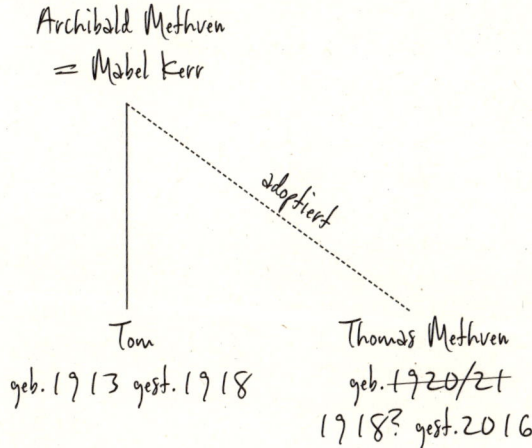

Archibald Methven
= Mabel Kerr

adoptiert

Tom
geb. 1913 gest. 1918

Thomas Methven
geb. ~~1920/21~~
1918? gest. 2016

2016

Eins

Solomon erwachte sehr früh am Morgen bei einem vom nächtlichen Regen reingewaschenen Tagesanbruch. Draußen sang eine Lerche, als müssten ihre winzigen Lungen gleich bersten. Er lag da, lauschte ihrem einsamen Trällern und fragte sich, ob irgendwo jenseits der Grenze auch Walter Pringle lauschte.

Der Mini war nicht angesprungen, als die Zeit zum Aufbruch kam. Sechs Jungs hatten in der Dunkelheit geschoben, zusammen mit Eddie Jackson in seinem Morgenrock, doch das kleine Auto hatte trotzdem gestreikt. Also gaben sie Solomon eine Decke, unter der er schlafen konnte, blau mit einer weißen Kante.

»Wir quartieren Sie auf der Krankenstation ein«, hatte Eddie Jackson gesagt. »Ich hoffe, das macht Ihnen nichts aus.«

Solomon zog sich aus, als wäre er wieder ein kleiner Junge, faltete seine Cordhose sorgsam zusammen, bevor er sie auf einen Stuhl legte. Als er ins Bett stieg, wusste er, dass irgendwo weit weg in den versteckten Schlafsälen des großen Gebäudes andere Jungs ebenfalls unter blauen Decken lagen. Er schaute an die Zimmerdecke und dachte an den Fluss am Fuß des Hügels, wie die Sonne auf dem Wasser glitzerte, als würde sie von hundert Spiegeln reflektiert, an das Stürzen und Gleiten der Schwalben. Beim Einschlafen war er überzeugt, die Knaben singen zu hören:

Der Herr ist mein Hirte …

All ihre kleinen Münder zum Dach der Kapelle gehoben.

Am nächsten Morgen war die Sonne kaum über dem Horizont, da stand Solomon am Fenster, blickte hinaus in den Hof und fragte sich, ob Alec Sutherland es je auf eine Ehrenrolle geschafft hatte. Das Kriegerdenkmal war eine dunkle Präsenz, Flechten krochen über all seine Zacken und Rillen. Solomon konnte sie immer noch spüren, die Kälte des Steins, als er an dem Moos kratzte, sechzig Jahre rannen durch seine Finger, als er darauf wartete, dass ein Mann in einem dunklen Umhang herbeirauschte und ihm seinen neuen Namen schenkte. Plötzlich fielen ihm all die Gedichte ein, die er von diesem Mann gelernt hatte und die sich nun in seinem Kopf drängten.

There is some corner of a foreign field …
Dulce et decorum est.
A drawing-down of blinds …

Der Krieg, der alle Kriege beendet, hatten sie ihn so nicht bezeichnet? Nichts als eine Reihe Gedichte für Männer wie ihn.

Solomon starrte aus dem Fenster über die Schulgebäude hinweg auf einen langen, grasbewachsenen Hang, der zu einem am Fuß des Hügels verborgenen Fluss hinunterführte. Das Feld lag grau im fahlen Morgenlicht und wartete darauf, von einem schönen Tag erwärmt zu werden. Die Uferböschung würde um diese Jahreszeit mit Butterblumen gesprenkelt sein, das klare Wasser an den Rändern lecken. Dort stand ein Baum, dessen Äste sich so weit streckten, als wolle er die andere Seite berühren. Dann diese Stelle in der Mitte, wo das Wasser plötzlich dunkel wurde.

Gebt acht, Jungs. Bleibt immer da, wo es flach ist.

Aber was wäre das für ein Leben.

Da drüben im Hof, auf der anderen Seite des Kriegerdenkmals, starrte jemand zurück, bemerkte Solomon. Ein Junge mit hellem Haar, dem das Hemd aus der Hose hing. Als Solomon hinsah, hob der Junge die Hand und winkte, wartete darauf, dass Solomon zur Antwort die seine hob.

Vormittag, das Frühstück, ein Durcheinander aus süßen Getreidepops und verbranntem Toast, war vorbei, und Eddie Jackson lehnte sich ins Fenster des Minis, wo ein kleiner Hund erneut die Rückbank zierte.

»Dann fahren Sie jetzt zur Burg?«, sagte er.

»Zum Regimentsarchiv«, bestätigte Solomon. »Wo alle alten Soldaten ruhen.« Der naheliegendste Ort, um Alec Sutherland aufzuspüren, einen zwischen den Heufeldern der Gegend geborenen und aufgewachsenen Knabensoldaten, der irgendwo dort eingerückt sein musste.

»Die haben da auch Ritterspiele, wenn Sie so was mögen«, sagte der Lehrer. »Der heilige Georg pfählt den Drachen.«

Das Emblem der Northumberland Fusiliers. Solomon dachte wieder an seinen verlorenen Glücksbringer.

Die Schuljungen jubelten, als der Motor des Minis diesmal beim ersten Drehen des Schlüssels rasselnd ansprang, und der Hund bellte einmal kurz auf, als freue er sich mit. Solomon löste die Handbremse und der kleine Wagen begann über den Schotter zu rollen, da klopfte Eddie Jackson ans Fenster und steckte etwas hindurch.

»Das ist alles, was Sie beim ersten Mal bei sich hatten«, sagte er. »Dann wurde es hier vergessen. Mein Großonkel hat es all die Jahre für Sie aufbewahrt, falls Sie noch mal zurückkommen.«

Irgendeine Art Dose, in Plastik gewickelt. Solomon nahm das Päckchen, legte es auf die Rückbank des Minis neben den Hund. Der Hund leckte einmal kurz neugierig daran und kringelte sich dann um das Päckchen, als wollte er es warm halten. Eddie Jackson machte Anstalten, sich zurückzuziehen, dann zögerte er.

»Übrigens«, sagte er. »Sie sind nicht der Einzige, der Fragen stellt.«

Die Vibrationen des Minis rüttelten plötzlich Solomon Farthings Rückgrat durch. »Ach ja?«

»Gestern, bevor Sie gekommen sind, war ein Mann hier. Trug einen eleganten Anzug.«

»Er hat Ihnen wohl nicht zufällig seinen Namen genannt, oder?«

»Ach, ich gebe mich ungern mit Namen ab, wenn ich nicht muss«, sagte der Lehrer. »Aber er fuhr einen dicken Wagen. Grau und glänzend. Kennen Sie den?«

Ja, dachte Solomon. Er kannte ihn nur zu gut.

Sie hatten jetzt ganze Flotten davon, Dunlop, Dunlop & Dunlop. Und all die anderen. Pensionierte Polizisten lümmelten sich in Hybridwagen auf Parkplätzen, während sie auf den Anruf warteten, wo sie einspringen sollten. Lang verlorene Angehörige aufsuchen und befragen. Höflich, aber nachdrücklich Ausweispapiere verlangen. Leerstehende Immobilien sichten, prüfen, ob sie lohnendes Jagdwild waren. Eine Million. Zwei Millionen. Manchmal sogar drei. Solomon verstand solche Männer von den Sohlen ihrer zweckmäßigen Schuhe bis zur Spitze ihrer Tintenroller. Auch er war Türklopfer aus Überzeugung – machte die Beinarbeit gern selbst.

»Worauf war er aus?«, fragte er jetzt, als wüsste er das nicht.

»Ehemalige Jungs«, sagte Eddie Jackson. »So wie Sie auch.«

»Was haben Sie ihm gesagt?«

»Dass die Akten streng vertraulich sind.«

Es gab also immer noch gute Männer auf der Welt. Solomon streckte die Hand aus dem Fenster des Minis und merkte, dass sie ganz zittrig war. »Danke«, sagte er. »Für alles.«

»Gern geschehen«, sagte Eddie Jackson, ergriff Solomons Finger und hielt sie einen Moment ruhig. »Kommen Sie jederzeit wieder.«

Die Burg hier war genau das, was jeder Junge erwarten würde. Befestigungsmauern. Und Kanonen. Ein Verlies und ein Bergfried. Plus jede Menge Türmchen, auf denen man

Fahnen hissen konnte. Solomon näherte sich über Sträßchen, an deren Rändern Wilde Möhre und Wiesenkerbel wuchs, weiträumig umfuhr er ein nahegelegenes Marktstädtchen, um sich möglichst von schnittigen grauen Wagen fernzuhalten, die dort auf der Lauer liegen mochten. Eine halbe Meile vor seinem Ziel fuhr er an einem Schild vorbei, das verkündete: *16£ am Haupttor.* Erst da wurde Solomon bewusst, dass er möglicherweise bezahlen musste, um die Akte eines Soldaten einzusehen; mit Geld, das er nicht hatte.

Der Junge tauchte zur selben Zeit auf wie die Burg, ein Kopf mit verwuscheltem Haar erhob sich in das kleine Rechteck des Rückspiegels, just als die Burg sich am Horizont erhob. Solomon riss das Lenkrad herum.

»Was zum Teufel …!«

Der Mini knirschte auf Matsch und Kies, als er am Straßenrand hielt. Solomon drehte sich nach hinten, um den blinden Passagier scharf zu verwarnen, aber dann sah er ihn mit dem Hund im Arm dasitzen. Peter, Erbeuter hübscher Objekte, hatte sich Old Mortality unter den Nagel gerissen. Peter grinste. Der Hund gab ein leises Warnknurren von sich. Das war nicht an das Kind gerichtet.

»Ich liebe Burgen.« Das war die Erklärung des Jungen.

»Ich habe eine Dauerkarte.« Das war sein Einsatz.

Solomon rief von einer Telefonzelle aus in der Schule an, mit einer von seinem blinden Passagier geborgten Pfundmünze.

»Ach, das macht er ständig.« Eddie Jackson reagierte unbekümmert. »Normalerweise findet er immer nach Hause. Warum behalten Sie ihn nicht für den Tag. Seine Eltern haben sicher nichts dagegen.«

»Ich dachte, er ist Waise.«

»Nein. Er fabuliert gern.«

»Dann ist sein Vater gar nicht tot?«

»Der besucht ihn alle zwei Wochen.«

»Was ist mit seiner Mutter?«

»Sie auch.«

Solomon ließ den Mini auf dem Burgparkplatz stehen, Peter an seiner Seite, und ging über einen Pfad an einem Baumhaus und einem riesigen Plastikschwan vorbei auf den Eingang zu. An der Spitze der Einlass-Schlange wurden sie mit höchstens einem Nicken durchgewunken – ein Großvater und sein Enkel, die reinste Tarnung. Als sie unter dem Löwenstein hindurchgingen, schob Peter seine Hand in Solomons und machte einen kleinen Hüpfer. Solomons Herz hüpfte zur Antwort. Was immer er sich von der Suche nach Thomas Methvens lang vermissten Angehörigen erwartet hatte – dies war es ganz gewiss nicht.

Sie ließen den Hund auf der Rückbank des Minis, wo er sich um eine alte Dose kringelte, und trafen beim Eintreten einen Artgenossen. Ausgestopft. Wie die drei toten Finken auf Walter Pringles Kaminsims, aber ohne deren inquisitorischen Blick. Der Hund hieß Sandy, passend zum sandfarbenen Fell, und war das Maskottchen der Northumberland Fusiliers, das sie im Regimentsmuseum willkommen hieß. Solomon stellte sich dicht vor die Vitrine und sah dem toten Hund in die Augen. Der Hund starrte zurück, Pupillen wie winzige Spiegel. Was trieb Soldaten bloß dazu, einen Hund mit in den Krieg zu nehmen?, dachte er.

Peter war begeistert. »Er ist echt, wissen Sie.«

Solomon entging nicht, dass der Junge für sein Museum auch gern einen ausgestopften Hund gehabt hätte. Und dazu alles andere um sie herum. Telegramme an trauernde Witwen. Ein Neues Testament mit einem Einschussloch in der Mitte. Eine tote Ratte und ein Stück hundert Jahre altes Brot. Draußen gab es Drachenspiele und Bogenschießen mit Gummipfeilen. Aber Solomon wusste, nur in diesem Burgfried hier fand das echte Soldatentum statt.

Die Ausstellung im Erdgeschoss des Regimentsarchivs war eine Hommage an die Northumberland-Jungs, die im

Weltkrieg gekämpft hatten. Bauernsöhne und Arbeiter. Ein Kammerdiener und ein Wildhüter. Männer, die vom Steckrübenausgraben und Schuheputzen lebten, ehe sie auszogen, ihre Mitmenschen zu erschießen. Manche von ihnen hätten wahrscheinlich straflos daheim bleiben können, dachte Solomon, so wie es Mr. Methven der Ältere angedeutet hatte. Das Land bestellen und bewahren, und die eigene Unversehrtheit gleich mit. Aber welcher junge Mann würde das tun, wenn Abenteuer winkten? Gehen. Oder bleiben. Das musste damals die entscheidende Frage gewesen sein. Und es war auch jetzt die entscheidende Frage.

Peter ging schon zwischen den Ausstellungsstücken umher und zeigte auf all die Schätze. Ein Tellerhelm, doppelt so groß wie sein Kopf. Ein Eisendorn, um ihn dem Feind ins Auge zu stechen. Es gab sogar eine Offizierspistole, gespannt und schussbereit, Munition gleich daneben.

»Ich hätte gern eine Waffe«, sagte Peter.

»Wozu?«

»Um jemanden zu erschießen natürlich.«

Da hatte Solomon ihn wieder vor Augen, diesen Ausdruck im Gesicht seines Großvaters, als Godfrey Farthing ihn in der Pfandleihe vor der offenen Vitrine mit der Perlmuttgriff-Pistole in der Hand erwischte. Als glaubte er, Solomon würde ihn erschießen. Gleich hier. Gleich jetzt. Ein Schuss ins Auge, Spritzer aus Blut und Hirnmasse überall auf dem grün bespannten Tresen wie das Funkeln eines Rubins. Und dann die Angst, die plötzlich wie eine Dosis Quecksilber durch Solomons Knochen strömte, als sein Großvater die Damenwaffe nahm und auf ihn richtete.

Als sie endlich den zweiten Stock des Burgfrieds erreichten, fühlte sich Solomon, als wäre er selbst im Krieg gewesen, von all den Gedenktafeln für die Gefallenen treppauf und treppab. Während Peter schon wieder ein Maskottchen der Fusiliers betrachtete, erschossen und sorgsam ausgestopft, wie man es mit einem Menschen nie machen würde, stand Solomon zum Verschnaufen oben am hohen Fenster und blickte auf die Vorburg hinab, wo sich zwei Reihen junger Leute mit etwas zwischen den Schenkeln gegenüberstanden, das sehr nach Besenstielen aussah.

»Was zum …«

»Sie lernen fliegen.« Peter stellte sich neben ihn. »Wie die Zauberschüler.«

Doch es waren nicht die Möchtegern-Zauberer, die Solomon den Ausruf entlockt hatten. Sondern ein Mann in elegant geschnittenem Anzug, der eben aus den Paradezimmern trat, als hätte er den Laden ausgekundschaftet. Seidener Schlips, klar. Gestreiftes Hemd, klar. Hochglanzpolierte Schuhe. Solomon trat von der Fensterscheibe weg und streckte die Hand aus, um den Jungen mitzuziehen. »Scheiße.«

Peter kicherte. »Verbotenes Wort.«

Solomon sah ihn an, ein kribbeliges Kerlchen in kurzen Hosen, genau wie all die Jungs, die da draußen herumrannten. Er wusste, er sollte es nicht tun. Doch wozu war Tarnung gut, wenn sie keinen Vorteil brachte? Außerdem:

Eine Hand wäscht die andere.

Solomon legte Peter die Hand auf die Schulter, wie es vielleicht ein Großvater tun würde. »Du musst etwas für mich machen, während ich im Archiv bin. Aufpassen, vielleicht auch für Ablenkung sorgen.«

»Kann ich den Hund mitnehmen?«

Solomon war nicht mal sicher, warum der Junge fragte. Der Hund machte, was er eben machte. Nichts, worauf Solomon Einfluss hatte. »Ja, du kannst den Hund mitnehmen.«

»Auf wen soll ich achten?«

Auf Colin Dunlop von Dunlop, Dunlop & Dunlop, der Solomon auf seinem Weg gen Süden auf Schritt und Tritt verfolgte.

Das eigentliche Archiv lag im nächsten Turm. Keine Teller-helme. Keine Orden. Keine Bibeln mit Einschussloch in der Mitte. Nur das einzig Wahre. Es war ein kleiner Raum, be-herrscht von einem filzbezogenen Tisch, ringsum decken-hohe Aktenschränke, jede Schublade ordentlich beschriftet, in der hinteren Ecke ein einzelner Computer.

»Normalerweise verlangen wir vorherige Terminabspra-che«, sagte der Archivar, als Solomon bei ihm vorsprach, nachdem er Peter auf sein eigenes Spiel angesetzt hatte.

»Ja, natürlich«, sagte Solomon. »Aber ich hatte eine Auto-panne und war abgelenkt von Ihren bemerkenswerten Aus-stellungsstücken, und …«

Im Zweifelsfall, fand Solomon Farthing, waren Schmei-cheleien immer nützlich. Wie auch der Inhalt seiner Taschen, den er jetzt auf den Tisch entlud. Ein Pfandschein, Nr. 125. Ein Inserat für den Verkauf eines Kindes. Das Vorsatzblatt einer Bibel, herausgerissen, als Reverend Jennie den Fehler machte, ihm den Rücken zuzuwenden. Plus ein knittriges Blatt Papier mit einem wachsenden Familienstammbaum, am Fuß der Name *Thomas Methven*, darüber Archibald und Mabel Methven. Kein Archivar konnte dem Anblick von Papierkram widerstehen, das verstand Solomon.

Der Archivar starrte den kleinen Müllhaufen auf seinem Schreibtisch an. Dann seufzte er. »Also schön, Mr. Dunlop. Sie haben gewonnen. Dienstnummer und Bataillon.«

Solomon lächelte. Er benutzte den Namen Dunlop in der Hoffnung, dass der Archivar den echten Inhaber, sollte der aufkreuzen, für einen Schwindler hielt statt andersherum. Jetzt setzte er etwas von dem berühmten Farthing-Charme ein. »Ich fürchte, ich habe weder noch. Aber vielleicht hilft mir Ihre Expertise da weiter.«

Der Archivar spitzte die Lippen. »Aber einen Namen haben Sie?«

»Alec Sutherland. Geboren 1902, hat 1918 als Soldat ange-mustert.«

»Tja«, sagte der Archivar, »wir bewahren hier keine Wehr-
pässe auf, tut mir leid. Dafür müssten Sie schon ins Nationalarchiv in Kew. Oder in der Online-Übersicht suchen. Aber
ich kann nachsehen, was wir haben, wenn es Ihnen nichts
ausmacht, ein paar Minuten zu warten.«

»Kein Problem«, sagte Solomon.

Und der Archivar verschwand durch eine Tür mit der Aufschrift ›Nur für Personal‹, wie um jedes Anerbieten, Solomon könnte mitkommen und selbst suchen helfen, im Keim
zu ersticken.

Sowie er weg war, ergriff Solomon die Gelegenheit, ging
an den Computer und loggte sich ein, wofür er den Post-it-
Zettel mit dem Passwort nutzte, der unter dem Tischrand
klebte. Mittels der Tab-Favoriten des Archivars verschaffte
er sich Zugang zur Internetseite des Nationalarchivs, tippte
den Namen ins Suchfeld für WW I-Wehrpässe ein und wartete. Alec Sutherland, das Findelkind, nahm auf dem Moni-
tor plötzlich Gestalt an. Eins achtundsiebzig. Blond. Gute
Zähne. Ein Landarbeiter, der bei den Northumberland Fusiliers angemustert hatte, im Februar 1918, in der Marktstadt,
die Solomon zuvor umfahren hatte. Vielleicht der nächste
Schritt rückwärts auf Thomas Methvens Familienstammbaum.

Die Einzelheiten entstammten dem Bericht einer ärztli-
chen Untersuchung bei der Musterung. Solomon schaute
stirnrunzelnd auf die Daten. Alec Sutherland hatte in Be-
zug auf sein Alter mit ziemlicher Sicherheit gelogen, wenn
man den Aufzeichnungen der Findelschule glauben konnte.
Laut Angaben auf dem Bildschirm war er achtzehn, als er
sich verpflichtete. Aber der Junge war als Baby Ende 1902
im Findelheim abgegeben worden und im April 1918 nach
Frankreich ausgerückt, rechtzeitig für die letzte Groß-
offensive. Sechzehn, wenn überhaupt, bloß ein Bauernjunge,
das schwere Marschgepäck fast so groß wie er selbst. Was
war das für eine Gesellschaft, die sie Helden nannte, dachte

Solomon, wo doch Jungs für sie seit jeher nur Kanonenfutter waren.

Für Alec Sutherland war keine andere Adresse angegeben als die Findelschule, wo er aufgewachsen war, mit dem Feld voller Butterblumen und zwei Sorten Klee und dem Fluss am Fuß des Hügels. Noch enttäuschender war, dass der Wehrpass auch keine Angehörigen aufführte, abgesehen vom damaligen Schulleiter. Trotzdem griff Solomon nach seinem Blatt Papier, das unten mit Thomas Methven begann, allerdings bisher nur bis zu Archibald und Mabel Methven, geborene Kerr, hinaufreichte, jetzt schrieb er den Namen des Jungen und seine Daten neben ihre und dachte über die Verbindung nach. Seine Suche galt Thomas Methvens wirklichen Eltern, Alec Sutherland war bislang seine einzige Fährte.

Als er eben das Blatt wieder zusammenfalten und verstauen wollte, blieb Solomons Blick an der Stelle hängen, wo er den Namen seines Großvaters hingekritzelt hatte. Godfrey Farthing, geb. 1893, gest. 1971, der in seinem Feldbraun am Tresen des *Borders Observatory* stand und das Inserat zum Verkauf eines Kindes stornierte. Solomon zögerte, bewegte den Cursor zum Suchfeld, wollte es gerade mit einem neuen Eintrag versuchen, als die Tür ›Nur für Personal‹ wieder aufschwang.

Der Archivar erschien und blinzelte hinter zwei verschmierten Brillengläsern hervor, als wüsste er, dass sich in seiner Abwesenheit etwas Ungehöriges zugetragen hatte, nur nicht was. Er hatte einen braunen Umschlag bei sich, enttäuschend dünn, zugebunden mit einem sauberen Stück Schnur. »Nicht viel, fürchte ich«, sagte er.

»Aber es gibt etwas«, erwiderte Solomon, der an der Tischkante stand, als hätte er die ganze Zeit dort gewartet.

Der Archivar nickte, löste mit behutsamen Fingern den Knoten und hielt den Umschlag überkopf. Ein Stück Pappe glitt heraus und lag zwischen ihnen auf dem Filz wie ein Fisch an Land. Der Archivar drehte es für Solomon um. Er erkannte sofort, was es war. Eine Feldpostkarte aus dem ersten Krieg, mit Bleistift geschrieben, versendet von einem Alec Sutherland von den Northumberland Fusiliers. Die Karte war datiert:

8. November 1918

Auf der einen Seite waren die Worte *Mir geht es recht gut* die einzigen, die noch nicht durchgestrichen waren. Auf der anderen stand die Adresse eines Hofs, wo man Babys aufnahm. Doch das war es nicht, was Solomon Farthings Herz zum Hüpfen brachte. Sondern etwas anderes, was auf die Karte geschrieben war. Da über der Adresse stand ein Name, auf den er schon einmal gestoßen war. Auf einem Schwarzweißfoto von 1918, zwei Damen mit Babys zu ihren Füßen. Sowie ein Mädchen, nicht so viel jünger, als Alec Sutherland damals gewesen war. Vierzehn. Vielleicht fünfzehn, mit Blumen am Handgelenk.

Daisy Pringle.

Die Liebste eines Soldaten, zurückgelassen im Heu.

Zwei

Kew war ein Garten der Wonnen. Eine Schatzkammer mit sämtlichen Dokumenten, die man sich nur vorstellen konnte. Und noch mehr. Solomon traf dort ein, nachdem er von einer Burg im Norden aus den halben Tag und die ganze Nacht gefahren war. Kein Abendessen bis auf den Rest einer Schachtel Tic Tac Orange. Keine Zutrittsberechtigung bis auf den Ausweis eines Mannes namens Colin Dunlop, erworben durch einen kleinen Taschenspielertrick vor der Abfahrt. Der Morgen des dritten Tages seiner Suche nach Thomas Methvens Angehörigen, und schon war Solomon auf dem Mutterschiff gelandet. Hätte er sich die Mühe gemacht, sie auf dem Laufenden zu halten, DCI Franklin käme bestimmt nicht drum herum, beeindruckt zu sein.

Das Nationalarchiv war ein Schrein von MI5-Ausmaßen, drei Stockwerke mit reichlich Glas, doch die wahren Schätze verborgen außer Sicht. Genau wie beim MI5 waren am Eingang die Taschen zu leeren. Keine Stifte, keine Beutel. Keine Jacken, nichts Essbares. Wenn man durchgelassen werden wollte, war nichts Verdächtiges erlaubt. Solomon legte das, was von seinem Leben übrig war, in ein kleines Metallschließfach, um sich den Zutritt zu sichern. Ein totes Nokia. Eine stark abgewetzte Walnussschale. Der traurige Stand der Dinge. Doch als er in Richtung Lesesaal ging, fingen seine Finger an seiner Cordhose wieder zu tanzen an, und sein Herz hüpfte *eins-zwei* unter dem Tweed. Das Internet war schön und gut, aber dies hier war der Heilige Gral der Erbenjagd. Eine physische Manifestation von Kette und Schuss allen Lebens.

Am Eingang zum Allerheiligsten im ersten Stock gab Solomon seinen kürzlich erworbenen Ausweis ab und erhielt im Gegenzug ein Ticket für den Lesesaal.

»Mr. Dunlop«, sagte der Mann am Tresen, als er das offizielle Dokument mit seiner Computerakte abglich. »Sie waren ja eine ganze Weile nicht mehr hier.«

Hoch lebe das Internet, dachte Solomon. Colin Dunlop von Dunlop, Dunlop & Dunlop hatte keinen Grund, sich leibhaftig vor den Pflug zu spannen, solange er alles auch am Bildschirm erledigen konnte. Als er zur nächsten Ebene durchgelassen wurde, wünschte Solomon einen Moment lang, er hätte das nötige Know-how, um sich in den National-archiv-Account seines Erbenermittlerkollegen zu hacken. Ein geschwindes Umgehen des verschlüsselten Passworts, und er könnte herausfinden, woran der Edinburgh-Mann wirklich arbeitete und was ihn dazu trieb, jeden Schritt von Solomon Farthing zu verfolgen. Vielleicht eine parallele Er-mittlung. Sämtliche Antworten zur Wahrheit über Thomas Methven fertig verknüpft, und Colin Dunlop schlürfte Tee am Tisch einer alten Lady, die gerade für die fünfzigtausend unterschrieb – natürlich abzüglich Kommission. Aber Solo-mon sollte verdammt sein, wenn er seinen toten Klienten so schnell von der Angel ließ, noch durfte er ein paarmal würfeln.

Solomon war nach London gekommen, weil ein Gefühl ihm sagte, dass alles Leben dorthin führte. Nicht bloß der Rest von Alec Sutherlands kompletter Wehrdienstakte, tief ver-borgen in irgendwelchen Stapeln. Sondern auch das Mädchen, das er zurückgelassen hatte. Daisy Pringle, zuletzt gesehen auf einem Schwarzweißfoto aus dem Jahr 1918, Blumen am Handgelenk.

Cherchez la femme. Sagten das nicht alle guten Erben-ermittler? Es war immer einfacher, den Weibchen der Spezies zu folgen, und sei es nur anhand von Geburten, als den Männchen, die stärker zum Verschwinden neigten. Doch als er südwärts auf die Wahrheit zufuhr, sagte Solomon Farthings Bauchgefühl, dass an der Sache noch mehr dran war. Er wollte nach London, um alles aufzustöbern, was er

271

mit sieben Jahren hinter sich gelassen hatte, als er auf dem Rücksitz eines alten Fords nach Norden rollte, begleitet von einer Frau mit Handschuhen und einem Mann mit grauem Filzhut.

Solomons Fahrt in die entgegengesetzte Richtung fast sechzig Jahre später bot etwas mehr Komfort, die Hände am Lenkrad eines schnittigen grauen Wagens, ›ausgeborgt‹ von Colin Dunlop, seinem Erbenermittlerkollegen, der von dem erwiesenen Gefallen noch nichts wusste. Es war Peter, der die Übergabe einfädelte, als er sich mit Solomon am Ausgang der Burg traf, verkleckertes Eis auf dem T-Shirt, die Reste der Waffel hingen am Schnurrbart des Hundes. Beide sahen leicht schuldbewusst drein. Solomon beschloss, nicht nachzufragen.

»Er ist da drin.« Peter zeigte auf den berühmten Giftkräutergarten der Burg, und es kam Solomon irgendwie passend vor, dass Colin Dunlop von Dunlop, Dunlop & Dunlop seine Zeit im Norden damit verbrachte, all die tödlichen Pflanzen zu überprüfen.

»Hast du es geschafft?«

Peter grinste, als er den Autoschlüssel in Solomons Hand fallen ließ – Ergebnis eines Ablenkungsmanövers, bei dem das Ausbüxen eines Hundes in der Burganlage eine Rolle spielte, woraufhin das Tier unter den Besuchern Tumult auslöste, während ein Junge die Kunst des Taschendiebstahls praktizierte, als alle in die andere Richtung sahen. Solomon hatte kurz Gewissensbisse wegen des Verlusts für seinen Erbenermittlerkollegen. Doch der Mini seiner Tante hätte es nie bis nach London geschafft, vom Rückweg ganz zu schweigen. Außerdem, wozu war ein Schutzbefohlener aus einem Heim für schlimme Jungs gut, wenn nicht für eine schlimme Tat?

Peter jauchzte, als sie auf Ledersitzen und mit schnurrendem Motor aus dem Burgtor rollten, auch der Hund kläffte hell. Sogar Solomon grinste, als sie über die mit Wilder

Möhre und Wiesenkerbel gesäumten Landstraßen glitten, ohne dass ihnen der Wind um die Füße pfiff. Es hatte etwas Befriedigendes, die zu berauben, die alle Vorteile auf ihrer Seite hatten, um denen zu helfen, bei denen das nicht so war.

Peter jauchzte allerdings nicht mehr, als Solomon, statt auf die A1 abzubiegen, durch das Tor bog, das die lange Zufahrt zur Findelschule markierte.

»Ich dachte, wir fahren nach London«, sagte der Junge.

»Ich schon«, erwiderte Solomon.

»Und was ist mit mir?«

»Du wohnst hier.«

»Meine Eltern leben in London.«

»Ich dachte, die sind tot.«

Da fügte sich Peter, schmollend, als hätte man ihm Unrecht getan. Aber zehn Minuten später, als der Schulleiter ihn holen kam, verließ der Junge Solomon mit einem Grinsen im Gesicht und kaum einem Blick zurück. Solomons ganzer Körper reagierte empfindlich, während er zusah, wie Eddie Jackson Peter an die Hand nahm. Ein Vater *in loco parentis* für seinen zeitweiligen Sohn. Der Nachmittag neigte sich dem Ende zu, als er begann, Meile um Meile Abstand zu gewinnen, und es dunkelte, als er die Grenze zwischen dem Norden des Landes und dem Süden überquerte. Als mit den Meilen Mitternacht heranrückte, versuchte Solomon zu singen: »*It's a long way to Tipperary...*«

Gab aber nach zehn Minuten auf, weil die Abwesenheit des Hundes zu laut wurde.

Der Junge hatte den Hund gekauft. Am Ende der langen Zufahrt, als sie auf Eddie Jackson warteten, hatte Peter aufgehört zu schmollen und seinen Spieleinsatz auf den Rand des Vordersitzes gelegt. Ein Ausweis fürs Nationalarchiv, zusammen mit dem Wagenschlüssel aus Colin Dunlops Tasche stibitzt, während alle um ihn herum einen flüchtigen Hund jagten. Solomon war in Versuchung, na klar, trotzdem hatte er abgelehnt. »Ich nehme dich nicht mit nach London.«

Eine Stadt für Jungs. Aber erst wenn sie erwachsen waren.

Doch Peter hatte nach der ersten Abfuhr nicht aufgegeben, sondern noch etwas draufgelegt. Eine Tankkarte, ausgestellt auf einen Mr. Colin Dunlop. Ein Wisch mit dem Chip, und Solomon hätte unbegrenzt Sprit zur Verfügung, jedenfalls genug, um zweimal hin- und zurückzufahren, wenn ihm danach war. Solomon hatte erneut abgelehnt, trotz des Satzes, den sein Herz beim Gedanken an Benzin auf Abruf vollführte, *eins-zwei*.

Aber der Junge gab nicht auf. Er drehte sich um und nickte in Richtung des Hundes, der auf der Rückbank lag, ausnahmsweise mal schlief und leise schnarchte. »Werfen wir eine Münze«, sagte er mit leuchtenden Augen. »Mal sehen, wer Glück hat.« Er kramte in seiner Tasche und holte den kleinen angelaufenen Sixpence heraus, den Solomon ihm tags zuvor gegeben hatte.

Solomons Finger erbebten heftig bei dem Gedanken, dass er sich auf dieses Glücksspiel tatsächlich einlassen könnte. Er versuchte sich das Gefühl vorzustellen, wenn die Münze auf der falschen Seite landete, er den Hund gehen ließ und all den Schulden, die er noch begleichen musste, eine weitere hinzufügte. Andererseits war es doch nur das, was alle echten Edinburgh-Männer taten. Mit dem Geld anderer Leute spielen, nicht mit ihrem eigenen.

Zehn Uhr abends, und trotz des Gefühls innerer Leere mangels irgendetwas, das einem Frühstück glich (oder vielleicht auch dem Hund), stellte Solomon Farthing fest, dass das Glück, oder der Zufall, oder vielleicht der Instinkt eines Erbenermittlers, auf seiner Seite war.

Das erste Dokument, das er sich aus den Tiefen des Nationalarchivs hatte holen lassen, war ein Auszug aus den Volkszählungsdaten von 1911, nur um sicherzugehen, dass tatsächlich eine Daisy Pringle auf einem Babyhof im Norden wohnhaft gewesen war. Als es eintraf, hielt Solomon sich das Papier an die Nase und schnupperte. Hypothesen waren das eine, wie auch Pfandscheine und zerknitterte Bibelseiten. Dies aber war Beweismaterial. Ein Dokument, das nach Sägemehl und alter Holzkohle roch, das war das Echte.

Der erste Eintrag in der Zensusakte lautete auf einen *Mr. Noel Pringle*, Haushaltsvorstand und Eigentümer des eigentlichen Bauernhofs. Strohballen auf den Feldern und Vieh auf dem Hof, Kühe, Hunde und Schweine, im Gegensatz zu Giebeln, schreienden Babys und warmer Milch, die übers Handgelenk lief.

Der zweite Name war der seiner Gattin, *Mrs. Dora Pringle*, sie hatte das Formular mit einem Schnörkel unterschrieben, der ahnen ließ, dass sie die Verantwortung trug.

Der dritte war eine *Miss E. Penny*, Sekretärin von Mrs. Pringle. Ein Name, den Solomon von dem marmorierten Vorsatz in Peters Register erinnerte, sie trug die Ausgesetzten ein, trug sie dann eins nach dem anderen ordentlich wieder aus.

Die nächsten drei Namen im Zensusregister waren alles Kindermädchen, die vor Ort wohnten – eine Elsie, eine Ingrid und eine Jane. Solomon blinzelte, erinnerte sich an das Flüstern einer alten Frau, die ihn geweckt hatte, unter einer blauen Decke im Findelhaus. Hatte sie nicht gesagt, er könne sie Janie nennen? Möglicherweise das letzte Überbleibsel einer früheren Generation.

Weiter unten auf der Liste der Erwachsenen stand noch ein Mann namens *Tony*, eine Art Handelsreisender, der an diesem Tag auf den Babyhof gekommen war und über Nacht bleiben durfte.

Doch den ganzen Rest der Zensusakte nahmen Kinder ein. Die, die gestorben waren. Und die, die gelebt hatten. Dreizehn Babys, allesamt ungewisser Herkunft, als Findelkinder eingetragen und mit Namen versehen und einiges mehr. Solomon fuhr mit der Fingerspitze über die Namen und überlegte, was wohl aus ihnen geworden war. Rübenbauern. Oder Diener. Eine Hausangestellte oder eine Lehrerin für Mädchen. So oder so waren sie die Generation, die Glück gehabt hatte, dachte er. Zu jung für den ersten Weltkrieg. Und womöglich zu alt für den, der als Nächstes kam.

Doch sein Hauptinteresse galt nicht der Liste der Findelkinder in der Zensusakte, sondern einem anderen Kind, das daneben auftauchte. Noel und Dora Pringles Tochter Daisy. 1911 acht Jahre alt. Also fünfzehn, als das Foto gemacht wurde, das Solomon in der Tasche hatte. Und wenn man nach der ganz am Ende des Jahres 1918 verschickten Feldpostkarte ging, wohl die nächste Angehörige von Alec Sutherland, auf die Solomon bisher gestoßen war.

Bevor er sich seinem zweiten Dokument zuwandte, überprüfte Solomon kurz, ob seine bisherigen Ergebnisse hieb- und stichfest waren. Er sichtete ein Dokument über die Eheschließung von Noel und Dora Pringle. Dann eine Urkunde, die die Ankunft von Daisy bewies, ein glücklicher Moment im Jahr 1903. Trauzeuge bei Noels und Doras Eheschließung war einer von Noels Brüdern, ein Mann namens Walter, der von irgendwo hinter der Grenze kam. Solomon lächelte. Er wusste, würde er diesem Zweig des Pringle'schen Familienstammbaums folgen, so würde er auf einen Zeitungsverleger und sein Geschäftsbuch stoßen. Vielleicht ein Lieblingsonkel, gerade als Daisy so jemanden am dringendsten brauchte.

Doch es war das zweite Dokument, das Solomon Farthing angefordert hatte, mit dem er auf echtes Gold stieß – immer noch einen Tag Zeit, bevor DCI Franklin ein Ergebnis erwartete – und hier war es:

Ding
Ding
Ding!

Fast sprang Solomon auf und jubelte, als er das Dokument durchlas, dann ein zweites Mal las, hätte es am liebsten den Dachsparren entgegengebrüllt: *Hier ist er ja!*

Wie diese Eindringlinge im New Register House im Athen des Nordens. Denn das zweite Dokument war die Geburtsurkunde eines Knaben, geboren im Verwaltungsbezirk Northumberland, wo ehedem der Babyhof der Pringles ansässig war – ein Stück Papier, das die folgenden Wahrheiten enthielt:

Geburtsdatum: *November 1918*

Geburtsort: *Mrs. Pringles Heim für verlorene Seelen*

Geschlecht: *männlich*

Name der Mutter: *Daisy Pringle*

Name des Vaters: kein Eintrag

Alles unterzeichnet von einer *Miss E. Penny, Sekretärin*, im Dezember 1918. Der Beweis, dass Daisy Pringle einst ein eigenes Kind gehabt hatte, als sie selbst noch ein Kind war.

Aber es waren zwei andere Zeilen auf der Geburtsurkunde, die Solomon Farthing sagten, dass er doch dem richtigen Zweig von Thomas Methvens Familienstammbaum gefolgt war. Die erste stand ganz weit unten, als ginge es um etwas völlig Unbedeutendes:

Beruf des Vaters: *Soldat*.

Und die zweite stand weiter oben. Noch eine in der sauberen Handschrift ausgefüllte Zeile, die der Welt kundtat, welchen Rufnamen Daisy Pringle für ihr Kind vorgesehen hatte:

Vornamen: *Alexander (Alec)*

Eine weitere Verknüpfung zwischen Alec Sutherland und Thomas Alexander Methven. Damit verband sie nicht nur ein Pfandschein, Nr. 125. Sondern auch ein Name. Das Vermächtnis eines Mannes an seinen einzigen Sohn.

Drei

Es war Mittagszeit, als Solomon Farthing das Nationalarchiv in Kew verließ, seine Zukunft in der einen Tasche, seine
Vergangenheit in der anderen, und Old Mortality irgendwo
dazwischen gefangen. Draußen war es sonnig und heiß, als
er das Mutterschiff hinter sich ließ und eine angrenzende
Grünfläche betrat. Er schritt über das Gras und dann auf eine
Brücke, von der man auf einen Fluss blickte. Das Wasser war
hier klar, durchzogen von Seegras, das hin und her wogte
wie das Haar einer Meerjungfrau. So einfach, hineinzugleiten,
dachte Solomon. Wenn man sich nur traute.

Sein erster Ausflug nach London seit über zehn Jahren war
ein Erfolg. Er war nicht nur dem Argusauge seines Erbenermittlerkollegen entronnen, hatte irgendwo zwischen hier
und dem Norden Colin Dunlop abschütteln können, sondern er hatte auch gefunden, worauf jede Person in seiner
Branche aus war – eine Geburtsurkunde seines toten Klienten Thomas Methven. Wie alle guten Erbenermittler wusste
Solomon Farthing, dass eine Geburtsurkunde fast immer zu
lebenden Verwandten führte, irgendwo, irgendwann.

Solomon starrte aufs Wasser, wo sich Sonnenlicht brach
und spiegelte, zufrieden, die Aufgabe gelöst zu haben. Nichts
blieb mehr zu tun, als die Person, die von all seinen Nachforschungen profitieren würde, zu Hause aufzusuchen und zum
Unterzeichnen zu bewegen, die Kommission auf fünfzigtausend lag endlich in seiner Reichweite.

Allerdings …

In der rechten Außentasche seines Jacketts trug er andere
Kunde, die sein Herz eher mit Kummer erfüllte, nicht mit
der Freude, die das Wissen begleitete, den Schatz von jemand
anders fast schon in der Hand zu halten. Die Ergebnisse aus
einer weiteren Akte, angefordert aus den Tiefen der nicht
öffentlichen Unterlagen. Diesmal nicht zu *Pringle*. Oder

278

gar zu *Alec Sutherland*. Sondern zu *Farthing*. Alles, was von Solomons Vater geblieben war, worauf er aufbauen konnte.

Solomon hatte es gewusst, als er die Akte Farthing aufschlug: Sie zu lesen war wie Naschen an verbotener Frucht. Ein Stammbaum wie die Blüten eines Edinburgher Kirschbaums im Frühling – eben noch in voller Pracht, im nächsten Moment in die Gosse gekehrt. Die Großeltern lange tot. Die Eltern ebenfalls weggehackt. Nichts mehr übrig als Solomon Farthing, der allein am Fuß stand. Alles, was er über seine Familie wusste, war, dass sowohl sein Vater als auch sein Großvater einst Soldaten gewesen waren. Nur um dann mit sieben Jahren festzustellen, dass mindestens eine dieser Tatsachen vielleicht gelogen war. Dass sein Vater nie ein Held gewesen war. Immer bloß ein Feigling, genau wie Solomon einer geworden war. Dass sein Vater Angst gehabt hatte, zum Gewehr zu greifen, als es so weit war; so wie Solomon sich geweigert hatte, drei Schritte in einen Fluss zu machen und das Leben eines anderen Jungen zu retten.

Als er die Dokumente in die Hand bekam, die seines Vaters Krieg betrafen, fragte sich der nach einem endgültigen Beweis suchende Solomon, ob dies der wahre Grund dafür war, dass sein Vater und sein Großvater sich überworfen hatten. Ein Mann, der in jungen Jahren seine Männer zum Angriff geführt hatte, nur um dann festzustellen, dass sein Sohn verweigert hatte, als er an der Reihe war. Ein Mann, der nie einen Panzer gefahren hatte oder über einen Strand in Frankreich gegen den Feind angestürmt war. Der den schnellen Ausweg gewählt hatte, als ihm alles zu viel wurde. Direkt in den Fluss. *Wie ein Stein.* Verschluckt von den schlammigen Strudeln. Nichts von ihm geblieben als das Fragment eines Lieds, das sich in Solomons Kopf festgesetzt hatte.

Jetzt, mit dem endgültigen Beweis der Feigheit seines Vaters in der Tasche, legte Solomon eine Hand aufs Brückengeländer und versuchte sich vorzustellen, welchen Mut es brauchte, in seine Fußstapfen zu treten. Jenseits von allem die Auslöschung zu erwägen, wie sein Vater es einst getan hatte, alles bedenkend, was er je richtig gemacht hatte. Und alles, was er wissentlich falsch gemacht hatte. Ein Leben des Sich-Wegduckens und Abtauchens und Schacherns, immer gleich auf der Flucht, sowie es Probleme gab, statt sich gerade zu machen und durchzukämpfen.

»Sie wollen doch nicht springen, oder?«

Der Junge stand so nah, dass Solomon die Hitze fühlte, die er ausstrahlte, die Kinderbeine staubig vom Buddeln in irgendwelcher Erde, während Solomon drinnen seine eigene Buddelei betrieben hatte. Das Haar des Jungen war in der Sonne beinahe weiß, die Augen wie winzige Spiegelscherben, als er zu Solomon hochspähte, indes Solomon auf ihn hinunterspähte. Solomon war unsicher, was er antworten sollte. Ja. Nein. Vielleicht. Aber wie um seine Verwirrung zu lindern, bestand der Junge nicht auf Antwort, sondern legte seine Hand ganz dicht neben Solomons aufs Geländer. Solomon konnte nicht umhin zu bemerken, dass während seine Finger bebten, die Hände des Kindes ganz ruhig waren. Gemeinsam standen sie da, starrten ins Wasser, kein Laut außer dem Klang des Flusses, der unten mäanderte. Und dem Ruf einer Amsel irgendwo in einem Baum. Schließlich sprach der Junge.

»Gehen Sie jetzt nach Hause?«

Solomon blickte auf das lange Gewässer, das ewig weiterströmte in Richtung Innenstadt.

London oder nordwärts? Es würde immer nur einen Weg nach Hause geben. Aber vorher gab es noch etwas zu tun.

Solomon Farthing brauchte eine Stunde, bis er sein nächstes Ziel erreichte, irgendwo südlich des Flusses, tief im Herzen von Battersea, umgeben von einem hohen Eisenzaun. Ein Friedhof mit einer anderen Sorte Grün als Kew, chaotisch und von Unkraut überwuchert, nicht weit von der Brücke, wo sein Vater den schicksalhaften Sturz vollführt hatte. Das

Grabnutzungsrecht des Friedhofs war in den 1960ern abgelaufen, seitdem war er Schmetterlingen und Bäumen überlassen, Insekten und anderem Getier, das zwischen den Steinen herumhuschte. Solomon trat durch das Tor an der Hauptstraße und wurde schnell verschluckt.

Er spazierte südwärts durch die Gräber. Kein Lageplan. Kein Führer. Nur eine Vielzahl von Pfaden und ein Hinweis, mit Kuli auf den Handrücken gekritzelt. Das Gräberfeld erinnerte Solomon an seinen Lieblingsfriedhof daheim – an einem Ende hunderte Grabsteine flach im gemähten Gras, am anderen Ende hunderte von Brennnesseln überwuchert. Auch er war ein Paradies für Wildtiere – Zaunkönig, Elster, Fuchs und Füchsin. Ganz zu schweigen von tausend winzigen Säugetieren, die sich Tunnel durch Laubkompost und die zerfallenen Knochen der Toten gruben. Edinburghs »geheimer Garten«, so nannte man das, was für Solomon am ehesten an ein Familiengrab herankam. Der ideale Tummelplatz für den Tiefflug des Waldkauzes. Und für die glorreichen Jungs seiner Jugend. Dort war er auch zum ersten Mal Andrew begegnet, in der Dämmerung an einer hellgrauen Gruft, deren Inschrift vom Regen erodiert war.

Solomon erinnerte sich, wie er vor dem Schweigen seines Großvaters geflohen war, sich hingelegt hatte in einem Wald aus Obelisken und Steinkreuzen, wo Efeu nach seinen Füßen griff. Sechzehn und voller Träume von einem anderen Leben, das weiche Schwarz einer Edinburgher Nacht durchzogen vom geschäftigen Treiben tausendfachen Geziefers im Gebüsch, menschlichem und tierischem. Das Gras stand hoch. Es war nass. Sein Hemd war mit schaumigem Kuckucksspeichel beschmiert. Sein Kopf dröhnte von einer Überdosis Adrenalin. Oder vielleicht von dem geklauten Sherry, den er getrunken hatte. Über ihm kreiselte der Planet auf seiner Achse. Unter sich spürte er die feuchte Umarmung der Erde. Er erinnerte sich, wie er gezählt hatte:

ein Bein;

zwei Beine;

zwei Arme;

fünf Finger …

So wie Godfrey Farthing es ihm beigebracht hatte, als er Solomon am allerersten Abend in der Waschküche hochhob, aufs Abtropfbrett setzte und eins nach dem anderen seine Gliedmaßen durchging, wie um sich zu vergewissern, dass der Junge unversehrt war. Solomon lag vielleicht eine Stunde lang auf dem Friedhof und wartete mit klopfendem Herzen darauf, was als Nächstes passieren würde. Dann tauchte Andrew auf, und sein Leben nahm eine ganz neue Wendung.

Jetzt suchte er eine Stunde lang ohne Erfolg, wischte sich die Stirn mit einem blauen Halstuch aus seiner Tasche ab, bevor er einen neuen Anlauf unternahm. Es schien eine Ewigkeit her, dass er zwischen den Bodendielen im Haus eines Toten seinen Glücksbringer verloren hatte und ein zerrissenes Hemd um sein Handgelenk flatterte. Solomon fragte sich, ob er das Mützenabzeichen je wiedersehen würde. Oder ob er von jetzt an selbst für sein Glück sorgen musste.

Schließlich wurde es zu heiß, er setzte sich ins Gras, um auszuruhen, und zog die letzten Dokumente aus der Tasche, die er im Nationalarchiv sichergestellt hatte. Alles, was von einem gewissen Captain Godfrey Farthing geblieben war, so sah es aus.

Die Wehrdienstakte seines Großvaters war leer. Oder so gut wie, wenn man bedachte, was sie an Informationen hergab. Keine Daten oder Einzelheiten zur Musterung. Keine Daten oder Einzelheiten zur Entlassung. Keine persönliche Korrespondenz, keine Information über Verwundungen. Ursprünglich in drei Teilen, war die Akte über die Jahre geschrumpft, erst zusammengestutzt von vernünftigen Staatsbeamten, die den Platz brauchten, dann der Rest in einem zweiten Krieg durch Feindeshand vernichtet, als Bomben genau auf die Stelle fielen, wo sämtliche Angaben über die früheren Helden des Landes aufbewahrt wurden. Selbst mit so viel Abstand empfand Solomon die absurde Ironie daran.

Von seinem Großvater war nichts geblieben als ein Name:
Farthing, Godfrey
Und ein Rang:
Captain
Und eine Regimentsnummer:
3674

Als junger Mann in den Krieg geschickt, um zu gewährleisten, dass seine Männer ihre Pflicht taten. Heimgekehrt als alter Mann, der nicht wusste, wie man einem verlorenen Jungen Wärme gab. Nichts deutete darauf hin, dass er den anderen verlorenen Jungen je getroffen oder gekannt hatte: Alec Sutherland, ganz am Ende im Sumpf verschwunden, niemals heimgekehrt.

Solomon hatte selbstredend auch nach indirekten Hinweisen gesucht. Zunächst in den Verleihungslisten des Silver War Badge – die wegen Verwundung oder Krankheit vorzeitig ehrenhaft entlassenen Männer –, weil er an die runzlige Narbe über dem Herzen seines Großvaters dachte. Doch unter den Versehrten fand sich keine Spur von Godfrey Farthing. Ebenso wenig im Medaillenverzeichnis. Ein Stern. Ein Kriegsorden. Sowie einer für den Sieg. Auszeichnungen, wie Süßigkeiten ausgeteilt an all die Männer, die gedient hatten.

»Hat sich vermutlich nicht drum beworben«, meinte der Experte, mit dem er gesprochen hatte. »Nicht alle Männer wollten das.«

Godfrey Farthing, der Held, hatte vier Jahre an der Front gekämpft, kam aufrecht nach Hause und wollte sich nicht mal schmücken mit der Ehre. Ein alter Mann, der seine Flanellhosen trug, bis sie an den Knien ausbeulten. Der sich abends mit einer Schüssel in der Spülküche wusch statt in einem Bad. Der Solomon dazu erzog, stets genau zu wissen, wie man sich benahm, doch selbst kaum ein Wort sprach. Der Solomon als Kind ein Rätsel war. Und ein Rätsel blieb bis heute.

Solomon hatte plötzlich das Gefühl, dass alles, was er je an seinem Großvater verstanden hatte, nicht ganz stimmte. Dass er vielleicht gar nicht in dem Krieg gewesen war, der alle Kriege beenden sollte, oder jedenfalls nicht auf die Art, die Solomon sich vorgestellt hatte, ein Held, der sich durch den feindlichen Stacheldraht schlug. Dass vielleicht wie sein Sohn zwanzig Jahre später auch sein Großvater den Kopf eingezogen hatte, statt ihn über die Brustwehr zu heben, und die kleinen Orden in der Pfandleihe unterm Tresen jemand ganz anderem gehörten. Einem anderen Soldaten, der gekämpft und überlebt und seinen Ruhm dann für einen Sonntagsanzug oder eine anständige Freitagabendmahlzeit verpfändet und sich nie die Mühe gemacht hatte, die Orden wieder auszulösen.

Und doch konnte Solomon nie vergessen, wie sein Großvater Jahr um Jahr das Ende der verheerenden Katastrophe beging. Er entzündete zum Gedenken eine Kerze in der kleinen Kapelle im Seitenschiff der großen grauen Kirche.

Vater unser, der du bist im Himmel … vergib uns unsere Schuld, wie auch wir vergeben …

Trug nie eine Klatschmohnblüte am Revers. Nur manchmal eine Schneerose.

Die Sonne machte sich an ihren langen Abstieg vom Himmel, als Solomon Farthing seine Erkundung von Neuem aufnahm, hier über einem Engel aus Stein verharrte, dort einen verflüchtigten Namen auf einem Grabmal zu entziffern suchte. Den Weg zurück zum Friedhofstor hatte er längst aus den Augen verloren, und er fühlte, wie ihm unter seinem Tweedjackett der Schweiß ausbrach bei der Aussicht, er könnte den weiten Weg hierher gemacht haben, nur um am Ende doch zu scheitern.

Erst als die Sonne hinter den Baumkronen unterging, fand er, was er sein Leben lang gesucht hatte. Dort, mitten im wuchernden Londoner Gras, nur ein Fleckchen Weiß zwischen all dem Grün:

Sein Vater Robert Farthing.

Seine Mutter Else Farthing, geborene Gold.

Ziemlich beschmutzt von den vergangenen Jahren. Solomon stand da und fühlte die Erde unter seinen Füßen schwanken. Dann zog er das blaue Halstuch des Hundes aus der Tasche, leckte an einer Ecke, begann den Stein sauberzuwischen.

Danach legte er sich zum ersten und letzten Mal neben seinen Vater, neben seine Mutter. Das Gras schickte Süße in seine Nase, den Duft von gemähtem Heu. Solomon lag so lange da, dass er seinen Vater singen hörte. So lange, dass er den Schatten seiner Mutter sich hinter der Gardine bewegen sah. So lange, dass er ihrer beider Hände auf seinem Haar spürte.

Als er sich wieder aufsetzte, packte er den Schatz aus, den Eddie Jackson ihm in der Findelschule gegeben hatte. Eine Zigarettendose, zerschrammt und verbeult, ein wenig wie er selbst. Es war die Dose, in der sein Vater früher seine Schokolade aufbewahrt hatte, versteckt unterm Bett. Als Solomon den Deckel abnahm, stieg plötzlich das Aroma altmodischen Tabaks auf. Doch die Dose enthielt keine Woodbines oder gar Capstans, aneinandergereiht wie Leiber im Bett. Stattdessen war sie voller Zeitungsausschnitte von 1957 über einen Mann, der in einen Fluss gesprungen war. Vielleicht weil er betrunken war. Oder weil er ohne seine Frau nicht leben konnte. Oder weil er eine junge Frau zu retten versuchte. Auf dem ersten Zeitungsschnipsel, den Solomon aus der Dose holte, stand groß *Held*. Mit dem Rest befasste er sich nicht.

1918

Eins

Godfrey rannte. Zwei Felder weiter, hinter einer Falte in der Landschaft, der Hall plötzlich und laut. Ein einzelner Schuss. Der Auftakt zu einem Gefecht. Gefolgt von einem zweiten. Die Antwort des Feindes.

Godfrey war sofort losgelaufen, als hätte die Trillerpfeife gegellt. *Zum Angriff.* Stolperte über leere Felder voller Furchen und nassen Erdbrocken, schlitterte in Matschpfützen und wieder heraus, scheuchte sich vorwärts, vorwärts, immer weiter vorwärts, aufrecht bleiben, aufrecht bleiben, immer dem Mann vor dir nach. Er hörte nichts als das Blut, das in seinen Ohren stampfte, das rasende *eins-zwei, eins-zwei* seines Herzens. Und den Nachhall dieser zwei Schüsse, wieder und wieder, der Löcher in die Luft stach.

Über ihm wirbelte ein Schwarm Stare durch das Grau, stieß herab und kreiste, während Godfrey weiterstolperte und die schlimmsten Möglichkeiten ihn bei jedem Schritt von den Fußsohlen bis zur Schädeldecke durchzuckten. Eine Fehlzündung beim Polieren des Abzugs. Eine Auseinandersetzung zwischen den Männern. Oder die Ankunft des Feindes. Ein Überraschungsangriff von jenseits des Flusses, ein Mann schon am Boden, ein einzelner Schuss, wie bei einer Hinrichtung, gefolgt vom nächsten. Erst als Godfrey beinahe zu Hause war, schoss ihm ein anderer Gedanke durchs Hirn. Vielleicht war es ein Warnschuss, abgegeben von Ralph – dass ihre Kompanie endlich eingetroffen war. Captains und Lieutenants. Corporals und Sergeants. Soldaten, die den Weg entlangmarschiert kamen und erwarteten, dass Godfrey Farthings Truppe bereit war. Und stattdessen Männer vorfanden, die im Hof mit Hühnern spielten, der befehlshabende Offizier verschwunden, um unter Bäumen spazieren zu gehen. Fahnenflucht. Darauf stand schlimmstenfalls die Todesstrafe. War nicht mal da, als es drauf ankam.

Keuchend rang Godfrey in tiefen Zügen nach der kalten Luft und pirschte sich so dicht heran, wie er sich traute. Um ihn herum verschmolzen Himmel und Land, der Umriss des Bauernhauses verschwommen, die Nebengebäude undeutlich. Alles war still. Der Nebel hing tief in den Hecken. Die Vögel schwiegen. Nichts regte sich, als er näher kam, tief geduckt, um dem Auge des Scharfschützen zu entgehen. Vielmehr war es, als wären die beiden Schüsse nur ein Traum gewesen, die Fehlzündung eines Charabancs bei der Parade von Hastings, nichts als ein gewöhnlicher Unfall, wie er eben leicht passierte, wenn jemand in die Quere kam.

Godfrey kauerte nun auf der anderen Seite des Bachs, Schmerz schnitt in seine Lungen, wartete, dass sein Puls sich beruhigte, ehe er sich weiter vorwagte. Es war eine Weile her, dass er so weit hatte rennen müssen, mit Krabbeln und Ausweichen, während rings um ihn Schrapnell splitterte. Wie schnell er sich an ein geruhsameres Dasein gewöhnt hatte. Eine Rauchfahne stieg vom Schornstein des Bauernhauses in den Himmel. Ein kurzes Aufblinken des Teichs in der Dämmerung. Vor Godfrey eine neue Latrinengrube, halb fertig, ein dunkles Loch im Boden, wartete nur darauf, dass er hineintrat. Er watete durchs Wasser, die Kälte tränkte seine Stiefel, und als er auf der anderen Seite heraustrat, hatte er schon Eis in den Adern.

Als er schließlich den Hof erreichte, war er leer. Keine Männer standen im Halbkreis mit Gewehren am Kopf. Kein Huhn kratzte und scharrte am Eingang zum Kornspeicher und fixierte Godfrey mit seinen schwarzen Perlenaugen. Er duckte sich in den Schatten der Scheune, sein Herz schlug einen lauten Zapfenstreich gegen seine Rippen. Das letzte Mal, dass er mit Beach gesprochen hatte, war in einem Hof wie diesem gewesen, mit Matsch und einem Riesenhaufen Schlacke in einer Ecke, das Donnern der Kanonen wie ein fernes Gewitter, das sie zum Einsatz rief. Was war mit dem Jungen geschehen, dachte er, nachdem er unter der Erde war. Verweste er wie alle anderen, die das Unheil ereilt hatte, oder war er irgendwie aus dem Boden geschwebt und folgte auf ewig seinem Captain, erinnerte ihn an all die Jungs, die er verloren hatte.

Auf der anderen Seite des Hofs stand die Haustür offen, warmes Licht fiel auf die Stufe und lud alle Ankömmlinge zu dem Massaker ein, das drinnen womöglich anzutreffen war. Godfrey legte eine Hand auf die Wunde über seinem Herzen und spürte, wie das Schrapnell sich verschob. Sein Revolver lag im Mansardenzimmer unter den Sparren, geölt und schussbereit. Er hatte ihn seit Tagen neben dem Bett liegen gelassen, weil er lieber unbewaffnet unter den Bäumen spazieren ging. Seine Waffe aufgeben. Noch ein Verstoß, der die Höchststrafe nach sich zog.

Dann hörte er Stimmen.

»Was zum Teufel?«

Hörte Jackdaw protestieren.

»Das war nicht meine Schuld.«

Sie waren in der Küche, rings um den langen Tisch, was von Godfrey Farthings Männern übrig war. Godfrey konnte nicht anders, als sie durchzuzählen, als er im Türrahmen stand. Eins, zwei, drei … vier, fünf, sechs … wie die Schläge von Vaters Standuhr. In Summe acht Soldaten. Plus Ralph, der am Kopfende stand.

Godfrey wurde schwindelig, als wäre die Welt aus den Angeln gehoben, Wut schmorte in seiner Brust. Oder vielleicht war es Erleichterung. »Was ist passiert?«

Die Männer drehten sich zu ihm um, als er sprach, acht Gesichter, erwischt bei irgendetwas, woran er nicht teilhatte. Alfred Walker und die zwei A4-Jungs drängten sich an einer Seite des Tisches zusammen mit Alec, der Hund dicht zu seinen Füßen. Auf der anderen Seite drückten sich Percy Flint und James Hawes mit Archie Methven herum, George Stone stand etwas abseits. Alle starrten ihren plötzlich aufgetauchten Captain an, seine schon wieder völlig matschverschmierte Uniform. Außer Ralph, der seinen Blick eine Sekunde lang auf den Herd richtete, als suchte er nach seinem Abendessen.

Einen Augenblick schwiegen alle, dann trat Ralph vor. »Es ist nichts«, sagte er. »Ein Schabernack.« Streckte die Hände aus, als wollte er einen ergrimmten Vater beschwichtigen. Wie kam es, dachte Godfrey, dass er ständig in diese Rolle geriet, wo er doch selbst noch ein junger Mann war?

»Ein Schabernack?«, sagte er und ballte seine linke Hand, um das Zittern zu unterbinden.

»Das Graue.« Und Ralph trat beiseite.

Da auf dem Tisch lagen die Überreste eines Huhns – Federn und Knochen, die harten geschuppten Füße. Es war von einem Schuss ausgelöscht worden, vom Kopf nichts mehr übrig. Eine blutige Sauerei auf Stones geschrubbtem Küchenboden, wie das Kaninchen in der Falle, das Godfrey und Alec auf dem Hügel gefunden hatten. Über dem toten Vogel stand George Stone, den riesigen Stahltopf schon in den Händen. Für Suppe, dachte Godfrey, Cock-a-leekie, schottischer Hühnereintopf. Vielleicht gab es sogar ein Glas Pflaumen aus einem geheimen Vorrat im Keller, dicht an dicht in ihrem süßen Saft gepackt, noch ehe der Krieg überhaupt angefangen hatte.

»Himmel.« Godfrey fuhr sich mit der Hand durchs Haar und hinterließ einen Matschstreifen von der Wange bis zur Stirn. »Ich dachte, jemand sei erschossen worden.«

Ralph lachte. Die Männer blieben stumm.

»Wer hat es gekriegt?«, fragte Godfrey.

Hierher. Schnapp's dir!

Mit Wetten, wer das Huhn zuerst fing:

Ein Knopf.

Ein Streichholz.

Ein Centime für das Graue.

Godfreys Second Lieutenant, der eine Prise Offizierstabak in den Topf warf, als weitere Einsätze ausblieben. Manchmal dachte Godfrey, dass der Krieg für Ralph bloß ein Spiel war, nicht mehr als einmal Würfeln und eine Hühnerjagd, bis die tödliche Kugel kam. Andererseits war es für sie alle ein Spiel, oder? Ein Krieg, der aus nichts bestand als warten und warten, die einzige Abwechslung ein Gefecht, aus dem viele nicht lebend zurückkehrten.

»Es war meine Schuld.« Jackdaw trat plötzlich nach vorn, sein Schlüsselbein ein kantiges Relief unter dem dreckigen Hemd.

»Jackson!«

Es war seltsam, Jackdaws echten Namen zu hören, und in Ralphs Stimme lag eine Warnung. Der Jüngere stockte, wich zurück, stellte sich neben Promise. Godfrey bemerkte, dass die beiden jetzt Abstand hielten, sich nicht mehr mit den Hüftknochen berührten. Niemand sagte etwas. Godfrey rieb sich wieder die Stirn und verschlimmerte den Matschstreifen.

»Also, was zum Teufel ist hier los? Hawes?«

Aber Second Lieutenant Ralph Svenson war jetzt der Verantwortliche. Er trat vor, stellte sich direkt vor Godfrey, sprach leise, als herrschte zwischen ihnen eine Vertrautheit, die nicht mit anderen geteilt werden durfte. »Hören Sie, es war ein Unfall. Zu viel Übermut. Eigentlich mein Fehler. Habe mich hinreißen lassen und aufs Geratewohl geschossen.«

»Sie haben es erschossen?« Godfrey starrte Ralph an. Abseits vom Gefecht eine Waffe abzufeuern stand unter Strafe. Der Junge konnte unehrenhaft entlassen werden, noch ehe seine Karriere überhaupt begonnen hatte. Doch Ralph blinzelte nicht mal, nickte nur und starrte mit diesen seltsamen durchsichtigen Augen zurück.

In der Nacht wachte Godfrey auf und wusste, dass etwas nicht stimmte. Er lag einen Moment reglos unter den Dachsparren. Der Regen hatte aufgehört, kein beständiges Plitschplatsch mehr von oben. Er blickte hinüber zur anderen Seite des Mansardenzimmers und wusste sofort, dass Ralphs Bett leer war, die Decke beiseitegeschoben, die mit Stroh gefüllte Matratze sichtbar. Er lauschte wieder auf das Geräusch, das ihn geweckt hatte. Ein Schrei. Wie ein Geschöpf, das in der Falle steckte. Da war es wieder, diesmal gedämpfter, plötzlich war Godfreys ganzer Körper alarmbereit, das Geräusch kam von irgendwo innerhalb des Bauernhauses, nicht von draußen, wie er erst gedacht hatte.

Sofort saß Godfrey aufrecht da, schwang die Beine über den Rand der schmalen Lagerstatt, zog seine Hose an. Er versuchte seine Kerze anzuzünden, ein Streichholz, dann noch eins, seine Hände zitterten zu stark, um den Docht zu treffen. Schließlich ließ er es bleiben, schlich im Dunkeln die schmale Treppe hinunter, barfuß. In dem kleinen quadratischen Flur blieb er stehen und lauschte erneut.

Die Stubentür stand offen, Ralphs Holzbecher auf dem Kaminsims, Godfreys Schreibzeug auf dem Tisch neben dem Wasserfleck. Gegenüber war die Küche kalt, der schwache Geruch glimmender Asche stieg vom Herd auf. Ein dunkler Fleck auf dem Tisch, wo Stone das Hühnerblut wegzuschrubben versucht hatte. Godfrey runzelte die Stirn, da war noch ein vertrauter Geruch. Nicht Holzrauch oder der leichte Gestank von zu Suppe gekochtem Kohl. Sondern brandig, Haut und Fett, der unverkennbare Geruch von verschmortem menschlichem Fleisch.

Er fand sie unter dem Fußboden, der Teppich im Hinterzimmer beiseitegerollt, sodass ein schmales helles Viereck zum Vorschein kam. Die Falltür zum Keller, einst gut bestückt mit Kisten voller Äpfel, in Sand gelagert, jetzt stapelten sich dort nur noch lose die dürftigen Vorräte, die ihnen geblieben waren. Die drei Männer waren ganz hinten im leeren Teil versammelt. Auf einem Regal neben ihnen stand eine Petroleumlampe, ihr schwacher Schein sickerte über den gestampften Erdboden zu Godfrey herüber.

Archie Methven saß auf einem Holzstuhl, den man aus der Stube geholt hatte – der, den Godfrey sich sonst vorbehielt. Methvens Hemd war bis zum Bauch heruntergezogen und fixierte seine Arme, als trüge er eine Zwangsjacke. Seine Schultern lagen frei, die Muskeln wölbten sich unter der Haut. Godfrey sah die Wunde, rechts unterm Schlüsselbein. Bläulich. Rohes Fleisch. Wie das, was von dem Kaninchen übrig war, nachdem es sich den Lauf abgenagt hatte. Archie Methvens Brust hob und senkte sich unter hastigen Atemzügen, er klammerte sich an den Stuhl. Seine Fingerknöchel bildeten auf jeder Seite einen harten knöchernen Grat mit weißen Kuppen. In seinem Mund steckte ein Stiel, damit er sich nicht die Zunge abbiss.

George Stone stand hinter dem verletzten Buchhalter, die Hände fest um seinen Kopf, damit er stillhielt. Er trug wieder seine Schürze, aber diesmal nicht zum Kochen. Ein Feldscherer alter Schule, dachte Godfrey, jemand, der einem Mann für zwei Zigaretten das Haar trimmte und dann noch für drei einen Zahn zog. Ralph Svenson stand neben Stone und hielt irgendetwas aus Stahl in der Hand.

»Was geht hier vor?« Godfreys Stimme hallte von den dunklen Wänden wider. Archie Methven stieß einen gurgelnden Laut aus und verdrehte die Augen in Godfreys Richtung. Ralphs Gesicht wirkte schroff im Schein der Petroleumlampe. Er sah plötzlich viel jünger aus als neunzehn – wieder ganz Knabe, der Angst hatte, was sein Vater sagen würde.

Stone sah den Eindringling gar nicht an, beugte sich nur vor zu Methvens Ohr. »Sachte jetzt«, murmelte er. »Ganz sachte.« Dann nickte er Ralph zu, der an Methven herantrat und mit der Spitze seines Stahlwerkzeugs das Fleisch des anderen Mannes berührte.

Sofort fuhr der Buchhalter zusammen, zuckte und wand

sich, Godfrey stand kalter Schweiß auf dem Rücken, als er zusah, wie Stone wieder und wieder Methvens Kopf streichelte.

»Ist gut jetzt«, sagte der Koch immer wieder. »Ist alles gut.« Als wäre er des Mannes Mutter, extra gekommen, um ihn zu trösten.

»Was zum Teufel?« Godfreys Augen weiteten sich in dem schummerig-finsteren Keller, das Flackern der Lampe warf Schatten auf die Wände ringsum. Stone ließ Methven los, dessen Kopf nach hinten fiel, nahm Ralph das Werkzeug aus der Hand und ging in eine Ecke, aus einem Eimer Wasser am Boden ertönte ein jähes Zischen. Der alte Kämpe wandte sich um, wischte sich die Hände an der Schürze ab und sah Godfrey kurz mit ruhigem Blick an, dann ging er zurück zu dem Regal, wo er Sanitätszeug ausgebreitet hatte. Feldverbände und ein paar Tüten mit Gelatineplättchen gegen Schmerzen. Heftpflasterstreifen, Mull und eine Kreppbinde. Stone fing an, das Verbandszeug wegzuräumen, als wären es bloß die Reste vom Abendessen. Ralph kam und stellte sich zu Godfrey an den Fuß der Kellertreppe. Die Hände des Jungen zitterten.

»Der Buchhalter wurde angeschossen«, sagte er.

»Was?«

»Ich habe es Ihnen gesagt. Ein Unfall.«

»Ich dachte, dabei ging es um das Huhn.«

Ralph blinzelte, ein Moment seines üblichen Verhaltens. Godfrey verstand sofort. Das Huhn war das Alibi, damit er nicht dahinterkam.

»Wer war es?«, fragte er.

Missbrauch der Dienstwaffe war ein schweres Vergehen. Einen Kameraden anschießen noch schlimmer. Aber Ralph sagte nichts. Godfrey nickte in Richtung Archie Methven, der halbnackt und schwitzend auf dem Holzstuhl saß.

»Was verflucht noch mal haben Sie da eben gemacht?«

»Versucht, die Kugel rauszuholen«, sagte Ralph. »Das war Stones Idee.«

Natürlich, George Stone, der alte Kämpe, alles schon erlebt.

»Hat er sie raus?«, fragte Godfrey.

»Ich glaube schon.«

Beide sahen zum Regal hinüber. Der Großteil von Stones provisorischer Chirurgenausrüstung war bereits fort, verschwunden in den Falten seiner Schürze oder einem Geheimfach in der Wand. Doch in einem Blechnapf, der aus der Küche stammte, sah Godfrey die Reste einer Kugel und eine Schmierspur Blut, die im Schein der Petroleumlampe glänzte. »Warum die Behandlung mit dem heißen Eisen?«, fragte er.

»Um die Wunde zu kauterisieren.«

Nun schwieg Godfrey, sagte nichts. Heimlichtuerei seitens der Männer war nichts Seltenes – wenn es um Kartenspiel ging oder *Krone und Anker*, um illegale Rum-Rationen oder eine Extraportion Tabak. Doch das hier war ein anderes Kaliber. Ein Mann schießt auf einen anderen, und ein Offizier versucht es zu vertuschen.

»Es wird eine Untersuchung geben müssen«, sagte er.

»Nein!« Ralph legte Godfrey eine Hand auf den Arm, die erste Berührung, seit sie sich bei seiner Ankunft die Hände geschüttelt hatten. »Sie wissen, was das bedeutet.«

Ralphs Griff war fest wie der eines deutlich älteren Mannes. Godfrey blickte direkt in diese hellen Augen. Sie wussten beide genau, was es hieß, wenn einer ihrer Männer überführt wurde, auf einen anderen geschossen zu haben. Dann stöhnte Archie Methven auf, und Godfrey schüttelte Ralph ab, um sich neben seinen Buchhalter zu hocken. Einen flüchtigen Moment legte er Methven seine Hand auf den Kopf, dem Mann, der seit fast achtzehn Monaten mit ihm zusammen diente. Dann spähte er durch den dunklen Raum hinüber zu Stone und sah, dass der alte Kämpe seinen Blick erwiderte.

Später in dieser Nacht, als Archie Methven sich auf der Pritsche hin und her wälzte, die sie ihm neben dem Herd aufgebaut hatten, stand Godfrey im Türrahmen des Bauernhauses und atmete die kalte Luft tief ein, um dem drohenden Aasgeruch von drinnen zu entgehen. Er trat von der Steinstufe herunter in den Hof und merkte plötzlich, dass seine Füße nackt waren und eisiger Matsch zwischen seine Zehen sickerte. Nichts als ein Hemd und die Kniehosen schützten ihn, als er auf den Weg zuging, auf dem er seine Männer erst vor zwei Wochen in Sicherheit hatte marschieren lassen.

Würde das denn nie enden, dachte Godfrey, als er zusah, wie ein dünner Streifen Licht über den Horizont quoll. Diese ständige Mühsal, das Richtige zu tun – über die Fehler hinwegsehen und Böswilligkeit bestrafen und die Männer um jeden Preis zusammenhalten. Ihm war schon vor langer Zeit klar geworden, dass er nicht zu der Sorte Anführer gehörte, die eigene Entscheidungen traf; ein Captain, der es anderen überließ, ihm zu sagen, was er tun sollte. Männer schicken. Zurückziehen. Angreifen. Verteidigen. Doch hier in diesem kleinen Stück vom Paradies war außer ihm niemand, der entscheiden konnte. Und das schien inzwischen fast unmöglich.

Godfrey drehte sich um, starrte über den Hof, einen bitteren Geschmack im Mund. Was würde passieren, dachte er, wenn er als Nächster hin war? Acht Männer, zurückgelassen, um sich gegen den Feind zu verteidigen. Oder es unter sich auszufechten. Nichts mehr von ihm übrig als eine Walnussschale und ein zerknautschter Einsatzbefehl, den er hätte ausführen müssen, es aber nicht getan hatte. Gehorsamsverweigerung gegenüber seinem vorgesetzten Offizier. Zuchthaus. Oder Schlimmeres. Sechs Mann aus seiner eigenen Truppe, die mit Gewehren vor ihm standen, bis der Schießbefehl kam.

In diesem Augenblick sah er es, verborgen im Schatten der Scheune. Zwei Jungs, die sich berührten. Eine weitere kleine Gebärde des Ungehorsams mitten im Dreck.

Jackdaw hatte seine Hand in Promise' Nacken, der andere Junge bückte sich und erbrach wieder und wieder auf einen Haufen altes Stroh, die Augen blank wie bei einem kranken Fuchs in der Nacht.

»Wir müssen es sagen, Ned«, sagte Promise. »Wir müssen.«
Jackdaw umfasste die Schultern des anderen Jungen und
drückte ihm seinen Daumen in die Knochen. »Warum sollten
wir? Du weißt, was passiert, wenn wir das tun.«

»Das würde der Captain nicht zulassen.«

»Da sagt Stone was anderes.« Jackdaws Entgegnung klang
fest. »Und er muss es wissen.«

Darauf schwiegen beide, standen eng beieinander, Nase an
Nase, Hüfte an Hüfte, Handgelenk berührte Handgelenk.
Dann schimmerten Promise' Lippen im Mondlicht auf, als
Jackdaw sich vorbeugte. Godfrey fühlte sein Herz rasen wie
verrückt, als ein Junge den anderen küsste und Jackdaw und
Promise im Schatten verschmolzen, während sie gegen die
dunkle Scheunenwand sackten.

Zwei

Captain Godfrey Farthing erwachte aus einem Traum, der ihm sagte, dass endlich das Ende gekommen war. Bertie Fortune marschierte über die Walnussschalen auf ihn zu, Erlösung in den Händen. Die Schalen knirschten unter den Füßen des Glückspilzes, rutschten und rasselten wie die Knochen tausender Toter, die sich Jahr um Jahr höher häuften.

»Haben Sie's?«, hörte Godfrey sich sagen.

Doch Bertie Fortune antwortete nicht, sondern kam nur näher und näher, er hielt etwas in der Hand. Eine Walnussschale vielleicht, frisch geknackt, um das winzige Hirn bloßzulegen. Eine Armbanduhr, die auf ewig die richtige Zeit anzeigte. Oder dieses kleine silberne Mützenabzeichen, das in der Sonne funkelte.

Strike Sure. Ein Löwe, der die Pranke hebt.

Da spürte Godfrey, wie das Schrapnell sich unter seiner Haut verschob, die Wunde in seiner Brust anschwoll und wuchs, während er darauf wartete, dass Bertie Fortune seinen Schatz vorzeigte, auf dass alle ihn erblickten. Die Augen des Glückspilzes auf ihn gerichtet wie zwei tote Kieselsteine. Wie die von George Stone im Keller. Und James Hawes, der ihn übers Spielfeld hinweg ansah. Drei Männer starrten ihren Captain an, als wäre Godfrey der Feind und sie hätten die Gewehre. Dann hatte er plötzlich Korditgestank in der Nase und sein Herz pochte, als wollte es ausbrechen. Mit Schweiß im Nacken, obwohl Godfrey wusste, dass die Luft draußen kühl war und Regen spitz in seine Haut stach, und da legten sich breite Männerhände auf seinen Ärmel.

»Sir?«

Erwachte im grauen Licht, das durch das Fenster hoch oben in der Giebelwand hereinfiel.

James Hawes stand neben seinem Bett in der Mansarde. Godfrey hob den Kopf vom Kissen und hörte die Männer im

Hof, das Klappern von Geschirr, das in der Küche abgewaschen wurde, als wäre es ein ganz normaler Tag.

»Ist Fortune da?«, fragte er.

Aber Hawes schüttelte den Kopf. »Nein, Sir, es geht um Methven. Ich glaube, Sie sollten lieber mal kommen.«

Der Zustand des Buchhalters hatte sich über Nacht verschlechtert. In Godfreys dicken Mantel gewickelt saß er in der Küche am Herd und zitterte und zitterte, nichts half gegen die Schüttelkrämpfe, die vom Scheitel bis zu den Stiefelsohlen durch seinen Körper liefen. Das Frühstück war schon längst vorüber, als Godfrey sich neben ihn hockte, wobei er die von der Haut des Verletzten abstrahlende Hitze zu ignorieren versuchte. Stone hatte geschickt improvisiert, aber für Godfrey bestand kein Zweifel, dass Methvens Wunde nur allzu bald anfangen würde, von innen heraus zu faulen. Dann konnte man nichts mehr tun, als seinen Arm direkt am Gelenk abzunehmen, und sie würden zusehen, wie ihr Buchhalter am Blutverlust starb, wenn sie ihn nicht rechtzeitig zu einem Feldarzt schaffen konnten.

Er zog ein Glasfläschchen mit drei Gran Morphium aus der Tasche und zeigte es dem Verletzten. »Wir können Sie im Handumdrehen in ein frisches Bett schaffen, Archie.«

Methven beäugte seinen Captain wie eine Erscheinung – vielleicht einer der Engel von Mons, der Phantombogenschützen vom Beginn des Kriegs, nun ganz am Ende wiedergeboren. Godfrey sah Methvens Blick zu dem Fläschchen in seiner Hand zucken, fast wie Second Lieutenant Ralph Svenson, der immer nach dem lechzte, was außerhalb seiner Reichweite lag. Ruhm. Oder Erlösung. Oder Medizin fürs Hier und Jetzt. Godfrey hielt das Fläschchen dicht vor Methven, die winzigen Tabletten sahen aus wie kleine Salzkristalle.

»Sie können etwas davon haben, Archie. Aber zuerst erzählen Sie's mir. Sie kriegen keinen Ärger, ich muss es nur wissen.«

Ein Jackdaw.

Ein Promise.

Ein Second Lieutenant.

Der Name des Mannes, der erst eine Schusswaffe angelegt hatte und dann zwischen den anderen abgetaucht war.

Ein wüster Schwall aus Wörtern und Satzteilen entsprang Methvens Lippen. Ein Name, dann gleich noch ein Name. Und noch einer. Und danach noch einer. Männer, die längst futsch waren, verschwunden im Matsch, in Granattrichtern voll mit Waffenöl und den Resten einer Leiche, auf den Lippen den Schlickgeschmack des Lehmbodens. Männer, auf Züge zurück nach England verladen oder zum Verrotten zurückgelassen in Gräbern, die mit nichts als einem Stock markiert waren. Archie Methven machte Abrechnung. Listete sie alle auf und hakte sie dann ab, als wäre der ganze Krieg eine einzige Gewinn- und Verlustrechnung, ein fiebriges Aufführen der Verlorenen.

Godfrey legte die Hand auf Methvens Arm und suchte ihn zu beruhigen, seine Finger bebten, als wollten sie sich dem Zittern des Kranken anpassen. Er griff in die eine Tasche von Methvens Uniformrock, dann in die andere, hielt dem Buchhalter etwas vor die Nase. Ein kleines Notizbuch mit blauen Waagerechten und roten Senkrechten – die Chronik dessen, wer wem was schuldig war. Godfrey sah Methvens Augen kurz klar werden, sah Erkenntnis aufleuchten, dann rutschte sein Blick weg, richtete sich auf etwas hinter der Schulter seines Captains.

Godfrey drehte sich um und sah Second Lieutenant Ralph Svenson in der Küchentür stehen. Ein Hauch von ranzigem Zitronenöl hing in der Luft, eine polierte Gürtelschnalle blitzte. Godfrey konnte nicht anders. »Mit dem Ding sieht Sie der Feind doch aus einer Meile Entfernung«, sagte er. »Und schießt aufs Geratewohl.«

Ralph lief fleckig rot an wie ein kleiner Junge. Die meisten Offiziere hatten schon lange aufgehört, etwas zu tragen, das sie als solche kennzeichnete. Es war ein Zeichen von Ralphs

Unerfahrenheit, dass er sich auftakelte und seine Manschettenknöpfe blitzen ließ. Aber es zeigte auch noch etwas anderes. Godfrey verspürte eine absurde Befriedigung, den jungen Mann in Verlegenheit gebracht zu haben, wenn auch nur für eine Sekunde.

Archie Methven drehte den Kopf zum Fenster und gab einen neuen Schwall Gebrabbel von sich. Aber jetzt war es Ralph, der klare Worte sprach. »Was machen wir mit ihm?«

»Was schlagen Sie denn vor?«

Ralph zuckte nur die Achseln. »Wir können ihn nicht mitnehmen, wenn wir losziehen.«

»Wie kommen Sie darauf, dass wir losziehen?«

Da lächelte Ralph, der Blick seiner seltsamen Augen glitt zu Boden. »Irgendwann müssen wir ja losziehen. Wir können nicht ewig hierbleiben.«

Warum nicht, dachte Godfrey. Als letzte Stellung war dieser Ort so gut wie jeder andere. »Niemand zieht hier los«, sagte er. »Und wir lassen erst recht keinen Mann zurück.«

»Fortune ist doch auch losgezogen.«

Hitze kribbelte unter Godfreys Kragen. Was wusste sein Second Lieutenant über die Vereinbarung, die er mit seinem Glückspilz getroffen hatte? »Fortune kommt heute Nachmittag zurück.«

Ralph schwieg einen Moment, dann sagte er: »Sie können bei Methven bleiben, wenn Sie wollen. Ich kann den Rest mitnehmen.«

Da spürte Godfrey sie, Angst, die ihm den Magen umdrehte. Er wusste, ein Teil von Ralph wollte, dass es so kam – wollte mit den restlichen acht Mann auf den Hügel marschieren und dem Schicksal ein Angebot machen. Godfrey wusste, die meisten der Männer würden marschieren, wenn sie den Befehl sähen. Lieber ihr Glück auf dem Schlachtfeld versuchen als es mit einer Kugel aus den eigenen Reihen aufnehmen. Meuterei. Darauf stand Todesstrafe, Exekution. Ein Schuss ins Herz.

Neben Godfrey zitterte Archie Methven, sein Körper schlotterte vor Fieber, auch das kam von einer Kugel aus den eigenen Reihen. Godfrey legte dem Verletzten wieder die Hand auf den Arm, wie um ihn zu beruhigen, und starrte Ralph an. Wie war es nur dazu gekommen, dass seine Männer sich so leicht spalten ließen, sauber entzweit von einem Bürschchen, das vor kurzem noch die Schulbank gedrückt hatte?

Keiner der Männer hatte gebeichtet. Weder Godfreys Koch noch sein Temporary Sergeant. Weder sein Klaubruder noch seine zwei A4-Jungs. Noch nicht mal sein neuer Rekrut. Er hatte sie nach dem Frühstück einen nach dem anderen in die Stube gerufen und vor dem Tisch stehen lassen, hinter dem er saß.

Es war bloß ein aus dem Ruder gelaufenes Spiel. Eine Entgleisung. Ein Unfall. Ein Versuch, auf die Hühner zu wetten. Das vorletzte. Das graue.

Sie sagten es alle, alle dieselbe Version der Wahrheit. Bis Godfrey merkte, wie es in ihm hochstieg, sein alter Herr, der ihn anblaffte und mit der Hand auf die Armlehne seines Sessels drosch, weil Godfrey schon wieder vergessen hatte, sich an der Tür die Schuhe abzuputzen oder seine Hausaufgaben aus der Schule mitzubringen. Wie kam es bloß, dachte Godfrey, als ein Mann nach dem anderen davonschlurfte, dass er zum Ankläger geworden war und seine eigenen Leute zu Angeklagten? Nicht mal auf die A4-Jungs war Verlass, zwei junge Männer, die allen Grund hatten, Ralph anzuschwärzen. Godfrey hatte es erst bei Jackdaw versucht. Ein Junge, dem es schwerfiel, den Mund zu halten, wenn eine Ungerechtigkeit zu klären war.

Er fragte ihn rundheraus. »Hat Second Lieutenant Svenson auf den Buchhalter geschossen?«

Sah, wie der Junge tief errötete.

Doch selbst Jackdaw blieb dabei. Ein Unfall. Ein Versehen. Ein abgerutschter Daumen. Ließ sich nicht davon abbringen, wie sehr Godfrey auch drängte. Ein A4-Junge, an der Hüfte mit dem anderen zusammengefügt, würde niemals einknicken.

Promise' Mund war verkniffen, als er hereinbeordert wurde und vor seinem Captain stand, bleich um die Lippen, als mühte er sich, die Wahrheit drinzubehalten. Aber als Godfrey fragte, schüttelte auch er den Kopf. »Er hat es nicht mit Absicht getan.«

Genau das sagte er.

Trotzdem ließ Godfrey den Jungen seine Taschen ausleeren, nur für den Fall. Fahndete nach dem besonderen Einsatz, den Fortune erwähnt hatte – was immer es war, weswegen die Hühner durch den Hof gescheucht wurden. Doch Promise hatte nichts bei sich, was man als gute Konterbande ansehen könnte, nur die Beute eines Stadtjungen, der in dieser fremden Gegend stöbern gegangen war. Ein paar Kiesel aus dem Bach. Ein Stück Schale von einem Vogelei. Dinge, wie sie Alec Sutherland im Gebüsch aufgabeln würde. Wertloses Zeug, doch hier im vergessenen Paradies der allerbedeutendste Schatz. Was hatte der Krieg bloß an sich, dachte Godfrey, als Promise seine Schätze wieder zurück in die Taschen steckte, dass er einen immer auf Kleinkram zurückwarf. Die Dinge, auf die kein Mensch verzichten konnte.

Am Nachmittag sah Godfrey zu, wie Alec Archie Methvens Wunde nähte. Der Junge hatte nicht gelogen. Er war wirklich gut mit der Nadel, ein sorgsamer Stich nach dem anderen, bis eine ordentliche rosa Naht in die Haut des älteren Mannes gestickt war. Doch unter der Reparatur des Jungen war Methvens Arm schwarz geworden. Nicht länger die Blässe eines im Winter verwundeten Mannes, sondern ein dunkles Lila, das sich von den Fingerspitzen bis zum Herzen zog. Die Hitze auf der Haut des Buchhalters war wie ein Hochofen, fast schon zu heiß, um ihn anzufassen.

George Stone hatte zuvor das Aufschneiden und Entleeren übernommen, hatte an Archie Methvens angeschwollener Schulter herumgepresst und gequetscht, bis sämtlicher Eiter, der sich aus der Wunde drücken ließ, die Brust des Buchhalters hinab rann und quoll. Die Flüssigkeit war klar gewesen, aber Godfrey wusste, es würde nicht mehr lange dauern, bis sie alle es riechen konnten. Diesen süßlichen Geruch drohender Fäulnis. Wie die Füße der Männer, nachdem sie Woche um Woche im wassergefüllten Schützengraben gestanden hatten. Die Küche würde damit gesättigt sein, dachte Godfrey. Ein Tag. Höchstens zwei, bevor es zu spät war. Nur Methven war die Gefahr nicht bewusst, betäubt von einem guten Schluck verbotenem Brandy, beigesteuert von Stone.

»Hat mir Fortune besorgt«, hatte der Koch gesagt, als er die Literflasche aus einem Loch in der Küchenwand zog, wo sich normalerweise eine Bibel befand oder ein Rosmarinzweig, um böse Geister fernzuhalten.

Die Brandyflasche war ein gedrungenes Ding, französisches Glas mit dickem Boden, der Inhalt glühte wie Bernstein. Godfrey fragte nicht nach, was Bertie Fortune im Gegenzug erhalten hatte. Stattdessen bedeutete er Alec, mit seiner Nadel und dem von Percy Flint geborgten Garn herüberzukommen. Der Junge hatte ihm eine ruhige Hand versprochen, und als Godfrey zusah, wie er sorgfältig einen Stich nach dem anderen machte, merkte er, welche Erleichterung es war, einen Soldaten zu haben, der genau das tat, was er gesagt hatte.

Hinterher nahm er Alec mit in die Stube und dankte ihm. »Das war gute Arbeit.«

»Ja, Sir.«

»Hast du vorher schon mal einen Mann zusammengeflickt?«

»Nein, Sir. Aber ich hab mal bei einem Schaf geholfen.«

»Du freust dich wohl schon auf die Heimkehr, was. Willst bald selber eine Herde haben.«

»Ja, Sir.« Der Junge erglühte, flammendrote Wangen. Dadurch sah er noch jünger aus, als er war, ein Bursche, der schon mit seiner Liebsten ausging.

Godfrey stand vom Tisch auf, stellte sich vor den Neuen, legte dem Jungen die Hand auf die Schulter. »Du hast es nicht erzählt, nicht wahr, Alec. Das mit dem Befehl.«

Es war keine Frage. Alec errötete wieder und schüttelte den Kopf. »Nein, Sir.«

Godfrey glaubte ihm. Was blieb ihm anderes übrig? Als er sich abwandte, zog der Junge etwas aus der Tasche und hielt es ihm hin.

»Wie Sie vorgeschlagen haben, Sir. Falls was schiefgeht.«

Eine Feldpostkarte, adressiert an ein Mädchen irgendwo im Norden, *Mir geht es recht gut* die einzigen Worte, die nicht durchgestrichen waren. Diesmal errötete Godfrey, zwei Flecken auf seinen Wangen. »Es wird nichts schiefgehen, Alec.«

Doch der Junge bestand darauf. »Nur für den Fall, Sir.«

Die beiden Männer starrten sich an. Dann nahm Godfrey die Karte und drehte sie um. »Ist das alles, was du schreiben willst? Ich kann dir ein Kuvert geben, wenn du möchtest, dann bleibt dein Brief privat.«

Alec schüttelte den Kopf. »Sie wird schon wissen, was ich meine.«

Godfrey nickte. Dann legte er dem Jungen die Hand auf den Arm. »Ich verwahre ihn für dich, Alec. Aber überbringen kannst du ihn selbst.«

Als er dem Jungen nachsah, wie er über den matschigen Hof zurück zur Scheune ging, spürte Godfrey es tief in sich. Wilde Wut auf seinen Second Lieutenant brannte unter seinem Brustbein wie das Schüreisen, das darin versagt hatte, Methvens Wunde zu kauterisieren. Alles, was Ralph wollte, war in den Krieg ziehen, seine Pistole auf den Feind abfeuern, während seine Männer mit dem Bajonett zustachen. Und doch hatte er ausschließlich unter seinen Leuten Verheerung angerichtet. Streitigkeiten. Und Glücksspiel. Und stolzierte über den Hof wie eins dieser Hühner, bis alle außer Rand und Band waren.

Godfrey dachte an Ralphs Miene vor zwei Tagen, als er Promise' *Hausfrau* aufgeklappt hatte, an das Behagen, mit dem sein Second Lieutenant einen anderen reinritt. Er schaute wieder auf die Feldpostkarte in seiner Hand, dachte an die hölzerne Schließkassette mit dem Brief, den Archie Methven seinem Sohn geschrieben hatte. Die Chancen ausgleichen, ein Spieler wie George Stone würde es vielleicht so bezeichnen. Sein eigenes Spiel spielen, so nannte es jetzt Captain Godfrey Farthing.

Drei

Die Strafmaßnahme begann um sechzehnhundert und fand im Hof statt, sodass alle Männer zusehen konnten. Godfrey nahm dem Gefangenen die rote Erkennungsmarke ab und ließ ihm die grüne, als wäre er bereits tot, als müsse man nur noch die Angehörigen darüber informieren. Er zog dem Jungen den Uniformrock aus, ließ ihn in seinem Hemd frieren. Alle anderen Männer sahen zu, als wäre es eine Art Theateraufführung, konnten nicht glauben, was sie da sahen. Doch was sonst hatte Godfrey in den letzten vier Jahren getan, als die Disziplin aufrechtzuerhalten und die Befehlskette zu sichern? Es war nicht schwer, so hatte Godfrey festgestellt, Soldaten im Krieg dazu zu bringen, dass sie taten, was man wollte. Es ging eher darum, den richtigen Moment zu wählen und zu handeln, wenn er kam.

Godfrey hatte den Befehl geschrieben, während Hawes wartete, hatte dafür ein Stück Papier benutzt, auf dessen einer Seite durchgestrichen stand: *Liebe Mutter und Vater ...*

Strich alle Knicke glatt und schrieb auf die Rückseite.

Seine Hand zitterte, als er seine Entscheidung en détail erläuterte, er spürte die nackte Stelle am Handgelenk, noch bis vor kurzem warm gehalten von der Armbanduhr. Er brauchte hier nichts nachzuweisen oder um weitere Instruktionen zu ersuchen, um ein Kriegsgericht nach geltenden Regeln. Sie waren im Niemandsland. Dies war ein Notfall. Das einzig Mögliche war die Disziplin aufrechterhalten und die notwendige Strafe umsetzen. Es mochte das Wort des einen gegen das des anderen stehen, aber hier trug immer noch Captain Godfrey Farthing die Verantwortung.

»Sie können ihn hinterher in den Hühnerstall sperren«, sagte er, als er seinem Temporary Sergeant den Befehl überreichte. »Lassen Sie ihn über Nacht dort, bei Wasser und Brot.«

»Was werden die Männer denken, Sir?«, sagte Hawes.

»Was haben die Männer damit zu tun?« Godfrey setzte die Kappe auf seinen Füller und steckte ihn ein. »Ich bin der verantwortliche Offizier.«

Godfrey standen alle möglichen Strafen zur Verfügung, hätte er sich in den vergangenen zwei Wochen dazu durchgerungen, Armeeregeln durchzusetzen, statt seine Männer mit den Hühnern tanzen und Glücksspiel betreiben zu lassen. Strafen für Männer, die sich nicht an den Zapfenstreich hielten. Die beim Exerzieren keinen Uniformrock trugen. Männer, die sich zwei Tage nicht rasierten, weil ihnen nicht danach war, und die auferlegte Pflichten tauschten, wenn sie eine andere Schicht wollten. Godfrey hätte sie alle bestrafen können. Mit einer Geldbuße von zehn Shilling. Oder einer Verwarnung. Einer Erwähnung im Kriegsbericht, und zwar nicht lobend. Oder vielleicht einfach Lagerarrest. Für Veruntreuung zugewiesener Feldkleidung. Für schlampiges Salutieren. Für Einbruch in ein Haus, um zu plündern.

Aber war nicht er es gewesen, der das Bauernhaus mit genau dieser Absicht requiriert hatte, um die Kohlköpfe zu verspeisen und die Möbel anderer Leute selbst zu benutzen? Außerdem saßen sie ohnehin in diesem Lager fest – elf Männer, jetzt reduziert auf neun, ohne dass der Feind auch nur in Sicht war. Einer irreparabel verwundet von seinen eigenen Leuten. Der andere querfeldein unterwegs. Ihr Glückspilz Bertie Fortune. Ein Talisman, den Godfrey Farthing hatte gehen lassen.

Godfrey schaute durchs Stubenfenster auf sein behelfsmäßiges Paradies, als Hawes sich an die Vorbereitungen machen ging, und sah es plötzlich mit anderen Augen. Den Matsch. Die Müllhaufen, die sich allmählich ansammelten. Die überquellende Latrine. Es erinnerte ihn an den Schützengraben, den er einst mit Beach geteilt hatte, ein Drecksloch voller Rattenknochen und Läuse, Männerkörper gärten von den verdorbenen Resten *Plum & Apple*, dazu der Gestank, wo Männer sich erleichtert hatten, statt sich bis zur offiziell genehmigten Fallgrube durchzuschlagen. Er hatte sich eingeredet, wie weit sie doch gekommen waren so kurz vor dem Ende, gut versteckt in ihrer kleinen Oase vor dem nicht enden wollenden Unheil draußen. Nur um zu erkennen, dass sie überhaupt nicht weit gekommen waren.

Als es auf vier Uhr zuging, ging Godfrey im Bauernhaus Stück für Stück seine Habseligkeiten durch und entschied, was er mitnehmen und was er zurücklassen wollte. Die schwarze halbe Walnuss, die er eigentlich auf dem Teich hatte aussetzen wollen, war zu Boden gefallen, und er hob sie auf und legte sie auf den Tisch. Ihm gefiel die Vorstellung nicht, dass das winzige Boot nie auf die Reise gehen sollte, obwohl er das die ganze Zeit vorgehabt hatte.

Er leerte jede Tasche seines Uniformrocks, warf hier und da etwas weg, legte die ganze Walnuss zu der halben, steckte das Notizbuch des Buchhalters und seinen Brief in die Brusttasche, zögerte kurz, ehe er Alecs Feldpostkarte dazutat, dann knöpfte er sie zu. Er behielt einen Füller und einen Bleistiftstummel, eine Schachtel Überallstreichhölzer und eine Prise französischen Tabak, den er mal von Ralph eingetauscht hatte. Ralph bevorzugte das gröbere Zeug, das sie mit ihrer Ration erhielten, und schien kaum je zu rauchen. Er benutzte seine Ration lieber zum Spielen. Genau wie alles andere.

Godfrey füllte seine Patronentasche mit Munition für seinen Revolver, stopfte das Fernglas und die Pfeife in seine Feldtasche. Er tat zwei Verbandspäckchen dazu und noch einzelne Bandagen, das letzte Gran Morphium, verschloss die Schnallen und Spangen. Falls dies sein letztes Gefecht sein sollte, wollte er bereit sein. Wer wusste schon, was die nächsten paar Stunden bringen würden?

Um drei Uhr fünfundfünfzig rief Hawes die Männer zur Ordnung und ließ sie zum zweiten Mal an diesem Tag exerzieren. Er sah, dass sie auf der Hut waren. Die Jungspunde Jackdaw und Promise warfen ihm immer wieder rasche Blicke zu, als könnte er sie gleich in den Schuppen sperren. Wegen Handgreiflichkeiten oder, schlimmer, weil sie sich hinter der Scheunenwand geküsst hatten. Flint sah ihn überhaupt nicht an, starrte in die Ferne und kratzte an der Schramme im Gesicht, wo Jackdaw ihn erwischt hatte. Alfred Walkers lässiger Charme war weg, dafür nestelte er verstohlen an irgendetwas in seiner Tasche herum. Sogar Alec wirkte auf einmal dünnhäutig, den Blick gesenkt auf das Meer aus Hühnermist zu ihren Füßen, während der Hund vom Scheunentor aus zusah. Nur George Stone wirkte irgendwie resoluter, wie jemand, für den das Schlimmste schon vor langer, langer Zeit eingetreten war.

Godfrey hatte zuerst mit Ralph gesprochen, hatte seinen Second Lieutenant in die Stube gerufen und in Kenntnis gesetzt, dass Sanktionen bevorstanden. Wegen Tätlichkeiten. Wegen Einsatz der Waffe ohne Feindsicht. Er gab dem jungen Offizier seine Würfel zurück und sah Ralph grinsen, ein kurzes Aufblitzen seines früheren Selbst.

Als die Männer angetreten waren, trat Hawes zurück in die Mitte des Hofs, schlug die Fersen zusammen und brüllte: »Aufstellung!«

Sieben Männer bildeten an der Pumpe eine Reihe, um zu sehen, was als Nächstes kam. Neben ihnen stand Second Lieutenant Ralph Svenson, geschniegelt und gespornt mit blitzenden Manschettenknöpfen. Mit diesen seltsamen durchsichtigen Augen warf er Jackdaw immer wieder Blicke zu und lächelte, als wäre er eingeweiht, was bevorstand.

Diebstahl. Darauf stand Arrest. Oder zehn Shilling Geldbuße oder im härtesten Fall Dienstentlassung.

Missachtung eines rechtmäßigen Befehls seines vorgesetzten Offiziers. Zuchthaus.

Aber auf Tätlichkeit gegen einen vorgesetzten Offizier im Feld, was Jackdaw mit dem Second Lieutenant getan hatte,

stand die Todesstrafe. Oder im allermildesten Fall Schand-
pfahl.

Godfrey sah, wie Ralphs Augen verdutzt flackerten, als er
sich stattdessen vor ihm aufbaute. Uniformrock an. Gürtel
um. Kappe, Stiefel und Stock.

»Second Lieutenant Ralph Svenson, ich stelle Sie unter
Anklage wegen fahrlässigen Abfeuerns Ihrer Waffe und in
der Folge Auslösen von falschem Alarm im Feldlager. Sowie Verwundung eines Kameraden. Bitte händigen Sie Ihre
Dienstwaffe aus und kommen Sie mit.«

Den ganzen Nachmittag regnete es in Strömen. Ausnahmsweise schwiegen sogar die Vögel. An die Pumpe gefesselt,
in nichts als seinem zweitbesten Hemd, klebte Ralph bald
das Haar im Gesicht, legte sich platt an Stirn und Wangen,
die blonden Locken dunkel und strähnig vom Wasser, das
ihm ununterbrochen in die Augen lief. Anfangs versuchte er
sich die störenden Haare aus dem Gesicht zu schütteln, aber
irgendwann gab er es auf, beugte den Kopf nur tiefer und
tiefer, ließ den Regen einfach *tropf tropf tropfen*, bis sich in
seinem Schoß eine Pfütze bildete.

Sie befreiten ihn um sechs, als es bereits dunkel war,
Hawes löste die Knoten, während die Männer weiter in
der Scheune Wache saßen. Der Second Lieutenant konnte
kaum laufen, als Hawes ihn zum Hühnerstall zerrte und
hineinschob. Um sieben aßen die Männer in der Scheune
und sahen durchs offene Tor zu, wie Stone ihrem Offizier
Essen brachte – einen trockenen Zwieback und einen Napf
Wasser. Der alte Kämpe hielt Ralph den Napf an den Mund,
mit unbeholfenem Schlucken landete ein Teil des Wassers
in der Kehle des Jungen, während der Rest am Kinn he-
rablief. Godfrey blieb im Haus und aß in der Stube, ein
Glas Wasser und ein Stück kaltes Huhn. Der letzte Rest des
Grauen. Anschließend knackte er eine von den Walnüssen
in seiner Tasche und nahm sich Zeit, das cremige Innere zu

kauen, das einen bitteren Nachgeschmack auf seiner Zunge hinterließ.

James Hawes kam noch einmal zu ihm, nachdem es getan war. »Wann soll ich ihn wieder rausholen, Sir?«

Ein guter Mann, Hawes, trotz seiner Angst vor Blut. Versuchte unter allen Umständen stets das Richtige zu tun.

»Lassen Sie ihn da«, sagte Godfrey. »Wir behalten ihn mindestens die Nacht über dort drin.«

»Das wird er nicht vergessen, Sir.«

Es entstand eine unbehagliche Stille zwischen den beiden Männern, ehe der Temporary Sergeant erneut das Wort ergriff.

»Sind Sie sicher, dass das der richtige Weg ist, Sir?«

»Lassen Sie sich etwas gesagt sein, Hawes«, sagte Godfrey, »Demütigung ist ein zweischneidiges Schwert. Ich finde, das muss Second Lieutenant Svenson dringend lernen.«

»Und was dann, Sir?«

»Was meinen Sie?«

»Rücken wir aus?«

Godfrey stieß heftig seinen Stuhl zurück und stand auf. »Nein, verdammt, wir rücken nicht aus, Hawes. Nicht heute Abend. Oder morgen. Sie bleiben hier, alle Männer bleiben hier, einschließlich Second Lieutenant Svenson, und ihr werdet schön den Kopf einziehen, bis sie die verfluchten Verträge unterzeichnen und die ganze Sache vorbei ist.«

Hawes stand sehr steif da. »Er war es nicht, wissen Sie, Sir. Der geschossen hat.«

»Wer war es dann?«

Hawes schwieg. Godfrey nahm seine Kappe ab und fuhr sich mit der Hand übers Stoppelhaar. Stellte eine andere Frage, direkter. »Hat Jackson den Buchhalter angeschossen?«

»Warum fragen Sie ihn nicht?«

»Er wird es nicht sagen, oder.«

»Jackson würde keinen Kuharsch mit einem Banjo treffen, Sir.«

Godfrey wandte sich ab. »In dem Fall müssen wir Lieutenant Svenson beim Wort nehmen und es dabei belassen.«

In der Scheune kam die Nachtruhe früh, die Männer legten
sich alle um zehn hin, und der Regen ließ nach, bis er nur
noch ein leises Trommeln auf dem Dach war. Ralph war von
Hawes zur Latrine gebracht und dann mit einem rauen Tuch
zum Abtrocknen und einer Decke zum Schlafen wieder in
den Hühnerstall gesteckt worden. Godfrey sah vom Stubenfenster aus zu. Er machte sich nicht die Mühe, mit seinem
Second Lieutenant zu sprechen. Wer würde ausgerechnet
dann auf seinen Peiniger hören, wenn er ihn mal hemmungs-
los verfluchen konnte?

Um elf rief Godfrey Hawes in die Stube. Auf dem Tisch
vor ihm lag der kleine Messingschlüssel für seine Holzkassette, der Befehl sicher in der Zigarettendose verstaut,
versteckt unter dem Rest. Sowie Ralphs Webley in seinem
Holster. Hawes starrte die Pistole an. Godfrey legte ohne
Umschweife los.

»Ich bringe Methven weg, Hawes. Wenn wir warten, stirbt
er.«

»Was ist mit Fortune, Sir?«

Godfrey zögerte. Zwölf Stunden hin. Zwölf Stunden zurück. Ein paar mehr für Missgeschicke. Fortune sollte bereits zurück sein. Aber etwas an der Leere, die sich über den
Bauernhof gelegt hatte, seit sein Glückspilz fort war, gab
Godfrey das Gefühl, dass Bertie Fortune womöglich nicht
so bald wiederkam.

Er sah seinem Sergeant in die Augen. »Würden Sie Fortune
trauen, Hawes?«

Hawes trat von einem Fuß auf den anderen, senkte den
Kopf, antwortete nicht.

Godfrey schob dem Temporary Sergeant den Messing-
schlüssel über den Tisch. »Verwahren Sie den. Da sind die
Soldbücher der Männer drin, falls Sie sie brauchen. Und ihre
Briefe für den Fall.«

»Sir.« Hawes nahm den Schlüssel, schob ihn in die Tasche seines Uniformrocks.

Dann griff Godfrey nach Ralphs Webley und hielt ihn seinem Temporary Sergeant hin. »Jetzt haben Sie hier die Verantwortung, Hawes. Sehen Sie zu, dass die Männer beschäftigt sind. Lassen Sie Lieutenant Svenson im Stall, bis ich wieder da bin. Ich komme morgen vor Einbruch der Dunkelheit zurück.«

»Ich mag keine Waffen, Sir.«

»Das tut keiner von uns, Hawes. Aber ich traue Ihnen zu, gut damit umzugehen.«

Godfrey wartete, bis Hawes zögerlich die Hand ausstreckte, ein leichtes Zittern in den Fingern, legte Ralphs Revolver hinein und schaute zu, wie er ihn hinten in seinen Hosenbund steckte. Dann ließ er sechs Patronen in Hawes' Handteller rieseln.

»Versuchen Sie, sie nicht zu benutzen«, sagte er. »Aber wenn Sie müssen, dann zögern Sie nicht.«

Er schrieb einen Eintrag in sein Tagebuch, bevor er ging. Es war der neunte November. Der Regen hatte endlich aufgehört.

1948

Fortune

Bertie Fortune kam mit einem Schatz heim. Keine zweireihige Perlenkette für seine Frau. Keine Brosche für die angehende Braut. Kein französischer Champagner fürs Hochzeitsfrühstück. Oder Zigarren für alle Männer. Nicht mal ein Anzug mit mitternachtsdunklem Futter. Aber mit einem Gewissen so rein wie damals am ersten Tag, als er sein Gewehr schulterte. Zumindest dachte er das gern.

Sie hatten ihn weggeschickt, die Wäsche abholen – wenn eine Hochzeit anstand, war ein Mann im Haus nicht zu gebrauchen.

»Und besorg noch was Leckeres«, rief seine Frau Annie, als sie die Haustür hinter ihm zumachte. »Für die Feier. Du wirst schon was auftreiben.«

Dann stand er auf der Türschwelle mit nichts als den Wäschereizetteln in der Hand. Für das Kleid seiner Frau mit dem Seidenkragen. Das beste Hemd seines Sohnes. Strümpfe und Unterwäsche. Seinen eigenen Glücksanzug. Doch Bertie Fortune wusste, zurückkommen konnte er erst, wenn er irgendeinen Schatz aufgetrieben hatte, etwas, das die Feier richtig in Schwung brachte. Was die Frauen bestellten, das bekamen die Frauen auch. Bertie Fortunes Motto für ein langes und erfülltes Leben.

Die Hochzeit sollte am nächsten Tag mittags losgehen, und die gesamte Garderobe wartete auf Abholung, damit sie alle tipptopp aussahen. Annie holte schon das gute Porzellan raus, wischte die Ränder der Untertassen ab, polierte die Löffel. Ihre Tochter Alice stand mit hochgekrempelten Ärmeln und doppelt gebundener Schürze in der Küche und backte Kuchen mit richtiger Butter. Es erstaunte Bertie immer noch, so viel davon in einer einzigen Schüssel zu sehen. Vielleicht sollte er Orangen mitbringen, dachte er, als er seinen Mantel zuknöpfte. Frisch von den Kanarischen Inseln, eine wilde Farbexplosion, das brachte Leben in die Bude. Oder vielleicht sogar eine Ananas, mit dieser stachligen Schale und dem goldenen Fleisch. Etwas, wovon sie in den langen, mutlosen Jahren oft geträumt hatten.

»Ich werd heiraten, wenn Sie mir so eine kaufen können, Mr. Fortune«, hatte seine künftige Schwiegertochter Iris einmal verkündet.

Also nie, hatte er damals gedacht, das wusste er noch. So was kostete mehr als einen Monatslohn – wenn man überhaupt eine ergattern konnte. Bertie Fortune war ein Mann, der die meisten Dinge ergattern konnte, aber damals war es schwer genug, einen Apfel aufzutreiben, von Ananas ganz zu schweigen, im schrecklichen Winter '47. Er war fast durchgedreht in diesen nicht enden wollenden Monaten, hatte das Alter in den Knochen gespürt wie nie zuvor. Auch Annie hatte nicht gut ausgesehen, ihre Haut hatte die Farbe des Tees, den sie im ersten Krieg getrunken hatten. Grau. Mit Chlorgestank. Aber getrunken hatten sie ihn trotzdem.

Die Hochzeitsfeier war für Berties Jüngsten. Billy Fortune. Lebend heimgekehrt aus dem zweiten Krieg zu Berties Lebzeiten; was konnte ein Vater sich Besseres wünschen?

Jetzt allerdings entschwand Bill wieder, in die Arme seiner jungen Lady, der Iris. Kaum älter als neunzehn, von irgendwo im Norden runtergekommen, um ihr Glück in der Großstadt zu suchen, jetzt, da keine Bomben mehr fielen. Bertie war sie erst vor ein paar Monaten vorgestellt worden, die Trägerin eines blauen Hütchens mit einem kleinen Netz vorne dran, saß wie ein Segelboot auf ihrer adretten Haarrolle. Der Hut war keck, und das war sie auch, trug einen Rock, der schwang, wenn sie sich drehte. Bertie fand das etwas extravagant, aber Annie war beeindruckt, das sah er ihr an.

»Hast du gesehen, was sie trägt?« Sie flüsterte mit Alice, als sie die Teekanne anwärmten und Seitenblicke auf die fesche junge Dame warfen, die einen Job als Schreibkraft und ein Zimmer im Frauenwohnheim hatte und noch keinen Ehemann. Wo war sie her, dieses Mädel an seinem Küchentisch, die hübschen Beine übergeschlagen, das hätte Bertie Fortune schon interessiert. Tochter einer Mutter, die sie nie erwähnte, und eines Piloten, der abgestürzt und verbrannt war?

»Frag nicht«, sagte Annie.

Alice kicherte hinter vorgehaltener Hand.

Also hatte Bertie nicht gefragt. Wozu in der Vergangenheit stochern, wo gerade er doch am besten wusste, dass man die Vergangenheit oft besser ruhen ließ? Bertie wusste, er sollte sich freuen, Bill und Iris zusammen zu sehen, eine junge Frau, die ihm zuzwinkerte, als sie die Milchflasche vom Tisch nahm und ihre Tasse auffüllte. Sie waren Teil dieser neuen Gesellschaft, die jetzt in aller Munde war. Renten und nationales Gesundheitssystem.

Wir sitzen alle im selben Boot.

Wohingegen Bertie Fortune sein Geld damit gemacht hatte, es für sich zu behalten … es sei denn, er konnte etwas Besseres aushandeln, versteht sich.

Wo sollte er hingehen, um eine Ananas aufzutreiben, dachte Bertie nun, während er sich aufs Herz von London zuschlängelte, Taxis und Straßenbahnen auswich, breite und schmale Straßen überquerte. Vielleicht zum Covent Garden-Markt, Karren hoch beladen mit Obst und Gemüse aller Art, Blumen jeglicher Farbe und Form. Oder in die Lane mit ihren vielen Buden – Nippes und Makrelen, Fruchteis und Würste an Strippen. Es war immer möglich, auf Schätze zu stoßen, wenn man wusste, wo man suchen musste, das war Bertie Fortune beim Durchforsten von anderer Leute Sperrmüll klar geworden, man wusste nie, wozu einen das führte.

Er hatte diese Lektion als junger Mann gelernt, frisch zurück von den Schlachtfeldern Frankreichs. Fang mit was an, was allzeit Trumpf ist, dann bau ein Geschäft drauf auf, was Bodenständiges. Nicht französischer Tabak und Papier, das sich im feuchten Wetter auflöst. Sondern Altmetall und Trödel. Töpfe, Pfannen, Nägel. Ein Lumpensammler mit einem einzigen Karren, der einigen etwas ab- und dem Rest etwas verkaufte. Es gab praktisch nichts, was Bertie Fortune nicht in Zahlung nahm, als er neu dabei war. Und das hatte er ausgebaut.

Er hatte *Fortune* gehabt, wie sein Name sagte und sein Vermögen zeigte. Berties Fortune. Ein alter, alter Witz. Er war ein richtiger Glückspilz, zumindest sagten das alle, kam ohne einen Kratzer aus der Katastrophe zurück, steckte seine jungen Jahre ins Bilden von Rücklagen. Nun war Bertie Mitte fünfzig und näherte sich einem Leben als alter Mann. Manchmal fragte er sich, was er mit all dem machen sollte. Den Lagerhäusern und Lastwagen. Dem Geld auf der Bank. Er hätte das Geschäft an Reg übergeben, seinen ältesten Sohn und Erbfolger, der natürliche Lauf der Dinge. Aber Reg war losgezogen und hatte sich erschießen lassen, in der Wüste, kam nie mehr heim. Hatte sich sogar dort begraben lassen. Auch nicht anders als all die Jungs in Frankreich, überlegte sich Bertie, als man es ihm mitteilte. Aber er tat sich schwerer damit, als er zuzugeben bereit war, ging oft zum Friedhof, setzte sich auf eine Bank, tat einfach, als gäbe es ein Grab.

Kein Wunder ist unsere Welt so rastlos, dachte Bertie beim Überqueren der Straße am Piccadilly, wo Eros endlich wieder auf seinem Sockel stand. All diese Toten, die heimwärts strebten, an den Ort, wo sie hingehörten. Ein bisschen wie Europa in den letzten paar Jahren, Flüchtlinge und Kriegsgefangene, Soldaten, Seeleute, Hinz und Kunz, alle wollten woanders sein als da, wohin es sie verschlagen hatte. Dagegen brauchten er und die übrigen Glückspilze, nachdem die Glocken im Dorf geläutet hatten, nur noch an Bord eines

Schiffes nach Southampton zu gehen, nachts überzusetzen und waren am nächsten Tag zu Hause, wo er am Küchentisch auf seinen Vater stieß, der vor der Frühschicht ein Glas Tee trank. Bloß vierundzwanzig Stunden, rund und roh, aber manchmal dachte Bertie, es war die längste Reise, die er je gemacht hatte. Sie hatten auf dem Rückweg noch nicht mal gesungen, um sich die Zeit zu vertreiben.

It's a long way to Tipperary …

Ahnten wohl schon, dass sie vielleicht nicht so viel Glück hatten, wie sie dachten.

Eine Stunde später war Bertie unterwegs in den Osten der Stadt, erhaschte durch die Bombenlücken flüchtige Blicke auf den Fluss und fragte sich, ob es wirklich lohnte, auf Schatzsuche noch zum Petticoat Lane Market zu gehen oder ob es dort dasselbe gab wie das, was er bisher gefunden hatte. Leere Vogelkäfige und Schnäppchen aus verfallenen Häusern, zweiundzwanzig winzige Perlmuttknöpfe auf einem Tablett für irgendein Mädchen mit einer 22-Zoll-Taille.

Die Wäsche hatte er schon abgeholt, um auf der sicheren Seite zu sein, hatte das Bezugsscheinheft abstempeln lassen und zugeschaut, wie sie das ordentlich mit Papier umwickelte Paket mit Schnur zubanden. Das Kleid seiner Frau. Das Hemd seines Sohns. Sein Glücksanzug, versteht sich. Blau wie ein Starenei, drei Knöpfe, klassisches Revers. Dazu ein paar Maiglöckchen fürs Knopfloch der Männer. Aber er hatte immer noch keinen Schatz zum Mitbringen für die Ladys. Keine Ananas, um sie auf einem Extraständer neben der Hochzeitstorte zu präsentieren, natürlich dreistöckig.

Die Frau am Covent Garden hatte ihm geraten, es an den Docks zu probieren. »Wenn Sie schnell machen, kriegen Sie da womöglich ein Schnäppchen.« Bananen in Holzkisten gestapelt. Vielleicht sogar eine Kokosnuss. All die Schätze aus Jamaika und von den Kanaren, bereit für den Vertrieb. Doch sie hatte nur den Kopf geschüttelt bei der Frage nach einer ganzen Ananas in ihrer stachligen Schale. Sie könnte ihm eine Dose besorgen, meinte sie. Mit Ringen oder Stücken. Aber keine frische. An so was kamen nur die mit den tiefsten Taschen ran.

Bertie Fortune war früher der mit den tiefsten Taschen gewesen, das ging ihm durch den Kopf, als er sich zu den Schiffen aufmachte. Quer über die Felder Frankreichs, die eine Tasche voll mit Walnüssen, in der anderen eine Apfelsine, nur ein klein wenig runzlig, obwohl sie etliche Wochen im Keller im Sand gelagert hatte, als sie in seinen Besitz kam. Die Apfelsine war ein Schatz gewesen, dem Bertie nicht widerstehen konnte. Das Wertvollste, was der Bauernhof seiner Meinung nach zu bieten hatte. Er hatte sie zum Tausch eingesetzt, gegen ein Bett, solange er auf das Läuten der Glocken im Dorf wartete. Ein paar Gläser Wein in einem Estaminet und einen Unterschlupf, bis das Ende kam. George Stone war ihm für den Brandy noch was schuldig gewesen – eine gedrungene Flasche mit dickem Boden, deren Inhalt glühte wie allerfeinster Bernstein. Und als Bertie Fortune es brauchte, hatte sich das ausgezahlt, Stone rüstete ihn mit allem Nötigen aus, um sich bis zur Küste durchzuschachern. Essen und Getränke waren in Kriegszeiten die beste Währung, und Apfelsinen gehörten zum Wertvollsten, was man bekommen konnte.

Als Bertie Fortune jetzt die Docks erreichte, stellte er fest, dass sie überquollen vor Orangen, Männer brüllten über vollgestopften Kisten den Kurs. Als er an einer Kiste vorbeikam, schnappte er sich eine Orange von oben, warf dem Verkäufer einen Shilling zu und atmete den überwältigenden Duft ein. Die dicke Schale färbte seine Fingernägel gelb, als er sie in die weiße Unterhaut grub.

Alfred Walker hatte Mandarinen geliebt, das wusste Bertie Fortune noch. Hatte eine in der Tasche gehabt, als Bertie ihm mal auf dem Bauhof über den Weg lief, wo er Arbeit suchte. Zehn Jahre nach Ende des ersten Kriegs. Vielleicht auch mehr. Hatte mit keinem Wort erwähnt, was geschehen war.

»Hast du dein Mädel gekriegt?« Das war das Erste, was Bertie den Jungen fragte.

Und das Grinsen in Walkers Gesicht sagte ihm, dass ja. Nicht nur eine Ehefrau, auch eine Tochter. Clementine. So hatten sie sie genannt, und Mandarinen in einer braunen Papiertüte steckten in Walkers Tasche, eine Delikatesse zum Mitheimbringen. Er erzählte Bertie, dass seine Frau Dorothea erneut hochschwanger war, das Baby konnte jeden Moment kommen. Alfred Walker hoffte auf einen Jungen. »Little Alfie«, sagte er. »So nenne ich ihn.«

Walker hatte gelacht und Bertie auch, man wusste ja, wie vermessen es war, einen Jungen nach sich selbst zu benennen, nur damit er später alle möglichen Ehrlosigkeiten beging.

Allerdings …

»Sie sind jetzt die Zukunft«, hatte Walker verkündet. Dann erzählte er Bertie, dass sie alle bald nach Amerika gehen würden. Das Gelobte Land. »Kann's gar nicht abwarten. Da steht einem alles offen.«

Nachdem er Alfred Walker die Hand geschüttelt und sich verabschiedet hatte, war Bertie in den Pub an der Ecke gegangen, hatte drei dunkle Pints getrunken, tief auf Lunge geraucht. Vielleicht sollte er selbst Amerika in Betracht ziehen, überlegte er sich da. Sie alle nach drüben verfrachten. Annie, Bill, Reg und Alice. Er wäre sogar bereit, Annies Mum mitzunehmen, wenn sie das wollte. Er ging so weit, die Kosten der Schiffspassage zu ermitteln, und schrieb aufs Geratewohl an einen entfernten Cousin, der sich in einer Gegend namens Nova Scotia niedergelassen hatte. Es schien das Richtige in den mageren Jahren, als die Geschäfte schlecht liefen. Er bekam nie eine Antwort.

Doch seit er seine Füße wieder auf englischen Boden gesetzt hatte, war Bertie Fortune abgeneigt, sich erneut aufzumachen. Alfred Walker war ein Träumer, immer schon. Die Wanderlust lag ihm im Blut. Bertie war da bodenständiger. Ein Unternehmer und Geschäftsmann, der gern an dem festhielt, womit es angefangen hatte, falls alles zusammen-krachte. Ein kleiner schmaler Hof. Ein Pferd und ein Karren. Kram, den andere Leute haben wollten. Alfred Walker jagte Träumen nach, Bertie Fortune jagte dem Geld nach. Bisher hatte das ganz gut geklappt.

Jetzt drängelte und schlängelte sich Bertie durchs Getümmel auf den Docks, suchte hier und da nach dieser schwer auf-zutreibenden Ananas, irgendwas Einmaligeres als das, was so zur Hand war. Er hatte es bei den üblichen Verdächtigen probiert und der Nachmittag kroch schon auf die Teestunde zu, bevor ihm klar wurde, dass er vielleicht doch zu einem Schieber gehen musste. Einer dieser Männer, die ihre Ge-schäfte eher hinten in den Seitengassen abwickelten als im Vordergrund.

Strenggenommen war Bertie ja selbst ein Schieber. Die ganze Welt drehte sich schließlich um Gefälligkeiten, die man erwies. Dinge, die man eintauschte. Oder verschacherte. Brandy gegen eine Apfelsine. Eine Apfelsine für ein Bett. Er hatte die Armbanduhr des Captains für den Anzug verpfän-det, den er jetzt bei sich hatte. Noch in derselben Woche, in der er über Nacht mit dem Schiff nach Southampton gekom-men war. Brachte die Uhr ins Pfandhaus und kaufte sich von dem Geld den Anzug. Blau. Drei Knöpfe. Hosenaufschläge. Damals der letzte Schrei, und stand ihm heute noch gut. Er hatte *Fortune* in den Kragen sticken lassen und ihn jeden Sonntag getragen, als er seinerzeit anfing. Ein Gentleman mit einem Lumpensammlerkarren, von da ging es immer nur aufwärts.

Nach den ersten drei, vier Wagenladungen hatte Bertie die Uhr wieder ausgelöst und sie nie mehr beleihen müssen. Er hatte sie für Reg aufbewahrt, eine Art Andenken. Natürlich nur, bis Reg fiel und mit der Uhrzeit nichts mehr anfangen konnte. Vielleicht sollte er die Uhr Bill geben, dachte Bertie, als er sich durch die Massen aus Dockarbeitern und Händlern zwängte. Mochte er damit Minuten und Sekunden zählen, wie das junge Männer taten. Bertie selbst brauchte nicht mal mehr die Stunden zu zählen, er wusste schon, dass er mit der Zukunft nicht Schritt halten konnte. Genau wie damals, als er '18 heimkam und entdeckte, dass niemand wissen wollte, was er in den letzten drei Jahren gemacht hatte. Berties gesamte Jugend auf einen Schlag futsch.

Wie hatte Captain Farthing das mal genannt?

Ein gähnendes Vakuum in der Zeit.

Schicke Art, es auszudrücken. Aber genau so sah Bertie ihn inzwischen auch, diesen ersten Krieg. Wie eine große Todesmaschine, die irgendwo im Nie-wieder-Land noch immer weiterlief, durchkaute und ausspuckte, durchkaute und ausspuckte, wieder und wieder, während irgendwo anders die nächste Generation weitermachte mit dem, was die nächste Generation immer tat. Tanzen. Und trinken. Und einander mit schwingenden Röcken bezirzen. Wohingegen Bertie für immer der Mann blieb, der querfeldein davonging und wusste, dass er die Freiheit in der Tasche hatte, wenn er sich nur traute.

Im Übrigen hatte Bertie keine Verwendung mehr für Krimskrams. Wie Armbanduhren. Oder gar silberne Mützenabzeichen, kleine Löwen mit erhobener Pranke. Es hatte Bertie damals gestört und störte ihn heute noch: wie der Second Lieutenant das kleine Abzeichen in den Topf geworfen hatte, als wäre es bloß Flitterkram und nicht das, was von einem Mann geblieben war. Ralph Svenson hatte nie einen Schimmer gehabt, wo das Abzeichen herkam. Aber Bertie Fortune wusste es. Fand immer schon, es hätte zurückgeschickt werden müssen, wo es hingehörte. Oder eben gleich mit allem anderen in den Topf – auf dass der Rest der Männer eine faire Chance bekam. Oder vielleicht störte sich Bertie Fortune in Wirklichkeit daran, dass von ihm widerstandsloses Mitmachen erwartet wurde.

Bertie drängte sich durch die ständig anwachsenden Massen auf den Docks und geriet in einen Menschenstrom, in dem alle etwas sehen wollten, was am Rand des Kais vor sich ging. Noch ein alter Mann so wie er, bot der Welt Schnäppchen feil. Der Mann stand auf einer Orangenkiste, hinter ihm ragte ein gewaltiger Schiffsrumpf auf, und rief so was wie Bibelverse, während er Dinge unter seinem dreckigen Mantel hervorzog. Eine Scheuerbürste. Eine billige goldene Kette. Predigte über das Feuer, das vom Himmel herabkommen und sie alle verzehren würde, wenn sie nicht beichteten. Der Hals des Mannes war übersät mit dreckigen Sommersprossen, seine Kleidung hielt gerade noch so mit ein, zwei Stichen zusammen, in löchrigen Stiefeln stand er da und brüllte und brüllte von Vergebung: *Vater unser, der du bist im Himmel … vergib uns unsere Schuld, wie wir vergeben unseren Schuldigern.*

Bis er den Hauptgewinn auspackte. Eine Frucht, außen stachlig, innen golden, aus den Falten seines langen Mantels zutage gefördert, als wäre sie eine Art Kaninchen, das er in die Höhe hielt, damit alle Welt es sehen konnte. Bertie hörte ein Raunen durch die Menge gehen, als klar wurde, was er da feilbot, und merkte, wie er mit dem Rest vorwärtsdrängte. Er versuchte sich ganz nach vorn zu kämpfen, raufte mit den jüngeren Männern, wurde stattdessen zurückgeworfen. Aber selbst aus der dritten oder vierten Reihe wusste Bertie Fortune mit einem Mal, wer dieser Mann war, stinkend wie ein Kadaver, der zu lange aufs Zerteilen gewartet hatte. Der Ex-Fleischer. Der Mann, der einst im Schlachthof gearbeitet hatte, aber den Anblick von Blut nicht ertragen konnte. James Hawes, der brüllte, als wäre der Tag des Jüngsten Gerichts gekommen, und über die Köpfe der Menge hinweg Bertie Fortune anstarrte.

Bertie Fortune kam mit einem Schatz heim. Zur Haustür herein und direkt in die Küche, überreichte Iris die Ananas, komplett mit stachliger Schale und spitzer grüner Krone. Oh, wie ihr Gesicht da aufleuchtete, wie diese Fontänen am Tag der Befreiung.

»Na so was, Mr. F. Sie sind wirklich ein Schatz.« Drehte eine Pirouette gleich da am Tisch, sodass alle einen guten Blick auf ihre Beine hatten. Wie sie lachten, die Frauen, und die Ananas von einer zur anderen weitergaben, als würde eine neue Zeit anbrechen, sie immer wieder staunend anfassten, bevor sie davonschwirrten, um Tee zu machen. Es wurde dann eine richtig tolle Feier, nicht die Hochzeit, sondern der Vorabend. Ale rausgeholt. Sherry rausgeholt. Sogar eine Flasche Champagner, die hatte Bertie aufbewahrt für den Tag, an dem Reg sagte: Ich will.

Annie war fuchsteufelswild, als er ihr später erzählte, wogegen er die Ananas eingetauscht hatte.

»Aber das war doch dein Glücksanzug!«

Frisch gereinigt und bereit für eine Hochzeit. Blau wie ein Starenei. Das Futter mitternachtsdunkel. Drei Knöpfe, Hosenaufschläge, klassisches Revers. Weggegeben an einen alten Kriegskameraden, der nicht mal einen Halfpenny löhnen konnte. Bekam im Gegenzug eine Ananas. Annie schaute so entsetzt drein, als sie da auf der Tagesdecke lag, als würde ihnen jetzt, wo der Anzug fort war, all ihr Glück abhandenkommen.

Bertie aber hatte sich danach leichter gefühlt, als wäre er wieder jung, zu allem bereit, spazierte durch die Haupt- und Nebenstraßen Londons heimwärts mit einem Gewissen so rein wie das erste Glas Wasser, das er am Tag seines Aufbruchs getrunken hatte. Stand am Springbrunnen in der Mitte eines Dorfs, die Apfelsine auf dem Steinrand, und wartete ab, was man ihm dafür anbieten würde. Da hatte er gewusst, dass er in Sicherheit war nach allem, was geschehen war. Nichts blieb zu tun als ein Bett für die Nacht finden, die Füße hochlegen, den Kopf auf ein richtiges Kissen betten und den Vögeln beim Singen zuhören, während er auf die Glocken wartete.

Bertie konnte sie immer noch singen hören. Abends saß er gern in der Küche, hörte durch die Wand die Frauen schwatzen und zwitschern wie Stare auf einem Schornstein, hatte auch die Stimmen all der jungen Männer im Ohr.

It's a long way to Tipperary …

Singend, wie sein Sohn gesungen haben musste, als er mit einem Panzer in die Wüste fuhr, bis ihn diese deutsche Kugel traf und er in den Sand fiel. Oder womöglich hatten sie neue Lieder eingeführt für einen neuen Krieg, auch eine Art Trost, während jede Generation der nächsten Platz machte.

Wie auch immer, es *war* ein weiter Weg nach Tipperary, daran dachte Bertie Fortune jetzt, und er war nie dort gewesen. Dafür blieb auch keine Zeit mehr. Er war jetzt sesshaft hier in diesem Haus. Brauchte nichts mehr zu tun als daheim bleiben und alt werden, das lange Gedicht zu Ende lesen, mit dem er angefangen hatte. Eliot.

The moment of the rose and the moment of the yew.

Vielleicht las er auch noch das andere, wenn ihm genug Zeit blieb. Wie hieß das noch?

The Waste Land.

Keine schlechte Beschreibung seines Lebens.

FÜNFTER TEIL

Die Abrechnung

Godfrey Farthing
geb. 1893 gest. 1971
|

Robert Farthing
= Else Gold
|

Solomon Farthing
geb. 1950 gest.

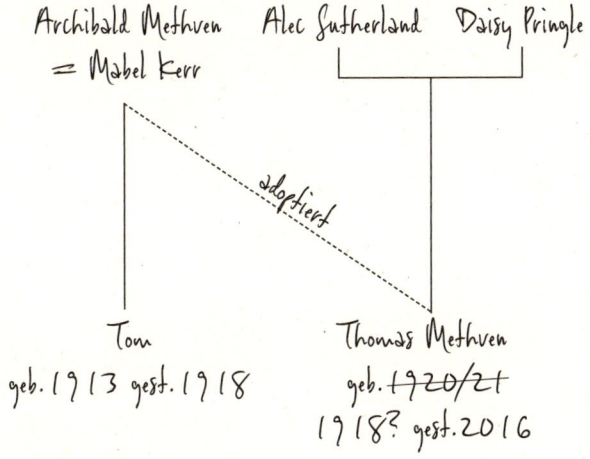

Archibald Methven   Alec Sutherland   Daisy Pringle
= Mabel Kerr

adoptiert

Tom   Thomas Methven
geb. 1913 gest. 1918   geb. ~~1920/21~~
                                       1918? gest. 2016

Eins

Er kam im Wagen eines anderen heim, Solomon Farthing, der erneut die Nacht durch fuhr, bis Auld Reekie im Morgengrauen vor ihm auftauchte. Die Luft war warm, als er nach Edinburgh hineinschlüpfte, Burg und Turmspitzen erhoben sich aus dem Dunst, eine Stadt, die zu ihrer ganzen Pracht erwachte und einen dankbaren Einwohner an ihr staubiges duftendes Herz zog.

Die Ausbeute aus Kew war genau, wie Solomon erwartet hatte – eine Mischung aus schlecht und gut. Das Gute war – sie hatten eine Adresse für ihn. Die schlechte Nachricht – sie lag in Edinburgh. Allerdings wusste Solomon Farthing, wie man schlechte Nachrichten in Gold verwandelte.

Er war in Colin Dunlops Hybrid nach Norden gefahren, hatte alle Vorzüge genossen, die der Wagen bot, hatte in den frühen Morgenstunden bei einer Burg in Northumberland haltgemacht, um zu sehen, ob der Mini seiner Tante dort noch auf ihn wartete. Unnötig zu erwähnen, dass der Mini verschwunden war, mitsamt seinen Rostlöchern und der Schnur in Luft aufgelöst. Solomon erwog kurz einen Zwischenstopp bei der Schule, verlockt von der Aussicht, seinen Kopf auf eine blaue Decke zu betten. Dann dachte er an DCI Franklin und den Gefallen, den sie ihm tat, im Gegenzug für einen Gefallen, den er ihr einst getan hatte.

Wenige Stunden später war er schon hier, fünf Minuten entfernt von Thomas Methvens einzig noch lebender Angehöriger, unweit vom Pflegeheim, wo sein Klient den letzten Atemzug getan hatte. Ein merkwürdiges Nebeneinander, dachte Solomon, als er Colin Dunlops Wagen in einer nahegelegenen Sackgasse parkte (eine Art Irreführung). Andererseits kannten sich Erbenermittler wie er bestens damit aus, wie Menschen sich oft als miteinander verknüpft erwiesen. Besonders in einer Stadt wie Edinburgh, wo in gewisser Weise doch alle von allen wussten.

Solomons Jagdwild war eine Frau namens Iris Fortune. Witwe, nie Kinder gehabt, hatte den Großteil ihres Lebens in London verbracht, kam aber ursprünglich aus dem Norden. Er stand um acht Uhr morgens vor ihrer Tür, hoffte sie zu überraschen. Nur stand sie schon vor ihm, ehe er überhaupt dazu kam zu klopfen. Eine alte Dame mit hochtoupiertem Haar wie Zuckerwatte, erwischte ihn in dem Moment, als er sich mit einer Hand die Nase putzte und mit der anderen nach einem schmuddeligen Tic Tac angelte. Ein guter erster Eindruck war so wichtig, wenn man mit einem Vertrag wieder abziehen wollte, unterschrieben und besiegelt.

»Kann ich helfen?«, sagte sie.

»Mrs. Fortune?« Solomon streckte die Hand aus, doch Iris Fortune nahm sie nicht.

»Wer will das wissen?«

»Solomon Farthing.«

»So wie das Geld?«

Einst ein Viertelpenny, die kleinste Einheit überhaupt. Wie kam es, dass Solomon selbst auf der Türschwelle einer Wildfremden an seinen Nettowert gemahnt wurde. Er bemühte sich um eine würdevolle Haltung trotz seines knittrigen Hemds. »Ich habe Neuigkeiten für Sie über einen Verwandten.«

»Die sind alle tot.«

Solomon fasste sich ins zerzauste Haar und erkannte, dass er unterlegen war, noch ehe er es in Iris Fortunes Flur geschafft hatte.

»Ja, tja, mag sein …«, erwiderte er. »Aber einer von ihnen hat etwas hinterlassen.«

Drinnen war alles ziemlich erwartungsgemäß. Porzellanfigürchen. Lamellenvorhänge. Dreiteilige Sofagarnitur in Beige. Das sollte einfach werden, dachte Solomon. So kann man sich irren. Auf dem Fernseher im Wohnzimmer stand das eingefrorene Bild eines Ego-Shooters mitten im Spiel. Er konnte sein Stutzen nicht verbergen. »Ist noch jemand hier?«, fragte er.

»Ach nein«, Iris Fortune lachte, »mein Großneffe hat mir gezeigt, wie das geht. Liegt bei uns in der Familie wie Himbeeren im Vanilleeis.«

»Bitte was?«

»Tod durch Erschießen.«

Und Solomon wusste auf Anhieb, dass er hier tatsächlich richtig war.

Der Tee, den Iris Fortune anbot, war Earl Grey. Solomon hatte auf einen Sherry gehofft oder wenigstens einen Kaffee. Aber irgendwie wusste diese alte Dame genau, wie man ihn an die Kette legte. Sie setzte sich ihm gegenüber aufs Sofa und blätterte mit leicht gerunzelter Stirn die Seiten des Vertrags durch, den er am Fotokopierer in Kew zusammengestoppelt hatte.

»Und wer genau ist nun tot?«, sagte sie. »Ohne einen Namen kann ich Ihnen nicht weiterhelfen.«

Alter Erbenermittlertrick. Die Klienten zum Unterschreiben bewegen, bevor man den vollen Namen und das Geburtsdatum nannte oder sonst was, das dazu führen könnte, dass sie den Nachlass selbst beanspruchten. Solomon wusste, dass es Iris Fortune nach Aufklärung verlangte. Aber er wollte sie möglichst im Unklaren lassen, bis er sicher war, dass die Kommission auf die fünfzigtausend ihm zufiel.

»Ich hätte lieber erst eine Übereinkunft, dass sich ein gemeinsames Vorgehen lohnt, ehe wir uns mit dem lästigen Wurzelwerk befassen«, erwiderte er.

»Aber wie soll ich das entscheiden, wenn ich nicht mal den Namen weiß?«

Na wie bei allem im Leben, dachte Solomon, du spielst auf Risiko. Trotzdem servierte er ihr seine Ansprache.

»Also, beim Verwandtschaftsverhältnis bin ich mir ziemlich sicher. Sie können meine Referenzen überprüfen, wenn Sie möchten, mit einem meiner früheren Klienten reden.« Da spielte er seinerseits auf Risiko. »Aber im Grunde geht es um Anerkennung der unbezahlten Arbeit, die ich in Ihrem Interesse schon erledigt habe, eine Vereinbarung, dass wir den Rest des Falles gemeinsam schultern. Und uns teilen, was immer wir vorfinden.« Solomon gefiel die Vorstellung, dass es auf diese Art klang, als böte er eine Partnerschaft an, statt wie eine Lösegeldforderung für den Nachlass eines Verwandten, damit er selbst am meisten abbekam. Aber Iris Fortune hatte trotzdem noch Fragen.

»Fünfstellig, sagen Sie? In wie viele Teile aufgesplittet?«

Solomon wand sich ein bisschen in seinem Sessel, dachte an Reverend Jenny Methvens riesigen Familienstammbaum. Und an den viel kleineren in seiner Tasche, den er selbst gezeichnet hatte. »Üblich wäre ein Achtel«, sagte er. »Vielleicht ein Sechstel. Aber es könnte deutlich weniger werden, wenn wir erst nachforschen. Haben Sie viele Cousins und Cousinen?«

Iris Fortune runzelte die Stirn, als würde sie sie im Stillen durchzählen. Die mit den Rattenschwänzen. Der Durchgebrannte, der zur See gegangen war. Der, den sie eingeäschert und im Rosengarten verstreut hatten. Alles natürlich der falsche Zweig der Familie. *C'est la vie.* Oder *c'est la mort.* So lief es eben im Leben und im Tod. Bei Mrs. Fortunes nächster Bemerkung machte Solomons Herz allerdings einen Satz.

»Und warum soll ich dem nicht einfach selber nachgehen? Man findet doch heutzutage alles über dieses Web-Dings, nicht wahr.«

Ja, dachte Solomon. Das können Sie tun. Seite an Seite mit Colin Dunlop und all den anderen Erbenermittlern, die an Ihre Tür klopfen und durch den Briefschlitz rufen und ununterbrochen anrufen, sobald Q & LTR den Fall auf die Liste setzt. Solomon zupfte an seiner losen Manschette und versuchte zu verhindern, dass seine Finger schon so früh am Tag mit ihrem unaufhörlichen Zittern anfingen. Ganz sicher hatte er Colin Dunlop gesehen, der ihm im gestohlenen Mini seiner Tante durch Edinburgh folgte. Andererseits halluzinierte er vielleicht. Eine halbe Flasche Fino, am Vorabend auf einem Londoner Friedhof bis zur Neige geleert, könnte durchaus auch zu diesem Effekt führen.

»Es kann Sie viel Zeit kosten, der falschen Fährte nachzugehen«, sagte er in aller Aufrichtigkeit. »Nur um dann festzustellen, dass jemand anders schneller war. Ich würde Ihnen diese Mühe ersparen.« Ein Ritter in schmuddeligen Cordhosen.

»Und wie war noch gleich Ihr Name?«

»Solomon«, sagte er. »Solomon Farthing.«

Da blinzelte Iris Fortune. »Dann sind Sie mit Godfrey verwandt.« Es war keine Frage.

»Mein Großvater«, entgegnete er.

Sie fragten ihn immer noch manchmal, Solomons Klienten. Wo ist meine Armbanduhr hin? Was ist mit dem Mantel? Was hat er mit diesen Ohrringen gemacht, die meiner Mutter gehörten? Als wären es nicht sie oder ihre Angehörigen, die ihren weltlichen Besitz verpfändet hatten, sondern irgendein Fremder, der ihnen alles abgenommen und zurückzugeben versprochen hatte, nur um sich abzusetzen und nie mehr wiederzukommen. Es war über vierzig Jahre her, dass Godfrey Farthing gestorben war, und die Leute sprachen noch immer über ihn, als versteckte er sich irgendwo mit allem, was sie je besessen hatten.

»Tut mir leid«, sagte Solomon und hielt ihr einen leicht undichten Kuli hin, den er im Nationalarchiv ergaunert hatte. »Ich brauche von Ihnen nur …«

Doch da lachte Mrs. Fortune wie ein Kind, das um einen

Maibaum hüpft, als gäbe es im Leben nichts Schöneres. »Ach, Söhnchen, ich glaube, das ist nicht nötig. Ich gucke diese Sendung schon seit Jahren. Sie wissen, welche ich meine.«

Das wusste er.

»*Erbenjäger*«, sagte sie. »So interessant. Alleinstehende alte Leute wie ich müssen vorsichtig sein. Man weiß nie, wer hereinschneit.«

Solomon konnte seine Hand nicht mehr am Zittern hindern, als ihm die fünfzigtausend allmählich aus den Fingern glitten. Er versuchte Boden gutzumachen. »Also, wir können bestimmt noch das eine oder andere beisteuern …«

Aber Iris Fortune schüttelte einfach den Kopf, als täte sie ihm einen Gefallen und nicht umgekehrt. »Ach, da machen Sie sich mal keine Sorgen. Ich habe da hinten auch so ein Web-Ding. Möchten Sie mal gucken? Ancestry Punkt Com.«

»Ancestry Punkt Com«, wiederholte Solomon und verstand, dass seine Fünf-Stellen-Kommission im Begriff war, zu verschwinden wie Staub vom Kaminsims.

Er zog ein blaues Halstuch aus der Tasche, tupfte sich die Stirn, spürte urplötzlich jeden einzelnen Stoß, Piks und Knautscher der letzten paar Tage. Er vermisste den Hund, darauf lief es hinaus. Wie er sich in niederschmetternden Momenten wie diesem an sein Bein geschmiegt hatte. Doch der Hund war längst futsch, verloren an einen Jungen in Northumberland, der ihn mit einem Münzwurf gewonnen hatte. So wie auch Solomon futsch sein würde, wenn Freddy Dodds' Männer merkten, dass er wieder in der Stadt war. Auf einmal hatte Solomon eine Vorahnung, wie seine Heimkehr in die Souterrainbude der Wohnanlage ablaufen könnte, jetzt, wo ihn keinerlei Tarnung mehr schützte, sein erster Besucher ein Edinburgh-Mann von widerwärtiger Gesinnung, der ihn zu Hause willkommen hieß. Mit einem Ziegelstein. Oder einem Knüppel. Oder eine Münze warf, um zu entscheiden, welches Körperteil er zuerst bedrohen sollte. Und Freddy Dodds stand im Flur und rechnete aus, was er für die

Standuhr kriegen würde. Derweil Colin Dunlop nahtlos auf den Platz glitt, wo Solomon gerade saß.

Und in diesem Augenblick setzte Iris Fortune unerwartet zu einem typisch Edinburghischen Freundschaftsdienst an.

Eine Hand wäscht die andere.

»Na, Söhnchen, vielleicht kann ich Ihnen helfen«, sagte sie und klopfte auf den Platz neben sich auf dem Sofa. »Aber dazu fangen wir noch mal von vorn an. Und diesmal erzählen Sie mir die ganze Geschichte, jede kleine Einzelheit.«

Thomas Methven (verstorben) war ihr Bruder – oder zumindest Halbbruder. Das im November 1918 geborene Baby einer gewissen Daisy Pringle, sechs Monate später weggegeben an eine Mabel Methven, geborene Kerr, als Ersatz für das Kind, das sie verloren hatte. Zusammen mit einem Pfandschein, Nr. 125, natürlich nicht die Art von Beweismaterial, die Margaret Penny vom Amt für Verlorengegangene sonderlich schätzte, aber der einzige echte Hinweis auf Thomas Methvens Wurzeln, den Solomon Farthing hatte.

Von da aus war es nicht schwer gewesen, Daisy Pringle durch die amtlichen Unterlagen zu verfolgen. Ein Einzelkind, das ein Leben voller Ausschweifungen führte, nachdem der Krieg, der alle Kriege beenden sollte, vorüber war. Ihre Papierspur erwies sich schon bei der ersten Aufs-Geratewohl-Suche als höchst ergiebig. Trauungen. Und Scheidungen. Und auf ein paar Sterbeurkunden stand ihre Unterschrift ebenfalls. Solomon wusste, wenn er sich erst richtig dahinterklemmte, dürften alle möglichen Fisimatenten und Tricksereien zutage treten.

Wie sich herausstellte, hatte Daisy Pringle zur Generation der Glücklichen gehört. Bright Young Things, so nannte man sie doch? Jungs und Mädels, die nichts als tanzen wollten. Ging so früh wie möglich von zu Hause weg und nach London, Champagnercocktails und knielange Röcke. Kein Wunder hatte sie ihr erstes Kind weggegeben, dachte Solomon, als er alles aufschrieb. Wer will schon in ein neues Zeitalter aufbrechen mit der ständigen Erinnerung an das vorherige auf der Hüfte?

Und doch war der echte Schatz nicht Daisy Pringle, sondern das andere Kind, das sie hinterließ. Eine Tochter namens Iris, geboren zehn Jahre nach dem ersten. Produkt einer kurzlebigen Ehe mit einem Piloten, der später abgestürzt und verbrannt war. Und es kam noch besser, die Tochter war noch am Leben und saß jetzt vor Solomon.

»Oh nein, Söhnchen«, sagte Iris Fortune und verwarf den rohen Familienstammbaum, den Solomon ihr zur Veranschaulichung aufgezeichnet hatte. »Ich hatte nie einen Bruder.«

Diese Reaktion überraschte Solomon nicht. Es war nicht ungewöhnlich, dass Erbenermittler mehr über eine Familie wussten als die Familie selbst.

»Ihre Mutter hat ihn wohl nicht erwähnt«, sagte er. »Sie war damals noch sehr jung.«

»Meine Mutter hat mir alles erzählt«, sagte Iris Fortune. »Eine sehr redselige Frau.«

Und nach Daisy Pringles Papierspur zu urteilen stimmte das vermutlich, dachte Solomon.

»Ich hatte allerdings einen Schwager.« Iris Fortune setzte sich ein wenig aufrechter hin. »Und auch Neffen, angeheiratete. Falls das hilft.« Sie begann sie an den Fingern aufzuzählen, als würde sie Abrechnung machen:

Reggie Fortune. Schwager. In der Wüste erschossen.

»Im Jahr 1943 glaube ich. Nicht, dass ich Reggie gekannt hätte. Nur von Fotos, das schon.«

Ein Großneffe. Irakkrieg, der erste. Verwundet durch Eigenbeschuss.

»Stellen Sie sich das bloß mal vor, so weit weg im Einsatz, nur um von den eigenen Leuten erwischt zu werden. Er hat dann das gekriegt, wovon alle immer reden …« Iris Fortune suchte nach dem Wort.

»Golfkriegssyndrom?«, schlug Solomon vor.

»Nein, das, was danach kommt.«

Erleichterung, dachte Solomon. Noch am Leben zu sein.

»Belastungsstörung«, verkündete Iris Fortune, als wäre es etwas, worunter man nach einem harten Tag im Büro litt. »Posttraumatisch …«

Dann war da noch Onkel Bob.

»Belgien 1917. Einer der Todgeweihten von Flandern.«

Und sein Zwillingsbruder James.

»Einen Monat später von Scharfschützen erwischt, als er sich aufrichtete, um aufs Klo zu gehen. Man sollte meinen, dass er die Lektion bis dahin gelernt hätte.«

Iris Fortune hielt inne, als würde ihr die Verheerung erst jetzt bewusst.

»Stellen Sie sich das bloß mal vor, zwei Söhne im selben Jahr zu verlieren. Wie grauenhaft. Danach war mein Schwiegervater als Einziger übrig. Albert Fortune. Wobei ihn alle Bertie nannten. Gottlob ist er wieder heimgekommen, sonst hätte seine Mutter sich wahrscheinlich auch noch erschossen … hinten in der Speisekammer.«

Mit einer Damenwaffe, dachte Solomon, Perlmuttintarsien am Griff.

»Da drin hat sie oft gestanden und ihr Porzellan poliert«, erzählte Iris Fortune weiter. »Hatte immer einen Hang zum Düsteren.«

Sie fegte sich einen Krümel vom Schoß, wie um all jene abzutun, die dumm genug waren, ihr Leben haltlos im Schlamm eines Schlachtfelds zu beschließen.

»Die reinste Militärfamilie. Alle auf Seiten meines Mannes, versteht sich.«

Solomon warf einen Blick auf den im Moment des Wahns erstarrten Bildschirm. Krieg hatte ihn nie interessiert, nicht so wie andere Jungs. Stöcke als Behelfswaffen. Gürtel schräg über der Brust. Am Flussufer entlangpreschen, als wäre es ein Kanal in der Wüste, den sie nie zurückerobern würden.

Die einzigen Gefechte, zu denen seine Generation je einberufen wurde, waren Demos und Barrikaden. Gegen den Vietnamkrieg. Für Abtreibung. Schwulenrechte. Sie waren marschiert für alles Mögliche. Culture Wars, so nannte man das jetzt in Amerika. Da drüben waren ja alle verrückt nach Schusswaffen. Schwarze. Weiße. Alte. Junge. Männer und Frauen. Selbst Kinder konnten einen Abzug drücken. Wo hatten die Revolten jener Jahre bloß hingeführt?

Solomon merkte, wie er bei dem Gedanken, dass das Leben in seiner Kürze nichts als brutal war, melancholisch wurde, während es Iris Fortune offenbar munter gemacht hatte, sämtliche Erschießungstode ihrer Familiengeschichte aufzuführen. Sie hob die Hand an ihr parfümiertes Haar, und in der Wärme des Wohnzimmers stieg der Duft von Geranien auf.

»Ich kann Ihnen ein paar Fotos zeigen, möchten Sie?«

Solomon seufzte. Er brachte eigentlich lieber das Geschäft in trockene Tücher, bevor er sich in Alben und Familiengeschichten verhedderte, die sich oft als unwahr erwiesen. Andererseits hatte er schon beschlossen, dass er keinesfalls gehen durfte ohne Iris Fortunes Unterschrift auf seinem Vertrag. Wie sonst sollte er noch eine Chance kriegen, mit Freddy Dodds ins Reine zu kommen? Ganz zu schweigen von DCI Franklin. Also rutschte er wieder in die Tiefen des Sofas.

»Bilder wären gut.«

Sie sahen Alben durch, bis Solomon das Gefühl hatte zu schielen. Dann holte sie es heraus. Eine Schwarzweißfotografie von einer Gruppe Männer – Soldaten, lümmelten sich im Gras, als wüssten sie nichts von den großen Kanonen, die bestimmt gleich hinter dem Kamm abgefeuert wurden. Solomon sah sofort, das Bild stammte aus dem Ersten Weltkrieg und nicht aus dem Zweiten. Da waren die Wickelgamaschen und die flachen Tellerhelme, die Messingknöpfe und die Gürtel.

»Das hier ist George Stone«, sagte Iris Fortune und zeigte auf einen älteren Mann an der Seite der Gruppe. »Er war von Anfang bis Ende bei meinem Schwiegervater.« Sie fuhr mit dem Finger weiter. »Wer das hier ist, weiß ich nicht, der Mann mit dem Buch. Aber der Junge hier hieß Beach. Und der hier …« Sie zeigte auf einen Mann, der weiter hinten im Schatten eines Baums stand. »Das ist Ihr Großvater, glaube ich.«

Solomon stutzte. Was war das bloß mit diesem Fall? Wo immer Thomas Methven ihn hinführte, folgte prompt Godfrey Farthing. Eine Geschichte, die sich Solomon noch nicht erschloss. Er starrte auf die Fotografie seines Groß-vaters als junger Mann, kaum über zwanzig, nicht viel älter, als Solomon gewesen war, als der alte Herr ins Gras biss. Er war nicht sicher, ob er je ein Bild seines Großvaters in diesem Alter gesehen hatte, und ihn beschlich plötzlich das Gefühl, als hätte er sein ganzes Leben lang ein Spiel gespielt, und jetzt wurde ihm ohne Vorwarnung klar, dass es vorüber sein könnte, bevor er richtig losgelegt hatte.

Iris Fortune zeigte weiter die Männerreihe entlang auf einen Soldaten mit einem vergnügten Lächeln und einem sehr ge-pflegten Schnurrbart. »Das ist Bertie, mein Schwiegervater.«

Solomon zitterten beide Hände, als er mit einem Finger den gut zwanzigjährigen Bertie berührte. Dann Godfrey Farthing unter seinem Baum. »Kannte er meinen Großvater gut«, fragte er, »Ihr Schwiegervater?«

Aber Iris Fortune schüttelte den Kopf. »Keine Ahnung. Bertie hat fast nie über den Krieg gesprochen. Sagte einmal, dass die Walnüsse bitter waren. Aber ich habe immer noch die Armbanduhr, die er damals trug.«

Sie zog ihren Ärmel zurück und gab den Blick auf ein klei-nes Ding mit Goldrand frei, das im Morgenlicht schimmerte.

»Hat er meinem Mann zur Hochzeit geschenkt. Meinte, sie würde uns Glück bringen, schließlich hätte sie auch über-lebt.«

Solomon blinzelte angesichts dieses Relikts aus einem alten Krieg, das nach all der Zeit immer noch tickte. Dann ließ Iris Fortune ihren Ärmel zurückgleiten, wandte sich wieder dem Stapel Alben zu und zog eins mit hartem Einband und Seiten aus schwarzer Pappe heraus. Sie schlug es auf und zeigte Solomon das Foto einer jungen Frau, die lachend auf der Treppe vorm Standesamt stand.

»Das bin ich«, sagte sie. »An meinem Hochzeitstag.«

Neben ihr stand ein Mann mit derselben goldenen Armbanduhr am Handgelenk und einem Strauß Maiglöckchen am Revers.

»Das ist mein Bill, Berties Jüngster.«

Zeigte auf ihre Schwiegermutter Annie. Ihre Schwägerin Alice. Und auf einen älteren Mann Mitte fünfzig neben ihnen, etwas ungemütlich in einem schlecht sitzenden Anzug.

»Das ist Bertie«, sagte sie. »Er sollte auf der Hochzeit eigentlich seinen Glücksanzug tragen, aber den hat die Wäscherei einen Tag vorher verbummelt. Er musste dann einen tragen, der seinem toten Sohn gehört hat. Es war seltsam, danach hat ihn das Glück einfach verlassen. Hat sein ganzes Geld verloren, es einfach immer weiter mit vollen Händen ausgeteilt.«

Solomon sah den adretten Mann im knittrigen Anzug stirnrunzelnd an und fragte sich, was sein Großvater von Bertie Fortune gehalten hätte, wenn sie in Verbindung geblieben wären. Er bemerkte eine Frau ganz am Rand der Hochzeitsgesellschaft, die einen Hut mit einer riesigen geschwungenen Feder trug. Womöglich die schwer fassbare Daisy Pringle. »Ist das Ihre Mutter?«, fragte er.

Aber Iris Fortune schüttelte den Kopf. »Oh nein, wir haben damals nicht miteinander gesprochen. Aber ich habe hier irgendwo ein Bild von ihr.«

Sie fing an, die Seiten des Albums weiter und weiter rückwärts zu blättern, die Fotografien wurden immer kleiner, je mehr Zeit sie umklappte. Zwei Jungs in einem Hof. Ein paar

Frauen, die auf einem Rasen saßen. Dann das Bild eines Mädchens, vielleicht vierzehn oder fünfzehn, sie stand auf einer Wiese im hohen Gras, hinter ihr ein Haus mit Giebeln und rosenumrankter Tür.

»Das ist meine Mutter«, sagte Iris Fortune.

Ein erschlafftes Blumenband ums Handgelenk.

Solomon versuchte gar nicht erst, das Zittern seiner Finger zu verhindern, als er in seinen eigenen Papieren wühlte und die Fotografie einer Findelkrippe herauszog, die er aus Peters Archiv in der Findelschule erworben hatte. Er legte sie neben Iris Fortunes Bild. Die alte Dame beugte sich dicht über die beiden Bilder, auf dem einen das Gesicht ihrer Mutter, dann das nächste. Als sie aufsah, schimmerten ihre Augen.

»Wo haben Sie das her?«

»Aus dem Heim, wo mein Klient herkam.«

Thomas Methven (verstorben), Daisy Pringles Sohn.

Danach blätterte Iris Fortune die Seiten ihres Albums langsamer um und hielt bei jeder Szene inne, als hätten sie jetzt eine andere Bedeutung. Babys in tiefen Kinderwagen. Ein Baum, der sich über einen Fluss neigte. Eine junge Frau mit einer Urkunde in der Hand. Erst beim letzten Bild drehte sie das Album, damit Solomon es besser sehen konnte. Ein winziges Ding, keine drei mal sechs Zentimeter. Noch eine Fotografie ihrer Mutter, diesmal neben einem Jungen in einem Heufeld. Der Junge war vielleicht etwas kleiner als eins achtzig. Gute Zähne. Nicht älter als sechzehn. Selbst in Schwarzweiß konnte Solomon erkennen, dass sein Haar so golden war wie die Sonne, unter der er arbeitete. Iris Fortune berührte den Jungen auf der Fotografie mit dem Finger, so wie sie auch das Bild ihrer Mutter berührt hatte.

»Mutter hat immer gesagt, dass sie einen Liebsten hatte, der in den Krieg gezogen ist«, sagte sie. »Hat sich erschießen lassen, ganz am Ende, so hat sie es mir erzählt. Erschießungskommando.«

Oh.

»Feigheit.«

Oh.

»Oder Fahnenflucht.«

Plötzlich wirkte Iris Fortune wie ein verlorenes Kind, heimgesucht von einer ganzen Schar Angehöriger, die hätten da sein sollen, es aber nicht waren.

»Oder vielleicht war das ja auch eine andere Geschichte. Es gab so viele.« Ihre Augen schimmerten wieder, als sie Solomon Farthing ansah. »Seinen Namen habe ich nie erfahren.«

Beide schauten wieder auf den Jungen, der im Heufeld stand und sie von vor hundert Jahren aus anlächelte.

»Alec«, sagte Solomon. »Alec Sutherland.«

Noch einmal zum Leben erweckt.

Eine halbe Stunde später winkte Iris Fortune Solomon Farthing von ihrer Türschwelle aus zum Abschied zu und sah ihm nach, als er den Gartenweg entlangging und auf den Bürgersteig trat. Sie hatten noch eine heitere halbe Stunde Anekdoten ausgetauscht, ehe sie ihn zur Tür brachte. Am Ende hatte sie Solomon sogar einen morgendlichen Sherry angeboten. Braun und sirupsüß in einem winzigen Kristallglas. Der Sherry war nicht Solomons bevorzugte Sorte, aber er belegte eine Verbindung zwischen ihnen. Zumindest dachte er das.

Sie stießen an, bevor sie tranken, auf Iris Fortunes Mutter Daisy Pringle. Und auf ihren Liebsten, den lang verschollenen Alec Sutherland. Sowie auf beider Sohn Thomas Methven (verstorben). Dann hatte Solomon ihr erneut seinen Vertrag angeboten, zusammen mit dem undichten Kuli und der Hoffnung, die in seiner Brust erblühte.

Doch als Solomon Iris Fortunes Gartenweg entlangging, empfand er nichts als eine tiefe Jauche aus Enttäuschung über den Ausgang seiner Detektivarbeit in Sachen Thomas Methven. Vier Tage Suche nach der wahren Herkunft eines Toten, und wieder hatte er nichts Handfestes vorzuweisen. War den fünfzigtausend kein Stück näher als zu Füßen von Greyfriars Bobby, als DCI Franklin ihm ihre Karte gesandt hatte.

»Das Geld …«, hatte Iris Fortune gesagt, als sie ihren Schwiegervater Bertie Fortune, Solomons Großvater Godfrey Farthing und ihre Mutter Daisy Pringle in die Vergangenheit zurückklappte. »Wissen Sie denn, woher es stammt?«

»Ich fürchte nein«, hatte Solomon erwidert.

Kein ernstzunehmender Erbenermittler fragte je danach. Geld war Geld, egal woher. Solange es nicht mit einem Verbrechen zusammenhing, versteht sich. Doch mit dieser Erklärung war Iris Fortune nicht zufrieden, sie schaltete den Fernseher aus und eliminierte die erstarrte Mündung des Soldatengewehrs mit einer Schwarzblende, wie um zu zeigen, dass dies wirklich ihr letztes Wort war.

»Tja, dann war's das«, hatte sie gesagt, sich vom Sofa erhoben und Solomon zur Tür gebracht. »Ich will nichts Unsauberes erben. Solche Flecken wird man nie wieder los.«

Zwei

Solomon Farthing verließ Iris Fortunes Haus mit einem nicht unterschriebenen Vertrag in einer Hand und einer losen Manschette an der anderen, wohl wissend, dass er schon wieder versagt hatte. Zeit, Bankrott zu flaggen, dachte er beim Weggehen, das Wappen seines bisherigen Lebens. Draußen war es ein vollkommener Edinburgh-Morgen mit schräg angestrahlten Gebäuden. Doch obwohl er erst vor einer Stunde ihr Loblied gesungen hatte, spürte Solomon erneut die kältere Seite der Stadt.

Was hatte Iris Fortune über ihren Schwiegervater gesagt, nachdem er seinen Anzug verloren hatte?

Das Glück hat ihn einfach verlassen.

Genauso fühlte Solomon sich jetzt. Ihm blieb nichts mehr zum Löchern als ein Toter in einem Sarg, angetan mit seinem Beerdigungsanzug. Er klopfte sich auf die Jacketttasche und spürte wieder das Fehlen seines Glücksbringers. Dann blieb er abrupt neben einem Rosenbusch stehen, der über eine Mauer wuchs, und musterte seine Aufmachung. Zweitbestes Hemd. Zerknautschter Tweed. Schlammige Cordhose. Die Aufmachung sagte eine Menge über eine Person aus, überlegte er. Besonders eine mit eingenähten fünfzigtausend.

Solomons Herz hämmerte gegen seine Rippen wie ein Klüpfel, als er zu dem Colin Dunlop gestohlenen Wagen lief, der versteckt in einer nahen Sackgasse stand. Er musste zurück ins Pflegeheim, dachte er, noch mal zu diesen Pflegekräften mit ihren E-Zigaretten und ihren Anekdoten, und erneut versuchen, ihr Gedächtnis auszuquetschen. Oder vielleicht vorher noch zum Bestattungsinstitut fahren, sich selber mit Thomas Methven und seinem Anzug vertraut machen, rausfinden, wo er herkam. Es musste einen Grund geben, warum das Geld in genau dieses Kleidungsstück eingenäht gewesen war und nicht irgendwo anders. Und Solomon wollte nicht, dass Beweismittel zerstört wurden, ehe er selbst Zugang dazu gehabt hatte, nicht dass alles an Margaret Penny vom Amt für Verlorengegangene übergeben wurde, nur damit sie es brennen sehen konnte.

Er eilte um die Ecke, hielt Dunlops Autoschlüssel in Richtung des Hybrids, sicher, dass dieser letzte Zweig des Baums die Untersuchung wert war – sein finaler Wurf der Würfel. Dann sah er es. Jemand zielte auf ihn. Nicht sein Großvater in der Pfandleihe, eine Damenwaffe auf Solomons Herz gerichtet. Auch keine alte Lady mit einer Spielkonsole und ballerndem Egoshooter. Sondern eine seiner Missetaten, die sich nun gegen ihn kehrte. Da am Bordstein, direkt vor der Stelle, wo er seinen Fluchtwagen geparkt hatte, stand ein Mini, der schon bessere Tage gesehen hatte. Rostlöcher im Boden. Die Motorhaube mit Schnur festgebunden. Und dahinter lehnte rauchend Colin Dunlop von Dunlop, Dunlop & Dunlop an der Zierleiste eines schnittigen grauen Wagens, hatte Solomon Farthing schließlich eingeholt.

Colin Dunlop behielt sich den Fahrersitz vor, als er Solomon zur zweiten Abrechnung des Tages kutschierte, eine geschmeidige Fahrt ums Gewerbegebiet von Seafield auf dem Weg in den Norden der Stadt. Als sie am Tierheim vorbeikamen, ließ Solomon die Scheibe herunter, damit er das Bellen hören konnte. Er verstand nun, warum ein Soldat seinen Hund mit in den Krieg mitnehmen würde.

»Lange nicht gesehen, Solomon«, hatte Colin Dunlop gesagt, als sie sich gegenüberstanden. »Soll ich Sie mitnehmen?«

Es war keine Frage. Trotzdem hatte Solomon sich herauszuwinden versucht. »Bin nicht sicher, ob ich in Ihre Richtung muss, Dunlop. Wenn es Ihnen nichts ausmacht.«

Colin Dunlop hatte gegrinst, Solomon seine Kippe vor die Füße geworfen, die Spitze noch brennend, und sie dann ausgetreten. »Aber Sie müssen doch zu Freddy Dodds, oder. Er sagt, er hat Sie zum Tee eingeladen.«

Natürlich, dachte Solomon und schwitzte unter seinem dreckigen Kragen. Nicht genug, dass Colin Dunlop ihm klammheimlich seinen Fall klaute, er deckte seine Kosten auch noch mit der Drecksarbeit für einen anderen. Er seufzte, erwog einen Spurt in die entgegengesetzte Richtung, begriff, dass der Zeitpunkt für eine Flucht längst vorbei war. Dann warf er Colin Dunlop die Wagenschlüssel hin, so wie Dunlop ihm die Kippe hingeworfen hatte. Ungeachtet des Fahrziels hatte es einen gewissen Reiz, im Streitwagen eines Rivalen in die Flammen zu fahren und zu hoffen, dass er, aus welchem Grund auch immer, ebenfalls verbrannt würde.

»Sie halten ja wohl nie still, verflixt«, sagte Colin Dunlop jetzt, als er auf seiner Seite den Knopf drückte, um Solomons Fenster wieder hochzufahren. »Ich bin Ihnen die letzten paar Tage hinterhergejagt wie einem seltenen Schmetterling.«

Solomon hielt seine Mappe fest, in der ein nicht unterschriebener Vertrag war sowie Thomas Methven und all seine Vorfahren und Nachfahren, festgehalten in einem grob skizzierten Stammbaum. Es verschaffte ihm durchaus Genugtuung, dass er immer noch schwer zu fassen war, selbst in seinem etwas geschwächten Zustand.

»Warum müssen wir überhaupt zu Dodds?«, fragte er, um die Aufmerksamkeit von dem wegzulenken, was zu stehlen Colin Dunlops Absicht war.

»Jeder landet doch bei Dodds, oder«, sagte Colin Dunlop. »Vor allem wenn's Geld gibt, das ein Zuhause sucht.«

Sie kamen gerade recht zum zweiten Frühstück, erreichten eine in einer Sackgasse versteckte Werkstatt, wo fünf Männer und eine Frau in dunkelblauen Overalls auf allem saßen, was gerade zur Hand war. Ein Erschießungskommando, dachte Solomon, als sie hielten, sollte es so weit kommen.

Das Radio plärrte über den kleinen Vorhof, ein Kuddelmuddel aus Klatsch, Werbejingles und rauen Pop-Rock-Klängen.

Alles stank nach Gummi und Diesel, ein Werbeschild für Bremsscheiben- und Ölwechsel noch am selben Tag flatterte in der Brise. Aber Dodds wechselte nicht nur Auspuffrohre und lieferte nicht nur Nachweise für windige TÜV-Zulassungen. Das wusste ganz Edinburgh.

Die Mechanikerin kam, um Solomon aus dem Wagen zu helfen. Dodds war berühmt für seinen zuvorkommenden Service – alles, was man wollte, man musste nur fragen. »Was kann ich für Sie tun, Gentlemen?«, sagte sie.

»Wir suchen eine Wechselstube«, sagte Colin Dunlop.

»Dann gehen Sie doch zu Thomas Cook.«

»Hat keine guten Kurse.«

»Und für welchen Kurs interessieren Sie sich?«

»Hängt davon ab.« Colin Dunlop nickte Richtung Solomon.

Die Mechanikerin musterte den Erbenermittler von oben bis unten, bemerkte die rosaroten Socken und die schlammigen Knie. »Dann hole ich mal Freddy.«

Solomon brauchte gar nicht zu fragen.

Eine Hand wäscht die andere.

Freddy Dodds war Hehler. Der beste der Branche. Das wussten in Edinburgh alle. Hatte noch nie ein Gefängnis von innen gesehen, erst recht keine Arrestzelle in Gayfield wegen Hausfriedensbruch … in räuberischer Absicht. Dodds verwandelte Zeug, das andere gestohlen hatten, in Geld. Genau wie Solomons Großvater einst das Alltägliche nahm und in den Stoff des Lebens verwandelte. Alte Hemden und Pelzmäntel. Siegelringe und Armbanduhren. Stiefel. Decken. Und Sonntagsanzüge. Alles umgewandelt in Geld für die Miete oder Wettscheine, Wochenendbierchen oder einmal Kino für die Kinder. Wohingegen Freddy Dodds alles und jedes, was er in die Hände bekam, in Bargeld verwandelte.

Doch selbst Solomon wusste, dass Freddy Dodds seine

Geschäfte längst über die Hehlerei hinaus erweitert hatte. Seine Werkstatt mochte noch so dreckig sein, sie war eine höchst wirkungsvolle Wäscherei, wenn schmutzige Einnahmen sauber werden mussten. Die Umsätze aus Kasinos. Die Erträge aus Glücksspielautomaten. Die Einkünfte, die im Wettbüro flossen, während die Spieler die Quoten brüllten. Alles, wo Bargeld über den Tresen ging und die Kundschaft dafür etwas weniger Wertvolles bekam. Geldwäsche, das war Dodds' Metier. Wenn Freddy Dodds sich eines Tages zur Ruhe setzte, wusste Solomon, würde sein Sohn in noch höhere Gefilde aufsteigen. Er war gelernter Buchhalter. Welche bessere Tarnung gab es für einen Edinburgh-Mann?

Jetzt kam Freddy Dodds aus seinem Glaskasten, langsam und stetig, ein bisschen wie Solomons Großvater, wenn er Schätze aus seinem Schrein holte. Solomon war nicht sicher, was genau Colin Dunlop Dodds schuldete, wofür er zum Pfand geworden war, aber als der Hehler angeschlendert kam, wurde Solomon schlagartig klar, wie diese Geschäftsmänner ihn sahen. Nicht als berufsverwandten Mitbürger, sondern als eine Schuld, die man besaß oder mit der man handelte.

»Gut, gut«, sagte Freddy Dodds und schüttelte erst Colin Dunlop und dann Solomon die Hand, wie es sich für jeden richtigen Edinburgh-Mann gehörte. Er ruckte mit dem Kopf zu Dunlops Wagen. »Probleme mit dem Mini, Solomon? Ihre Tante erwähnte, dass an der Kutsche etwas in Ordnung gebracht werden müsste.«

Solomon zuckte in seinem Tweedjackett. Seine Tante, die eigentlich nicht seine Tante war, die andere Person in Edinburgh, die ihn per Mittelsmann einbestellt hatte. »Sie könnte eine Generalüberholung vertragen, Freddy, wenn's Ihnen nichts ausmacht.«

»Kein Thema.« Dodds streckte die Hand nach dem Schlüssel aus. »Ich schicke jemanden, der sie abholt, soll ich? Wo steht der Wagen?«

Zuletzt gesehen um die Ecke von Iris Fortunes Haus. Solomon zögerte, den Standort preiszugeben. Aber Colin Dunlop hatte da keine Bedenken. »An der Southside, Freddy. Hab ihn selbst da geparkt.«

Freddy Dodds grinste, ließ Solomon Gold sehen – ein Eckzahn blinkte in der Morgensonne auf. In Edinburgh erzählte man sich, der Zahn sei aus dem Gewinn von Freddy Dodds' allererstem Deal gefertigt. Cash für Gold. Oder vielleicht auch Gold für Cash. Ging beides. Dodds nahm die Schlüssel für den Mini von Dunlop entgegen und steckte sie ein, als beschlagnahmte er Solomons letztes Sachvermögen ohne die Absicht, es je zurückzugeben.

»Ich hörte, Sie arbeiten an einem neuen Fall, Solomon«, sagte er. »Etwas Heißes?«

Ja. Nein. Vielleicht. Warum fand Solomon es so schwierig, entschieden so oder so zu antworten, und hielt sich lieber bedeckt? »Ist eine Polizeisache.«

Freddy grinste wieder. »Haben die Ihnen einen Dienstausweis verpasst, ja?«

»Bloß ein Freundschaftsdienst.« Solomon wusste, es war sinnlos, den Namen der DCI ins Spiel zu bringen, um sich den Hehler vom Leib zu halten. Dodds könnte jederzeit mühelos einen draufsetzen, hatte vermutlich schon dem Chief Constable die Königswelle nachgespannt.

Smalltalk abgehakt, wandte sich der Hehler dem eigentlichen Geschäft zu. »Scheint, als hätten Sie etwas von mir, Mr. Farthing. Das gehört zurückgegeben.«

Solomon versuchte fünf Männer und eine Frau in Overalls zu ignorieren, die jetzt im Halbkreis um sie herumstanden. »Ich wüsste nicht, was«, sagte er.

Eintausend. Zweitausend. Dreitausend und mehr. Den ganzen Rest nicht zu vergessen. Doch Freddy Dodds sprach gar nicht von Geld. Er war hinter etwas anderem her. »Klein. Trägt ein blaues Halstuch. Zuletzt gesehen in der Nähe von Greyfriars Bobby.«

Solomon konnte seine Überraschung nicht verhehlen. »Der Hund?«

Ebenso wenig Colin Dunlop. »Ein Hund?«

Der wahre Grund, warum Solomon Farthing gänzlich ungefragt zu Freddy Dodds' Werkstatt verfrachtet worden war.

»Aye.« Freddy Dodds wirkte jetzt leicht pikiert. Er stach mit einem Finger gegen Solomons Brust. »Es heißt, er ist bei Ihnen. Deshalb habe ich Dunlop losgeschickt.«

»Aber der Hund gehört doch Mr. Scott, oder?«

Ein Bettler und sein treuer Hund.

»Nein. Es ist meiner.« Freddy war verärgert. »Scottie leiht ihn sich tageweise, um seinen Umsatz zu erhöhen. Aber jetzt hätte ich ihn gern zurück, wenn's Ihnen nichts ausmacht.«

Der Zahn des Hehlers blinkte wieder, diesmal eher bösartig als heiter. Trotzdem gab Solomon nicht klein bei. Er wusste, wann er im Geschäft war. In Edinburgh erzählte man sich, dass Freddy Dodds Tiere noch mehr liebte als Gold. »Ich habe den Hund nicht«, sagte er. »Das kann Dunlop bezeugen. Aber ich kann ihn für Sie wiederbeschaffen. Wenn Sie etwas für mich tun.«

Freddy Dodds blinzelte. »Ach ja, und was wäre das?«

»Gewisse Schulden, vor allem vom einarmigen Banditen«, sagte Solomon. »Und einiges mehr.«

Jetzt war es Freddy Dodds, der ungläubig dreinsah. »Sie machen Witze, oder? Zehn Riesen für einen Straßenköter? Das würde niemand zahlen.« Die Erlöse aus Solomons Liebesaffäre mit einarmigen Banditen, Roulette und Karten auf grünem Filz.

»Was!« Die Schulden überraschten Solomon nicht, wohl aber ihre Höhe. »So viel kann es nicht sein, oder? Ich dachte, es sind eher um die fünf.«

»Mein Sohn führt Buch«, sagte Dodds, der Goldzahn zwinkerte. »Er ist sehr gut mit Zahlen.«

Es gab eine kurze Stille, nichts als das blecherne Plärren des Radios, in dem ein fröhlicher Song lief. Dann zuckte Solomon die Achseln, seine Erbenermittler-Unbekümmertheit kam ihm zu Hilfe. Oder vielleicht der Leichtsinn eines Mannes, der nichts mehr zu verlieren hat.

»Ach, na ja, dann kann ich wohl nicht helfen, fürchte ich. Oder sollen wir eine Münze werfen? Ihr Geld oder Ihr Hund.«

Er griff in die Jackentasche und holte ein kleines Geldstück heraus. Ein Sixpence, den hatte ihm Peter geschenkt, nachdem Solomon den Hund an ihn verloren hatte.

Dodds starrte auf die Münze, die in der Morgensonne blinkte. Dann fluchte er. »Dreckiger Mistkerl.«

Und nun grinste Solomon. Freddy Dodds mochte gern schachern, doch ein Spieler war er nicht, jedenfalls nicht in der Holterdiepolter-Manier, die für Solomon Farthing gang und gäbe war. Das wusste ganz Edinburgh.

Dodds verzog das Gesicht und rieb sich mit der Hand den Nacken. »Zehn Prozent Schuldenerlass«, sagte er. »Und da bin ich wirklich schon sehr großzügig.«

Solomon verspürte einen frohlockenden kleinen Kick bei der Erkenntnis, dass Freddy Dodds sich aufs Feilschen einließ. »Fünfzig. Und ich brauch eine Quittung über den Betrag.«

»Zwanzig. Letztes Angebot.«

»Also kein großer Hundeliebhaber.«

»Dreißig«, sagte Dodds mit zusammengepressten Lippen.

Solomon machte rasch eine Überschlagsrechnung. Dreißig Prozent von zehn Riesen brachte ihn runter auf sieben. Mit einer zwanzigprozentigen Kommission auf fünfzigtausend waren die locker zu begleichen und er hatte noch was übrig. Vorausgesetzt natürlich, er brachte Iris Fortune zum Unterschreiben. Aber Freddy Dodds war noch nicht fertig.

»Sie kriegen eine Quittung bei Erhalt der Ware. Nicht eher. Und ich will ihn bis heute Abend zurück, keine Diskussion, oder der Deal platzt.«

Solomon begann unter seinem Tweedjackett zu schwitzen. »Ich kann beides auftreiben«, sagte er, zog ein blaues Halstuch aus der Tasche und wischte sich damit die Stirn, wie um es zu besiegeln. »Das Geld und den Hund. Aber dafür brauche ich ein Auto.«

Freddy Dodds breitete die Arme aus. »Tja, da sind Sie ja hier an der richtigen Adresse, nicht.«

Ein Lada. Ein Skoda. Ein Fiat, abgeschleppt aus Portobello. Nur dass die alle keine aktuelle Zulassung hatten. Dafür zeigte der Hehler auf ein anderes Fahrzeug, eben erst auf den Vorplatz der Werkstatt geschleppt. Auf Hochglanz poliert. Alle Zierleisten funkelten im Sonnenschein. Solomon starrte seinen neuen Wagen an. Er hatte nicht gewusst, dass Freddy Dodds in der Bestattungsbranche war. Dodds grinste jetzt wieder, Gold blinkte hinter seiner Oberlippe. »Der Fahrer muss erst noch etwas erledigen. Danach bringt er Sie, wohin Sie wollen.«

»Eine Beerdigung?«, sagte Solomon.

»Aye. Irgendein alter Soldat. Die wollten es mit allem Pipapo.«

Solomons Herz vollführte sein kleines Tänzchen. »Sie wissen nicht zufällig seinen Namen, oder?«

Freddy Dodds runzelte die Stirn. »Methven. Wenn ich mich recht erinnere.«

Drei

Solomon Farthing fuhr im Leichenwagen zu seiner letzten
Abrechnung, poliertes Holz und silberne Zierleisten, auf drei
Seiten blank geputztes Glas. Es saß auf dem Beifahrersitz
und hielt sich fest, als sie über Edinburghs Kopfsteinpflaster
holperten und hüpften. Er hatte erwartet, dass der Leichen-
wagen in gemäßigtem Tempo dahinglitt, doch kaum dass sie
Dodds' Werkstatt verlassen hatten, drückte der Fahrer das
Gaspedal durch.

»Tut mir leid«, sagte er, als sie um Ecken schlingerten und
über Schlaglöcher flogen. »Ich hätte ihn eigentlich vor über
einer Stunde abholen sollen. Man darf den Ofen nicht warten
lassen. Gibt Ärger, wenn sich ein Rückstau bildet.« Doch just
als Solomon damit rechnete, dass der Leichenwagen bergan
auf die Stadtmitte zu- und drüben wieder rausfuhr, bog er
plötzlich scharf rechts ab.

»Das ist nicht der Weg zum Krematorium«, sagte Solomon
und hielt seine Mappe mit Papierkram fest.

»Noch fahren wir nicht ins Krematorium«, sagte der Fahrer. »Müssen ihn ja erst abholen.«

Der Leichenwagen beschleunigte in Richtung seines Fahrziels, tief in einen Tory-Stadtteil hinein, Häuser im Besitz
von Edinburgh-Männern, die Beige trugen, im Probus-Club
ein und aus gingen und einiges mehr. Solomons Herz schlug
so laut, dass er dachte, ganz Edinburgh müsste es hören, als
der Leichenwagen vor einem Anwesen hielt, wo er schon
mal gewesen war. Großzügige Einfahrt, Verandatüren auf der
Rückseite. Gegenüber blühte ein Flieder. Das Haus gehörte
einem Toten. Der Schauplatz seiner Missetat.

Als Solomon dem Fahrer durch die Vordertür in die
Eingangshalle folgte und seine besudelten Lederschuhe in
den vertrauten Teppichflor einsanken, beschlich ihn das
erschreckende Gefühl, sich womöglich gleich selbst zu be-

gegnen. Einem Erbenermittler mit zerrauftem Haar, zerfledderter Manschette und nach Fino stinkendem Atem, der genau diesen Korridor entlangpirschte im Versuch, mit ein wenig Hausfriedensbruch sein Glück zu wenden. Seine Finger flatterten wie tausend Schmetterlinge, als er den Salon betrat und feststellte, dass sie ihn anstarrten. Drei Frauen saßen im Kreis um den Toten, als wären sie schon in der Kirche. Margaret Penny vom Amt für Verlorengegangene. Margaret Pennys Mutter Barbara. Deren Freundin Mrs. Maclure. Der Rest von Edinburghs Trauernetz, das den Bedürftigen der Stadt nun einen neuen Service bot.

Totenwache sitzen. So nannte man das doch? Die letzte Ehre für jene, die sonst niemanden hatten, um sie sicher hinüberzugeleiten.

Außerdem befand sich dort mitten im Zimmer ein auf zwei gepolsterten Brokatstühlen ruhender Sarg, auf den eben der Deckel aufgeschraubt wurde. Und darin die sterblichen Überreste von Solomons Klienten. Thomas Methven (verstorben).

Es begann mit einem Gezänk, so wie immer, wer wem was schuldete und warum, drei Edinburgh-Ladys gegen einen Erbenermittler. Es war von vornherein kein fairer Kampf. Die Erste, welche die Festungsmauer erklomm, war Margaret Penny vom Amt für Verlorengegangene, die sich von ihrem Stuhl erhob, sobald Solomon eintrat, und schützend vor Thomas Methvens Sarg stellte, als wäre es Solomons einziges Anliegen, dem Toten alles abzuknöpfen, was ihm noch blieb.

»Was suchen Sie hier?«, sagte sie und rückte unter ihrem Sommermantel etwas zurecht, das wie eine Fuchsstola aussah. »Das ist jetzt mein Fall.«

Solomon schob sich weiter in den Raum und hielt die Mappe mit Thomas Methvens Stammbaum fest an seiner Brust, wie um sein Vorrecht zu beweisen. Wobei selbst ihm bewusst war, dass sein strubbeliger Auftritt seinem Anliegen nicht förderlich war. »DCI Franklin hat mir die Verantwortung übertragen«, sagte er. »Sie meinte, bei Q&LTR würde es noch etwas dauern. Ein Rückstau im Papierkrieg.«

Da zeigte sich ein Anflug von Röte an Margaret Pennys Hals, als wäre sie bei etwas ertappt worden, was sie für sich behalten wollte. Vielleicht einen Fall von Schlendrian im Amt. Oder einen Versuch, dem Arbeitsrückstand in der Leichenhalle beizukommen, indem sie Thomas Methven verschwinden ließ, bevor er offiziell freigegeben war. Oder vielleicht war es nur, weil sie an diesem warmen Sommertag ein Fuchsfell um den Hals trug – ihr Beerdigungs-Outfit, vermutete Solomon.

Jedenfalls legte Margaret Penny eine Hand auf Thomas Methvens Sarg, als wollte sie ihren Vorrang als amtliche Regierungsvertreterin betonen im Unterschied zu jemandem, der einfach nur jemandem einen Gefallen erwies. »Das hier ist keine Polizeiangelegenheit«, sagte sie. »Nichts Verdächtiges am Tod eines alten Mannes.«

»Mich interessiert mehr sein Anzug«, sagte Solomon. »Wie das Geld da reingekommen ist.«

»Der Anzug?« Margaret Penny runzelte die Stirn. »Was hat der damit zu tun?«

»Hat vielleicht nichts zu bedeuten. Oder aber sehr viel.« Solomon schob die Hand in die Tasche, um ihr Zittern zu verbergen. »Ich bemühe mich nur, Mr. Methvens Nachlass für seine rechtmäßige Erbin zu sichern.«

Margaret Penny deutete pikiert auf den Leichenwagenfahrer, der die letzten Schrauben an Thomas Methvens Sarg festzog. »Tja, wie Sie sehen«, sagte sie, »ist es dafür zu spät.«

Margaret Penny trug Schuhe mit einem Riemen über dem Knöchel. Die Schuhe waren rot. Eine Einladung. Oder eine Warnung. Solomon Farthing war sich da nicht sicher. So oder so erwies sie sich bei der Verteidigung des Verstorbenen als bewundernswerte Gegnerin, fand er. Er fühlte plötzlich seine Fingerspitzen heiß werden bei dem Gedanken, wie Margaret

Penny und er diese Stadt regieren könnten … wenn sie nur miteinander auskämen. Er warf einen Blick auf den Leichenwagenfahrer und fragte sich, ob er ihm den Schraubenzieher entringen und den Toten befreien könnte. Doch dann traf Unterstützung aus einer Richtung ein, die Solomon nicht erwartet hatte – der gesamte Rest vom Edinburgher Trauernetz eilte ihm zu Hilfe.

»Was denn für ein Erbe?«, ließ sich Barbara Penny aus den Tiefen des Sofas vernehmen. Barbara Penny war alt – weit über achtzig –, pfiff leicht bei jedem Atemzug und umklammerte einen grauen NHS-Krückstock.

»Fünfzigtausend, habe ich gehört«, sagte Mrs. Maclure und blinzelte hinter ihrer Drahtgestellbrille hervor.

»Aber ich dachte, er ist ein Bedürftiger.« Barbara Penny klang empört.

»Anscheinend …«, Margaret Pennys Blick huschte zu ihrer Mutter und dann wieder weg, »hat man uns da falsch informiert.«

Daraufhin wandten sich alle drei Frauen Solomon Farthing zu und sahen ihn an, als gäben sie ihm die Schuld an etwas, das er noch gar nicht durchschaute. Solomon erwog, ihnen einen Anteil seiner stetig schrumpfenden Kommission anzubieten, damit sie einwilligten, Thomas Methven vom Haken zu lassen. Doch dann besann er sich. Bei all ihren Eigenarten konnte man Edinburgh-Ladys (anders als Edinburgh-Männern) nicht nachsagen, dass sie käuflich oder leicht zu haben waren.

»Ich muss herausfinden, ob der Beerdigungsanzug etwas damit zu tun hat, woher das Geld des Verstorbenen kam«, versuchte er es mit einem anderen Ansatz. »Wenn wir das nicht feststellen können, landet sein ganzes Geld bei der Queen.«

»Oh«, Mrs. Maclures Miene hellte sich auf. »Ich liebe die Queen.« Solomon bemerkte, dass sie ein kleines Sträußchen in Händen hielt, drei Lenzrosen.

»Was?« Barbara Penny stampfte mit ihrem Stock auf den

Boden. »Die Queen hat doch wohl schon genug, oder? Lass den Mann um Himmels willen nachsehen, Margaret. Das schadet doch nichts.«

»Ach nein«, Mrs. Maclure streckte die Hand aus, wie um das Ende von Thomas Methvens Sarg zu berühren, dann überlegte sie es sich anders. »Stören Sie ihn lieber nicht, jetzt, wo er seine Ruhe gefunden hat.«

»Seine Ruhe hat er erst, wenn sie ihn in den Ofen gesteckt haben«, sagte Barbara Penny, aus deren Brust ein leises Pfeifen drang. »Und er zu Schlacke verbrutzelt ist.«

»Ach, verflixt noch mal …« Margaret Penny schlug klatschend auf den Sarg, dass alle zusammenzuckten. »Wenn wir nicht in die Gänge kommen, verpasst er noch seinen verdammten Termin.«

»Nicht fluchen, Margaret. Bitte!« Barbara Penny schüttelte ihren grauen NHS-Stock, und alle verstummten. Stirnrunzelnd sah die alte Lady erst ihn an, dann Margaret, als wären sie Kinder. »Also«, sagte sie. »Wie kommen Sie darauf, dass Sie diesen Anzug benötigen, junger Mann?«

»Ich will nur herausfinden, wo er vielleicht herkommt«, murmelte Solomon.

Alle drei Frauen sahen ihn vernichtend an, als stünde er vor einem Erschießungskommando, kurz bevor ihm die Haube über den Kopf gezogen wurde.

»Warum in Gottes Namen haben Sie das nicht gleich gesagt?«, grollte Margaret Penny. »Da hätten wir uns den ganzen Ärger sparen können.«

»Dann wissen Sie, wo Thomas Methven den Anzug erworben hat?«, fragte Solomon.

»Ja«, sagte Margaret Penny.

»Gewissermaßen«, sagte Barbara Penny.

»Oh nein, mein Lieber«, sagte Mrs. Maclure und wackelte lächelnd mit dem Kopf. »Es war nicht Mr. Methven, der den Anzug erworben hat. Den haben wir von Ihrer Tante.«

Sie traf ein, als wäre sie die Queen höchstpersönlich, Solomons Tante, die eigentlich nicht seine Tante war, gekleidet für eine Beerdigung. Und die Totenfeier. Sie kam hereingerauscht wie eine moderne Frida Kahlo, das hoch aufgetürmte Haar schimmerte wie frisch polierter Stahl, oben aufgespießt von einer Spange aus Türkis. Sie trug eine Art Kaftan, schwarz mit chinesischen Stickereien, die vom Kragen herabflossen. Jeden Fingerknöchel schmückte ein Klumpen Silber. Solomon war sicher, ihre Ohrringe aus seines Großvaters Vitrine wiederzuerkennen – zwei schwere Jadetropfen.

»Bitte um Verzeihung«, verkündete seine Tante, als sie durch die Tür trat. »Etwas Geschäftliches hat mich aufgehalten.«

Wie Cash in Gold verwandeln. Oder vielleicht Gold in Cash.

»Wird auch langsam Zeit«, sagte Barbara Penny und stampfte mit ihrem Stock. »Sie müssen diesem jungen Mann erklären –«

»Ah, da bist du ja endlich, Solomon«, bemerkte seine Tante. »Ich nehme an, Dunlop hat dich aufgespürt.«

Eine Hand wäscht die andere.

Solomon zupfte am Saum seines Jacketts, wie um jetzt, da seine Tante eingetroffen war, sein Äußeres zu richten. Margaret Penny trat vor, wie um alles zu erklären, zog sich jedoch gleich wieder zurück, als ihre Mutter ihr einen Blick verpasste, der sie allesamt hätte in einen Sarg verfrachten können. Womöglich hatten Margaret Penny und er ja doch etwas gemeinsam, dachte Solomon.

Seine Tante trat an die Holzkiste des Toten, und Solomon Farthing und Margaret Penny teilten sich wie Meereswogen, um ihr Platz zu machen. Sie legte beide Hände auf den Deckel, wie um für Thomas Methven zu beten, ihn auf seiner letzten Reise auszusingen. »Also hier ist er nun, Mr. Methven. Bereit zu gehen.«

»Warte mal …« Solomon fühlte eine plötzliche Beklemmung in seiner Brust bei der Vorstellung, dass Thomas Methven ohne weitere Fragen im Ofen verschwinden könnte. »Was ist jetzt mit dem Anzug?«

»Was soll damit sein?«

»Ich muss wissen, wo der her ist.«

Seine Tante drehte sich langsam um und runzelte die Stirn, als wäre das offensichtlich und er der Dümmste im Raum. »Na, aus meinen Beständen natürlich.«

Schwarze Schuhe. Hosen, die bessere Tage gesehen hatten. Ausgehuniformen. Die Reste von Solomon Farthings Erbe, im Gästezimmer seiner Tante verstaut und seit vierzig Jahren aufbewahrt, nur falls er je seine Meinung änderte.

»Es ist alles noch da«, sagte Solomons Tante mit einem grazilen Schwenken ihrer Hand.

Decken und Saatperlen. Ein Otter in einem Glaskasten.

»Abzüglich einiger Kleinigkeiten, die zu spenden wir angebracht fanden. Für wohltätige Zwecke, du verstehst. Wir dachten, du hast schon nichts dagegen.«

»Für wohltätige Zwecke«, hauchte Solomon.

Als wäre er nicht selbst ein wohltätiger Zweck.

Godfrey Farthings gesamte weltliche Habe, übergeben an die Bedürftigen seiner Adoptivheimatstadt. Noch ein Service im Sinne der Enteigneten – alles, was die Ausgemusterten vielleicht für den Abgang brauchten, wenn das endgültige Ende kam. Schuhe. Und Westen. Jacketts. Und Hemden. Oder in Thomas Methvens Fall ein Anzug, blau wie ein Starenei, das Futter mitternachtsdunkel. Der perfekte Beerdigungsanzug.

Mrs. Maclure faltete ihre Hände. »So ein wunderbarer Mann, unser Mr. Methven. Das war das Mindeste, was wir tun konnten.«

»Dann kannten Sie ihn persönlich?«, sagte Solomon und starrte den Sarg seines verstorbenen Klienten an, als könnte er ihn zwingen, den Deckel von innen zu öffnen, um alles zu erklären.

»Aber natürlich«, sagte Mrs. Maclure. »Wir alle kannten Thomas Methven.«

»Er hat mir mal eine Lebensversicherung verkauft«, sagte Barbara Penny aus ihrer Sofaecke.

»Ich wusste gar nicht, dass du eine Lebensversicherung hast«, sagte Margaret.

»Man schützt sich vor Dieben.« Barbara warf Solomon einen grimmigen Blick zu. Oder vielleicht seiner Tante.

»Ein treuer Anhänger von Grünzeugwettbewerben.« Mrs. Maclure lächelte. »Er liebte seine Rosen fast so sehr wie seine Frau.« Sie zeigte durchs Fenster auf üppige Blumenbeete voller Blüten in Rosa und Orange zu beiden Seiten des Pfads.

Jetzt begannen Solomons beide Hände erregt zu zittern. »Dann ist das hier Thomas Methvens Haus?«

»War es mal«, erwiderte seine Tante. »Er hat's vor langer Zeit verkauft. Aber ich habe einen Freund, der Immobilienmakler ist und mir erzählt hat, dass es gerade leersteht. Wir dachten, Mr. Methven wäre gern da aufgebahrt, wo er mal zu Hause war, bevor er von uns geht. Eine kleine Geste seiner Freundinnen und Freunde zum Gedenken an ein langes glückliches Leben.«

Immobilienmakler, dachte Solomon und sank auf die Kante eines Brokatstuhls, dessen andere Seite von Thomas Methvens Sarg eingenommen wurde. Ein weiterer Typ Edinburgh-Mann, gar nicht so weit entfernt von der Riege der Erbenermittler.

»Ich wusste, dass Sie das neulich waren.« Mrs. Maclures Augen weiteten sich bei der Erinnerung an ihr letztes Zusammentreffen mit Solomon Farthing in ebendiesem Raum. »Da haben Sie mir vielleicht einen Schreck eingejagt. Ich dachte, Sie wären gekommen, um ihm die Ehre zu erweisen. Natürlich nur, bis Sie weggerannt sind.«

»Ist ja nix Neues«, murmelte Solomons Tante.

Solomon wurde knallrot, als alle vier Edinburgh-Ladys ihn mit Blicken durchbohrten.

Seine Tante legte die Hand an ihr Haar, als wolle sie es

richten. »Gut, nachdem das geklärt ist, können wir ja weitermachen. Wir wollen doch Pastor Macdonald nicht länger warten lassen als nötig.«

Doch Solomon Farthing war nicht umsonst Erbenermittler. Er wusste, wem seine Loyalität gebührte. »Was ist mit dem Geld?«, fragte er nachdrücklich. »Wenn du Mr. Methven mit dem Anzug ausgestattet hast, musst du wissen, woher es stammt. Immerhin war es darin eingenäht. Und zwar sehr ordentlich. Zumindest habe ich das gehört.«

»Was?« Margaret Penny setzte sich abrupt auf die Kante des anderen Brokatstuhls. »Ich dachte, das hat man in seinem Zimmer gefunden. Oder auf einem Konto oder so. Ich wusste nicht, dass es in seinem Anzug war.«

»Ins Futter eingenäht«, sagte Solomon. »Wie eine zweite Haut.«

»Damit habe ich absolut nichts zu tun«, sagte Mrs. Maclure.

»Mach dich nicht lächerlich«, sagte Barbara Penny und keuchte wieder pfeifend. »Wir wissen doch alle, wie schlecht du nähst.«

»*Ich* habe das veranlasst.« Alle drehten sich zu Solomons Tante um, die neben Thomas Methvens Sarg stand wie ein evangelikaler Prediger, bereit, das reinigende Feuer herabzurufen. Nur dass ihre Eröffnung kein Gebet war, sondern die Wahrheit über Thomas Methvens Vermächtnis. Oder zumindest eine Lesart davon.

»Du hast es veranlasst«, wiederholte Solomon mit schwacher Stimme.

»Ja«, erwiderte seine Tante. »Nachdem wir den Anzug für ihn ausgesucht hatten, habe ich dafür gesorgt, dass das Geld eingenäht wurde. Es gab keine andere Möglichkeit, es loszuwerden.« Immerhin hatte sie den Anstand zu erröten, eine leichte Färbung ihrer Wangen angesichts dieser kühnen Behauptung. Sie alle konnten sich eine bessere Art vorstellen, fünfzigtausend Pfund loszuwerden, als sie in den Anzug eines Toten einzunähen und einzuäschern.

»Aber warum mussten Sie es denn loswerden?«, sagte Margaret Penny.

»Er hat ja kein Testament hinterlassen, nicht.« Solomons Tante war jetzt etwas wuschig und nestelte an einem großen Silberring auf ihrem Mittelfinger herum. »Es sei denn, ich bin falsch informiert.«

»Nein«, sagte Solomon. »Du bist nicht falsch informiert. Thomas Methven hat kein Testament hinterlassen. Was zum Henker dachtest du denn, warum ich mich da reinhänge?«

Und da zeigte sich, warum man Solomons Tante in der ganzen Stadt fürchtete – von Osten bis Westen, vom Süden bis in den Norden –, denn sie erhob sich zu einer mächtigen Flamme der Empörung, als sie ansetzte, ihren sogenannten Neffen in die Schranken zu weisen. »Und warum zum Henker bist du nicht zu mir gekommen, als ich nach dir geschickt habe, Solomon Farthing?«, donnerte sie. »Ich habe dir vor vier Tagen eine Nachricht gesandt, als mir klar wurde, dass du auf den Fall angesetzt bist. Aber hast du dir die Mühe gemacht, mich aufzusuchen? Nein. Hättest du es getan, hätte sich alles sofort aufgeklärt. Stattdessen war ich auf meine eigenen Mittel angewiesen, und das ist das Ergebnis. Der arme Mr. Methven ist noch immer nicht zur Ruhe gekommen. Und die Schuld noch nicht beglichen.«

Im Salon herrschte allgemeine Verblüffung, die Damen vom Edinburgher Trauernetz saßen mit offenem Mund da, denn gerade dieses Mitglied ihrer kleinen Runde hatte ihre Gefühle sonst stets unter Kontrolle. Margaret Penny wirkte schockiert über die unverhoffte Wendung. Barbara Penny belustigt. Mrs. Maclure ein wenig bestürzt über die seltsame Entwicklung der Ereignisse. Solomon Farthing war speiübel wie nie zuvor angesichts dessen, was auf ihn zukommen könnte.

»Was für eine Schuld?«, sagte er.

Seine Tante, die eigentlich nicht seine Tante war, lehnte sich an den Sarg. »Na, die deines Großvaters natürlich.«

1918

Eins

Godfrey Farthing zog ganz, ganz früh am Morgen los wie der Feigling, für den sie ihn vermutlich hielten. Er hatte Archie Methven zur Vorbereitung alles eingeflößt, was von Stones Brandy übrig war, und die verletzte Schulter des Mannes mit einem frischen Feldverband umwickelt, das empfindliche dunkelviolette Fleisch des Mannes eingepackt, bis die Wunde nicht mehr zu sehen war. Methven war klarer bei Verstand als die ganze letzte Zeit, flüsterte nicht länger diesen endlosen Strang von Namen. Stattdessen verfolgte er Godfrey mit den Augen, wie ein Baby seine Mutter beobachtet. Godfrey verschaffte der starre Blick des Verletzten keinen Trost. Archie Methven glaubte, sein Captain würde ihn retten. Doch sie hatten beide schon genug Gemetzel miterlebt, um zu wissen, dass es für einen Mann unmöglich war, diese Last allein zu tragen.

Sobald Godfrey fertig war, blies er die Kerze aus und ließ den Rauch in die Luft trudeln. Draußen hatte es aufgehört zu regnen, das erste graue Licht versilberte die Wände. Ein guter Tag zum Laufen, so hoffte Godfrey. Er versuchte im Halbdunkel, Methven vom Stuhl hochzuhelfen.

»Können Sie gehen, Archie?«

Methven sah ihn an, zwei forschende schwarze Augen, bevor er sie kurz schloss, tief Luft holte und sich aus den Knien hochdrückte. Dann hielten sie sich gemeinsam aufrecht, schwankend, bis Godfrey sie an der Tischkante abstützte. Sie standen da wie eine vom ersten schwachen Dämmern des frühen Morgens geformte Statue. Schließlich führte Godfrey Archie Methven zur Tür, und sie begannen mit ihrem langsamen Schlurfmarsch ins Morgengrauen.

Um acht brachte George Stone Frühstück hinaus. Diesmal nicht Brot und Wasser, sondern ein letztes Ei, gebraten mit am Vorabend von der Brühe abgeschöpftem Fett. Ralph sah nicht aus, als hätte er die Nacht mit reuevollen Gedanken zugebracht. Seine Kniehosen waren voller Hühnerscheiße, doch als Stone die Tür aufsperrte, fläzte sich der Second Lieutenant auf einem Haufen von dreckigem Stroh, als wäre es das beste Zimmer im Haus. Stone reichte ihm den Blechnapf und lehnte sich an die Tür, um Ralph beim Essen zuzusehen. Ihm fiel auf, dass trotz seines Auftretens die Finger des jungen Second Lieutenants vor Kälte zitterten.

»Wo ist der Captain?«, fragte Ralph zwischen zwei Bissen, wobei ihm Eigelb auf den Ärmel tropfte.

»Bringt den Buchhalter weg«, sagte Stone.

Ralph wischte sich den Mund mit dem Handrücken ab. »Und wer hat dann die Verantwortung?«

»Hawes.«

»Hawes!« Ralph leckte Hühnerfett vom Löffelrand. »Der könnte nicht mal eine verdammte Schlachtung in einer Metzgerei organisieren.«

George Stone lächelte nicht. Er hatte Jungs wie den Second Lieutenant schon erlebt, eigentlich bloß Halbstarke, berstend vor Übermut, bis das Schießen losging.

Ralph fuhr mit dem Finger um den Rand seines Blechnapfs und leckte ihn sauber. Dann zwinkerte er dem alten Kämpen zu, die Wangen rosig in der frischen Morgenluft. »Lass mich raus, Stone. Du weißt, das hier ist nicht fair.«

»Befehl, Sir.«

»Wessen verdammter Befehl? Ich sollte hier die Verantwortung haben.« Ralph gab Stone den leeren Napf, hielt ihn etwas länger fest als nötig. »Ich sorg dafür, dass es sich für dich lohnt.«

Draußen im Hof entließ Hawes die Männer vom Exerzieren vor der Pumpe, ließ sie zum Frühstück wegtreten. Flint und Walker. Jackdaw und Promise. Nicht zu vergessen Alec

Sutherland, den Neuen. Eine Truppe, die aus elf Männern bestanden hatte, jetzt nur noch zu acht. Hawes trug Ralphs Revolver hinten im Bund seiner Kniehose, als er nach dem Second Lieutenant sehen ging, der noch im Hühnerstall eingesperrt war.

Die Männer fanden sich am Eingang zur Scheune zusammen, Stone kam aus der Küche und gesellte sich mit dem riesigen schwarzen Kessel voll Tee zu ihnen.

Es war Percy Flint, der die Rede auf den Gefangenen brachte. »Was machen wir denn nun mit dem Lieutenant? Wir können ihn doch nicht ewig im Schuppen lassen. Abgesehen von allem anderen ist es arschkalt.«

Flint hatte recht. Über der ganzen Landschaft lag ein dicker Frostmantel – das Dach, die Felder, die Pumpe, alles glitzerte. Und zum ersten Mal war der Boden unter ihren Füßen hart.

»Befehl von Captain Farthing«, sagte Stone. »Er ist heute Abend zurück und regelt das.«

»Das glaubst auch nur du.«

Stone fuhr herum. »Wer hat das gesagt?«

Die Männer starrten ihn an, fünf Augenpaare. Alfred Walker war es, der sich zu sprechen traute. »Ist doch aber wahr. Er hat uns hiergelassen, damit wir das unter uns regeln.«

Stone stellte den Kessel auf dem gefrorenen Matsch ab und baute sich vor dem Klaubruder auf. »Halt die Klappe, Walker. Das steht nicht zur Debatte.«

Jackdaw pflichtete ihm bei. »Wir sollten auf Captain Farthing warten und hören, was er sagt.«

»Krah krah krah, du kannst krächzen, soviel du willst, Kleiner.« Percy Flint spuckte aus. »Er kommt nicht wieder, so ist das. Er hat sich abgesetzt, genau wie Fortune.«

»Flint!«, bellte Stone scharf.

»Wir könnten abstimmen.« Promise' Stimme klang schrill in der kalten Luft. »Wer ihn rauslassen will und wer auf Captain Farthing warten will.«

Flint fuhr ihn an. »Das ist hier nicht das elende Parlament, kapiert. Außerdem bist du zu jung, sogar dafür.«

Stone streckte die Hand aus, um Promise von einer Antwort abzuhalten. »Captain Farthing hat befohlen, dass Second Lieutenant Svenson im Schuppen bleibt, bis er heute Abend zurück ist, und genau so wird's gemacht.«

»Allerdings ist er jetzt nicht der ranghöchste Offizier vor Ort.«

Die Männer sahen alle den anderen Soldaten an, der über den Hof dazukam. James Hawes, der einstige Fleischer, hatte nach dem Gefangenen gesehen und stieß nun zu ihnen, um mitzumischen.

»Himmel, Hawes«, fauchte Stone. »Du weißt doch, was er macht, wenn wir ihn rauslassen. Er scheucht uns den verdammten Hügel rauf und nie wieder runter, bloß aus Jux. Hetzt einen gegen den anderen auf.«

»Das hat er doch sowieso schon getan«, sagte der Temporary Sergeant und wartete, ob Widerspruch kam.

Die Männer schwiegen und traten auf dem gefrorenen Boden von einem Fuß auf den anderen. Sie wussten alle, dass das stimmte. Jackdaw schnippte die schwarze Tolle weg, die ihm über die Augen hing. »Und was schlägst du vor?«

Hawes berührte mit der Hand den Griff von Ralph Svensons Revolver, ließ sie wieder sinken. »Ich weiß nicht«, sagte er. »Aber ich fang mir keine Kugel aus den eigenen Reihen ein. Für niemanden. Nicht mehr.«

»Was zum Teufel soll das heißen?«, sagte Flint.

Hawes lief rot an, dass die Sommersprossen am Hals leuchteten, antwortete aber nicht.

»Was verheimlichst du uns, Hawes?« Stones dunkle Augen glitzerten.

Hawes sah weg, seine Finger trommelten gegen sein Bein. »Fragt doch den Neuen. Er weiß Bescheid.«

Alle drehten sich um zu Alec, der am Rand der Gruppe

stand, der Hund zu seinen Füßen. Der Junge hielt den Blicken stand und schwieg.

George Stone baute sich vor dem Neuen auf. »Na?«

Alec zuckte die Achseln, sein Blick huschte weg. »Keine Ahnung, was er meint.«

James Hawes machte ein finsteres Gesicht, das eine Auge zuckte. Er rieb sich mit der Hand übers Gesicht, wie um es daran zu hindern. »Es sollte einen Angriff geben, entlang der ganzen Linie. So lauten die Befehle.«

»Was!«

Die Männer drängten sich zusammen.

»Wer sagt das?«, rief Jackdaw.

»Verdammt und zugenäht«, fluchte Alfred Walker. »Und der Captain hat sie in den Wind geschlagen?«

»Er muss seine Gründe gehabt haben«, knurrte Stone. Er wandte sich an Hawes. »Zeig uns die verdammten Dinger, wenn du so sicher bist, dass es sie gibt.«

Hawes griff sich an die Tasche, wo er sein Buch mit dem roten Einband sicher und sauber verwahrte. »Ich hab sie nicht«, sagte er.

»Aber du findest es gut, uns aufzustacheln und den Lieutenant rauszulassen«, blaffte Stone. »Wie kommst du überhaupt darauf, dass wir Bescheid wissen wollen?«

Hawes stand still, sein Blick bohrte sich in den alten Kämpen, als wollte er ein Loch in ihn fräsen. »Gerade du müsstest die Strafe für Ungehorsam kennen, Stone. Oder hast du es schon vergessen?«

Stone funkelte Hawes an und murmelte: »Du verdammter Feigling. Weißt nicht, was das Beste für deine eigenen Männer ist.«

Hawes rückte vor, mit hochgezogenen Schultern und dickem Hals, rot im Gesicht. »Sag das noch mal, Stone, und ich steck dich auch in den Hühnerstall. Oder schlimmer.«

»Kannst du ja mal versuchen, Soldat.«

Zwei Männer Nase an Nase, bereit sich zu prügeln.

Doch Percy Flint war es, der letztlich die Entscheidung traf, für sie alle.

»Machen wir ein Spielchen«, sagte Flint. »Sagen wir, zum Ausspannen.«

Lief geduckt zum Hühnerstall und öffnete den Riegel, ehe ihn jemand aufhalten konnte. Diesmal flatterten keine Hühner heraus, um endlich ihr morgendliches Scharren aufzunehmen. Stattdessen kam Second Lieutenant Ralph Svenson ins blasse Sonnenlicht geschlendert, als hätte er so gut geschlafen wie schon lange nicht mehr.

»Morgen, Jungs«, sagte er. »Bereit für ein bisschen Spaß?«

Captain Farthing und Arthur Methven liefen und pausierten und liefen und pausierten, bis die Sonne über den Feldern aufging. Erst als dünner Streifen Violett, der sich über den Horizont zog, als Godfrey auf den vor ihnen liegenden Weg starrte, eine Meile weit, dann noch eine, ein langgestreckter Ausblick auf festgestampften Dreck und zerschlagene Steine, der in der Ferne verschwand, zu beiden Seiten nichts als endlose nackte Felder. Sie kamen nur langsam voran, ein hinkendes, schlurfendes Gehen. Es war kalt, der Regen der letzten paar Wochen hatte sich in Frost verwandelt. Als es Tag wurde, waren sie im Niemandsland, und Godfrey fragte sich allmählich, ob sie vielleicht gerade in die Schützengräben zurückwanderten, aus denen sie einst gekommen waren.

Vormittag, und als elf heranpirschte, rastete Methven schon wesentlich länger, als er lief, und zitterte, als würde er nie mehr aufhören. Sein Gesicht war grau wie der Tee, den sie früher in den Gräben tranken und der nach Petroleum stank oder nach sonst einem Kanister, in dem er transportiert worden war. Godfrey wartete wieder einmal darauf, dass sein Buchhalter Atem schöpfte, und dachte zurück an die zweite Nacht im Lager, als die Männer sich um eine Lampe scharten, in der geborgtes Petroleum brannte. Er erinnerte sich an den Duft der Scheune, gemähtes Heu und schmutziges Stroh, an

Archie Methvens leise Stimme aus dem Schatten, als Second Lieutenant Ralph Svenson ihn fragte, was er vorhatte, wenn es vorbei war.

»Wie heißt er noch, Archie?«, sagte Godfrey, Methven schwer an seinem Arm. »Dein Junge daheim.«

Methven sackte gegen seinen Captain, sein Atem rau. »Tom, Sir.«

»Wie alt?«

»Fünf.«

»Dann will er dich wiedersehen, oder. Wenn du durchhältst.«

Der Buchhalter packte fester zu, seine Finger gruben sich durch Godfrey Farthings Feldmantel in das Fleisch darunter, und er nahm seinen stolpernden, schleppenden Gang wieder auf. Aber mittags waren sie immer noch auf freier Straße und Godfrey wusste, dass sie nicht weiterkonnten. Er blieb stehen, schaute über die leeren Felder ringsum, meilenweit keine Menschenseele. Die Sonne über ihnen stand am höchsten Punkt, nur noch ein paar Stunden, bis die Dunkelheit sich wieder herabsenkte. Archie Methven neben ihm keuchte in kurzen, abgehackten Atemzügen, erschöpft von der Anstrengung, am Leben zu bleiben.

»Setzen Sie mich ab, Sir«, sagte der Buchhalter. »Wo ich noch ein bisschen Wärme spüren kann.«

Godfrey half Methven am Straßenrand zu Boden, ein wenig zur Seite geneigt saß der Verwundete da und schlotterte von Kopf bis Fuß vom Schüttelfrost. Über ihnen zitterten auch die eingerollten orangen Blätter einer Buchenhecke. Es war kalt, eisige Luft fand jede noch so kleine Öffnung. Godfrey wusste, weiter würden sie nicht mehr gehen.

»Was sollen wir tun, Sir?«, sagte Methven, als sein Captain es ihm mit einem Feldmantel als Decke und einem Gassack zum Anlehnen bequem gemacht hatte.

»Ich muss Sie hierlassen, Archie, und weitergehen.«

»Wozu, Sir?

»Na, um Hilfe zu holen natürlich.«

Dazu schwieg Archie Methven. Sie wussten beide, er war es gewohnt, die Abrechnung zu machen. Er brauchte keine sanften Worte, um zu erkennen, was bei der Gewinn- und Verlustrechnung jetzt unterm Strich herauskam. Sie saßen ein Weilchen still beieinander, die Sonnenstrahlen streckten sich über die Felder nach ihnen aus. Alles war von einem Spinnennetz aus Frost überzogen, die Sonne zu schwach, um das Glitzern zu dämpfen. Es war wunderschön, dachte Godfrey. Das Mittel der Natur, um menschliche Zerstörung zu entschuldigen, ganz gleich was darunterlag. Er dachte an den Hasen, der seinen Lauf durchgenagt hatte. Dann an Alec Sutherlands Feld mit zwei Sorten Klee, Butterblumen am Flussufer. Was taten jetzt wohl die Männer, von ihren Aufgaben befreit? Vielleicht spielten sie in der Scheune Karten, und James Hawes sorgte mit einer Offizierspistole an der Hüfte für Ordnung.

Archie Methven schlief ein Weilchen an seiner Schulter und auch Godfrey döste ein. Als er erwachte, stand die Sonne wieder tief am Horizont. Er weckte Methven mit einer sanften Berührung am Arm, flößte ihm etwas Wasser aus seiner Feldflasche ein und gab ihm das letzte halbe Gran Morphium. Die beiden Männer saßen noch einen Augenblick schweigend da, bis der Buchhalter den Bann brach.

»Die Befehle, Sir. Die der Junge gebracht hat …«

»Was ist damit?«

»Wie lauteten sie?«

Godfrey sah weg. Spielte es jetzt noch eine Rolle, wenn einer der Männer wusste, dass er versucht hatte, sie zu behüten?

»Angreifen«, sagte er. »Über den Fluss.«

Da hustete Archie Methven und fuhr vor Schmerz zusammen. »Führen Sie ihn aus, Sir? Wenn Sie zurück sind.«

Godfrey rubbelte an einem Fleck am Saum seines Uniformrocks. »Ich muss erst noch Rückmeldung geben.«

»Ist Fortune nicht deswegen los?«

»Ich traue Fortune nicht.«

»Aber Sie haben ihn doch bezahlt. Für die richtige Antwort.«

Godfrey zögerte, selbst jetzt noch bestürzt über Methvens Unverblümtheit. Was wusste sein Buchhalter von seiner Anweisung an Bertie Fortune, einen Rückzugsbefehl zu beschaffen? Notfalls gefälscht, wenn er so etwas erwerben konnte. Im Tausch gegen eine Armbanduhr. Oder einen Brief von einem höherrangigen Offizier, der erkannte, dass das Ende bevorstand, und Vernunft walten ließ. Egal wie, Godfrey hatte bezahlt. Aber nicht genug, dachte er. »Nicht, dass es mir irgendwie weitergeholfen hätte«, sagte er.

»Was haben Sie ihm aufgetragen? Einen Rückzugsbefehl besorgen?« Godfrey sagte nichts. Methven begann zu lachen, ein dünnes kehliges Raspeln. »Man könnte Sie vor ein sechsköpfiges Erschießungskommando stellen, wenn das rauskommt.«

»Das ist doch jetzt auch egal, oder.«

»Er wäre sowieso nicht zurückgekommen«, sagte Archie Methven. »Egal mit welchem Auftrag.«

»Wie kommen Sie darauf?«

»Sie haben doch gerade selbst gesagt, Sie trauen ihm nicht.«

»Wir kennen uns schon sehr lange, Bertie Fortune und ich«, sagte Godfrey. »Ich dachte, er würde meiner Anweisung Folge leisten.«

»Vielleicht auch zu lange.«

»Wie meinen Sie das?«

Methven lachte wieder, ein dünnes pfeifendes Geräusch. »Der Second Lieutenant wird ihm mehr gezahlt haben.«

Im Hof, in beißender Kälte und klirrendem Frost, stellte Second Lieutenant Svenson erneut Promise an die Pumpe. Der A4-Junge bearbeitete den Schwengel, bis sein Hemd patschnass war. Ralph hielt wieder und wieder den Kopf darunter, silberne Tropfen spritzten in alle Richtungen, als er sich Hühnerscheiße aus den Haaren schüttelte. Er rubbelte sich mit einem Tuch trocken, das Percy Flint ihm brachte, und zog seinen Uniformrock über. Dann baute er sich vor Hawes auf und streckte die Hand aus. »Gib mir die Pistole, Hawes. Oder hast du vergessen, was wir besprochen haben, als du vorhin im Hühnerstall warst?«

Dennoch zögerte Hawes, warf einen Seitenblick auf die anderen, Promise zitternd und klappernd, indes Ralphs Körper zu seiner lässigen Überheblichkeit zurückfand.

»Du kennst die Strafe für Fahnenflucht, Hawes«, sagte er drohend.

Der Temporary Sergeant fuhr auf, ein peinvolles Blutrot stieg seinen Hals hoch. »Ich bin doch hier, oder.«

»Dann eben Feigheit vor dem Feind.« Ralf schwenkte eine Hand zum Rest der Truppe. »Oder wär's dir lieber, wenn ich die da dezimiere?«

Dezimation eines Bataillons, auf Befehl eines Offiziers jeder zehnte Mann erschossen, weil einige wenige meuterten.

»Was!« Jackdaw konnte sich nicht beherrschen.

Aber Ralph lachte nur und fuhr sich mit einer Hand durch die feuchten Locken. »Na, vielleicht kann ich Promise dazu bringen. Er scheint ja ein halbwegs guter Schütze zu sein.«

Die Männer fuhren zusammen und rührten sich unbehaglich auf dem eisigen Boden. Hinter ihnen fluchte Stone, eine leise Verwünschung. »Dreckskerl.« Und Hawes löste seine Finger vom Griff der Pistole, zog sie aus dem Hosenbund und hielt sie dem Second Lieutenant hin, als würde er ein Spielzeug abtreten. Ralph aber lächelte bloß, nahm die Waffe und steckte sie in sein Holster. Dann griff er in die Tasche seiner Kniehose und zog ein zerknautschtes Stück Papier heraus.

»Also, Männer, hier ist der Marschbefehl, auf den wir alle gewartet haben.«

Faltete den Zettel in der kalten Luft auseinander.

An der Straße, unter eine Hecke geschmiegt, als der Tag sich zum Ende neigte, zitterte und zitterte Archie Methven, bis er aufhörte. Dann zitterte er noch etwas mehr. Godfrey ließ seinen Buchhalter sich hinlegen, mit dem Gassack als Kissen, deckte ihn mit seinem Feldmantel zu, bemüht, ihn warm zu halten.

»Sie denken doch dran, Sir«, flüsterte Methven. »Worum ich Sie gebeten hab. Meine Frau und meinen Jungen zu besuchen.«

»Na klar«, sagte Godfrey. »Natürlich. Bis Sie selbst wiederkommen.«

»Und die Buchführung, Sir?«

»Die habe ich hier, Archie. Die habe ich hier.«

Das Notizbuch mit dem Gewinn- und Verlustkonto, alles auf ordentlichen waagerechten Linien festgehalten, geteilt von roten. Godfrey zog das Buch aus der Tasche und hielt es hoch, damit Methven es sehen konnte. Der Buchhalter starrte es einen Moment an, schloss dann die Augen, bevor er weitersprach.

»Sie müssen zurück, Sir«, sagte er. »Sonst macht es Lieutenant Svenson auf eigene Faust. Auf die Grauen feuern, meine ich. Und die Männer mitnehmen.«

Godfrey legte eine Hand auf Methvens Arm, wie um ihn zu besänftigen. »Second Lieutenant Svenson ist mit dem Huhn im Schuppen eingesperrt, Archie. Ich glaube, um ihn müssen wir uns keine Gedanken machen.«

Methven lächelte nur schwach darüber. Er hatte Ralphs Schadenfreude beim Gewinnen zu oft erlebt, um aus der einstweiligen Degradierung des Second Lieutenants nicht eine gewisse Befriedigung zu ziehen. Aber sie wussten beide, der Hühnerstall war gar nichts gegen den Drang zu gewinnen.

»Das wird ihm nicht gefallen, Sir«, sagte Methven. »Gehen Sie lieber zurück und lassen ihn raus.«

»Sie sind es, der angeschossen wurde, Archie. Wollen Sie nicht, dass er seine Strafe kriegt?«

»Es war doch aber nicht er, der mich angeschossen hat.«

»Wer dann?«

Methven schloss wieder die Augen. »Es war ein Unfall, Sir. Ich stand nur im Weg.«

»Wem im Weg?«

»Jackdaw, Sir.«

»Und warum hat Jackdaw geschossen?«

»Er hat sich Promise in den Weg gestellt.«

Ein A4-Junge beschützt den anderen. Ganz wie man es ihnen beigebracht hatte.

Godfrey schwieg einen Augenblick. Dann rührte er sich, sah seinen Buchhalter an. »Warum hat Promise sein Gewehr rausgeholt? Er weiß doch, dass das nicht erlaubt ist.«

Archie Methven atmete aus, ein langer Seufzer in die eisige Luft. »Der Second Lieutenant wollte einfach seine Schuld nicht begleichen, Sir. Das kann ein Mann auf Dauer nicht hinnehmen.«

»Welche Schuld, Methven?«

»Das Mützenabzeichen, Sir. Das Sie von Beach hatten.«

Die Befehle waren vom Kompaniechef. Angriff über den Fluss. Den Feind beschäftigen, so gut es nur ging. Die Stellung halten, ganz gleich, was geschah. Die Ersten beim Vormarsch. Die Letzten, die zurückkamen. Es war das Ende, aber nicht das, worauf die Männer gehofft hatten, zunichtegemacht vom Federstrich eines Generals.

Nachdem Ralph es ihnen laut vorgelesen hatte, herrschte im Hof vollkommene Stille, die Männer starrten auf den hartgefrorenen Matsch unter ihren Stiefeln, ringsum das harsche Glitzern des Frosts. Ralph steckte den Befehl wieder ein, knöpfte seine Tasche zu und baute sich vor George Stone, dem alten Kämpen, auf, in den Augen ein seltsames durchscheinendes Glühen.

»Wir rücken aus, Stone. Machen einen Aufklärungsgang, suchen uns eine gute Position. Warten die Nacht ab und greifen im Morgengrauen an. Noch vor dem Frühstück haben wir ihre Maschinengewehre und ein paar Souvenirs dazu.«

George Stone starrte seinen Second Lieutenant an, schüttelte langsam den Kopf. Ralph starrte zurück. Dann wandte er sich an den Rest der Truppe. »Jeder, der nicht mitspielen will, kann im Hühnerstall bleiben. Aufs Eintreffen des Bataillons warten.«

Die Männer regten sich in ihren schweren Stiefeln. Alle wussten, was das Bataillon zu bedeuten hatte. Kriegsgericht. Für jeden Einzelnen. Percy Flint war es, der den ersten Schritt machte, aus der Reihe trat, zum Second Lieutenant schlurfte und eine Lücke zwischen sich und dem Rest hinterließ. Alfred Walker folgte als Nächster, ein schneller Schritt, schon stand er neben Flint. Dann huschte Arthur Promise hinüber, den Blick gesenkt.

»Nicht –« Jackdaws Aufschrei gellte in der kalten Luft.

Stone sah den A4-Jungen mit dem schwarzen Schopf an. »Schon gut, Kleiner. Du kannst auch mitgehen.«

Sah, wie Jackdaw zögerte, dann zu Promise trat und sich wieder neben ihn stellte, Hüfte an Hüfte, Wangen so rot wie Wein. Der Second Lieutenant hatte die A4-Jungs einmal gedeckt. Sie alle wussten, dass er es nicht noch mal tun würde.

Ralph wandte sich an Alec. »Was ist mit dir? Kommst du mit uns? Oder streifst du lieber mit den Karnickeln über die Felder?«

Der Neue sagte keinen Ton, blieb einfach, wo er war, die Füße fest auf dem gefrorenen Boden, als hätte er dort schon vor langer Zeit Wurzeln geschlagen.

Ralph lachte auf. Ein einzelner hoher Ton. »Ich sag dir was«, sagte er. »Wir spielen drum. Der Erste, der ein Ass zieht, darf hierbleiben. Ich glaube, jetzt kannst du uns helfen, Flint.«

Der vermählte Rekrut zog einen Satz Karten aus der Hosentasche und gab ihn Ralph. Auf den Kartenrücken prangten Damen mit schwarzen Augenbrauen und rosa Rosen im Haar.

Ralph grinste. »Schicke Karten, Flint.«

Flint wurde rot. »Was meins ist, ist Ihrs, Sir.«

»Danke, Flint. Wäre der Buchhalter hier, würde er sicher zustimmen.«

Stone spuckte auf den Misthaufen neben dem Scheunentor. »Was ist los, Hawes? Ich dachte, du solltest hier die Verantwortung tragen.«

Hawes antwortete nicht, blickte nur starr auf seine Stiefelspitzen, seine Finger zuckten, als würden sie nie wieder aufhören.

Ralph ignorierte den alten Kämpen, mischte Flints Karten von einer Hand in die andere. Ein Soldatenblatt – Bibel, Gebetbuch und Almanach. Eine Zehn für die Zehn Gebote. Eine Vier für die vier Evangelien. Die Zwei fürs Alte und Neue Testament. Und natürlich das Ass, der einzig wahre Erlöser, Gott in all seiner Pracht, der das Spielglück vergab.

Als er fertig war, fächerte er die Karten vor Alec auf. »Du zuerst«, sagte er.

Alec schüttelte den Kopf. »Nein danke.«

»Ich bestehe darauf.«

»Ganz sicher nicht.«

Urplötzlich schwirrten überall Karten durch die Luft, es ging so schnell, keiner bekam mit, dass Alec das getan hatte, der Ralphs Angebot ausschlug und die Karten fliegen ließ. Zehnen und Siebenen. Vieren und Asse. Damen. Buben. Herz, Kreuz, Karo verstreut auf dem hartgefrorenen Schlamm. Ralph stand da und starrte auf die Karten zu seinen Füßen, wieder ein kleiner Junge, Wut in den Augen. Dann blinzelte er, zwei hochrote Flecken auf den Wangen, und griff nach seiner Waffe.

Der Hund begann zu bellen. Ein scharfes *Jipp-jipp*, das von den Steingebäuden des Hofs widerhallte, wieder und wieder. Ralph drehte den Webley einmal in der Hand und richtete ihn dann auf den Neuen. »Bring den Hund zum Schweigen, los.«

Mit beiläufiger Geste, als gedächte er bloß ein Huhn zu erschießen. Sämtliche Männer erstarrten, Percy Flint, der sich vom Second Lieutenant wegbog, als wollte er aus dessen Reichweite kommen, rutschte auf dem gefrorenen Boden aus. Doch Alec blieb stehen, die Hände an den Seiten, die Brust ungeschützt direkt vor der Mündung. Das Bellen des Hundes schwoll an, ein lautes *Japp-japp*, das die Luft durchlöcherte, als wäre es auch eine Schusswaffe.

Ralph machte ein finsteres Gesicht, die hellen Augen fixierten den Neuen. »Bring das verfluchte Vieh zum Schweigen, hab ich gesagt.«

Doch Alec rührte sich immer noch nicht. Da drehte Ralph sich um, hob den Revolver und schoss auf den Hund.

Der Hund purzelte auf den Rücken, jaulte auf, quiekte und wand sich wie ein Kaninchen in der Falle. Promise quiekte ebenfalls und wandte sich ab. Hawes schrie auf, wild zitternde Hände über den Ohren. Alfred Walker lachte in hohen nervösen Tönen. George Stone wurde leichenblass.

Alec stürzte zu dem Hund. »Sie Dreckskerl!«

Doch Ralph richtete wieder die Waffe auf ihn, mit durchgestrecktem Arm, wie man es ihm beigebracht hatte. »Also, dann gehst du voran«, sagte er. »Die Jerrys mögen frisches Blut, habe ich gehört.«

Methvens Haut war wie Eis, als Godfrey Abschied nahm. Wie der Schweiß in Godfreys Nacken, wenn er sich vorstellte, wie Second Lieutenant Ralph Svenson seine Finger in Godfreys private Habe steckte. Die Sachen seines Captains wie ein Taschendieb auf der Suche nach Schätzen durchwühlte. Weil er sich langweilte. Weil der Krieg anders war, als er sich vorgestellt hatte. Weil er gern spielte. Nichts als ein Soldatenknabe. Wie Alec. Wie Beach.

Also das ist ja mal doll.

Der tot im Dreck lag, so wie Archie Methven jetzt auf der leeren Straße lag.

378

»Ich finde immer noch, es wäre besser, ich hole Hilfe, Archie«, hatte Godfrey gedrängt, als sein Buchhalter sich weiter und weiter zur Seite neigte. »Hawes wird den Second Lieutenant schon in Schach halten, bis ich zurück bin. Dann können Sie Ihren Jungen wiedersehen. Und der Rest von uns kann es aussitzen, bis das Ende da ist. Es muss bald so weit sein.«

Aber Methven hatte sich zurückgelehnt, als lastete die ganze Welt auf ihm. »Hawes wird ihn nicht aufhalten, Sir«, sagte er. »Nicht, wenn es drauf ankommt.«

»Was meinen Sie damit?«

»Sie haben eine Abmachung. Er und der Lieutenant.«

»Was für eine Abmachung?«

»Ein sicherer Abgang«, erwiderte der Buchhalter. »Wenn es so weit ist.«

Archie Methven atmete noch, als Godfrey davonschritt, seine Wangen und Lippen pelzig, als hätte sich schon Frost darauf abgesetzt. Nur an den kleinen Dampfwolken, die dem Mund des Buchhalters entwichen, sah Godfrey, dass sein Mann noch am Leben war. Er beobachtete sie ein paar Sekunden, stand mitten auf der Straße, wartete einen Atemzug ab, dann den nächsten, nicht mehr als ein Herzschlag dazwischen. Dann schaute er die Straße entlang in die Richtung, in die sie gegangen waren. Und machte sich auf in die, aus der sie gekommen waren.

Zwei

Es begann mit Verwirrung und endete in einer Katastrophe. Das Robben durch einen Sumpf zu einem Fluss, den sie nicht queren konnten. Das Wasser zu tief, um durchzuwaten. Drüben nichts als ein nacktes Stoppelfeld als Deckung. Manche von ihnen hatten schon Schlimmeres erlebt. Männer, die im Schlamm ersoffen, während ihre Freunde vorbeizogen. Andere, die im Stacheldraht hängengelassen wurden. Doch Ralph war nicht zu überzeugen. Er hatte nichts von alldem miterlebt.

Am Ende war es George Stone, der alte Kämpe, der vorwegging, wieselte nach vorn zur Spitze der Truppe und kroch durchs überfrorene Gras, dicht gefolgt von seinem Second Lieutenant. Stone traute keinem der jüngeren Männer eine Aufklärung zu, die den Namen verdiente, er wollte sicherstellen, dass sie den größtmöglichen Vorteil hatten, ganz gleich was geschah. Es kostete sie eine halbe Stunde Marschieren und eine halbe Stunde Robben und Kriechen, wobei sie binnen zehn Minuten vom Bauch abwärts vollständig durchweicht waren. Als sie den ersten Aufklärungspunkt erreichten, die Köpfe tief im Gras, während sie zu verschnaufen versuchten, waren ihre Helme wie Eis, die Finger blieben am Rand kleben. Doch ihre Körper waren schweißgebadet. Endlich ein Angriff über den Fluss.

»Verdammt, Sie machen wohl Witze.«

Trotz allem, was er gesehen und getan hatte, konnte selbst George Stone nicht fassen, was sie da erwartete, als er sich ein Bild von der Lage machte. Weniger als eine Meile vom Ziel entfernt, das flache Land davor, der allmähliche Anstieg auf der anderen Seite. Auf der Hügelkuppe gegenüber gab es Gestrüpp und Grasbüschel, die genug Deckung boten – aber nur dem Feind. Und dazwischen der Fluss, träge und tief, auf dessen Oberfläche nun eine silbrige Schicht lag.

Stone hustete in den kalten Boden. »Die schlachten uns ab wie die Hühner.«

»Nicht, wenn wir sie überraschen.« Ralphs Stimme klang jetzt etwas atemlos.

»Womit denn, Sir? Einem Wünschelknochen, der die Kugeln ablenkt? Oder einer verfluchten weißen Fahne.«

George Stone hatte dafür gesorgt, dass sie beides dabeihatten. Hatte Ralph nicht losziehen lassen, ehe sie wenigstens etwas Ausrüstung eingepackt hatten.

»Ohne Ausrüstung können wir nicht in den Einsatz«, hatte er gesagt. »Da wären wir geliefert.«

Er organisierte das Nötige, soweit vorhanden. Zwieback und Tabak. Zerrissene Laken für Notverbände. Klingen, am Schlegel der Pumpe geschärft.

»Und ölt eure verfluchten Enfields«, hatte er die Männer angewiesen. »Wir haben keine Zeit für Ladehemmungen.«

Wenn sie schon ins Gefecht zogen, hatte Stone gedacht, sollten sie wenigstens vorbereitet sein.

Im Hof hatten die Männer gepackt und wieder umgepackt, ihre Waffen auf Stroh ausgelegt. Lee Enfields und Knüppel. Was an Munition noch übrig war. Es gab sogar ein Messer, das im Nachmittagslicht schimmerte. Offiziell benutzten sie nach wie vor Bajonette, acht Dolche, die im Morgengrauen schimmerten, wenn sie zustachen und drehten. Doch die meisten Männer bevorzugten deutsche Souvenirs, sofern sie sie kriegen konnten. Kurze Klingen, schartig und rostig, hinter den Linien gekauft oder bei einem Grabenüberfall erbeutet wie das von Fortune, das er vor langer Zeit bei Methven eingetauscht hatte.

Nachdem alles ausgebreitet war, hatte George Stone die auf dem Boden liegenden Waffen inspiziert. Eine lumpige Sammlung, hatte er gedacht, so wie die Männer eine lumpige

Truppe waren. Eine bunte Mischung aus unreifen Jungs und einem alten Haudegen, zusammengehalten von Toten abgeknöpfter Kleidung, er wusste, da waren schon alle Weichen für die Katastrophe gestellt.

Während die Männer sich draußen bereit machten, saß Ralph in der Stube des Captains, den Webley an der Hüfte. Sein Herz schlug bis zum Hals, als er die Stunden bis zur Dämmerung zu zählen begann, als er außerdem seine Schätze zählte.

Ein Wünschelknochen.

Ein Sixpence.

Eine Spule rosa Garn.

An der Tischkante aufgereiht, neben dem Wasserfleck.

Der Absatz von Ralphs Stiefel machte *tapp, tapp, tapp* auf dem Steinboden, als er mit einem Finger über die Wunde an seiner Stirn rieb, die ein wenig geschwollen war. Dann begann er sich die Taschen mit den kleinen Schätzen vollzustopfen, die nun alle ihm gehörten.

Ralph hatte es Hawes aufgebrummt, die Männer nach dem Schuss auf den Hund an der Pumpe antreten und ihre Taschen leeren zu lassen, damit er sehen konnte, wer noch was besaß. Im Hintergrund hatte der Hund sich gekrümmt und gewinselt, als der Temporary Sergeant jeden Einzelnen filzte und das übliche Allerlei zutage förderte: Streichhölzer und Pennys, hier und da eine kleine Portion Tabak. Er bekam das grüne Schleifenband von Alfred Walker. Eine Handvoll Walnüsse von George Stone. Jackdaw steuerte einen glänzenden Messingknopf bei, Promise ein paar Hagebutten aus der Hecke. Percy Flint bot seine Herrenpomade an. Ralph sah zu, wie alles hervorkam, dann ließ er die Männer danebenstehen, als er sämtliche Sachen durchging. Bis er zu Alec Sutherlands Beitrag kam. Eine Buchecker in ihrer stachligen Schale.

Da beugte sich Ralph zum Temporary Sergeant hinüber, flüsterte ihm etwas zu, und Hawes, dicht an dicht mit Alecs Gesicht, blaffte die Frage: »Wo ist der verfluchte Pfandschein?«

Percy Flint rief: »Walker, du dreckiger Dieb. Rück ihn schon raus.«

Alfred Walker zog seine leeren Taschen nach außen, damit alle sehen konnten, wie nichts herausfiel als ein winziges Stück vertrocknete Apfelsinenschale. Neben ihm bibberte Jackdaw, der schwarze Haarschopf hob sich dunkel gegen die bleiche Haut ab. Promise an seiner Seite sah aus, als wäre er schon tot, mit riesigen Augenhöhlen und scharf hervortretenden Kieferknochen. Sein Gesicht hatte einen Grünstich, als hätte er sich bereits übergeben und es fehlte nicht viel, damit er wieder kotzte. Doch Alec stand bloß reglos da und weigerte sich, auch nur zu zucken.

Also hatte Hawes ihn sich vorgeknöpft, sogar ohne Aufforderung. Dicke Finger in jeder Tasche und Falte vom Zeug des Neuen, zerrten Alecs Hemd aus dem Hosenbund, schälten ihm den Uniformrock vom Leib. Als wäre der Junge der Feind und nicht ein Mann aus ihren eigenen Reihen. Als der Temporary Sergeant fertig war, drehte er sich zu Ralph um, öffnete die Faust und entblößte einen Pfandschein, Nr. 125. Dieses kleine Fleckchen Blau.

Ralph nahm den Schein aus Hawes' Handfläche, grinste, als er ihn in die Sonne hielt und zwei winzige Augen zurückstrahlten. Dann wickelte er ihn behutsam in ein Stück Wachstuch, um ihn trocken zu halten, schob das Päckchen in seine Brusttasche neben den Befehl und knöpfte sie über seinem Herzen zu.

George Stone war es, der Alec festhielt, als der Junge sich wehrte und auf dem gefrorenen Matsch herumrutschend sein Eigentum zurückzuholen versuchte, das Einzige, was er von seiner Mutter noch besaß. Sie alle hörten ihn weinen, als der alte Kämpe ihn gepackt hielt, Stones Griff stark genug, um einen Halbmond aus Fingerspuren an Alecs Handgelenk zu hinterlassen, sofern der Junge lange genug lebte, um sie lila blühen zu sehen.

»Lass gut sein, Sohn«, raunte Stone. »Sonst erschießt er dich hier und jetzt.«

Der Hund, der auch weinte, hatte sich schon halb über den Hof Richtung Scheune geschleppt, als gäbe es dort Sicherheit, da machte Ralph auf dem Absatz kehrt. Ging zurück in die Stube mit der Holzkassette und dem Tisch mit dem Wasserfleck, um alle Schätze vor sich auszubreiten.

Später, als die Männer bepackt und marschbereit waren und Alec nach besten Kräften die Wunde des Hundes versorgte, während der Rest auf den Sonnenuntergang wartete, ging Hawes zu Ralph in die Stube, um ihm mitzuteilen, dass sie so weit waren. Das Gesicht des Second Lieutenant war leer, ins Grau der Dämmerung gehüllt, die seltsamen Augen flackerten hierhin und dorthin. Hawes stand an der Stubentür, als hätte er Bedenken, einzutreten.

»Mit Ihnen alles in Ordnung, Sir?«, sagte er.

»Natürlich.« Ralph sah seinen Temporary Sergeant nicht an.

»Wir können warten, wenn Sie wollen«, sagte Hawes. »Sehen, was morgen passiert. Wenn der Captain zurück ist.«

»Warum sollten wir das tun?« Ralphs Stimme klang scharf.

Hawes schaute weg. »Dann sind die Männer bereit, Sir. Wenn Sie es sind.«

Ralph nickte. Dann schob er seinen Stuhl mit einem abrupten Stoß zurück und ging hinaus in den Hof.

Alle Männer sahen zu, als Ralph Hawes am Arm packte und zum Hühnerstall führte, den Temporary Sergeant hineinstieß und den Riegel vorlegte. Second Lieutenant Svenson wollte keinen Mann dabeihaben, der Angst vor Blut hatte, das würde seinen Vorstoß nur behindern. Aber mehr noch ging es um das eine, was er bei diesem ganzen Abenteuer gelernt hatte.

Schulden gehörten beglichen.

James Hawes hatte Ralph die Befehle des Captains verkauft. Für einen sicheren Abgang, wenn es so weit war.

Jetzt, da die Dunkelheit sie einhüllte wie ein Umhang, lag
Ralph Svenson neben Stone auf der Uferböschung und
starrte hinüber dorthin, von wo der Feind zurückstarrte. Er
konnte sie noch spüren, die Angst, die gegen sein Brustbein
hämmerte, während er in seiner Tasche nach den Würfeln
tastete und sie wieder und wieder drehte.

»Sind sie überhaupt da, was meinst du?«, flüsterte er Stone
zu.

»Das wollen wir verflucht noch mal nicht hoffen«, erwiderte Stone. »Denn wenn doch, sind wir aufgeschmissen.«

Ralph fröstelte, ein plötzlicher Schauer, der ihm durch den
ganzen Körper fuhr. »Warten wir doch bis Mitternacht und
nehmen sie uns dann vor.«

»Und wie sehen wir da?«, sagte Stone. »Hier gibt's kein
Feuerwerk, Sir. Am Ende erschießen wir uns noch gegen-
seitig.«

»Also warten wir«, sagte Ralph. »Und gehen kurz vor Sonnenaufgang rüber.«

»Bis dahin sind wir vielleicht schon tot, Sir«, sagte Stone.
Er scherzte nicht. Auf dem Fluss lag Eis, und alles war steif-
gefroren.

Ralph schwieg einen Moment, erwog die Vorteile des Ab-
ziehens, die Erleichterung, den Männern den Befehl zuzu-
raunen. *Rückzug. Rückzug.* Zum Bauernhaus zurückkehren,
die Küche noch warm von der verglimmenden Kohle, die
Scheune mit ihren weichen Heuhaufen wartete schon. Niemand würde es erfahren, dachte er, außer den Männern hier.
Und sie würden jetzt tun, was immer er wollte. Er kniff die
Augen zusammen, öffnete sie wieder, vor sich auf dem Boden
graues Gras, Frost auf seinem Ärmel. Ringsum drängte Dunkelheit auf ihn ein, während oben der Himmel aufragte wie

das Dach einer großen Kathedrale, offen für alles. Ralph erschauerte wieder, das Blut in seinen Fingerspitzen war gefroren.

Wenn das hier nicht das Leben war, was dann?

»Also im Morgengrauen«, sagte er. »Der Anfang eines neuen Tages.«

Sie warteten. Und sie warteten. Als wären sie wieder im Schützengraben. Sechs Männer und ihr befehlshabender Offizier, zusammengedrängt, um sich warm zu halten.

Flint.

Und Walker.

Stone.

Und Jackdaw.

Promise.

Und der Neue.

Genug für ein Erschießungskommando, sollte ein Erschießungskommando vonnöten sein.

Sie versuchten Kopf an Fuß zu schlafen wie Kaninchen in ihrem Bau. Die Hände unter den Achseln. Die Füße unter den Mantel gezogen. Ihr Atem bildete Wolken über ihren Köpfen, während hoch oben vereinzelte Sterne herauskamen und den Himmel piksten. Gegen Mitternacht teilte George Stone eine Ration aus und sie knabberten an Zwieback und tranken ein Schlückchen Wasser mit etwas Brandy aus einer Feldflasche, die herumgereicht wurde, bevor sie sich wieder hinlegten. Nur allzu bald überzog Frost ihre Lippen, Ohren und Finger taub, die Gewehrabzüge schlüpfrig unter den tastenden Händen.

Stone lag am Rand der Gruppe, lauschte auf das Stolpern und Seufzen im Atem der Männer, das immer wieder herüberdrang, als sie die Stunden absaßen. Er rechnete im Kopf. Eine Dose Fleisch und Gemüse. Eine Büchsenmilch. Ein Paket Tee. Dachte an die Eier, die Promise ihm gebracht hatte, warm und gesprenkelt im Hemdzipfel des A4-Jungen. Neben sich fühlte er Percy Flint zucken und sich unter seinem Mantel bewegen, bestimmt betete er für das Signalhorn, dieser lange kühle Ton, der verkündete, dass alles gut war. Neben Flint träumte Walker sicher vom Gelobten Land, wo er mit einem Mädel in jedem Arm über goldene Bürgersteige schritt. Und Alec, der Neue, lief über Kleefelder, eine Kaninchenfalle in der Hand.

Stone rieb sich mit erfrorenen Händen die Oberschenkel, blies auf seine Finger und dachte an Hawes, der zitternd im Hühnerstall saß. Der verfluchte Feigling. Schlimmer als ein Perverser oder ein Dieb, und war noch nicht mal hier, um zu erleben, was er angerichtet hatte. Was wäre nötig, überlegte Stone, um zu verhindern, dass der junge Lieutenant aus ihnen allen Märtyrer machte? Ein langsamer Abzug, ein Mann nach dem anderen, auf dem Bauch durch den Sumpf zurück in die Sicherheit des Bauernhofs, bevor Svenson aufwachte. Aber Stone hatte den Preis für Fahnenflucht aus nächster Nähe mitbekommen und seitdem täglich in der Nase. Was immer als Nächstes geschah, das sollte nicht sein Vermächtnis sein, wenn erst alles vorbei war.

Am Ende war es Alfred Walker, der davon anfing, als die Männer wieder wach waren und sich rastlos im gefrorenen Gras rührten, während die Uhren das Morgengrauen herbeitickten.

»Ich bin dafür, dass wir zurückgehen«, sagte er, seine Zähne klapperten und ratterten unaufhörlich, und sie hatten immer noch eine Stunde vor sich. »Wir können unmöglich noch länger draußen bleiben. Kommen wir wieder, wenn die Sonne aufgegangen ist, und nehmen sie uns dann vor.«

»Halt's Maul, Walker«, fauchte Flint. »Wir sind jetzt hier, also.«

Jackdaw stimmte ein, seine Stimme heiser vor Kälte. »Ich wusste, wir hätten auf Captain Farthing warten sollen.«

»Warum bist du dann nicht einfach dageblieben«, sagte Flint. »Du hattest deine Chance. Hättest dich mit Hawes im Hühnerstall verstecken können.«

»Was, und mich erschießen lassen?«

»Damit kennst du dich doch aus«, sagte Flint gehässig. »Wenn du den Buchhalter nicht angeschossen hättest, wäre der Captain nicht weggegangen, und wir wären nicht hier.«

»Flint, du verfluchter Mistkerl. Du bist es doch, der sich ständig an den Second Lieutenant ranschmeißt.«

»Wenn wir hierbleiben, werden wir alle erschossen.« Alecs Stimme, leise in der Dunkelheit.

Die Männer waren einen Moment still. Dann sprach Promise, die Stimme so schwankend, als wollte er witzig klingen. »Ich wette, da drüben sind überhaupt keine Jerrys.«

Flint war plötzlich angriffslustig. »Willst du's ausprobieren? Ich sag, du traust dich nicht.«

»Seid still, ihr Idioten.« Stone kroch hinüber. »Lasst die verdammten Köpfe unten und seid leise, sonst weckt ihr den Lieutenant.«

Zu spät.

Am Rand der Gruppe rührte sich Ralph unter seinem Mantel, hob den Kopf ein paar Zentimeter von seinem Tornister, die blonden Locken zerzaust. »Was ist los?«, flüsterte er. »Stone? Sind sie da?«

Flint sagte abschätzig: »Promise glaubt, die Jerrys sind gar nicht da drüben.«

Ralph rieb sich das Gesicht mit dem Handrücken, die Finger zu taub, um etwas zu spüren. »Vielleicht sind sie das auch nicht.«

Stone warf einen kurzen Blick auf Svenson, sah das Gesicht des Jungen, triefäugig im Grau. »Wir könnten abwarten, Sir, bis wir es wissen.«

Aber Jackdaw war zu aufgewühlt, um still zu sein. »Was soll dann das Ganze, Sir? Wir sollten kehrtmachen.«

»Verfluchte Schwuchteln, verfluchte Feiglinge.« Flints Gesicht war hart im schwachen Licht. Stone sah den vermählten Rekruten an und merkte, dass auch Ralph hinschaute.

Ralph blinzelte, berührte seinen Webley, richtete den Blick

dann auf die zwei A4-Jungs, die Gesichter verhärmt vor Kälte. »Richtig, tja, vielleicht sollten wir hingehen und nachsehen.«

»Was! Nein, Sir.« Stone streckte die Hand aus und packte Ralphs Uniformrock. »Es ist zu dunkel. Wir finden sie nicht, bevor sie uns finden.«

Ralph schüttelte ihn ab. Er zog den Webley aus dem Holster, der Griff kalt in seiner Hand. »Ich doch nicht, du Idiot.« Er wandte sich in die Richtung, wo Promise im Gras hinter Jackdaw und dem Neuen kauerte, und zielte auf den A4-Jungen, so wie der A4-Junge einmal eine Waffe auf ihn gerichtet hatte. »Promise ist der, der Bescheid wissen will.«

Er kroch auf das Eis wie ein urtümliches Geschöpf, schob sich bäuchlings auf das Ende der Welt zu. Das Eis ächzte und bewegte sich unter seinem Gewicht, bei jeder seiner Bewegungen schossen schwarze Pfeile über die silbrige Oberfläche. Hinter ihm lagen sechs Männer stumm am Ufer, die Haare an den Armen und im Nacken gesträubt. Sie alle hörten Promise schluchzen, als er sich zentimeterweise vorwärtsschob.

»Ich kann nicht schwimmen. Ich kann nicht schwimmen.« Seine Stimme klang wie das dünne Rufen eines Tiers, das leise in der Nacht wimmerte.

»Halt's Maul, Promise«, zischte Flint. »Sonst hören sie dich.«

»Mieser Dreckskerl«, fluchte Jackdaw, spuckte die Worte in Richtung Ralph. »Lass ihn umkehren.«

Stone hielt Jackdaw am Arm fest. »Ganz ruhig, Sohn. Das ist nicht der Ort für einen Streit, sonst knallen sie uns alle ab, bevor du Himmelreich sagen kannst.«

»Das reicht doch jetzt, oder?« Walkers Zähne klapperten und ratterten wieder. »Der Witz ist angekommen.«

Ralph kauerte vorn am Rand des Flussufers, die Augen aufgerissen. Sein Herz hämmerte wieder, doch sein Kopf war plötzlich klar. »Du schaffst es, Promise«, sagte er, die Augen leuchtend vor Aufregung. »Los, weiter.«

Der blonde A4-Junge suchte sich mit weit abgespreizten Gliedmaßen an allem festzuhalten, was ihn sichern könnte. Sie alle hörten das Eis, als es erneut knarrte und sich regte, das tiefe Stöhnen einer Bestie, die aus dem Schlummer geweckt wird. Stone rutschte auf dem Bauch durch das frostweiße Gras zu Ralph.

»Das reicht jetzt, Sir. Holen Sie ihn zurück.«

»Aber er ist fast da!« Ralphs Stimme war voller Eifer, das aufgeregte Flüstern eines Kindes.

»Rufen Sie ihn zurück, Sir«, sagte George Stone mit ernster Stimme. »Oder die andere Seite hört es und fängt an zu schießen.«

Ralph drehte den Kopf zu dem alten Kämpen, seine Augen riesig und bleich. »Hast du Angst, Stone?«

»Das ist kein Spiel, Sir.«

Die zwei Soldaten starrten sich in der Dunkelheit an, ein junger Spund und ein Mann, der alt genug war, sein Vater zu sein.

»Ist gut. Ist gut, Stone. Nur ein bisschen Spaß.« Ralph begann zu rufen, eine leise Stimme, ausgeworfen über den Strang aus Eis. »Promise! Promise! Komm jetzt zurück. Das ist ein Befehl.«

»Er hat Angst«, zischte Jackdaw. »Er schafft's nicht allein.«

Flint spuckte ins Gras. »Verfluchter Feigling.«

Ralph hob den Kopf ein Stück, um nachzusehen. Promise war jetzt nichts als ein ins Dunkel gekauerter Schatten. Ralph schaute zurück zu Stone, der Blick des alten Kämpen war auf ihn gerichtet. Dann griff er an seine Seite, zog den Revolver und legte ihn aufs gefrorene Gras. »Pass für mich drauf auf, ja.«

Begann nun selbst mit der langsamen Kriechpartie hinaus auf das Eis. Doch Jackdaw war ihm schon voraus, robbte auf dem Bauch in die Dunkelheit, um den Freund zu retten. Das Eis hob und senkte sich, knarrte unter ihrem Gewicht, hier und da tauchten dünne Bruchlinien auf.

Stone fluchte, schob sich auch nach vorn und spürte, wie die Oberfläche unter ihm knackte.

»Passt auf, Leute. Es bricht!«

Krabbelte und rutschte hastig ans Ufer zurück. Er schaffte es um Haaresbreite, ehe er das *Wuuumphh* hörte. Gewaltige Eisschollen stülpten sich um. Auf einmal lag dunkles Wasser frei. Der Fluss war tief, strömte schnell und stark, er schloss sich über den Köpfen der A4-Jungs und ihrem Second Lieutenant, das Wasser plötzlich ein Mahlstrom aus Eis und Männern.

Promise kam an die Oberfläche, drosch um sich wie ein ins Wasser geworfenes Kind. »Ich kann nicht schwimmen! Ich kann nicht schwimmen!«

Jackdaw keuchte und spritzte, versuchte seinen Freund zu schnappen, griff nach Promise' Arm, Ärmel, Koppelgürtel, zog den Jungen durch das dicke eisige Wasser, kämpfte sich ans Ufer. Da griffen Stone und Alec zu, packten den blonden A4-Jungen. Zerrten und wuchteten ihn aus dem Wasser, Jackdaw hinterher, würgend und hustend, sein ganzer Körper krampfte vor Kälte. Promise konnte kaum die Finger öffnen, als sie ihn endlich an Land hatten, sie waren krumm wie Hühnerklauen, und Jackdaw schlotterte hinter ihm.

Stone fing an, Promise' Hände zu rubbeln und zu rubbeln. »Ist schon gut, Junge. Ist schon gut. Wir haben dich.«

Dann begann der Kugelhagel.

Sie lagen beieinander, die Gesichter an die gefrorene Erde gepresst, sechs Männer mit den Händen über den Köpfen, während der Beschuss auf sie niederprasselte wie ein jäher Aprilregen. Kugeln prallten neben ihren Köpfen vom Boden ab, vom Eis, schwirrten durchs Wasser und stachen ringsum ins Gras. Drei Minuten ging das so. Dann hörte es genauso plötzlich wieder auf.

Die Stille war gewaltig, nichts als das Blut, das in ihren Ohren rauschte. Stones Herz trommelte in seiner Brust, als er den Kopf hob und durchzuzählen versuchte. Ein Jackdaw. Ein Promise. Lagen Hüfte an Hüfte, ein Arm um den anderen. Flint zu seiner Rechten. Alec zu seiner Linken. Alfred Walker gleich neben ihm.

Dann gab er den Befehl. »Rückzug! Rückzug!«

Die Männer rutschten und robbten davon, wanden sich rückwärts durchs Gras in die Sicherheit einer Weide, die noch nicht zum Stumpf abgesägt worden war. Erst nach ein paar Minuten, als die schwarze Verwirrung in ihren Köpfen sich auflöste und das schrille Klingeln in den Ohren sich zu einem leisen Jaulen milderte, hörten sie die Rufe.

»Stone! Stone! Komm und hol mich!«

Second Lieutenant Ralph Svensons Stimme drang von irgendwo am anderen Ufer zu ihnen herüber.

George Stone fluchte, hob ein Stück den Kopf, um nachzusehen, sah die Gestalt des Second Lieutenant, der auf der anderen Seite des großen schwarzen Strangs im Wasser kauerte, nichts zu sehen als die bleiche Aureole seines Kopfes.

»Schwimmen Sie zurück«, rief Stone. »Schwimmen Sie zurück.«

»Kann nicht«, rief die Stimme. »Bin verwundet.«

George Stone spähte über die Schulter zu den anderen Männern, zitternd und schlotternd in ihren durchweichten Uniformen. »Los, hol ihn, Flint.«

»Mach's verdammt noch mal selbst, Stone. Die Runde geht auf dich.«

»Du hast ihn doch aus dem verfluchten Stall rausgelassen.«

»Ich hab Befehle ausgeführt, genau wie du.«

George Stone sah zu Walker. Alfred Walker guckte weg. Eine weitere Gewehrsalve brach los, Kugeln prasselten rings um ihren Second Lieutenant ins Dunkel. Sie alle hörten Ralphs Aufschrei, als eine gleich neben seinem Kopf in die Böschung schlug und Steinsplitter und Stücke von gefrorenem Matsch aufspritzten.

»Stone, Stone. Komm und hol mich!«

»Schwimm zurück, du Arschloch«, zischte Flint.

Jackdaw und Promise drängten sich aneinander, Gesichter wie Gespenster. Stone fluchte erneut, senkte das Gesicht zur Erde, die Last von vier Jahren auf den Schultern. »Herrgott«, stöhnte er. »Ich kann auch nicht schwimmen.«

Er sah wieder zu Percy Flint. Zu den A4-Jungs. Dann zu Alfred Walker und dem Neuen, und alle starrten zurück.

»Was?«, sagte er. »Wollt ihr verflucht noch mal darum würfeln?«

Ein kurzes Schweigen. Dann griff Walker in die Brusttasche seiner Uniform und zog etwas heraus. Einen Farthing, der im Dunkeln aufschimmerte. Die Stimme des Klaubruders war so leise, dass sie ihn kaum hören konnten. »Kopf, wir holen ihn, Zahl, wir ziehen uns zurück und warten bis zum Morgen.«

»Walker …« George Stone klang warnend. »Was ist mit dem Marschbefehl?«

»Scheiß auf den Marschbefehl«, sagte Walker. »Der kann auch noch einen Tag warten. Haben ja schon lange genug gewartet, und nichts ist passiert.«

George Stone legte seinen Kopf einen Moment auf den kalten Boden. »Wir können doch keinen Mann zurücklassen«, sagte er. »Was, wenn es jemand rauskriegt?«

»Na und?«, sagte Walker. »Entspricht doch seinen eigenen Regeln.«

»Er wird erfrieren in dem verfluchten Eiswasser.«

Die Männer waren still. Dann sprach Jackdaw. »Ich halt's da mit Walker.«

Auch Flint nickte, Alec sagte nichts.

Stone schloss kurz die Augen, öffnete sie wieder und sah den anderen A4-Jungen an, der zitterte und bibberte. »Was ist mit dir, Promise? Sag du. Wir machen's nicht, wenn du nicht dafür bist.«

Der helle A4-Junge starrte den alten Kämpen an, seine Zähne klapperten und klapperten, als Jackdaw ihm die Hand auf den Arm legte. »Du schuldest ihm nichts.«

Da nickte Promise – ein kurzes Neigen des Kopfes. Alfred Walker sah Stone an, als er den Farthing in die Luft schnippte. Sie alle schauten zu, wie er sich drehte, ein Mal, bevor er fiel. Die Münze landete neben Walker im Gras, ein schwarzer Punkt im Frost. Sogar im Dunkeln konnten sie es sehen.

Zahl.

Drei

Er kehrte zurück, als der Morgen graute. 11. November, und Godfrey Farthing war schließlich auf dem langen Marsch heimwärts, eine Straße entlang, die scheinbar aus dem Nichts kam und ins Nichts führte, genau wie der Krieg, der alle Kriege beenden sollte. Er wusste, dass er irgendwo versagt hatte. Er hatte einen Mann fortgehen lassen. Und einen anderen zum Sterben unter einer Hecke liegen gelassen. Aber all das nur in der Hoffnung, dass er den Rest noch vor dem großen Schlachten bewahren könnte, bevor es zu spät war. Das Robben durch den Sumpf. Das Waten durch den Fluss. Das Schlängeln im Gras, bis der Kugelhagel sie erwischte, einen, dann den nächsten. Das wäre einfach nur genau wie jeder andere Tag, den seine Männer auf diesem Fleck zerstörter Erde vorgerückt waren, vorwärts, vorwärts, immer vorwärts, brav ihre Pflicht erfüllend, bis die Kugel einschlug, die für sie bestimmt war. Aber jetzt, wo das Ende schon fast in Sicht war, konnte Godfrey nicht umhin, sich zu überlegen, was stattdessen geschehen sollte.

Er hatte Methven ein Messer dagelassen, nur für den Fall, dass er es brauchte. Ein deutsches Souvenir, das sein Buchhalter von Fortune erworben hatte, im Gegenzug für Gott weiß was. Das Messer war scharf, die Klinge gedrungen. Wenn er sich verteidigen musste, gäbe es eine gute Waffe ab. Methven hatte darauf gedrängt, dass Godfrey es behielt. Aber Godfrey Farthing wollte nichts, wovon er wusste, dass es von Bertie Fortune kam – denn alles, jedes Souvenir, jedes Blatt Notizpapier, jeder Wetteinsatz und jedes Versprechen, das sein Glückspilz je gegeben hatte, war jetzt befleckt von dem Umstand, dass er nicht wiedergekommen war.

Stattdessen hatte Godfrey das Messer unter Methvens Mantel gesteckt und das Notizbuch mit allem, was drinstand, in seinen eigenen. Er hatte Methven die Hand gedrückt, bevor er ging, wobei die Finger des Buchhalters sich anfühlten wie seinerzeit die von Beach. Kalt, als wäre er schon tot, nichts mehr zu machen, als ihm die rote Marke abzunehmen, die grüne dazulassen und wieder einmal wegzugehen.

Auch Godfrey war kalt, als er in die Dämmerung marschierte und das Land, um das er so lange gekämpft hatte, vor ihm lag wie ein wenig einladendes Bett. Nackte Felder. Gestrüpp, das sich an einen Kamm schmiegte wie eine graue Wolke. Das Auf und Ab der Hecken, schwarz und stumpf in der Düsternis. Weit in der Ferne vermeinte er das silberne Band eines Flusses zu sehen, der nach ihm rief. Dahinter eine Falte in der Landschaft. Und noch weiter dahinter ein einfacher Baumkreis.

Als die Dunkelheit hereinbrach, machte Godfrey Rast. Er hockte sich an den Straßenrand, an die Kante eines Wassergrabens, die Füße auf gefrorenen Resten von Moos und toten Blättern. Er holte ein paar Walnüsse heraus, knackte die Schale an seinem Knie, ließ sie zu Boden fallen. Die Nüsse waren bitter, die letzten einer guten Ernte. Er spülte sie mit einem Stück Eis aus dem Graben herunter, das er mit dem Stiefelabsatz zertrat und daran lutschte, bis seine Lippen taub waren. Als er weiterging, fing es an zu regnen, ein weiches Stechen auf der Haut. Und da, da traf er ihn. Den Mann, der Godfrey Farthing mitteilte, dass zu guter Letzt das Ende gekommen war.

Der Mann war Soldat, genau wie er, und kam aus der Dunkelheit auf Godfrey zu. Nicht Bertie Fortune, der zurückkam mit allem, worum Godfrey ersucht hatte, aber trotzdem jemand, der einen kostbaren Schatz mitbrachte. Der Mann wurde langsamer, als er Godfrey näher kommen sah, so wie auch Godfrey langsamer ging. Doch anders als Captain Farthing in seinem Hellbraun trug dieser Mann Grau.

Sie blieben ein paar Schritte voneinander entfernt stehen

und starrten sich an, als hätte keiner von ihnen je einen solchen Mann gesehen. Ein Fritz, jenseits von Zeit und Raum, dachte Godfrey. So wie auch er sich jenseits von Zeit und Raum befand. Godfrey zögerte, kurz flackerte in seinem Hirn der Gedanke auf, nach seiner Pistole zu greifen, die sicher im Holster unter dem Mantel steckte. Dann sah er, dass der Mann dichter herankam, die leeren Hände ausgestreckt.

»*Guten Abend*«, sagte der Soldat auf Deutsch, als er vor Godfrey stand. »Good evening.« Sein Englisch klang tastend, aber korrekt.

»Good evening«, erwiderte Godfrey.

Er nahm die angebotene Hand des Mannes und schüttelte sie einmal. Dann steckte der Mann seine Hand in die Tasche und Godfreys Herz setzte kurz aus, bis er sah, dass der Soldat ihm nun etwas anderes hinhielt. Ein Stückchen Käse, dicht an der Rinde abgeschnitten. Godfrey starrte den Käse an, steckte selbst eine Hand in die Tasche, zog eine Walnuss hervor und bot sie im Gegenzug an. Dann standen die beiden Männer stumm da und aßen miteinander, bis nichts mehr da war außer Rindenkrümeln und zerbrochener Nussschale auf der Straße.

Als sie fertig waren, streckte der Mann erneut die Hand aus und zog am Ärmel seiner Uniform. Seine Haut war gelb wie der Käse, die Knochen darunter bläulich. Er tippte auf eine Armbanduhr, alt und abgenutzt, das Armband verschlissen.

»*Morgen*«, sagte er. »Tomorrow. *Futsch.*«

»Bitte?« Godfrey schüttelte verwirrt den Kopf.

Der Mann tippte immer wieder auf seine Uhr. »*Morgen.*«

»Tomorrow?«

Der Mann fing an zu nicken, ein Grinsen breitete sich auf seinem Gesicht aus. Er zeigte noch einmal auf seine Uhr, auf die Elf, ließ dann den Ärmel zurückrutschen. Er grinste immer noch, als er erneut die Hand ausstreckte. Sie schüttelten sich wieder die Hände, und der Mann klopfte Godfrey auf die Schulter. Dann war er fort. Schritt davon in Richtung des Feindes. Nur dass sie, bis der Mann dort ankam, nicht mehr der Feind sein würden.

Am Fluss, als der Morgen heraufzog, krochen die Männer weg von ihrem Second Lieutenant, einer nach dem anderen. Jackdaw und Promise zuerst, der hellere A4-Junge schlotterte unkontrollierbar, sein Tornister klimperte, das Gewehr klöterte auf seinem Rücken.

»Herrgott noch mal«, fluchte Flint irgendwo hinter ihnen. »Kannst du ihn nicht ruhig halten. Das zieht uns nur wieder den vermaledeiten Fritz auf den Hals.«

Alfred Walker fauchte ihn mit klappernden Zähnen an. »Halt's Maul, Flint. Du holst uns die doch auf den Hals mit deinem ständigen Gemecker. Wir hätten dir eine Kugel verpassen sollen, als wir die Gelegenheit hatten.«

Vier Männer schlüpften und krochen langsam durchs gefrorene Gras, durchweicht bis auf die Knochen, die Uniformen verdreckt. Alfred Walker machte von hinten Druck, robbte auf dem Bauch voran, versuchte möglichst viel Abstand zwischen sich und den Fluss zu bringen, ohne dem Feind ein Zeichen zu geben. Während der Rest zurückwich, besorgte George Stone das Durchzählen. Ein Mann. Zwei Männer. Drei Männer. Vier. Hakte seine Leute ab, wie er sie vorher aufgelistet hatte. Als sie weg waren, nur noch Schatten im Gras, jetzt wirklich auf dem Rückzug, drehte er sich um zum Fluss, wo irgendwo auf der anderen Seite sein Second Lieutenant ausharrte. Er starrte über diesen schwarzen Strang, legte kurz die Stirn ins Gras, dann fing er selbst an davonzurobben. Er schaffte nur ein paar Meter, ehe er von weiter vorn einen leisen Ruf hörte, Alfred Walker irgendwo im Dunkeln.

»Wir vermissen einen, Stone. Ist er bei dir?«

»Was?«

»Der Junge, Alec. Ist er bei dir?«

George Stone sah sich um zum Fluss, entdeckte eine Gestalt, die geduckt dahinschlich. Alec, der Neue, zog sich das Gewehr über den Kopf, legte es auf die gefrorene Erde.

»Herrgott.« Stone begann zurückzurobben. »Alec, was machst du da?«

Vor ihm an der Uferböschung knöpfte Alec seinen Uniformrock auf, ließ ihn von den Schultern gleiten, stand im Hemd da. Stone schob sich auf dem Bauch vorwärts, griff nach Alecs Handgelenk. Über das Wasser drang wieder ein Ruf, eine körperlose Stimme, die übers Eis driftete.

»Stone, Stone. Komm und hol mich. Ich sorg dafür, dass es sich für dich lohnt.«

George Stone packte den Arm des Neuen fest. »Du musst das nicht tun, Mann«, sagte er. »Er kommt schon zurück.«

»Nein, kommt er nicht«, sagte Alec.

Und sie wussten beide, dass er recht hatte. Plötzlich war Alfred Walker wieder an Stones Seite, schwer beunruhigt. »Was zum Teufel treibt er da?«, zischte er.

George Stone antwortete nicht. Er fühlte seine Zähne klappern, ihm war kalt bis auf die Knochen.

Alec wandte sich ihnen beiden zu, das Gesicht bleich im fahlen Grau, die Haare wirkten weiß. »Ich schwimm rüber und hol ihn«, sagte er.

Walker fluchte. »Sei nicht saudumm. Der Fritz erwischt dich.«

Doch ehe sie ihn aufhalten konnten, glitt Alec in den Fluss, Kopf voran wie ein Otter, wie ein Junge, der Schwimmen in wildem Wasser gewohnt war. Stone und Walker sahen zu, wie Alec die kalte Wasseroberfläche durchschnitt, ihre Herzen rasten, als er in der Strömung darunter verschwand.

Er kehrte heim, während der Morgen graute, verschwitzt unter seiner Uniform, als endlich der Schornstein vom Bauernhaus aus dem Nebel ragte. Godfrey Farthing bog von der Landstraße ab und dachte an jene erste Ankunft hier, als ihm das Herz bis zum Hals schlug in Aussicht auf ein Massaker, nur um stattdessen ein Paradies vorzufinden, in Sackleinen gewickelte Kohlköpfe und scharrende Hühner im Hof. Er dachte an seine verbliebenen Männer, was sie wohl machen würden, wenn er sie weckte und ihnen die Neuigkeit überbrachte. Nichts mehr zu tun als die letzten Stunden zählen, bis endlich die Glocken läuteten. Flint würde im Kornspeicher seine Wäsche aufhängen. Walker würde Spreu aus der Scheune fegen. Jackdaw und Promise sich im Heu lümmeln. Stone das allerletzte Huhn rupfen und ihnen allen ein Festmahl bereiten. Dann noch Hawes, mit seinem Buch in der Scheune verkrochen, blätterte und blätterte in den Seiten. Alec, sein neuer Rekrut, würde an den Hecken entlangstreifen, in einer Tasche einen Pfandschein, in der anderen eine Kaninchenpfote, und nach Herbstschätzen stöbern. Und natürlich Ralph nicht zu vergessen, Godfreys Second Lieutenant, wie er seine Würfel hoch in die Luft warf und lachte, wenn sie herunterkamen. Godfrey Farthings Männer, sicher in ihrem Paradies, denen nun nichts mehr zustoßen konnte.

Godfrey war schon fast im Hof, als er es hörte, eine Art Schlurfen und Schleifen, ein leises Winseln, als er sich näherte. Irgendeine Kreatur kroch unter der Hecke auf ihn zu. Erst begriff er nicht, was es war. Etwas Schmutziges, ganz verfilzt. Vielleicht ein Hase, verletzt in einer von Alecs Fallen. Oder ein Fuchs, über den Winter abgemagert, narbig und geschwächt. Er war auf der Hut, unsicher, ob er näher heransollte. Die meisten Füchse kämpften, wenn sie in die Enge getrieben waren, würden lieber zubeißen als sich ergeben. Erst als es schon dicht bei ihm war, erkannte Godfrey, dass es gar kein Fuchs war, sondern etwas Vertrauteres. Der Hund des Neuen.

Godfrey wusste den Namen des Hundes nicht mehr, falls er ihn je gekannt hatte. Er ging auf das Tier zu, und es stockte, als würde ihm plötzlich bewusst, dass da jemand war. Seine Flanken hoben sich und senkten sich und hoben sich wieder, eine weiße Atemwolke um die Schnauze. Kurz erinnerte es Godfrey an Archie Methven, ausgestreckt unter einer ähnlichen Hecke viele Stunden Fußmarsch entfernt.

Godfrey hockte sich hin, fuhr mit der Hand über den Hundekopf, hob ihn kurz an, um ihm ins Gesicht zu sehen. Die Augen des Hundes blinkten, ein winziges Spiegelpaar, als Godfrey jede Kerbe seines Rückgrats abtastete, eins, zwei, drei. Der Hund stieß ein leises Winseln aus, als Godfrey seine Hinterbeine berührte, der linke Oberschenkel war zertrümmert, der Knochen ragte unter Haut und Muskeln hervor. Der Hund war angeschossen worden, genau wie Methven. Und niemand mehr da, um seine Wunde zu nähen.

Der Hof, als Godfrey ihn betrat, war mit Frost überzogen, Eis verwandelte den Matsch in eine Art gefrorenes Zauberland, als die ersten Anzeichen der Dämmerung sich am Himmel zeigten. Schweigen überall, nichts als ein verlassener Blechnapf, der neben der Pumpe lag. Godfrey stand da, den Hund auf dem Arm, lauschte auf die Stille und wusste schon, dass er zu spät gekommen war. Er blickte hinauf in den Himmel, ein schwacher Anklang von Grau. Schwierig zu sagen, wie spät es genau war, ob die Männer schon den Fluss gequert hatten oder noch die Zeit runterzählten. Godfrey wünschte, er hätte Fortune nicht seine Armbanduhr überlassen, vermutlich längst eingetauscht gegen eine sichere Überfahrt nach Hause. Dann hörte er ein Rascheln im dreckigen Stroh.

Godfrey fand ihn im Stall, den letzten verbliebenen Mann, angetan nur mit Hemd und Hose, die Stiefel voller Hühnerscheiße. Er öffnete den Riegel in der Hoffnung, seinen Second Lieutenant vorzufinden, stieß stattdessen auf Hawes, seinen Temporary Sergeant.

Hawes zitterte, als würde er nie mehr aufhören, ein Gespenst in der hintersten Ecke des Hühnerstalls. Als Godfrey die Tür öffnete, hob Hawes die Hände vors Gesicht, als schämte er sich, gesehen zu werden. Noch ehe er den Mund aufmachte, wusste Godfrey, was geschehen war. Archie Methven hatte recht gehabt. Hawes hatte für einen sicheren Abgang die Männer an Ralph verkauft, und er war nicht mal dabei, als es hart auf hart kam.

Der Temporary Sergeant wandte sich ab, als sein Captain näher trat, konnte ihm nicht in die Augen sehen.

»Zum Frühstück sind sie wieder da, Sir«, sagte er. »Sobald sie den Rest erschossen haben.«

»Wen erschossen?« Aber Godfrey brauchte eigentlich nicht zu fragen. Drei Meilen hin und drei zurück, ein Feuergefecht auf der anderen Seite. Wenn Ralph die Truppe zum Fluss geführt hatte, lagen sie jetzt entweder tot auf dem Schlachtfeld am anderen Ufer, oder sie steckten noch im Morast, festgefroren in der Erde beim Gerangel darum, wer vorangehen sollte. Er baute sich ganz dicht vor seinem Temporary Sergeant auf und roch die Angst, die von dem Mann aufstieg, seinen Gestank, wie damals im Schützengraben. »Wer hat auf den Hund geschossen, Hawes?«

Aber Hawes schüttelte bloß wieder und wieder den Kopf, und seine Finger trommelten *tappeditapp* gegen seinen Oberschenkel. »Ich kann kein Blut sehen, Sir. Ich konnte nicht anders.«

Ein Mann, vom Krieg so verschlissen, dass nichts mehr blieb von dem, was er gewesen war. Ein Mann ohne jeden Nutzen für Godfrey oder sonst wen. Und doch war er von allen der einzige, der noch da war. Er war noch da.

Godfrey ließ Hawes im Stall, weil sein Temporary Sergeant nicht rauskommen wollte. Er wusste, was er tun musste. Durch den Sumpf waten. Durch den Wassergraben kriechen. Zum Flussufer robben und Abrechnung machen, durchzählen, was noch geblieben war. Bevor er losging, stieg er die Treppe zur Mansarde hoch, holte eine Decke, breitete sie über seinen Temporary Sergeant, legte ihm auch den Hund in den Schoß. Er ließ Hawes ein Messer aus der Küche da, das, mit dem Stone den Hühnern den Kopf abgeschnitten hatte, denn er war nicht mehr bereit, einen seiner Männer ungeschützt zurückzulassen. Und das Buch mit dem roten Leineneinband aus Hawes' Tornister in der Scheune.

Old Mortality.

Die Schlacht-Seiten hinten rausgerissen.

Am Fluss lagen George Stone und Alfred Walker bäuchlings am Ufer und strengten sich an, etwas zu erkennen. Das Wasser floss lautlos im Halbdunkel dahin, Eis trieb an den Rändern, die Strömung stark in der Mitte, wo Alec verschwunden war. Drüben hörten sie Second Lieutenant Ralph Svenson wieder rufen.

»Es tut weh, Stone. Es tut weh. Komm und hol mich.«

Noch ein Junge im Griff des eisigen Wassers, lange würde er nicht mehr durchhalten. Stone hörte Walker neben sich atmen – *ein, aus, ein, aus* –, hörte das schnelle Schlagen seines eigenen Herzens, als würde es gleich platzen. Dann packte der Klaubruder ihn am Arm. »Da!«

Auf halber Strecke kam Alec wieder hoch, der blonde Schopf bleich vor dem Grau. Die zwei Männer sahen zu, als der Neue aus dem Fluss auftauchte wie ein Nix aus dem Meer. Der Atem des Jungen eine kleine Wolke vor dem dunklen Wasser, als er ausatmete, dann wieder ein, um ein weiteres Mal unterzutauchen.

Am Ufer hielt auch George Stone den Atem an, versuchte zu verhindern, dass das Zähneklappern seinen Schädel durchrüttelte. Er spürte den Griff von Walkers Fingernägeln durch die raue Wolle seines Uniformärmels, als Alec erneut im dunklen Wasser verschwand. Beinahe da, dachte er, ein Junge schwamm den anderen retten, ihn zurückbringen, sodass Stone den Schlussstrich unter die Rechnung ziehen konnte.

Auf der anderen Seite des dicken Wasserstrangs war plötzlich ein Platschen zu hören, dann noch eins. Dann eine

Stimme, die jetzt lauter rief, während unterhalb der Böschung eine Gestalt in Sicht kam.

»Stone? Stone? Kommst du? Ich bin hier.«

»Unten bleiben, Idiot«, zischte Stone zwischen den Zähnen. »Runter.«

Aber Second Lieutenant Ralph Svenson merkte, dass etwas anders war. Er kam aus seinem Versteck hervor, Knöpfe schimmerten im Halbdunkel, blitzten an Kragen und Ärmeln weithin sichtbar auf, als er den Arm hob.

»Ich bin hier, Stone! Hier!«

Jetzt noch lauter.

»Zurück!«, schrie Walker.

Zu spät.

George Stone zog den Kopf ein, vergrub das Gesicht im gefrorenen Gras, als es losging. Wieder prasselte Blei vom Himmel herab, landete *plitsch-platsch* auf der Oberfläche des Flusses, als wäre es nichts als Regen. Und drüben auf der anderen Seite, das Ziel zum Greifen nah, stieg Alec Sutherland, der Neue, aus dem dunklen Wasser direkt in den Kugelhagel.

1921

Stone

Sie drängten sich dicht an dicht, um den besten Blick zu haben: Tausend Männer standen zu beiden Seiten dieser aufrechten grauen Steinplatte in der Mitte der Parade, ein leerer Sarg auf dem anderen und darauf noch einer, auf einem Sockel in die Höhe gestapelt. Ex-Soldaten in drei Reihen, erneut Rücken an Bauch an Rücken an Bauch gepresst, als wollten sie in den Zug nach Frankreich steigen. George Stone konnte sie riechen, als er eingeklemmt dastand. Feuchte Wolle und billiger Stoff, ranziges Haaröl und der Schweiß von Leuten, die sich nicht jeden Tag wuschen. Die Männer waren dürr, die Mäntel hingen an ihnen herab wie an Wäscheständern. Sie wirkten ausgemergelt. Kein Wunder nach allem, was sie erlebt hatten.

Im ersten Jahr war es ein Sarkophag aus Gips und Sperrholz gewesen. Letztes Jahr war dann der Gedenkstein enthüllt worden, der jetzt vor ihm stand. Noch ein Mahnmal für all die Männer, die gefallen waren, die Verbliebenen standen stumm da, als die Generäle und Politiker vorbeimarschierten. Männer, die heimkamen, um mit einer Blechtasse betteln zu gehen, auf Rollwägelchen, wo früher ihre Beine waren. Oder die mit dem Bauchladen voll Zündhölzer an der Ecke standen – drei Pence die Schachtel, nicht an der Balustrade anreißen – alles, was von ihren Hoffnungen und Träumen übrig war. Dieses Jahr tauchten das erste Mal Farbtupfer an den Schultern der Männer auf. Rot. Wie die Blumen im Kornfeld. Wie Beach, als er fiel. Stone gab sich größte Mühe, nicht hinzusehen, aber die Mohnblüten waren überall, Kleckse am Revers.

Während sie warteten, dass die Gedenkfeier losging, starrte George Stone über die Köpfe der vor ihm Stehenden hinweg auf das Mahnmal, diesen großen grauen Koloss. Er stellte sich vor, dass es voller Männer war, einer auf den anderen gelegt, ein ganzer Haufen, der bis in den Himmel reichte. Doch er wusste, der Sarg obendrauf war leer wie jetzt all ihre Herzen. In seiner Tasche tastete er nach dem, womit er nun seinen Lebensunterhalt verdiente – zwei Würfel und ein Stück grünes Tuch –, und fragte sich, wie das Spiel heute Abend laufen würde. Der Tag des Waffenstillstands brachte immer fette Beute. All diese alten Soldaten, gewöhnt, um alles zu spielen, was sie besaßen.

Es war die Schubserei, die seinen Blick auf sich zog, ein kleines Scharmützel auf der anderen Straßenseite. Stone reckte den Hals, um etwas zu sehen, als ein Mann in einem teuren Mantel auf eine schweigende Gruppe an der Bordsteinkante losging.

Abscheulich. Sollte verboten werden.

Die Männer reagierten nicht auf die Bemerkung, standen stumm da, Schulter an Schulter, als würden sie gleich zum Angriff übergehen. Doch was Stones Aufmerksamkeit erregte, war etwas anderes. Nicht eine einzige Blume an ihren Mantelaufschlägen, stattdessen waren dort kleine Stückchen Papier angeheftet. Einige rosa. Andere blau. Pfandscheine, über ihren Herzen festgesteckt.

Stone hatte gehört, dass es Protest geben könnte, doch das dort hatte er nicht erwartet. Etwas, das andeutete, nicht etwa die Mäntel waren Pfandgut, sondern die Männer, die darin steckten, gleich mit. Er ließ seinen Blick die Reihe entlang und zurück wandern. Ganz kurz war er sicher, dass einer von ihnen Percy Flint war, mit geglättetem Haar, der Scheitel ein weißer Pfeil auf der Kopfhaut. Doch als er nochmals hinsah, wusste er, dass er sich geirrt hatte. Flint würde nie etwas dermaßen Würdevolles tun.

Dann war die Parade vorbei, die Kränze abgelegt, das Tanzen konnte beginnen. Von London bis Liverpool und wieder zurück fanden die beliebtesten Feiern in den Siegeshallen statt. Musikgruppen mit ihren Trompeten und ihren großen Basstrommeln. Mädchen mit Gin-Cocktails. Verschüttetes Bier auf dem Boden. George Stone hatte schon beschlossen, sein Glück im East End zu versuchen, wusste, dass dort weniger Polizei sein würde. Reichlich Ladys auf der Jagd nach etwas Nervenkitzel. Und Ex-Militärs, die das Glücksspiel suchten.

Er richtete sich in einer Gasse ein, um die Ecke von einem der Tanzlokale unweit der Themse, den Rücken an die Wand gepresst, ein alter Kämpe über einem schnell mit dem Ärmel sauber gefegten Spielfeld. Diesmal keine Karten, sondern Würfel. *Krone und Anker* – die Soldatenvariante, aufs Ganze oder gar nichts. Stone warf seine Netze aus.

»Na, wer legt ein bisschen was drauf … noch etwas auf das gute alte Glücks-Herz … Heute schon gesetzt, Gentlemen, heute schon gesetzt?«

Drängte alle Nachtschwärmer, die an der Mündung der Gasse auftauchten, einen Einsatz auf seinem Spieltuch zu wagen. George Stone schüttelte die kleinen bunten Würfel in der Hand, ließ sie auf sein Spielfeld tröpfeln, während er auf seine erste Runde wartete. Manchmal bot er auch drei Würfel an, um die Chancen zu erhöhen. Aber Stone würde hier keine unnötigen Risiken eingehen. *Krone und Anker* war sein Lebensunterhalt, jetzt da es kaum noch andere Arbeit gab.

Er fing um sechs an, als die Musikkapelle sich warm spielte und das Bier zu fließen begann. Gegen sieben lief es schon ganz gut für ihn. Gegen neun war das Publikum angetrunken und schwankte leicht beim Versuch zu würfeln. George Stone kam auf seinen Schnitt, die Bank florierte, und er wusste, dass es ein sehr guter Abend werden würde. Er verstand sich darauf, ihnen eine gute Schau zu liefern – all den jungen Männern und Mädels. Krempelte die Ärmel hoch und beugte sich übers Spiel, flinke Hände, flinke Zunge.

»Na, wer macht sein Glück mit Karo oder mit dem ollen

Fleischerhaken … ich fass nur das Geld an, nie die Würfel, keine Sorge.«

Genau wie damals, als er das Schiff heimwärts über den Ärmelkanal nahm, nachdem die Glocken geläutet hatten, warf die Würfel gegen das Dollbord, bis er genug für eine Mahlzeit beisammenhatte. Ein Steak in Butter gebraten. Und Stampfkartoffeln dazu. Jetzt kauerte er unterm Laternenpfahl, um sich einen schwachen Lichtkreis, wartete draußen in der kalten Novembernacht auf seine letzte Beute, während drinnen die Jungs und Mädels unter einer Spiegelkugel tanzten.

Es waren die Schuhe, die George Stone stutzen ließen. Ein Paar Männer-Brogues, spitz, zweifarbig. Daneben zwei Frauen in T-Steg-Mary Janes, einmal schwarz, einmal beige, mit blinkenden Schnallen. Eine der Frauen sagte etwas.

»Oh, lass uns doch, Alfie.«

Der Mann lachte auf eine Art, dass man gleich einstimmen wollte. »Warum nicht. Wagen wir ruhig einen Versuch.«

Stone erkannte das Lachen sofort. Alfred Walker, der Klaubruder der Truppe, unterwegs zu Spiel und Spaß, in jedem Arm ein Mädchen.

»Stone! Verflucht und zugenäht.« Der Ausdruck auf Walkers Gesicht, als Stone aufstand und sich zu erkennen gab, war den Verlust von ein, zwei Spielen dicke wert. Die Männer schüttelten sich die Hände, als wollten sie nie mehr aufhören, während die Ladys hinter ihnen kicherten.

Es war nur ein kleines Wiedersehen, aber das erste, das George Stone erlebte. Schon seltsam, dachte er, als er in das Gesicht dieses Jungen starrte, den er mal so gut gekannt hatte, wie Walker zu einer ganz anderen Person geworden war, sein früheres Selbst eine Art Gespenst, das er einfach hinter sich gelassen hatte. Als sie genug gestaunt hatten, drehte Stone sich um und stellte sich den Mädels vor. »George Stone, Ladys.«

»Dorothea.« Das Mädel mit den schwarzen Schuhen hielt Stone ihre Hand hin. »Kurz Dottie.«

Dorothea war jung, vielleicht neunzehn, Haare, die im Laternenlicht sprühten, einen Fuchs um den Hals drapiert. Um die Stirn trug sie ein Band. Grün natürlich. Das andere Mädel war jünger, höchstens achtzehn, vielleicht noch nicht mal. Beige Schuhe und einen Rock bis knapp übers Knie. Walker sagte, sie sei eine Freundin von Dorothea, gekommen, um den Tag des Waffenstillstands zu feiern wie alle jungen Leute heutzutage.

»Daisy«, sagte das Mädchen und streckte Stone ihre Hand entgegen, sodass er den goldglänzenden Blumen-Armreif an ihrem Handgelenk sehen konnte. »Daisy Pringle.«

Als wäre sie selbst eine Art Blume.

»Die Ladys möchten würfeln, Stone.« Alfred Walker lachte wieder. »Sei nett zu ihnen, hörst du.«

Dann fingen sie an.

Walker setzte einen Sixpence auf Karo, einen Penny auf Kreuz. Die zwei Ladys setzten je eine Dreipennymünze, eine auf Herz, die andere auch auf Karo. Die Münzen waren poliert, sodass sie im Laternenlicht blinkten, und Stone musste an Jackdaw denken und all seine glänzenden Sachen. Stone gab zuerst Walker die Würfel. Der Klaubruder schüttelte sie in der Hand und tat, als würde er sich auf die Finger pusten, bevor er warf, würfelte einen Punkt auf Kreuz, bekam seinen Penny zurück und noch einen von der Bank. Dann würfelten beide Mädchen, Daisy gewann mit einem Quietscher, Dorothea verlor mit leicht gerunzelter Stirn. Dann spielten sie noch ein bisschen weiter.

Das Spiel lief im flotten Hin und Her von Wette und Gegenwette, mit flinken Fingern reihte George Stone seine Schätze auf seiner Seite des Tuches auf, damit sie sie sehen konnten. Perlenknöpfe. Eine Halfcrown. Ein kleines rundes Stück Duftseife.

»Na los, kommt her und setzt euer Geld bei dem guten

alten Glücksbringer hier … Schon gesetzt, Gentlemen? Schon gesetzt, Ladys? Sind alle so weit?«

Dann, gegen Ende, zog er sie aus der Tasche. Eine Mandarine, leuchtend orange vor dem Grau.

Walker pfiff, als er die Frucht sah. »Wo hast du die denn aufgetrieben, Kumpel?«

Stone lächelte bloß. Er hatte seine Methoden und er hatte seine Quellen. Dorothea und Daisy kicherten, drängten Alfred zu noch einer Runde. Er zögerte kurz, öffnete dann sein Jackett und holte etwas aus der Innentasche. Ein Wünschelknochen, am Ende umwickelt mit einem Stück rosa Garn.

»Ist das alles?« Daisys Stimme klang etwas quengelig. Doch Dorothea brachte sie mit einem Griff am Arm zum Schweigen. George Stone starrte auf den Glücksbringer, ein plötzliches Beben in den Händen. Der alte Kämpe spürte, wie sein Herz sich kalt zusammenzog, als er wieder die verbliebenen Männer vor sich sah, wie sie im Kreis unter den kahlen Bäumen standen. Das Knirschen von Walnussschalen unter ihren Stiefeln, als Godfrey Farthing den Befehl gab. Die Stille, als einer nach dem anderen sich hinkniete, um in den Sachen eines Toten zu stöbern. Stones Finger fühlten sich klebrig an, als er an den Schatz dachte:

ein Wünschelknochen,
ein Sixpence,
eine Spule rosa Garn.

Wie er sich die Hände wieder und wieder an der Uniform abwischte, bevor sie das Loch gruben. Am Ende waren ihre Knie schwarz, nachdem sie sich damit abgewechselt hatten, eine Grabmulde zu scharren, und einen Toten mit dem Gesicht voran hineinrollten, ehe sie ihn bedeckten.

Niemand von ihnen hatte hinterher darüber geredet. Nicht, als sie über die Felder davongingen. Nicht, als sie auf Hawes trafen, der auf der anderen Seite des Teichs stand. Nicht, als später an diesem Morgen die Glocken über die nackten

Felder schallten, obwohl es kein Sonntag war, plötzlich war das Ende da. Das war die Abmachung, dachte George Stone, als er nun selbst eine Hand in die Tasche schob. Niemand sagt ein Wort. Jetzt nicht und niemals. Man konnte nichts tun, konnte es nur an der Seele nagen lassen. Und jeder Gegenstand fand zurück zu dem Mann, dem er gehört hatte, wie als Bezahlung für alles, was sie falsch gemacht hatten. Außer dem Wünschelknochen natürlich, Eigentum eines gewissen Bertie Fortune, der nie zurückgekommen war, um sie zu retten.

George Stone starrte den Wünschelknochen an, der lag, wo Walker ihn hingelegt hatte: auf Karo. Dann holte er seinen eigenen Schatz aus der Tasche und legte ihn hin. Alle schwiegen, als sie den Einsatz des alten Kämpen beäugten. Ein Mützenabzeichen, das im Laternenschein blinkte, ein kleiner Löwe, der die Pranke hob.

Alfred Walker fluchte. »Verdammter Mistkerl. Du hattest es die ganze Zeit. Woher?«

»Fortune hatte es«, sagte Stone und stierte den Klaubruder mit seinen schwarzen Augen an. »Bekam es vom Lieutenant für Informationen über den Befehl. Hat es bei mir eingetauscht gegen eine Apfelsine und eine Dose Sirup.«

»Heiliger Strohsack, Stone.« Walkers Blick war ungebärdig. »Warum hast du es nicht Promise gebracht? Oder Svenson zurückgegeben. Du hättest uns das ganze verfluchte Schlamassel ersparen können.«

»Nichts konnte uns das ersparen«, sagte Stone da, steckte seine Würfel ein und faltete den grünen Stoff übereck. »Dieser Knabe wollte partout in den Krieg ziehen. Er hat gekriegt, was er verdient hat.«

Die drei jungen Leute gingen, ohne noch eine letzte Runde zu spielen. Alfred Walker, der Klaubruder. Sein Mädel Dottie. Ihre Freundin Daisy. Machten sich davon in die Zukunft, wie immer die auch aussah. Stone blieb noch ein paar Minuten da und sammelte seine Schätze ein. Einen Penny und ein Dreipennystück. Eine Zigarette und eine Half-Crown-Münze. Er ging, wie er gekommen war, schlüpfte aus der Gasse in die Menge, eine Brandung aus jungen Männern und Frauen, die vor dem Tanzlokal herumschwirrten, verschwitzt und beschwingt von dem Kitzel, am Leben zu sein. Er war fast zu Hause, drüben auf der anderen Seite des Flusses, als er gleich noch einem Gespenst über den Weg lief. Es kam aus einem Pub voller Männer mit Pintgläsern und Bierflaschen, die sich als lärmende, heitere Herde dicht an dicht drängten. Jackdaw. Das Gesicht bleich, die Augen riesig, immer noch irgendwie verloren ohne Promise an seiner Seite.

George Stone wusste, dieser Pub war einer von denen, wo Männer hingingen, um Männer zu treffen, auf der Suche nach Trost und einigem mehr. Er war schon oft hierhergekommen und hatte auf der anderen Straßenseite gewartet, ob der Junge vielleicht auftauchte. Jetzt legte sich seine Hand fester um das kleine Mützenabzeichen in seiner Tasche, als er Jackdaw durch die Menschenmassen zu folgen begann. Jackdaw war schnell, ein junger Mann, der durch Lücken schlüpfte, verschwand und wieder auftauchte mit seinem glänzenden schwarzen Schopf. Stone rempelte sich durch, stämmige Schultern drückten hier gegen feuchte Wolle, dort gegen den Gestank von Schweiß und Kohlen. Er dachte schon, er würde es nicht schaffen, zu ihm aufzuschließen, müsste zusehen, wie Jackdaw abtauchte so wie all die jungen Männer, die zuvor verschwunden waren. Dann setzte auf einmal ein Jubeln ein, als Männer mit Pfandscheinen am Revers sich offenbar der Menschenmenge anschlossen und alle in einer Spottparade aufs Gerichtsgebäude zumarschierten. Jackdaw zögerte einen Moment am Rand der Menge, suchte nach einem Weg hindurch, und da holte Stone ihn ein, streifte gegen den Mantel des jungen Mannes und spürte es noch einmal unter dem Daumen, bevor er losließ.

Jackdaw war immer derjenige gewesen, der einen Orden wollte. Nicht für sich, sondern für seinen Freund. George Stone aber wusste, es waren nie einfache Soldaten wie sie, die Auszeichnungen erhielten. Es waren Männer wie Second Lieutenant Ralph Svenson. Oder Captain Godfrey Farthing. Silberne Kreuze mit einer Krone an jedem Arm, ein Band aus weißer und violetter Seide.

Für Tapferkeit.

Oder so was in der Art.

Es gab nicht viel, was Stone tun konnte, um alles besser zu machen. Aber dies hier konnte er tun. Ein kleines Ding in einer Tasche versenkt, endlich dort, wo es hingehörte. Ein Löwe, der die Pranke hob, und das Motto der London Scottish.

Strike Sure.

SECHSTER TEIL

Das Erbe

Godfrey Farthing
geb. 1893 gest. 1971

|

Robert Farthing
= Else Gold

|

Solomon Farthing
geb. 1950 gest.

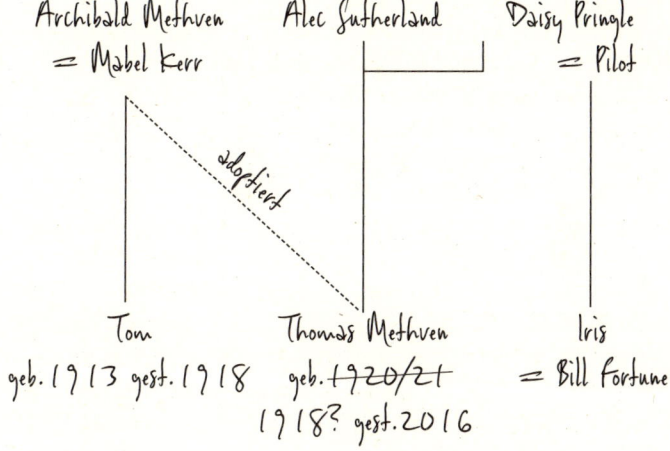

Archibald Methven = Mabel Kerr   Alec Sutherland   Daisy Pringle = Pilot

adoptiert

Tom
geb. 1913 gest. 1918

Thomas Methven
geb. ~~1920/21~~
1918? gest. 2016

Iris
= Bill Fortune

Aufzeichnungen, wenn man sich denn die Mühe macht, sie auszugraben, verraten Geheimnisse, festgehalten in Schwarz auf Weiß. Wer hat wen bezahlt, womit und wann. Manchmal sogar warum.

Solomon Farthing erkannte das Buch sofort, als seine Tante, die eigentlich nicht seine Tante war, es unter ihrem chinesischen Kaftan hervorholte. Eins von Godfrey Farthings Kontobüchern, ein dünner Band mit uraltem ledernem Rücken, darin die Wahrheit über Thomas Methvens fünfzigtausend. Oder zumindest eine Lesart davon.

»Das habe ich seinerzeit gefunden, als du schon weg warst, Solomon«, sagte seine Tante. »Beim Entrümpeln des Ladens.« Ein Hemd ohne Kragen. Ein Pelzmantel aus Eichhörnchenfell. Ein Kornett mit einer Delle am Trichter.

»Aber ich habe das Hauptbuch doch damals durchgesehen«, protestierte Solomon. »Da stand nichts von einer ausstehenden Schuld bei einem Thomas Methven.« Seine Füße in den rosaroten Socken kochten schon bei der Vorstellung, dass ihm 1971 fünfzigtausend durch die Lappen gegangen sein könnten, genug für einen ganz anderen Aufbruch ins Leben.

»Das war ein anderes Konto«, erwiderte seine Tante und legte ihre Hand auf den Buchdeckel, wie um ihr Vorrecht auf das zu betonen, was immer es enthielt. »Dies hier hatte Godfrey in der Glasvitrine versteckt, auf dem Bord unter der Damenwaffe.«

Perlmuttintarsien am Griff, ein dunkles Auge auf Solomons Herz gerichtet. Auch eine gute Tarnung.

»Aber was hat denn das mit dem armen Mr. Methven zu tun?« Mrs. Maclure klang stark verwirrt.

»Vermutlich gar nichts«, murmelte Barbara Penny aus den Tiefen des Sofas.

Solomons Tante runzelte wegen der Unterbrechung die Stirn, schlug das Kontobuch auf der ersten Seite auf und glättete es mit einem Wisch des bestickten Ärmels. Ihr Haar glänzte wie eine frisch geschliffene Klinge, als sie den Blick auf die kleine Versammlung heftete. »So«, verkündete sie. »Wollt ihr es sehen oder nicht?«

Woraufhin sich alle um sie scharten. Margaret Penny in ihren roten Schuhen, einen toten Fuchs um den Hals. Mrs. Maclure, die noch immer ihr Sträußchen Lenzrosen umklammerte, inzwischen leicht welk. Sogar Barbara Penny, murrend und pfeifend wie ein altes Akkordeon, als sie sich mithilfe ihres grauen NHS-Stocks hochhievte. Solomon musste um seinen Platz am Sarg kämpfen – ein derangierter Erbenermittler und der Rest vom Edinburgher Trauernetz drängten sich um Thomas Methvens Holzkiste, als wollten sie dem Toten noch Geleitworte zuflüstern, bevor er endgültig hinausgetragen wurde. Doch es ging ihnen keineswegs um Gebete, nicht mal um Geheimnisse. Sondern um handschriftlich Festgehaltenes – Zeile für Zeile *Zugänge* und *Abgänge*.

Die erste Seite des Kontobuchs enthielt einen ordentlichen Eintrag nach dem anderen in Godfrey Farthings sorgsamer Handschrift. Jede Zeile begann mit einer Zahl, die links stand, einer Summe, übertragen aus dem Hauptbuch, das Solomon seinen Großvater jeden Abend hatte führen sehen. Dann folgten ein einfacher Rechenschritt – ein Zehntel der wöchentlichen Einnahmen wurde abgezogen – und ein neuer Saldo ganz am rechten Rand der Seite. Die nächste Seite sah genauso aus. Und die darauf folgende. Ein Zehntel von allem, was Godfrey Farthing jemals eingenommen hatte, abgezwackt über fünfzig Jahre, solange er seine Pfandleihe führte, bis der alte Mann eines Tages Husten bekam und kurz darauf im Sarg lag.

»Das müssen ja Tausende sein«, hauchte Mrs. Maclure.

Vermutlich fünfzig, dachte Solomon. Oder nah dran.

»Aber was bedeutet das nun?«, sagte Margaret Penny, deren Fuchskopf dicht überm Kontobuch baumelte, als wollte er auch einen Blick darauf werfen.

»Seht ihr es denn nicht?« Barbara Penny rammte ihren Stock in den Teppich. »Es ist ein Zehnter.«

»Für die Kirche!« Mrs. Maclure strahlte und hob die drei Lenzrosen an ihre Wange. »Er war ja immer sehr fromm, unser Mr. Farthing. Ging jede Woche hin.«

Vater unser, der du bist im Himmel … Weihrauch und tropfende Kerzen. Aufragender grauer Stein. Der Finger eines alten Mannes auf dem kalten Märtyrerkreuz. Aber auch wenn an Mrs. Maclures Feststellung etwas dran war, merkte Solomon Farthing am wilden Taumeln seines Herzschlags, das war nicht der Grund, warum sein Großvater ein Zehntel von all seinem Einkommen beiseitegelegt hatte, Jahr um Jahr um Jahr.

Wie zur Bestätigung tat Solomons Tante Mrs. Maclures Annahme mit einem Schnauben ab. »Sei nicht albern«, sagte sie. »Niemand hinterlässt der Kirche heute noch Geld. Zu viele faulige Äpfel, ihr Ruf ist ruiniert.«

»Wem hat er es dann hinterlassen?«, fragte Margaret Penny.

Aber ihre Mutter war ihnen allen voraus, wie es einer alten Frau zukam, die lebenslang jeden Penny zweimal umgedreht hatte. »Jemandem namens Mabel. Hier steht es doch.«

Da, am Fuß jeder Seite, der laufende Stand der Abzüge. Und daneben der Name der vorgesehenen Empfängerin.

Mabel Methven, geborene Kerr.

Geld für schlechte Zeiten vielleicht. Oder einen neuen Hut. Ein schickes Paar Handschuhe. Oder Unterhalt für ein Kind, das nie das ihre war. Unter seinen zitternden Fingern spürte Solomon Farthing die raue Oberfläche einer Mappe mit Papierkram, darin ein Zeitungsausschnitt, der ein Kind zum Verkauf feilbot.

GESUCHT: Zuhause für kleinen Jungen, 6 Monate. Totalaufgabe.

Als ginge es um das Ende eines Kriegs.

Wieder sah er seinen Großvater auf einem Dorfanger vor sich, noch immer in militärischem Hellbraun, wie er ein Kind aushändigte, damit ein neues Leben begann.

»Ich nehme an, diese Mabel ist mit unserem Thomas verwandt?« Margaret Penny klang so trocken wie der feinste Fino.

Solomon sah auf und fand sich Auge in Auge mit Margaret Pennys Fuchs, der ihn anblinzelte, da sich das Licht in dem schwarzen Knopfauge fing.

Ja, nein, vielleicht, dachte er. »Gewissermaßen«, sagte er.

Dann kam alles zum Vorschein: Solomon Farthings akkurat zusammengetragene Unterlagen, ausgebreitet auf dem Deckel von des toten Mannes Sarg. Eine Geburtsurkunde für einen Knaben, zur Welt gebracht 1918 von einer gewissen Daisy Pringle. Eine Feldpostkarte von einem Soldaten an das Mädchen, das er zurückgelassen hatte. Ein Inserat aus einer Zeitung von 1919, in dem ein Kind feilgeboten wurde. Dann noch das Vorsatzblatt aus einer Bibel mit Angaben zu einer inoffiziellen Taufe – ein kleiner Junge, kam als die eine Person und ging als jemand anderes. Sowie ein Pfandschein, Nr. 125, dieses kleine blaue Rechteck, der Hauptgewinn, der alles miteinander verband.

»Meine Güte«, sagte Mrs. Maclure und beäugte die Ansammlung von Schätzen, die nun Thomas Methvens letzte Ruhestätte übersäten. »Sie waren aber fleißig.«

»Was soll der ganze Müll?«, krittelte Barbara Penny, und ihre Brust pfiff einen einzelnen hohen Ton, als wäre es ihr lieber, wenn die Vergangenheit im Verborgenen blieb, statt für alle Welt sichtbar ausgestellt zu werden.

Margaret Penny hingegen wirkte spontan belebt durch das papierene Treibgut von Thomas Methvens Werdegang. Als wäre er ganz plötzlich ein echter Mensch geworden statt nur ein weiterer Fall. »Ist das sein Familienstammbaum?«, fragte sie und zeigte auf Solomons zerknittertes Blatt mit der groben Skizze, wo Thomas Methven geendet und wie er begonnen hatte.

»Ja«, sagte Solomon. Wozu jetzt noch etwas verheimlichen.

Margaret Penny folgte mit dem Finger der gestrichelten Linie von Thomas Methvens Daten aufwärts zu denen seiner Adoptiveltern Archibald Methven und Mabel Methven, geborene Kerr. Dann fuhr ihr Finger waagerecht zu den Namen Daisy Pringle und Alec Sutherland, nach Solomon Farthings Kenntnis Thomas Methvens leibliche Eltern. Danach fuhr er wieder abwärts, eine durchgezogene Linie, die von Daisy Pringle zu ihrem zweiten Kind führte – einem Mädchen namens Iris Fortune, Thomas Methvens Halbschwester, seine nächste lebende Angehörige.

»Also haben Sie eine Verwandte aufgetrieben, die Anspruch auf das Geld hat«, sagte Margaret Penny. Im ersten Moment konnte Solomon Farthing nicht sagen, ob sie nun über das Ergebnis erfreut war oder sich eher eines Klienten beraubt fühlte, den sie für ihren gehalten und jetzt eingebüßt hatte.

»Nun ja, Mrs. Fortune hat noch nicht unterschrieben«, murmelte er. »Da ist wohl noch eine kleine Herkunftsfrage zu klären.«

»Was meinen Sie damit?« Margaret Penny klang scharf.

»Sie will erst wissen, wo das Geld herkommt«, sagte Solomon. »Ob es schmutziges Geld ist oder sauberes.«

»Ach, Iris«, seufzte Mrs. Maclure. »Also das ist wirklich mal eine schwierige Frau. Sagt unweigerlich schwarz, wenn man weiß sagt.«

»Tja«, sagte Barbara Penny und schüttelte ihren Stock. »Wenn dieses Geld von Godfrey Farthing stammt, kann es aus keinen ehrlicheren Händen kommen.«

Solomon stopfte eine lose Manschette in den Ärmel seines Tweedjacketts, als fühlte er sich jetzt, da der gute Name seines Großvaters beschworen wurde, zu einem seriöseren Auftritt verpflichtet. »Sie alle kannten ihn, ja?«, sagte er, auch wenn er eigentlich nicht zu fragen brauchte.

»Oh ja«, sagte Barbara Penny. »Er hat mir stets einen sehr guten Kurs für meine Apostellöffel gegeben, wenn ich mal knapp bei Kasse war.«

»Sehr großzügig zu den Armen.« Mrs. Maclure nickte zustimmend. »Hat ihnen für den Sonntagsgottesdienst immer ihre Mäntel zurückgeliehen.«

»Konnte wunderbar Geschichten erzählen«, sagte Solomons Tante, deren Miene plötzlich weich wurde.

Solomon reagierte leicht beleidigt, als wäre er wieder ein kleiner Junge, ausgeschlossen aus einem geheimen Zirkel von Vertrauten, in dem sein Großvater ein völlig anderer Mensch gewesen war als der, an den er sich erinnerte. »Was denn für Geschichten?«, sagte er. »Mir hat er nie Geschichten erzählt.« Weder Gutenachtgeschichten. Noch sonst welche, genau betrachtet.

Seine Tante machte eine wegwerfende Handbewegung in seine Richtung. »Du hättest bloß zu fragen brauchen, Solomon. Aber du warst wohl meistens zu beschäftigt mit deinem eigenen Kram.«

Raufen. Und Klauen. Zigarettenbildchen tauschen gegen Halfpennys. Und Knöchelchen oder Kiesel gegen die Wand werfen. Ein Waisenjunge in kurzen Hosen, ständig unterwegs in den Gässchen und Hinterhöfen von Edinburgh, während das Mädchen, das auf ihn aufpassen sollte, auf den Stufen der Pfandleihe saß, an einem Lutscher leckte und heimlich lauschte, was ihre Mutter und ein alter Mann sich alles erzählten.

»Also die Geschichte, die ich jetzt hören will, ist: Warum hat Godfrey Farthing sein Geld Thomas Methvens Mutter hinterlassen?«, sagte Barbara Penny. »Was hatten sie überhaupt für eine Beziehung zueinander?«

Und in diesem Moment tauchte der junge Mann auf.

Er trat außer Atem ein, in der Hand eine Packung Waffeln mit rosa Cremefüllung, um die letzten Momente eines alten Soldaten zu feiern, bevor der Sarg und sein Insasse endgültig verbrannt wurden. »Komme ich zu spät?«, fragte er.

»Nein«, sagte Solomons Tante staubtrocken. »Mr. Methven hat offenbar Mühe, sein letztes Ziel zu erreichen. Er ist von diesem Herrn hier aufgehalten worden.« Sie zeigte auf Solomon, der an eine Ecke von Thomas Methvens Sarg gelehnt dasaß und sich mit einem blauen Halstuch die Stirn wischte.

Der junge Mann blinzelte beim Anblick des unerwarteten Gastes. Solomon Farthing, kein Mitglied beim Edinburgher Trauernetz. Wenigstens noch nicht. Er trat näher und streckte die Hand aus. »Wie schön, Sie wiederzusehen«, sagte er. »Pawel. Wir haben uns im Pflegeheim getroffen.«

Der Bursche mit den hinreißenden braunen Augen.

»Und was ist Ihre Rolle in diesem kleinen Drama?«, forschte Margaret Penny und stopfte ihren Fuchs unters Revers.

»Pawel hat mir die Ehre erwiesen, das Nähen zu übernehmen«, sagte Solomons Tante mit dem Hauch eines Lächelns. »Er ist sehr geschickt mit Nadel und Faden.«

Pawel errötete bei dem Kompliment. »Bloß ein kleiner Gefallen für einen Freund. Wir alle hatten Mr. Methven sehr gern. Wollte am Schluss behilflich sein.«

»Warum in aller Welt habt ihr das Geld überhaupt in seinen Anzug eingenäht?«, fragte Margaret Penny. »Wieso nicht einfach aushändigen? Man hätte zumindest die Beerdigung davon bezahlen können.«

»Und meinen neuen Hut«, knurrte Barbara Penny.

»Und die Blumen«, sagte Mrs. Maclure. »Die kosten heutzutage wahrlich ein Vermögen.«

»Wem hätte ich es geben sollen?«, sagte Solomons Tante und hob die Arme zur Decke wie zur Anrufung einer höheren Macht, die mehr vermochte als sogar sie. »Es gehörte Mabel Methven. Sie hat es nie angenommen, also gehört es Thomas Methven. Und Thomas Methven ist tot.«

Alle schauten auf den Sarg, wie um sich die Tatsache in Erinnerung zu rufen.

»Du hättest es behalten könnten«, murmelte Barbara Penny. »Ich hätte das gemacht.«

»Wenn du mir damals davon erzählt hättest, hätte ich dir vielleicht helfen können, es in die rechtmäßigen Hände zu überführen«, murrte Solomon. Er empfand es immer noch als kränkend, dass sein Großvater ein Vermögen zusammengekratzt und es ihm nicht vermacht hatte.

»Ach, Himmel noch mal!« Solomons Tante, die eigentlich nicht seine Tante war, ließ die Hände sinken und trommelte auf den Sargdeckel. »Ich habe damals versucht, mit dir Kontakt aufzunehmen, Solomon. Aber wer wusste schon je, wo du steckst, ständig warst du am Cruisen, von einem Ort zum nächsten. Schließlich habe ich Mr. Methven einen Brief geschrieben und ihm das Geld angeboten. Es kam nie eine Antwort. Vermutlich hat er ihn zerrissen und auf seinen Komposthaufen gestreut, wenn man sich diese Rosensträucher ansieht. Sie wirken ausnehmend gut gedüngt.«

Schwere Stille legte sich über Thomas Methvens einstigen Salon bei dem Gedanken, dass der Tote eine Erbschaft von fünfzigtausend ausgeschlagen hatte, um stattdessen seine Rosen zu düngen.

Dann seufzte Mrs. Maclure. »Ich versteh's immer noch nicht«, sagte sie. »Warum sollte Mr. Farthing all das Geld sparen, um es Mabel Methven zu geben? War sie eine Kundin?«

»Nicht direkt …«

Alle Blicke richteten sich auf Pawel, der in seiner Tasche wühlte und etwas herauszog. Ein Notizbuch, die Seiten steif vor Alter, drinnen blaue Waagerechte und rote Senkrechte sowie einiges mehr.

»Es hat Mr. Methvens Vater gehört«, sagte Pawel und reichte Solomon das Buch. »Sein Name steht innen auf dem Deckel. Sie hatten doch gefragt, ob er irgendwas hinterlassen hat. Ich hab's gefunden, nachdem Sie weg waren.«

Ein Notizbuch, versteckt in der Unterwäscheschublade eines anderen Pflegeheimbewohners.

»Mr. R. hatte es«, sagte Pawel. »Anscheinend borgt er sich öfter mal anderer Leute Sachen aus.«

425

Solomon erinnerte sich, ein alter Mann, der ihm zugezwinkert hatte, als er im Pflegeheim den Gang entlangschlurfte, die Augen plötzlich so verblüffend blau. Er drehte das kleine Notizbuch in der Hand, sah, wie passend es sich in seinen Handteller schmiegte.

»Wissen Sie, was es ist?«, fragte er.

»Es ist eine Geschichte.« Pawel lächelte. »Ich erzähle sie, wenn Sie möchten.«

Aufzeichnungen, wenn man sich denn die Mühe macht, sie auszugraben, verraten Geheimnisse, festgehalten in Schwarz auf Weiß. Wer hat mit wem gedient, wann und warum. Manchmal sogar, was wer danach getan hat.

Pawel war es, der all die Erklärungen lieferte, während die Ladys vom Edinburgher Trauernetz gebannt an seinen Lippen hingen. »Ich hab Mr. Methven bei seinen Nachforschungen geholfen«, sagte er. »Sämtliche Männer, die mit seinem Vater gedient hatten. Was letztlich aus ihnen geworden ist.«

Zehn Männer, plus ihr befehlshabender Offizier, versteht sich. Captain Godfrey Farthing, der die Verantwortung trug bis zum Schluss. Zehn Zweige an einem Baum, der für manche wuchs und gedieh und für andere verdorrte. Und keiner von ihnen wusste am einen Tag, was der nächste bringen mochte. Keine vollständige tabellarische Darstellung, alle Felder ordentlich ausgefüllt. Aber dafür eine Geschichte mit Widerhall für die Nachwelt, sofern sie denn erzählt wurde, eine Geschichte, die über Generationen hinweg zu Leuten sprach, die damals noch gar nicht gezeugt waren.

Es war wie Abrechnung machen, dachte Solomon, als er in den steifen Seiten des kleinen Notizbuchs blätterte. All die Soldaten, über die er auf seiner Reise in Thomas Methvens Vergangenheit gestoßen war, seinerzeit abgehakt, nun wieder neu aufgelistet.

Archibald Methven, verheiratet mit Mabel. Wohl tatsächlich ein Buchhalter, wie Eddie Jackson an der Findelschule gemutmaßt hatte, wenn man nach den gewissenhaften Aufzeichnungen in dem Notizbuch gehen konnte, eine sorgfältige Aufstellung, wer wem was schuldete und warum.

Dann des Lehrers Namensvetter, Private Edward Jackson, im Notizbuch aufgeführt als Jackdaw, die Dohle – und so hatte auch Solomon ihn gekannt.

Ferner Bertie Fortune, Iris Fortunes Schwiegervater, der Mann mit dem vergnügten Grinsen und dem schlecht sitzenden Anzug, der Glückspilz der Truppe.

Irgendwie überraschte es Solomon nicht, als der nächste Name *Hawes, J.* lautete, und kurz hatte er einen Kloß im Hals, als er an Andrew dachte, der den Pfandschein ausgefüllt hatte mit seinem komischen ›i‹ und schrägen ›t‹, der die Annahme eines Anzugs quittierte im Tausch gegen einen Glücks-Sixpence. Plus drei Medaillen. Ein Stern. Ein Kriegsorden. Sowie einer für den Sieg.

Alle Leute waren miteinander verbunden, so oder so, das ging ihm durch den Kopf.

Es waren noch mehrere andere Männer in Methvens Notizbuch aufgeführt, deren Namen Solomon nichts sagten. Ein gewisser Private Percy Flint, Eigentümer einer Spule rosa Garn. Ein Arthur Promise und ein George Stone – jemand, der immer nur Walnüsse setzte, als wäre das alles gewesen, was die Männer am Ende noch zu essen hatten. Sowie ein Alfred Walker, setzte einen Wünschelknochen, gewann ein grünes Schleifenband.

»Alfred Walker sagen Sie?« Barbara Penny keuchte pfeifend und wedelte von der Sofaecke aus mit beiden Händen, als sie das hörte, und musste mit einer von Pawels rosa Waffeln beruhigt werden, ehe sie weitermachen konnten.

»Der Second trug den Namen Ralph Svenson«, sagte Pawel. »Einer der wenigen Männer, die einen Orden bekamen. Mr. Methven und ich haben ihn auf der Ehrenrolle entdeckt.«

Das Military Cross. Silber an weißer und violetter Seide, vier Kronen an den vier Armen, Osten, Westen, Süden, Norden.

»Wofür war der Orden?«, fragte Solomon.

»Tapferkeit«, sagte Pawel. »Oder so was in der Art.«

Ein Scharmützel am letzten Tag. Zwei Tote. Verdammtes Pech.

»Ihr Großvater war auch für eins vorgesehen«, sagte Pawel und sah Solomon mit diesen sanften Augen an. »Wir haben einen Auszug aus der *London Gazette* gefunden. Aber anscheinend wurde es nie abgeholt. Also hat man es stattdessen an eine Schule in Nordengland nahe der Grenze geschickt. Sagt Ihnen die was?«

Eine Findelschule für Jungs, dachte Solomon. Aufgelistet, dann abgehakt. Er las den letzten Namen im Notizbuch laut vor.

Alec Sutherland.

Setzte einen Pfandschein. Verlor alles.

»Thomas Methvens leiblicher Vater«, sagte Margaret Penny mit leuchtenden Augen. »Wissen Sie, was ihm zugestoßen ist?«

»Verschwunden«, antwortete Solomon. »Laut seinem Wehrdiensteintrag in Kew. Einer von den Vermissten, seine Leiche wurde nie gefunden.«

Solomons Tante holte tief Luft, atmete aus und legte ihre schwer mit Silberringen beladenen Hände auf den Sargdeckel. »So«, sagte sie, als wäre nun alles aufgeräumt. »Das erklärt es.«

»Erklärt was?«

»Warum dein Großvater gezahlt hat.«

Die Schuld, natürlich. Die Schuld. Fünfzigtausend in den Beerdigungsanzug eines Toten eingenäht im Gegenzug für den Verlust eines Vaters, der nie heimkommen würde.

»Das beweist doch überhaupt nichts«, murrte Barbara Penny und zeigte auf das kleine Notizbuch. »Nur dass sie sich kannten und mal ein Spiel mitgemacht haben.«

Solomons Tante griff sich ans Haar. »Ja, aber es harmoniert

mit einer Geschichte, die Godfrey erzählt hat, eigentlich meiner Mutter. Über das, was am Ende passiert ist.«

»Was für eine Geschichte?«, sagte Barbara Penny. »Man kann doch nicht aufgrund einer Geschichte über Geld entscheiden.«

»Dass er einmal einen Mann erschossen hat«, sagte seine Tante und rückte den Spieß ihrer Türkis-Spange zurecht, als könnte er eine nützliche Waffe abgeben. »Mord. So hat er es genannt.«

Godfrey Farthing, letztlich doch kein Held.

1918

Das Land lag flach und still da, als Godfrey Farthing endlich hinkam. Noch eine Meile bis zum Fluss. Dann eine halbe. Dann noch weniger. Der Boden war gefroren, als er sich näherte, das Gras zu seinen Füßen grau. Nichts zu hören außer einem einzelnen Vogel, der über ihm sang, irgendwo außer Sicht- und Reichweite.

Godfrey machte halt, als er noch ein paar hundert Meter Sumpfgebiet zu überwinden hatte, die Wunde unter seinem Hemd pochte, und er fragte sich, ob er weitergehen oder umkehren sollte. Er wusste, es war seine Pflicht, der Versuch, nach Hause zu bringen, was immer von seinen Männern übrig war. Ihre roten Marken und ihre grünen. Ihre Mützenabzeichen und ihre Brieftaschen. Uniformen. Gürtel. Und Knochen. Aber Godfrey Farthing rutschte das Herz in die Hose, wenn er bedachte, was ihn vielleicht erwartete – so wie damals, als er seine Männer jenen matschigen Weg entlang in Sicherheit geführt hatte. Diesmal aber keine Kohlköpfe, keine an der Wäscheleine flatternde Schürze. Sondern alles, was von seiner Truppe geblieben war, geschlachtet wie die Hühner, hingestreckt am Ufer eines Flusses.

Godfrey drückte sich bäuchlings an den Grund eines gefrorenen Wassergrabens, suchte das fieberhafte *eins-zwei* seines Herzens zu drosseln. Zum ersten Mal, seit er in einem Schiff voller Männer diesen kurzen kabbeligen Kanal überquert hatte, verstand er es. So musste seine Mutter sich gefühlt haben, als sie ihn losmarschieren sah, in den Krieg. Dieser feine Faden aus Furcht im Inneren, dass das Schlimmste passieren könnte, bevor ihr Junge es schaffte heimzukehren.

Er fasste nach seiner Waffe, löste sie aus dem Holster, nahm den kalten Griff in die Hand. Rings um ihn wallte frühmorgendlicher Nebel, alles war verwischt, nichts zu erkennen

430

bis auf den Boden unmittelbar vor ihm. Als Godfrey sich langsam weiter voranschob, drückte etwas in seine Seite – die schwarze Schale einer halben Walnuss, schon ewig in seiner Tasche, nie auf dem Teich in See gestochen. Und da sah er sie. Gespenster, die auf ihn zukamen, stumm schoben sie sich durch das gefrorene Gras.

Der Nebel hing tief am Boden wie Gas in einem Schützengraben, als Godfrey die Erscheinungen anstarrte, die unaufhaltsam auf ihn zuglitten. Hellbraun oder Feldgrau? Alte Männer oder Jungs? Er konnte es unmöglich sagen, auch zu hören war nichts als das leise Klötern von Waffen, das durch die neblige Luft schwebte, als sie vorbeirobbten, kaum ein, zwei Meter vor ihm. Godfrey hielt den Atem an, als sie passierten, und begann durchzuzählen:

Ein Soldat.

Zwei Soldaten.

Drei.

Betete, es möge das sein, was von seiner Truppe übrig war, worauf ein Captain aufbauen konnte. Und nicht der Feind beim Manöver, über den Fluss gesetzt für ein letztes Scharmützel, ehe die Glocken zu läuten begannen. Männer in Feldgrau, unterwegs zum Bauernhof, zu James Hawes im Hühnerstall, die Gewehre angelegt. Die Soldaten waren beinahe weg, Godfrey schon drauf und dran, kehrtzumachen und ihnen zu folgen, da spürte er das Messer an seiner Kehle. Den Biss einer Klinge, noppig und scharting am Griff, an der Spitze glänzend geschärft.

»Kein Wort, oder ich schlitz dich auf.«

Ein Schnitt durch den Hals, zum Ausbluten wie ein Huhn.

Dicke Finger, die nach Erde rochen und ganz leicht nach Äpfeln, drückten sein Gesicht in die Erde. Dann das Atmen, direkt in sein Ohr, als wäre es innerhalb von Godfreys Kopf, und seine plötzliche Erkenntnis, dass es hier enden würde. Er würde nicht lange genug leben, um den klaren Ton der Glocke zu hören, die über die leeren Felder schallte. Um zu feiern, Champagner mit Brandy, dazu eine Kirsche. Nichts blieb von Godfrey Farthing als eine Leiche im Wassergraben, Blut überall am Kragen, eine Feldpostkarte und ein Notizbuch in der Brusttasche.

Dann plötzlich hob sich das Gewicht, Godfreys ganzer Körper wurde leicht, als auch die Klinge verschwand. Er würgte und griff sich an die kalte Stelle auf der nackten Haut, während ein anderer Mann sich neben ihn fallen ließ, die Augen weit aufgerissen im grauen Licht, als hätte er selbst einen Geist gesehen.

Die beiden Männer lagen keuchend auf dem gefrorenen Gras wie Fische an Land, die an der Luft fast erstickten. Godfrey war es, der als Erster sprach, seine Stimme krächzend, die Worte rau, als er Dreck von der Lippe spuckte. »Was zur Hölle, Stone.«

Der alte Kämpe neben ihm ausgestreckt, weißen Raureif um den Mund. Zwischen ihnen ein fallen gelassenes Messer. George Stone fluchte, seine Stimme ein Raspeln. »Herrgott noch mal, Sir! Hab Sie nicht erkannt. Dachte, Sie sind einer von denen.«

Der Feind, vielleicht flussaufwärts übergesetzt, jetzt hinter ihnen her. Godfrey wischte sich mit dem Uniformärmel übers Gesicht, roch feuchte Wolle und Erde, als er sich drehte, um nochmals die Gespenster zu sehen. »Wo ist der Rest?«, flüsterte er.

Doch die Männer waren weg, im Nebel verschwunden, strebten weiter und weiter vorwärts, ohne je zurückzublicken.

Stone rollte sich auf den Bauch und schnaufte. »Ich habe den Rückzug befohlen«, sagte er.

»Wie viele?«, fragte Godfrey.

Stone zögerte. Ganz leise sprach er es aus. »Vier.«

Ein Jackdaw.

Ein Promise.

Percy Flint.

Und Alfred Walker mit seinen Träumen. Dazu George Stone, der alte Kämpe, na klar, von Anfang an dabei, überlebt bis ganz zum Schluss.

Godfrey drückte kurz die Wange auf den Boden, Übelkeit im Magen und plötzlich einen Hauch Zitronenöl in der Nase. »Was ist mit dem Second Lieutenant?«, sagte er.

George Stones Gesicht im Schatten war schwer zu erkennen. »Der Lieutenant ist am anderen Ufer stecken geblieben, Sir«, sagte er. »Wir mussten ihn zurücklassen. Zu viel verfluchtes Blei.«

»War er verwundet?«, flüsterte Godfrey.

Stone zögerte. »Das hat er gesagt, Sir. Bin unsicher, ob das nur ein Spruch war. Die Hosen zu voll, um zurückzuschwimmen.«

»Herrgott!« Jetzt war es Godfrey, der fluchte. »Dann ist er tot, noch bevor die Sonne aufgeht.«

George Stone wandte den Blick zum Horizont, wo sich graues Licht erhob. »Was ist mit Methven, Sir?«

Stille, dann schüttelte Godfrey den Kopf.

Nebeneinander lagen die Männer auf dem Bauch im Wassergraben, atmeten ein, atmeten aus, der Atem bildete über ihren Köpfen Schwaden, die mit dem Nebel verschmolzen. Irgendwo über ihnen sang ein Vogel ein paar Töne, brach ab. Der Boden unter ihnen war eisig. Zwischen ihnen nichts als die scharfe Klinge eines Messers. Als der Vogel nicht weitersang, sammelte sich Godfrey, überprüfte sein Holster, der kalte Knauf seiner Pistole an der Handfläche.

»Wir müssen ihn holen, Stone«, sagte er. »Wir können ihn nicht zurücklassen. Sie gehen die Männer zurückholen, wir treffen uns am Flussufer. Ab da übernehme ich das Kommando.«

Doch George Stone senkte die dunklen Augen auf die frostige Erde, sah seinen Captain nicht an, schüttelte den Kopf. »Hab ich schon versucht, Sir. Hat nicht geklappt. Die Männer haben beschlossen abzurücken.«

»Was meinen Sie mit ›beschlossen‹?« Godfrey starrte seinen Koch an. »Wer hat den Befehl erteilt?«

George Stone wälzte sich herum und starrte zurück. »Sie haben eine Münze geworfen, Sir«, sagte er. »Kopf oder Zahl.«

Godfrey sah es vor sich, eine Münze, die ins Gras fiel, die entschied, wer lebte und wer starb. Fünf einfache Soldaten, die es drauf ankommen ließen, so wie der verantwortliche Offizier es mit ihnen hatte drauf ankommen lassen. Er atmete ein, Frost, der süße Biss von gefrorenem Gras unter seinen Fingerspitzen, streckte die Hand aus, legte sie seinem alten Kämpen auf den Arm.

»In Ordnung, Stone«, sagte er. »Holen Sie die anderen ein und bringen Sie sie zu den Walnussbäumen. Da warten Sie auf mich.«

»Was haben Sie vor, Sir?« Stones Stimme nur ein raues Gemurmel im Rauschen der Weiden.

»Ich muss nach vorn«, erwiderte Godfrey. »Den Lieutenant suchen.«

George Stone zögerte, rückte sein Enfield auf der Schulter zurecht, die Finger zitternd vor Kälte. Er drehte sich um, dorthin, wo der Rest im Nebel verschwunden war. Dann sah er wieder seinen Captain an. »Wir brauchen eine Geschichte, Sir. Falls Sie ihn mitbringen.«

»Eine Geschichte?«

»Was los war.« Stones Augen waren jetzt schwarz. »Sie wissen, was er sagen wird, wenn wir keine haben.«

Erst als sie sich trennten – als der alte Kämpe abzog, um dem Rest der Truppe zu folgen; als Godfrey Farthing sich anschickte, doch noch den Fluss zu überqueren –, merkte Godfrey, dass sie beim Durchzählen einen vergessen hatten, drehte sich um und rief. »Stone! Stone!«, raunte er. »Was ist mit dem Neuen? War er bei euch?«

Hörte die Antwort, die über den gefrorenen Sumpf herübertrieb. »Der ist auch im Fluss.«

Was bedeutet es, einen Mann zu lieben? Das war die Frage, die sich Captain Godfrey Farthing unvermutet stellte, als er die paar Schritte auf den Fluss zurobbte und -rutschte, nichts als Schösslinge und stoppeliges Röhricht, auf der gegenüberliegenden Seite eine Wiese, die darauf wartete, zum Schlachtfeld zu werden; der ideale Ort, um einen Mann zu erschießen. Unterm Hemd spürte er, wie das Schrapnell sich regte, ein Geist unter seiner Haut. Vier grauenvolle Jahre hatte er mit Grübeln über diese Frage verbracht, und was einer Antwort am nächsten kam, war der Anblick von zwei Jungs, die sich im Schatten einer Scheune küssten.

Godfrey selbst hatte nie von der Liebe gekostet. Zumindest nicht so, wie er sie sich vorstellte. Mit einem Mädchen, das die Röcke schwang und sich traute, die Knöchel zu zeigen, einer Person, die er zum Tee mit heimnehmen und seiner Mutter vorstellen konnte. Aber jetzt, als das erste Licht die Weiden zu versilbern begann, fragte sich Godfrey, ob er die Liebe nicht vielmehr allzu gut verstand. Hier in diesem Paradies, wo er durch einen Wassergraben kroch, um die zu retten, die vielleicht noch übrig waren. Und auch schon vorher, zwischen Schlamm und öliger Jauche im Schützengraben, Männer aller Gestalt und Herkunft zu seinen Füßen. Godfrey hatte es damals verstanden und er verstand es jetzt, dieses Gefühl tief drin, das, einmal entfesselt, ihn davon abhalten könnte, den Mut zum Zustechen mit dem Bajonett zu finden. Wie Hawes. Wie Beach.

Also das ist ja mal doll. Der Glanz in den Augen eines jungen Mannes.

Oder vielleicht hatte er es ja von Anfang an verstanden, dachte Godfrey. Schon bei der Berührung durch die Hand eines alten Mannes, der einen Sohn an der Schulter fasste und ihm zeigte, wie man des Nachts die Standuhr aufzog. Die kleine Sonne, die unterging. Der Mond, der aufging. Die Zeit, die so verging, wie sie sollte.

Der Fluss strömte schnell und dunkel dahin, Eis sammelte

sich an den Rändern, als Captain Godfrey Farthing kam, um zu retten, was verloren war. Einen jungen Mann mit zwei Würfeln in der Tasche. Oder einen neuen Rekruten mit nichts als einer Kaninchenpfote in seiner, einen Jungen, auf den achtzugeben Godfrey sich geschworen hatte. Als er so dalag, wenige Schritte entfernt von seinem Ziel, das Wasser vor ihm stetig und still im Morgengrauen, da schmerzte Godfreys alte Wunde, als wäre die Kugel eben erst eingedrungen. Rings um ihn erhob sich der frühmorgendliche Nebel wie ein Geist aus dem Gras. Aus der Erde. Von der Wasseroberfläche. Ein Pesthauch, der Godfrey die Sicht erschwerte. Er drückte die Stirn auf den kalten Boden, knirschte mit den Zähnen, die Hand fest am Griff seiner Waffe. Und da, als er wieder aufblickte, sah er es. Noch ein Gespenst, das durchs Gras auf ihn zukam.

Das Gespenst war grau wie der Feind, die Uniform dunkel vom Wasser, durch das es gewatet war, es stieg vom Flussufer auf und trieb stumm auf Godfrey zu. Godfrey presste sich an die Erde, fühlte ihre Kälte bis ins Mark. Durch den Nebel erhaschte er einen Blick auf Feldgrau und eine Fährte aus zerbrochenen Walnussschalen, die von den Stiefeln des Gespensts ausging. Dann sah er nochmals hin, und es hatte helles Haar, das sich vor dem Grau abhob, ein Junge marschierte aus dem Morgengrauen auf ihn zu, als schlenderte er durch ein Kleefeld, Butterblumen zu seinen Füßen.

Erleichterung durchströmte Godfreys Gliedmaßen, das plötzliche Kribbeln des Bluts in den Fingerspitzen bei dem Gedanken, es könnte Alec sein, der aus dem Morgendunst auf ihn zukam, so wie der Junge erst vor ein paar Tagen den schlammigen Weg entlang auf ihn zugekommen war. Er fasste sich an die zugeknöpfte Brusttasche seiner Uniform, wo eine Feldpostkarte steckte, spürte den erschreckend eisigen Messingknopf unterm Daumen.

Dann sah er nochmals hin und erkannte, das dort vor ihm war ja Beach, den Arm erhoben wie zum Winken.

Wir sehn uns dann. Diese stumpfen grauen Augen.
Godfrey machte die Augen zu und zählte:
ein Bein;
zwei Beine;
ein Arm;
fünf Finger.

Machte sie wieder auf und hatte Second Lieutenant Ralph Svenson vor sich, der über die gefrorene Böschung auf ihn zugestiefelt kam. Ein junger Offizier, der in Abwesenheit seines Captains einen Verlorenen Haufen ins Feld geführt hatte, kam mit heiler Haut zurück und mit seiner Lesart dessen, was sich zugetragen hatte. Meuterei. Männer, die Befehle verweigerten. Und am Ende Fahnenflucht. Die Wunde unter Godfreys Hemd brannte wie Eis, als er tief ausatmete, *aus aus aus*, er schmeckte die mit Beerensaft befleckte Handfläche eines Jungen, er sah das silberne Blinken eines Mützenabzeichens, nachlässig zwischen die Spreu geworfen, als wäre es nichts, er hörte den Knall einer Kugel, abgeschossen von einem Mann, um den Rest zu warnen.

Die Glocken im Dorf hatten noch immer nicht geläutet, als Godfrey aufstand und seinen Revolver hob, wie man es ihm beigebracht hatte. Arm durchgestreckt. Rücken gerade. Den Feind anvisierte – ein Gespenst, das aus der Vergangenheit auf ihn zuschritt. Second Lieutenant Ralph Svenson wirkte kurz verdutzt, als er seinen Captain dort sah. Dann drückte Godfrey Farthing ab. Zielte aufs Herz.

Blutgeld. Darauf lief sie letztlich hinaus, Godfrey Farthings alte Schuld. Ein Mann, erschossen, um den Rest zu retten, kurz vor dem Ende.

»Mord!«, rief Mrs. Maclure atemlos und zerdrückte drei Lenzrosen an ihrem Brustbein.

»Zweckmäßiges Handeln«, verkündete Solomons Tante.

»Ein Unfall«, sagte Margaret Penny. »Ohne Vorsatz.«

Oder einfach etwas, das im Krieg eben passierte.

So oder so wusste Solomon, was das bedeutete. Thomas Methvens Nachlass war besudelt. Eindeutig etwas, das einen Fleck hinterließ. Er hockte auf der Kante des Brokatstuhls, auf dem sein toter Klient aufgebahrt war, und kalkulierte die Wahrscheinlichkeit, dass Iris Fortune noch unterschreiben würde, nun da er festgestellt hatte, wo die fünfzigtausend herstammten. Vierzig Prozent? Dreißig Prozent? Oder noch viel geringer.

Barbara Penny war es, die sein Gegrübel unterbrach, immer eine Meinung zur Hand, wo es um Geld ging. »Es ist nicht richtig«, beharrte sie. »So viel Bargeld verbrennt man nicht, egal wo es her ist. Und wofür es gedacht war. Man muss Iris Fortune zur Vernunft bringen.«

Aber Solomons Tante lehnte das ab. »Auf keinen Fall. Es war Thomas Methvens Geld, als er noch lebte. Und auch jetzt, wo er tot ist, gehört es Thomas Methven. Das Geld soll ihn ins Feuer begleiten.«

»Margaret!« Barbara Penny rammte zum tausendsten Mal ihren Stock in den Teppich. »Kannst du mal einschreiten? Brauchst du nicht zumindest die Beerdigungskosten?«

»Nun ja«, erwiderte ihre Tochter. »Die kann ich schon einfordern. Aber den Rest nicht.«

Solomon Farthing horchte auf. Vielleicht konnte er wenigstens seine Ausgaben geltend machen. Beim Amt für Verloren-

gegangene vorsprechen mit einer Rechnung für eine vier-
tägige Nachforschung im Osten, Westen, Süden und Norden.

»Fünfzigtausend«, seufzte Mrs. Maclure, »das wird mächtig lodern.«

»Fünfzig?«, sagte Solomons Tante. »Wie kommst du denn
auf fünfzig?«

Doch es war eine neue Stimme, die sich jetzt in die Diskussion einmischte und alle zum Schweigen brachte. »Niemand
von Ihnen bekommt irgendetwas, wenn wir das Geld selbst
nicht finden.« DCI Franklin, prächtig anzusehen in einem
Mantel mit pfirsichfarbenem Futter, lehnte im Türrahmen
von eines toten Mannes Salon. Und dahinter, sozusagen als
Nachhut, Colin Dunlop von Dunlop, Dunlop & Dunlop,
der hier war, um herauszufinden, was aus dem gestohlenen
Hund geworden war.

Das Geld war futsch. Verschwunden aus dem Safe des Pflegeheims, fünfzigtausend in gebrauchten Scheinen, über Nacht
geklaut. DCI Franklin hatte sich nicht die Mühe gemacht,
erst herumzufragen, sondern war direkt zu der Totenwache
für den Verstorbenen gekommen. »Irgendetwas sagt mir,
dass die Antwort hier zu finden sein könnte.« Sie deutete auf
Thomas Methven, verborgen in seinem Sarg. »Hier, wo dieser
ganze Zirkus angefangen hat.«

»Ich war's nicht«, sagte Solomon, brachte gleich als Erster
sein Alibi vor. »Ich war nicht mal im Land. Nur damit da gar
keine Zweifel aufkommen.«

»Können Sie das irgendwie beweisen?«, sagte die DCI.

Solomon versuchte entrüstet dreinzusehen, wusste aber,
dass das sinnlos war. Er könnte sie auffordern, das Num-
mernschild durch die Polizeidatenbank laufen zu lassen und
mittels Kennzeichenerfassung beweisen, dass er in der einen
Nacht nach Süden unterwegs gewesen war und in der nächsten zurück nach Norden. Aber die benutzten Fahrzeuge
waren beide entwendet, und er wollte DCI Franklin kein

Druckmittel in die Hände spielen. »Ich war in Kew«, sagte er. »Habe im Archiv nach Angehörigen unseres Klienten gefahndet.« Wobei auch das unter falschem Namen geschehen war. Solomon warf einen Blick auf seinen Erbenermittlerkollegen und fragte sich kurz, ob Colin Dunlop diese betrügerische Handlung vielleicht bestätigen würde. Entschied, dass er das wohl nicht tun würde.

»Und, jemanden gefunden?«, fragte die DCI.

»Ja«, sagte Solomon schon zuversichtlicher, denn er hatte etwas vorzuweisen, was ihr Vertrauen in ihn rechtfertigte. »Nein. Also, vielleicht schon. Sie hat aber noch nicht unterschrieben.«

»Was wohl ganz gut ist, wenn man bedenkt, dass das Geld gestohlen wurde.« Die unergründliche PC Noble, die prompt Salz in die Wunde rieb.

»Ich war es nicht«, sagte Mrs. Maclure und beugte eifrig das Knie vor der Polizei.

»Sei nicht albern«, keuchte Barbara Penny. »Das hat auch niemand angenommen.«

»Warum sollte ich meinen Klienten bestehlen?«, sagte Margaret Penny. »Die Kommune braucht immer Geld.«

Alle sahen zu Solomons Tante, die eigentlich nicht seine Tante war. Aber die Art, wie sie an ihrer Türkis-Haarspange nestelte, machte ihnen bewusst, dass eine falsche Anschuldigung in diese Richtung einen gefährlichen Präzedenzfall schaffen könnte.

»Tja, irgendwer hat es aber eingeheimst«, sagte DCI Franklin. Sie baute sich vor Solomon auf, der neben dem Sarg auf der Stuhlkante hockte. »Leeren Sie Ihre Taschen aus.«

»Was! Ich sag doch, ich war's nicht.«

»Sie sind hier aber der Einzige mit Vorstrafenregister, nicht wahr.«

Es war keine Frage. Allerdings war Solomon sicher, dass er Margaret Penny leicht zusammenzucken sah – nur ein winziges verräterisches Zeichen, aber doch eindeutig. Fragte sich, auf welche Art sie in ihrem Leben mal falsch abgebogen war. Wie auch immer, es war das Beste, die DCI bei Laune zu halten. *Eine Hand wäscht die andere.*

Also tauchte er noch ein letztes Mal seine Hände ein. In seine Hosentaschen. In seine Jacketttaschen. Nicht zu vergessen die über seinem Herzen. Er legte alles, was er fand, an der Kante von Thomas Methvens Holzkiste aus.

Eine leere Schachtel Tic Tac Orange.

Ein totes Nokia.

Eine blankgeriebene Walnussschale.

Alles, womit er in diesen Fall hineingegangen war. Alles, was er herausgeholt hatte. Dazu ein blaues Halstuch, das zu einem Hund gehörte, den er entwendet hatte, wenn auch unbeabsichtigt, was ihn an die andere Schuld erinnerte, die er noch begleichen musste, und auch da lief ihm die Zeit davon.

DCI Franklin musterte die armseligen Überbleibsel Solomon Farthings. Dann musterte sie die restlichen Anwesenden, als könnte sie dort die Antwort finden.

Die Ladys vom Edinburgher Trauernetz starrten zurück. Bis auf Mrs. Maclure, die in die Richtung von Mr. Methven in seinem Sarg nickte, ihre Wangen rosa überhaucht. »Sollen wir es mal mit dem Anzug versuchen?«

Am Ende schnitten sie ihn auf, schraubten den Deckel von Thomas Methvens Sarg ab und legten mit einer Schere Hand an seine Beerdigungskluft. Der Anzug war noch immer blau wie ein Starenei trotz all der ins Land gegangenen Jahre. Drei Knöpfe, Hosenaufschläge, klassisches Revers. Es hätte Solomon nicht überrascht, im Kragen den Namen *Fortune* eingestickt zu finden, wenn er sich getraut hätte, danach zu suchen.

Aber es waren die Ladys vom Trauernetz, die nun das Messer schwangen. Den einen Saum hoch, den anderen hinunter, bis PC Noble übernahm und ihre Hände eintauchte. Die junge Polizistin holte sie Stück für zerknautschtes Stück

441

heraus, Banknoten aller Couleur, ins Futter von Thomas Methvens Abgangsmontur gestopft, dann mit ordentlichen rosa Stichen zugenäht. Zehner hier. Zwanziger dort. Lila Scheine. Und braune. Sogar schwarz-weiße. Die Frauen starrten den Schatzfund an, als er zu Boden schwirrte, ihre Augen leuchtend wie bei allen Leuten, wenn Bargeld durch die Gegend fliegt. Gebrauchte Scheine. Schmuddelige Scheine. Zehn-Shilling-Scheine. Ein ganzes Meer von Geld, alles längst nicht mehr gültig.

»Ich erinnere mich noch an die braunen!«, rief Mrs. Maclure und ließ doch noch ihre Lenzrosen fallen. »1960!«

»Der hier ist sogar von 1953«, sagte Margaret Penny, hob eine Pfundnote vom Teppich auf und sah sie stirnrunzelnd an, erst vorne, dann hinten.

»Der grüne ist aus der Nachkriegszeit, oder?«, fragte Solomons Tante. »Nach dem Zweiten.«

»Seht mal, der weiße da.« Mrs. Maclures Augen weiteten sich hinterm Goldrand ihrer Brille. »Ist der nicht von 1921?«

Papiergeld, über drei Generationen gesammelt von Godfrey Farthing, Stück für wertvolles Stück. Nie bei einer Bank eingezahlt. Oder der Genossenschaft anvertraut. Sondern stattdessen lieber unter einer Damenwaffe versteckt. Tausende, gehamstert und gehütet, über fünfzig Jahre lang. Alles zu Ehren einer Schuld, die nie beglichen werden konnte.

DCI Franklin wirkte gleichermaßen angewidert und verblüfft über das, was zutage getreten war. »Man hat mir nie gesagt, dass es in alter Währung ist«, sagte sie. »Was für eine Zeitverschwendung.«

»Wohl eine Fehleinschätzung des Bestattungsinstituts«, sagte Margaret Penny stirnrunzelnd.

»Nicht mal legale Zahlungsmittel«, murrte ihre Mutter.

»Kann man es nicht tauschen?«, fragte Mrs. Maclure. »Zur Bank bringen, und die geben einem wenigstens noch den Nennwert? Ein Pfund für ein Pfund.«

»Aber so oder so sind es wohl kaum fünfzigtausend, oder?«,

sagte PC Noble und tilgte auch noch die kleinste Hoffnung auf Ertrag.

Wohl eher drei, dachte Solomon und überschlug es im Kopf, während er auf den Ozean aus Papier zu seinen Füßen schaute. Oder dreieinhalb, wenn er Glück hatte. Wovon dreißig Prozent kaum mehr als neunhundert Mäuse waren. Aber das Bestattungsinstitut hatte natürlich recht. Dreitausend waren 1971, als sein Großvater seine Kontobücher schloss, vermutlich etwa so viel wert wie heute fünfzigtausend. Im Gegensatz zu ihnen allen, die sie hier in Thomas Methvens einstigem Salon standen und sich vom Gleißen falscher Hoffnung hatten verführen lassen, hatte irgendwer irgendwo schon richtig gerechnet.

Nachdem DCI Franklin gegangen war, empört über die Vergeudung von Polizistinnenzeit, PC Noble an ihrer Seite, servierte Pawel eine Runde Tee und Gebäck für alle, rosa Waffeln auf jede Untertasse drapiert, während die Ladys vom Edinburgher Trauernetz endlich dazu kamen, das Geld tatsächlich mal zu zählen.

Einhundert.

Zweihundert.

Dreihundert.

Vier.

»Ich habe nie gesagt, es wären fünfzigtausend«, betonte Solomons Tante weiterhin, als sie die Zehn-Shilling-Scheine aufsammelte. »Ein ganz blöder Fehler seitens des Bestattungsinstituts.«

»Oder des Pflegeheims«, sagte Margaret Penny. »Eine Übersetzungspanne.«

»So oder so hat sich der arme Solomon hier völlig vergeblich abgemüht«, schimpfte Barbara Penny. »Nun hat er die nächste Angehörige aufgespürt, nur damit sie im letzten Moment geprellt wird.«

Da schnupfte Solomons Tante leicht, als habe man die

ganze Großzügigkeit, die sie mit ihrem Schalten und Walten der Stadt Edinburgh angedeihen ließ, elendiglich missdeutet. »Pawel und ich haben uns ermannt, eine Entscheidung zu treffen.« Sie stand auf und stellte sich wieder an den Sarg. »Im Sinne des armen Mr. Methven. Schnellstmögliche Rückführung des Geldes zu seiner Bestimmung.«

»Ihr habt's gestohlen, meinst du«, murmelte Barbara Penny.

»Das ist eine Lesart der Geschichte.«

»Ach, ich liebe Geschichten«, sagte Mrs. Maclure und sortierte das Geld in Vor- und Nachkriegs-Banknoten. »Das hier gibt eine gute.«

Das Edinburgher Trauernetz, streitbar bis zuletzt.

Unterdessen legte oben im Gästezimmer, abseits von all dem Rummel, der andere Neuankömmling seine Karten auf den Tisch. Colin Dunlop von Dunlop, Dunlop & Dunlop erläuterte Solomon den wahren Grund, warum er ihm in den letzten paar Tagen auf Schritt und Tritt gefolgt war. »Ich bin Ihrem Familienstammbaum nachgegangen«, sagte er. »Mütterlicherseits.«

»Ach ja?« Solomon war nicht sicher, ob er das hören wollte. Aber was sollte er schon tun. Alle Erbenermittler liebten es, den Ton anzugeben, indem sie eine Geschichte erzählten.

»Wussten Sie, dass Sie eine Tante hatten?«, sagte Colin Dunlop.

»Ja«, sagte Solomon. »Sie ist gerade unten und organisiert Thomas Methvens Bestattung. Wir mussten uns von Mortonhall einen neuen Termin geben lassen.«

»Nicht diese Tante. Eine leibliche. Die Schwester Ihrer Mutter, Judith Gold.«

Noch ein Name für den kleinen weißen Fleck inmitten des Grüns auf einem Londoner Friedhof.

»Aus der Familie meiner Mutter sind alle tot«, gab Solomon zurück. Ausgelöscht von dem zweiten Krieg, der alle Kriege beenden sollte und dessen bittere Nachwehen letztlich auch noch seine beiden Eltern ausgelöscht hatten.

»Nein.« Jetzt lächelte Colin Dunlop. »Also, doch, schon. Aber … erst seit kurzem.«

Solomon Farthings leibliche Tante hatte auf der falschen Seite des Eisernen Vorhangs überlebt und ihr Leben damit verbracht, zu horten, was immer sie konnte, damit etwas blieb für mögliche andere, die noch übrig waren.

»Es ist ein anständiges Sümmchen«, fuhr Colin Dunlop fort, zog seine Unterlagen aus seiner Aktentasche und breitete sie auf der Matratze vor Solomon aus. »Vielleicht einige tausend. Möglicherweise sogar mehr.«

Wie viele tausend?, dachte Solomon. Aber er wusste, dass Colin Dunlop von Dunlop, Dunlop & Dunlop ihm das nicht sagen würde. Nicht, ehe sie sich auf eine Provision geeinigt hatten.

»Wie kommen Sie darauf, dass ich das nicht allein regeln kann?«, sagte er.

Colin Dunlop lächelte bloß. »Meine internationale Reputation und Expertise.«

Solomon seufzte, wusste, dieser Edinburgh-Mann lag richtig. »Fünf«, sagte er.

»Fünfzehn.« Colin Dunlop rückte seine Manschette zurecht. »Und damit tue ich Ihnen einen Gefallen.«

Aber am Ende einigten sie sich. Auf zehn Prozent natürlich.

Solomon unterschrieb den Vertrag und blieb noch im Gästezimmer, um sich auszuruhen, während Colin Dunlop in die Küche ging, um sich eine Tasse Tee zu holen. Trotz all der vielen Jahre als Erbenermittler merkte Solomon, wie ihn der Gedanke innerlich wärmte, einem anderen Edinburgh-Mann einen Gefallen getan zu haben.

Als er wieder nach unten kam, um sich der Trauergemeinschaft anzuschließen, schwang man dort eben den Schraubenzieher, um Thomas Methven wieder einzusargen.

»Will ihm jemand noch irgendwas mitgeben?« Margaret Penny hatte jetzt klar die Verantwortung übernommen. Sie hatte jeden einzelnen Fetzen Geld aus Thomas Methvens

Anzug entfernt und wartete darauf, dass es gezählt wurde, ehe sie es einsteckte. Für den Leichenwagen, erklärte sie. Und Blumen, vielleicht sogar einen Grabstein. Noch gar nicht zu reden von Pastor Macdonalds Beerdigungspredigt, halleluja. Solomon, der sie betrachtete, merkte, dass Margaret Pennys Fuchs wiederum ihn beobachtete.

Viel gab es nicht, was man Thomas Methven mit in die Kiste geben konnte. Mrs. Maclure legte ihre drei Lenzrosen aufs Brustbein des Toten, wo sie lagen wie Walter Pringles drei tote Finken. *Vater, Sohn und Heiliger Geist.*

Solomons Tante, die eigentlich nicht seine Tante war, opferte einen ihrer schweren Silberringe zum Andenken an Thomas Methvens lang verstorbene Frau. Barbara Penny fischte eine kleine Münze aus ihrem Portemonnaie und tat sie ans Fußende. »Für den Fährmann.«

Indes Pawel dem Toten eine Spule rosa Garn in die Tasche steckte. »Nur falls er etwas reparieren muss.«

»Was ist mit dem Notizbuch seines Vaters?«, fragte Margaret Penny, der Einband sterch vor Alter, die blauen Waagerechten und roten Senkrechten ganz verblichen. »Das wollen Sie bestimmt behalten, um das Erbe für die Angehörigen zu sichern? Oder zumindest etwas zu erklären.«

Aber Solomon schüttelte den Kopf, ließ sie auch das Notizbuch in Thomas Methvens Sarg stecken. Er war zu 99 Prozent sicher, dass Iris Fortune nie unterschreiben würde, wenn sich auch nur die Hälfte von dem, was seine Tante erzählt hatte, als wahr erwies. Als er an der Reihe war, legte er das Kostbarste hinein, was Mr. Methven je besessen hatte.

Einen Pfandschein, Nr. 125. Dieses kleine Stückchen Blau. Schon komisch, was sich am Ende als wertvoll erwies.

»Eins ist da noch«, sagte Mrs. Maclure, bevor die Schrauben reingedreht wurden. »Ich habe es unten im Gästeklo zwischen den Dielen gefunden, am einen Abend der Totenwache.«

Das silberne Mützenabzeichen eines Mitglieds der London Scottish, ein kleiner Löwe, der die Pranke hob.

»Er war doch im Krieg, unser Mr. Methven«, sagte Pawel. »Ich denke, das muss seins sein.«

»Werft es rein«, befahl Solomons Tante. Und bevor Solomon eingreifen konnte, schnipste Mrs. Maclure das Mützenabzeichen über den Rand von Thomas Methvens Sarg, wo es mit einem leisen *Pling* zwischen den Überresten eines gut gelebten Lebens landete.

Strike Sure.

Am Ende aber blieb Solomon Farthing doch noch etwas, mitgebracht von den Leuten des Bestattungsinstituts, die Thomas Methven endlich auf den Weg bringen kamen. Sie händigten es ihm aus, als sie den Sarg auf einen ihrer schicken faltbaren Rollwagen luden und Thomas Methven den Gartenweg entlang zwischen seinen Rosen hindurch und in den Leichenwagen schoben.

»Er hat unserem Boss mal einen Gefallen getan«, sagte der Bestatter. »Hab ihn für Sie aufbewahrt, nur für den Fall.«

Eine staubgeränderte Kiste, auf dem Deckel ein Aufkleber.

Godfrey Farthing
1893 – 1971

Die Asche seines Großvaters, nach vierzig Jahren Abwesenheit an Solomon zurückgegeben.

Godfrey

Godfrey Farthing kehrte heim und stellte fest, dass der Frühling sich wie ein Ausschlag über England ausbreitete. Sechs Monate, seit der Krieg geendet hatte, und endlich war er abgemustert. Er machte nicht in London Station. Auch nicht im Osten. Nicht mal in Hastings, um seine Eltern unter ihrem Stein zu besuchen. Stattdessen blieb er über Nacht in einer Pension nahe dem Hafen, wo er angelandet war, und nahm dann einen Zug zu den ferneren Ausläufern des Landes, tief ins Grenzgebiet, wo England und Schottland sich berührten.

Er kam eine Feldpostkarte überbringen, die er immer bei sich trug, auf der die Worte *Mir geht es recht gut* als einzige nicht durchgestrichen waren. Sowie einen Pfandschein, Nr. 125. Vermächtnis einer Mutter an ihren einzigen Sohn. Er brachte einen Hund mit, der jetzt humpelte, das Hinterbein irreparabel zertrümmert. Doch Godfrey Farthing dachte, der Hund könnte beliebt sein bei den Jungs, zu denen er fuhr – in einer Findelschule nahe der schottischen Grenze. Ein wonniger Ort zum Leben.

Godfrey traf ein, als die Sonne den Zenit längst überschritten hatte, stieg als Einziger an dem kleinen Bahnhof aus, der Zug dampfte weiter. Ins Athen des Nordens, dachte er, als er den Hund unter den Arm steckte und die auf einen Zettel gekritzelte Wegbeschreibung hervorholte. Vielleicht lohnte sich eines Tages mal ein Abstecher dorthin.

Er ging zu Fuß durch eine Landschaft aus hügeligen Feldern, bis er in eine nicht enden wollende Zufahrt einbog. Es ging auf einen warmen Abend zu, er trug den Hund über den Arm gehängt und fragte sich, was er bei der Ankunft vorfinden würde. Vielleicht gab es Tee, aus einer Teemaschine. Knaben, die im Hof herumrannten. Kinderlachen bei ganz gewöhnlichen Spielen. Oder vielleicht ein Feld mit Butterblumen und zwei Sorten Klee, einen hurtig strömenden Fluss am Fuß des Hügels.

Die Schatten wurden schärfer, während er näher kam, und die Sonne begann ihren langen Abstieg vom Himmel, als er schließlich da war. Ein großes Gebäude, verborgen in einer Falte in der Landschaft, graue Mauern und ein Türmchen, der Traum jedes kleinen Jungen. Doch als er den Hof betrat, merkte Godfrey Farthing am Zittern seiner Finger, dass er wieder einmal zu spät kam. Er fand das alte Heim verschlossen und verrammelt, alle Fenster zugenagelt, keine Männer mehr da, die es leiten könnten. Unkraut bohrte sich durch den Kies auf dem Schulhof. Godfrey ging auf einer Seite um das Gebäude herum, dann auf der anderen, nichts als Leerstand und Zerfall, ein bisschen wie die Häuser, die er in Frankreich hinter sich gelassen hatte.

Das Mädchen saß am Tor auf dem Stumpf eines alten Baums, als Godfrey schließlich aufbrach.

»Ihr Hund gefällt mir, Mister«, rief sie ihm zu.

Er blieb stehen, damit sie ihn streicheln konnte, und das Tier richtete seine dunklen Augen auf sie, als sie seinen Kopf kraulte und herzte. Das Mädchen war so blond, wie Alec es gewesen war, mit diesem neumodischen Haarschnitt, den Godfrey jetzt überall sah. Ein Bubikopf bis knapp über die Ohren. Zu ihren Füßen stand ein Korb, bedeckt mit einem Tuch und an die tausend Gänseblümchen, von ihrem Daumennagel eingeschlitzt und eins durchs andere geschoben.

»Ich heiß Daisy, wie die Gänseblümchen«, sagte das Mädchen, als sie Godfrey auf die Blumen schauen sah. »Daisy Pringle.«

Und Captain Godfrey Farthing fasste sich an die Tasche,

wo er eine Feldpostkarte aufbewahrte, und wusste, dass er doch noch am richtigen Ort angelangt war. Er setzte an, seine schlimme Kunde zu überbringen, da kam das Mädchen ihm zuvor.

»Kommen Sie auf das Inserat hin?«, fragte sie mit hoffnungsvoll leuchtenden Augen.

»Welches Inserat?«, entgegnete Godfrey, aus dem Tritt gebracht.

Daisy Pringle zog die Zeitung hervor, auf der sie saß, damit ihr Kleid keine Flecken bekam. »Die hier«, sagte sie.

Die Zeitung war aus Schottland – der *Borders Observatory* –, die Titelseite von der Kopfzeile bis zum Fuß gefüllt mit Inseraten aller Art. Qualitätsbrot von Martins. Varieté im *Pavilion*. Kohlelieferungen und Frühlingswaren. Godfrey bemerkte ein Angebot handgenähter Flanellhosen und wurde gewahr, dass er durchaus ein paar neue Hosen brauchen könnte, jetzt, wo das Elend zu Ende war. Dann sah er, worauf Daisy Pringle zeigte, ein kurzer Text, der in eine Zeile passte:

GESUCHT: Zuhause für kleinen Jungen, 6 Monate. Totalaufgabe. Als ginge es um das Ende eines Kriegs.

Dann zog sie das Tuch weg, das den Korb zu ihren Füßen bedeckte. Und Godfrey Farthing spähte hinein und sah ein Kind, lächelnd und strampelnd, das Haar so hell wie Flachs und zwei graue Augen, die seinen Blick erwiderten.

Das Dorf, in dem der *Borders Observatory* seinen Sitz hatte, lag kaum dreißig Meilen weiter nördlich am Scheitelpunkt der Linie, die England vom Rest trennte. Godfrey traf am nächsten Morgen ein und in allen Gärten blühten Blumen, Clematis und Lenzrosen, als wäre nie etwas Widriges geschehen. Er fragte nach der Adresse, fand sie ohne Mühe, klopfte an die Tür und trat zurück. Er spielte mit einem kleinen Notizbuch in seiner Tasche, während er darauf wartete, dass jemand kam. Als die Frau auftauchte, starrten sie sich an, als könnten sie ihre wechselseitige Existenz nicht fassen, dann streckte Godfrey seine Hand aus.

»Captain Farthing«, sagte er, als sie über die Schwelle hinweg Hände schüttelten. »Wie geht es Ihrem Buben?« Und sah Mabel Methvens Augen aufwallen wie das Meer.

Die ganze Zeit, die sie in Mabel Methvens guter Stube saßen und miteinander Tee tranken, konnte Godfrey an nichts anderes denken als das *Tick-tick-tick* der alten Uhr seines Vaters daheim in der Stube. Er musste sich die Uhr holen, wo immer sie abgeblieben war, ehe er sich aufmachte, wo immer er als Nächstes hinwollte. Nach Norden vielleicht, weg vom Flachland seiner Jugend. Irgendwohin, wo es Hügel gab und Überraschungen an jeder Ecke, wo man nicht sah, was als Nächstes kam. Irgendwann wurde ihm bewusst, dass auch Mabel Methven vom Norden sprach. Von Edinburgh. Dass sie vielleicht eines Tages hinziehen würde, zu ihrer Schwester, die dort einen Laden betrieb.

»Viele Leute brauchen heutzutage eine Pfandleihe«, sagte sie und fuhr sich mit der Hand übers Kleid. »Es ist eine Schande, nach allem, was wir durchgemacht haben.«

Godfrey fasste sich an die Brusttasche und dachte an den kleinen blauen Zettel, der über seinem Herzen steckte. Er musste ihn zurückgeben, dachte er, ja nicht die Fehler der Vergangenheit wiederholen.

Ehe er zum Bahnhof ging und wieder gen Süden fuhr, stand Godfrey neben Mabel Methven auf dem hübschen Kirchhof und betrachtete den kleinen Stein, der im Gras ruhte. Die gemeißelte Inschrift war hell, scharfkantiger als eine Klinge an einem Hühnerhals, obwohl es schon sechs Monate her war. Sie hatte ihren ersten Winter überstanden, dachte Godfrey, genau wie der Junge im Boden.

Thomas Archibald Methven
1913–1918

Dahingerafft von der Spanischen Grippe wie so viele andere, ohne seinen Vater je wiederzusehen. Godfrey legte die Hand auf den Stein, spürte, wie warm er in der Morgensonne geworden war, ganz anders als Archie Methven, der so kalt geworden war. Und da sprach er es aus. »Ich weiß von einem Kind, das eine Mutter braucht.«

Mehr war nicht nötig.

Godfrey stornierte noch am Nachmittag das Inserat in der Lokalzeitung, lehnte die Erstattung des Sixpence ab, traf alle nötigen Vorkehrungen. Auf einem Dorfanger wurde ein Baby übergeben, denn die eine Frau war zu jung und die andere zu alt geworden. Bevor er aufbrach, gab er Mabel Methven das einzige Erbe ihres neuen Kindes. Einen Pfandschein, Nr. 125. Dieses kleine Stückchen Blau. Sowie ein Notizbuch mit Waagerechten und Senkrechten, in dem dicke graue Bleistiftstriche die beglichenen Schulden getilgt hatten.

Zwar verbarg sich eine Geschichte hinter diesen Bleistiftstrichen, wenn er sie nur hätte erzählen mögen. Doch Godfrey Farthing hatte geschworen, dass er schweigen würde. So wie alle Männer, die noch verblieben waren. Sie hatten sich auf eine neue Version der Geschehnisse geeinigt, als sie unter einem Kreis aus Bäumen standen und der Boden unter ihren Stiefeln knirschte. Die Erzählung von einem Mann, der vorneweg marschierte und sich eine Kugel einfing, damit der Rest verschont blieb, und ein Heldenbegräbnis unter den Walnussschalen bekam. So hatte es Godfrey sich überlegt. Jetzt war er nicht mehr so sicher. Doch entscheidend war, wer die Geschichte erzählte, nicht, was wirklich geschehen war. Bis eine neue Seite aufgeschlagen wurde.

Es war im Zug zurück nach England, als Captain Godfrey Farthing die nächste Seite seiner Geschichte aufschlug, während er im Gang stand, um Luft zu schnappen, und eine Frau, die vorbeiwollte, ihn anlächelte. Der Zug rüttelte und warf sie aneinander wie Soldaten in einem Lastwagen. Die Frau trug einen Hut mit einem Schleifenband um die Krone, ihr Rock endete weit über den Knöcheln, die Bluse war tailliert. Godfrey dachte an das Leuchten in Mabel Methvens Augen, als er ihr von Daisy Pringles Kind erzählt hatte. Sah dasselbe Leuchten in den Augen dieser Frau, als er ihr zur Entschuldigung eine Capstan anbot, die zerbeulte Zigarettendose hinhielt. Die Frau lächelte amüsiert. Dann sagte sie es.

Ja. Ja, gern.

Und Captain Godfrey Farthing wusste, nun würde er doch noch eine andere Art von Liebe schmecken.

Liebe auf den ersten Blick.

So nannte er es später, wenn er die Geschichte erzählte. Ein durchaus vorhersehbares Fiasko, er hätte sich auf das Wagnis niemals einlassen sollen. Doch nach der Zigarette waren sie in den Speisewagen gegangen, um einen Cocktail zu trinken. Champagner mit einem Herzen aus Brandy.

In ihrer ganzen kurzen Zeit miteinander träumte Godfrey nur davon, was sich als Nächstes ereignen könnte. Ein lebendiger Knabe, der die Kälte des toten vertrieb. Aber selbst nachdem sein Sohn gesund und munter zur Welt gekommen war, gab es immer noch zwei andere Männer, die tagaus, tagein an Godfrey Farthings Seite blieben. Morgens neben ihm aufwachten. Sich allabendlich mit ihm schlafen legten. Der erste war ein junger Mann, der lächelnd in den Hecken nach Beeren stöberte, einen kleinen Hund an der Seite. Der zweite war ein Junge namens Beach.

SIEBTER TEIL

Das Vermächtnis

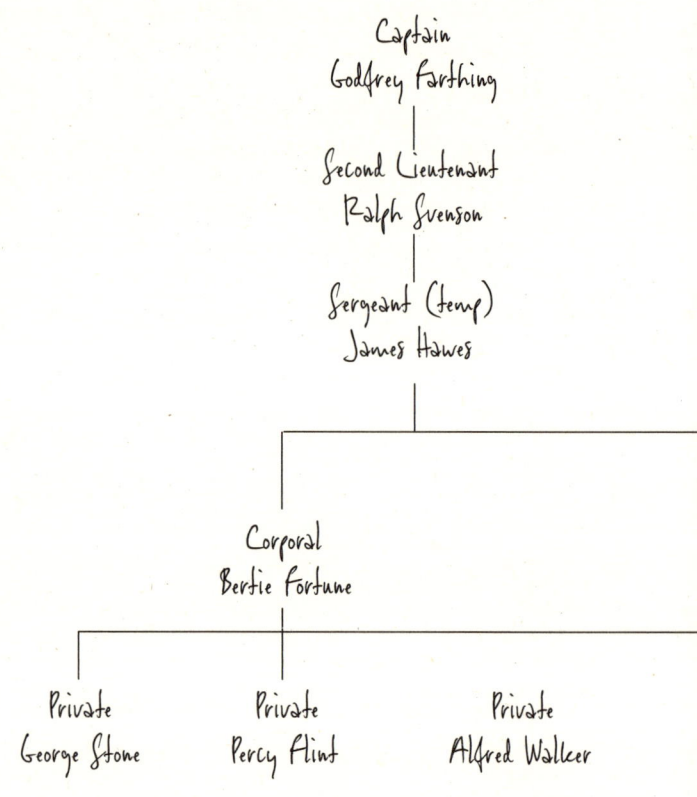

Captain
Godfrey Farthing

Second Lieutenant
Ralph Svenson

Sergeant (temp)
James Hawes

Corporal
Bertie Fortune

Private   Private   Private
George Stone   Percy Flint   Alfred Walker

Lance Corporal
Archibald Methven

Private Edward
(Jackdaw) Jackson

Private
Arthur Promise

Es war November, nasses Laub auf den Gehwegen, der See-
nebel wälzte sich herein. Die Abstimmung hatte stattgefunden, die Entscheidung war gefallen. Nichts mehr zu machen,
nun konnte man nur noch das Vorgehen klären, die Diffe-
renzen begraben und abwarten, was die Zukunft bereithielt.

Solomon Farthing fuhr im Mini seiner Tante durch Borders, hinein in herbstliche Nebelschwaden und wieder heraus.
Unterwegs zu einer Findelschule: ein Heim für Kinder, die
irgendwie ihre Eltern verloren hatten, oder Eltern, die irgendwie ihr Kind verloren hatten. Bei seiner Ankunft gaben sie ihm
ein Bett im Krankenzimmer, wo er unter einer blauen Decke
mit weißer Kante lag und dem Gesang lauschte, der anschwoll
und abebbte. Am Morgen, bevor die Jungs aufstanden, stapfte
er über die Wiese zum Fluss und suchte dort nach ihm.

Edward (Jackdaw) Jackson
1900–1978

Er lag versteckt im Gras. Abgestorbene Butterblumen, wo
einst sein Kopf gewesen sein musste, ein Wald von Unkraut
zu seinen Füßen.

Jackdaws Stein wirkte klein zwischen den Resten des
Sommergrases, sein eingemeißelter Name von Flechten
verschleiert. Während Solomon ihn freikratzte, gedachte er
eines Mannes, der am Ufer stand, in den Armen einen Knaben, würgend und hustend aus dem dunklen Wasser gezogen,
damit Solomon Farthing nicht mit der Schuld leben musste.
Er hatte den Alten damals für einen Greis gehalten, ein Relikt
aus der Vergangenheit, das vom Himmel herabstieß, als wäre
er schon ein Geist.

Asche auf eines Alten Ärmel …
Verbrannte Rosen …
Schwebender Staub …

Aber da konnte er erst sechsundfünfzig gewesen sein, deckungsgleich mit dem Jahrhundert. Wie jung Solomon das jetzt vorkam.

Er spazierte zurück, um mit den anderen Jungs zu frühstücken, durchs hohe Gras, wobei sich feuchte Samen an seine Hosenbeine und Ärmel hefteten. Die Wiese ähnelte dem Ort, wo er seinen Großvater zur letzten Ruhe gebettet hatte. Tief in der Wildnis des weit offenen Friedhofs, der sich vom Vorort des grünen Stadtteils Inverleith bis zu den schattigen Spazierwegen am Water of Leith erstreckte. Edinburghs »geheimer Garten« – so nannten sie ihn. Und jetzt Solomon Farthings Familiengrab.

Er hatte Godfrey Farthing durchs Tor mitgenommen und ihn dagelassen. Nach rechts verstreut. Nach links verstreut. Landete zwischen Brennnesseln und Efeu, versilberte das Gras. Als die Kiste leer war bis auf eine dünne Staubschicht, hatte auch Solomon sich in den Efeu gelegt. Und einmal durchgezählt. Ein Bein. Zwei Beine. Zwei Arme. Fünf Finger ... Listete sie nochmals auf und hakte sie ab; all die Schichten aus Knochen und Lehm, auf denen sein Großvater jetzt endlich zur Ruhe kam.

Second Lieutenant Ralph Svenson, erschossen beim Versuch eines Vormarschs über den Fluss. Am Ende ein Held.

Alec Sutherland, verschluckt von der reißenden Tiefe, tauchte nie mehr auf. Hinterließ einen Pfandschein, nur für den Fall, dass er je eingelöst werden musste. Und einen kleinen Jungen mit sonnigem Blick.

Lance Corporal Archibald Methven, seiner Verletzung erlegen auf einer einsamen Straße in Frankreich, nichts geblieben als ein Mann auf einer Fotografie, einen toten Sohn neben sich.

Private Percy Flint, heimgekehrt, um Lastwagen zu fahren, lebte ein langes Leben.

James Hawes, Temporary Sergeant, stromerte durch die Welt und predigte auf seiner Orangenkiste vom Sündenfall, schlief eines Nachts unterm Friedhofstor ein und wachte nicht mehr auf.

Private Alfred Walker, emigriert ins Gelobte Land. Den Passagierlisten zufolge 1937 ausgewandert, kehrte nie zurück.

Private Arthur Promise tat seinen letzten Huster im Durchgangslager, als er auf die Abmusterung wartete, Spanische Grippe. Schaffte es nicht mehr nach Hause.

Private Edward Jackson, bekannt als Jackdaw, mit seinem wallenden schwarzen Umhang. Krebs, Speiseröhre, verbrachte seine letzten Tage in der Ecke einer Klinik mit Besuchszeit von zwei bis vier. Konnte nicht mehr krächzen. Konnte nicht mehr kämpfen. Konnte keine Gedichte mehr vortragen, wie sie Solomon Farthing einst von ihm gehört hatte. Lag nur auf dem Kissen, sein Kopf klein wie ein Vogelschädel, und lächelte, als ein Junge nach dem anderen ihn aussingen kam.

Und Corporal Bertie Fortune, der Glückspilz der Truppe. Starb natürlich in seinem Bett.

Dann gab es noch Thomas Methven, den Knaben, der erst die eine Person war und dann jemand anders wurde, und der in einem anderen Krieg diente als der Rest. Kam heim, verwaltete das Geld anderer Leute, zog Rosen, bis seine Frau starb, zog dann noch ein paar.

»Er war der Beste von allen.« Pawels Worte.

Oder vielleicht einfach der, der am längsten lebte.

Solomon kam von seinem Spaziergang am Fluss zurück, setzte sich in die Kapelle, wartete auf den Beginn der Andacht. Dieser alljährliche Gedenktag für die Jungs, die in den Krieg gezogen und nie zurückgekehrt waren. Er saß hinten und lauschte auf das Geraschel der Schüler beim Hereinkommen, das Knarren der Holzverbindungen legte sich, als sie taten, als würden sie die Augen schließen. Dicht neben ihm saß Peter, der kleine Archivar, in der einen Hand ein winziges Vogelei, in der anderen etwas Glänzendes. Eine Pfundmünze, deren Falschgold funkelte, bereit für das nächste Abenteuer. Hinter Peters Füßen, versteckt vor allen, die deshalb einen Aufstand machen könnten, saß ein Hund. Dodds' treuer Gefährte, für diesen Tag ausgeliehen. Der Hund hatte aufgejault, als Solomon im Mini seiner Tante vor der Autowerkstatt hielt, war sofort auf die Rückbank gesprungen und hatte auf der ganzen Fahrt südwärts die Schnauze an Solomons Schulter geschmiegt. Jetzt, als eine kleine Prozession von Jungs ihren Platz im Chorgestühl einnahm, um die Münder himmelwärts zu richten, spürte Solomon die Wärme, wo der Hund sich an sein Bein lehnte, und merkte, wie Zufriedenheit in seiner Brust einzog.

Als er darauf wartete, dass es losging, dachte er an den frisch eingemeißelten neuen Namen in dem Kriegsdenkmal draußen.

Sutherland, Alec.

Die Buchstaben hell verglichen mit all den anderen, die lange tot waren. Old Mortality, daran hatte Solomon gedacht, als er zusah, wie der Mann mit dem Meißel den Steinstaub von der Säule pustete. Solomon hatte die Inschrift bezahlt, von dem unverhofften Geldsegen, den er einer Tante verdankte, die tatsächlich seine Tante war. Natürlich erst, nachdem er seine anderen Schulden beglichen hatte.

Menschen hinterließen gern Zeichen auf Gegenständen, davon konnte er jetzt ein Lied singen. Auf einem Grabstein. Einer Sitzbank. Einer Ehrentafel in einer Schule, die Namen der Jungs in Gold neben ihren Cricket-Punkten. Solomon hatte nie recht geglaubt, dass es wichtig war, etwas zu hinterlassen, was sich nicht einfach wegwischen ließ. Aber sogar Leute wie Private William Beach hatten ihre Denkmäler.

Solomon berührte die Bank vor sich, fuhr mit dem Finger an der Unterseite entlang und konnte sie immer noch spüren, selbst nach sechzig Jahren. *S. F.* Seine Initialen. *Ich war hier.* Dann senkten die Jungs um ihn herum die Köpfe, und Solomon fühlte die vertraute Stille einsetzen. Er blickte einen

Moment aus dem Buntglasfenster, über den Schulhof hinweg, über die Wiese hinweg, auch noch über den Fluss hinweg dorthin, wo jetzt die Verlorenen lagen. Es gab immer ein Davor, dachte er. Und ein Danach. Aber am wichtigsten war, was man gegenwärtig tat.

Dann schließlich begann das Gebet, und er senkte ebenfalls den Kopf.

Vater unser, der du bist im Himmel. Geheiliget werde dein Name. Dein Reich komme, dein Wille geschehe, wie im Himmel also auch auf Erden.
Unser täglich Brot gib uns heute. Und vergib uns unsere Schuld, wie wir vergeben unseren Schuldigern.
Und führe uns nicht in Versuchung, sondern erlöse uns von dem Übel. Denn dein ist das Reich und die Kraft und die Herrlichkeit in Ewigkeit …

DAS ENDE

Es war Sommer. 1916 und der Krieg allgegenwärtig. Verwüstung über Verwüstung. Tod um Tod. Männer wurden abgeschlachtet im Osten und im Westen, kein Platz für Jungs wie Private William Beach, der den Lärm des Trommelfeuers nicht ertrug und in die falsche Richtung losrannte, als der Pfiff erscholl. Sechs Wochen nichts als Marschieren und Aufforderungen, das Bajonett reinzutreiben. Sechs Wochen Warten auf den Marschbefehl. Sechs Wochen geduckt am Boden eines Schützengrabens zu Füßen des Captains auf die Kanonen lauschend, bis es so weit war.

Hinterher hieß es, der Captain hätte es nicht tun müssen, er hätte sich dagegen entscheiden können. Doch er war nur Befehlen gefolgt: Godfrey Farthings Rolle im Leben. Er hatte sich natürlich für den Jungen eingesetzt, hatte sich geweigert, seine Waffe zu benutzen, bis alle kriegsrechtlich möglichen Einwände ausgeschöpft waren. Drei Monate Warterei, nur um am Ende im Stich gelassen zu werden, Beach blinzelte ins fahle Herbstlicht, als Godfrey es ihm erklärte. So war es eben in Zeiten wie diesen, wenn alles aus dem Lot geriet, ein einziges Drunter und Drüber aus Gas und Matsch. Und nichts war von Bedeutung außer Töten oder Getötetwerden.

Sie erledigten es auf dem Hof eines Bauernhauses, wo sie einquartiert waren, warteten bis zum letzten Tag, bevor sie abzogen. Alle Männer gesammelt auf der Straße mit ihren Tornistern und Gassäcken, die Gamaschen gewickelt, die Stiefel geschnürt, denn Godfrey hatte alles vorbereitet, während jenseits des Hügels die großen Kanonen donnerten, knapp außer Reichweite. Beach zitterte, als er rausgebracht wurde, sein ganzer Körper bebte, obwohl es ein milder Tag war und die Blätter noch an den Bäumen tanzten. Eine einzelne Amsel sang in einer Hecke, als sie mit ihm vor das Klohäuschen marschierten, das ihnen als Latrine gedient hatte, und ihn davorstellten, neben die rußigen Reste eines Schlackehaufens, wo der Bauer und seine Frau einst ihre Ofenrückstände ausgekippt hatten. Ihm gegenüber befingerten sechs Männer ihre Gewehre, heiße Hände an kaltem Metall, hatten den falschen Strohhalm gezogen.

Sie schlangen den Strick um Beachs Handgelenke und um seine Knöchel, steckten über seinem Herz einen Briefumschlag als Zielscheibe fest. Der Junge trug sein zweitbestes Hemd, fiel Godfrey auf, am Saum noch Hühnerscheiße von dem Stall, in den sie ihn gesperrt hatten. Er stellte sich noch einen Moment vor den Jungen, schaute ihm in die grauen Augen.

Wir sehn uns dann.

Sagte Beach zu ihm.

Denk an deine Mutter.

Antwortete Godfrey vor dem Überziehen der Haube.

Mindestens einer von ihnen schoss weit daneben, Ziegelstaub spritzte auf. Oder schoss gar nicht.

Ladehemmung, Sir, konnte nichts machen.

George Stone, der finster sein Gewehr anstarrte, als stimmte damit etwas nicht.

Bertie Fortune hatte die Platzpatrone bekommen, das war mit allen abgeklärt. Nicht dass der Mann vergrault wurde, der ihnen alles Mögliche besorgte. Außerdem wussten sie, er würde sich um das kümmern, was übrigblieb. Der Pflaumenkuchen des Jungen und sein grünes Schleifenband. Man konnte Geld verdienen, sogar mit Mord. Nicht, dass es damals irgendwer so genannt hätte. Erst im Nachhinein und nur vielleicht.

Hawes war derjenige, der nie darüber hinwegkam. Er schoss und traf wie der gute Schütze, der er war. Ein glatter

464

Treffer durch Beachs Bauch, wo es am meisten wehtat. Der Junge schrie nicht mal auf, ächzte bloß unter dem Einschlag, hob kurz den Kopf unter der Haube, während der Rauch ihrer Gewehre aufstieg und mit dem Nebel verschmolz. Als er sich verzog, stand Godfrey Farthing noch mit erhobener Hand da, als hätte er nicht längst den Befehl erteilt, und alle Blicke folgten ihm, als er hinüberging. Er beugte sich über Beach, wie um mit ihm zu sprechen, während vier Rosen erblühten, Blut auf dem Hemd des Jungen. Godfrey horchte auf seinen Atem – *ein, aus, ein, aus* – und rief den Sanitäter zum Überprüfen. Der junge Offizier ging hin und horchte selbst. Dann nickte er und trat zurück.

Danach wandte Godfrey Farthing sich kurz ab und die anderen dachten, es sei vorüber, bis ihr Captain die Lederschlaufe an seinem Gürtel öffnete. Er zog den Webley aus dem Holster, hielt ihn sich vor die Brust, wie um die Sicherung zu überprüfen, während der Rest der Männer mit den Gewehren dastand und darauf wartete, wegtreten zu dürfen. Dann trat Godfrey an Beach heran, so, wie man sie es zu tun aufforderte, wenn sie mit dem Bajonett übten.

Zügig, Jungs. Dicht ran wie an die Liebste.

Rechter Arm durchgestreckt, die Pistole wie eine Verlängerung seiner Hand. Er hielt den Lauf dicht an die Schläfe des Jungen – eine Kanone für die Ermordung einer Butterblume.

Zielte.

Feuerte.

James Hawes erinnerte sich für immer an das Blut. George Stone an den Korditgeruch. Bertie Fortune an die sichere Hand, mit der Godfrey Farthing die Tat ausführte. Kein Zögern, kein Umsehen. Auch keine Diskussion mit den anderen Männern, die dabei waren: der Geistliche aus dem Dorf, der Sanitätsoffizier neben ihm. Captain Godfrey Farthing sah seine Möglichkeit und handelte. Ging zu dem Jungen und drückte ab.

Hinterher befahl er Hawes und Stone, ihn zu begraben, ließ sie warten, während er Beachs Marken abschnitt und seine Taschen durchsuchte. Das Mützenabzeichen des Jungen behielt er für sich. Ein kleines Ding, silbern, mit einem Löwen, der die Pranke hob. Und dem Motto des London Scottish-Regiments.

Strike Sure.

WÜRDIGUNGEN

Der Ausspruch von Harry Patch (letzter britischer Veteran des Ersten Weltkriegs) im Vorspann ist aus einem Gespräch mit einem BBC-Interviewer, zitiert nach *Aftershock* von Matthew Green.

It's a long way to Tipperary ist aus dem Tingeltangel-Lied von Henry James ›Harry‹ Williams und Jack Judge. Die Zeilen auf Seite 216 sind aus dem Tingeltangel-Lied »Who Were You With Last Night« von Fred Godfrey und Mark Sheridan.

Das Zitat *An endless picture-show* auf Seite 245 spielt auf das Gedicht »Picture-Show« von Siegfried Sassoon an.

Die Zeilen *There is some corner of a foreign field* sowie *Dulce et decorum est* und *A drawing down of blinds* (S. 259) entstammen den Gedichten »1914: The Soldier« von Rupert Brooke sowie »Dulce et Decorum est« und »Anthem for Doomed Youth« von Wilfred Owen.

Die Zeile *The Moment of the rose and the Moment of the yew* (S. 325) und die Fragmente *Ash on an old man's sleeve / Burnt roses / Dust in the air* (S. 458) entstammen dem Gedicht »Little Gidding« aus *Vier Quartette* von T. S. Eliot.

Während der gesamten Arbeit an diesem Buch las ich zahllose Berichte über Erfahrungen von Männern im und nach dem Ersten Weltkrieg. Das umfasste alles Mögliche von Klassikern bis zu randständigen Texten, und zweifellos spiegelt sich in diesem Buch etwas von allen. Aber würdigen möchte ich insbesondere die Inspiration und den Einfluss von Pat Barker und ihrem Roman *The Ghost Road*.

Dank an Clare Alexander und alle bei Aitken Alexander; Maria Rejt, Josie Humber und alle bei Mantle; Natalie Young, Ami Smithson, Rosie Wilson und alle bei Pan Macmillan sowie besonderen Dank an Gillian Mackay. An meine Schreibkolleg:innen von Ink Inc, insbesondere Pippa Goldschmidt und Theresa Muñoz. An Shirley Obrzud von Gen-

Genie Research fürs Einführen in die Welt der Familienforschung und ins New Register House Edinburgh; Daniel Curran und Emma Johannesson von Finders International für die zwingend nötige Hilfestellung dabei, die Welt der Nachlassforschung nördlich und südlich der Grenze zu verstehen. An PC Emily Noble von Police Scotland fürs Ausleihen ihres Namens. An das Imperial War Museum London; Alnwick Castle und das Fusiliers Museum of Northumberland. An Christina Paulson-Ellis und Peter Brunyate für die Briefe aus dem Ersten Weltkrieg; an meine Familie und Freund:innen für nachhaltiges Vertrauen und Unterstützung; und an Audrey Grant für ihre Liebe, Ermutigung und Begleitung bei dieser verrückten Reise, auf die wir uns eingelassen haben.

Wie es sich bei einer Geschichte über Männer und Jungs gehört, ist dieses Buch meinem tollen Sohn Jack gewidmet. Aber auch meinem Vater Michael Paulson-Ellis. Als ich daran schrieb, erforschten mein Vater und ich monatelang seinen Familienstammbaum, wobei wir mehrere Vorfahren entdeckten, die wir zuvor nicht kannten (auch Soldaten des Ersten Weltkriegs), und ich viel mehr über ihn erfuhr. Leider war mein Vater zwar am Anfang dieses Buchs dabei, hat aber das Ende nicht mehr erlebt. Und doch ist es von ihm durchdrungen. Danke, Dad, dass du mir Bücher nahegebracht hast und Geschichte, die Liebe zum Lesen und zum Erkunden, wie Menschen früher lebten. Und natürlich danke für deine Liebe und deinen Beistand, immer. Wo du jetzt auch bist, dieses Buch ist mein Denkmal für dich.

GLOSSAR

Old Mortality: *The Tale of Old Mortality* ist ein erstmals 1816 veröffentlichter Roman von Sir Walter Scott. Scott schrieb zwischen 1814 und 1825 anonym eine Fülle historischer Schottland-Romane, deren enormer Erfolg dem unbekannten Verfasser den Ehrentitel *The Wizard of the North* eintrug. Old Mortality ist der Spitzname seiner Erzählerfigur, eines alten Steinmetzes, der im 18. Jahrhundert durch Schottland wandert, auf den Friedhöfen die überwucherten Gräber von Covenanters (religiöse schottische Bewegung in den ›Kriege der Drei Königreiche‹ genannten Konflikten im 17. Jahrhundert) aufsucht und restauriert und dazu Geschichten erzählt wie die von Henry Morton, die 1679 bis 1689 spielt. Scott wollte mit seiner gerade in Schottland sagenhaft populären historischen Prosa die Vergangenheit erinnernd aneignen, er trug viel zur Versöhnung der alten Konflikte bei.

Q & LTR: Queen's and Lord Treasurer's Remembrancer, tradiertes Amt der Rechtspflege in Schottland, es vertritt die Krone in allen Fragen herrenlosen Guts und des Schatzregals (rechtliche Regelung, wonach Schätze mit ihrem Auffinden Eigentum des Staats bzw. der Krone werden).

Ultimus Haeres: ein Konzept im schottischen Recht (Latein für Letzter Erbe): Stirbt in Schottland eine Person ohne Testament und ohne leicht ausfindig zu machende Blutsverwandte, wird der Nachlass im Namen der Krone von Q & LTR beansprucht. Ultimus-Haeres-Immobilien werden auf dem freien Markt verkauft und der Erlös in ein öffentliches Register eingestellt, das von Nachkommen der Verstorbenen eingesehen werden kann. Heutzutage lassen sich mittels DNA-Tests meist Erb:innen finden, es gibt professionelle genealogische Suchagenturen, umgangssprachlich Erbenjäger genannt.

Auld Reekie: Spitzname Edinburghs (*reek* heißt auf Schottisch Rauch) aus dem 17. Jh., als die Stadt mit ihren hohen Bauten und engen Gassen immer voller Qualm stand, hinzu kam der Gestank von Müll und Leichen. Der Dichter Robert Fergusson (1750–1774) besang seine Heimatstadt als »Auld Reikie«.

Medaillen/Orden: Im Roman findet sich mehrfach die Referenz: *Ein Stern. Ein Kriegsorden. Sowie einer für den Sieg.* Gemeint sind diese drei Auszeichnungen:

Den *1914–15 Star* verlieh das British Empire ab Dezember 1918 an Offiziere und Männer der Streitkräfte, die 1914 und 1915 (also vor der allg. Wehrpflicht) auf einem beliebigen Kriegsschauplatz gegen die mitteleuropäischen Mächte gedient hatten. Diese Medaille (ein vierzackiger Stern aus Bronze mit Krone und gekreuzten Schwertern) wurde nicht einzeln verliehen, sondern zusammen mit der *British War Medal* (runde silberne Medaille mit King George V. auf der Vorder- und einem Reiter auf der Rückseite für Soldaten, die zwischen August 1914 und November 1918 mindestens 28 Tage aktiv im Dienst waren), und der *Victory Medal:* 1919 beschlossen die Alliierten eine gemeinsame Siegesmedaille, die jede Nation selbst entwerfen und verleihen sollte, aber mit überschneidenden Merkmalen wie der geflügelten Siegesgöttin auf der Vorderseite und identischem bunten Band. Die britische Version ist aus Bronze und rund, auf der Rückseite steht vierzeilig »THE GREAT / WAR FOR / CIVILISATION / 1914–1919« mit einem Lorbeerkranz. Das Band ist aus schillerndem Moiré, außen Violett, in Regenbogenfarben zur Mitte in Rot übergehend.

Die drei Medaillen hießen umgangssprachlich *Pip, Squeak und Wilfred* nach 3 Cartoonfiguren (Hund, Pinguin und Kaninchen) der in der Nachkriegszeit sehr populären Comic-Strips des *Daily Mirror*. Pip stand für den Star, Squeak für die British War Medal, Wilfred für die Victory Medal.

Münzen: Bis zur Umstellung des britischen Pfunds aufs Dezimalsystem 1971 war das britische Pfund Sterling in 20 Shilling zu je 12 (alten) Pence unterteilt. Es gab Münzen wie Farthing (Viertelpenny) und Halfpenny, Threepence, Groat (4 Pence), Sixpence (1/2 Shilling), Florin (2 Shilling) und Halfcrown (2 Shilling 6 Pence). 1971 wurde der Shilling abgeschafft, der Penny neu bewertet, ein Pfund in 100 »New Pence« unterteilt, die alten Münzen nach und nach eingezogen. Ein paar Relikte in der Sprache erinnern noch ans alte (karolingische) System und seine Münzen, so wird die Fünf-Pence-Münze umgangssprachlich noch manchmal Shilling genannt.

Dead Man's Penny: Spitzname der Gedenkmünze »Memorial Plaque«, die nach dem Ersten Weltkrieg an die Angehörigen gefallener Soldaten des British Empire ausgegeben wurde. Sie war aus Bronze, aber im Gegensatz zum Penny gut handtellergroß.

Temporary Sergeant: Die traditionelle britische Offiziersklasse war der Adel. Bei Ausbruch des Ersten Weltkriegs war jedoch eine rasche Aufstockung des Offizierskorps dringlich, dazu wurden aus Mittel- und Arbeiterklasse rund 200 000 zusätzliche Offiziere rekrutiert, die nach dem Krieg brav in ihre früheren Ränge und ihre alte soziale Stellung zurückkehren sollten, sogenannte Temporary Gentlemen. »Gentlemen auf Zeit« spielen in vielen Geschichten, Theaterstücken und Filmen der Zwischenkriegszeit eine Rolle.

Krone und Anker: einfaches Glücksspiel mit 2 oder 3 Würfeln, die Pik, Herz, Karo und Treff (Kreuz), eine Krone und einen Anker zeigen, sowie einem Tuch (Tableau) zum Setzen mit denselben 6 Symbolen. Das Spiel ist auch als Chuck a Luck (Glückswurf) oder Grand Hazard bekannt, es erfreute sich als Seemannsspiel großer Beliebtheit. Die Spieler legen ihre Einsätze aufs Tableau, dann wirft der Bankhalter die Würfel. Zeigt ein Würfel das gesetzte Feld, gewinnt der Spieler einfach; bei zwei Würfeln doppelt; bei drei Würfeln dreifach; zeigt kein Würfel das gesetzte Symbol, ist der Einsatz verloren.

Engel von Mons: eine von vielen Legenden der British Army über übernatürliche Erscheinungen zu Beginn des Ersten Weltkriegs. Im August 1914 bei der Schlacht von Mons in Belgien wurden die vorrückenden deutschen Truppen von den zahlenmäßig stark unterlegenen Briten zurückgeworfen. Im September brachte der walisische Schriftsteller Arthur Machen in der *Evening News* eine Story mit dem Titel *The Bowmen*, inspiriert von Berichten über die Kämpfe bei Mons. Da ging es um geisterhafte Bogenschützen, herbeigerufen von einem betenden Soldaten. Es folgten etliche Reprints in anderen Medien und als Flugblatt sowie heftige Kontroversen um die Frage, ob die Story fiktional (wie Machen angab) oder authentisch (wie von mehreren religiösen Fraktionen befürwortet) sei.

Soldatenblatt: Bibel, Gebetbuch und Almanach ist eine Anspielung auf die Oral-History-Legende »A Soldier's Bible«, deren früheste Referenz auf 1762 datiert, sie wurde in jedem Krieg in Varianten wiederbelebt und mehrfach als Ballade vertont.

Nach schweren Kämpfen kehrten einst Soldaten ins Lager zurück. Am nächsten Tag, einem Sonntag, hatte der Kaplan einen Gottesdienst angesetzt. Die Männer wurden aufgefordert, ihre Bibeln oder Gebetbücher herauszuholen. Da fiel dem Kaplan ein Soldat auf, der stattdessen in einem Kartenspiel blätterte. Nach dem Gottesdienst wurde er vom Kaplan zum Major zitiert, dem der Kaplan berichtete, was er gesehen hatte. Der Major sagte dem jungen Soldaten, dass er bestraft würde, wenn er sich nicht erklären könne.

Der junge Soldat entgegnete dem Major, dass er in der Schlacht weder Bibel noch Gebetbuch zur Hand habe und deshalb sein Kartenspiel benutze, und erläuterte dies so:

»Sehen Sie, Sir, wenn ich das Ass anschaue, sagt es mir, dass es nur einen Gott gibt und keinen anderen.

Wenn ich die 2 sehe, erinnert sie mich daran, dass die Bibel aus zwei Teilen besteht, Altes Testament und Neues Testament.

Die 3 erinnert mich an die Heilige Dreifaltigkeit: den Vater, den Sohn und den Heiligen Geist.

Die 4 erinnert mich an die vier Evangelien: Matthäus, Markus, Lukas und Johannes.

Wenn ich die 5 sehe, denke ich an die fünf törichten Jungfrauen, die verloren gingen, und die fünf, die errettet wurden.

Die 6 erinnert mich daran, dass Gott die Erde in nur sechs Tagen schuf und dass Gott sagte, dass es gut ist.

Bei der 7 denke ich daran, dass Gott am siebten Tag geruht hat.

Die 8 erinnert mich daran, wie Gott alles menschliche Leben durch die Sintflut zerstörte bis auf acht Menschen: Noah, seine Frau, ihre drei Söhne und deren Frauen.

Wenn ich die 9 sehe, denke ich an die neun Aussätzigen, die Jesus geheilt hat. Es waren insgesamt zehn Aussätzige, aber nur einer blieb stehen, um ihm zu danken.

Die 10 erinnert mich an die Zehn Gebote, von Gottes Hand in Stein gemeißelt.

Der Bube erinnert mich an den Fürsten der Finsternis. Wie ein brüllender Löwe verschlingt er alle, die er zu fassen kriegt.

In der Dame sehe ich Die Kirche, die Braut Jesu.

Wenn ich die letzte Karte betrachte, den König, erinnert sie mich daran, dass Jesus der Herr der Herren und der König der Könige ist.

Ein Kartensatz, Sir, hat 365 Punkte, und das ist die Anzahl der Tage in jedem Jahr. Ein Kartenspiel besteht aus 52 Karten, und das ist die Anzahl der Wochen in einem Jahr. Es gibt zwölf Bildkarten, und das ist die Anzahl der Monate in einem Jahr. Es gibt in einem Kartenspiel vier verschiedene Farben, und das ist die Anzahl der Jahreszeiten.«

Dann sagte der junge Soldat zum Major: »Sehen Sie, Sir, meine Absichten waren ehrenhaft. Mein Kartenspiel ist mir Bibel, Gebetbuch und Almanach. Am wichtigsten ist natürlich, dass mein Kartenspiel mich daran erinnert, dass ich Jesus brauche, 365 Tage, 52 Wochen und zwöl Monate im Jahr, und dass ich immer für andere beten sollte.«

Traditioneller Schlusssatz: Dies ist eine wahre Geschichte. Möget ihr ein Kartenspiel nie wieder auf die alte Art betrachten!

Dichter und Krieg: In diesem Roman finden sich berühmt gewordene Zeilen aus Gedichten von Brooke, Owen, Sassoon und Eliot, hier ein paar Kleinigkeiten zu ihrem Hintergrund:

Der Engländer *Rupert Brooke* (1887–1915) studierte in Cambridge, wurde schnell bekannt für seine vollendete Lyrik, war mit vielen prominenten Personen befreundet (Virginia Woolf, die Keynes-Brüder, Henry James, Yeats u. a.), heimlich bisexuell und hatte massive psychische Probleme. Er trat bei Kriegsbeginn in die Armee ein, im Winter 1914 entstanden die berühmten fünf Sonette, das fünfte ist »The Soldier« mit den viel zitierten Anfangszeilen:

If I should die, think only this of me: / That there's some corner of a foreign field / That is for ever England.

Brooke starb 1915 auf einem französischen Lazarettschiff auf dem Weg nach Gallipoli. Sein Grab befindet sich auf der Insel Skyros. Gegen seinen Wunsch machte seine Mutter Geoffrey Keynes zum Nachlassverwalter, der seine Bisexualität aus der Biografie tilgte sowie ausgewählte Briefe und Gedichte nicht veröffentlichte oder zensierte, um Brookes Werk eine unambivalent patriotische Patina zu verpassen.

Der englisch-walisische Dichter und Soldat *Wilfred Owen* (1893–1918) gilt als der bedeutendste englische Kriegsdichter. Er kam aus armer Familie, studierte Botanik und Altenglisch, trat 1915 in die Freiwilligeneinheit Artists' Rifles ein, wurde 1917 Second Lieutenant, führte seinen Zug in die Schlacht und war tagelang in einem Granattrichter verschüttet. Wegen Kriegstrauma kam er ins Lazarett nach Edinburgh, wo er den prominenten Siegfried Sassoon traf, der sein Freund und Mentor wurde und ihn in schwule Literatenkreise einführte. Owen ging im Juli 1918 zurück an die Frankreichfront und fiel eine Woche vor dem Waffenstillstand. Sein Werk steht in eklatantem Widerspruch zur öffentlichen Wahrnehmung des Kriegs wie auch zur patriotisch-affirmativen Kriegslyrik anderer Dichter, es thematisiert zudem seine Homosexualität und wurde zu Owens Lebzeiten nur in aufgeklärten Kreisen anerkannt. Sein berühmtestes Gedicht ironisiert die berühmte Zeile von Horaz *Süß und ehrenvoll ist's, fürs Vaterland zu sterben*, 1917 schrieb Owen an seine Mutter: »… here is a gas poem, done yesterday (which is not private, but not final). The famous Latin tag means of course It is sweet and meet to die for one's country. Sweet! And decorous!!«

If you could hear, at every jolt, the blood / Come gargling from the froth-corrupted lungs / Obscene as cancer, bitter as the cud / Of vile, incurable sores on innocent tongues / My friend, you would not tell with such high zest / To children ardent for some desperate glory / The old Lie: Dulce et decorum est / Pro patria mori.

Der englische Dichter *Siegfried Sassoon* (1886–1967) studierte in Cambridge Jura und Geschichte ohne Abschluss, lebte dann relativ offen schwul, dichtete zuerst eher romantisch unter Pseudonym. Er meldete sich 1914 freiwillig, bekam als berüchtigt verwegener Offizier der Welsh Fusiliers 1916 das Military Cross verliehen und wurde mehrmals verwundet. Er wandelte sich zum scharfen Kriegsgegner, der seinen Orden in den Mersey warf, auch seine Poesie änderte sich drastisch. Statt Militärgericht wurde auf Kriegstrauma erkannt und Sassoon ins Lazarett geschickt, wo er Owen kennenlernte. Anschließend ging er nach Irland, dann Ägypten und dann zurück an die Front. Später reiste er viel, begann Romane zu schreiben, führte 6 Jahre eine stürmische Liebesbeziehung mit dem Salonlöwen Stephen Tennant, der als »der Klügste« der »Bright Young People« galt (einer Gruppe junger englischer Aristokraten und Bohemiens nach dem Krieg). Sassoon ist eine der Hauptfiguren von Pat Barkers Romantrilogie über den Ersten Weltkrieg.

And still they come and go: and this is all I know –
That from the gloom I watch an endless picture-show,
… And life is just the picture dancing on a screen.

T. S. Eliot (1888–1965), in den USA geboren, studierte Philosophie und Literatur in Harvard, an der Sorbonne und in Marburg, wanderte zu Beginn des Ersten Weltkriegs nach London aus und wurde 1927 britischer Staatsbürger. Internationaler Durchbruch 1922 mit *The Waste Land*, einem der einflussreichsten Langgedichte des 20. Jh., eine Antwort auf die neuen Weltverhältnisse, in denen Werte und Sicherheiten gewaltsam hinweggefegt waren. Es verknüpft die Welt der Zwanziger mit der Gralssage und steckt voller Hommagen und doppelbödiger Verweise (u. a. auf Wagner, Baudelaire, Dante). »Der Ton ist mal sachlich, mal sarkastisch, oft resigniert, gelegentlich satirisch. Gegen die herrschende Konvention einheitlicher poetischer Tonlagen setzte Eliot die Kombination von Monolog, Dialog, Szenen und Figurenzeichnung. Die Zerrissenheit und Widersprüchlichkeit der modernen Erfahrung ging in die Form ein. Da stehen endzeitliche Landschaften neben Großstadtbildern, Kneipenszenen werden mit mythologischen Zitaten überblendet, Klage und Parodie fallen sich ins Wort, Untergangsschrecken wechseln mit Erlösungshoffnungen. Man ahnt heute kaum noch, was in dieser Mischung für umwerfende Innovationen steckten.« (Eberhard Falcke, *Deutschlandfunk* 2008)

Malla Nunn: Der Emmanuel-Cooper-Zyklus

»Zu den sympathischsten Eigenschaften von Emmanuel Cooper gehört seine Unfähigkeit, Ärger aus dem Weg zu gehen. Ohne Sentimentalität deckt er Lügen, Gier und Niedertracht auf, die in der einen Welt zum Glauben an böse Geister gerinnen, in der anderen zur Staatsräson.« Thekla Dannenberg, *Perlentaucher*

»Keine Folklore im Kraal, sondern eine sparsam orchestrierte Landeskunde.« Hannes Hintermeier, *FAZ*

Ein schöner Ort zum Sterben – Emmanuel Cooper 1
Ariadne 1261 · 978-3-86754-261-6
Südafrika 1952 – Detective Emmanuel Cooper klärt an der Grenze einen Mordfall auf. Fanatischer Oldschool-Rassismus und neue Segregationsgesetze erschweren die Wahrheitsfindung. Der Auftakt der großen Reihe.

Lass die Toten ruhen – Emmanuel Cooper 2
Ariadne 1262 · 978-3-86754-262-3
Strafversetzt nach Durban, stolpert Emmanuel Cooper über einen erstochenen weißen Jungen, trifft auf eine Femme Fatale und landet fast am Galgen.

Tal des Schweigens – Emmanuel Cooper 3
Deutsch von Laudan & Szelinski · Ariadne 1207 · 978-3-86754-207-4
1953, die Apartheid blüht. Zwei Außenseiter-Cops ermitteln in den Drakensbergen, aber niemand hier redet mit Polizisten aus der Stadt. Auch nicht über Mord.

Zeit der Finsternis – Emmanuel Cooper 4
Deutsch von Laudan & Szelinski · Ariadne 1217 · 978-3-86754-217-3
Zulu-Constable Shabalalas Sohn ein Mörder? Ein klarer Fall für die weiße Apartheid-Polizei. Doch Cooper, der selbst Geheimnisse hat, schießt quer – und riskiert alles.

Mary Paulson-Ellis

»Dieses Buch ist ein verdammtes Wunder!« *Buchkultur*

Die andere Mrs. Walker
Deutsch von Kathrin Bielfeldt · Ariadne 1260

An einem kalten Wintertag in Edinburgh stirbt eine alte Frau. Sie hinterlässt ein verschüttetes Glas Whisky, ein smaragdgrünes Kleid, eine vergammelnde Mandarine und eine gravierte Paranuss. Aber keinen Hinweis, wer sie war und was sie in Edinburgh gesucht hat. Margaret Penny, mit 47 gestrauchelt, soll im Auftrag des Amts für Verlorengegangene die Geschichte hinter diesem Leben zutage fördern. Und vielleicht fällt dabei auch für sie etwas ab …

»Lügen und Geheimnisse dreier Frauengenerationen: überzeugende Charaktere in ausgefeiltem Zeitkolorit … originell, wirkt lange nach.« *BÜCHER-Magazin*

»Vor allem, weil Wahrhaftigkeit aus diesem Roman leuchtet.« *Frankfurter Rundschau*

»Wir verwöhnten Wohlstandkinder erfahren, die Menschen, vor allem die Ärmsten, froren schon immer in ihren Wohnungen, auch lange bevor Putin der Welt das Gas abdrehte. Wir tauchen tief ein in die Welt derer, die hart kämpfen müssen und es dennoch nicht schaffen, einen Zipfel vom Glück zu erhaschen. Atemlos verfolgen wir jede Wendung der Geschichte. Denn Mary Paulson-Ellis ist eine hinreißende Erzählerin, die jede Eindeutigkeit scheut. Hoffentlich schreibt sie noch viele weitere Bücher.« Anne Stürzer, *Nordsee-Zeitung*

»Ein Spannungsroman voll viktorianischem Flair, in dem Irrsinn, Verrat, Neid, Gier und Gelüste aller Art die Handlung vorantreiben.« Doris Kraus, *Die Presse*

Ariadne · Herausgegeben von Else Laudan

Diese Übersetzung wurde gefördert vom
Publishing Scotland translation fund.

Publishing
Scotland
Foillseachadh Alba

Titel der englischen Originalausgabe:
The Inheritance of Solomon Farthing
© Mary Paulson-Ellis 2019

Deutsche Erstausgabe
Alle Rechte vorbehalten
© Argument Verlag 2023
Glashüttenstraße 28, 20357 Hamburg
Telefon 040/4018000 – Fax 040/40180020
www.argument.de
Umschlag: Martin Grundmann
Covermotive: © Charles Rondeau, CC0 1.0 Universell
Capstans: © Alf van Beem, CC0 1.0 Universell
Lektorat: Else Laudan und Iris Konopik
Satz: Martin Grundmann und Iris Konopik
Druck und Bindung: CPI books GmbH, Leck
Gedruckt auf säure- und chlorfreiem Papier
ISBN 978-3-86754-269-2
Erste Auflage 2023